汉魏六朝河陇著姓与文学

丁宏武 著

图书在版编目（CIP）数据

汉魏六朝河陇著姓与文学 / 丁宏武著. -- 北京：商务印书馆，2024. -- ISBN 978-7-100-24118-2

Ⅰ.I209.942

中国国家版本馆CIP数据核字第20247SK309号

权利保留，侵权必究。

国家社会科学基金一般项目（批准号：10BZW036）成果
甘肃省优势学科西北师范大学中国语言文学学科建设经费资助出版

汉魏六朝河陇著姓与文学
丁宏武　著

商 务 印 书 馆 出 版
（北京王府井大街36号　邮政编码 100710）
商 务 印 书 馆 发 行
三河市尚艺印装有限公司印刷
ISBN 978-7-100-24118-2

2024年8月第1版　　开本 710×1000　1/16
2024年8月第1次印刷　印张 21 3/4
定价：108.00元

序

陈寅恪先生《隋唐制度渊源略论稿》一书中说："秦凉诸州西北一隅之地，其文化上续汉、魏、西晋之学风，下开（北）魏、（北）齐、隋、唐之制度，承前启后，继绝扶衰，五百年间延绵一脉，然后始知北朝文化系统之中，其由江左发展变迁输入者之外，尚别有汉、魏、西晋之河西遗传。"[1]这就是说，汉、魏、西晋时代秦凉诸州（即一般所说陇右河西诸州）的文化同南朝文化共同影响到整个北朝至隋唐的文化制度。本来魏晋以后河陇一带的有些大族著姓就是中原一带的士族之家在战乱中迁去的，也有些是当地以武功而得到封赠的大姓。陇右为华夏文明和中华民族的重要发祥地，又是东西文化交流的重要通道。所以，深入研究河陇文学的发展状况，特别是揭示汉魏六朝时期河陇著姓与文学的关系及发展状况，对于深入探讨中国古代文学中多民族融合的特质，揭示贯穿始终的中华民族精神，具有很大的意义。虽然汉唐以后这一带变为偏僻之地，但无论是历史遗迹还是民族风俗、文人们的诗文创作，都体现出历史、文化的积淀与突出的地域特色。只是由于经济、文化发展的滞后、交通的不便和战争的原因，造成大量古文献散佚；宋代以后文献刻印传世的也少，很多名家之作，如果未载于史书和一些大型丛书、类书，多陆续散佚。然而即使这样，汉魏六朝时期河陇地区一些学人的诗赋文章，仍然显示出耀眼的光辉与特色，反映出河陇之地社会历史的发展变化与民族交融的状况，引起历来诗人学者的关注。

早期的河陇著姓一般以勇武显闻，至东汉后期，形成以经学传家为标志的

---

[1] 陈寅恪：《隋唐制度渊源略论稿》，中华书局1963年版，第41页。根据该书《附论》交待，全书于1940年4月写成。详参该书第158页。

河陇世族。魏晋时期，河陇大族进入全面发展，在十六国时期取得了前所未有的文化成就。南北朝时期，河陇世族顺应历史潮流，积极促进民族融合，为多元一体文化的整合与建构做出了重要贡献。

河陇文学发轫于先秦，由《诗经·秦风》的《车邻》《驷驖》《小戎》开始，即体现出刚直劲健、慷慨激昂之气。而《蒹葭》一诗则反映出上古"牵牛织女"传说流传，最早应该是产生和流传于西汉水上游的（秦汉以西汉水、东汉水为一条水，在汉代由于地震造成淤塞，汉水上游流至略阳之后不能东流，才转而南下，入嘉陵江，遂为西汉水，其重要支流沔水遂名东汉水），汉水（先秦时名"汉""云汉""天汉"）为这个传说最重要的背景。这说明当时除有诗歌，还有传说故事，文学活动是很丰富的。

两汉以迄南北朝，以汉代李陵、王符、秦嘉、徐淑夫妇、赵壹，十六国前凉张骏、前秦王嘉及苻朗、西凉李暠，隋代牛弘、辛德源等人为代表的历代河陇诗文之士，或"潜思于战争之间，挥翰于锋镝之下"；或刺讥政治昏暗，批判世风沦丧；或抒写人生失意，倾诉抑郁不平；虽然所处的时代和人生境遇各不相同，但其作品所承载和呈现的人文内涵，仍然是先秦以来河陇文化的"秦风"特质和文化品格，激荡着华戎交汇的雄宏气势和力量。

关于古代河陇地域文学与文化的文献整理研究，20世纪以来先后出现了一批成果，但迄今为止，不论是文学文献的整理还是作家作品的研究，都存在一些不足：一是在文学文献的整理方面存在不均衡现象；二是在汉魏六朝河陇文学发展史的书写方面，处于简单勾勒的阶段，未能较全面地呈现河陇文学的演变轨迹和多元一体的历史形态；三是河陇著姓在汉魏六朝文学与文化发展中的作用，未得到足够的重视。

丁宏武同志2010年度申请国家社科基金项目"汉魏六朝河陇地区胡汉著姓与本土文学综合研究"得以立项，经七年的精心研究，于2017年8月结项。《汉魏六朝河陇著姓与文学》为其最终成果之一。本书以家族文学研究为重点，通过全面考察和系统梳理汉魏六朝时期河陇著姓的形成发展及其文学创作情况，总结这一时期河陇文学的发展轨迹和地域特色，揭示河陇文学在多元一体格局下具有的和谐精神及其历史影响。书中探讨各个时期有代表性的家族、作家、文士群体和以往有争议的一些问题，如汉末敦煌张氏、前秦苻氏家族、十六国时期河陇地区郭刘学派的学术成就及影响，皇甫谧、索靖、辛德源等人的生平著述以及唐前李陵接受史考察与传世李陵作品真伪的再探讨等，在河陇文学研究上大大地推进了一步。

  本书的绪论和前三章，是对河陇著姓与河陇文学的分段综论。书中选取在特定历史时期影响较大、文学成就显著的世家大族从家风家学、文化倾向等方面进行深入考察。陇西成纪李广为人所熟知，其从弟李蔡继公孙弘为相，李广之孙李陵率兵抗匈奴，在激战之后以寡不敌众、无援军而降匈奴，司马迁亦因为其辩护被施宫刑。李陵赠苏武的《别歌》，充满悲壮之情。钟嵘《诗品》于"古诗"一节之下所论第一人即李陵，曰："其源出于楚辞，文多凄怆，怨者之流。陵，名家子，有殊才，生命不谐，声颓身丧。使陵不遭辛苦，其文亦何能至此！"①虽然《文选》中所收李陵五言古诗三首多疑窦，当为魏晋间人之拟作，但所收《答苏武书》为李陵之作无疑。此文《古文观止》《古文喈凤》、金圣叹《才子古文》等多种古文选本均加选评，影响甚大。东汉中期陇西上邽（今甘肃天水西南）人赵充国以勇武显闻，汉宣帝列其于麒麟阁十一功臣画像中，虽无诗作存世，而所作奏议，就今存之六篇言之，既为深通谋略之大家，亦为文章写作之高手。章太炎《国故论衡·论式》言："汉世作奏，莫善乎赵充国，探筹而数，辞无枝叶。"②东汉安定临泾人王符《潜夫论》虽重在论社会、政治与道德，然而也推及天地起源，联系现实，述"正气"之如何克服"戾气"，落脚于任用贤达、改革政治，为汉代最有名的政论之作。东汉末年汉阳西县（今甘肃天水西南）人赵壹，诗、赋、文皆为后世所重。安定朝那人皇甫规举贤良方正，因忤逆梁冀而托疾归，"遂以《诗》《易》教授门徒三百余人"，积十四年。今存文十一篇。其妻亦"善属文，能草书"。敦煌张氏是汉末河陇世族的典型代表。张奂文武兼备，既是戡乱猛将，又是经师儒生，是遭遇党锢之祸的河陇文士。张芝、张昶等人又转而精研草书，名声大震。略阳苻氏是十六国时期兴起于陇右的氐族豪强，崇儒兴学，谈玄论道，著书立言。苻氏家族由尚武而向继承华夏传统文化方面的转变，对南北朝时期多元文化的融合产生了较大影响；其文学创作，也为河陇文学增添了新的成分和新的色彩。

---

① （梁）钟嵘著，周振甫译注：《诗品译注》，中华书局1998年版，第33页。
② 章太炎撰，庞俊、郭诚永疏证：《国故论衡疏证》，中华书局2008年版，第405页。

由以上几个家族的个案研究，即可看出河陇著姓与河陇文化的整体实力和突出成就。

本书后四章为个案研究，选择各个时期有代表性的一些家族、作家或文士群体加以深入研究。在作家研究方面，有三点值得关注。一是对长期以来争议较大的问题，进行了重点研究。书中有两章对历来有争议的传世李陵作品的真伪进行辨析，在前人研究的基础上，借鉴接受学的理论和方法，以苏武归国、文姬归汉、五胡乱华为历史参照和线索，详细探讨和梳理汉魏六朝时期关于李陵认识和评价的历时性变化，并以此为背景，辨析李陵作品的流传及真伪。二是对以前关注不够而实际上在历史上有较大影响的作家、作品进行深入探讨，以期尽可能地还原和展示河陇文学的原生形态和历史风采。书中选取西晋著名文士敦煌索靖和北朝后期的河陇文士辛德源为对象，对其生平、著述以及文学成就等问题展开全面考察。索靖是魏晋时期河陇文士的杰出代表，"才艺绝人"，书中通过大量文献的稽考辨析，对其以三次入京为线索的人生轨迹进行勾勒梳理。辛德源是南北文化交融时期著名的河陇文士，参与过当时不少重要的学术活动。对这些人的深入考察，进一步完整展现了河陇文学与文化的整体水平。三是选择五胡十六国时期在文化传承方面做出独特贡献的郭刘学派进行全面考察和深入研究。以郭荷、郭瑀、刘昞、索敞等人为代表的文士群体，从西晋末年至北魏太和年间，绵延近两个世纪，承载了文化传承的特殊使命，践行了弘道济世的儒学信仰。五胡乱华时期河陇地区传统文化的传承与发展，固然与当时河陇世家大族的家学传承密切相关，但郭刘学派的薪火相传，也是重要的因素。

总之，汉魏六朝时期既是河陇地理概念形成的时期，也是河陇地域文化整合与转型的时期。河陇著姓的形成演变，河陇文学的发展繁荣，文献有征，彰彰甚明。陈寅恪先生的论断诚非虚誉。

最后我要特别指出的是丁宏武同志的这部著作在整个的研究过程中坚持严谨的、科学的态度。比如关于《文选》所收李陵《与苏武诗三首》，在刘勰之前即有人怀疑当时不会有五言诗，而《文心雕龙·明诗》曾举证以驳之。然而后人仍有主为后人依托之说者。今人章培恒、刘骏有《关于李陵〈与苏武诗〉及〈答苏武书〉的真伪问题》，认为李陵《与苏武诗》及《答苏武书》均非伪作。①但宏武同志仍著文主《答苏武书》为真而《与苏武诗》为伪。关于《与苏武诗》的真伪问题自然还可以讨论，但反映出宏武同志并不因为研究汉代河陇文学，即使认为牵强难以成立之说，只要有利于张扬古代河陇文学的成就，便维护之。在傅玄、皇甫谧籍贯的论述上，他也是持这种严谨的态度。我以为只要秉着这种实事求是的精神，研究上是一定会取得成就的。

  本书全面关照汉魏六朝河陇文学，在以往被忽略问题的研究上有所推进，对于甘肃及整个西北古代文学的研究上是有意义的；同时也揭示了汉魏六朝时期中华古代文学中民族精神融合与发展的过程。当然，作为一部具有挖掘与开拓性的论著，其中也一定有不足、不妥有待完善之处，我希望读者朋友们能对其中一些问题进行讨论，以求进一步拓展与深化。

赵逵夫
2020 年 9 月 27 日

---

① 章培恒、刘骏:《关于李陵〈与苏武诗〉及〈答苏武书〉的真伪问题》,《复旦学报》1998 年第 2 期。

目　录

绪　论 1
　　第一节　文学地理研究与河陇文学地图的重绘 1
　　第二节　河陇地区的地理位置与历史沿革 10
　　第三节　河陇地区的边塞特征与民俗风习 18

第一章　汉魏六朝河陇著姓的形成与发展 25
　　第一节　秦汉时期河陇著姓的初步形成 25
　　第二节　魏晋十六国时期河陇著姓的空前发展及其影响 51
　　第三节　南北朝时期河陇著姓的流离迁徙及其在民族融合中的贡献 67

第二章　河陇文学的发轫与两汉魏晋时期的发展 84
　　第一节　秦仲始大与河陇文学的滥觞 84
　　第二节　两汉时期的河陇作家与作品 97
　　第三节　魏晋时期的河陇作家与作品 113

第三章　十六国北朝时期河陇文学的繁荣与影响 120
　　第一节　汉族著姓的文学创作 120
　　第二节　胡族著姓的文学创作 143
　　第三节　其他文士的文学创作 155
　　第四节　河陇文学繁荣的原因与地域特色的形成 165

第四章　唐前李陵接受史考察 175

第一节　苏武归国与李陵案的再检讨 177
　　第二节　文姬归汉与李陵案的再反思 182
　　第三节　五胡乱华与李陵的再认识 191
　　第四节　李陵作品的流传及其在南北朝时期的接受和评价 203

第五章　传世李陵作品真伪考辨 214
　　第一节　李陵《答苏武书》真伪再探讨 214
　　第二节　"苏李诗文出自民间演艺节目"说平议 228

第六章　汉末魏晋河陇作家丛考 242
　　第一节　汉末敦煌张氏的迁徙及其家风家学的演变 242
　　第二节　皇甫谧籍贯及相关问题考论 259
　　第三节　索靖生平著作考 272

第七章　十六国北朝河陇作家丛考 288
　　第一节　十六国时期河陇地区郭刘学派考论 288
　　第二节　前秦苻氏家族的多元文化倾向及其成因考论 298
　　第三节　辛德源生平著述考 310

主要参考文献 327
后　记 338

绪　论

第一节　文学地理研究与河陇文学地图的重绘

一、20世纪以来河陇地域文学研究的简要回顾

河陇地区历史悠久，不仅是华夏文明的重要发祥地，而且也是"丝绸之路"的咽喉要道、交通枢纽。其风声气俗，不仅孕育了丰富多彩的河陇文化，而且滋养了一代又一代的河陇文士。河陇文学发轫于先秦，自两汉至明清，历代河陇士人感发吟咏，慷慨抒怀，留下了丰厚宝贵的文学遗产。

关于古代河陇地域文学与文化的文献整理研究，20世纪以来先后出现了一些重要成果，如王烜《甘肃文献录》[①]、郭汉儒《陇右文献录》[②]、张维《陇右著作录》《陇右方志录》《陇右金石录》[③]、郝润华主编《甘肃文献总目提要》[④]、赵逵夫主编《陇南金石校录》[⑤]、王锷《陇右文献丛稿》[⑥]、漆子扬主编《甘肃通志集成》[⑦]等影响较大的目录学、文献学著作，对先秦至民国时期的历代河陇著述及相关文献进行了全面地收集和著录。1990年，兰州古籍书店

[①]　王烜：《甘肃文献录》，甘肃省图书馆藏民国三十四年（1945）抄本。
[②]　郭汉儒：《陇右文献录》，甘肃文化出版社2014年版。
[③]　张维《陇右著作录》《陇右方志录》《陇右金石录》三书，收入《中国西北文献丛书》，兰州古籍书店1990年影印出版。
[④]　郝润华主编：《甘肃文献总目提要》，甘肃人民出版社2015年版。
[⑤]　赵逵夫主编：《陇南金石校录》，社会科学文献出版社2018年版。
[⑥]　王锷：《陇右文献丛稿》，甘肃人民出版社2012年版。
[⑦]　漆子扬主编：《甘肃通志集成》，天津古籍出版社2019年版。

影印出版了《中国西北文献丛书》（203册），分八个专辑，收录汉、藏、蒙、维等六种民族文字的各类历史文献560多种，其中收录了大量的河陇地方文献。在文人别集的整理方面，西北师范大学古籍所整理出版的《陇右文献丛书》，对权德舆、李翱、李益、梁肃、令狐楚、牛僧孺、李梦阳、赵时春、邢澍、张澍等历代河陇学人的著述，做了比较系统的整理和研究，在学界产生了较大的影响。在出土文献的整理研究方面，随着敦煌遗书和汉晋简牍的出土，河陇地区成为学界关注的重点，敦煌学和简牍学领域的优秀成果不胜枚举。总之，自20世纪初期以来，学界关于古代河陇地域文学与文化的文献研究，成果丰硕，研究领域和研究深度较以往取得了重大突破。

20世纪40年代，陈寅恪先生在所著《隋唐制度渊源略论稿》中，对十六国时期河陇地区的文化成就及其在中国文化史上的重要贡献做过客观公允的评价，认为"秦凉诸州西北一隅之地，其文化上续汉、魏、西晋之学风，下开（北）魏、（北）齐、隋、唐之制度，承前启后，继绝扶衰，五百年间延绵一脉，然后始知北朝文化系统之中，其由江左发展变迁输入者之外，尚别有汉、魏、西晋之河西遗传"。陈先生的论断可谓振聋发聩，由此开启了河陇地域文学文化研究的新时代。

20世纪80年代以来，随着对地域文化和家族文化研究的不断升温，地域文学和家族文学也成了学界普遍关注的热点问题之一。不少学者借鉴陈寅恪先生"地域—家族"的研究方法，将地域文化和家族文学结合起来，以地域文化的发展变化为背景，以家族文学研究为重点，从多学科交叉中寻找新的学术生长点，激活文学研究，取得了不少引人注目的成绩，李浩的《唐代关中士族与文学》《唐代三大地域文学士族研究》、王永平的《六朝江东世族之家风家学研究》等就是比较突出的成果。与此同时，随着文学史研究时空视角的不断扩大，文学地理研究也成为新世纪的学术热点之一。不仅出现了《山东文学史论》《江西文学史》等地方文学专史，而且出现了不少文学地理研究方面的论著，胡阿祥的《魏晋本土文学地理研究》、戴伟华的《地域文化与唐代诗歌》以及刘跃进的秦汉区域文化与文学研究系列论文等，都是这方面的代表性成果。在此基础上，杨义先生明确提出"重绘中国文学地图"以及"中国文学的民族学、地理学问题"等新的文学观念，这说明新时期的文学研究，不仅要关注汉民族不同地区的文学，还应当在民族共同体的视野下，关注华夏多民族文学的发生、发展状况，从而在一定程度上还原华夏民族文学的整体性、多样性和博大精深的立体形态①。

受上述文学观念及学术思潮的影响，关于汉魏六朝河陇地域文学与文化的研究，也先后出现了一些重要成果。如李鼎文、林家英、颜廷亮等编的《甘肃古代作家》，彭铎《潜夫论笺校正》，李鼎文《甘肃文史丛稿》，赵以武《五凉文化述论》，甘肃省社会科学院文学研究所编《甘肃历代诗词选》及《甘肃历代文学概览》，赵向群《五凉史探》，胡大浚主编《陇右文化丛谈》，曹道衡《十六国文学家考略》《东晋南北朝时代的凉州文化》，胡阿祥《魏晋时期河西地区本土文学述论》，刘跃进《班彪与两汉之际的河西文化》《河西四郡的建置与西北文学的繁荣》，聂大受、霍志军《陇右文学概论》，霍志军《陇右地方文献与中国文学地图的重绘》，李智君《关山迢递：河陇历史文化地理研究》，袁行霈等主编《中国地域文化通览·甘肃卷》等②，都是该领域研究的重要成果。此外，赵逵夫、魏明安、赵以武等先生对汉魏六朝河陇地区著名作家及其文学成就的研究，也有不少新的突破。如赵逵夫先生关于赵壹生平著作的研究，魏明安关于皇甫谧生平著述的研究，赵以武关于五凉文士及其文学成就的研究，都厘清了一些重要问题，产生了较大的影响。

与此同时，学术界对汉魏六朝河陇地区的世家大族（胡汉著姓）及其历史发展，也有较多的关注，先后出现了齐陈骏《略论张轨和前凉张氏政权》，齐陈骏、陆庆夫、郭锋《五凉史略》，李军《西凉大姓略考》，孙修身《敦煌李姓世系考》，杜斗城《汉唐世族陇西辛氏试探》，武守志《五凉政权与西州大姓》，李聚宝《曹魏时期敦煌豪族的膨胀和社会经济发展》，赵向群《河西著姓社会探赜》，尤成民《汉代河西的豪强大姓》《汉晋时期河西大姓的特点和历史作用》，施光明《西州大姓敦煌宋氏研究》，刘雯《陇西李氏家族研究》《敦煌索氏家族研究》，孙晓林《汉——十六国敦煌令狐氏述略》，郭锋《晋唐士族的郡望与士族等级的判定标准——以吴郡清河范阳敦煌张氏郡望之形成为例》，王义康《论陇西李暠家族》，金家诗《河陇士人与鲜卑文化转型》，彭丰文《汉

---

① 参见跃进：《新世纪中国文学研究的主要趋向》，《文史哲》2007年第5期。
② 以上论著的相关信息，参见本书"主要参考文献"。

魏十六国时期河陇大族势力的崛起及其在西北边疆开发中的作用》，杨学勇《敦煌阴氏族源与郡望》，柳春新《论汉晋之际的北地傅氏家族》，张永安《敦煌阴氏地位研究》，冯培红《汉晋敦煌大族略论》《汉宋间敦煌家族史研究回顾与述评（上）》，冯培红、孔令梅《汉宋间敦煌家族史研究回顾与述评（中）》《汉宋间敦煌家族史研究回顾与述评（下）》，李俊恒《魏晋南北朝时期的武威贾氏》等系列论著①，进一步梳理廓清了河陇著姓在汉魏六朝时期的形成与发展，分析探讨了河陇大族在西北边疆开发和多元文化整合中的历史地位和影响。

但是，上述研究成果不论是宏观的综合研究还是微观的个案研究，尚不足以全面深入地展示汉魏六朝河陇文学的总体风貌与发展轨迹。不论是文学文献的整理还是作家作品的研究，都存在一些明显的薄弱或不足，仍有不少需要继续拓展的领域和空间。

第一，在文学文献的整理方面，存在严重的不均衡现象。以往的研究重点关注唐宋、明清时期的作家作品，对汉魏六朝河陇文学文献的整理研究较少。关于汉魏六朝河陇文学文献的整理研究，也主要集中于李陵、王符、赵壹、皇甫谧、傅玄、王嘉、苻朗等少数作家，对一大批留存作品较少的作家，很少关注和研究。虽然严可均《全上古三代秦汉三国六朝文》、逯钦立《先秦汉魏晋南北朝诗》以及韩理洲等人的补遗之作（《全三国两晋南朝文补遗》《全北魏东魏西魏文补遗》《全北齐北周文补遗》《全隋文补遗》等）已经辑录了大量的汉魏六朝河陇文学文献，但由于受编撰体例、辑佚范围等因素的影响，其中辑录的河陇文学文献不仅编排比较零散，而且辑佚考校也有疏漏，所以也难以全面展示汉魏六朝河陇文学的整体风貌。

第二，在汉魏六朝河陇文学发展史的书写方面，仍然处于简单勾勒的阶段，难以客观呈现河陇文学的演变轨迹和多元一体的历史形态。目前已经出版的《甘肃古代作家》《甘肃历代文学概览》《陇右文学概论》等几部关于古代河陇文学的论著，虽然对汉魏六朝时期的河陇作家及文学发展历史有所涉及，但仍然局限于重要作家作品的简单介绍或概述，对河陇文学在丝绸之路与民族融合影响下的发生发展状况以及在西北边塞"风声气俗"影响下的地域特色和文

---

① 以上论著的相关信息，参见本书"主要参考文献"。

化品格，缺乏深入的探讨和追寻，难以客观呈现这一时期河陇文学发展演变的原始风貌。

第三，在汉魏六朝河陇著姓的研究方面，也存在很大的拓展空间。作为河陇文学的创作主体，河陇著姓的形成发展与河陇文学的发展演变密切相关。以往关于河陇著姓的研究，主要侧重于单个家族的个案研究和历史学、政治学视域下的综合研究，文学视域下的河陇世族研究相对薄弱。尤其对汉族著姓由武力强宗向文化世族的发展演变关注较少；对氐族苻氏之外的羌族姚氏、张掖卢水胡沮渠氏、河西鲜卑秃发氏等少数民族著姓的汉化及文学创作活动也关注甚少；对河陇著姓的族际互动以及多元文化的凝聚整合研究不够深入；对汉魏六朝河陇著姓与河陇本土文学的密切关系，缺乏深入探讨。

第四，在研究视角和研究空间方面，仍然比较单一趋同，缺乏必要的转变与拓展，难以有效推动学术的创新和发展。长期以来，关于汉魏六朝河陇文学的研究，学界的研究视域相当有限。尤其对新出土的文学文献利用不够充分；对长期以来争议较大的一些疑难问题如传世李陵作品的真伪，缺乏重新反思和理性考量；对历史上曾经产生过重大影响的隗嚣、索靖、辛德源、牛弘等河陇文士，缺乏重点关注和深入研究。

二、新世纪的学术背景与研究展望

世纪之交，随着文学观念和文学研究理论方法的不断创新，汉魏六朝河陇文学的研究也迎来了新的机遇和挑战。立足于新时代的大文学观和中华文学史观，充分挖掘利用出土文献，综合运用多学科的研究方法，已经成为新时代拓展和深化河陇地域文学研究的必然选择。其学术理路主要有以下三个方面。

一是立足于新时代的大文学观和中华文学史观，结合华夏文明传承创新区与丝绸之路经济带建设的需要，以地域文化发展为背景，以家族文学研究为重点，运用文学地理学、文学民族学以及古籍整理学等多学科的研究方法，在民族共同体的视野下，通过"地域—家族"和"地理—民族"等多重视角，全面考察这一时期河陇著姓与河陇文学的形成和发展，进一步深化汉魏六朝河陇地域本土文学的研究，进一步拓展中国古代西部文学研究的领域和空间。

与关中、齐鲁、中原、巴蜀、三楚等地相比，河陇一带尤其河西地区的开发虽然相对较晚，但自汉武帝攘驱匈奴，初置河西四郡以来，河陇地区由于地处丝绸之路要冲，经济文化发展很快。西汉末年，不少中原士人投奔比较安定的河陇地区躲避战乱，在天水和河西两地分别形成以隗嚣和窦融为核心的文人集团，一定程度上促进了河陇文学的发展。东汉后期，河陇一带不仅出现了秦嘉、徐淑、王符、赵壹、侯瑾等比较有名的文人学者，而且出现了安定皇甫氏、敦煌张氏、武威段氏等亦文亦武的本土豪族，这些家族的出现，又极大地促进了河陇地域本土文学的发展。魏晋南北朝时期，河陇文学在胡汉各族文化大融合的影响下更趋繁荣，并对隋唐时期的多元一体文化产生了深远影响。所以，立足新的学术背景和文学观念，进一步深化汉魏六朝河陇地区本土文学的研究，是新时期文学地理研究不可或缺的重要内容。

二是以中原、西域文化交流和胡汉各族文化的交融为背景，以河陇地域文学文本整理研究为基础，深入探讨汉魏六朝时期河陇文学的发生、发展状况，重新研究和总结河陇文学的地域特色及其成因，思考和探索河陇文学在"内聚外活"的多元一体格局下具有的和谐精神，为新时期构建和谐共荣的多元一体文化、传承创新古丝绸之路文明提供借鉴。

汉魏六朝时期，河陇一带地处中国西北边隅，为丝绸之路要冲，是中西文化交流的重要通道和前沿地带，所以受西域文化影响较大。与此同时，河陇地区胡汉各族的冲突与融合也极为突出。族际的文化认同和互动互化，既形成了趋向文化共同体的内在动力，也使各民族的整体文化水平有不同程度的提升。五胡十六国时期，不仅前凉张氏、西凉李氏等汉族文人集团的文学成就引人注目，而且前秦苻氏（氐族）、后秦姚氏（羌族）、南凉秃发氏（鲜卑）、北凉沮渠氏（匈奴）等少数民族大姓的文学创作也成就斐然，苻坚、苻融、苻朗、姚兴、姚泓、秃发归、秃发破羌（源贺）、沮渠蒙逊、沮渠牧犍等人都是当时优秀的少数民族文士。总之，汉魏六朝时期的河陇文学，与世族著姓和地域风尚、民族融合密切相关，所以，从家族文学、地域文学以及多民族文化交融的角度，重新研究和总结这一时期河陇文学的地域特色及其成因，进而从民族共同体和文化多元的角度，思考和探索河陇文学在多元一体格局下具有的和谐精神，不仅对河陇地区本土文学研究具有相当重要的学术意义，而且对新时期构建和谐共荣的中华民族多元一体文化,也具有不可忽视的现实意义。

三是充分利用河陇地区富集的文化资源和出土文献,聚焦通俗文学文本的原生形态和丰富多彩,进一步深化相关领域的研究,重绘河陇文学地图,推动学术的创新和发展。

20世纪以来,随着汉晋简牍、敦煌遗书的出土面世,汉魏六朝河陇文学文献大幅增加。《风雨诗》以及大量的官私书牍、题记愿文等,不仅极大地丰富了河陇文学的内容与形式,展现了通俗文学文本的原生形态和丰富多彩,而且可以弥补和订正传世文献的阙误和不足,为重新认识和解释文学史上的一些疑惑和争议提供材料和依据。总之,陇右简牍等出土文献的大量面世,为重绘河陇文学地图提供了可能和机遇,全面收集和整理河陇地域文学文献,也是新时代拓展和深化汉魏六朝河陇地域文学研究的必然选择。

三、本书研究的主要问题

本书研究所聚焦的河陇地区是指地处黄土高原、青藏高原和内蒙古高原之间的河西、陇右地区。关于河陇地理概念的形成过程,绪论第二节有详细论述。本书所谓河陇著姓,专指两汉以来形成于河陇地区的世家大族,不仅包括汉族著姓,也包括少数民族豪强。因史籍一般称之为"西州著姓",但"西州"所指范围比较宽泛,所以改称河陇著姓。本书研究所涉及的河陇文士主要指河陇本土文士或生活于北方的河陇籍文士,对南北朝时期长期流寓南方的河陇籍文士如傅亮、傅隆、傅縡、阴铿等,暂不论列。

本书是关于两汉魏晋南北朝时期河陇著姓与河陇文学的综合研究。作为河陇本土文学的创作主体,河陇著姓由武力强宗向文化世族的转变,与河陇文学的发生发展息息相关。所以,以汉魏六朝河陇著姓的发展演变为线索,通过深入考察这一群体由尚武到崇文的转变历程,进而理清汉魏六朝河陇本土文学的发展脉络,总结其地域特色,探讨其历史影响,就是本书的基本设想和研究理路。

本书绪论及前三章为综合研究。集中论述河陇地理概念的形成、河陇地区的边塞特征与民俗风习、河陇著姓的形成与演变、河陇文学的发生与发展等重要问题。

从自然地理的角度看，河陇地区地处三大高原的交界过渡地带，是一个相对完整的地理单元。但从人文历史的角度看，河陇一体观念的形成是在汉武帝攘除匈奴、开拓河西之后。河西、陇右虽然唇齿相依，互为表里，但由于黄河天堑的阻隔，二者真正融为一体，成为文化特征鲜明的区域共同体，也经历了一个漫长的历史过程。河陇地区自古以来华戎交汇，战争频繁，具有显著的边塞特征，形成了尚武习战的民俗风尚，对河陇士人的精神气韵和河陇文学的文化品格产生了深远影响。

秦汉以来，随着西北边疆的不断拓展和开发，河陇地区先后出现了一系列豪族大姓，史称"西州著姓"或"河陇世族"。早期的河陇著姓一般以勇武显闻，从东汉后期开始，以经学传家为标志的真正意义上的河陇世族正式形成。魏晋时期，河陇大族进入全面发展的新阶段，并在十六国时期取得了前所未有的文化成就。南北朝时期，河陇世族顺应历史潮流，积极促进民族融合，为多元一体文化的整合与建构做出了重要贡献。

河陇文学发轫于先秦，在东汉后期和五凉时期曾经出现过短期的繁荣。受河陇边塞"风声气俗"的影响，河陇文学自先秦以来即呈现出鲜明的地域特色，刚直劲健，慷慨任气，激荡着华戎交汇的雄浑气势和力量。两汉以迄南北朝，以李陵、隗嚣等人为代表的历代河陇文士，或"潜思于战争之间，挥翰于锋镝之下"；或刺讥政治昏暗，批判世风沦丧；或抒写人生失意，倾诉抑郁不平，虽然所处的时代和人生境遇各不相同，但其作品所承载和呈现的人文内涵，仍然是先秦以来河陇文化的"秦风"特质和文化品格。

本书后四章为个案研究，按时代先后分别选择各个时期有代表性的家族、作家或文士群体进行全面考察和深入研究。

家族研究方面，选取在特定历史时期影响较大、文学成就显著的世家大族如敦煌张氏、安定皇甫氏、略阳氐族苻氏等家族，以家风家学、文化倾向、籍贯郡望、历史影响等问题为视角进行深入考察。敦煌张氏是汉末河陇世族的典型代表，作为"凉州三明"之一，张奂文武兼备，既是戡乱猛将，又是经师儒生，也是遭遇党锢之祸的河陇文士。但随着汉末士人个体意识的日渐觉醒，张芝、张昶等人放弃家传经学而精研草书，取得了非凡的成就，书法在中国文化传统中的地位也因此而得到根本改变。安定皇甫氏是汉晋时期声名显赫的河陇世族,在当时的政治、文化等领域产生过重大影响。东汉后期,皇甫规、皇甫嵩等人戡平战乱,功勋卓著,威震天下。魏晋时期,皇甫谧隐居不仕,著述等身,名闻四海。敦煌张氏、安定皇甫氏家族由武力强宗向文化世族的转变,是汉晋时期河陇著姓演变历程的缩影,东汉后期河陇文学高潮的出现,与河陇世族风尚的历史性转变息息相关。略阳苻氏是十六国时期兴起于陇右的氐族豪强,虽然出身戎狄,但崇儒兴学,谈玄论道,著书立言。苻氏家族对多元文化的兼收并容及其客观效应,对南北朝时期多元文化的融合产生了深远的影响。其文学创作,也为河陇文学增添了新的成分和新的色彩。总之,通过对上述三个家族的个案研究,进一步凸显河陇著姓与河陇文化的整体实力和突出成就,从而为学界客观公允地认识和评价河陇士人与河陇文化提供坚实的理据基础。

  作家研究方面,主要突出两个重点:一是立足新的学术背景和研究方法,重新反思和考量长期以来争议较大的作家作品,以期进一步深化相关领域的研究,推动学术的创新和发展。本书分两章对唐前李陵接受史和传世李陵作品的真伪进行考察辨析。在前人研究成果的基础上,尝试借鉴接受学的理论和方法,以苏武归国、文姬归汉、五胡乱华为历史参照和线索,详细梳理和探讨汉魏六朝时期关于李陵认识和评价的历时性变化,并以此为背景和依据,重新考察和辨析李陵作品的流传及真伪。二是集中探讨以前关注不够但在历史上影响较大的作家、作品及其成就,以期进一步突破以往的研究视阈,尽可能地还原和展示河陇文学的原生形态和历史风采。本书选取西晋著名文士敦煌索靖和北朝后期的河陇文士辛德源为对象,对其生平、著述以及文学成就等问题展开全面考察。索靖是魏晋时期河陇文士的杰出代表,"才艺绝人",但时至今日,其作品和事迹已湮没无闻。通过大量文献的稽考辨析,对其以三次入京为线索的人生轨迹进行了清晰的勾勒梳理,对魏晋时期河陇文化的发展状况进行了更为深入的考察定位。辛德源是南北文化交融时期著名的河陇文士,参与过当时不少重要的学术活动,对于其人其作的深入考察,可以进一步凸显河陇文学与文化的整体水平。

  文士群体研究方面,选择五胡十六国时期在文化传承方面做出独特贡献的郭刘学派进行全面考察和深入研究。以郭荷、郭瑀、刘昞、索敞等人为代表的文士群体,从西晋末年至北魏太和年间(317—499),绵延近两个世纪,承载了文化传承的特殊使命,践行了弘道济世的儒学信仰。五胡乱华时期河陇地区传统文化的传承与发展,固然与当时河陇世家大族的家学传承密切相关,但郭刘学派的薪火相传,也是当时河陇地区学术文化繁荣兴盛的重要原因。

总之,汉魏六朝时期既是河陇地理概念形成的关键时期,也是河陇地域文化整合与转型的"轴心"时期。河陇著姓的形成演变,河陇文学的发展繁荣,文献有征,彰彰甚明。陈寅恪先生的论断诚非虚誉。

第二节　河陇地区的地理位置与历史沿革

"河陇"是河西、陇右的简称,在中国古代主要指陇山以西、西域以东的广大地区。到了唐代,"河陇"还涵盖了广大的西域地区。作为一个约定俗成的地理概念,"河陇"一词出现于汉武帝开拓河西之后。在此之前,中原王朝的西疆仅至于陇西(陇山以西、黄河以南、以东的地区,亦即秦代陇西郡),河西地区还是月氏、羌、匈奴等少数民族的游牧栖息之地。《汉书·地理志下》载:"自武威以西,本匈奴昆邪王、休屠王地,武帝时攘之,初置四郡,以通西域,隔绝南羌、匈奴。"①又据《汉书·武帝纪》,元狩二年(前121)秋,"匈奴昆邪王杀休屠王,并将其众合四万余人来降,置五属国以处之,以其地为武威、酒泉郡",河西地区从此纳入西汉王朝的版图;元鼎六年(前111),"乃分武威、酒泉地置张掖、敦煌郡",河西四郡至此全部建立。②汉武帝元封五年(前106),西汉"初置刺史部十三州"(《汉书·武帝纪》),凉州为十三州之一,其地东起陇坻,西至西域东界,河西和陇右同属凉州刺史部,自此开始,河西和陇右这两个互相毗邻的地区在政治、经济、文化等领域的联系日趋紧密,此后经过长期的交流和融合,逐渐演变为一个区域共同体,河陇地理概念也随之生成。

---

① 《汉书》卷二八下《地理志下》,中华书局1962年版,第1644、1645页。
② 《汉书》卷六《武帝纪》,中华书局1962年版,第176、189页。关于河西四郡的设置时间,《汉书·武帝纪》与《汉书·地理志》有不同记载,后世学者更是言人人殊,众说纷纭。今从《汉书·武帝纪》的相关记载。

东汉初年，隗嚣以陇右天水郡（郡治平襄，即今甘肃通渭）为中心，建立地方割据政权，其势力最盛时占据陇右、河西诸郡。建武八年（32），光武帝刘秀亲征陇右，使隗嚣故将王遵作书劝降瓦亭关守将牛邯，王遵在《喻牛邯书》中说："冀圣汉复存，当挈河陇，奉旧都以归本朝。"①其中的"河陇"，显然是包括河西和陇右在内的完整意义上的地理概念，这也是史书中第一次出现"河陇"这一特定的地理概念。东汉一代，凉州刺史部下辖十郡（北地、安定、汉阳、陇西、武都、金城、武威、张掖、酒泉、敦煌）两属国（张掖属国、张掖居延属国），河西和陇右仍然属于同一个行政监察区。

两晋南北朝时期，尤其是五胡十六国时期，在河陇地区建都的五凉、西秦等割据政权都试图将河陇地区完全纳入自己的版图，都把河陇地区看作一个完整的政治区域，河陇一体的观念已然成为一种共识。晋义熙三年（407），西凉李暠遣沙门法泉奉表建康，其文曰"冀凭国威，席卷河陇，扬旌秦川"云云②，就是以割据河陇，进而东图关中作为自己的政治理想。北魏平定北凉（439）后，河陇一体的观念在北朝虽然有所淡化，但在南朝史官撰写的史书中，"河陇"一词不断出现，河陇地区仍然被视为一个完整统一的政治区域。如《宋书·夷蛮传》史臣曰："汉世西译遐通，兼途累万，跨头痛之山，越绳度之险，生行死径，身往魂归。晋氏南移，河陇复隔，戎夷梗路，外域天断。"③《南齐书·芮芮虏河南氐羌传赞》曰："芮芮河南，同出胡种。称王僭帝，擅强专统。氐羌孽余，散出河陇。来宾往叛，放命承宗。"④沈约和萧子显都是南朝著名的文人学者，他们在所著史书中将"河陇"作为一个约定俗成的地理（政区）名称来使用，说明河陇一体的观念已经完全突破地方割据势力的有限认知，上升为学界共识。

唐代贞观元年（627），"因山川形便，分天下为十道"，"分陇坻已西为陇右道"，此道相当于两汉时期的凉州刺史部，除监察陇右、河西旧地外，还增加了安西、北庭两个都护府，表明唐代的"河陇"还涵盖了广大的西域地

---

① 《后汉书》卷十三《隗嚣传》，中华书局1965年版，第529页。
② 《晋书》卷八七《凉武昭王李玄盛传》，中华书局1974年版，第2264页。
③ 《宋书》卷九七《夷蛮传》，中华书局1974年版，第2399页。
④ 《南齐书》卷五九《芮芮虏河南氐羌传》，中华书局1972年版，第1033页。

区。① "景云二年（711），以江山阔远，奉使者艰难，乃分山南为东西道，自黄河以西，分为河西道。"② "开元二十一年（733），分天下为十五道，每道置采访使，检察非法，如汉刺史之职……又于边境置节度、经略使，式遏四夷"，陇右道为全国十五道之一，仍然疆理"陇坻已西"的广大地区，并且设置安西、北庭、河西、陇右四个节度使，以抚宁西域，捍御羌戎。③唐代中期以后，随着青藏高原上吐蕃民族的逐渐强大与扩张，大唐王朝与吐蕃民族的军事冲突不断加剧，河陇地区的战略地位进一步凸显，在《旧唐书》《新唐书》等史籍中，"河陇"或"河西陇右"等词语频繁出现，河陇一体的观念也进一步深化。④

历史上的河陇地区（不包括西域），大致相当于今甘肃省、宁夏回族自治区全部及青海省河湟谷地、内蒙古自治区额济纳旗。从自然地理区域上看，河陇地区地处黄土高原、青藏高原和内蒙古高原之间，包括陇上黄土高原、河西走廊、河湟谷地、甘南高原、陇南山地、宁夏河套平原和内蒙古额济纳河流域。正如《甘肃全省新通志》卷六所说："昆仑望于西，大陇雄于东，岷山亘于南，贺兰迤于北。黄河如带，泾渭夹流其中，渊渟岳峙，脉络贯通气势。"⑤由于以陇上黄土高原和河西走廊为主体，故简称"河陇地区"或"河陇"。

河陇地区的历史，就地下出土文物与古史传说能够相互印证的而言，可以上推到8000年前。1978—1984年，甘肃省博物馆文物工作队在秦安县五营乡邵店村发掘了大地湾文化遗址（位于葫芦河支流清水河南岸的阶地上），出土了大量的彩陶器和其他文物。根据碳14测定，出土文物最早的（第一期文化）距今约7800—7300年，年代早于仰韶文化，文化特征鲜明而原始，属于新石器时代早期的文化遗存。在大地湾遗址第一期文化层中，发现了谷物种子两种：一种是稷（糜子），另一种是油菜籽。这说明陇西黄土高原是我国旱农作物黍稷的发源地。同期出土的陶器器类简单，陶色不匀，均为红陶，纹饰以交叉绳

---

① 参见《旧唐书》卷三八《地理志一》、卷四十《地理志三》，《新唐书》卷三七《地理志一》、卷四十《地理志四》。
② 《旧唐书》卷四十《地理志三》，中华书局1975年版，第1639页。
③ 参见《旧唐书》卷三八《地理志一》，中华书局1975年版，第1385—1388页。
④ 参见杨发鹏：《汉唐时期"河陇"地理概念的形成与深化》，《中国边疆史地研究》2010年第2期。
⑤ （清）安维峻等撰：《甘肃全省新通志》卷六《舆地志·山川上》，漆子扬主编：《甘肃通志集成》，天津古籍出版社2019年版，第15册，第45页。

纹最为常见,在陶器内壁发现有十多种彩绘符号。考古人员认为:"大地湾一期的彩绘符号和大地湾仰韶早期及半坡、姜寨等遗址的刻划符号非常接近,两者当有承袭关系。这类符号是这一广大地区的氏族居民共同使用并经过长期发展而形成的属于指事系统的符号。"①郭沫若认为半坡遗址"彩陶上的那些刻划记号,可以肯定地说就是中国文字的起源,或者中国原始文字的孑遗"②。大地湾遗址出土的陶器表面不仅流行规整的交叉绳纹,也可以见到不少鱼纹(或变体鱼纹)图案,说明当时可能已经发明了以网捕鱼的技术。这些发现与古史传说中伏羲"生于成纪","造书契以代结绳之政,画八卦以通神明之德","度时制宜,作网罟以畋以渔"③之类的说法基本吻合。根据文献记载,古代"成纪"的地域范围较大,涉及今甘肃静宁、秦安、通渭、天水、清水、甘谷等多个市县。据《汉书·地理志下》,汉武帝元鼎三年(前114)置天水郡,属县有十六,"成纪"即其一。《水经注·渭水上》记载了汉魏时期成纪县的准确位置:"瓦亭水又南,迳成纪县东,历长离川,谓之长离水。右与成纪水合,水导源西北当亭川,东流出破石峡,津流遂断。故渎东迳成纪县故城东,帝太皞庖犧所生之处也,汉以属天水郡。"④郦道元所说的"瓦亭水"即今流经静宁、秦安等县的葫芦河,其支流"成纪水"应是发源于通渭县、流经静宁县西南部的治平—李店河(又称李店河)。根据考古发现,汉代成纪故城遗址就位于静宁县治平乡刘河村南500米处,此地曾出土一件西汉灰陶壶,刻有"成纪容三升"铭文。⑤值得说明的是,甘肃静宁县治平乡境内的成纪故城遗址(李店河流域)和秦安县五营乡境内的大地湾文化遗址(清水河流域)同在葫芦河的中游,自然地理位置非常接近,都属于古代"成纪"的地域范围。以上材料表明,古史传说中伏羲生活的时代、地域与秦安大地湾遗址的第一期文化遗存基

---

① 甘肃省博物馆文物工作队:《甘肃秦安大地湾遗址1978至1982年发掘的主要收获》,《文物》1983年第11期。

② 郭沫若:《奴隶制时代》,人民出版社1973年版,第245、246页。

③ 参见《易乾凿度卷上》,(清)赵在翰辑,钟肇鹏、萧文郁点校:《七纬》(附《论语谶》),中华书局2012年版,第31页。类似的记载,又见于《周易·系辞下》:"古者包牺氏之王天下也……于是始作八卦,以通神明之德,以类万物之情。作结绳而为网罟,以佃以渔。"周振甫:《周易译注》,中华书局1991年版,第256页。

④ (北魏)郦道元注,杨守敬、熊会贞疏,段熙仲点校,陈桥驿复校:《水经注疏》卷十七,江苏古籍出版社1989年版,第1482、1483页。

⑤ 参见袁行霈等主编:《中国地域文化通览·甘肃卷》下编第八章《古城遗址和名镇文化》,中华书局2013年版,第488—489页。

本吻合，所以，如果从有古史传说可印证的大地湾文化说起，河陇地区的历史可上推到8000年前。①

夏商周三代，河陇地区主要生活的是氐、羌等古老民族（又称西戎）。《诗经·商颂》就有"昔有成汤，自彼氐羌，莫敢不来享，莫敢不来王"（《殷武》）②的诗句。《后汉书·西羌传》载："至于武丁（殷王），征西戎、鬼方，三年乃克。故其诗曰：'自彼氐羌，莫敢不来王。'"③殷墟甲骨卜辞中也有大量的关于"羌方"的记载。④陈奂《诗毛氏传疏》经详细考证，认为："盖自秦陇之西北，北连匈奴，若今巩昌、兰州、临洮、河州、岷州皆古西羌所居。青海之羌，其一也。而秦陇之西南，南近巴蜀，若今阶州以西，至松潘厅，古西氐所居。羌在古雍州西北，氐在雍州西南，汉时去古未远，其分郡县画然而不乱。氐种实近《禹贡》'梁州'之域。殷之九州，并梁于雍，故《诗》以氐、羌并言之。"⑤值得注意的是，《史记·周本纪》载："后稷卒，子不窋立。不窋末年，夏后氏政衰，去稷不务，不窋以失其官而奔戎狄之间。不窋卒，子鞠立。鞠卒，子公刘立。公刘虽在戎狄之间，复修后稷之业。"⑥《括地志》亦载："宁、原、庆三州，秦北地郡，春秋及战国时为义渠戎国之地，周先公刘、不窋居之，古西戎也。"⑦据此，后世为周人的发祥地在今甘肃陇东地区的泾河流域，不窋、公刘等活动的豳地，在今甘肃庆阳市境内的宁县一带。⑧

西周后期开始崛起的秦人，其早期在陇右的发展历史，已经被传世文献及考古发现共同证实。秦人崛起于今甘肃天水的张家川、清水（古之"秦谷秦

---

① 关于大地湾文化遗址的相关论述，参见甘肃省博物馆文物工作队：《甘肃秦安大地湾遗址1978至1982年发掘的主要收获》，《文物》1983年第11期；张忠尚、王建祥：《大地湾遗址与中国古代文化》，《甘肃社会科学》1993年第1期；郎树德：《大地湾遗址的发现和初步研究》，《甘肃社会科学》2002年第5期；陈守忠：《河陇史地考述》，甘肃人民出版社2007年版，第1、2页；袁行霈等主编：《中国地域文化通览·甘肃卷》，中华书局2013年版，第20、21页。

② 程俊英、蒋见元：《诗经注析》，中华书局1991年版，第1041页。

③ 《后汉书》卷八七《西羌传》，中华书局1965年版，第2870页。

④ 据唐际根、汤毓赟等统计，殷墟甲骨卜辞中有关羌的辞例包括"获羌""侑羌""来羌""伐羌""以羌""用羌""俎羌"等，总数近2000条。参见唐际根、汤毓赟：《再论殷墟人祭坑与甲骨文中羌祭卜辞的相关性》，《中原文物》2014年第3期。

⑤ （清）陈奂：《诗毛氏传疏》卷三十，凤凰出版社2018年版，第1129页。

⑥ 《史记》卷四《周本纪》，中华书局1982年版，第112页。

⑦ （唐）李泰等著，贺次君辑校：《括地志辑校》卷一，中华书局1980年版，第42页。

⑧ 参见于俊德、于祖培：《先周历史文化新探》，甘肃人民出版社2005年版；袁行霈等主编：《中国地域文化通览·甘肃卷》，中华书局2013年版，第29、30页。

亭")和陇南礼县、西和一带(古之"西垂"),证据充足,毋庸置疑。①春秋时期,河陇大部分地区为戎狄所居。史载"平王之末,周遂陵迟,戎逼诸夏,自陇山以东,及乎伊、洛,往往有戎。于是渭首有狄、獂、邽、冀之戎,泾北有义渠之戎"②。秦国兴起后,逐渐沿渭河向西开拓。《史记·秦本纪》载,秦武公"十年(前688),伐邽、冀戎,初县之";秦穆公"三十七年(前623),秦用由余谋伐戎王,益国十二,开地千里,遂霸西戎"。③《后汉书·西羌传》载:"秦献公初立(前384),欲复穆公之迹,兵临渭首,灭狄、獂戎。"又载,周赧王四十三年(秦昭王三十五年,公元前272年),秦灭义渠戎,"始置陇西、北地、上郡"。④另据《水经注》卷二:"(狄道),汉陇西郡治,秦昭王二十八年(前279)置。"⑤比《后汉书·西羌传》的记载早了七年。两种记载可以并存。

秦灭六国,统一天下,"分天下以为三十六郡",在河陇地区因河为塞,并使蒙恬将兵略地,北逐戎狄,筑长城以拒胡。史载秦代疆域"西至临洮、羌中","北据河为塞,并阴山至辽东";"西北斥逐匈奴,自榆中并河以东,属之阴山,以为三十四县,城河上为塞"。⑥陇右设陇西郡,郡治狄道(今甘肃临洮);陇东设北地郡,郡治义渠(今甘肃宁县)。秦亡汉兴,因秦旧制。汉武帝元鼎三年,从陇西郡分置天水郡,郡治平襄(今甘肃通渭);从北地郡分置安定郡,郡治高平(今宁夏固原)。元鼎六年(前117),增置武都郡,郡治武都(在今甘肃西和县境内)。至此,河陇地区的东部、南部就有北地、安定、天水、陇西、武都五郡之地。⑦

河西地区最早居住的是羌族,历史上有"南山羌"(《史记·大宛列传》)的记载。1976年,甘肃省文物考古工作队在玉门市清泉乡乡政府所在地东侧300米处的火烧沟(红土山沟),发掘出距今3700年左右(相当于商汤建国之

---

① 详参本书第二章第一节。
② 《后汉书》卷八七《西羌传》,中华书局1965年版,第2872页。
③ 《史记》卷五《秦本纪》,中华书局1982年版,第182、194页。
④ 《后汉书》卷八七《西羌传》,中华书局1965年版,第2874、2875页。
⑤ (北魏)郦道元注,杨守敬、熊会贞疏:《水经注疏》,江苏古籍出版社1989年版,第158页。
⑥ 《史记》卷六《秦始皇本纪》,中华书局1982年版,第239、253页。又,关于秦代西北疆域,参见辛德勇:《秦汉政区与边界地理研究》下篇第一章第四节《秦始皇万里长城西段的构成与走向》,中华书局2009年版,第200—211页。
⑦ 参见《汉书》卷二八下《地理志下》,中华书局1962年版,第1609—1616页。

时）的一处文化遗址，出土有大量的彩陶器，陶器上雕有羊头、羊角等，墓葬中陈列有羊头骨，羊头骨上的羊角粗大。以羊为饰，这是羌族的特点，说明河西早先居住的是羌族人。①据《史记·大宛列传》《汉书·西域传》等记载，秦朝统一前后，河西有乌孙、月氏人居住，可能也是羌族系统的部族。其后乌孙被大月氏人逼迫西迁至伊犁河流域。汉初，匈奴人进入河西，攻破大月氏，"月氏乃远去，过大宛，西击大夏而臣之，都妫水北为王庭。其余小众不能去者，保南山羌，号小月氏"②。匈奴人进入河西后，河西成了右贤王的辖地。由于匈奴人经常对陇西、北地等郡进行骚扰，掠夺人、畜和财物，所以自汉武帝元光二年（前133）开始，西汉王朝对匈奴采取一系列大规模的军事行动。先从正面打击，派大将军卫青等夺回了河套地区。元狩二年，霍去病又两度率军深入河西，匈奴战败，浑邪王杀休屠王，率四万人降汉。西汉王朝把他们安置在陇西、北地、上郡、朔方、云中等五郡境内居住，号为五属国。从此，匈奴退出河西，史载"金城、河西并南山（今祁连山）至盐泽（今罗布泊），空无匈奴"，河西地区正式纳入西汉王朝的版图。

  为了继续加强与西域的交通，隔断匈奴与羌人的联系，彻底实现"断匈奴右臂"的战略目标，汉王朝在河西地区推行一系列政治、经济措施，其中郡县的设置，就是整个战略决策的第一步。关于河西四郡的设置年代，《史记》《汉书》《资治通鉴》等史籍的相关记载差异较大，总体而言，《汉书》的记载比较系统详尽，但《汉书·武帝纪》与《汉书·地理志》的记载也有较大差异。③吴廷桢、郭厚安主编《河西开发史研究》参考有关史料以及清代学者齐召南等的相关考证，认为《汉书·武帝纪》记载的年代比较可靠，即元狩二年，匈奴浑邪王归降，以其地为武威、酒泉郡；元鼎六年，又增置张掖、敦煌两郡，史称河西四郡。④为了从经济上大力开发河西，使河西地区由游牧区迅速变为新兴的农业区，西汉王朝从内地向河西地区大规模徙民屯田。据《汉书·地理志

---

  ① 参见吴廷桢、郭厚安主编：《河西开发史研究》，甘肃教育出版社1996年版，第29页；陈守忠：《河陇史地考述》，甘肃人民出版社2007年版，第6页。
  ② 《汉书》卷九六上《西域传上》，中华书局1962年版，第3891页。
  ③ 关于汉代河西四郡设置年代的相关文献资料及研究成果，学界已有系统梳理。参见郝树声：《汉河西四郡设置年代考辨》，《开发研究》1996年第6期；郝树声：《汉河西四郡设置年代考辨（续）》，《开发研究》1997年第3期；李炳泉：《西汉河西四郡的始置年代及疆域变迁》，《东岳论丛》2013年第12期。
  ④ 吴廷桢、郭厚安主编：《河西开发史研究》，甘肃教育出版社1996年版，第41页。

下》记载，当时所徙的对象，"或以关东下贫，或以报怨过当，或以悖逆亡道，家属徙焉"。①根据文献记载，结合汉简及实地考察资料，西汉时期河西地区的屯田包括番和、武威、居延、敦煌等屯田点。②这些政治、经济措施的实施，极大地促进了河西地区的发展。与此同时，汉武帝两次派遣张骞出使西域，开辟了西汉王朝与西域的交通，对外开放，中西经济文化广泛交流，河西开风气之先。总之，河西地区的开发虽然较晚，但由于畜牧发达、政通人和，所以整体发展较快，史载"凉州之畜为天下饶"，"吏民相亲"，"贤于内郡"。③

汉武帝元封五年，西汉"初置刺史部十三州"，河西和陇右同属凉州刺史部。自此开始，河西和陇右划归同一州级行政区域，彼此之间的联系日趋紧密，为河陇一体（新的区域共同体）观念的形成奠定了基础。汉昭帝始元六年（前81），"以边塞阔远，取天水、陇西、张掖郡各二县置金城郡"④。金城郡的设置意义重大，因为从自然地理的角度看，金城郡地处河湟谷地，位于河陇地区的中心地带，横跨黄河，其辖地既有黄河以南、以东的枹罕、榆中等陇右之地，又有黄河以北、以西的令居、浩亹、破羌、临羌等河西之地。它的设立，不仅打破了秦代以来以黄河为界（"因河为塞"）的传统地理区划观念，成为沟通和绾结河西与陇右两大地域的纽带，而且随着河陇一体观念的形成和发展，金城郡以其特殊的地理位置，自然会逐步发展成为河陇地区的政治文化中心。

东汉以后，河西、陇右因为地缘关系已经结合成为一个不可分割的整体（区域共同体），河陇一体的观念已经形成并不断深化。此后虽然因为政局的动荡与外族的入侵，河陇地区经历过无数次的分裂割据或隔绝沦陷，饱经沧桑，但河陇一体的观念并未淡化或消解，尤其是十六国时期的五凉政权和晚唐的归义军政权，都立足河陇，承命中原，进一步凸显了河陇地区的重要战略地位和区域共同体的历史存在。值得注意的是，清代甘肃布政司的政区范围⑤与东汉凉州刺史部⑥非常接近，虽然由于青海省、宁夏回族自治区的成立，今天甘肃

---

① 《汉书》卷二八下《地理志下》，中华书局1962年版，第1645页。
② 参见吴廷桢、郭厚安主编：《河西开发史研究》，甘肃教育出版社1996年版，第52—60页。
③ 《汉书》卷二八下《地理志下》，中华书局1962年版，第1644、1645页。
④ 《汉书》卷七《昭帝纪》，中华书局1962年版，第224页。
⑤ 清嘉庆二十五年（1820）甘肃的政区范围，参见谭其骧主编：《中国历史地图集》第八册《清时期·甘肃》，中国地图出版社1987年版，第28、29页。
⑥ 谭其骧主编：《中国历史地图集》第二册《东汉时期·凉州刺史部》，中国地图出版社1982年版，第57、58页。

省的政区范围与东汉的凉州相比，缩减了宁夏全境、内蒙古的额济纳旗、青海的河湟谷地等地区，但两汉时期已经形成的河陇一体的行政区划仍然保存延续，横跨黄河的"金城"兰州最终成为甘肃省的省会，这也是河陇历史发展的必然选择。

第三节　河陇地区的边塞特征与民俗风习

历史上的河陇地区，是古代中原王朝的西北边疆地区。这里既是游牧民族和农耕民族反复争夺的战略要地，也是中西、胡汉多元文化碰撞、交融的核心地带。频繁的文化交流和战争冲突，使河陇地区在中国历史文化发展历程中始终承担着沟通（丝路）与防御（长城）的双重角色，其地域文化也体现出显著的边塞特征。①

与关中、齐鲁、中原、巴蜀、三楚等地相比，河陇地区具有独特的地理位置和自然条件，在此基础上形成了独特的民俗风习。对此，司马迁、班固都有相关的评述。《史记·货殖列传》说："天水、陇西、北地、上郡与关中同俗，然西有羌中之利，北有戎翟之畜，畜牧为天下饶。然地亦穷险，唯京师要其道。"②《汉书·地理志下》有更加详尽的说明："天水、陇西，山多林木，民以板为室屋。及安定、北地、上郡、西河，皆迫近戎狄，修习战备，高上气力，以射猎为先。故《秦诗》曰'在其板屋'；又曰'王于兴师，修我甲兵，与子偕行'。及《车邻》《驷驖》《小戎》之篇，皆言车马田狩之事。汉兴，六郡良家子选给羽林、期门，以材力为官，名将多出焉。孔子曰：'君子有勇而亡谊则为乱，小人有勇而亡谊则为盗。'故此数郡，民俗质木，不耻寇盗。自武威以西，本匈奴昆邪王、休屠王地，武帝时攘之，初置四郡，以通西域，鬲绝南羌、匈奴。其民或以关东下贫，或以报怨过当，或以悖逆亡道，家属徙焉。习俗颇殊，地广民稀，水草宜畜牧，故凉州之畜为天下饶。保边塞，二千石治之，咸以兵马为务；酒礼之会，上下通焉。吏民相亲。是以其俗风雨时

---

① 李智君：《关山迢递——河陇历史文化地理研究》，上海人民出版社2011年版，第12—19页。
② 《史记》卷一二九《货殖列传》，中华书局1982年版，第3262页。

节，谷籴常贱，少盗贼，有和气之应，贤于内郡。此政宽厚，吏不苛刻之所致也。……武都地杂氐、羌，及犍为、牂柯、越巂，皆西南外夷，武帝初开置。民俗略与巴、蜀同，而武都近天水，俗颇似焉。"①司马迁和班固关于河陇地区地理风俗的评述，都突出了其迫近戎狄、畜牧发达的特点，但班固的分析信息量更大，还着意强调了河陇一带尚武习战、民俗质木的风习。

关于河陇地区的自然条件和气候特点，司马迁和班固也有涉及，前引两段材料中所说"地亦穷险"以及陇右"山多林木"、河西"水草宜畜牧"等，在其他文献中也屡有印证。值得注意的是，作为河陇地区东部的天然屏障和地域表征，"陇坂"山高路险，是陇右与关中的分水岭。《三秦记》载："其坂（陇坻）九回，不知高几许，欲上者七日乃越。"②《水经注》卷十七《渭水上》载："（汧）水有二源，一水出县西山，世谓之小陇山，岩障高险，不通轨辙。故张衡《四愁诗》曰：'我所思兮在汉阳，欲往从之陇坂长。'"郭仲产《秦州记》载："陇山东西百八十里……度汧、陇，无蚕桑，八月乃麦，五月乃冻解。"③不难看出，巍然耸立的陇山不仅无情地阻隔了陇右与关中的正常交通和联系，而且也使河陇之地与关中地区气候殊异。登陇即寒气袭人，怆然伤怀。正如《陇头歌辞》所说："朝发欣城，暮宿陇头，寒不能语，舌卷入喉。陇头流水，其声鸣咽，遥望秦川，心肝断绝。"④正因为这样，古代东人登岭，回望秦川，往往感发兴悲，凄怆悲凉的"陇头流水"之歌，也因此传唱不衰。

河陇之地自然条件恶劣、气候寒苦的特点，其他文献也有记载。《盐铁论》卷三《轻重》载："边郡山居谷处，阴阳不和，寒冻裂地，冲风飘卤（西方碱地），沙石凝积，地势无所宜。……今去而侵边，多斥不毛寒苦之地，是犹弃江皋河滨，而田于岭坂菹泽也。……力耕不便种籴，无桑麻之利，仰中国丝絮而后衣之，皮裘蒙毛，曾不足盖形，夏不失复，冬不离窟，父子夫妇内藏于专室土圜之中。"卷四《地广》又载："缘边之民，处寒苦之地，距强胡之难，烽燧一动，有没身之累。故边民百战，而中国恬卧者，以边郡为蔽扞

---

① 《汉书》卷二八下《地理志下》，中华书局1962年版，第1644—1646页。
② 《后汉书·郡国志五》刘昭注引，中华书局1965年版，第3518页。
③ （北魏）郦道元注，杨守敬、熊会贞疏：《水经注疏》卷十七，江苏古籍出版社1989年版，第1511、1512页。
④ （宋）郭茂倩编：《乐府诗集》，中华书局1979年，第371页。

也。"① 《后汉书·陈龟传》所载陈龟上疏也说:"今西州边鄙,土地塉埆,鞍马为居,射猎为业,男寡耕稼之利,女乏机杼之饶,守塞候望,悬命锋镝,闻急长驱,去不图反。"② 以上文献所说的西州"边郡",显然也包括河陇地区在内,其中所描述的自然环境和生活风习,也是河陇地理风俗的真实写照。史载汉武帝元封五年,西汉"初置刺史部十三州","改雍曰凉"(《汉书·地理志上》)。之所以更名,就是因为"凉"字的意思更加切合河陇地区"寒苦"的气候特点。《释名·释州国》曰:"凉州,西方所在,寒凉也。"③《太平御览》卷一六五引《释名》曰:"西方寒冻,或云河西土田薄,故曰凉。"④《白虎通义》卷七"八风"也说:"凉,寒也。阴气行也。"⑤ 虽然河陇地区地域广阔,自东而西各地气候差异也较大,但总体来看,"寒苦"是其基本特点,与气候温润的关中地区差异明显,"陇坂"就是天然的地理分界线。

河陇地区不仅气候寒冷,而且民俗风习也与关中一带迥然有别。因此,古人也视"陇坂"为华风与戎俗的天然分界线。史载西汉末年,王莽置四关将军,其命右关将军王福说:"汧陇之阻,西当戎狄。"⑥ 扬雄《十二州箴·雍州牧箴》亦云:"陇山以徂,列为西荒。"⑦ 张衡《西京赋》也说:"陇坻之隘,隔阂华戎。"⑧ 不仅如此,古人还结合阴阳五行思想,对河陇地理风俗及其成因进行理论阐释。《后汉书·西羌传》载,西羌"所居无常,依随水草,地少五谷,以产牧为业";"堪耐寒苦,同之禽兽,虽妇人产子,亦不避风雪。性坚刚勇猛,得西方金行之气焉"。⑨ 李贤注即引《黄帝内经·素问》卷二《异法方宜论篇第十二》说:"西方者,金玉之域,砂石之处,天地之所收引也。其民陵居而多风,水土刚强,其民不衣而褐荐,其民华实而脂肥,故邪不能伤其形体,其病生于内。"⑩ 关于阴阳五行与地域方位的关系,

---

① 王利器:《盐铁论校注》,中华书局1992年版,第180、207页。
② 《后汉书》卷五一《陈龟传》,中华书局1965年版,第1692页。
③ (清)王先谦:《释名疏证补》卷第二,《汉小学四种》(下),巴蜀书社2001年版,第1477页。
④ 《太平御览》卷一六五,中华书局1960年版,第804页。
⑤ (清)陈立撰,吴则虞点校:《白虎通疏证》卷七,中华书局1994年版,第342页。
⑥ 《汉书》卷九九《王莽传中》,中华书局1962年版,第4117页。
⑦ 张震泽:《扬雄集校注》,上海古籍出版社1993年版,第337页。
⑧ (梁)萧统编,(唐)李善注:《文选》卷二,上海古籍出版社1986年版,第49页。
⑨ 《后汉书》卷八七《西羌传》,中华书局1965年版,第2869页。
⑩ (清)张志聪集注:《黄帝内经素问集注》卷二,浙江古籍出版社2002年版,第93页。

《白虎通义》卷四"五行"有详细的说明,其论西方时说:"金在西方。西方者,阴始起,万物禁止。金之为言禁也。"又说:"其精白虎,虎之为言搏讨也。"①正是在阴阳五行观念的影响和支配下,古人认为西方对应五行之金及白虎神兽,所以自然充溢着使万物枯落的苦寒肃杀之地气,西方之人也相应带有勇武暴戾之天性。于是,自先秦以来,涉及河陇地理民俗的不少文献,或多或少带有某种地域歧视或种族偏见。如《管子·水地》篇称秦民"贪戾,罔而好事"。②《淮南子·要略》称:"秦国之俗,贪狼强力,寡义而趋利。可威以刑,而不可化以善;可劝以赏,而不可厉以名。"③《风俗通义·四夷》说:"西方曰戎者,斩伐杀生,不得其中。戎者,凶也,其类有六。"④西晋江统《徙戎论》也说:"禹平九土,而西戎即叙。其性气贪婪,凶悍不仁,四夷之中,戎狄为甚。"⑤类似的说法,不胜枚举。平心而论,由于自然条件和落后风习等诸多因素的限制,古代河陇地区生活的各族百姓,与中原华夏民族有较大差异,应该是客观事实,但称其天性"凶悍不仁",贪戾好斗,无疑也有丑化之嫌疑。事实上,这种污名化的做法还有深刻的历史原因。众所周知,秦人兴起于陇右,随着实力的不断增强,遂跨越陇山,逐鹿中原,最终通过残酷的战争平定六国,统一天下,随即因为严刑峻法激起普天怨愤,二世而亡。正是秦灭六国激发的山东诸国的仇秦心理,以及统一之后的暴政引发的反秦怒火,使战国以来对秦人、秦国以及河陇地区的民俗民风进行污名化宣传愈演愈烈,于是秦国便有了"虎狼之国"的标签,而与秦人俗尚比较接近的陇右戎狄,自然就成了"凶悍不仁"的"西荒"野人。

值得注意的是,春秋战国以来,对于崛起于陇右的秦人及其文化习俗,也有一些比较客观或正面的评价。如《国语·郑语》载,周幽王九年(前773),史伯为郑桓公分析西周王室与列国的政治形势,认为"国大而有德者近兴。秦仲、齐侯,姜、嬴之俊也,且大,其将兴乎"。⑥史伯将秦与齐并列为"有德"的大国,并预言其"将兴",与后世的负面评价截然相反。又如《左传》襄公

---

① (清)陈立撰,吴则虞点校:《白虎通疏证》卷四,中华书局1994年版,第168、179页。
② (清)黎翔凤撰,梁运华整理:《管子校注》,中华书局2004年版,第831页。
③ 何宁:《淮南子集释》,中华书局1998年版,第1462页。
④ 王利器:《风俗通义校注》,中华书局2010年版,第487页。
⑤ 《晋书》卷五六《江统传》,中华书局1974年版,第1530页。
⑥ 参见徐元诰:《国语集解》,中华书局2002年版,第460—477页。

二十九年（前544）载，吴公子季札出访鲁国，鲁国请其"观乐"，"为之歌《秦》。曰：'此之谓夏声。夫能夏则大，大之至也，其周之旧乎！'"[1]季札以"大"评价《秦风》的音乐风格，并将其与秦国的国运联系起来，显然是对史伯观点的继承和引申。《荀子·强国篇》记载了荀卿至秦国与秦相范雎的一段对话，其中涉及了秦国政俗的各个方面："入境，观其风俗，其百姓朴，其声乐不流汙，其服不挑，甚畏有司而顺，古之民也。及都邑官府，其百吏肃然，莫不恭俭、敦敬、忠信而不楛，古之吏也。入其国，观其士大夫，出于其门，入于公门，出于公门，归于其家，无有私事也，不比周，不朋党，倜然莫不明通而公也，古之士大夫也。观其朝廷，其间听决百事不留，恬然如无治者，古之朝也。故四世有胜，非幸也，数也。"[2]这段话是荀子对秦相范雎"入秦何见"的回答，虽然难免有美化秦国政俗的可能，但其中所说秦地民风淳朴、百吏肃恭、大夫无私、政事明通，应该不是无稽之谈。秦国后来的发展也证实了荀子的看法，说明其中所说符合秦国实际情况。毫无疑问，这是关于秦国民俗民风的另一种描述，与所谓的"虎狼之国"的残暴血腥大相径庭。

总之，先秦以来关于河陇地区民俗民风的文献记载，由于受上述多方面因素的影响，很多论述明显带有"污名化"的印记，其中展现的文化偏见根深蒂固，而且影响深远。相较而言，班固《汉书·地理志》的记载比较客观公允，其中所说河陇一带迫近戎狄、尚武习战的风习，还见于《汉书·赵充国辛庆忌传赞》，其文云："秦汉已来，山东出相，山西出将。秦将军白起，郿人；王翦，频阳人。汉兴，郁郅王围、甘延寿，义渠公孙贺、傅介子，成纪李广、李蔡，杜陵苏建、苏武，上邽上官桀、赵充国，襄武廉褒，狄道辛武贤、庆忌，皆以勇武显闻。苏、辛父子著节，此其可称列者也，其余不可胜数。何则？山西天水、陇西、安定、北地处势迫近羌胡，民俗修习战备，高上勇力鞍马骑射。故《秦诗》曰：'王于兴师，修我甲兵，与子皆行。'其风声气俗自古而然，今之歌谣慷慨，风流犹存耳。"[3]

班固的这段论述，立足于地域文化的视角，将河陇一带的边塞属性、尚武

---

[1] 《春秋左传正义》卷三九，（清）阮元校刻：《十三经注疏》，中华书局1980年版，第2007页。
[2] （清）王先谦：《荀子集解》，中华书局1988年版，第302、303页。
[3] 《汉书》卷六九《赵充国辛庆忌传》，中华书局1962年版，第2998—2999页。

之风和文学作品的慷慨之气联系起来,比较深入地阐释了河陇文学与文化的地域特色及其成因。朱熹《诗集传》卷六也说:"秦俗强悍,乐于战斗,故其人平居而相谓曰,岂以子之无衣而与子同袍乎?盖以王于兴师,则将修我戈矛,而与子同仇也。其欢爱之心,足以相死如此。"又说:"秦人之俗,大抵尚气概,先勇力,忘生轻死,故其见于诗如此。"①正是在这种尚武精神的激励影响下,河陇地区自古以来不仅养马、驭马成风,畜牧繁荣,而且名将代出。两汉时期的成纪李氏、天水赵氏、狄道辛氏、安定皇甫氏、敦煌张氏、武威段氏等家族都以勇武显闻,名留青史。

随着历史的发展和社会的变迁,特别是河西四郡建立之后中原王朝对河陇地区的开发建设,河陇民俗风尚也悄然转变。东汉后期,凉州人文荟萃,出现了王符、秦嘉、徐淑、赵壹、侯瑾、皇甫规、张奂、张芝、张昶等一批著名文士,其中皇甫规、张奂等人既是戡乱猛将,又是经师儒生,文武兼备,知名显达,堪称河陇士人的楷模。受此影响,"文为儒宗,武为将表"成了河陇士人新的理想人格和共同追求,河陇世风也逐渐由尚武习战向明经崇文演变。魏晋时期,河陇地区的很多世家大族如安定皇甫氏、北地傅氏、敦煌索氏等,都非常重视文化教育,先后完成了由武力强宗向文化世族的转变,并且出现了皇甫谧、傅玄、傅咸、索靖等享有盛名的学者和文士。

西晋末年,北方大乱,战乱频仍,僻处西北边隅的河陇地区,政局相对稳定,加之五凉政权"文教兼设",为河陇文化的持续发展提供了有利的条件。与此同时,不少学养深厚的学者文士随同中原流民迁徙河西,进一步促进了河陇地区的文化发展和学术积淀,遂使河陇地区成为当时北中国的学术中心之一,史称"区区河右,而学者埒于中原"(《北史·文苑传序》)。五凉政权的统治者不论是汉族世家还是少数民族新秀,有一个共同特点,就是尊崇儒学,重视教育。史载五凉政权都设有国学,以德高望重的名儒为儒林祭酒或博士祭酒(又称中书祭酒或崇文祭酒),教授"九郡冑子"即河陇世族及官僚子弟(参《晋书·张轨传》等)。同时鼓励私人讲学,传授生徒。私学中的学生有的多至数千人,如敦煌宋纤隐居酒泉南山,弟子受业者三千余人;敦煌郭瑀隐居临松薤谷,弟子著录千余人(《晋书·隐逸传》);敦煌刘昞早年隐居酒泉,弟子受

---

① (宋)朱熹:《诗集传》,上海古籍出版社1980年版,第79页。

业者五百余人（《魏书·刘昞传》）。由此可见，即便是在战乱频仍的年代，河陇地区仍然文教昌明，从而为传承传统文化做出了重要贡献。正因为这样，河陇地区的民俗风尚也有非常大的转变。以最为僻远的敦煌郡为例，在河西四郡建立之前，这里还是月氏、匈奴等少数民族的栖息之地（《史记·大宛列传》），刘知幾所谓"僻处西域，昆戎之乡"①。但经过几百年的发展，到了五凉时期，敦煌已然以"郡大众殷"著称，西凉李暠曾建都于此，并在《诫子书》中说："此郡世笃忠厚，人物敦雅，天下全盛时，海内犹称之，况复今日，实是名邦。"②史载汉末魏晋以来，敦煌人才济济，是河陇地区名副其实的文化中心，李暠所说并非虚誉。

公元439年，北魏平定北凉，统一河西，强迫迁徙凉州士民三万余户到京师平城（今山西大同），其中既包括北凉王族（沮渠氏）和大批官吏，也包括河陇胡汉世族与著姓。河陇地区自前凉以来文化繁荣的局面便戛然而止，一大批文化精英背井离乡，迁徙流离，死于非命，河陇文化的传承遭遇了严重的破坏和挑战。但凭借积淀深厚的文化实力和坚韧勇武的族群精神，河陇士人在北朝民族融合的历史大潮中迅速崛起，以李冲、牛弘为代表的河陇士人为鲜卑文化的历史转型和多元一体文化的整合建构发挥了关键性的作用，也为辉煌灿烂的隋唐文化的形成做出了独特的贡献。③

总之，东汉以来河陇世风由尚武向崇文的转变，不仅大大提升了河陇地区的文化水平，而且也促成了河陇著姓由武力强宗向文化世家的转变。正是一大批河陇文化世家的出现，使河陇地区虽然"地居下国，路绝上京"，但传承保存了汉魏以来中原地区的传统文化，并且经历了汉末三国及西晋永嘉时期的大乱以及北朝分裂统一的历史动荡，薪火相传，绵延不绝，最终"加入隋唐统一混合之文化，蔚然为独立之一源，继前启后，实吾国文化史之一大业"④。

---

① （唐）刘知幾撰，（清）浦起龙释：《史通通释》，上海古籍出版社1978年版，第520页。
② 《晋书》卷八七《凉武昭王李玄盛传》，中华书局1974年版，第2262页。
③ 参见陈寅恪：《隋唐制度渊源略论稿》，中华书局1963年版，第17—19页；金家诗：《河陇士人与鲜卑文化转型》，《北方论丛》2002年第1期。
④ 陈寅恪：《隋唐制度渊源略论稿》，中华书局1963年版，第19页。

第一章　汉魏六朝河陇著姓的形成与发展

陈寅恪先生在《隋唐制度渊源略论稿》中说："盖自汉代学校制度废弛，博士传授之风气止息以后，学术中心移于家族，而家族复限于地域，故魏、晋、南北朝之学术、宗教皆与家族、地域两点不可分离。"又说："河陇一隅所以经历东汉末、西晋、北朝长久之乱世而能保存汉代中原之学术者，不外前文所言家世与地域之二点。易言之，即公立学校之沦废，学术之中心移于家族，太学博士之传授变为家人父子之世业，所谓南北朝之家学者是也。又学术之传授既移于家族，则京邑与学术之关系不似前此之重要。当中原扰乱京洛丘墟之时，苟边隅之地尚能维持和平秩序，则家族之学术亦得藉以遗传不坠。刘石纷乱之时，中原之地悉为战区，独河西一隅自前凉张氏以后尚称治安，故其本土世家之学术既可以保存，外来避乱之儒英亦得就之传授，历时既久，其文化学术遂渐具地域性质，此河陇边隅之地所以与北朝及隋唐文化学术之全体有如是之密切关系也。"[①]陈先生此论，从学术发展史的角度，充分肯定了汉末魏晋南北朝时期河陇世族在学术文化传承方面的重要地位和贡献。既然如此，弄清这一时期河陇世族的形成、发展以及所具有的地域特点，就显得尤为重要。

第一节　秦汉时期河陇著姓的初步形成

根据文献记载，秦汉以来，随着西北边疆的不断拓展和开发，河陇地区也

[①] 陈寅恪：《隋唐制度渊源略论稿》，中华书局1963年版，第17、19—20页。

相继出现了天水赵氏、陇西李氏、狄道辛氏、天水隗氏、安定梁氏、皇甫氏、武威段氏、敦煌张氏、索氏、曹氏、氾氏、令狐氏、盖氏等一系列豪族大姓，史称"西州著姓"或"河陇世族"。今依时代先后，稽考略述如下。

一、天水赵氏

如前所论，西汉以前河陇地区生活的绝大多数是氐、羌、匈奴等少数民族。春秋战国时期，世居陇右与戎狄杂处的秦人不断发展壮大，最终统一天下。据《史记·秦本纪》等记载，秦之先祖柏翳，佐舜有功，获赐嬴姓。其后造父以善御幸于周穆王，"徐偃王作乱，造父为穆王御，长驱归周，一日千里以救乱，穆王以赵城封造父，造父族由此为赵氏"。其后非子又为周孝王畜马于汧渭之间，"马大蕃息"，孝王"邑之秦，使复续嬴氏祀，号曰秦嬴"。太史公曰："秦之先为嬴姓。其后分封，以国为姓……然秦以其先造父封赵城，为赵氏。"①史载秦人之先祖自"中潏"以来世居陇右"西垂"，非子虽然受封于秦邑，但周宣王时西戎反叛，非子裔孙秦庄公讨伐西戎有功，获封"西垂大夫"，于是重新占据其先祖所居"西垂"之地。②20世纪90年代以来，随着甘肃礼县大堡子山秦公大墓的发现和发掘，史籍所载"西垂"的地理位置逐渐明晰。2006年秋，早期秦文化联合考古队对甘肃礼县大堡子山遗址进行全面清理发掘，在被盗秦公大墓附近发掘一座大型"乐器坑"，出土铸有"秦子"铭文的成套青铜钟镈和石磬。考古专家根据大堡子山遗址先后出土的器物，断定礼县大堡子山被盗两座大墓的墓主之一就是秦文公。③这与《史记·秦本纪》关于秦文公居"西垂宫""葬西山"等记载完全相符。文献记载和考古发现两相印证，足以说明早期秦人所居"西垂"地区，就是"两汉时陇西郡的西县"，其"境域大致含今礼县东部及西和县北部，即西汉水上游地区"。④发迹于陇右

---

① 《史记》卷五《秦本纪》，中华书局1982年版，第175、177、221页。
② 参见《史记》卷五《秦本纪》，中华书局1982年版，第173—178页。关于非子之后早期秦人在陇右的发展情况，参见本书第三章第一节。
③ 参见早期秦文化联合考古队：《2006年甘肃礼县大堡子山祭祀遗迹发掘简报》，《文物》2008年第11期；赵化成、王辉、韦正：《礼县大堡子山秦子"乐器坑"相关问题探讨》，《文物》2008年第11期；祝中熹主编：《秦西垂陵区》，文物出版社2004年版，第16—18页。
④ 参见祝中熹主编：《秦西垂陵区》，文物出版社2004年版，第2—6页。

天水西南的秦嬴赵氏，在非子之后不断发展壮大，逐步向东、向西扩张，最终君临华夏，所以天水赵氏堪称先秦时期的河陇著姓。秦灭六国，又命原本同宗的代王赵嘉之子赵公辅"主西戎，居陇西郡天水西县"（《元和姓纂》卷七），天水西县遂为汉魏以来赵氏郡望之一，代有名士。如西汉武帝至宣帝时有赵充国，《汉书》本传称其为"陇西上邽人"，据《汉书·地理志》，西汉陇西上邽即今甘肃天水市一带，上邽西南即为西县，二者同属陇西郡，从地域来看，赵充国应该属于天水赵氏。《汉书》本传载，赵充国"以六郡良家子善骑射补羽林，为人沉勇有大略，少好将帅之节，而学兵法，通知四夷事"，是西汉武帝、宣帝时抗击匈奴，镇抚氐羌的重要将领。他极力倡导湟中屯田，威服叛羌，基本解决了西汉时期的羌人叛乱。赵充国的这些做法，显然与先秦时期天水赵氏"主西戎"的职守一脉相承。值得注意的是，赵充国不仅实战经验丰富，而且善于理论总结，《汉书》本传收录了他的不少关于平定羌乱的奏疏，林剑鸣《秦汉史》称之为《屯田奏》，认为"是对汉代西北屯田的理论总结"，这说明赵充国不仅仅是一介武将，而且有较高的文化素养，其中透露了天水赵氏在西汉时期发展变化的一些历史信息，不容忽视。如果说先秦时期天水赵氏主要是在渭河流域和戎狄斗争，不断向西开疆拓土，那么赵充国则在西汉宣帝时继续向西推进，将大汉王朝的实际控制疆域进一步扩展到湟水流域。因为他功勋卓著，所以汉宣帝甘露三年（前51），朝廷于麒麟阁为霍光等十一位中兴辅佐功臣画像，赵充国名列其一。麒麟阁画像在当时影响甚大，不少朝廷重臣都难以入选，赵充国是十一功臣中唯一的河陇士人，更属难得不易。汉成帝时，扬雄又作《赵充国颂》，专门歌颂其功德。[①]总之，如果从先秦、秦汉时期西北边疆开发与稳定的层面深入考量，天水赵氏居功甚伟，其历史地位和贡献应该得到充分肯定。

据《元和姓纂》卷七记载："（代王）嘉子公辅，主西戎，居陇西郡天水西县。公辅十三代孙名融，后汉右扶风、大鸿胪。"这一支在隋唐时期更加兴旺显贵。由于赵姓以天水为著望，所以他支也多附于天水[②]，天水赵氏也就成

[①] 参见《汉书·李广苏建传》《赵充国传》等。刘跃进《秦汉文学编年史》也系此事于汉宣帝甘露三年，参见《秦汉文学编年史》，商务印书馆2006年版，第239页。
[②] 参见（唐）林宝撰：《元和姓纂》，中华书局1994年版，第996—1021页。

了名副其实的河陇著姓。后汉时期,汉阳西县人赵壹,恃才傲物,名重西州,堪称陇右名士,所著《刺世嫉邪赋》,为汉末抒情小赋名篇之一,代表了陇右文学创作的最新成就。[①]赵壹的出现,不仅传递出天水赵氏由守疆拓土的武力强宗向诗书传家的文化世家转变的历史信息,而且表明河陇文化的水平和影响有了进一步的提升。

二、陇西李氏

据《新唐书·宗室世系表上》、《古今姓氏书辩证》卷二一等记载,陇西李氏的奠基人是秦陇西守、南郑公李崇。但他只是为官于陇西,并未携家定居。李崇次子李瑶生李信,秦时为将。李信子李超,汉渔阳太守。李超次子李仲翔,为西汉河东太守、征西将军,奉命讨叛羌于素昌(即临洮),战殁,"葬陇西狄道东川,因家焉"。这是李氏定居陇西的开端。仲翔生伯考,曾任陇西、河东二郡太守。伯考"生尚,成纪令,因居成纪"。李尚生李广,故《史记·李将军列传》云:"李将军广者,陇西成纪人也。其先曰李信,秦时为将,逐得燕太子丹者也。故槐里,徙成纪。"[②]《史记》的记载虽然较为简略,但为后世了解陇西李氏提供了重要的历史信息:其一,李广的先世李信是秦代名将,在秦灭六国的统一战争中功勋显著,这就大大提升了陇西李氏的地位和知名度,为此后发展成为河陇著姓奠定了基础。其二,至李广时,其家已经定居陇西成纪(今甘肃静宁、秦安一带),这就为李氏定居陇西提供了今天所见最早的历史记载。事实上,陇西李氏在秦汉时期能够成为著姓,主要因为前有李信,后有李广。根据《史记·李将军列传》《汉书·李广苏建传》等记载,李广是汉文帝、景帝、武帝时期抗击匈奴的名将,匈奴称之为"汉之飞将军"。武帝元狩四年(前119),李广随从卫青出击匈奴,因失道延误军期,被迫自杀。李广一生虽为守边良将,但一直未能封侯,"及死之日,天下知与不知,皆为尽哀"。李广的英勇善战和人格魅力,不仅赢得了时人的同情和赞许,而且也使他成为《史记》中唯一被大书特书的河陇名将。陇西李氏的社会地位也因此得到进一步提

---

① 参见《后汉书》卷八十下《文苑传下》,中华书局1965年版,第2628—2635页。
② 《史记》卷一百九《李将军列传》,中华书局1982年版,第2867页。

升。史载李广有三子,长子李当户、次子李椒皆先李广而死,少子李敢也英勇善战,因军功赐爵关内侯,代父为郎中令,后因为父报仇击伤大将军卫青,被霍去病借从武帝打猎之机射杀,武帝隐而不发。李敢有子李禹,"然好利,李氏陵迟衰微矣"。李广之孙、李当户之子李陵,善射,汉拜为骑都尉,"将丹阳楚人五千人,教射酒泉、张掖以屯卫胡"。天汉二年(前99)秋,贰师将军李广利出击匈奴,"陵将其射士步兵五千人出居延北可千余里",匈奴以兵八万围击陵军,李陵兵败投降。"自是之后,李氏名败"。值得注意的是,李广从弟李蔡,与李广一同出仕文、景、武三朝,武帝时以击匈奴有功,封乐安侯。元狩二年,代公孙弘为丞相。元狩五年(前118),因侵占汉景帝陵园地,事发,畏罪自杀。李蔡是李氏家族在西汉时期唯一官位显赫之人,他能继公孙弘之后任丞相,很可能也喜好儒术。遗憾的是,李广、李蔡的先后自杀,李敢的屈死以及李陵的投降匈奴,使这个声名渐著的河陇大族一蹶不振,留于史书的只是几代人的悲剧和李陵叛国投敌的耻辱。综观李氏家族在武帝时期的兴盛衰微,可以发现李广家族的悲剧,实为汉武帝、卫青等人幕后操纵的结果,甚至可以说是汉武帝的偏见和冷酷直接导致了这个家族的悲剧。李陵的投降,虽然使"李氏名败,而陇西之士居门下者皆用为耻",但匈奴单于因"素闻其家声,及战又壮,乃以其女妻陵而贵之"。李广自杀身亡,士大夫、庶民百姓知与不知,咸皆流泪;李陵战败投降,匈奴单于因其家声而以女妻之。陇西李氏的影响之大,于此可见一斑。总之,秦汉时期以军功赢得时誉的陇西李氏,因为种种原因,在东汉魏晋时期沉寂长达数百年之久,直到十六国北朝时期才重新崛起,北魏议定四海士族,与范阳卢氏、清河崔氏、荥阳郑氏、太原王氏一并列为华族高门之首。①

三、狄道辛氏

与陇西李氏一样,西汉时期以军功名世的河陇大姓还有狄道辛氏。《新唐书·宰相世系表三上》载:"辛氏出自姒姓。夏后启封支子于莘,'莘''辛'声相近,遂为辛氏。周太史辛甲为文王臣,封于长子。秦有将军辛腾,家于中

---

① 参见《魏书》卷六三《宋弁传》、《新唐书》卷九五《高俭传》等。

山苦陉。曾孙蒲,汉初以豪族徙陇西狄道。曾孙柔,字长汎,光禄大夫、右扶风都尉、冯翊太守。四子:临、众、武贤、登翁。武贤,破羌将军。生庆忌,左将军、光禄大夫、常乐公。"①类似的记载,还见于《元和姓纂》卷三、《古今姓氏书辩证》卷六等。以上诸书所载辛氏世系虽互有异同,但都认为辛氏徙居陇西狄道,始自汉初辛蒲。其后辛武贤、辛庆忌父子两代凭军功致显,遂为河陇著姓。辛武贤以酒泉太守为破羌将军,佐赵充国平羌,《史记·汉兴以来将相名臣年表》已有记载,事在西汉神爵元年(前61)。其子辛庆忌,《汉书》卷六九有传。史载辛氏一门除辛武贤曾任破羌将军外,其弟辛临众、辛汤先后为护羌校尉。其子庆忌,"少以父任为右校丞,随常惠屯田乌孙赤谷城。……元帝初,补金城长史,举茂材,迁郎中车骑将军,朝庭多重之者。转为校尉,迁张掖太守,徙酒泉,所在著名"。成帝初年,"征为光禄大夫,迁左曹中郎将,至执金吾"。后"坐子杀赵氏,左迁酒泉太守"。其后虽宦海沉浮,但因大将军王凤等人举荐,历官光禄勋、左将军等显职。《汉书》本传又载,辛庆忌"为国虎臣,遭世承平,匈奴、西域亲附,敬其威信。年老卒官。长子通为护羌校尉,中子遵函谷关都尉,少子茂水衡都尉,出为郡守,皆有将帅之风。宗族支属至二千石者十余人"。其宗族之兴盛,于此可见。王莽时,由于辛氏不肯屈事王莽心腹甄丰、甄邯,两甄于是诬陷辛氏"阴与卫子伯为心腹,有背恩不说安汉公之谋",司直陈崇也举奏其宗亲"陇西辛兴等侵陵百姓,威行州郡",辛氏宗族遂遭受重大打击。辛通父子、辛遵、辛茂兄弟及南郡太守辛伯等,都被王莽诛杀,"辛氏由是废"。②王莽的诛杀以及西汉后期的战乱流离,使陇西辛氏一时衰微,整个东汉时期,显达者少见。直到魏晋以后,陇西辛氏又重新崛起,并且完成了由武力强宗向文化世族的转变。如西晋后期有辛谧(?—350),《晋书》本传称其"少有志尚,博学善属文,工草隶书,为时楷法","虽处丧乱之中,颓然高迈,视荣利蔑如也"。历刘聪、石勒、季龙之世,并不应辟命。其后冉闵僭号,备礼征为太常,谧遗书辞谢,"不食而卒"。③南北朝时期,又有辛威、辛术、辛庆之、辛公义、辛德源、辛彦之等一

---

① 《新唐书》卷七三上《宰相世系表三上》,中华书局1975年版,第2879—2880页。
② 参见《汉书》卷六九《辛庆忌传》,中华书局1962年版,第2971—2998页。
③ 参见《晋书》卷九四《隐逸传》,中华书局1974年版,第2447页。

批知名之士为世所重，狄道辛氏依然是西州著姓，河陇高门。

《汉书·赵充国辛庆忌传》所云汉兴以来河陇名将，除赵充国、李广、李蔡、辛武贤、辛庆忌等人外，还有郁郅王围、甘延寿，义渠公孙贺、傅介子，上邽上官桀，襄武廉褒等，这些人虽以勇武显闻，但宗族势力相对弱小，不足与赵、李、辛诸氏相提并论，所以暂不论列。

四、天水隗氏

两汉之交，天下大乱，群雄并起。天水隗氏一度占据河陇地区，建立了割据政权。根据史籍记载，天水隗氏，本春秋时赤狄之后。《左传》僖公二十三年："狄人伐廧咎如，获其二女：叔隗，季隗。"注："廧咎如，赤狄之别种也，隗姓。"又僖公二十四年："昭公奔齐，王复之，又通于隗氏。"注："隗氏，王所立狄后。"①《国语·周语中》："富辰曰：'狄，隗姓也。'"韦昭注："隗姓，赤狄也。"②王符《潜夫论·志氏姓》："隗姓，赤狄。"③《元和姓纂》卷六："春秋时翟国，隗姓，子孙因氏焉。"④据此，则隗氏本春秋时赤狄之姓。姚薇元《北朝胡姓考》云："晋、狄通婚，后又并灭，其人固久已融合。"⑤见于史籍者，秦代有丞相隗状。⑥两汉之交，天水成纪隗氏势力较大，乘机割据河陇，文人儒士纷纷奔赴避难，遂使陇右偏隅之地，一度成为北方文化中心。天水隗氏之所以能够吸引诸多名士割据一方，与隗嚣有很大的关系。《后汉书》本传载，隗嚣字季孟，天水成纪（今甘肃静宁、秦安一带）人。少仕州郡，王莽国师刘歆引嚣为士（王莽时三公九卿属官）。刘歆死，嚣归乡里。值天下大乱，隗嚣季父隗崔"素豪侠，能得众"，乃与其兄隗义、上邽人杨广、冀人周宗等起兵反莽。因隗嚣"素有名，好经书，遂共推为上将军"。

---

① 《春秋左传正义》卷十五，（清）阮元校刻：《十三经注疏》，中华书局1980年版，第1815、1818页。
② 徐元诰：《国语集解》，中华书局2002年版，第49页。
③ （汉）王符著，（清）汪继培笺，彭铎校正：《潜夫论笺校正》，中华书局1985年版，第456页。
④ （唐）林宝撰：《元和姓纂》，中华书局1994年版，第966页。
⑤ 姚薇元：《北朝胡姓考》，中华书局2007年版，第334页。
⑥ "隗状"，《史记·秦始皇本纪》原作"隗林"。《颜氏家训·书证》篇据出土秦时铁秤权铭文，考证"隗林"为"隗状"之误，后世从之。

隗嚣遣使请方望为军师，立汉高庙，称臣奉祠，并移檄郡国，勒兵十万反莽。一时势如破竹，河陇诸郡都顺风响应。更始二年，隗嚣依附更始，不久又亡归天水，占据故地。及更始帝败亡，三辅耆老士大夫皆归附隗嚣。隗嚣谦恭爱士，与诸文士为布衣之交。以范逡为师友，以谷恭为掌野大夫，以郑兴、苏衡、赵秉为祭酒，以杜林、申屠刚为持书，以周宗、杨广、王遵、王捷、行巡、王元等人为大将军，以金丹、杜陵等为宾客。"由此名震西州，闻于山东。"史载当时隗嚣集团人才云集，甚至连班彪、马援等人都曾依附于隗嚣。但是，由于隗嚣错误估计形势，联合公孙述对抗光武帝刘秀，准备割据陇右，于是不少士人离开隗嚣，转而依附刘秀。建武八年，光武帝举大军围攻陇右，并诛杀隗嚣长子隗恂（此前入侍光武）。建武九年（33），隗嚣饥病交加，"恚愤而死"。次年十月，隗嚣少子隗纯于落门（今甘肃甘谷西）率众投降汉军。为了彻底瓦解隗氏宗族及余部势力，光武帝分徙周宗、赵恢及诸隗于京师以东，隗纯与行巡、苟宇徙弘农。"（建武）十八年（42），（隗）纯与宾客数十骑亡入胡，至武威，捕得，诛之。"①隗嚣割据势力的败亡，使天水隗氏也一蹶不振。此后，天水隗氏似乎销声匿迹，一直没有重新崛起。

天水隗氏在两汉之际割据陇右，对当时的政局和河陇文化的发展都有一定的影响。根据史料记载，隗嚣少仕州郡，"素有名，好经书"，著名经学家刘歆引以为士，这表明隗嚣出身"文吏"，具有较高的文化素养，不同于一般的草莽军阀。所以当关中大乱之时，"三辅耆老士大夫皆奔归嚣"，其中郑兴、杜林、班彪、马援等人都是当时著名的学者文士，虽然他们依附隗嚣时间甚短，但也有部分文士如班彪等投奔河西窦融，从而为河陇地区文化的发展产生了较大的影响。②正因为隗嚣文士集团的文学修养较高，所以光武帝刘秀与隗嚣书牍往来，不得不慎重措辞。《后汉书·隗嚣传》载："嚣宾客、掾史多文学生，每所上事，当世士大夫皆讽诵之，故帝有所辞答，尤加意焉。"③《北堂书钞》卷一百三引《东观汉记》亦云："隗嚣，故宰相府掾吏，善为文书，每上书移

---

① 参见《后汉书》卷十三《隗嚣传》，中华书局1965年版，第513—532页。
② 刘跃进：《班彪与两汉之际的河西文化》，原刊《齐鲁学刊》2003年第1期，后收入《秦汉文学论丛》，凤凰出版社2008年版。
③ 《后汉书》卷十三《隗嚣传》，中华书局1965年版，第526页。

檄,士大夫莫不讽诵之也。"①严可均《全后汉文》卷十一辑录隗嚣盟、檄、书、令六篇,其中《移檄告郡国》最为有名。刘勰《文心雕龙·檄移》说:"观隗嚣之檄亡新,布其三逆,文不雕饰,而辞切事明,陇右文士,得檄之体矣。"《诏策》又说:"陇右多文士,光武加意于书辞。"②这些记载和评论说明,陇右隗嚣集团的割据虽然比较短暂,但无疑也是秦汉以来河陇地区经过长期发展,经济文化水平达到一定高度的结果。正如王元劝说隗嚣割据称雄时所说:"今天水完富,士马最强,北收西河、上郡,东收三辅之地,案秦旧迹,表里河山。元请以一丸泥为大王东封函谷关,此万世一时也。若计不及此,且畜养士马,据隘自守,旷日持久,以待四方之变,图王不成,其弊犹足以霸。"③王元所说虽然略有夸张,但确实反映出两汉之交,河陇地区相对安定,其经济实力和文化水平可与三辅中原相抗衡,所以举足轻重,必然引起刘秀及中原士大夫的重视和关注。

总之,隗嚣割据陇右,进一步凸显了秦汉以来河陇地区在经济文化等方面的发展成就。天水隗氏作为春秋时期赤狄之后,经过长期的汉化融合,发展成为能够称雄割据的地方豪强,与魏晋南北朝时期陇右氐、羌、鲜卑豪族兴起并建立前秦、后秦、后凉、南凉、仇池等割据政权前后呼应,充分体现了河陇地区多民族共同发展繁荣的地域文化特点。隗嚣集团的文学成就,也对河陇本土文学的发展产生了较大影响。东汉前期,一些河陇大族如安定梁氏等,逐渐由武力强宗转为文化世族,河陇著姓与河陇文学的发展也随之进入一个新的历史时期。

五、安定梁氏

据《后汉书·梁统传》等记载,安定梁氏,本春秋时晋大夫梁益耳之后,其后有梁子都自河东迁居北地,"子都子桥,以赀千万徙茂陵,至哀、平之末,归安定"。安定梁氏在东汉的兴起,两汉之交的梁统起了关键作用。《后汉书·梁统

---

① (东汉)刘珍等撰,吴树平校注:《东观汉记校注》,中华书局2008年版,第905页。
② (梁)刘勰著,周振甫注:《文心雕龙注释》,人民文学出版社1981年版,第227、214页。
③ 《后汉书》卷十三《隗嚣传》,中华书局1965年版,第525页。

传》注引《东观记》云:"桥子溥。溥子延,以明军谋特除西域司马。延生统。"①由此可知,梁氏自梁子都以来几经迁徙,至梁统时已定居安定乌氏(今甘肃平凉西北、宁夏固原东南一带)。梁统生活的时代,正值两汉之交,群雄割据,四海鼎沸。梁统"性刚毅而好法律,初仕州郡。更始二年(24),召补中郎将,使安集凉州,拜酒泉太守。会更始败,赤眉入长安,统与窦融及诸郡守起兵保境,谋共立帅"。初以位次,众人共推梁统,统固辞,遂共推窦融为河西大将军,以梁统为武威太守。建武五年(29),梁统随窦融归附刘秀。建武八年四月,光武帝亲征隗嚣于安定,梁统与窦融等将兵会师。隗嚣败亡,"封统为成义侯",其兄梁巡、从弟梁腾并为关内侯,拜梁腾为酒泉典农都尉。建武十二年(36),梁统与窦融等俱至京师,"以列侯奉朝请,更封高山侯,拜太中大夫,除四子为郎"。后出为九江太守,在郡有治迹,卒于任所。②总之,梁统在两汉之交顺应潮流,归附刘秀,堪称东汉王朝的开国功臣,从而奠定了梁氏在东汉的世袭基础。

梁统卒后,子梁松嗣封。史载梁松字伯孙,少为郎,尚光武帝之女舞阴长公主,迁虎贲中郎将。松博通经书,明习故事,常与诸儒论议修订朝廷礼仪,深受光武帝器重。光武帝驾崩,受遗诏辅政。永平元年(58),迁太仆。因"数为私书请托郡县",永平二年(59)事发免官。四年(61)冬,又遭人"县飞书诽谤",下狱死。妻子家属徙九真(今越南河内南)。梁松弟梁竦字叔敬,"少习《孟氏易》,弱冠能教授。后坐兄松事,与弟恭俱徙九真。既徂南土,历江、湖、济沅、湘,感悼子胥、屈原以非辜沉身,乃作《悼骚赋》,系玄石而沉之。显宗后诏听还本郡。竦闭门自养,以经籍为娱,著书数篇,名曰《七序》。班固见而称曰:'孔子著《春秋》而乱臣贼子惧,梁竦作《七序》而窃位素餐者惭。'性好施,不事产业"。梁竦有三女,汉章帝"纳其二女,皆为贵人"。小贵人生皇子肇,窦皇后收为养子,后为汉和帝。但因窦氏构陷,建初八年(83),"潜杀二贵人,而陷竦等以恶逆。诏使汉阳太守郑据传考竦罪,死狱中,家属复徙九真"。汉和帝永元九年(97),窦太后死,梁松之子梁扈与从兄梁禅奏记三府,为梁贵人及梁氏族人平反冤案,于是"征还竦妻、子,封子

---

① 《后汉书》卷三四《梁统传》,中华书局1965年版,第1165页。
② 参见《后汉书》卷三四《梁统传》,中华书局1965年版,第1165—1166、1170页。

棠为乐平侯，棠弟雍乘氏侯，雍弟翟单父侯，邑各五千户，位皆特进，赏赐第宅、奴婢、车马、兵弩、什物以巨万计，宠遇光于当世。诸梁内外以亲疏并补郎、谒者"。①自章帝建初八年至和帝永元九年，安定梁氏在交州九真度过了十五个流亡春秋，至此复盛。

安定梁氏的进一步发展，与梁竦之孙梁商的贤能有很大的关系。《后汉书·梁统传》附《梁商传》载，商字伯夏，梁雍之子。少以外戚拜郎中，迁黄门侍郎。永建元年（126），袭父爵乘氏侯。三年（128），汉顺帝选商女及妹入掖庭，迁侍中、屯骑校尉。阳嘉元年（132），"女立为皇后，妹为贵人"，梁氏一门更为显贵。史载梁商"少通经传，谦恭好士"②，所以在辅佐顺帝期间，"每存谦柔，虚己进贤，辟汉阳巨览、上党陈龟为掾属，李固、周举为从事中郎，于是京师翕然，称为良辅，帝委任焉"。梁商不仅是一位"良辅"，而且也有较高的文学素养。《后汉书·梁商传》注引《东观汉记》载："商少持《韩诗》，兼读众书传记，天资聪敏，昭达万情。"汉顺帝永和六年（141）秋病卒。纵观梁商一生，确如《东观汉记》所言："举措动作，直推雅性，务在诚实，不为华饰。孝友著于闾阎，明信结于友朋。其在朝廷，俨恪矜严，威而不猛。退食私馆，接宾待客，宽和肃敬。忧人之忧，乐人之乐，皆若在己。轻财货，不为蓄积，故衣裘裁足卒岁，奴婢车马供用而已。"③时人称为"良辅"，洵非虚誉。

安定梁氏的衰败，主要由于梁商之子梁冀的骄横暴虐，专断朝纲。《后汉书·梁统传》附《梁冀传》称其"少为贵戚，逸游自恣"，"居职暴恣，多非法"。梁商病卒，梁冀接替父职。历顺、冲、质、桓四帝，专权长达二十年之久。其间，鸩杀质帝，陷害李固、杜乔等贤臣，天下共怨。汉桓帝元嘉元年（151），以梁冀有援立之功，"有司奏冀入朝不趋，剑履上殿，谒赞不名"，尊崇赏赐堪比萧何、邓禹、霍光等前朝元勋，"冀犹以所奏礼薄，意不悦。专擅威柄，凶恣日积，机事大小，莫不咨决"。史载"冀一门前后七封侯，三皇后，六贵人，二大将军，夫人、女食邑称君者七人，尚公主者三人，其余卿、

---

① 《后汉书》卷三四《梁统传》附《梁竦传》，中华书局1965年版，第1170—1175页。
② 《资治通鉴》卷五二，中华书局1956年版，第1677页。
③ 参见《后汉书》卷三四《梁统传》附《梁商传》，中华书局1965年版，第1175、1176页。

将、尹、校五十七人。在位二十余年，穷极满盛，威行内外，百僚侧目，莫敢违命，天子恭己而不得有所亲豫"。物极则反，延熹二年（159）八月，汉桓帝因梁冀派人刺杀议郎邴尊而大怒，遂与五常侍定谋铲除梁氏，梁冀及其妻孙寿自杀，"诸梁及孙氏中外宗亲送诏狱，无长少皆弃市"，"百姓莫不称庆"。①

关于安定梁氏数代人的功过贤愚，范晔《后汉书·梁统传赞》有比较公允的评价："河西佐汉，统亦定算。褒亲幽愤，升高累叹。商恨善柔，冀遂贪乱。"②不难看出，梁统、梁竦、梁商、梁冀四人，分别代表了安定梁氏兴衰发展的几个不同时期。这个家族的发展演变，明显体现出由武力强宗向文化世族的转变。梁统"性刚毅而好法律"，虽然史书中保存有《刑罚务中疏》《复上言》《对尚书问状》等作品，但主要以勇武显闻。其子梁松、梁竦已经具有较高的文化素养，尤其是梁竦，"以经籍为娱，著书数篇，名曰《七序》"，又有《悼骚赋》借悼念屈原抒发愤懑之情，是一篇优秀的骚体赋。总之，由于梁冀等人的影响，安定梁氏虽然清誉不佳，但是多有文采。梁竦之后的梁禅、梁扈、梁商等，多以学术知名，至今还保存有多篇文章。③

六、"凉州三明"

东汉后期，外戚宦官交替擅权，政治黑暗腐败。顺帝以后，各种社会矛盾急剧增加，不仅南匈奴、鲜卑等边疆民族侵扰频繁，境内羌胡各族的反叛也持续不断。在抗击诸族侵扰、平定羌族叛乱的过程中，安定皇甫规、敦煌张奂、武威段颎功勋卓著，"知名显达"，时人称为"凉州三明"。④

（一）皇甫规与安定皇甫氏

据《后汉书·皇甫规传》等记载，皇甫规字威明，安定朝那（今宁夏固原东南、甘肃平凉西北一带）人。祖父皇甫棱，度辽将军。父皇甫旗，扶风都

---

① 《后汉书》卷三四《梁统传》附《梁冀传》，中华书局1965年版，第1178—1188页。
② 《后汉书》卷三四《梁统传》，中华书局1965年版，第1188页。
③ 参见薛正昌：《东汉豪族梁氏述评》，《宁夏社会科学》1988年第4期；王茂福：《宁夏历史上的第一位文学家梁竦及其〈悼骚赋〉考释》，《固原师专学报》1998年第5期；刘跃进：《河西四郡的建置与西北文学的繁荣》，原刊《文学评论》2008年第5期，后收入《秦汉文学论丛》，凤凰出版社2008年版。
④ 《后汉书》卷六五《皇甫张段传》，中华书局1965年版，第2154页。参见王震亚：《东汉后期的"凉州三杰"》，《西北师院学报》1985年第2期。

尉。又据《元和姓纂》卷五、《广韵》上声"麌第九"、《通志·氏族略》等记载，皇甫棱之父皇甫僑，曾任后汉安定都尉、太守，最早定居安定朝那，而且子孙众多，自他开始，安定皇甫氏家族走上了兴旺发达之路，"代为西州著姓"。皇甫规之父皇甫旗，《后汉书》所载仅一事。《西羌传》云，汉安帝元初二年（115）秋，时任右扶风都尉的皇甫旗随同征西将军司马钧北击零昌于丁奚城，因身陷羌人伏击而战殁。此时皇甫规年仅十三岁。① 根据文献记载，皇甫旗的儿子还有皇甫节（皇甫规之兄、皇甫嵩之父），官至雁门太守。不难看出，自皇甫僑以来，安定皇甫氏累世效命边郡，出任武职。在此过程中，逐渐形成习兵尚武、崇尚事功之家风。②

安定皇甫氏的进一步发展，与皇甫规、皇甫嵩叔侄在平定羌族叛乱和黄巾起义的过程中建立的丰功伟业有很大的关系。据《后汉书·西羌传》及《后汉书·皇甫张段传》等记载，自汉安帝永初元年（107）以来，散居陇西、安定、北地等郡县的降羌，由于"为吏人豪右所徭役，积以愁怨"，于是起兵反叛，东汉王朝前后几次派兵平定叛乱，但都没有取得根本性的胜利。永初五年（111），羌势转盛，东汉王朝不得已内迁陇西、安定、北地、上郡等郡县以避寇难。原本定居安定朝那的皇甫氏族人，也被迫随同郡县内迁到右扶风的邠、岐一带（今陕西彬县一带）。从此以后，皇甫规及其家人便在陕西邠、岐一带度过了长达几十年的侨居生活。③ 由于饱受战乱之苦，皇甫规自汉顺帝永和六年以来，就多次为东汉王朝建言献策，以期平定羌乱，但因"年少官轻"，东汉王朝对其建议拒不采纳。汉冲帝、质帝之间（145—146），皇甫规举贤良方正，因忤逆梁冀，"以规为下第，拜郎中。托疾免归。州郡承冀旨，几陷死者再三。遂以《诗》《易》教授，门徒三百余人，积十四年"。④ 汉桓帝延熹二年，梁冀被诛，年届花甲的皇甫规终于结束了长达十四年的"禁锢"生活，"公车特征规，拜太山太守"；延熹四年（161），三公举规为中郎将，持节平羌。至此，皇甫规才正式走到平定羌乱的第一线，实现他青年时代的理想和抱

---

① 参见《后汉书》卷八七《西羌传》，中华书局1965年版，第2889页。
② 参见景蜀慧：《魏晋政局与皇甫谧之废疾》，《文史》第五十五辑，中华书局2001年版，第53—74页。
③ 详参本书第六章第二节。
④ 参见《后汉书》卷六五《皇甫规传》，中华书局1965年版，第2129—2132页。

负。在平定羌乱的过程中,皇甫规不仅采用剿抚结合的手段对付羌乱,而且大力"整肃郡吏",对激化民族矛盾和"老弱不堪任职"的地方官吏,奏请朝廷给予必要的惩处,从而大大加强了东汉王朝的统治权威。"羌人闻之,翕然反善",前来归降者"不可胜数"。皇甫规不仅功勋卓著,而且为人清廉正直,在外戚与宦官专权的东汉后期,他先是不畏权臣梁冀,上书直陈其专权祸国的罪行,"几陷死者再三";后来又"恶绝宦官,不与交通",于是被诬"货赂羌胡",经太学生张凤等三百多人营救,才幸免于难。此外,他还荐贤举能,退身避第。延熹二年,敦煌张奂因属梁冀故吏,被免官禁锢,"凡诸交旧莫敢为言,唯规荐举前后七上"。延熹六年(163),张奂"拜武威太守"。不久,皇甫规又以张奂"才略兼优,宜正元帅"为由,主动让贤,朝廷从之。汉灵帝熹平三年(174),皇甫规病卒。范晔称其"审己则干禄,见贤则委位,故干禄不为贪,而委位不求让;称己不疑伐,而让人无惧情。故能功成于戎狄,身全于邦家也"。①

皇甫规之后,其侄皇甫嵩以平定黄巾起义的显赫功业和对东汉王朝的忠贞不贰,进一步提升了安定皇甫氏家族的地位和声望。据《后汉书·皇甫嵩传》,皇甫嵩字义真,皇甫规兄皇甫节之子,"少有文武志介,好《诗》《书》,习弓马。初举孝廉、茂才。太尉陈蕃、大将军窦武连辟,并不到。灵帝公车征为议郎,迁北地太守"。汉灵帝中平元年(184),巨鹿人张角、张宝、张梁领导的黄巾起义爆发,"旬日之间,天下响应,京师震动"。汉灵帝以皇甫嵩为左中郎将,与右中郎将朱儁率四万余人平定起义。经过颍川、广宗、下曲阳等几场战役,皇甫嵩与朱儁等人终于彻底平定了黄巾起义,又一次为东汉王朝力挽狂澜。灵帝"拜嵩为左车骑将军,领冀州牧,封槐里侯,食槐里、美阳两县(今陕西兴平、武功一带),合八千户"。皇甫嵩"既破黄巾,威震天下,而朝政日乱,海内虚困",汉阳人阎忠劝嵩自立,但皇甫嵩执意"委忠本朝,守其臣节",甚至认为即使受到奸人诬陷,"不过放废,犹有令名,死且不朽",拒不接纳阎忠的劝谏。此后,皇甫嵩虽然先后受到宦官赵忠、张让以及权臣董卓等人的陷害,几至丧命,但终其一生,始终顾全大局,忠于东汉王朝。约卒于

---

① 参见《后汉书》卷六五《皇甫规传》,中华书局1965年版,第2133—2137页。

兴平元年（194）。①

总之，经过皇甫僑、皇甫旗、皇甫规、皇甫嵩等数代人的努力进取，安定皇甫氏凭借军功不仅具备了成为西州望族的政治基础，而且也以居功不傲享有跻身于衣冠世族的好名声。晋代史臣华峤，引述其祖华歆（魏太尉）语云："时人说皇甫嵩之不伐，汝豫之战，归功朱儁，张角之捷，本之于卢植，收名敛策，而己不有焉。盖功名者，世之所甚重也。诚能不争天下之所甚重，则怨祸不深矣！"②平原华氏堪称魏晋衣冠士族的代表，其称誉皇甫嵩如此，足以说明安定皇甫氏自汉末以来已经获得中原世族的普遍认同和赞许。值得注意的是，皇甫规既是后汉平羌名将，也是当时比较有名的儒生文士。蔡邕《荐皇甫规表》称其"少明经术"，《后汉书》本传称其"著赋、铭、碑、赞、祷文、吊、章表、教令、书、檄、笺记，凡二十七篇"③。《隋书·经籍志》著录《皇甫规集》五卷。以上记述表明，自后汉皇甫规始，安定皇甫氏亦文亦武，已经显示出由武力强宗向文化世族的转变。

（二）张奂与敦煌张氏

据《后汉书》卷六五《张奂传》等记载，张奂字然明，敦煌渊泉（今甘肃瓜州县）人。其父张惇，曾任汉阳太守。张奂"少游三辅，师事太尉朱宠，学《欧阳尚书》。初，《牟氏章句》浮辞繁多，有四十五万余言，奂减为九万言。后辟大将军梁冀府，乃上书桓帝，奏其《章句》，诏下东观。以疾去官，复举贤良，对策第一，擢拜议郎"。汉桓帝永寿元年（155），迁安定属国都尉。后因功迁使匈奴中郎将。延熹二年，梁冀被诛，张奂以梁氏故吏被免官禁锢。直到延熹六年，经皇甫规举荐，复拜武威太守。因政绩显著，迁度辽将军。延熹九年（166）春，征拜大司农。不久，鲜卑联合匈奴、乌桓等侵边，张奂再次出任护匈奴中郎将，"匈奴、乌桓闻奂至，因相率还降，凡二十万口"。永康元年（167）春，东羌各族反叛，张奂又率军平息羌乱，因功"徙属弘农华阴"。张奂虽然对稳定边疆、绥抚羌乱做出了重要贡献，但由于他"不事宦官"，因此多次受到宦官的排斥陷害，熹平元年（172），被"陷以党罪，禁锢归田"。

---

① 参见《后汉书》卷七一《皇甫嵩传》，中华书局1965年版，第2299—2307页。
② 《后汉书》卷七一《皇甫嵩传》，中华书局1965年版，第2314页。
③ 《后汉书》卷六五《皇甫规传》，中华书局1965年版，第2137页。

此后,"闭门不出,养徒千人,著《尚书记难》三十余万言"。灵帝光和四年(181)病卒,享年七十八岁。①

张奂不仅是东汉后期驰骋疆场的名将,而且也是《欧阳尚书》的传人。《后汉书》本传载其"著铭、颂、书、教、诫述、志、对策、章表二十四篇",今存残篇断简,尚有十九篇。其中《艺文类聚》卷二三所载《诫兄子书》、卷三十所载《与延笃书》等书札,质朴流畅,情意拳拳,娓娓道来,具有较高的文学价值。

张奂的儿子张芝,字伯英,是东汉著名的书法家。《后汉书·张奂传》注引王愔《文志》曰:"芝少持高操,以名臣子勤学,文为儒宗,武为将表。太尉辟,公车有道征,皆不至,号张有道。尤好草书,学崔、杜之法,家之衣帛,必书而后练……韦仲将谓之'草圣'也。"张芝弟张昶,亦善草书,与其兄并知名。张奂另有一子张猛,汉末建安中为武威太守,因杀刺史邯郸商,州兵围之急,登楼自焚而死。②

除张奂父子外,东汉时期见于史籍的敦煌张氏族人还有张珰、张衡、张恭等。《后汉书·西域传》载,汉安帝延光二年(123),"敦煌太守张珰上书三策",请求经营西域北道,得到尚书陈忠等人的支持,此后遂有班勇屯柳中、破车师之壮举,这是东汉最后一次开通西域。张珰其人,虽然史籍并未明确记载其籍属敦煌,但冯培红等比照西汉敦煌人曹宗官任敦煌太守,派兵进取西域的事迹,认为张珰也极可能出自敦煌张氏,今从其说。此外,《续汉书·五行志三》刘昭注提到"《敦煌实录》张衡对策曰"云云,清代张澍辑《敦煌实录》所加按语云:"敦煌张氏有《家传》,衡本贯当是敦煌。"③又,《三国志·魏书·阎温传》载,东汉末年,战乱频频,河陇隔绝,信息不通。"敦煌太守马艾卒官,府又无丞。功曹张恭素有学行,郡人推行长史事,恩信甚著。"④时张掖张进、酒泉黄华割据郡县,张恭与子张就、从弟张华等积极迎接新任敦煌太守尹奉,协助武威太守毌丘兴、金城太守苏则等平定叛乱,维护了河西走廊的稳定和统一(参《三国志·魏书·苏则传》)。黄初二年(221),曹魏下诏褒扬张恭,

---

① 《后汉书》卷六五《张奂传》,中华书局1965年版,第2138—2144页。
② 参见《后汉书》卷六五《张奂传》,中华书局1965年版,第2144页。
③ (清)张澍辑,李鼎文校点:《续敦煌实录》,甘肃人民出版社1985年版,第5页。
④ 《三国志》卷十八《魏书·阎温传》,中华书局1959年版,第550页。

赐爵关内侯，拜西域戊己校尉。太和中卒，赠执金吾。张就先代父为西域戊己校尉，后迁金城太守，"父子著称于西州"。不难看出，至汉末曹魏时期，敦煌张氏已然发展成为西州著姓，在当时的政治、文化等领域产生了较大影响。

（三）段颎与武威段氏

据《后汉书·段颎传》等记载，段颎字纪明，武威姑臧（今甘肃武威）人。其先出自春秋时郑国共叔段。汉文帝时，段印（一作"卬"）为北地都尉。[1]段颎曾祖父段会宗，西汉元帝、成帝时任西域都护之职。在西域数十年，颇著威信，曾以精骑三十余人平定乌孙国内乱，加强了中原与西域的联系，赐爵关内侯。[2]段会宗时，段氏居天水上邽，后徙居武威姑臧。史载段颎"少便习弓马，尚游侠，轻财贿，长乃折节好古学。初举孝廉，为宪陵园丞、阳陵令"。后迁辽东属国都尉。时鲜卑侵掠边境，段颎以计大破之。从此开始了他的武将生涯。桓帝永兴二年（154），泰山、琅琊一带爆发流民起义，"破坏郡县，遣兵讨之，连年不克"。永寿二年（156），桓帝拜段颎为中郎将，"大破斩之，获首万余级，余党降散，封颎为列侯"。延熹二年，迁护羌校尉。"会烧当、烧何、当煎、勒姐等八种羌寇陇西、金城塞，颎将兵及湟中义从羌万二千骑出湟谷，击破之。"此后，西羌时叛时降，段颎也开始了长达八九年的征剿活动，直到汉桓帝永康元年，西羌之乱始定。自汉灵帝建宁元年（168）始，段颎又奉命征剿散居安定、北地、上郡、西河一带的东羌，先后在逢义山（今宁夏固原西北）、灵武谷（今宁夏贺兰县西北）等地大败羌众。诸羌余部散入汉阳山谷间。建宁二年（169）春，汉灵帝一面派谒者冯禅招降汉阳散羌，一面令段颎继续进剿。夏，段颎率部与东羌激战于凡亭山（今宁夏固原东南），羌众溃败，奔聚于射虎谷，段颎又追破之，"斩其渠帅以下万九千级，获牛马驴骡毡裘庐帐什物，不可胜数。冯禅等所招降四千人，分置安定、汉阳、陇西三郡，于是东羌悉平"。汉灵帝封段颎"新丰县侯，邑万户"。建宁三年（170）春，段颎振旅回朝。此后历官侍中、河南尹、司隶校尉、太中大夫、太尉等职。与皇甫规、张奂相比，段颎"曲意宦官，故得保其富贵"。灵帝光和

---

[1] 参见《通志》卷二七《氏族略》。又据《汉书》卷四《文帝纪》、卷九四《匈奴传上》，文帝"十四年冬，匈奴寇边，杀北地都尉卬"，徐广认为北地都尉即段印。参见《汉书》卷四，中华书局1962年版，第125、126页。

[2] 参见《汉书》卷七十《段会宗传》，中华书局1962年版，第3029—3034页。

二年（179），代桥玄为太尉。在位月余，会日食，上疏自劾，诏收印绶，诣付廷尉。时司隶校尉阳球奏诛王甫及段颎，"遂饮鸩死，家属徙边"。其后中常侍吕强上疏，追论段颎之功，汉灵帝遂诏令段颎妻子归还本郡。①

总之，段颎为西汉名将段会宗之后，所以在平定羌乱的过程中，展示出过人的军事才干。《后汉书》本传称其"行军仁爱，士卒疾病者，亲自瞻省，手为裹创。在边十余年，未尝一日蓐寝。与将士同苦，故皆乐为死战"。据此则段氏有河陇名将之遗风。关于"凉州三明"的历史功绩，范晔《后汉书·皇甫张段传》早有评论，其文云："山西多猛，'三明'俪踪。戎骖纠结，尘斥河、潼。规、奂审策，亟遏嚣凶。文会志比，更相为容。段追两狄，束马悬锋，纷纭腾突，谷静山空。"范氏此论，不仅将皇甫规等人与西汉时期河陇名将李广、赵充国、辛武贤等相提并论，肯定了他们以勇武显闻的共性，而且注意到了皇甫规、张奂在儒业文学方面的成就，称赞二人"文会志比，更相为容"，这的确是河陇著姓在后汉一代的显著变化，不容忽视。史载皇甫规与太学生张凤、安定王符、汉阳赵壹等名士时有交往，张奂更是遭遇"党锢"之祸，这些都说明后汉时期河陇名士由尚武向崇文的转变。与此相应，当时不少河陇著姓也由武力强宗转变为文化世族。于是，可以与中原世族相提并论的河陇世族真正形成。

七、两汉时期的其他河西著姓

西汉以来，随着汉武帝在新拓展的地区设郡徙民政策的推行，河西地区由原来的少数民族聚居地逐渐变为以内地人为主体，同时也包括月氏、羌、匈奴等少数民族的居住区。在大汉王朝的统一管辖之下，河西地区的经济文化迅速发展，河西的豪强大姓也随之形成。总体来看，西汉后期，中原地区的一些家族如曹、张、索、汜、令狐等，由于拓边、征战或犯罪、避祸等原因，迁徙河西并定居于此；东汉前期，其中的不少人通过立功西域等途径，为官任职，提升了家族的地位；东汉后期，他们从崇尚武力军功转向明习儒学文化，逐渐以经学传家，并以通经致仕，进而使其家族发展成为儒学世族；到魏晋时期，这

---

① 参见《后汉书》卷六五《段颎传》，中华书局1965年版，第2145—2158页。

些家族的精英分子精通经纬，驰名海内，其学术文化遂领先于全国水平。①前述后汉"凉州三明"中敦煌张奂、武威段颎及其家族，就是其中典型的代表。除了张氏、段氏以外，在一些传世史籍、敦煌文献和出土碑志中，还有不少从汉武帝至王莽时期移居河西的中原家族的记载。其中到偏远之地敦煌并且后来发展成为敦煌大族的，主要是犯了罪或者为了避祸的官吏及其家属。

根据史料记载，汉代官吏因获罪而被发配到河西、敦煌一带的，是经常之事。如汉武帝征和二年（前91）戾太子刘据事变被镇压后，"吏士劫略者，皆徙敦煌郡"；又如汉宣帝五凤二年（前56）十二月，"平通侯杨恽坐前为光禄勋有罪，免为庶人，不悔过，怨望，大逆不道，要斩"，"妻子徙酒泉郡"；再如汉成帝时陈汤与将作大匠解万年因赃获罪，两人"俱徙敦煌"。②根据敦煌文献和出土碑志记载，从汉武帝到王莽时期，移居河西、敦煌的中原家族中，有不少在后汉时期发展为当地的豪门著姓。

索氏。敦煌文书伯2625号《敦煌名族志残卷》"索氏"条记载："汉武帝时，太中大夫索抚、丞相赵周直谏忤旨，徙边，以元鼎六年从钜鹿南和迁于敦煌。凡有二祖，号南索、北索。初，索抚在东，居钜鹿之北，号为北索。至王莽天凤三年（16），鸣开都尉索骏复西敦煌。骏在东，居钜鹿之南，号为南索。莫知其长幼，咸累代官宦。"③又斯530号《沙州释门索法律窟铭稿》载："和尚俗姓索，法号义辩，其先商王帝甲之后，封子丹于京索间，因而氏焉。远祖前汉太中大夫（索）抚，直谏飞龙，既犯逆鳞之势，赵周下狱，抚恐被诛，以元鼎六年自钜鹿南和从（疑为"徙"之讹）居于流沙，子孙因家焉，遂为敦煌人也。"④不难看出，元鼎六年敦煌郡初建之时，索抚因罪徙边；王莽时，又有索骏避祸西迁。但除了索抚、索骏二人外，伯2625号《敦煌名族志残卷》"索氏"条并未记载西汉时期其他索氏人物，说明西汉后期索氏尚未成为河西著姓。但到东汉初年，敦煌索氏中已经有不少人谋求事功，特别是通过立

---

① 参见冯培红：《汉晋敦煌大族略论》，《敦煌学辑刊》2005年第2期；《汉晋间敦煌家族史研究回顾与述评》（上），《敦煌学辑刊》2008年第3期。
② 参见《汉书》卷六六《刘屈氂传》、卷八《宣帝纪》、卷六六《杨敞传》附《杨恽传》、卷七十《陈汤传》，中华书局1962年版。
③ 上海古籍出版社、法国国家图书馆编：《法藏敦煌西域文献》，上海古籍出版社2001年版，第16册，第331页。
④ 郝春文编著：《英藏敦煌社会历史文献释录》第3卷，社会科学文献出版社2003年版，第79页。

功西域，获取个人官职，提升家族地位。伯2625号《敦煌名族志残卷》"索氏"条又载，后汉有索颢，明帝永平中（58—75）为西域戊己校尉，居高昌城。①其子索堪，"举孝廉，明经，对策高第，拜尚书郎，稍迁幽州刺史"。又有索翊，"有文武才，明兵法，汉安帝永初六年（112）拜行西域长史"。索翊有"弟华（索华），除为郎。华之后展（索展），字文长，师事太尉杨赐。展孙翰（索翰），字子曾，师事司徒王朗。咸致仕官"。由于弘农杨氏世传《欧阳尚书》，而王朗也曾师事杨赐，所以索展、索翰等都是以经学致仕，已经具备了东汉儒学世族的基本特征。伯2625号《敦煌名族志残卷》还记载东汉后期索宜"清灵洁净，好黄老，沉深笃学，事继母以孝闻"，也体现了儒学世族的基本特征。此外，张澍所辑《续敦煌实录》中，东汉敦煌索氏除索颢外，还有索班、索劢两人②。《后汉书·班勇列传》及《西域传》都记载安帝元初六年（119）敦煌太守曹宗遣长史索班将千余人屯伊吾，车师前王、鄯善王皆诣索班降附。又《水经注》卷二《河水注二》"注滨河"载："敦煌索劢，字彦义，有才略，刺史毛奕表行贰师将军，将酒泉、敦煌兵千人，至楼兰屯田，起白屋，召鄯善、焉耆、龟兹三国兵各千，横断注滨河。……灌浸沃衍，胡人称神。大田三年，积粟百万，威服外国。"③这些史料说明，至东汉后期，敦煌索氏已经成为名副其实的河西著姓。

曹氏。刻立于后汉灵帝中平二年（185）十月的《郃阳令曹全碑》，比较详细地记载了西汉时期曹氏家族西迁及其发展的情况。曹全为东汉时人，定居于敦煌郡效谷县。碑文开头交待曹全的名讳、籍贯，然后追述其先祖及家世，称随着汉武帝廓土斥境，曹氏"子孙迁于雍州之郊，分止右扶风，或在安定，或处武都，或居陇西，或家敦煌，枝分叶布，所在为雄"。曹全及其亲属即为徙居敦煌的曹氏分支。据碑文记载，敦煌曹氏以经学传家，尊崇儒学，有不少人被举为孝廉，居官任职。如曹全的高祖父曹敏，"举孝廉，武威长史、巴郡朐忍令、张掖居延都尉"；曾祖父曹述，"孝廉，谒者，金城长史、夏阳令、蜀郡

---

① 索颢又见于《后汉书·西域传》，此人于汉和帝永元八年（96）任戊己校尉。
② （清）张澍辑，李鼎文校点：《续敦煌实录》，甘肃人民出版社1985年版，第28、29页。
③ （北魏）郦道元注，杨守敬、熊会贞疏：《水经注疏》，江苏古籍出版社1989年版，第97、98页。又，张澍《续敦煌实录》卷二辑录《水经注》所载索劢事迹，并附按语曰："此事郦氏不著年代，以叙于汉事后，疑亦汉时人。"（清）张澍辑，李鼎文校点：《续敦煌实录》，甘肃人民出版社1985年版，第29页。

西部都尉";祖父曹凤,"孝廉,张掖属国都尉丞、右扶风隃麋侯相、金城西部都尉、北地太守"。曹敏、曹述及曹凤等生活的时代,可据史籍关于曹凤的相关记载略加推断。据《水经注》卷二《河水注二》"又东入塞,过敦煌、酒泉、张掖郡南"条注,东汉和帝永元十年(98),以隃麋侯相曹凤为金城西部都尉,开屯田二十七部;又据卷三《河水注三》"又北过北地富平县西"条注,光武建武年间,曹凤(字仲理)为北地太守,政化尤异。①据此可知,曹凤主要生活在东汉初年,则曹敏、曹述应活动在西汉后期。他们三人都出身孝廉,担任各级官职,已经有了一定的社会地位和影响。曹凤之子、曹全之父曹琫不幸早逝。至于曹全,碑文称其"童龀好学""无文不综""贤孝之性,根生于心",所以两度被举为孝廉。曹全的好学与孝行,正是东汉后期敦煌大族普遍具有的儒学特征。曹全弟曹鸾,曾任永昌太守,熹平五年(176)因"上书大讼党人,言甚方切",诏令槛车收之,"送槐里狱掠杀之"。②此外,东汉安帝时期,敦煌太守曹宗积极经营西域,《后汉书·西域传》有记载,此人也应属敦煌曹氏。

氾氏。敦煌文书斯1889号《敦煌氾氏家传并序》是专门记述敦煌氾氏家族的人物传记,其中记载氾氏西徙敦煌云:"成帝御史中丞氾雄,直道见惮,河平元年(前28)自济北卢县徙居敦煌。代代相生,遂为望族。孝廉纪世,声誉有闻。"③但从该传所列氾氏人物来看,氾雄以后,西汉时期并无人物,其所叙人物从东汉氾熯开始。关于氾氏徙居敦煌之始末,《广韵》卷二"凡第二十九"还有另一种说法:"氾,国名,又姓,出敦煌、济北二望。皇甫谧云:本姓凡氏,遭秦乱,避地氾水,因改焉。汉有氾胜之,撰书言种植之事。子辑,为敦煌太守,子孙因家焉。"④斯1889号《敦煌氾氏家传并序》首全后残,所叙人物从东汉氾熯始,至前凉氾瑗止,共十一人,其中东汉有三人:氾熯、氾

---

① 参见(北魏)郦道元注,杨守敬、熊会贞疏:《水经注疏》,江苏古籍出版社1989年版,第130、205页。
② 《后汉书》卷六七《党锢传》,中华书局1965年版,第2189页。又按:《曹全碑》于曹鸾事颇有隐讳,仅云:"(全)迁右扶风槐里令,遭同产弟忧,弃官,续遇禁冈(网),潜隐家巷七年。"然碑文与《后汉书·党锢传》叙事吻合,可证曹鸾为曹全之弟。本书所引《曹全碑》,转引自高文:《汉碑集释》,河南大学出版社1997年版,第472—476页。
③ 沙知主编:《英藏敦煌文献(汉文佛经以外部分)》第3卷,四川人民出版社1990年版,第168页。
④ 周祖谟:《广韵校本》,中华书局2004年版,第233页。

孚、氾咸。氾熙字孔明，蜀郡太守氾吉第二子。"高才，通经史，举孝廉，擢拜为尚书，后迁左丞相……性清严高亮，言不妄出，时人为之语曰：'宁为刑法所加，不为氾君所非。'"氾孚字仲夏，氾吉之孙。通经笃行，州辟为从事，太守马艾甚重之。孚"志节尤高，耽道乐业，……下帷潜思，不窥门庭，或半年百日，吟咏古文，欣然犹笑，精黄老术。苍梧太守令狐溥与太常张奂书曰：'仲夏居高笃学，有梁鸿、周党之伦。'其见重如此"。氾咸字宣合，侍御史氾辅之玄孙。从苍梧太守同郡令狐溥受学，明通经纬，行不苟合。"初，（氾）咸当世非政不合，门无杂客。太常奂（张奂）致书与令狐溥曰：'宣合独怀白玉，进退由道，是以尤屈。'咸轻财好施，奉禄虽丰，而家常不足。"①不难看出，这一家族确实是"孝廉纪世，声誉有闻"，氾孚、氾咸得到太常张奂、苍梧太守令狐溥的赏识，氾咸还师事令狐溥，他们明经笃行，正是东汉时代的学术传统和士人风尚。总之，到东汉后期，敦煌氾氏家族已经成为经学传家的儒学世族。

令狐氏。《新唐书·宰相世系表五下》载："汉建威将军（令狐）迈，与翟义起兵讨王莽，兵败死之。三子：伯友、文公、称。皆奔敦煌。伯友入龟兹，文公入疏勒，称为故吏所匿，遂居效谷。"②据此，则首先定居敦煌的令狐氏族人是令狐称。但据《唐故棣州刺史兼侍御史敦煌令狐公（梅）墓志铭并序》，首先徙居敦煌的令狐迈之子为"令狐鸿"，其文云："建威将军（令狐）迈，与翟义同谋匡复汉室，事泄，为莽所害。迈子鸿逃匿敦煌，因家焉，遂为西州著姓。"③以上两说虽有差异，但也有相同之处，即首先徙居敦煌的是令狐迈之子，其因避祸而逃匿敦煌，时间在西汉末年。到了东汉，令狐氏家族有了较大的发展。《新唐书·宰相世系表五下》记载："（令狐）称六子：扶、坚、由、羡、瑾、猛。由字仲平，后汉伊吾都尉。六子：禹、霸、容、明、涣、淳。禹字巨先，博陵太守。四子：辉、洽、延、溥。溥字文悟，苍梧太守。"④从令狐称到令狐溥，中间经历四代，敦煌令狐氏的地位也发生了翻天覆地的变化。西

---

① 沙知主编：《英藏敦煌文献（汉文佛经以外部分）》第3卷，四川人民出版社1990年版，第168—169页。
② 《新唐书》卷七五下《宰相世系表五下》，中华书局1975年版，第3397页。
③ 乔栋：《唐棣州刺史令狐梅墓志考释》，《中原文物》1994年第3期。
④ 《新唐书》卷七五下《宰相世系表五下》，中华书局1975年版，第3397页。

汉末年，令狐伯友、令狐文公等人亡命西域，令狐称始居敦煌。东汉初年，令狐由任伊吾都尉，立功西域，初步提升了令狐氏家族在敦煌的社会地位。东汉中期以后，令狐禹、令狐溥等人已经到博陵、苍梧等地出任郡守，令狐溥还曾向同郡氾咸等传授经学，该家族显然已经完成了从武力强宗向文化世家的转变。正是基于东汉时期在儒家文化及仕途上的长足发展，令狐氏才成为后世所称的"西土冠冕""西州豪右""河西右族""敦煌右姓"。①

盖氏。《后汉书·盖勋传》载："盖勋字元固，敦煌广至人也。家世二千石。初举孝廉，为汉阳长史。"后因镇抚羌戎有功，凉州刺史杨雍"表勋领汉阳太守"。后历官讨虏校尉、京兆尹、越骑校尉等职。为人"强直不屈"，董卓专权，亦忌惮之。曾劝皇甫嵩起兵讨伐董卓，不果。"不得意，疽发背卒，时年五十一。""子顺，官至永阳太守。"关于盖勋的家世，《后汉书》注引《续汉书》曰："曾祖父进，汉阳太守。祖父彪，大司农。"又引谢承《后汉书》曰："父字思齐，官至安定属国都尉。"②由此可见，东汉时期的敦煌盖氏，无疑也是名副其实的河西著姓。又据袁宏《后汉纪·孝灵皇帝纪下》，"（盖）勋虽身在外，甚见信重。乃著《琴诗》十二章奏之，（灵）帝善焉，数加赏赐"③。《琴诗》十二章后世不传，难以详考。

八、董卓及其凉州军事集团

东汉末年，外戚宦官交替擅权，双方斗争相当激烈。中平六年（189）四月，汉灵帝驾崩，少帝刘辩即位。大将军何进与司隶校尉袁绍等谋议尽诛宦官，何太后不从，何进乃密召并州牧董卓将兵进京，以胁迫太后。八月，宦官张让等诛杀何进，袁绍等又尽诛宦官，双方两败俱伤。适值董卓进京，遂废少立献，弑何太后，掌控了东汉政权。汉魏之际的历史剧变，由此发轫。此后，由于以袁绍为首的关东世族起兵反对，董卓被迫挟持汉献帝迁都长安。初平三年（192）四月，董卓被王允等设谋诛杀，其部下李傕、郭汜等兴兵作乱，直至

---

① 参见《周书·令狐整传》《隋书·令狐熙传》《旧唐书·令狐德棻传》《新唐书·令狐德棻传》等；马强、潘玉渠：《隋唐时期敦煌令狐家族谱系考略》，《敦煌研究》2013年第6期。
② 参见《后汉书》卷五八《盖勋传》，中华书局1965年版，第1879—1884页。
③ （晋）袁宏撰，张烈点校：《后汉纪》，中华书局2002年版，第492页。

建安三年（198）四月李傕被杀，董卓部属之乱才被彻底平定。由于董卓的部属主要来自凉州，所以这一军事集团具有明显的羌胡化特征。①但就董卓个人的家世出身及出仕经历看，无疑属于汉末河陇一带的地方豪族。《后汉书·董卓传》载："董卓字仲颖，陇西临洮人也。性粗猛有谋。少尝游羌中，尽与豪帅相结。后归耕于野，诸豪帅有来从之者，卓为杀耕牛，与共宴乐，豪帅感其意，归相敛得杂畜千余头以遗之，由是以健侠知名。为州兵马掾，常徼守塞下。卓膂力过人，双带两鞬，左右驰射，为羌胡所畏。桓帝末，以六郡良家子为羽林郎，从中郎将张奂为军司马，共击汉阳叛羌，破之，拜郎中……稍迁西域戊己校尉，坐事免。后为并州刺史，河东太守。"②《三国志·魏书·董卓传》所载其早期经历与此基本相同，裴松之注引《英雄记》曰："卓父君雅，由微官为颍川纶氏尉。有三子：长子擢，字孟高，早卒；次即卓；卓弟旻字叔颖。"又引《吴书》曰："郡召卓为吏，使监领盗贼。胡尝出钞，多虏民人，凉州刺史成就辟卓为从事，使领兵骑讨捕，大破之，斩获千计。并州刺史段颎荐卓公府，司徒袁隗辟为掾。"③董卓之弟董旻，史籍无传。《后汉书·何进传》等载，中平六年董卓进京之前董旻任奉车都尉，何进遇害后，与何进部曲将吴匡等引兵攻杀车骑将军何苗，董卓进京后即兼并何进、何苗所领部曲，又使吕布杀执金吾丁原而并其众，董卓之兵遂大盛。如果上述史籍所载属实，则董卓所属临洮董氏应为当地豪族。首先，按照汉代惯例，州郡掾吏一般由当地豪族子弟担任④；其次，董卓于桓帝末年（永康元年）"以六郡良家子为羽林郎"，为中郎将张奂司马（《后汉书·张奂传》）；再次，前引《吴书》所载董卓早期仕历，尤其是段颎举荐、袁隗辟召，也表明董卓绝非出自普通单家⑤。正因为董卓出身于地方豪族，所以在其成长过程中，汉末名臣张奂、段颎、袁隗等人或

---

① 《太平御览》卷六九九引《风俗通义》佚文："灵帝好胡服、胡帐、胡床，京师皆竞为之，后董卓拥胡兵掠宫掖。"参见（汉）应劭撰，王利器校注：《风俗通义校注》，中华书局1981年版，第568页。又，蔡琰《悲愤诗》："卓众来东下……来兵皆胡羌。"皇甫规妻甚至称董卓为"羌胡之种"。参见《后汉书》卷八四《列女传》，中华书局1965年版，第2801、2798页。
② 《后汉书》卷七二《董卓传》，中华书局1965年版，第2319页。
③ 《三国志》卷六《魏书·董卓传》，中华书局1959年版，第171、172页。
④ 《宋书》卷九四《恩幸传序》称汉代"郡县掾吏，并出豪家；负戈宿卫，皆由势族"。此文又见于《文选》卷五十沈休文《恩幸论》。又唐长孺《东汉末期的大姓名士》亦论及此事，见氏著：《魏晋南北朝史论拾遗》，中华书局1983年版，第25—27页。
⑤ 方诗铭也认为董卓"应该属于当地豪族"。参见方诗铭：《董卓对东汉政权的控制及其失败》，《史林》1992年第2期。

举荐或辟召，使其很快成为可与皇甫嵩、朱儁等名将相抗衡的军事首领。尤其在汉灵帝末年凉州羌胡之乱期间（中平元年至六年），董卓先后协同皇甫嵩、张温等人平定叛乱，其军事实力急剧发展，掌控了一支极富战斗力的军队，遂拥兵自重，一再违抗朝廷诏命，进而专擅朝政，引发汉末军阀混战。史载"董卓将校及在位者多凉州人"（《后汉书·王允传》），稽诸史籍，其所部主要将领李傕（北地人）、郭汜（张掖人）、张济（武威人）、樊稠（凉州人）、胡轸（凉州人）、杨定（凉州人）、段煨（武威人）等都是凉州人，汉末凉州名士武威贾诩也曾在董卓所部凉州军团效力（《三国志·魏书·贾诩传》），董卓也自称其所部主力为羌胡即"湟中义从"及"秦胡"等（《后汉书·董卓传》）。董卓及其凉州军事集团虽然以残暴著称，但因久经战争考验，成为东汉末年极具战斗力的一支劲旅，即使董卓被诛之后，李傕、郭汜等人依然兴兵作乱数年，亦可为证。董卓进京之后，通过兼并何进、何苗所领部曲及丁原所领并州军队，其军事实力进一步增强，成为控制当时东汉王朝的头号权力人物。平心而论，虽然汉室乱亡肇始于董卓专权是不争的事实，但在政治方面，董卓也并非一无是处。《后汉书》本传载："卓乃与司徒黄琬、司空杨彪，俱带鈇锧诣阙上书，追理陈蕃、窦武及诸党人，以从人望。于是悉复蕃等爵位，擢用子孙。……卓素闻天下同疾阉官诛杀忠良，及其在事，虽行无道，而犹忍性矫情，擢用群士。乃任吏部尚书汉阳周珌（一作"毖"）、侍中汝南伍琼、尚书郑公业、长史何颙等。以处士荀爽为司空。其染党锢者陈纪、韩融之徒，皆为列卿。幽滞之士，多所显拔。以尚书韩馥为冀州刺史，侍中刘岱为兖州刺史，陈留孔伷为豫州刺史，颍川张咨为南阳太守。卓所亲爱，并不处显职，但将校而已。"①《三国志·蜀书·许靖传》亦载："许靖字文休，汝南平舆人。少与从弟劭俱知名，并有人伦臧否之称……颍川刘翊为汝南太守，乃举靖计吏，察孝廉，除尚书郎，典选举。灵帝崩，董卓秉政，以汉阳周毖为吏部尚书，与靖共谋议，进退天下之士，沙汰秽浊，显拔幽滞。进用颍川荀爽、韩融、陈纪等为公、卿、郡守，拜尚书韩馥为冀州牧，侍中刘岱为兖州刺史，颍川张咨为南阳太守，陈留孔伷为豫州刺史，东郡张邈为陈留太守，而迁靖巴郡太守，不就，补御史中

---

① 《后汉书》卷七二《董卓传》，中华书局1965年版，第2325—2326页。

丞。"①以上两则史料表明，董卓秉政后，不仅为被杀害的陈蕃、窦武及其他党人平反，而且大量起用党人名士。不难看出，董卓追理党人、擢用群士，显然是为了拉拢世族、名士，争取得到社会精英的支持。此举虽然有"矫情"之嫌，但也展现了董卓"有谋"的一面，也不能完全视为虚伪狡诈。史载董卓对汉末名士蔡邕"甚见敬重。举高第，补侍御史，又转持书御史，迁尚书。三日之间，周历三台。迁巴郡太守，复留为侍中"。又载："卓重邕才学，厚相遇待，每集宴，辄令邕鼓琴赞事，邕亦每存匡益。"②蔡邕也终因董卓牵连而为王允所杀。值得注意的是，初平元年（190）山东州郡起兵讨伐董卓，"卓乃遣大鸿胪韩融、少府阴循、执金吾胡母班、将作大匠吴循、越骑校尉王瓌譬解绍等诸军。绍使王匡杀班、瓌、吴循等，袁术亦执杀阴循，惟韩融以名德免"③。就此来看，当时名士胡母班等人也是因为支持董卓而为袁绍等人所害。以上史料表明，董卓虽然"残忍不仁"，但在政治上仍然表现出与党人名士积极合作的态度，一定程度上顺应了汉末历史发展趋势和民意诉求，对于其人其事也不能简单地予以全盘否定。④要之，汉末以董卓为首的凉州武人集团在黄巾起义、羌胡叛乱的特殊时期乘势而起，并借外戚、宦官争斗之机，率兵进京，得专废立，威震天下。其掌控东汉朝政虽然不及三年，但不仅颠覆了东汉皇权，而且破坏了最基本的社会秩序，汉室乱亡自此开始，汉魏之际的历史剧变也由此发端。董卓专权虽然历时较短，但其敢于摧枯拉朽，以暴力手段促进了社会的变革，推动了历史的发展。综观汉末政局的演变，皇甫嵩力挽狂澜，董卓倒山倾海，东汉之存亡，可谓与河陇豪族息息相关。

总之，秦汉以来河陇著姓势力的崛起，对西北边疆的发展产生了深远的影响。河陇著姓的发展历程，实际上就是汉文化影响在西北边疆逐渐扩大、多元一体的民族共同体逐步形成的历程。总体来看，受先秦以来尚武之风的影响，东汉中期之前，河陇世族一般以勇武显闻，主要凭借军功致显，提升家族的社会地位，但从东汉中后期开始，不少家族都比较重视文化教育，从而促使河陇

---

① 《三国志》卷三八《蜀书·许靖传》，中华书局1959年版，第963页。
② 《后汉书》卷六十下《蔡邕传》，中华书局1965年版，第2005、2006页。
③ 《后汉书》卷七四上《袁绍传》，中华书局1965年版，第2376页。又，"阴循""吴循"，《后汉书》卷九《献帝纪》作"阴修""吴修"。
④ 参见唐长孺：《东汉末期的大姓名士》，《魏晋南北朝史论拾遗》，中华书局1983年版，第25—52页。

著姓逐渐由武力强宗向文化世族转变，以经学传家为标志的真正意义上的河陇世族才正式形成。

第二节　魏晋十六国时期河陇著姓的空前发展及其影响

与秦汉时期相比，魏晋十六国时期是河陇大族发展史上至关重要的时期。在这一时期，河陇大族不仅实现了政治、经济、文化的全方位发展，而且在五胡十六国时期取得了前所未有的繁荣和备受史家称道的文化成就。

一、曹魏西晋时期的河陇著姓

魏晋以来，由于九品中正制、占田荫客制、户调制等制度的施行，世家大族获得了广泛的政治经济特权和前所未有的发展机遇，河陇大族也迅速成长为西北地区一股举足轻重的社会势力。《晋书·忠义传》载，金城麴氏与游氏"世为豪族，西州为之语曰：'麴与游，牛羊不数头。南开朱门，北望青楼。'"[1]甘肃省文物队等编撰的《嘉峪关壁画墓发掘报告》称，嘉峪关出土的魏晋墓壁画上六畜俱全，以马、牛、羊居多，反映了魏晋时期该地区汉族大姓的富裕生活。[2]这些都说明魏晋时期河陇大族经济实力的强大，同时也表明他们已经大力经营畜牧业，并且农牧兼营，奠定了他们在河陇地区坚实稳固的社会地位和综合影响。

在三国鼎立和魏晋易代的历史发展进程中，不少河陇著姓顺应时势，建功立业，为重新构建统一稳定的社会政治秩序做出了贡献。史载武威贾诩历经汉末动乱，因协助曹氏父子安邦经国，官至太尉，晋爵魏寿乡侯，为一代名臣，其后贾穆、贾模、贾胤、贾龛、贾疋等，俱显于魏晋。[3]天水杨阜先于建安年间协助曹操平定陇右，后应征入朝，历任城门校尉、将作大匠、少府等职，史

---

[1]《晋书》卷八九《忠义传》，中华书局1974年版，第2307页。
[2] 参见甘肃省文物队、甘肃省博物馆、嘉峪关市文物管理所：《嘉峪关壁画墓发掘报告》，文物出版社1985年版，第46—69页。
[3] 参见《三国志》卷十《魏书·贾诩传》，中华书局1959年版，第326—332页。

载其"常侃然以天下为己任",朝政之失,多所匡谏,以"刚亮公直"闻名于世。①天水姜维被诸葛亮誉为"凉州上士",武侯兵出祁山,姜维势窘入蜀,深受武侯倚重,遂为蜀汉重臣。②北地傅嘏不仅是司马氏集团的重要谋士,而且也是以讨论才性异同著名的清谈名士。③从西汉时立功西域的傅介子到汉末慨然殉国的傅燮,再到魏晋时期以清谈显达的傅嘏、以儒业文学致显的傅玄、傅咸,北地傅氏家族也真正实现了从武力强宗向文化世族的转变。

西晋后期,河陇著姓继东汉末年之后,又一次活跃于政治舞台,并且发挥了举足轻重的影响。安定张氏与皇甫氏、金城麹氏、敦煌索氏等,都是这一时期影响较大的河陇世族。其中有些家族参与"八王之乱",试图与司马氏诸王共执朝政,如安定皇甫重、皇甫商兄弟先后党附齐王司马冏、长沙王司马乂,与河间王司马颙等构难,图谋掌控朝政,获取政治利益。④有些家族则因西晋政局混乱,主动远离政治中心,谋求在河陇一带图生存、谋霸业,如安定乌氏张轨,"以时方多难,阴图据河西",于是自请为凉州刺史,"永宁初,出为护羌校尉、凉州刺史"。史载张轨到职,平定叛乱,举贤授能,崇儒兴学,遂霸河西。⑤晋怀帝永嘉五年(311),刘曜、石勒等攻陷西晋京都洛阳,俘掳晋怀帝至平阳。永嘉六年(312),晋愍帝在长安建立了中央政权。该政权依靠河陇大族的支持,前后延续了四年时间。在此期间,武威贾氏(贾龛、贾疋)、安定梁氏(梁综、梁纬、梁肃、梁芬)、金城麹氏(麹允)、敦煌索氏(索靖少子索𬘭)以及天水阎氏(阎鼎)等河陇大族在临时政府中执掌机要,共济时艰;稳据河西的安定张氏(张轨)也始终尊奉晋室,贡献不绝。总之,西晋末年的动乱使河陇大族的政治地位不断上升,社会影响也进一步扩大。

魏晋时期河陇著姓全面发展的另一个重要表现,就是不少家族在文化方面取得了显著成就。魏晋以前,虽然一些河陇大族也有家学渊源和一定的文化成就,如后汉时期敦煌张奂、张芝、张昶父子以儒业文艺见长,张芝弟兄都以善草书而知名,但总体来看,河陇世族还是缺乏具有更大影响力的代表性人物,

---

① 参见《三国志》卷二五《魏书·杨阜传》,中华书局1959年版,第700—708页。
② 参见《三国志》卷四四《蜀书·姜维传》,中华书局1959年版,第1062—1069页。
③ 参见《三国志》卷二一《魏书·傅嘏传》,中华书局1959年版,第622—629页。
④ 参见《晋书》卷六十《皇甫重传》,中华书局1974年版,第1637—1639页。
⑤ 参见《晋书》卷八六《张轨传》,中华书局1974年版,第2221、2222页。

河陇地区的整体文化水平与关中、中原等地相比，尚有较大的差距。魏晋以来，河陇大族中不仅涌现出皇甫谧、傅玄、傅咸、索靖等一些海内知名的学者，而且自前凉张氏统治河西以来，五凉政权和其他割据势力也都比较重视文化教育，从而大大提升了河陇大族的整体文化水平和社会影响力。

皇甫谧字士安，安定朝那人，后汉皇甫嵩之曾孙。《晋书》本传称他"沉静寡欲"，"修身笃学"，"博综典籍百家之言"，"所著诗赋诔颂论难甚多"，又撰《帝王世纪》《年历》《高士传》《逸士传》《列女传》及《玄晏春秋》，并重于世。皇甫谧不仅是一位成果丰硕的知名学者，而且也是当时优秀的教育家，史载其门人挚虞、张轨、牛综、席纯等，都是晋世名臣。①因为名高望重，所以西晋建国之初，晋武帝多次征召；著名文士张华、左思、卫权等人称誉其为"西州逸士""西州高士"②。皇甫谧的学术成就和影响，使皇甫氏家族真正实现了从武力强宗向衣冠世族的转变，其社会地位也得到进一步的巩固和提高。根据文献记载，在东晋南北朝乃至唐宋时期，皇甫氏家族一直保持着安定郡望的地位，长盛不衰。

魏晋时期，北地傅氏也实现了由武力强宗向文化世族的转变。《汉书》载，汉昭帝时，北地义渠（今甘肃宁县）人傅介子出使西域楼兰、龟兹诸国，以楼兰国王屡次遮杀汉使及西域诸国使者，刺杀楼兰国王，奉首诣阙，因功封为义阳侯。③东汉后期，傅氏家族的著名人物有傅燮。史载其早年师事太尉刘宽，再举孝廉，后为护军司马，随从皇甫嵩征讨张角；西羌反叛，出为汉阳太守，抗击叛羌，守节不屈，临阵战殁，谥为壮节侯。④不难看出，两汉时期的北地傅氏也是以勇武显闻的西州豪族。傅燮之后，傅嘏、傅幹、傅玄、傅咸、傅祇、傅畅等，秉承传统的儒学思想和刚直的傅氏家风，谈辩著述，经纬朝纲，成为河陇世族的优秀代表。其中傅玄的文化成就尤为突出，史载其"少时避难于河内，专心诵学，后虽显贵，而著述不废。撰论经国九流及三史故事，评断得失，各为区例，名为《傅子》，为内、外、中篇，凡有四部、六录，合百四十首，数十万言，并文集百余卷行于世"。西晋司空王沈评论此书说："言

---

① 参见《晋书》卷五一《皇甫谧传》，中华书局1974年版，第1409—1418页。
② 参见《世说新语·文学》《晋书·左思传》等。
③ 参见《汉书》卷七十《傅介子传》，中华书局1962年版，第3001—3003页。
④ 参见《后汉书》卷五八《傅燮传》，中华书局1965年版，第1873—1878页。

富理济，经纶政体，存重儒教，足以塞杨、墨之流遁，齐孙、孟于往代。"①《四库全书总目提要》也说："此书所论，皆关切治道，阐启儒风，精意名言，往往而在。以视《论衡》《昌言》，皆当逊之。"②正因为具有深厚的儒学修养，所以傅玄"刚劲亮直"，抗辞正色，"贵游慑伏，台阁生风"。史载傅玄还曾参与撰集《魏书》，并且奉命撰制了大量的郊庙歌辞和乐舞歌辞，为西晋王朝的文化建设做出了重要贡献。傅玄之子傅咸也是学养深厚的正统儒生，史载其"刚简有大节，风格峻整"，颍川庾纯称誉其文"近乎诗人之作"，吴郡顾荣评价其人"劲直忠果，劲按惊人；虽非周才，偏亮可贵"。③总之，魏晋以来，北地傅氏家族人才辈出，很多成员具有"经籍文史学业之修养"，傅玄、傅咸等人的成就尤为突出，从而大大提升和拓展了河陇文化的整体实力与影响范围。

魏晋时期，敦煌大族的文化成就也可圈可点。继汉末张芝、张昶以善草书而名闻海内之后，魏晋之际，索靖、索紾、索永、氾衷、张甝五人因才学逸群而"驰名海内，号称'敦煌五龙'"。其中索靖"该博经史，兼通内纬"，最为知名。据《晋书·索靖传》，敦煌索氏"累世官族"，索靖之父索湛，曾任北地太守。索靖"少有逸群之量"，"州辟别驾，郡举贤良方正，对策高第。傅玄、张华与靖一面，皆厚与之相结。拜驸马都尉，出为西域戊己校尉长史。太子仆同郡张勃特表，以靖才艺绝人，宜在台阁，不宜远出边塞。武帝纳之，擢为尚书郎。与襄阳罗尚、河南潘岳、吴郡顾荣同官，咸器服焉。靖与尚书令卫瓘俱以善草书知名，帝爱之。瓘笔胜靖，然有楷法，远不能及靖"。④因为索靖与卫瓘同台共事，俱善草书，"时人号为'一台二妙'"⑤。又据《法书要录》引刘宋羊欣《采能书人名》、南齐王僧虔《论书》、唐代张怀瓘《书断》等记载，索靖乃"张芝姊之孙，传芝草而形异"，时人论曰："精熟至极，索不及张；妙有余姿，张不及索。"⑥正因为索靖继承了张芝草书之法而又有大的变化，所以王隐称"靖草书绝世，学者如云"⑦。东晋葛洪《抱朴子外篇·讥惑》详细比较

---

① 《晋书》卷四七《傅玄传》，中华书局1974年版，第1317、1323页。
② 《四库全书总目》卷九一，中华书局1965年版，第774页。
③ 参见《晋书》卷四七《傅玄传》附《傅咸传》，中华书局1974年版，第1323、1330页。
④ 《晋书》卷六十《索靖传》，中华书局1974年版，第1648页。
⑤ 《晋书》卷三六《卫瓘传》，中华书局1974年版，第1057页。
⑥ （唐）张彦远：《法书要录》，人民美术出版社1986年版，第265页。
⑦ 张怀瓘《书断》引王隐语。参见（唐）张彦远：《法书要录》，人民美术出版社1986年版，第265页。

魏晋时期南北学风（包括书法）的异同，其中所举东吴著名书法家有皇象、刘纂、岑伯然、朱季平，中州则有钟元常、胡孔明、张芝、索靖。据此可见索靖书法影响之大。索靖历任雁门太守、鲁相、酒泉太守等职。惠帝即位，赐爵关内侯。永康二年（301），以征讨孙秀有功，迁后将军。太安二年（303），河间王司马颙起兵进攻洛阳，索靖领兵拒战，受伤而卒，时年六十五岁。著《五行三统正验论》，辩理阴阳气运；又撰《索子》《晋诗》各二十卷。又作《草书状》，《晋书》本传有节录。史载索靖有五子，索綝最为知名。西晋末年，索綝"与雍州刺史贾疋、扶风太守梁综、安夷护军麹允等纠合义众"，拥立晋愍帝于长安，建兴四年（316）十一月，刘曜攻破长安，索綝随从愍帝至平阳，不久遇害。①

　　总之，皇甫谧、傅玄、傅咸、索靖等一批海内知名学者的出现，标志着河陇大族进入政治、经济、文化全方位发展的新阶段。综观河陇大族在曹魏西晋时期的发展，最突出的特点就是文化水平的提升以及文化影响范围的扩大。两汉时期，河陇世族主要以勇武显闻，虽然在开疆拓土、维护稳定方面功勋卓著，但文化方面的影响相当有限，魏晋时期，随着河陇著姓由武力豪强向文化世族的转变，河陇文化的实力和影响也大为改观，皇甫谧等人的学术成就和影响，已经远远突破了本郡本县甚至"西州"的局限，这表明魏晋时期河陇大族的地位和作用，较之两汉实现了一大飞跃。②

二、十六国时期的河陇著姓

　　西晋末年，时局动荡，五胡乱华。河陇地区也先后建立了五凉（前凉、后凉、西凉、南凉、北凉）、三秦（前秦、后秦、西秦）、仇池等割据政权，其中五凉及西秦、仇池政权均以河陇地区为统治中心。在政权更迭频繁、政治环境复杂的特殊历史时期，河陇大族不仅显示出异常坚韧的生命力，而且逐渐走向空前强大。著名的家族不仅有汉族著姓陇西李氏，安定张氏，敦煌索氏、宋

---

① 《晋书》卷六十《索靖传》，中华书局1974年版，第1648—1651页。
② 彭丰文：《汉魏十六国时期河陇大族势力的崛起及其在西北边疆开发中的作用》，《中国边疆史地研究》2003年第4期。

氏、阴氏、汜氏、金城宗氏、武威段氏等,而且还有新兴的少数民族豪强如略阳临渭(今甘肃秦安县东南)氐族苻氏、吕氏,武都氐族杨氏,南安赤亭(今甘肃陇西县东南)羌族姚氏,张掖临松(今甘肃张掖市南)卢水(即今黑河上游)胡沮渠氏①,河西鲜卑秃发氏,陇西鲜卑乞伏氏等。这一时期河陇著姓之所以能够空前强大,其原因主要有两个方面:其一,在历史层面,这是河陇大族自汉魏以来持续发展、实力不断增强的必然结果;其二,在现实层面,这是西晋末年中央政权分崩离析、地方势力急遽发展的必然产物。一般而言,地方大族与中央皇权之间保持一种既相互依存又相互排斥的动态关系,当中央政权软弱无力时,地方大族通常获得更大的发展空间,甚至乘机崛起。十六国时期河陇大族的空前强大,就是在西晋末年中央政权衰微、地方群雄割据的历史背景下形成的。

由于自身发展和历史机遇的共同作用,十六国时期,河陇大族成为西北边疆地区政治、经济、文化各个领域的中坚力量。在政治领域,河陇大族或者以家族成员为骨干自己建立政权(如前凉张氏、后凉吕氏、西凉李氏、南凉秃发氏、北凉沮渠氏、前秦苻氏、后秦姚氏、西秦乞伏氏、仇池杨氏等),或者是西北边疆割据政权主要依赖的政治力量(如敦煌宋氏、索氏、汜氏、阴氏、张氏,金城宗氏,武威段氏,天水尹氏等),在当时西北地区的政治格局中占据了主导地位;在文化领域,出身于河陇大族的文人学者占当时西北边疆文士群体的绝大多数,无疑也是河陇文化传承发展的主体力量;在经济领域,河陇大族在两汉以来长期积累的雄厚基础上,凭借政治优势,进一步增强了经济实力,扩大了影响范围。五凉、三秦、仇池等割据政权的建立,使河陇大族的政治地位上升至巅峰状态,突出反映了其群体实力的空前强大。

前凉政权的创立者张轨,"字士彦,安定乌氏人,汉常山景王(张)耳十七代孙也。家世孝廉,以儒学显。父(张)温,为太官令。轨少明敏好学,有器望,姿仪典则。与同郡皇甫谧善,隐于宜阳女几山。泰始初,受叔父锡官五品。中书监张华与轨论经义及政事损益,甚器之。……卫将军杨珧辟为掾,除太子舍人,累迁散骑常侍、征西军司"。西晋末年,张轨以时局多难,意欲割

---

① 关于临松卢水的地理位置,今从赵向群之说。参见赵向群:《五凉史探》,甘肃人民出版社1996年版,第210—219页。

据河西，永宁元年（301），出为护羌校尉、凉州刺史。史载张轨到官，"威著西州，化行河右。以宋配、阴充、氾瑗、阴澹为股肱谋主，征九郡胄子五百人，立学校，始置崇文祭酒，位视别驾，春秋行乡射之礼"。①由于张轨出自安定张氏，其重用的宋配等人也都是敦煌大族子弟，所以河陇著姓完全控制了前凉政权的军政要务。不仅如此，他们的政治影响还突破了河陇地区，扩展到西域。据《晋书·张骏传》及《太平寰宇记》卷一五六引《舆地志》（南朝陈顾野王撰）等记载，晋成帝咸和二年（327），前凉张骏遣将讨平叛将赵贞，在原西域戊己校尉管辖地域设立高昌郡，开创了在西域设立郡县、以行政方式管理西域的先例。②此后，张骏"又使其将杨宣率众越流沙，伐龟兹、鄯善，于是西域并降"③。1908—1910年，日本大谷光瑞探险队在楼兰遗址海头故城发现"李柏文书"及晋代木牍5枚、纸文书39件。"李柏文书"的内容是关于讨伐不肯归附前凉的西晋戊己校尉赵贞及安抚高昌诸国等事宜。④李柏事见《晋书·张骏传》，主要生活于前凉张骏时代，曾任西域长史。"李柏文书"与《晋书》等史籍互相印证，进一步充实了前凉张骏时代开拓经营西域的文献记载。自张轨以来，其子孙张寔、张茂、张骏、张重华、张曜灵、张祚、张玄靓、张天锡等前后相继，掌控前凉政权共九世七十六年。公元376年夏，前秦苻坚派兵征讨前凉，同年八月，前凉灭亡。

西凉政权虽然不如前凉强盛，存在的时间也远不及前凉长久，但在当时西北边疆的割据政权中，也因重视文化教育而产生了重大影响。西凉政权的创立者李暠出自"西州右姓"陇西李氏。根据史籍记载，自李陵之后，陇西李氏门第不扬，在魏晋门阀世族形成、发展的过程中，一度衰落为陇西寒门。⑤十六国时期，李广第十六代孙李暠依靠敦煌大族索仙、宋繇、唐瑶等人的支持建立了西

---

① 《晋书》卷八六《张轨传》，中华书局1974年版，第2221—2225页。
② 参见《晋书》卷八六《张骏列传》，中华书局1974年版，第2235、2238页；（宋）乐史撰，王文楚等点校：《太平寰宇记》，中华书局2007年版，第2993—2995页；赵向群：《五凉史探》，甘肃人民出版社1996年版，第76页。
③ 《晋书》卷八六《张骏传》，中华书局1974年版，第2237页。
④ 参见骈宇骞、段书安：《二十世纪出土简帛综述》，文物出版社2006年版，第381页；王国维：《罗布淖尔北所出前凉西域长史李柏书稿跋》，《观堂集林》卷十七《史林九》，《王国维遗书》，上海书店出版社1983年版，第2册，第289—294页。
⑤ 《晋书》卷六十《李含传》载，李含，"陇西狄道人也，侨居始平，少有才行，两郡并举孝廉。安定皇甫商州里年少，少恃豪族，以含门寒微，欲与结交，含距而不纳。商恨焉，遂讽州以短檄召含为门亭长"。这一记载说明西晋时期陇西李氏门第之微。

凉政权。与前凉政权相似，西凉政权也带有明显的著姓政治色彩。李暠选用清一色的河陇著姓担任政府要职，敦煌大族和名门之后居其大半。《晋书·凉武昭王李玄盛传》载，晋安帝隆安四年（400），北凉段业所署晋昌太守唐瑶移檄六郡，推李暠为大都督、大将军、凉公、领秦凉二州牧、护羌校尉。李暠乃赦其境内，建年庚子，重用一大批河陇士人组建西凉政权。"以唐瑶为征东将军，郭谦为军谘祭酒，索仙为左长史，张邈为右长史，尹建兴为左司马，张体顺为右司马，张条为牧府左长史，令狐溢为右长史，张林为太府主簿，宋繇、张谡为从事中郎，繇加折冲将军，谡加扬武将军，索承明为牧府右司马，令狐迁为武卫将军、晋兴太守，氾德瑜为宁远将军、西郡太守，张靖为折冲将军、河湟太守，索训为威远将军、西平太守，赵开为驿马护军、大夏太守，索慈为广武太守，阴亮为西安太守，令狐赫为武威太守，索术为武兴太守，以招怀东夏。"①在李暠册封的这些官吏中，敦煌著姓如宋、索、氾、阴、令狐、张氏等家族人数最多，计有索氏五人，张氏六人，令狐氏二人，氾氏、阴氏各一人。此外，出自天水著姓的尹建兴（天水冀人）为左司马，史载尹建兴为李暠妻尹氏胞兄，李暠创业，尹氏"谟谋经略多所毗赞"，所以西州谣谚有"李、尹王敦煌"之说。②由此可见，西凉比前凉更加倚重河陇大族，河陇著姓几乎垄断了西凉政权的一切重要职务。值得注意的是，李暠不但是一位政治家，也是一位文学家。史载他"通涉经史，尤善文义"，著有《靖恭堂序赞》《述志赋》《槐树赋》《大酒容赋》等诗赋数十篇。他还崇儒重学，擢用刘昞等一大批儒生文士，使西凉的文化教育出现欣欣向荣的局面。1975年在新疆吐鲁番哈拉和卓（高昌故城东北）古墓群出土《西凉建初四年（408）秀才对策文》残篇，"记三个应试的秀才马骘、张弘，还有一人名咨，姓不详。策问的题目已残损，对策的一段是关于春秋战国时晋智伯联韩、魏攻赵的故事。从出土文书看，马骘是凉州秀才，张弘为护羌校尉秀才，咨的身份没有注明"③。其中马骘、□咨的对策文本比较完整，其内容主要涉及古今世风与治道的演变、《诗经》中

---

① 《晋书》卷八七《凉武昭王李玄盛传》，中华书局1974年版，第2259页。
② 《晋书》卷九六《列女传》，中华书局1974年版，第2526页。
③ 关于此文书的出土情况，详参新疆博物馆考古队：《吐鲁番哈喇和卓古墓群发掘简报》，《文物》1978年第6期。其录文参见《哈拉和卓九一号墓文书》，唐长孺主编：《吐鲁番出土文书》，文物出版社1981年版，第1册，第113—119页。

《关雎》置于《风》诗之首的原因、仓颉造字与汉字的演变、太阳与星宿的运行以及《春秋》关于智伯水淹晋阳的记载等一系列问题，行文整饬典雅，具有明显的骈化倾向和浓郁的经学气息，西凉文士的文化素养由此可见。总之，李暠的出现以及西凉政权的建立，标志着陇西李氏家族的重新崛起。此后经过李宝、李冲等数代人的努力进取，该家族的社会地位不断提升。北魏太和年间议定四海望族，以陇西李氏等五姓为华族高门之首。

前秦、后秦、西秦以及后凉、南凉、北凉、仇池等政权虽然不是河陇地区的汉族著姓所建立，但也主要依赖河陇大族才得以维持其统治。这些政权的统治者都是十六国时期河陇地区新兴的少数民族豪强，他们和汉族著姓一样，首先凭借武力致显或建立政权，然后大力推行汉化教育，从而逐步向文化世族转变，其中前秦苻氏和后秦姚氏最为典型。

前秦政权的创立者为略阳临渭氐族苻氏。据《晋书·苻洪载记》等记载，氐族苻氏"世为西戎酋长"，后赵石虎平定陇右，以氐族首领苻洪为护氐校尉、流民都督，并使其率氐羌部曲二万余户徙居汲郡枋头（今河南淇县东南），以拱卫后赵京都邺城（今河北临漳西南）。后赵末年，冉闵发动政变，苻洪之子苻健乘机统领部族返回关陇，建立了前秦政权。其后至苻坚时，前秦一度国力强盛，并且统一了北方。根据史料记载，前秦政权自建立之始，就非常倚重以河陇著姓为主体的汉族士人。苻坚当政时更为突出。史载其"博学多才艺，有经济大志，要结英豪"，王猛、吕婆楼、强汪、梁平老等皆有王佐之才，为其羽翼；太原薛瓒、略阳权翼等知名当世，纳为谋主。[①]前燕灭亡后，选拔任用安定皇甫真、渤海封衡、李洪、清河房旷、房默、崔逞、北平阳陟、阳瑶等关东士望[②]；平定凉州后，又择优擢用敦煌张烈、宋皓、索泮、金城赵凝等西土著姓[③]。其中略阳权翼、安定皇甫真、敦煌张烈、宋皓、索泮等人，都出自河陇著姓。自永嘉丧乱以来，一大批传承中原文化的汉族士人流亡于前燕、前凉，至此，苻坚又择优任用这些人物中的精英骨干，并且下令"复魏晋士籍，使役有常闻"。苻坚此举，不仅进一步强化了前秦政权的统治基础，而

---

① 参见《晋书》卷一一三《苻坚载记上》，中华书局1974年版，第2884页。
② 参见《资治通鉴》卷一百二"晋太和五年（370）十二月"及卷一百三"晋咸安二年（372）二月"记事。
③ 参见《资治通鉴》卷一百四"晋太元元年（376）九月"记事。

且也大大提升了其笼络民心、标榜正统的文化资本，前秦也一度出现了"关陇清晏，百姓丰乐"①的良好局面。值得注意的是，苻秦政权不仅十分重用汉族士人尤其是河陇著姓，而且非常重视家族成员的汉化教育。在十六国时期北方少数民族的汉化潮流中，略阳苻氏"汉文化水准之高在五胡中鲜能与比"②。史载苻融"聪辩明慧，下笔成章，至于谈玄论道，虽道安无以出之；耳闻则诵，过目不忘，时人拟之王粲。……未有升高不赋，临丧不诔，朱彤、赵整等推其妙速"③。苻朗"耽玩经籍，手不释卷，每谈虚语玄，不觉日之将夕"，"著《苻子》数十篇行于世，亦《老》《庄》之流"。④此外，苻丕"聪慧好学，博综经史"⑤；苻琳"有文武才艺……至于山水文咏，皆绮秀清丽"⑥；苻登也"颇览书传"⑦。在整个苻氏家族中，汉化修养最高是苻坚。据《晋书·苻坚载记上》，苻坚"博学多才艺，有经济大志"。他对汉族经史典籍十分熟悉，与群臣议事论对，常随口征引经典；经常巡视太学，问难五经，博士多不能对。⑧由于苻氏对儒学文化事业的重视，前秦时期的文学活动也十分频繁，汉魏以来由帝王主持的宴饮赋诗场面，苻坚在位时也频频出现。正是在这种风气的影响下，前秦时期不仅文士众多，而且涌现了苻坚、苻融、苻朗、王嘉、赵整、苏蕙、释道安、王猛等一批优秀作家，其中苻坚、苻融的书奏诏令、苻朗的《苻子》、王嘉的《拾遗记》、苏蕙的《回文诗》、释道安的经序、王猛的书疏等，流传至今，粲然可观。⑨在五胡逐鹿、战乱不已的北方出现这些作家作品，实属不易。总之，在苻坚统治时期，前秦在文化教育方面采取了礼聘儒生、广立学校、择优取士等一系列有效措施，从而使永嘉之乱后"经沦学废"的北方又一次出现了儒学复苏的局面，时人王寔称誉其"开庠序之美，弘儒教之风"，百姓也歌之曰："长安大街，夹树杨槐。下走朱轮，上有鸾栖。英彦云集，海

---

① 《晋书》卷一一三《苻坚载记上》，中华书局1974年版，第2895页。
② 万绳楠整理：《陈寅恪魏晋南北朝史讲演录》，黄山书社1987年版，第104页。
③ 《晋书》卷一一四《苻坚载记下》附《苻融传》，中华书局1974年版，第2934页。
④ 《晋书》卷一一四《苻坚载记下》附《苻朗传》，中华书局1974年版，第2936、2937页。
⑤ 《晋书》卷一一五《苻丕载记》，中华书局1974年版，第2941页。
⑥ 《太平御览》卷七四四引《前秦录》，中华书局1960年版，第3306页。
⑦ 《晋书》卷一一五《苻登载记》，中华书局1974年版，第2947页。
⑧ 参见《晋书》卷一一三《苻坚载记上》，中华书局1974年版，第2888页。
⑨ 曹道衡：《十六国文学家考略》，《中古文学史论文集》，中华书局2002年版，第323—385页。

我萌黎。"①在魏晋南北朝民族大融合的历史进程中，苻坚无疑是少数民族中倡导汉化的先行者，他的相关举措虽然不如北魏孝文帝那样彻底，前秦政权也未能实现一统华夏的政治理想，但苻坚等人采取的崇儒兴学等一系列汉化教育措施，对于缓和民族矛盾，促进民族融合起到了不可忽视的积极作用，今天仍然值得肯定和借鉴。②

后秦政权的创立者为南安赤亭羌族姚氏。据《晋书·姚弋仲载记》，姚羌原是汉代居于今甘肃、青海一带的烧当羌的后裔，世为羌人酋长。西晋末年，天下大乱，姚羌首领姚弋仲乘势而起，雄居陇上。后赵石虎时期，"徙秦、雍豪杰于关东。弋仲率部众数万迁于清河（今河北清河县东），拜奋武将军、西羌大都督，封襄平县公"③。直到后赵末年冉闵之乱，姚弋仲之子姚襄才率领部族西迁。姚襄秉承其父遗愿，先遣使归降东晋，然后率部西进，"以图关中"。前秦国主苻生派苻坚、邓羌等引兵阻截，战于三原（今陕西三原）。姚襄兵败被杀，其弟姚苌率余部归降苻秦。直到淝水之战后，姚苌乘前秦瓦解的有利时机，建立了后秦。后秦发端于姚弋仲、姚襄，初建于姚苌，发展于姚兴，衰亡于姚泓。根据史料记载，后秦政权自建立之始，也非常倚重以河陇著姓为主体的汉族士人。《晋书·姚苌载记》云，姚苌起事，西州豪族尹详、赵曜、牛双等人率五万余家推其为盟主。晋孝武帝太元九年（384），姚苌"自称大将军、大单于、万年秦王，大赦境内，年号白雀，称制行事。以天水尹详、南安庞演为左右长史，南安姚晃、尹纬为左右司马，天水狄伯支、焦虔、梁希、庞魏、任谦为从事中郎，姜训、阎遵为掾属，王据、焦世、蒋秀、尹延年、牛双、张乾为参军，王钦卢、姚方成、王破虏、杨难、尹嵩、裴骑、赵曜、狄广、党刪等为帅"④。由此可见，姚苌建立的后秦政权，基本上以天水、南安一带的河陇著姓为骨干，尤其是天水尹氏，汉魏以来发展为河陇大族，"苻坚以尹赤之降姚襄，诸尹皆禁锢不仕"，所以姚苌起事，天水尹氏竭力拥戴。其中尹纬深得姚氏重用，苻坚曾誉之为"宰相之才，王景略之俦"，"苌死，纬与

---

① 《晋书》卷一一三《苻坚载记上》，中华书局1974年版，第2888、2895页。
② 赵跟喜：《开庠序之美，弘儒教之风——前秦政权的汉化教育及其历史原因》，《甘肃社会科学》2010年第3期。
③ 《晋书》卷一一六《姚弋仲载记》，中华书局1974年版，第2960页。
④ 《晋书》卷一一六《姚苌载记》，中华书局1974年版，第2965、2966页。

姚兴灭苻登，成兴之业，皆纬之力也"。①此外，天水赵氏、姜氏、阎氏以及南安庞氏等，都是两汉以来的河陇著姓。值得注意的是，后秦姚氏也十分重视汉文化的学习和教育，其中姚兴的汉文化修养最高。据《晋书·姚兴载记》，姚兴早年身为太子时，"与其中舍人梁喜、洗马范勖等讲论经籍，不以兵难废业，时人咸化之"。即位之后，将天水姜龛、东平淳于岐、冯翊郭高等硕德耆儒延集于长安，"诸生自远而至者万数千人"；姚兴于听政之暇，经常与诸儒"讲论道艺，错综名理"；"给事黄门侍郎古成诜、中书侍郎王尚、尚书郎马岱等，以文章雅正，参管机密"。于是"学者咸劝，儒风盛焉"。②姚兴还非常尊崇佛教，政事之余经常与鸠摩罗什、僧肇等佛教高僧讲经说法，翻译佛经，"沙门自远而至者五千余人"，"州郡化之，事佛者十室而九矣"。③姚兴之子姚泓虽为亡国之君，但"博学善谈论，尤好诗咏"。史载"尚书王尚、黄门郎段章、尚书郎富允文以儒术侍讲，胡义周、夏侯稚以文章游集"。姚泓还"受经于博士淳于岐。岐病，泓亲诣省疾，拜于床下。自是公侯见师傅皆拜焉"。④总之，姚秦政权的建立，又一次表明河陇大族在当时西北边疆的割据政权中占据主导地位。与苻氏家族一样，姚氏家族也具有较高的汉文化修养，后秦时期先后聚集了姜龛、淳于岐、郭高、赵逸、胡义周、宗敞、王尚、古成诜、马岱、杜挺、相云、鸠摩罗什、僧肇等一大批文人学士，这说明十六国时期河陇地区的少数民族著姓，已经不再是"世知饮酒"的"戎狄异类"，而是深受汉文化影响和熏陶的文化世族，他们和汉族著姓一起，共同创造了十六国时期河陇文化的辉煌。

与前秦相似，后凉政权的创立者为略阳临渭氐族吕光。据《晋书·吕光载记》，略阳吕氏"其先吕文和，汉文帝初，自沛避难徙焉，世为酋豪"。吕光父吕婆楼，"佐命苻坚，官至太尉"。史载吕光自幼"沉毅凝重，宽简有大量，喜怒不形于色"，所以深受前秦重臣王猛器重，荐之于苻坚，举贤良，除美阳令。此后从公元358年到380年，吕光不断为前秦靖难，从张平之乱到苻双、苻重、李俨、苻洛之乱，吕光屡次平定叛乱，地位也节节上升。前秦建元十九

---

① 《晋书》卷一一八《姚兴载记下》附《尹纬传》，中华书局1974年版，第3004、3005页。
② 《晋书》卷一一七《姚兴载记上》，中华书局1974年版第2975、2979页。
③ 《晋书》卷一一八《姚兴载记下》，中华书局1974年版第2984、2985页。
④ 《晋书》卷一一九《姚泓载记》，中华书局1974年版，第3007页。

年（383），吕光受命率领姜飞、彭晃、杜进、康盛等统兵七万出征西域。建元二十一年（385），吕光平定西域，率军东归，十月进居姑臧，时苻坚已被姚苌杀害，吕光遂割据河西，建立后凉。与张轨、苻坚、姚苌等人不同，吕光建立后凉，主要凭借氐族的军事力量，并没有得到河陇著姓的竭力拥戴。不仅如此，史载吕光还听信主簿尉祐奸言，诛杀"南安姚皓、天水尹景等名士十余人，远近颇以此离贰"。于是，前凉后裔张大豫（张天锡世子）在前秦长水校尉王穆等人的策谋下，联合敦煌处士郭瑀、大族索嘏以及河西鲜卑，起兵反对吕光，企图复辟前凉；吕光僚属段业、郭黁、王详等人也不满吕氏的氐族本位政治，先后背叛后凉，但均以失败告终。①虽然以张大豫为首，由河西汉族政治势力发动的前凉复国活动并没有成功，但却充分说明因为没有汉族著姓的支持，后凉自建立起，民族矛盾就一直困扰、动摇着其统治和稳定，正如胡三省所说："吕光新得河西，党叛于内，敌攻于外，虽数战数胜，而根本不固，宜不足以贻子孙也。"②吕光死后，其子孙继续推行落后的氐族本位政治，后凉末主吕隆甚至"多杀豪望，以立威名"，于是"内外嚣然，人不自固"。公元403年，吕隆在内外交困中投降后秦，后凉灭亡。③从吕光自称凉州牧到吕隆投降后秦，后凉前后仅存十七年（386—403）。后凉政权的兴亡，从反面说明十六国时期河陇著姓势力的强大，即如果没有河陇大族的支持，任何政权也难以长久稳定地延续和存在。

西秦政权为陇西鲜卑族乞伏国仁创立。乞伏国仁卒，其弟乞伏乾归继立，国力一度比较强盛。晋孝武帝太元十七年（392），乞伏乾归大署官吏，"署其长子炽磐领尚书令，左长史边芮为尚书左仆射，右长史秘宜为右仆射，翟瑥为吏部尚书，翟勃为主客尚书，杜宣为兵部尚书，王松寿为民部尚书，樊谦为三公尚书，方弘、麹景为侍中，自余拜授一如魏武、晋文故事"④。其后一度归顺后秦。后秦末年，乞伏乾归父子返回陇右故地，复称秦王。晋安帝义熙八年（412），乞伏乾归遇弑身亡，其子乞伏炽磐继立，"署翟勃为相国，麹景为御史

---

① 参见《晋书》卷一二二《吕光载记》，中华书局1974年版，第3053—3064页。
② 《资治通鉴》卷一百七，中华书局1956年版，第3382页。
③ 参见《晋书》卷一二三《吕隆载记》，中华书局1974年版，第3069—3071页。
④ 《晋书》卷一二五《乞伏乾归载记》，中华书局1974年版，第3118页。

大夫，段晖为中尉，弟延祚为禁中录事，樊谦为司直"①。由此可见，鲜卑乞伏氏建立的西秦政权，也吸纳了不少汉族士人，其中还有河陇著姓金城麹氏（麹景）、武威段氏（段晖），但总体来看，西秦政权主要还是推行比较落后的民族本位政治，没有充分利用河陇著姓的势力来加强统治，所以也没有建立比较持久稳定的政权。

与西秦政权相似，十六国时期，在今陕西南部的汉中、甘肃东南部的武都和四川西北部的平武、广元一带，由武都氐族杨氏组建了地方割据政权仇池国。据《宋书·氐胡传》和《魏书·氐传》等记载，仇池割据政权始于汉献帝建安元年（196），至梁元帝承圣元年（552）灭亡，中间时断时续，前后长达三百多年之久。②其政权名称也先后经历了仇池、武都、武兴、阴平等多次变更。虽然该政权前后延续时间较长，但由于仇池杨氏主要凭险自守，而且也推行氐族本位政治，与河陇汉族著姓联合较少，所以并没有建立苻秦那样比较强大的氐族政权。据史籍记载，天水赵温、安定胡叟等河陇汉族文士也曾依附该政权，为其效力。赵温为十六国时期著名文士赵逸之兄，博学有高名，初为后秦姚泓天水太守，后秦败亡，遂入仇池；胡叟亦为后秦文士，秦亡入蜀，后投奔仇池杨难当、北凉沮渠牧犍，不为礼遇，遂归附北魏。③赵温入仕仇池时间较长，本人出自河陇著姓天水赵氏，深受杨难当重用，当时的一些章表应当出自赵温之手。总之，仇池割据政权与前秦、后凉一样，都是由魏晋南北朝时期河陇氐族著姓建立，这与当时河陇地区氐族整体的汉化程度较深也有必然的联系。

河西鲜卑族秃发氏建立南凉政权时，还处于原始部落发展阶段，为了适应统治需要，他们大力起用"秦雍之世门""西州之德望"。《晋书·秃发乌孤载记》云，"秃发乌孤，河西鲜卑人也。其先与后魏同出，八世祖匹孤率其部自塞北迁于河西"。此后经过数代人的努力经营，至秃发乌孤时已具备割据实力。晋安帝隆安元年（397），乌孤"自称大都督、大将军、大单于、西平

---

① 《晋书》卷一二五《乞伏炽磐载记》，中华书局1974年版，第3123页。
② 关于仇池政权的历史断限，此据李祖桓之说。参见李祖桓：《仇池国志·自序》，书目文献出版社1986年版，第9、10页。又，马长寿主张仇池政权始建于晋惠帝元康六年（296），终于陈太建十二年（580）。参见马长寿：《氐与羌》，广西师范大学出版社2006年版，第54—59页。
③ 《魏书》卷五二《赵逸传》《胡叟传》，中华书局1974年版，第1146、1150页。

王",建元太初;隆安三年(399),乌孤徙治乐都(今青海乐都),授官任能,正式建立了南凉政权。"署弟利鹿孤为骠骑大将军、西平公,镇安夷;傉檀为车骑大将军、广武公,镇西平。以杨轨为宾客。金石生、时连珍,四夷之豪隽;阴训、郭倖,西州之德望;杨统、杨贞、卫殷、麹丞明、郭黄、郭奋、史暠、鹿嵩,文武之秀杰;梁昶、韩疋、张昶、郭韶,中州之才令;金树、薛翹、赵振、王忠、赵晁、苏霸,秦雍之世门,皆内居显位,外宰郡县。"①南凉秃发氏重用的"秦雍世门""西州德望"实质上都是河陇大族。他们"内居显位,外宰郡县",其主导核心地位不言而喻。南凉政权在秃发傉檀时代曾经一度达到鼎盛阶段,这与秃发傉檀重用河陇著姓有很大的关系。史载后秦姚兴以秃发傉檀为使持节、都督河右诸军事、车骑大将军、领护匈奴中郎将、凉州刺史,镇姑臧。后秦凉州官吏宗敞在离任之际向秃发傉檀举荐贤才俊杰,并且提出"农战并修,文教兼设"的治国方略。宗敞说:"凉土虽弊,形胜之地,道由人弘,实在殿下。段懿、孟祎,武威之宿望;辛晁、彭敏,秦陇之冠冕;裴敏、马辅,中州之令族;张昶,凉国之旧胤;张穆、边宪,文齐杨、班;梁崧、赵昌,武同飞、羽。以大王之神略,抚之以威信,农战并修,文教兼设,可以从横于天下,河右岂足定乎!"傉檀"大悦"。②不难看出,宗敞所荐之人绝大部分出自河陇著姓,他的建议不仅反映了河陇大族在后秦统治凉州时期深受倚重的事实,而且也透露出南凉秃发氏对后秦用人政策的继承和沿袭。后秦、南凉统治者联合河陇大族维持统治的治国方略反映了一个比较普遍的现象:十六国时期割据西北边疆的少数民族政权,由于其自身的发展比较落后,所以往往联合、依仗政治经验和文化水平均比较先进的河陇大族来治国理政、巩固统治。正因为这样,十六国时期河陇大族凭借其雄厚的综合实力,在当时的西北边疆地区占据了主导地位,影响了历史的进程。

北凉政权的建立者为张掖临松卢水胡沮渠氏。据《晋书·沮渠蒙逊载记》及《宋书·氐胡传》等记载,临松卢水胡为匈奴支裔,沮渠氏世居卢水为酋豪。沮渠蒙逊"高祖晖仲归,曾祖遮,皆雄健有勇名。祖祁复延,封狄地王。

---

① 《晋书》卷一二六《秃发乌孤载记》,中华书局1974年版,第3143页。
② 《晋书》卷一二六《秃发傉檀载记》,中华书局1974年版,第3149页。

父法弘袭爵，苻氏以为中田护军"①。由于沮渠蒙逊出身于卢水胡贵族，所以汉化程度较深。史载其"博涉群史，颇晓天文，雄杰有英略，滑稽善权变，梁熙、吕光皆奇而惮之，故常游饮自晦"②。晋安帝隆安元年，亦即后凉龙飞二年（397），吕光征讨乞伏乾归失败，委罪于蒙逊伯父罗仇、麴粥而杀之，于是蒙逊率部起义，推举吕光建康太守段业为主，段业自号凉州牧，以蒙逊为张掖太守，迁尚书左丞。晋隆安五年（401）五月，沮渠蒙逊起兵杀段业。六月，梁中庸、房晷、田昂等推奉沮渠蒙逊为使持节、大都督、大将军、凉州牧、张掖公，改元永安，设置文武，"署从兄伏奴为镇军将军、张掖太守、和平侯，弟挐为建忠将军、都谷侯，田昂为镇南将军、西郡太守，臧莫孩为辅国将军，房晷、梁中庸为左右长史，张鸯、谢正礼为左右司马。擢任贤才，文武咸悦"③。至此，北凉在张掖正式立国。由于汉化程度较深，沮渠蒙逊非常重视和汉族著姓的联合。为了搜求谠言，广开贤路，他专门下令："养老乞言，晋文纳舆人之诵，所以能招礼英奇，致时邕之美。况孤寡德，智不经远，而可不思闻谠言以自镜哉！内外群僚，其各搜扬贤隽，广进刍荛，以匡孤不逮。"④在用人方面，他坚持唯才是举。如从南凉手中夺回西郡，俘虏了太守杨统，"统降，拜为右长史，宠逾功旧"；攻克南凉姑臧后，又"以敦煌张穆博通经史，才藻清赡，擢拜中书侍郎，委以机密之任"；攻克西凉酒泉后，对西凉旧臣宋繇、刘昞等"皆随才擢叙"。⑤正因为这样，沮渠蒙逊晚年实现了统一河西的宏图大业，拥有了东起黄河、西至敦煌的辽阔土地，其势力所及，至于天山南北。蒙逊死后，其子沮渠牧犍继立。公元439年，北魏出兵平定凉州，北凉灭亡。这不仅标志着前秦灭亡之后历时半个世纪之久的北方分裂局面正式结束，而且也意味着十六国时期河陇著姓辉煌历史的悲情终结。

综上所述，十六国时期河陇著姓空前强大。首先，这一时期河陇地区先后出现了五凉、三秦、仇池等割据政权，这些政权虽然存在的时间长短不一，但都是由河陇地区的汉族著姓和少数民族豪强联合建立，河陇著姓在政治上占有

---

① 《宋书》卷九八《氐胡传》，中华书局1974年版，第2412页。
② 《晋书》卷一二九《沮渠蒙逊载记》，中华书局1974年版，第3189页。
③ 《晋书》卷一二九《沮渠蒙逊载记》，中华书局1974年版，第3192页。
④ 《晋书》卷一二九《沮渠蒙逊载记》，中华书局1974年版，第3193页。
⑤ 参见《晋书》卷一二九《沮渠蒙逊载记》，中华书局1974年版，第3194—3199页。

明显的主导地位。其次，在文化领域，出身于河陇大族的学者不仅人数众多，而且著述种类齐全，仍然是河陇文士群体的核心力量。当时著名的河陇文士绝大多数都是世族著姓出身，如前凉张骏，西凉李暠，前秦苻坚、苻融、苻朗，后秦姚兴、姚泓，北凉沮渠蒙逊、沮渠牧犍，敦煌索袭、索纮、索绥、索棱、索敞，敦煌宋纤、宋繇，敦煌张斌、张穆、张显、张湛，金城赵柔，金城宗敞、宗钦、宗舒，天水赵逸、赵温，安定胡义周、胡方回、胡叟，武威段晖、段承根，武威阴仲达等，都有河陇著姓的身份和背景。值得注意的是，当时从中原流寓至河陇一带的学者也为河陇文化做出了重要贡献，他们也是河陇文士群体的重要组成部分，如陈留江琼、江强，河内常珍、常坦、常爽，广平程良、程肇、程骏、程弘，京兆杜耽，河东裴诜等，史载这些中原文士及其家族子弟"避地河西"期间，无一例外地受到了张轨及其他五凉统治者的重视和礼遇，但总体来看，他们虽然有一定的声望和影响，但在当时整个河陇文士群体中所占比例还是相对较小，并不能取代河陇著姓的主导地位。

总之，通过汉魏以来几百年的发展演变，河陇大族在晋末十六国时期空前强大，成为西北边疆地区政权建设和文化传承的中坚力量，在维护地区稳定、促进民族融合等方面发挥了主导作用，做出了重要贡献。十六国时期河陇地区胡汉著姓的共同繁荣、协同发展，不仅进一步扩大了汉族传统文化在西北边疆的影响，促进了民族大融合时代的族际文化交流和文化认同，而且也有力推动了以汉族为主导的西北边疆民族共同体的形成和发展。①正因如此，十六国时期河陇地区政局相对稳定，文化空前繁荣，史称"区区河右，而学者埒于中原"。

第三节　南北朝时期河陇著姓的流离迁徙及其在民族融合中的贡献

长期以来，关于北魏平定凉州后河陇士人的生存境遇与河陇文化的发展状况，学界或者不予深究，或者持乐观平和的态度，一般认为北魏政府对当时河

---

① 参见彭丰文：《汉魏十六国时期河陇大族势力的崛起及其在西北边疆开发中的作用》，《中国边疆史地研究》2003年第4期。

陇地区的文化精英基本上作了最彻底的接收（即徙居平城，随才叙用），河陇文化也随之广为传播，绵延不绝。①但稽考相关文献，太延五年（439）北魏平定凉州后，河陇地区自前凉以来文化繁荣的局面便戛然而止，一大批文化精英被迫徙离故土，流离失所，死于非命，河陇文化的传承遭遇了前所未有的破坏和挑战。在新的历史时代，河陇士人"穷且益坚"，自强不息，为民族融合和文化重构做出了重要贡献。本节拟就此详加考论，以期对南北朝时期河陇文化在战火中的传承有更为客观深入的了解和把握，对河陇士人在文化传承中的贡献有更为全面理性的认识和评价。

一、流离失所：北魏平定凉州后河陇士人的群体命运

宋文帝元嘉十六年（439），北魏太武帝拓跋焘平定北凉，不仅结束了前秦灭亡之后河陇地区长达半个世纪之久的分裂割据状态，而且也历史性地结束了五凉时期河陇大族政治势力的空前辉煌。这一年，是北魏太延五年。对于凉州著名的学者和文化人才，北魏政府基本上作了最彻底的接收。史载本年十月北魏太武帝拓跋焘车驾东还，徙凉州民三万余家到京师平城，其中既包括北凉王族（沮渠氏）和大批官吏，也包括河陇著姓大族。河陇文士大多数都跻身于这两大群体之中。于是，他们被迫走出世代生活的河陇地区，徙居北方新兴的政治中心——平城，融入南北朝时期更为广阔的历史大潮之中。

根据史籍记载，北魏自拓跋珪以来，在平定慕容燕、赫连夏的过程中，虽然也大批徙民，但就文化方面的影响来看，平定凉州的收益最多。《资治通鉴》卷一二三综合《魏书》《北史》的相关记载，对北魏平定凉州后河陇士人的迁徙发展及其在文化方面的建树，有过比较客观的总结，称"凉州自张氏以来，号为多士"，"魏主克凉州，皆礼而用之"。②但是，全面考察北魏平定凉州后河陇士人的群体命运，不难发现，虽然北魏政府表面上对这一群体"礼而用之"，但实际上，仍然以亡国之虏待之，所以很多人流离失所，穷困潦倒，甚至有不少人惨遭杀戮，凉州本土自前凉张轨以来的文化积淀与传承受到严重的

---

① 参见赵向群：《五凉史探》，甘肃人民出版社1996年版，第290—294页。
② 《资治通鉴》卷一二三，中华书局1956年版，第3877页。

摧残甚至是断裂性的破坏。

北魏平定凉州后是否应该大规模徙民？这一问题在当时北魏的决策层也有过比较激烈的争议。据《魏书·世祖纪下》及《崔浩传》等记载，北魏太平真君十年（449），拓跋焘巡狩河西，诏令崔浩商议军事。崔浩上表说："昔平凉州，臣愚以为北贼未平，征役不息，可不徙其民，案前世故事，计之长者。若迁民人，则土地空虚，虽有镇戍，适可御边而已，至于大举，军资必乏。陛下以此事阔远，竟不施用。如臣愚意，犹如前议，募徙豪强大家，充实凉土，军举之日，东西齐势，此计之得者。"①据此，则北魏平定凉州之时，北魏高层曾就是否迁徙凉州之民有过争议，但崔浩"不徙其民"的建议未被采纳，河西遂至空虚。不仅北魏西部边疆的防御面临现实隐患，而且河西本土文化的发展严重受挫，崔浩此表对于深入了解凉州当时情势，极具参考价值。

客观地讲，北魏的强迫徙民虽然为河陇士人提供了新的历史机遇，但在现实层面，这一群体的命运却遭遇了前所未有的逆转。在北凉时期，沮渠蒙逊、沮渠牧犍父子优礼儒生文士，河陇士人大多数得到重用，基本上都各尽所能，安居乐业。但是北魏平定凉州后，除刘昞、阚骃等少数人外，大部分人都随例内徙。史载敦煌宋繇随沮渠牧犍到达平城，不久病卒（《魏书·宋繇传》）；敦煌张湛至平城，"赐爵南浦男，加宁远将军"，"家贫不粒"，崔浩常给其衣食（《魏书·张湛传》）；敦煌索敞"以儒学见拔，为中书博士"，教授十余年（《魏书·索敞传》）；广平程骏（流寓河陇）、金城宗钦、武威段承根、武威阴仲达、金城赵柔均为著作郎（《魏书》卷五二、卷六十）；河内常爽（流寓河陇）为宣威将军，"置馆温水之右，教授门徒七百余人，京师学业，翕然复兴"（《魏书·常爽传》）；陈留江强（流寓河陇）"上书三十余法，各有体例，又献经史诸子千余卷"，擢拜中书博士（《魏书·江式传》）；狄道辛绍先内徙，家于晋阳，后擢拜中书博士（《魏书·辛绍先传》）；武威段信、表氏史灌等以豪族徙北边，家于北边诸镇（《北齐书·段荣传》《周书·史宁传》）。

上述诸人，基本上都是当时河陇士人的精英，北魏政府一方面对其优而礼用，但另一方面，又因其为北凉遗民而严加防范。不仅生活所需难以保障，大多数人遭受饥寒之苦，而且网罗罪名，不少人惨遭杀戮。北魏太平真君元年

---

① 《魏书》卷三五《崔浩传》，中华书局1974年版，第825页。

(440)即北凉败亡之次年,刘昞即遇疾而卒,仅有次子刘仲礼一人侍养送终,其余三子"并迁代京,后分属诸州,为城民"(《魏书·刘昞传》)。一代硕儒在孤苦凄凉中走完了一生。太平真君五年(444),乐平王拓跋丕"坐刘洁事,以忧薨",敦煌阚骃至平城,史载"家甚贫弊,不免饥寒。性能多食,一饭至三升乃饱。卒,无后"(《魏书·阚骃传》)。又一位河西硕儒在饥寒交迫中客死他乡。太平真君八年(447),北魏罗织罪名,赐昭仪沮渠氏及河西王沮渠牧犍死,诛其宗族(《魏书·沮渠蒙逊传》)。沮渠牧犍也是北凉著名文士,史载其"尤喜文学,以敦煌阚骃为姑臧太守,张湛为兵部尚书,刘昞、索敞、阴兴为国师助教,金城宋(宗)钦为世子洗马,赵柔为金部郎,广平程骏、骏从弟弘为世子侍讲"(《资治通鉴》卷一二三),曾于宋文帝元嘉十四年(437)遣使诣宋,奉表进献《周生子》及《甲寅元历》等书共计一百五十四卷,并求杂书数十种于刘宋(《宋书·氏胡传》)。北魏以其"与故臣民交通谋反"之罪赐死,当属莫须有之罪名。太平真君十一年(450),北魏国史案发,崔浩被杀,其秘书郎吏以下一百二十八人尽死(《魏书·崔浩传》)。受其牵连,金城宗钦、武威段承根、阴仲达等同时遇难,敦煌张湛惶恐不安,悉数焚烧与崔浩的赠答之作,流寓平城的河陇文士遭遇严酷打击,河陇文化与文学的传承发展,面临前所未有的困境。

与上述文化精英相比,普通士民的境遇更为悲惨,河西硕儒刘昞子孙的遭遇即可为证。《魏书·刘昞传》载,北魏平定凉州后,刘昞诸子仅有一人(次子仲礼)留居河西,其余均迁徙平城,之后分属诸州为城民,"久沦皂隶",以致李冲、崔光等人先后上奏,请求朝廷旌善继绝,北魏于正光四年(523)六月才下诏"甄免碎役"。一代"儒宗"刘昞的子孙尚且如此,其他人的境遇可想而知。同卷《索敞传》载,"初,敞在州之日,与乡人阴世隆文才相友。世隆至京师,被罪徙和龙,届上谷,困不前达,土人徐能抑掠为奴"①。后经索敞诉理得免。值得注意的是,此处与索敞"文才相友"的阴世隆,当即《魏书·刘昞传》所载"阴兴",北凉沮渠牧犍时以文学见举,与索敞同为刘昞助教。刘昞子孙及其助教阴兴的遭遇,是北凉灭亡后凉州移民悲惨经历的缩影。史载北魏平定北凉后,曾将大量的凉州士民作为战俘奴隶赏赐群臣。《魏书·奚

---

① 《魏书》卷五二《索敞传》,中华书局1974年版,第1163页。

斤传》载,"凉州平,以战功赐僮隶七十户";《于栗䃲传》载,"(于洛拔)从征凉州,既平,赐奴婢四十口";《司马楚之传》载,楚之"从征凉州,以功赐隶户一百"。①《隋书·刑法志》也说:"魏虏西凉之人,没入名为隶户。"②

北魏统治者之所以如此对待凉州移民,与凉州士民的"俘虏"身份有很大的关系。稽诸史籍,拓跋氏对包括河陇士民在内的中原士族的态度,一般视其入魏的方式而异。对被征服者即"俘虏",则奴役之,刘昞的子孙也难以幸免;对于主动降附者,则相对宽容,甚至给予"上客"的待遇。③河陇士人中,仅源贺、段晖、唐和、李宝等人,因为是主动内附,不是降吏或俘虏,所以获得了比较优厚的待遇。但以上几人此前均非北凉沮渠氏之臣民,段晖后来因人密告有南奔企图被杀,其子段承根也因崔浩国史案牵连被杀,只有源贺、唐和、李宝等人善终。总之,北魏平定北凉后的大举徙民,不啻是一场历史风暴,彻底摧毁了河陇士民往日相对宁静的生活,使他们从此背井离乡、漂泊流离,在来自草原的鲜卑族征服者的统治下小心翼翼地谋求生息。④

根据史料记载,北魏凉州内徙之民的境遇,至太和年间李冲显贵任事时才有比较大的改善。据《魏书·广阳王元深传》及《资治通鉴》卷一百五十等记载,正光五年(524)三月,北魏沃野镇人破六韩拔陵起兵反叛,诏令李崇、元深等征讨,元深上书分析六镇起兵原因,认为"昔皇始以移防为重,盛简亲贤,拥麾作镇,配以高门子弟,以死防遏,不但不废仕宦,至乃偏得复除。当时人物,忻慕为之。及太和在历,仆射李冲当官任事,凉州土人,悉免厮役,丰沛旧门,仍防边戍"⑤。据此可知,北魏平定凉州,内徙平城之民中有相当一部分戍守北边诸镇,前引武威段信、表氏史灌等即以豪族徙北边。至太和年间李冲亲贵,凉州之人才得以免除世代戍边之役。然而,凉州移民要真正免除奴役之苦,重新获得普通士民的权利和自由,还需要等待很长一段时间才有转

---

① 《魏书》卷二九《奚斤传》、卷三一《于栗䃲传》、卷三七《司马楚之传》,中华书局1974年版,第700、737、856页。
② 《隋书》卷二五《刑法志》,中华书局1973年版,第709页。
③ 史籍所载北魏的"客"有三等:上客、次客、下客,视其降附情形而定,上客"给以田宅、奴婢",下客"给以粗衣蔬食"。参见《魏书》卷四三《房法寿传》、卷五八《杨椿传》、卷六一《沈文秀传》等。
④ 参见逯耀东:《北魏前期的文化与政治形态》,《从平城到洛阳——拓跋魏文化转变的历程》,中华书局2006年版,第50—57页。
⑤ 《魏书》卷十八《广阳王元深传》,中华书局1974年版,第429、430页。

机。史载周武帝建德六年（577）二月北周灭齐，同年八月下诏废除"杂户"："凡诸杂户，悉放为民。配杂之科，因之永削。"①《隋书·刑法志》和《资治通鉴》卷一七三对此事也有详细载述："初，魏虏西凉之人，没为隶户，齐氏因之，仍供厮役。周主灭齐，欲施宽惠，诏曰……自是无复杂户。"②据此，则周武帝下诏废除绵延已久的杂户制，主要针对"魏虏西凉之人"即凉州移民。虽然据《唐律疏议》等记载，此诏颁布后实际上并未彻底废除杂户，但周武帝此举显然与西魏、北周长期以来奉行的关陇本位政策有关，被长期奴役的凉州移民至此才得到了彻底的解放。自北魏太延五年至北周建德六年，时光整整飘逝了138年，被迫徙离故土的凉州士民才重新获得了自由民的身份和权利。这是一个漫长的历史片段，其中浸透着北魏凉州杂户数代人的盈盈血泪，铭刻着他们难以抚平的斑驳伤痕和痛楚记忆。

二、穷且益坚：河陇士人在北朝政权中的重新崛起

北魏平定凉州后，河陇士人的整体境遇，大致如上所述。尽管如此，仍有不少河陇士人脱颖而出，在北朝的政治、文化等领域发挥了重要作用，产生了深远影响。其中河西源氏（秃发氏）、陇西李氏、狄道辛氏、武威段氏、安定胡氏、安定牛氏等世家大族人才辈出，在当时胡汉各族大融合的历史进程中，为重新构建统一和谐的社会政治秩序以及开启儒风、振兴礼乐、完善官制律令等做出了重要贡献，充分展现了河陇士人"穷且益坚"的精神和风采。

河西鲜卑人源贺因为在北魏平定凉州之前已投附北魏，并且与拓跋鲜卑同宗同源，所以深受北魏信任和重用。《魏书·源贺传》载，源贺本名秃发破羌，为南凉秃发傉檀之子，南凉为西秦所灭，源贺遂自西平乐都奔魏，拓跋焘素闻其名，器其机辩，赐爵西平侯，并赐姓"源氏"。后又赐名为"贺"。北魏征讨凉州，以源贺为向导，"凉州平，迁征西将军，进号西平公"。世祖崩，源贺拥立高宗拓跋濬有功，"以定策之勋，进爵西平王"。后改封陇西王。上书建议赦免死囚，徙充北边诸戍，高宗纳其言，公私两利。显祖拓跋弘即位，征拜

---

① 《周书》卷六《武帝纪下》，中华书局1971年版，第103页。
② 《资治通鉴》卷一七三，中华书局1956年版，第5380页。

太尉。皇兴五年（471），显祖欲禅位于京兆王子推，源贺固执不可，受诏持节奉皇帝玺绶以授高祖（孝文帝）。太和三年（479）九月卒，"赠侍中、太尉、陇西王印绶，谥曰宣"。有子源延、源怀、源奂等，源怀最为知名。《魏书·源贺传》附《源怀传》载，源贺以病辞位，源怀受父爵，拜征南将军，不久持节屯军于漠南。后迁尚书令，"参议律令"。景明四年（503），奉诏持节巡行北边六镇三州，源怀存恤有方，所上事宜便于北边者凡四十余条。正始元年（504）九月，蠕蠕犯塞，再次奉命巡行北边，上表请求筑城置戍，世宗从之，所筑城障即北魏"北镇诸戍东西九城"。史臣论曰："源贺堂堂，非徒武节而已，其翼戴高宗，庭抑禅让，殆社稷之臣也。怀干略兼举，出内有声，继迹贤考，不坠先业。"①源怀之后源子雍、源子恭、源纂、源彪、源师、源雄等都为北朝名臣。②总之，自源贺投附北魏，至源师、源雄等人建功隋代，河西源氏数代显贵于北朝。受河陇学风的影响，源氏深染儒风，习知典礼，所以源怀在孝文帝时参议律令，源师也在北齐后主时有零祭之请，以致时人不再视其为鲜卑戎类，而称其为"汉儿"（《北史·源贺传》附《源师传》）。其立身行事，也秉承儒家的忠义之节，故史臣称誉，名留青史。

　　曾经创立西凉政权的陇西李氏，在北魏也显赫贵盛，生机无限。陇西李氏之所以深受北魏统治者的礼遇，主要由于李宝的主动归附和李冲的贵宠任事。据《魏书·李宝传》载，李宝字怀素，陇西狄道人，西凉李暠之孙。沮渠蒙逊平定西凉，李宝先徙于姑臧，后随其舅父唐契、唐和北奔伊吾，臣于蠕蠕。北魏太平真君三年（442）四月，拓跋焘遣将讨沮渠无讳于敦煌，无讳弃城遁走。李宝遂自伊吾南归，复据敦煌，并遣使内附。北魏嘉其忠款，拜李宝为镇西大将军、开府仪同三司、沙州牧，封敦煌公（亦参《魏书·世祖纪下》）。太平真君五年，入朝魏主，遂留平城。拜外都大官，转镇南将军、并州刺史。后又转内都大官、镇北将军。太安五年（459）卒。史臣论曰："李宝家难流离，晚获归正，大享名器，世业不殒，诸子承基，俱有位望。"③史载李宝有六子，少子李冲为北魏重臣。据《魏书·李冲传》，李冲字思顺，孝文帝初年，以例

---

① 参见《魏书》卷四一《源贺传》，中华书局1974年版，第919—937页。
② 参见《北齐书》卷四三《源彪传》及《北史》卷二八《源贺传》附《源师传》等。
③ 《魏书》卷三九《李宝传》，中华书局1974年版，第898页。

迁秘书中散，典禁中文事。又迁内秘书令、南部给事中。太和十年（486），李冲以民多荫附，上言建立三长制，文明太后览而称善，公卿通议，遂立三长，公私两便（《魏书·食货志》）。迁中书令。太和十五年（491），孝文帝议改礼仪律令，其刊定轻重，润色辞旨，皆访决于李冲。后改置百司，开建五等，又以李冲参定典式。拜廷尉卿，迁侍中、吏部尚书等职。又诏领将作大匠，缮修平城宫殿。太和十七年（493），孝文帝定迁都之计，以李冲为镇南将军，委以营建洛阳之任。史载"冲机敏有巧思，北京（平城）明堂、圆丘、太庙，及洛都初基，安处郊兆，新起堂寝，皆资于冲"[①]。迁尚书仆射，时孝文帝多次南征，令李冲留守洛阳。太和二十二年（498）病卒。史臣论曰："李冲早延宠眷，入干腹心，风流识业，固乃一时之秀。终协契圣主，佐命太和，位当端揆，身任梁栋，德洽家门，功著王室。"[②]客观地讲，无论是北魏孝文帝的汉化革新还是陇西李氏家族的自身发展，李冲都有重要贡献，《魏书》"德洽家门，功著王室"的评价，绝非虚誉。就李氏家族的发展而言，史载李冲贵宠之后，通过世族联姻、嫁女皇室等方式，使陇西李氏在门阀社会的显盛达到了顶峰。《魏书》本传载："（冲）显贵门族，务益六姻，兄弟子侄，皆有爵官，一家岁禄，万匹有余。"[③]据《魏书·李宝传》，李冲诸兄除公业早卒外，其余四人及其子孙均贵显于北魏。其中李韶、李玚、李瑾、李伯尚、李仲尚、李神俊等，均为一时名士。北魏太和二十年（496），孝文帝诏令宋弁等议定四海士族，以范阳卢氏、清河崔氏、荥阳郑氏、太原王氏、陇西李氏五姓为华族高门之首，陇西李氏衣冠世族的地位得到北魏王朝的肯定和认同。总之，自太平真君三年李宝主动归附北魏之后，陇西李氏"跗萼相承，蝉冕奕世"，尤其是李宝少子李冲，凭借其政治才干和儒学素养，积极参与孝文帝改革，成为一代名臣，使李氏家族的地位达到了顶峰。其不少家族成员也以儒学致显，积极辅助鲜卑拓跋氏完成汉化改革，名留青史。

与源氏、李氏的主动归附不同，狄道辛氏是北魏平定凉州后，作为降吏或俘虏而被迫内徙，故其子孙在北魏远不及源、李二族显达。但是，作为自两汉

[①]《魏书》卷五三《李冲传》，中华书局1974年版，第1187页。
[②]《魏书》卷五三《李冲传》，中华书局1974年版，第1189页。
[③]《魏书》卷五三《李冲传》，中华书局1974年版，第1187页。

以来即已显赫的西州著姓，狄道辛氏凭借其根深叶茂的家族实力和文武兼备的家族风尚，也是累世官族，人才辈出，在北朝的政治、文化等领域做出了重要贡献。据《魏书·辛绍先传》，辛绍先（？—489）为陇西狄道人，五世祖辛怡为晋幽州刺史，其父辛渊（？—420）为西凉骁骑将军。北魏平凉州，绍先内徙，家于晋阳（今山西太原）。"明敏有识量，与广平游明根、范阳卢度世、同郡李承（李宝之子）等甚相友善。"自中书博士转神部令，后任下邳太守，为南齐萧道成等敬惮。有子辛凤达、辛穆（450—526）。辛穆有子辛子馥（？—550）、辛子华。史载辛子馥"以三《传》经同说异，遂总为一部，《传》注并出，校比短长"。①辛子馥之子辛德源为北朝后期著名文士，史载其深受杨愔、牛弘等名流时望器重，与卢思道、颜之推、薛道衡等文士交往友善；北齐后主武平三年（572），待诏文林馆，参与了《修文殿御览》的编撰；周武帝灭齐，诏征阳休之、卢思道等十八文士随驾入关，辛德源名列其一；入隋后，又奉诏与王劭、魏澹等人同修国史，也是开皇初年在陆法言家讨论音韵的诸文士之一。②《隋书·辛德源传》称其"撰《集注春秋三传》三十卷，注扬子《法言》二十三卷"，"有集二十卷，又撰《政训》《内训》各二十卷"。③辛绍先及其子孙之外，史籍所载仕宦于北朝的狄道辛氏子弟，还有辛雄、辛纂、辛琛、辛术、辛威、辛庆之、辛公义、辛彦之等，均显名当时，史籍有称。尤其是辛彦之，以博涉经史为隋代儒林之宗。《隋书·儒林传》载，"时国家草创，百度伊始，朝贵多出武人，修定仪注，唯彦之而已"。历任太常少卿、国子祭酒、礼部尚书等职，撰《坟典》《六官》《祝文》《礼要》《新礼》《五经异义》各一部，并行于世。④总之，两汉以来，狄道辛氏为陇右著姓，北魏平定凉州后，辛氏族人难免迁徙流离，但根基雄厚的家族实力以及亦文亦武的家族风尚，使其在北朝异族统治之下，仍能儒学传家，绵延不绝，为民族融合背景下北朝各代的政治建构及文化整合做出了突出的贡献。

北魏平定凉州后，安定胡氏和武威段氏因皇亲国戚的特殊身份，也在北魏、北齐有过显赫的历史。《魏书·外戚传》载，胡国珍字世玉，安定临泾

---

① 参见《魏书》卷四五《辛绍先传》，中华书局1974年版，第1025—1029页。
② 详参本书第七章第三节。
③ 《隋书》卷五八《辛德源传》，中华书局1973年版，第1422、1423页。
④ 参见《隋书》卷七五《儒林传》，中华书局1973年版，第1708、1709页。

人。祖胡略，后秦姚兴时渤海公姚逵平北府谘议参军。父胡渊，夏赫连屈丐给事黄门侍郎。北魏拓跋焘克平统万，胡渊以降款之功赐爵武始侯，后拜河州刺史。国珍少好学，雅尚清俭。太和十五年袭爵，后例降为伯。其女因选入掖庭生肃宗，为宣武帝灵皇后（又称灵太后）。灵太后临朝，胡国珍出入禁中，参决万机。又与侍中崔光俱授帝经，宠显异常。史载胡国珍之兄胡真，真子胡宁、胡僧洗、胡僧敬等，也以外戚贵显。①北魏武泰元年（528）二月，肃宗驾崩，四月，尔朱荣沉灵太后及幼主于河，安定胡氏在北朝的显赫历史也随之终结。与安定胡氏相似，武威段氏也因与北齐高欢联姻，所以数世尊荣。《北齐书·段荣传》载，段荣字子茂，武威姑臧人。祖段信仕沮渠氏，北魏平北凉，以豪族徙北边，遂家于五原郡。父段连，北魏安府司马。段荣少好历术，专注星象。正光初年，预言天下将乱，不久六镇兵变，遂随北齐神武帝高欢创业立功于乱世。段荣之妻，即高欢明皇后娄氏之姊。东魏之初，屡建功勋，元象二年（539）五月卒。其子段韶、段孝言等都显贵于北齐。史臣论曰："段荣以姻戚之重，遇时来之会，功伐之地，亦足称焉。韶光辅七君，克隆门业，每出当阃外，或任以留台，以猜忌之朝，终其眉寿。属亭候多警，为有齐上将，岂其然乎？"②总之，安定胡氏、武威段氏虽然都以姻戚之重声位显赫，但段氏自两汉以来即为西州著姓，段荣父子在北魏末年立功于乱世，与胡氏纯以外戚尊显迥然有别。史载武平四年（573），北齐置文林馆，先后共有六十一人待诏文林馆，为一时盛事，段孝言也入选其列，足以说明武威段氏并非仅仅以军功显达，其文化修养也有较高的水准。

安定牛氏虽然不是两汉以来的西州高门，但该家族却因牛弘的出现，在北朝后期跻身河陇著姓之列。《隋书·牛弘传》载，牛弘字里仁，安定鹑觚人，好学博闻，起家北周中外府记室、内史上士，转纳言上士，专掌文翰，甚有美称。隋开皇初年，迁散骑常侍、秘书监，弘以典籍遗逸，上表请开献书之路，文帝纳其言，下诏购求遗书于天下，一二年间，篇籍稍备，晋爵奇章郡公。开皇三年（583），拜礼部尚书，奉敕与辛彦之修撰《五礼》，勒成百卷，行于当世。又奉诏与苏威等更定新律（参《隋书·刑法志》）。开皇六年（586），除太

---

① 参见《魏书》卷八三下《外戚传下》，中华书局1974年版，第1833—1836页。
② 《北齐书》卷十六《段荣传》，中华书局1972年版，第216页。

常卿。开皇九年（589），与姚察、许善心、虞世基等受诏改定雅乐，作乐府歌词，撰定圆丘五帝凯乐，并奏议乐事，论六十律不可行（参《隋书·音乐志下》）。时议修明堂，诏牛弘条上故事，议其得失。开皇十九年（599），拜吏部尚书（参《隋书·高祖纪下》）。奉诏与杨素、苏威、薛道衡、许善心、虞世基等并召诸儒，论议新礼，牛弘所论，众皆推服。仁寿二年（602），献皇后崩，牛弘定其仪注，杨素叹服，称"衣冠礼乐尽在此矣"①。大业二年（606），进位上大将军，奉诏与杨素、虞世基、许善心等制定舆服。大业三年（607），改为右光禄大夫，随从炀帝拜恒岳，坛场珪币、埋瘗牲牢，并为牛弘所定。总之，牛弘仕周、隋两代，号一代名臣。时久经丧乱，典籍散佚，礼仪残缺，弘求遗书，正礼乐，定律令，功莫大焉。魏征等论曰："牛弘笃好坟籍，学优而仕，有淡雅之风，怀旷远之度，采百王之损益，成一代之典章，汉之叔孙，不能尚也。绸缪省闼三十余年，夷险不渝，始终无际。虽开物成务非其所长，然澄之不清，混之不浊，可谓大雅君子矣。"②牛弘在周、隋两代文化建设方面的贡献，又一次彰显了两汉魏晋以来河陇地区的文化积淀和历史影响，唐代史臣将他与西汉叔孙通相提并论，并称其为"大雅君子"，可谓允当之论。

总之，北魏平定北凉后，作为被征服者，一大批河陇士民被迫徙离故土且被残酷奴役，但面对新的生存境遇，河陇士人"穷且益坚"，凭借自强不息的族群精神和深厚强大的文化实力，在北朝各代重新崛起，最终成为民族大融合时代文化整合和政治建构的中坚力量，卓然屹立，彪炳史册。

三、允文允武：河陇士人在民族融合中的历史贡献

如前所述，北魏太延五年拓跋焘平定凉州，大举徙民于平城及北边，河陇地区自前凉以来文化繁荣的局面便戛然而止，一大批文化精英背井离乡，迁徙流离，死于非命，河陇文化的传承遭遇了严重的破坏和挑战。但即便如此，以李宝、李冲、源贺、源怀、辛彦之、辛德源、段荣、段韶、牛弘等为代表的河陇士人，在北朝各代不同的历史时期，不仅顺应历史潮流，致力于维护北方的

---

① 《隋书》卷四九《牛弘传》，中华书局1973年版，第1309页。
② 《隋书》卷四九《牛弘传》，中华书局1973年版，第1310页。

统一和稳定，而且高瞻远瞩，积极促进民族大融合时代多元文化的整合与建构。河陇士人生生不息的坚韧精神和河陇文化强大的生命力，于此得到有力的彰显。总体来看，以陇西李氏、河西源氏为代表的河陇士人对北朝各代的影响，涉及政治、军事、文化等各个方面，这一时期的河陇士人，不仅继续保持着秦汉以来骁勇尚武的传统风尚，而且辗转传承着汉魏以来中原地区的文化遗脉，允文允武，勇于担当，勋业粲然。对此，陈寅恪等先生早有公允之论，兹从多族群社会的文化整合与国家重构入手，对河陇士人在北朝民族大融合进程中的历史贡献进行全面探讨，以期对这一群体有更深入的认识和评价。

  河陇士人在政治方面的贡献，主要表现在以下两个方面。一是顺应时势，坚决维护北方的统一稳定。客观地讲，北魏始定北凉之际，河陇地区的局势并不稳定。北凉的残余势力仍占据敦煌，伺机反扑；毗邻敦煌的伊吾、高昌等地，虽然分别为西凉旧部李宝、唐和以及北凉余部阚爽占据，但都处于柔然的实际控制之下。在这种形势下，南凉王室后裔源贺和西凉后裔李宝等，完全可以利用北魏、柔然、北凉余部对西域的角逐，伺机恢复先王旧业，进而拥兵割据。但是事实恰恰相反，在北魏王朝拓疆西域的历史进程中，源贺、李宝、唐和等原南凉、西凉王族勋戚，顺应历史潮流，先后主动归附北魏，并且利用自己的优势招降旧部，充当向导，攻城平叛，襄助北魏王朝稳定了西部疆域，统一了北方。其中源贺在平定凉州之后，由于忠勇果敢，被委以重任，他也不负众望，在宗爱逆乱之时翼戴高宗，于显祖遗世之际庭抑禅让，先后两次临危遏乱，稳定了北魏政局。为了巩固北魏的统治，源贺还针对时局，先后上书，提出宽简刑狱、赦免死囚徒充北边诸戍、屯兵漠南等一系列治国方略，大都被朝廷采纳。总之，源贺一生辅佐北魏四代君主，殚精竭虑，功勋卓著，晚年退居在家，"朝有大议皆就询访"。正是基于他的忠诚和勋业，《魏书》卷四一史臣评论说："源贺堂堂，非徒武节而已，其翼戴高宗，庭抑禅让，殆社稷之臣也！"① 不难看出，正是因为具有卓越的政治远见，作为南凉王族的源贺，果断摒弃分裂割据，坚决维护统一稳定，"社稷之臣"的赞誉，实至名归。源贺死后，其子孙后裔秉承遗训，恪尽职守，名垂青史。源贺之孙源子雍、曾孙源延伯等人为了维护统一稳定，在北魏末年战死疆场，时人痛惜。值得注意的是，

---

① 《魏书》卷四一《源贺传》，中华书局1974年版，第937页。

在北魏统一北方的初期，虽然中原士族起兵反叛者时有其人，北魏末年的六镇兵变最终颠覆了北魏王朝的统治，但这些反叛，以陇西李氏、河西源氏为代表的河陇士人鲜有参与。河陇士人谋求统一、维护稳定的政治倾向，显然与其固守传承的儒学文化传统有很大的关系。二是忠勤辅政，积极促进民族大融合时代的文化整合与国家重构。随着北魏平定北凉，统一北方，北魏统治区内不仅民族众多，而且文化多元，亟须整合统一。北魏太武帝时期，以崔浩为代表的一批中原士人面对当时胡汉杂糅的文化与政治形态，试图凭借拓跋氏君主的支持，通过改革完成多元文化的整合与重构，但由于时机尚未成熟，不同族群之间的文化冲突演变成为残酷的政治斗争，崔浩及其姻亲和追随者被诛灭殆尽。经过这次流血的政治斗争，汉文化在拓跋氏政权中的比重和影响大幅降低，直到孝文帝拓跋宏掌握实际政权后，才最终进行了一次彻底的调整与重组。①北魏孝文帝的这次改革，涉及政治、经济、文化以及社会习俗等各个方面，史称"太和改制"。主要内容包括：施行均田制、三长制和新租调制，迁都洛阳，实行汉化。客观地讲，北魏的"太和改制"，实际上就是适应新的政治形势，对北魏前期胡汉杂糅的政治文化形态，进行一次彻底的调整与重组，即通过文化整合，促进民族融合，实现北方多族群社会的国家重构，以便进一步巩固北魏政权，为最终统一天下做准备。河陇士人的杰出代表李冲，凭借深厚的文化素养和卓越的政治才干，成为"太和改制"的核心成员。北魏前期，以宗主督护制作为地方基层政权的组织形式，但随着社会的发展，宗主督护制所导致的"民多荫附"现象，成为影响北魏社会良性发展的主要障碍之一。太和十年二月，孝文帝采纳李冲的建议，"立党、里、邻三长，定民户籍"（《魏书·高祖纪》），以三长制取代宗主督护制。三长制的建立，完善了北魏的基层行政建制，削弱了地方宗主的势力，强化了中央集权。这一制度与均田制和新租调制形成一个有机整体，成为北魏政治经济体制的三大支柱，为孝文帝推行一系列汉化改革奠定了基础。营建新都洛阳，也是孝文帝通过改革实现国家重构的重要举措。众所周知，京都是一个国家政治经济文化的中心，在多族群的国家，这是影响民众国家认同的重要因素，平城作为北魏前期的统治中心，是早期拓跋氏政权胡汉杂糅的政治文化形态的标志和象征。但是随着拓跋鲜卑统一北

---

① 参见逯耀东：《从平城到洛阳——拓跋魏文化转变的历程》，中华书局2006年版，第10、11页。

方，入主中原，统一华夏已然成为北魏高层新的政治理想，平城的地理位置、自然条件以及人文底蕴，显然已经不能适应这种新的政治诉求。作为中原传统文化象征的古都洛阳，自然成为北魏王朝新的政治中心。①太和十七年，孝文帝确定迁都大计，"诏征司空穆亮与尚书李冲、将作大匠董爵经始洛京"②。史载李冲"机敏有巧思……洛都初基，安处郊兆，新起堂寝，皆资于冲"③。由此可见，虽然奉诏营建新都洛阳的共有三人，但实际的负责人还是李冲。在北魏孝文帝新的政治蓝图中，迁都洛阳无疑是其国家发展战略的核心内容，不仅标志着北魏平城时代的结束，而且象征着一个辉煌时代的开始。李冲显然是这一宏伟蓝图强有力的支持者和执行者。作为孝文帝心目中"执我枢衡，总厘朝务"的重臣，李冲在太和年间针对鲜卑旧习和多元文化整合的一系列改革中，也是竭忠尽智，功勋卓著。史载太和十五年孝文帝议改礼仪律令，其后改置百司，开建五等，重大事项基本上都访决于李冲。④李冲兄子李韶、源贺之子源怀等河陇士人也参与了太和年间议改律令制度的相关工作。这些记载充分说明：在北魏孝文帝时代多元一体的政治文化形态的建构过程中，以李冲为代表的河陇士人顺应历史潮流，摒弃"华夷有别"的传统观念，积极推动鲜卑文化的转型和北魏政权的重构，促进了北方民族融合的历史进程，有力彰显了河陇士人的历史存在和丰功伟绩。李冲之后，以牛弘、辛彦之为代表的河陇士人，"采百王之损益，成一代之典章"，为周、隋两代的文化建设和国家建构也做出了卓越贡献，名垂青史。

受特殊的地理位置和民俗风尚的影响，两汉以来，河陇士人即以勇武显闻，名将辈出。北魏平定凉州之后，一大批河陇士人虽然被迫徙离故居，但仍然以勇武著称于北朝各代，成为捍卫边疆、维护稳定的核心力量。其中河西源氏、狄道辛氏、武威段氏堪称代表。据史籍记载，源贺自南凉灭亡降附北魏起，英勇善战，颇有两汉以来河陇名将之遗风。在北魏平定凉州、拓疆西域的进程中，源贺军功卓著，此后被委以捍卫北疆的重任。史载其先后奉命征讨河西敕勒和漠北柔然，功成而还。晚年仍奉诏督军，屯于漠南，以备北寇。并且

---

① 参见李凭：《北魏平城时代》（修订本），上海古籍出版社2011年版，第406—411页。
② 《魏书》卷七下《高祖纪下》，中华书局1974年版，第173页。
③ 《魏书》卷五三《李冲传》，中华书局1974年版，第1187页。
④ 参见《魏书》卷五三《李冲传》，中华书局1974年版，第1181页。

根据漠南的地理环境和战略地位，提出了屯田戍边的战略防御构想。这一建议虽然当时未被采纳，但在正始元年九月，蠕蠕大兵压境，其子源怀奉命北征，视察北边诸镇要害之地，上表请求筑城置戍，劝农积粟，世宗从之，所筑城障即北魏"北镇诸戍东西九城"。源贺屯田戍边的北疆防御计划至此基本实现。作为优秀的军事家，源贺生前还有兵法传世，《魏书》本传载："贺依古今兵法及先儒耆旧之说，略采至要，为《十二阵图》以上之，显祖览而嘉焉。"① 值得注意的是，源贺虽然以勇武果敢显名北朝，但是由于久经沙场，且汉化修养较高，所以在北魏王朝的军事防御方面，表现出超常的战略眼光，在同时代的将领尤其是少数民族将领中，源贺可谓出类拔萃，其卓越的政治谋略和军事才干，为其赢得了"社稷之臣"的美誉。源贺之子源怀，也是北魏名将，早年代替父职，持节屯军于漠南，太和年间参议律令，并在景明四年、正始元年前后两次奉诏巡行北边州镇，体察实情，存恤有方，提出筑城置戍的御北方略，为北疆的防御做出了重要贡献，史臣称其"干略兼举，出内有声，继迹贤考，不坠先业"，可谓公允之论。总之，北魏王朝在太延五年平定北凉、统一北方后，适应文化转型（由游牧文化转向农业文化）和国家建构的需要，在军事方面基本上遵循北防南攻的战略思想，即北疆以防御为主，南疆以进攻为主，作为捍卫北疆的重臣，源氏父子提出的屯田戍边的御北方略，为北魏王朝的稳定和发展提供了有力的保障。源氏父子之外，以勇武显闻北朝的河陇士人，还有狄道辛氏、武威段氏的家族子弟。众所周知，狄道辛氏和武威段氏是两汉以来声名显赫的西州著姓，历来为河陇地区武力强宗，人才辈出。北魏平定凉州后，辛氏、段氏都随例迁徙。辛氏一族，辛绍先、辛雄、辛纂、辛琛、辛术、辛威、辛庆之等，都曾效命疆场，功显当世。段氏一族，段信以豪族徙戍北边，段荣、段韶以姻戚之重，在北魏末年追随高欢，成就霸业，后为北齐上将。总之，北魏平定凉州后，河陇士人虽然徙离故土，但勇武依旧，仍然是捍卫边疆、维护稳定的重要力量。

　　河陇士人在文化方面的贡献，学界已有全面深入的论述。总体来看，河陇士人在文化方面对北朝各代的影响主要有三个方面：一是开启儒风；二是振兴

---

① 《魏书》卷四一《源贺传》，中华书局1974年版，第922页。

礼乐；三是完善官制律令。①史载北魏平定北凉后，索敞、常爽等河西大儒执教平城数十年，"京师学业，翕然复兴"；北魏太和年间，李冲、李韶、源怀等人议改律令，经营洛都，孝文帝汉化革新，河陇士人甚有力焉；周、隋两代，国家草创，百度伊始，辛彦之、牛弘等人"采百王之损益，成一代之典章"，勋业綦然。河陇士人之所以对北朝各代的文化建设产生如此重大的影响，与两汉魏晋以来河陇地区辗转传承的中原传统文化有密切关系，陈寅恪先生对此曾有十分精辟的论述："惟此偏隅之地，保存汉代中原之文化学术，经历东汉末、西晋之大乱及北朝扰攘之长期，能不失坠，卒得辗转灌输，加入隋唐统一混合之文化，蔚然为独立之一源，继前启后，实吾国文化史之一大业。"②正因为有深厚的文化积淀和强大的文化实力作铺垫，所以河陇士人能够在北魏平定北凉后的历史困境中迅速崛起，并对北朝各代多元一体文化的整合与重构产生重大影响。客观地讲，河陇文化的融入不仅进一步强化了北朝文化的多元化格局，而且也使经过整合的新型文化带有鲜明的河陇文化的色彩。以李冲、牛弘等为代表的河陇士人为鲜卑文化的历史转型发挥了关键性的作用，也为辉煌灿烂的隋唐文化的形成做出了独特的贡献。③

综上所述，北魏平定北凉后，被迫迁徙的河陇士人虽然遭遇了前所未有的困境，河陇文化的传承也面临严峻的挑战，但凭借积淀深厚的文化实力和坚韧勇武的族群精神，河陇士人在北朝民族融合的历史大潮中迅速崛起，为多元一体文化的整合建构做出了重要贡献。这是一个多灾多难的时代，也是一个生机盎然的时代，自强不息的河陇士人历史性地走出了西北边隅，融入了大一统的滚滚洪流，承载了文化的传承与创新，书写了自己的梦想与辉煌。

总之，河陇著姓自秦汉时期初步形成，经过魏晋十六国时期的空前发展，在南北朝时期虽然遭遇流离迁徙，但仍然生生不息，显示出强大的生命力。在长期的历史发展过程中，河陇地区的胡汉各族著姓不仅是维护稳定、抵御外侮的先锋主力，而且也是促进民族融合、构建河陇文化的核心力量。河陇著姓之

---

① 参见施光明：《五凉政权"崇尚文教"及其影响述论》，《兰州学刊》1985年第6期。
② 陈寅恪：《隋唐制度渊源略论稿》，中华书局1963年版，第19页。
③ 参见陈寅恪：《隋唐制度渊源略论稿》，中华书局1963年版，第17、19页；赵向群：《五凉史探》，甘肃人民出版社1996年版，第290—294页；金家诗：《河陇士人与鲜卑文化转型》，《北方论丛》2002年第1期。

所以能够在中古时期河陇地区的开发建设中发挥强大的凝聚作用，主要原因有以下三方面。第一，河陇著姓在政治、经济、文化领域的优势，使他们很容易在地区事务中占据主导地位，以十六国时期的历史为例，河陇著姓不论是汉族还是胡族，都曾基于各自的政治理想建立过相关政权，共同为河陇地区的繁荣稳定做出贡献。第二，由于长期的杂居共处，河陇地区的胡汉著姓在历史文化认同方面有较强的趋同性，共同的地缘文化与政治诉求，在胡汉各族中产生强大的向心力，所以不论是哪一个民族哪一个姓氏建立政权，基本上都是网罗各个民族的名流时望，组建统治集团，谋求协同发展。第三，不论是大一统的盛世还是分裂割据的乱世，河陇大族始终以尊奉中原政权为旗帜，以发扬儒家文化精神和维护和谐统一为己任，在西北边疆的各族人民中享有广泛的号召力和话语权。以上几个方面的原因，使得河陇地区各族民众始终自发地以河陇大族为核心，以构建多元一体、和谐共荣的民族共同体为目标，共同推动了中古时期河陇文化的发展和繁荣，有力促进了河陇地区乃至整个西北边疆的开发和建设。

第二章 河陇文学的发轫与两汉魏晋时期的发展

第一节 秦仲始大与河陇文学的滥觞

从文献记载和考古发现的情况推断,河陇文学的发轫与早期秦文化和《诗经·秦风》之间存在必然联系。而秦人的兴起以及周代礼乐文明在陇右的传播,又肇始于秦仲时代。不论是嬴秦的发展还是河陇文学的发轫,秦仲发挥了至关重要的作用。

一、秦仲其人及其历史影响

就文献记载看,秦仲是嬴秦先君中具有重要贡献且受到后世高度赞誉者之一。《史记·秦本纪》载,周孝王时代,非子"主马于汧渭之间,马大蕃息",孝王乃"分土为附庸,邑之秦。使复续嬴氏祀,号曰秦嬴"。非子一族由此脱离了西垂地区(今甘肃礼县东部、西和县北部)以大骆为首领的嬴姓母体,使作为一个政治实体的"秦"登上了历史舞台。《秦本纪》又载:"秦嬴生秦侯。秦侯立十年,卒。生公伯。公伯立三年,卒。生秦仲。秦仲立三年,周厉王无道,诸侯或叛之。西戎反王室,灭犬丘大骆之族。周宣王即位,乃以秦仲为大夫,诛西戎。西戎杀秦仲。秦仲立二十三年,死于戎。有子五人,其长者曰庄公。周宣王乃召庄公昆弟五人,与兵七千人,使伐西戎,破之。于是复予秦仲后,及其先大骆地犬丘并有之,为西垂大夫。"[①]《史记》的记载虽然简略,但

---

① 《史记》卷五《秦本纪》,中华书局1982年版,第178页。

交代了有关秦仲生平的重要信息：秦仲是非子的曾孙，周厉王末年，西戎攻灭嬴姓母体即世居陇右西垂地区的大骆之族，秦仲一族面临历史困境；周宣王即位，重用、扶持以秦仲为首领的嬴秦部族，委以抗击西戎的重任，秦仲父子前仆后继，最终大破西戎，稳定了西周王朝京畿西部的局势。

秦仲在位的时间及卒年，《史记·十二诸侯年表》有确切记载：共和元年（前841）为秦仲四年；宣王六年（前822）为秦仲二十三年，亦即其卒年。①据以上史料推断，秦仲当即位于公元前844年；宣王元年（前827）被封为大夫。关于其卒年，古本《竹书纪年》及《后汉书·西羌传》所载不同于《史记》："及宣王立四年，使秦仲伐戎，为戎所杀。"②祝中熹调和两种说法，认为"宣王四年，命秦仲伐戎；而秦仲死于伐戎之役，则是两年以后即宣王六年的事"③。其说可从。又，《太平御览》卷八五引皇甫谧《帝王世纪》云："宣王元年，以邵穆公为相，秦仲为大夫，诛西戎。是时天大旱，王以不雨遇灾而惧，整身修行，欲以消去之，祈于群神，六月乃得雨。大夫仍叔美而歌之，今《云汉》之诗是也。是岁，西戎杀秦仲。"④据此则秦仲似又卒于宣王元年。然《毛诗〈云汉〉正义》引皇甫谧又云："宣王元年，不藉千亩，虢文公谏而不听，天下大旱，二年不雨，至六年乃雨。"⑤陈乔枞《鲁诗遗说考》认为皇甫谧所谓宣王初年"旱积五年"之说当依据《鲁诗》，《论衡·须颂篇》也有"成汤遭旱，周宣亦然"之说，说明周宣王时"旱积五年"与汤有七年之旱一样出自古史传说，《诗经·云汉》一诗可证此说有据。⑥如果将以上所引皇甫谧两说结合起来分析，则秦仲当卒于宣王即位初期的久旱得雨之年，也就是宣王六年，所以徐宗元《帝王世纪辑存》附案语说："'六月乃得雨'，'月'系'年'之误。"⑦这与《史记》所载完全相符。

秦仲虽然出师未捷身先死，但也是宣王中兴的佐命功臣之一。皇甫谧《帝王世纪》即云："宣王元年，以邵穆公为相，秦仲为大夫，诛西戎。"又云：

---

① 参见《史记》卷十四《十二诸侯年表》，中华书局1982年版，第512—519页。
② 方诗铭、王修龄校注：《古本竹书纪年辑证》（修订本），上海古籍出版社2005年版，第59页。
③ 祝中熹：《秦史求知录》，上海古籍出版社2012年版，第93页。
④ 《太平御览》卷八五，中华书局1960年版，第402、403页。
⑤ 《毛诗正义》，（清）阮元校刻：《十三经注疏》，中华书局1980年版，第561页。
⑥ 参见陈子展：《诗三百解题》，复旦大学出版社2001年版，第1052、1053页。
⑦ 徐宗元：《帝王世纪辑存》，中华书局1964年版，第94页。

"是岁，西戎杀秦仲。王于是进用贤良樊、仲山父、尹吉父、程伯休父……张仲之属，并为卿佐。自厉王失政，猃狁荆蛮，交侵中国，官政隳废，百姓离散，王乃修复宫室，□□□，纳规谏，安集兆民。命南仲、邵虎、方叔、吉父并征定之，复先王境土。缮车徒，兴畋狩礼，天下喜，王化复行，号称中兴。"①宣王征伐诸戎的战争，《诗经》《后汉书·西羌传》等史籍及出土文献多有载述。②出土的宣王时代的青铜名器"不其簋"，据李学勤等先生考证，其器主就是秦庄公，其铭文讲的就是庄公在宣王的扶持下大破西戎的那场战役。③《诗经·秦风》中的《无衣》一诗，其作时众说纷纭，难有定论。朱熹《诗集传》卷六云："王于兴师，以天子之命而兴师也。"④明代何楷《诗经世本古义》卷十七云："《无衣》，复王仇也。周宣王以兵七千，命秦庄公伐西戎，周从征之士赋此。"又附注云："据金履祥《通鉴前编》以此诗属之庄公，今从之。"⑤诗中的"王于兴师""与子同仇"等表述，与秦仲死后周宣王"与兵七千"，助秦庄公大破西戎的情事完全相合，何楷之说可从。程俊英、蒋见元《诗经注析》认为《无衣》"应是流传在民间的战歌"⑥，如果此说属实，说明《无衣》的产生应该有重大的历史背景，故而体现出同仇敌忾、慷慨从军的精神和斗志。宣王初年秦仲之死所激发的秦人的国仇家恨和伐戎士气，与此完全相符。据此，则《无衣》一诗产生年代较早，其文本反映的很可能就是秦仲死后秦庄公率领周、秦联军讨伐西戎的历史情景。

秦仲虽然死于宣王中兴初期的伐戎之役，但嬴秦部族在他的时代取得长足的发展却是不争的事实。史载其子庄公等凭借周宣王的支持，率领部族大破西戎即是明证。正是基于秦仲当时的地位和声望，周宣王即位之初，封秦仲为大夫，嬴秦的地位由附庸而上升为大夫，成为维护西周王朝西部稳定的重要力量。自此开始，嬴秦的历史进入全新的时代。古本《竹书纪年》云："秦无历数，周世陪臣。""自秦仲之前，本无年世之纪。"⑦（《广弘明集》卷十一释法

---

① 徐宗元：《帝王世纪辑存》，中华书局1964年版，第93、94页。
② 参见杨宽：《西周史》，上海人民出版社1999年版，第563—574页。
③ 李学勤：《秦国文物的新认识》，《文物》1980年第9期。
④ （宋）朱熹：《诗集传》，上海古籍出版社1980年版，第79页。
⑤ （明）何楷：《诗经世本古义》，文渊阁《四库全书》，台湾商务印书馆1986年版，第81册，第483页。
⑥ 程俊英、蒋见元：《诗经注析》，中华书局1991年版，第356页。
⑦ 方诗铭、王修龄校注：《古本竹书纪年辑证》（修订本），上海古籍出版社2005年版，第58页。

琳《对傅奕废佛僧事》引）说明秦国从秦仲时代开始才有了明确的纪年。《史记·十二诸侯年表》记述秦国史事，正是从秦仲开始的。不仅如此，文献记载秦国的礼乐文明也是自秦仲时代奠定的。《诗经·车邻》诗序云："美秦仲也。秦仲始大，有车马礼乐侍御之好焉。"①郑玄《诗谱·秦谱》也说："至曾孙秦仲，宣王又命作大夫，始有车马礼乐侍御之好。国人美之，秦之变风始作。"②值得注意的是，就《史记·秦本纪》的载述看，秦仲之前，嬴姓部族主要从事驯兽驾驭之事。正如丁山所说："《秦本纪》所叙秦先公之名，无不与'服不氏掌养猛兽而教扰之'之事有关。……秦嬴以前一直上溯到柏翳为舜驯鸟兽，总不离服牛乘马之事，这就反映出来秦在秦仲以前，完全是一个游牧民族。"③但是，从秦仲开始，嬴秦部族逐渐脱离了畜牧为主的生活模式，转变为"有车马礼乐侍御之好"的文明部族，成为中原礼乐文明在西周西部边疆的传播者和代言人。

秦仲时代嬴秦部族文化的成功转型，对该部族由附庸而大夫、再发展为诸侯奠定了基础。正因为这样，西周末年已经有人对秦仲大加赞赏。《国语·郑语》载，周幽王九年，郑桓公因"王室多故"，向史伯征询避祸之计，史伯于是全面分析西周王室与列国的政治形势，纵论各国的历史背景和发展趋向，认为"国大而有德者近兴。秦仲、齐侯，姜、嬴之儁也，且大，其将兴乎"。史伯将秦与齐并列为"有德"的大国，称秦仲为嬴姓之"儁"，并预言其"将兴"，足以说明秦仲影响之大。因为齐国本来就是大国，史伯所言"齐侯"指在位长达64年的齐庄公，称其为"大"、为"儁"，实至名归。而与史伯同时的在位秦君是秦襄公，史伯避开在位的襄公而称颂去世已半个世纪的秦仲，足见秦仲在嬴秦发展史上的贡献和影响在当时无人可比，所以史伯视他为秦国兴起的象征。史伯关于秦仲的评价，对后世产生了深远影响。《左传》襄公二十九年载，吴公子季札出访鲁国，鲁国请其"观乐"，"为之歌《秦》。曰：'此之谓夏声。夫能夏则大，大之至也，其周之旧乎！'"季札以"大"评价《秦风》的音乐风格，并将其与秦国的国运联系起来，显然是对史伯观点的继承和引

---

① 《毛诗正义》卷六，（清）阮元校刻：《十三经注疏》，中华书局1980年版，第368页。
② 冯浩菲：《郑氏诗谱订考》，上海古籍出版社2008年版，第105页。
③ 丁山：《中国古代宗教与神话考》，上海书店出版社2011年版，第586页。

申。正因为这样，东汉服虔注释《左传》时，仍然以秦仲作为嬴秦兴起的象征："秦仲始有车马礼乐之好，侍御之臣，戎车四牡，田狩之事……与诸夏同风，故曰夏声。"①西晋杜预承袭其说，认为"秦本在西戎汧陇之西，秦仲始有车马礼乐，去戎狄之音而有诸夏之声，故谓之夏声"②。季札虽然没有提及秦仲，但服虔、杜预等人的注释却详细阐释了《秦风》的产生背景及其与秦仲的联系，由此可见《诗序》及《诗谱》所谓"秦仲始大"，都与史伯的评价密切相关。总之，史伯对秦仲的评价以及对嬴秦将兴的预测，被后世视为权威论断而反复征引，后世关于《秦风》的解读阐释大都以此为准的。

二、嬴秦兴起与礼乐文化在陇右的传播

由于传世文献中没有秦仲"国大"的直接证据，所以对秦仲时代的嬴秦能否称为"国大"，后世学者难免产生疑义。《诗谱·秦谱》孔颖达疏即云："案《年表》，秦仲以宣王六年卒，计桓公问史伯之时乃在幽王九年。所以仍言秦仲者，秦仲之后遂为大国，以秦仲有德，故系而言之。"③清儒朱右曾《诗地理征》论及此事，意见也与孔颖达一致，认为"国大"的不是秦仲，而是其子庄公、其孙襄公。今人祝中熹认为，秦仲之所以被视为嬴秦兴起的象征或标志，主要在于他率领部族实现了活动地域的战略转移，即由汧渭之交转移到陇右，开启了嬴秦发展史的新时代。④

史载非子受封之初，孝王使其"主马于汧渭之间"，故其封地"秦"，也必在"汧渭之间"。所以后来秦文公至"汧渭之会"，以"昔周邑我先秦嬴于此"，"即营邑之"。以上记载明确表示嬴秦始君非子的封地应在"汧渭之间"，即今陕西宝鸡市西部渭水和汧水形成的扇形夹角区域内。⑤其"主马""息马"之职也与"和西戎""保西垂"的大骆母族迥然有别。

嬴秦部族的地位和职能，在周厉王时代发生了根本转变。《史记·秦本

---

① 《毛诗正义》卷六，（清）阮元校刻：《十三经注疏》，中华书局1980年版，第368页。
② 《春秋左传正义》卷三九，（清）阮元校刻：《十三经注疏》，中华书局1980年版，第2007页。
③ 《毛诗正义》卷六，（清）阮元校刻：《十三经注疏》，中华书局1980年版，第368页。
④ 参见祝中熹：《秦史求知录》，上海古籍出版社2012年版，第98—104页。
⑤ 参见祝中熹：《秦史求知录》，上海古籍出版社2012年版，第99页。

纪》载："秦仲立三年，周厉王无道，诸侯或叛之。西戎反王室，灭犬丘大骆之族。周宣王即位，乃以秦仲为大夫，诛西戎。"古本《竹书纪年》亦载："厉王无道，戎狄寇掠，乃入犬丘，杀秦仲之族。王命伐戎，不克。"①据此，则周厉王时代政暴民怨，西戎反叛，攻灭世居西垂的大骆之族，于是，嬴秦部族的地位和职能发生了根本转变，即由非子以来的"主马""息马"转变为"抗西戎""保西垂"，成为维护西周王朝西部边疆稳定的重要屏障。正因为这样，周宣王即位，晋封秦仲为大夫，命伐西戎。秦仲死后，宣王又召秦仲之子庄公兄弟五人，与兵七千，大破西戎，遂以秦仲居地及其先大骆之地犬丘封庄公为"西垂大夫"，嬴秦部族遂彻底代替大骆母族，承担起"抗西戎""保西垂"的重任。

值得注意的是，关于非子受封之地和嬴秦部族的早期活动地域，史籍有"汧渭之间"和"陇西秦亭秦谷"两种不同的记载。据《史记·秦本纪》，非子受封于"汧渭之间"，即秦文公所谓"汧渭之会"，当在今陕西宝鸡市西部渭水和汧水形成的扇形夹角区域内。但据《汉书·地理志下》，非子受封之地又在"陇西秦亭秦谷"："后有非子，为周孝王养马汧、渭之间。孝王曰：'昔伯益知禽兽，子孙不绝。'乃封为附庸，邑之于秦，今陇西秦亭秦谷是也。至玄孙，氏为庄公，破西戎，有其地。"②《诗谱·秦谱》亦云："秦者，陇西谷名，于《禹贡》近雍州鸟鼠之山。……周孝王使其末孙非子养马于汧渭之间。孝王为伯翳能知禽兽之言，子孙不绝，故封非子为附庸，邑之于秦谷。"③《史记集解》引徐广、《史记正义》引《括地志》《十三州志》均同班固之说。关于秦亭、秦谷的地理位置，《后汉书·郡国志》载于东汉汉阳郡陇县："陇，刺史治。有大坂名陇坻，獂坻聚有秦亭。"刘昭注云："秦之先封起于此。"④《水经注》卷十七有更为详细的记载："其水西南合东亭川，谓之清水。又径清水城南，又西与秦水合。（秦）水出东北大陇山秦谷，二源双导，历三泉，合成一水而历秦川。川有故秦亭（一作"育故亭"），非子（一作"秦仲"）所封也。秦之为号，始

---

① 方诗铭、王修龄校注：《古本竹书纪年辑证》（修订本），上海古籍出版社2005年版，第57页。
② 《汉书》卷二八下《地理志下》，中华书局1962年版，第1641页。
③ 冯浩菲：《郑氏诗谱订考》，上海古籍出版社2008年版，第105页。
④ 《后汉书·郡国志五》，中华书局1965年版，第3517、3518页。

自是矣。秦水西迳陇县故城南。"①其中对秦水、秦谷、秦川、秦亭都有确切的载述。后世学者根据上述记载，大多认为秦谷、秦亭在陇山之西今甘肃张家川、清水一带。②祝中熹综合诸家之说，认为："(《水经注》)所言'清水'，即今清水县境内的渭河支流牛头河及其上游樊河；所言'秦水'，即今清水县境内的牛头河支流后川河。据此可知，秦仲所居之陇上秦邑，在后川河上游，即今甘肃省张家川回族自治县城南的瓦泉村附近。"③虽然今甘肃清水县东北有秦亭乡秦子铺村，部分学者认为此即班固等所谓"秦亭秦谷"，但根据《水经注》的记述推断，张家川县城西南瓦泉村的说法更有说服力。总之，史籍所载秦人的发祥地"秦亭"，可以确定在今张家川县城南瓦泉村一带，"亭"为秦汉时期的基层行政单位，"大率十里一亭，亭有长，十亭一乡"(《汉书·百官公卿表》)。

如果《史记·秦本纪》所谓"汧渭之间"确实指陕西宝鸡市西部渭水和汧水形成的扇形夹角区域，那么嬴秦部族早期的活动地域肯定有过迁移，即由陇坻之东转移到陇坻之西。祝中熹《秦史求知录》综合考察相关史料，认为"嬴秦活动领域由汧渭地区转移到陇上，就是在秦仲时代完成的，秦仲的功业，主要就在于率领族众实现了这一转移"④。其考证有理有据，可以信从。秦仲之所以是嬴秦发展史上的关键人物，与他率领嬴秦部族西迁陇上，成为大骆之族灭亡后，西周王朝赖以"保西垂"的唯一力量密切相关。秦仲也正是凭借西戎反叛、大骆母族灭亡和宣王中兴的特殊机遇，迅速发展壮大嬴秦部族的实力，成为影响厉王后期关陇地区政治格局的关键人物，所以宣王即位，即任命秦仲为大夫，委以讨伐西戎之重任。作为政治实体的嬴秦，也从此步入持续发展的新时代。

秦仲徙居陇上，不仅填补了大骆之族灭亡后陇右抗戎势力的空缺，而且随着嬴秦部族的发展和崛起，也极大地促进了中原礼乐文化在陇右的传播。由游牧而定居，由附庸而大夫，这可能就是非子虽受封于"汧渭之间"而后世却以

---

① （北魏）郦道元注，杨守敬、熊会贞疏：《水经注疏》，江苏古籍出版社1989年版，第1496—1497页。
② 参见刘满：《秦亭考》，《文献》1983年第2期；徐卫民：《秦都城研究》，陕西人民教育出版社2000年版，第48—50页。
③ 祝中熹：《秦史求知录》，上海古籍出版社2012年版，第104页。
④ 祝中熹：《秦史求知录》，上海古籍出版社2012年版，第100—101页。

"陇西秦亭秦谷"为秦人发祥地的根本原因。

秦仲死后，其子庄公抗击西戎有功，周宣王以秦仲居地及大骆之族所居西垂地区封其为"西垂大夫"，嬴秦部族遂占有陇山之西包括北部"秦谷秦亭"和南部"西垂"两大战略据点在内的广大地域，不仅成为捍卫西周西部边疆稳定的核心力量，而且也使中原礼乐文明在陇右地区得到更为广泛的传播。史载秦仲之后，秦庄公、秦襄公、秦文公几代人继续留守、经营陇右地区，死后都葬于西垂。（《史记·秦本纪》《秦始皇本纪》）20世纪90年代礼县大堡子山秦公陵园的发现与发掘，与传世文献互为印证，足以说明嬴秦兴起于陇右，同时也促进了礼乐文明在陇右地区的传播。考古发现的成果表明："除了西首葬这一独特现象外，秦人的墓圹形式，棺椁制度，殉葬习俗，以及青铜礼器的类别、组合、形制、纹饰、铭文字体格式，以及陶器的器类与组合，玉器的器类与工艺，车马器的形制与配备，兵器的种类与形制等等，均和中原文化尤其是周文化没有本质上的区别，文化内涵应属同一体系。"[①]尤其是大堡子山陵区大量出土的青铜礼器鼎、簋、钟、镈及石磬、车马器等，充分说明古人所谓"礼乐射御，西垂有声"（《史记·秦本纪索隐述赞》）并非虚誉。值得注意的是，史载秦文公四年即着手营建汧邑，但其死后葬于西垂，礼县大堡子山秦公陵园两座大墓的墓主，学界普遍认为是襄公和文公，说明秦文公时代嬴秦的经营重心仍在陇右。文公卒后，继任的秦宁公徙居平阳（岐山一带），卒后葬于西山（又称秦陵山，见《史记·秦本纪》），嬴秦的统治中心遂正式迁移于陇山之东。从公元前844年秦仲即位到公元前716年秦文公卒葬西垂（《史记·十二诸侯年表》），嬴秦四代国君立足陇右，发愤图强，奠定了帝国基业。陇右发现大量的早期秦文化遗存，完全在情理之中。虽然随着时局的发展，秦人最终逾陇东进，但在留守陇右的一百多年间，促进了中原礼乐文化在陇右的传播及其与陇右地域文化（羌戎文化）的融合，孕育形成了以兼容性、功利性和开拓性为主要特色的大秦文化。[②]客观地讲，秦人在陇右的发展历程及其相应的文化成果，无疑属于河陇文化的珍贵遗产。

---

① 祝中熹主编：《秦西垂陵区》，文物出版社2004年版，第29页。
② 参见祝中熹主编：《秦西垂陵区》，文物出版社2004年版，第5页。

三、早期秦人的诗文创作与陇右文学的滥觞

河陇地区历史悠久，从有古史传说可印证的大地湾文化说起，河陇历史可上推到8000年前。①夏、商、周三代，河陇地区主要生活的是氐、羌等古老民族。《诗经·商颂》就有"昔有成汤，自彼氐羌，莫敢不来享"②的诗句。甲骨文中也有大量的关于"羌方"的记载。③值得注意的是，史载周人的远祖不窋"以失其官而奔戎狄之间"，其孙公刘"复修后稷之业"，"周道之兴自此始"，所以后世推断周人的发祥地在今甘肃陇东地区的泾河流域。④但文献阙如，难以详考。西周后期开始崛起的秦人，其早期在陇右的发展历史，已经被传世文献及考古发现共同证实。如前所论，嬴秦之祖非子虽以"息马"受封，但秦人真正崛起于秦仲时代。从周宣王晋封秦仲为大夫到秦文公归葬西垂，早期秦人留守、经营陇右一百余年，极大地促进了陇右地域文化的发展，见于文字记载的早期河陇文学作品也在此期间产生并广泛流传。

史籍所载秦人早期的文学作品，主要留存于《诗经·秦风》。关于《秦风》产生的时代和地域，郑玄《诗谱·秦谱》有明确说明："秦者，陇西谷名，于《禹贡》近雍州鸟鼠之山。……至曾孙秦仲，宣王又命作大夫，始有车马礼乐侍御之好。国人美之，秦之变风始作。秦仲之孙襄公，平王之初，兴兵讨西戎以救周。平王东迁王城，乃以岐、丰之地赐之，始列为诸侯，遂横有周西都宗周畿内八百里之地。其封域东至迤山，在荆岐终南惇物之野。"⑤据此，则《秦风》诸作产生的时间上限，当在秦仲时代；关于其产生的地域，客观上包括春秋时代秦国拥有的陇右关中地区。《秦谱》还对《秦风》各篇的写作时代进行了明确的界定："秦仲：《车邻》；襄公：《驷驖》《小戎》《蒹葭》《终南》；穆公：《黄鸟》；康公：《晨风》《无衣》《渭阳》《权舆》。"⑥郑玄的上述推

---

① 参见陈守忠：《河陇史地考述》，甘肃人民出版社2007年版，第1、2页。
② 程俊英、蒋见元：《诗经注析》，中华书局1991年版，第1041页。
③ 参见唐际根、汤毓赟：《再论殷墟人祭坑与甲骨文中羌祭卜辞的相关性》，《中原文物》2014年第3期。
④ 参见于俊德、于祖培：《先周历史文化新探》，甘肃人民出版社2005年版。
⑤ 冯浩菲：《郑氏诗谱订考》，上海古籍出版社2008年版，第105页。
⑥ 冯浩菲：《郑氏诗谱订考》，上海古籍出版社2008年版，第105—106页。

断，应该综合了先秦以来关于《秦风》的各种解说成果。与《诗序》的分篇解说相比，郑玄将《秦风》十篇看作一个整体系统地解读阐释，为后世深入研究《秦风》产生的时代与地域奠定了基础。

值得注意的是，班固立足于战国以来的大"秦国"概念，对"秦地"与《豳风》《秦风》的关系也有深入的论述。《汉书·地理志下》云："故秦地于《禹贡》时跨雍、梁二州，《诗·风》兼秦、豳两国。昔后稷封斄，公刘处豳，大王徙岐，文王作酆，武王治镐，其民有先王遗风，好稼穑，务本业，故《豳诗》言农桑衣食之本甚备。……天水、陇西，山多林木，民以板为室屋。及安定、北地、上郡、西河，皆迫近戎狄，修习战备，高上气力，以射猎为先。故《秦诗》曰'在其板屋'；又曰'王于兴师，修我甲兵，与子偕行'。及《车邻》《驷驖》《小戎》之篇，皆言车马田狩之事。"①不难看出，班固认为虽然《豳诗》与《秦诗》同属"秦地"之风，但二者产生的地域风习迥然有别。《豳诗》产生于周人曾经活动的豳地，"故言农桑衣食之本甚备"；《秦诗》产生于天水、陇西等迫近戎狄之地，所以作品多反映陇右自然环境及尚武之风，"皆言车马田狩之事"。班固的看法是有道理的，《诗经·秦风》的不少作品，其文本内容确实与河陇地域文化密切相关，是河陇地区"风声气俗"的历史产物和文学呈现。清人顾栋高《毛诗类释》卷二《释地理·秦》云："孝王封非子于秦，今陕西秦州清水县。庄公徙西故犬丘，秦州西南百二十里西县故城是。宁公迁平阳，在今凤翔府郿县西四十六里。德公迁雍，今为凤翔府治。自《车邻》美秦仲，《驷驖》《小戎》《蒹葭》《终南》，皆襄公时诗，此时居秦州。穆公为德公子，以下则居凤翔矣。"②顾氏结合秦人早期的发展历程，认为《秦风》中的前五首诗，都是秦人居于陇右时的作品。

《秦风》首篇《车邻》，《诗序》称其"美秦仲也"，《诗谱》确定为秦仲时代的作品。陈子展依据《诗序》及《左传》襄公二十九年服虔注、《史记·秦本纪》等相关记载，推断"此诗作于周宣王的初年（前827—前822），即在秦仲奉命伐西戎（前825）苦战以前"③。此诗后二章分别以"阪有漆，隰有栗"

---

① 《汉书》卷二八下《地理志下》，中华书局1962年版，第1642—1644页。
② （清）顾栋高：《毛诗类释》，文渊阁《四库全书》，台湾商务印书馆1986年版，第88册，第20页。
③ 参见陈子展：《诗三百解题》，复旦大学出版社2001年版，第457、458页。

"阪有桑，隰有杨"起兴。①冯浩菲认为："此二'阪'字即指'陇坻'，又称'陇阪''陇山'。故王应麟《诗地理考》卷二云：'《三秦记》：其阪九回，欲上者七日乃越高处，东望秦川。然则阪固秦地之所有也。'说明秦仲受封为大夫时，国地仍旧，故诗以咏'阪'表方域特征。可见《车邻》诗是国于秦谷时的作品。"②总之，《车邻》一诗的文本既体现出秦人的车马之好，又有"鼓瑟""鼓簧"之类礼乐术语，还有"阪有漆，隰有栗"之类的地域风物描写，篇幅简短似残篇且带有民歌习语，具有诗歌发轫时期的朴拙之气，确定其为秦仲时代的作品，可谓信而有征。

《秦风》的第二首《驷驖》，《诗序》称其"美襄公也，始命，有田狩之事、园囿之乐焉"，《诗谱》确定为襄公时代的作品。陈子展依据马叙伦《石鼓为秦文公时物考》、郭沫若《古代铭刻汇考·序》关于"北园"的考证，认为"论出猎排场，威仪气象，当是秦襄公始命为诸侯时开始，国人创见，故作诗赞美，《诗序》固自不错"③。此诗共三章，依次写将狩之时、正狩之时、狩毕之时的情景。孙矿《批评诗经》卷一曰："'载猃歇骄'，元美（王世贞）谓其太拙，余则正羡其古质饶态。"④程俊英、蒋见元曰："'载猃歇骄'一句，语尽而意亦尽，平淡无味，反映出诗歌发轫时期的简陋。"⑤总之，《驷驖》一诗描写秦君打猎的情形，简短朴拙，应是年代较早的作品。史载襄公时代秦人的活动中心仍在陇右，据此推断，《驷驖》应是早期的河陇文学作品。

《秦风》的第三首《小戎》，《诗序》曰："美襄公也。备其兵甲以讨西戎，西戎方强而征伐不休。国人则矜其车甲，妇人能闵其君子焉。"⑥《诗谱》确定为襄公时代的作品。程俊英、蒋见元推断此诗"大约产生于秦襄公七年至十二年（公元前七七一至前七六六）这段时间内"⑦。此诗首章写战车，二章写战马，三章写兵器，秦人的车马之好和尚勇之气显露无遗。其首章的"在其板屋"，明显与陇右"山多林木，民以板为室屋"的地理民俗相关。颜师古曰：

---

① 参见程俊英、蒋见元：《诗经注析》，中华书局1991年版，第334—336页。
② 冯浩菲：《郑氏诗谱订考》，上海古籍出版社2008年版，第111页。
③ 陈子展：《诗三百解题》，复旦大学出版社2001年版，第461页。
④ （明）孙矿：《孙月峰先生批评诗经》，《四库全书存目丛书》经部，齐鲁书社1997年版，第150册，第76页。
⑤ 程俊英、蒋见元：《诗经注析》，中华书局1991年版，第337页。
⑥ 《毛诗正义》卷六，（清）阮元校刻：《十三经注疏》，中华书局1980年版，第369—370页。
⑦ 程俊英、蒋见元：《诗经注析》，中华书局1991年版，第339页。

"言襄公出征，则妇人居板屋之中而念其君子。"①据此，则《小戎》也应是秦人居于陇右时期的作品。

《秦风》的第四首《蒹葭》，《诗序》以为"刺襄公也"，《诗谱》确定为襄公时代的作品。赵逵夫先生认为此诗"在水一方"的句型、句意，与产生于秦文公时代的秦《石鼓诗》第二首中的"于水一方"基本一致，其作时应如《诗序》所说产生于《石鼓诗》之前，而秦襄公之时，秦人的活动中心仍在"西垂"即今甘肃礼县、西和一带，所以此诗所反映的自然环境与文化背景，应该与秦人所居陇右"西垂"有关，诗中所写本事，可能与牵牛寻求织女的传说相关，而西汉水上游的地理环境，也与《蒹葭》一诗所写完全相合。②四川学者唐禹也认为《蒹葭》的风格与四川茂县羌族情歌接近，所以推断《蒹葭》为先秦羌戎民歌，原创地在陇南西汉水流域。③总之，《蒹葭》一诗很可能是秦襄公时人根据"西垂"地区的羌戎民歌改编而成，是早期河陇文学的优秀作品。

《秦风》的第五首《终南》，《诗序》以为"戒襄公也。能取周地，始为诸侯受显服，大夫美之，故作是诗以戒劝之"④。《诗谱》也确定为襄公时代的作品。朱熹云："此秦人美其君之词，亦《车邻》《驷驖》之意也。"⑤《史记·秦本纪》载："周避犬戎难，东徙雒邑，襄公以兵送周平王。平王封襄公为诸侯，赐之岐以西之地。"⑥襄公晋升诸侯，是嬴秦发展史上的重大事件，自此嬴秦部族的统治地域由陇右延伸至关中地区西部（岐西）。诗中不仅有嬴秦新增疆域终南山的地域风物，还有"锦衣狐裘，颜如渥丹""黻衣绣裳，佩玉将将"的秦君形象，这些都与襄公始封诸侯时的情事完全相符，《诗序》的说法可信。

《秦风》中的《无衣》一诗，《诗序》以为"刺用兵也，秦人刺其君好攻战亟用兵，而不与民同欲焉"，《诗谱》确定为康公时代的作品。就此诗文本来看，《诗序》之说显然有误。朱熹云："秦人之俗，大抵尚气概，先勇力，忘生

---

① 《汉书》卷二八下《地理志下》，中华书局1962年版，第1644页。
② 参见赵逵夫：《再论"牛郎织女"传说的孕育、形成与早期分化》，《中华文史论丛》2009年第4期；《〈秦风·蒹葭〉赏析》，《文史知识》2010年第8期。
③ 参见唐禹：《〈诗经·蒹葭〉是陇南古代羌族民歌》，《大舞台》2011年第12期，第33、34页。
④ 《毛诗正义》卷六，（清）阮元校刻：《十三经注疏》，中华书局1980年版，第372页。
⑤ （宋）朱熹：《诗集传》，上海古籍出版社1980年版，第77页。
⑥ 《史记》卷五《秦本纪》，中华书局1982年版，第179页。

轻死，故其见于诗如此。然本其初而论之，岐、丰之地，文王用之以兴二南之化，如彼其忠且厚也。秦人用之未几，而一变其俗至于如此，则已悍然有招八州而朝同列之气矣。"①朱熹此论，不仅强调了秦人俗尚对《秦风》诗歌主旨及风格特色的影响，而且指出秦人之俗与岐、丰之地周人旧俗迥然有别，其风俗源自陇右边塞，是华戎交会而生的强悍劲健之风，这正是秦人虽崛起于陇右边荒，但最终取代东周君临天下的根本原因。朱熹的看法是有道理的，《诗经》十五国风中，《秦风》与《豳风》《周南》《召南》并存，足以说明秦人崛起封侯之后，虽然占有周人旧地，但"风声气俗"并不相同。若以岐、丰旧俗解读阐释《秦风》文本，难免龃龉不合。明代何楷《诗经世本古义》认为："《无衣》，复王仇也。周宣王以兵七千，命秦庄公伐西戎，周从征之士赋此。"诗中的"王于兴师""与子同仇"等表述，与秦仲死后周宣王"与兵七千"，助秦庄公大破西戎的情事完全相合，据此，则《无衣》一诗当产生于秦庄公时期，正是秦人崛起于陇右之时，所以典型地反映了秦人尚武轻死、强毅果敢的民族特色。

客观地讲，《诗经·秦风》中的有些作品并非作于陇右，所以不能全部纳入早期河陇文学的范围。只有出现年代较早，且文本呈现的内容与秦人居于陇右时的风尚习俗比较接近的作品，才可以确定为河陇文学发轫期的作品。为论述方便，本文以公元前716年秦文公卒葬西垂（《史记·十二诸侯年表》）为时间断限。此年之前，秦人的活动中心在陇右；此年之后，其活动中心转入关中地区。所以《秦风》中可以确定作于秦仲、庄公、襄公、文公时代的作品，基本上可以看作早期的河陇文学作品。赵逵夫先生主编《先秦文学编年史》认为，周宣王八年（前820）秦庄公作《不其簋铭》，《车邻》《驷驖》《终南》《小戎》《蒹葭》五首诗产生于秦襄公时代，《晨风》《无衣》两诗及《石鼓文》产生于秦文公时代。②其中《晨风》及《石鼓文》，是否为秦人居于陇右时所作，难以详考，兹不论列。

总之，《诗经·秦风》中的部分作品，确实与河陇地域文化密切相关，应该是秦人受命"保西垂"时期的作品，反映了秦人居于陇右创业立国时的精

---

① （宋）朱熹：《诗集传》，上海古籍出版社1980年版，第79页。
② 参见赵逵夫主编：《先秦文学编年史》，商务印书馆2010年版，第356—454页。

神风貌和历史进程。这些作品和出土的秦庄公时期的《不其簋铭》等早期秦文化遗存一样,都是以河陇地域文化为母体孕育结出的硕果,堪称河陇文学的发轫之作。这些作品的出现,与周宣王命秦仲作大夫,秦人"始有车马礼乐侍御之好"密切相关,是西周后期中原礼乐文化和陇右地域文化交融影响的历史产物。史载嬴秦母族大骆之族自中潏以来世居陇右"西垂",但迄今为止,学界并未发现出自大骆之族的有文字内容的文献载体传世或面世,足以说明秦仲受封,不仅肩负"保西垂"的国防重任,更重要的是促进了中原礼乐文化在陇右的传播和发展,使陇右地域文化的发展进入新的历史阶段。这应该是秦仲受到后世高度赞誉的根本原因。

第二节 两汉时期的河陇作家与作品

史籍所载汉代有著述传世的河陇本土文士,最初多以勇武显闻。如北地义渠(今甘肃宁县)人公孙昆邪,《汉书·公孙贺传》称其"著书十余篇",《汉书·艺文志·诸子略》"阴阳家"著录"《公孙浑邪》十五篇"(已亡佚)。史载其于景帝时为陇西守,因率军参与平定吴楚七国之乱,以军功封平曲侯,世为将家。(《汉书·公孙贺传》和《元和姓纂》卷一)又如北地郁郅(今甘肃庆阳一带)人李息,《汉书·艺文志·诗赋略》著录"给事黄门侍郎《李息赋》九篇"(已亡佚),史载其于景帝和武帝时为将军(《汉书·卫青霍去病传》)。再如陇西成纪李氏,虽为武将世家,但其家族成员的文化修养也不可低估。《汉书·艺文志·兵书略》"兵技巧"著录"《李将军射法》三篇"(已亡佚),颜师古认为出自李广。史载李广从弟李蔡继公孙弘之后任丞相,说明他也喜好儒术。李广之孙李陵,天汉二年兵败投降匈奴,始元六年与苏武诀别,唱了一首慷慨悲凉的"楚歌":"径万里兮度沙幕,为君将兮奋匈奴。路穷绝兮矢刃摧,士众灭兮名已隤。老母已死,虽欲报恩将安归!"[①]这首骚体诗为李陵所作,历来并无异议,不仅为李陵赢得了不朽的文学声誉,而且也使他成为秦汉

---

① 《汉书》卷五四《李广苏建传》,中华书局1962年版,第2466页。

以来第一位有文学作品留传后世的河陇士人。此外，《文选》卷二九及卷四一、《艺文类聚》卷二九、《古文苑》卷八等载有署名李陵的《答苏武书》及五言赠别诗，《艺文类聚》卷三十及敦煌遗书中也保存有一些署名李陵与苏武的往返书信，虽然后世学者多以为是伪托之作，但由此也可以推想李陵的文学影响。①

西汉中期的陇西上邽人赵充国，也是以"勇武显闻"的河陇名将。因军功卓著，汉宣帝于麒麟阁为中兴十一功臣画像，赵充国名列其一。《汉书·赵充国传》载录了其不少奏疏文，其文今存六篇。其中作于汉宣帝元康三年（前63）的《先零羌事对》和作于元康四年（前62）的《上书谢罪陈兵利害》为其名篇。后一篇文云："臣位至上卿，爵为列侯，犬马之齿七十六，为明诏填沟壑，死骨不朽，亡所顾念。独思惟兵利害至熟悉也，于臣之计，先诛先零已，则罕、开之属不烦兵而服矣。"②当时赵充国年已七十六岁，仍以为国尽忠、平定羌患为念，审时度势，德威并举，感人肺腑。此外，《上屯田奏》《条上屯田便宜十二事状》等文，条分缕析，深入论述集中兵力进击羌人（击羌）和屯田湟中威服叛羌（安羌）两种不同方略的利弊得失，认为"留屯田得十二便，出兵失十二利"，具有很强的说服力；林剑鸣认为是"汉代西北屯田的理论总结"。③章太炎《国故论衡·论式》称："文章之部行于当官者，其原各有所受：奏、疏、议、驳近论，诏、册、表、檄、弹文近诗。近论故无取纷纶之辞，近诗故好为扬厉之语。汉世作奏，莫善乎赵充国，探筹而数，辞无枝叶。"④太炎先生所论，从文体学的角度肯定赵充国的奏疏"辞无枝叶"，简明扼要，条理清晰，为汉代奏疏的典范之作。当然，史籍所载赵充国的奏议，也有可能出于其麾下掾吏之手，但是目前学界还没有发现能够证明这种推断的确切证据，而且天水赵氏自先秦以来就是河陇大族，赵充国有较高的文化修养也在情理之中，所以也不能仅仅因为赵氏是河陇武将出身就怀疑其文化修养，进而否定其传世作品的真实性。

---

① 关于苏武、李陵赠别诗及往返书信，虽然后世学者多以为是伪托之作，但章培恒、刘骏以为均系苏李二人所作，说明这些问题尚有进一步讨论的空间。参见章培恒、刘骏：《关于李陵〈与苏武诗〉及〈答苏武书〉的真伪问题》，《复旦学报》1998年第2期。
② 《汉书》卷六九《赵充国传》，中华书局1962年版，第2982页。
③ 参见林剑鸣：《秦汉史》，上海人民出版社2003年版，第474、475页。
④ 章太炎撰，庞俊、郭诚永疏证：《国故论衡疏证》，中华书局2008年版，第405页。

两汉之际，天下大乱。天水成纪人隗嚣乘机割据陇右，文人儒士如郑兴、杜林、申屠刚、班彪、马援等纷纷逾陇避难，遂使陇右偏隅之地，一度成为北方文化中心。与此同时，扶风平陵人窦融也努力经营河西，吸引不少文人如班彪、孔奋、王隆等奔赴河西。随着内地文人向陇右河西的流动聚集，迅速带动了河陇地区的文化发展。值得注意的是，隗嚣作为河陇名士，自身具有较高的文化修养，尤其擅长应用文写作。其檄文和上书，不仅当时文士莫不讽诵，《文心雕龙·移檄》也视其为"檄""书"之文的典范："观隗嚣之檄亡新，布其三逆，文不雕饰，而辞切事明，陇右文士，得檄之体矣。"《诏策》也说："陇右多文士，光武加意于书辞。"严可均《全后汉文》卷十一辑录隗嚣文章共计六篇：《与诸将盟》《移檄告郡国》《下杜林令》《上书止讨蜀》《复上书止讨蜀》《上书谢罪》。这六篇文章，除《下杜林令》见于《后汉书·杜林传》外，其余都见于《后汉书·隗嚣传》，共包含盟、檄、令、书四种文体，都属于古代应用文范畴。虽然以上诸文的写作也有可能经过僚属之手，但就《后汉书》本传的记载看，隗嚣少仕州郡，好经书，著名学者刘歆曾引为僚属，《东观汉记》也说"隗嚣故宰相府掾吏，善为文书"，以上记述说明隗嚣完全具备属文的修养和能力，今存六篇文章都是应用文，也是掾吏出身的隗嚣所擅长的文体，所以不能轻易剥夺其著作权。总之，隗嚣是有文献可考的以"善为文书"享誉当时、并被中原文士普遍关注的河陇第一人。

东汉一代，不少河陇著姓逐渐由武力强宗转向文化世族。如安定乌氏人梁统，两汉之际追随窦融，稳定河西，封陵乡侯，"性刚毅而好法律"，《后汉书》本传载录其《刑罚务中疏》《对尚书问状》等作品，主要还是以军功政治出名。但是，根据文献记载，梁统之子梁松、梁竦等已经具备较高的文化修养，安定梁氏也逐渐转变为文化世族。《后汉书》载，梁松"博通经书，明习故事，与诸儒修明堂、辟雍、郊祀、封禅礼仪，常与论议，宠幸莫比"[①]。梁竦"少习《孟氏易》，弱冠能教授"。"以经籍为娱，著书数篇，名曰《七序》。班固见而称曰：'孔子著《春秋》而乱臣贼子惧，梁竦作《七序》而窃位素餐者惭。'"该书虽然早已亡佚，但是根据班固的评价推断，应该是一部史论著作。梁竦曾经受其兄梁松行贿诽谤案的牵连，与弟梁恭等戴罪流徙九真，史载

[①] 《后汉书》卷三四《梁统传》附《梁松传》，中华书局1965年版，第1170页。

其"既徂南土,历江、湖,济沅、湘,感悼子胥、屈原以非辜沉身,乃作《悼骚赋》,系玄石而沉之"①。刘跃进《秦汉文学编年史》考订此赋作于汉明帝永平四年。②《后汉书·梁竦传》李贤注引《东观记》载录其文:

> 彼仲尼之佐鲁兮,先严断而后弘衍。虽离逸以鸣邑兮,卒暴诛于两观。殷伊尹之协德兮,暨太甲而俱宁。岂齐量其几微兮,徒信己以荣名。虽吞刀以奉命兮,抉目眦以间。吴荒萌其已殖兮,可信颜于王庐?图往镜来兮,关北在篇。君名既泯没兮,后辟亦然。屈平濯德兮,洁显芬香。句践罪种兮,越嗣不长。重耳忽推兮,六卿卒强。赵殒鸣犊兮,秦人入疆。乐毅奔赵兮,燕亦是丧。武安赐命兮,昭以不王。蒙宗不幸兮,长平颠荒。范父乞身兮,楚项不昌。何尔生不先后兮,推洪勋以退迈。服荔裳如朱绂兮,骋鸾路于奔濑。历苍梧之崇丘兮,宗虞氏之俊乂。临众渎之神林兮,东敕职于蓬碣。祖圣道而垂典兮,褒忠孝以为珍。既匡救而不得兮,必殒命而后仁。惟贾傅其违指兮,何杨生之欺真。彼皇麟之高举兮,熙太清之悠悠。临岷川以怆恨兮,指丹海以为期。③

文章悲叹屈原生不逢时、沉江自尽的悲剧,借古论今,表现了作者对君臣遇合的渴望和对时政的不满。对于屈原至死不离故国的举动,汉代学者颇多争议,贾谊《吊屈原赋》、扬雄《反离骚》都对屈原之举提出质疑,相比之下,梁竦可谓屈原的"知音",他认为屈原是在匡救不得的情况下殒命成仁,所以对屈原充满敬仰之情,为其生不逢时而悲,也为其忠贞不贰而叹,既伤逝者,行自念也。梁竦一生坎坷多难,《悼骚赋》所体现的"悲士不遇"主题,也是两汉文人共同的心声。惜其于外戚争权的斗争中过早含冤离世,否则会留下更多的优秀作品。梁竦以后,安定梁氏家族虽然清誉不佳,但是文士辈出,其中梁禅、梁扈、梁商等,多以学术知名,至今还保存有多篇文章。

值得注意的是,《法书要录》卷八张怀瓘《书断》载:"梁鹄字孟皇,安定乌氏人,少好书,受法于师宜官,以善八分知名。举孝廉为郎,灵帝重之,亦在

---

① 《后汉书》卷三四《梁统传》附《梁竦传》,中华书局1965年版,第1170页。
② 刘跃进:《秦汉文学编年史》,商务印书馆2006年版,第390页。
③ 《后汉书》卷三四《梁统传》附《梁竦传》,中华书局1965年版,第1171页。

鸿都门下，迁幽州刺史。魏武甚爱其书，常悬帐中。"①梁鹄虽然也是安定乌氏人，但能在延熹二年八月，汉桓帝与中常侍单超等诛杀梁冀及其妻孙寿中外宗亲的过程中幸免于难，说明他并非梁冀的宗族近亲。但作为河陇士人的一员，梁鹄能以书法知名，并先后受到汉灵帝、魏武帝的称赏，确属不易。联系敦煌张奂、张芝、张昶父子与索靖等人喜好书法、人才辈出的事实，以及《郙阁颂》《西狭颂》《武都太守李翕天井道碑》等摩崖石刻的存在，说明后汉以来河陇地区普遍重视书法，这无疑也是该地区一个值得注意的文化传统。又据《三国志·魏书·庞淯传》裴松之注引皇甫谧《列女传》，庞淯母庞娥亲刺杀李寿为父报仇，海内士人称其烈义，后汉"黄门侍郎安定梁宽追述娥亲，为其作传"，姚振宗《补后汉书艺文志》认为此说真实可信，据而著录梁宽《庞娥亲传》。梁鹄、梁宽的相关文献记载及其学术成就，足以说明安定梁氏家族兴盛，人才辈出。总之，安定梁氏在后汉一代的发展，是河陇著姓由武力强宗向文化世族演变的缩影，这种演变不仅整体提升了河陇地区的文化水准，而且也扩大了河陇著姓的社会影响力，为魏晋南北朝时期河陇文化与文学的繁荣奠定了基础。

东汉时期，河西地区的文化发展较快，敦煌一郡尤为突出。《后汉书》中，籍贯为敦煌郡的列传士人已达三人，不列传士人又有二人；敦煌郡文士著书达七种，其中集部就占了四种。②敦煌士人的影响也较大，如汉末敦煌侯瑾（约140—195），"州郡累召，公车有道征，并称疾不到。作《矫世论》以讥切当时。而徙入山中，覃思著述，以莫知于世，故作《应宾难》以自寄。又案《汉记》撰中兴以后行事，为《皇德传》三十篇，行于世。余所作杂文数十篇，多亡失。河西人敬其才而不敢名之，皆称为'侯君'"③。侯瑾因此得列名于《后汉书·文苑传》。侯瑾的作品，《隋书·经籍志》著录"《汉皇德纪》三十卷""《侯瑾集》二卷"，严可均《全后汉文》卷六六辑录有《筝赋》《皇德颂叙》两文之残篇。逯钦立《汉诗》卷六辑录有其《歌诗》残句。就史籍载录的作品来看，侯瑾诗、赋、文兼善，入选《文苑传》实至名归。

侯瑾之外，有"凉州三明"之称的皇甫规、张奂、段颎等人，也于东汉后

---

① （唐）张彦远：《法书要录》，人民美术出版社1986年版，第270页。
② 参见胡阿祥：《魏晋本土文学地理研究》，南京大学出版社2001年版，第119页。
③ 《后汉书》卷八十下《文苑传下》，中华书局1965年版，第2649页。按：陆侃如认为侯瑾被朝廷征召应在桓帝末年。参见陆侃如：《中古文学系年》，人民文学出版社1985年版，第242页。

期登上历史舞台,显示出了河陇地区文化发展的新成就。与西汉时期的河陇文士一样,"凉州三明"也是以勇武显闻,但同时又能明经授徒,具有儒学经师的深厚修养。

皇甫规字威明,安定朝那人。世为将家,通晓兵略。蔡邕称其"少明经术"。《后汉书·皇甫规传》载,东汉冲帝、质帝之间,皇甫规举贤良方正,因忤逆梁冀,托疾免归,"遂以《诗》《易》教授,门徒三百余人,积十四年";著有赋、铭、碑、赞、祷文、吊、章表、教令、书、檄、笺、记等各种文体,共27篇。《隋书·经籍志》集部著录后汉司农卿《皇甫规集》五卷,流传至今者仅11篇,其中最著名的首推《建康元年举贤良方正对策》,其文云:

> 伏惟孝顺皇帝,初勤王政,纪纲四方,几以获安。后遭奸伪,威分近习,畜货聚马,戏谑是闻。又因缘嬖倖,受赂卖爵,轻使宾客,交错其间,天下扰扰,从乱如归。故每有征战,鲜不挫伤,官民并竭,上下穷虚。臣在关西,窃听风声,未闻国家有所先后,而威福之来,咸归权倖。陛下体兼乾坤,聪哲纯茂。摄政之初,拔用忠贞,其余维纲,多所改正。远近翕然,望见太平。而地震之后,雾气白浊,日月不光,旱魃为虐,大贼从横,流血丹野,庶品不安,谴诫累至,殆以奸臣权重之所致也。其常侍尤无状者,亟便黜遣,披埽凶党,收入财贿,以塞痛怨,以答天诫。
>
> 今大将军梁冀、河南尹不疑,处周、邵之任,为社稷之镇,加与王室世为姻族,今日立号虽尊可也,实宜增修谦节,辅以儒术,省去游娱不急之务,割减庐第无益之饰。夫君者舟也,人者水也。群臣乘舟者也,将军兄弟操楫者也。若能平志毕力,以度元元,所谓福也。如其急弛,将沦波涛。可不慎乎! 夫德不称禄,犹凿墉之趾,以益其高。岂量力审功安固之道哉? 凡诸宿猾、酒徒、戏客,皆耳纳邪声,口出诌言,甘心逸游,唱造不义。亦宜贬斥,以惩不轨。令冀等深思得贤之福,失人之累。又在位素餐,尚书怠职,有司依违,莫肯纠察,故使陛下专受谄谀之言,不闻户牖之外。臣诚知阿谀有福,深言近祸,岂敢隐心以避诛责乎! 臣生长边远,希涉紫庭,怖慑失守,言不尽心。①

---

① 《后汉书》卷六五《皇甫规传》,中华书局1965年版,第2130—2131页。

此文指陈时弊，对后汉自顺帝以来的腐败混乱痛心疾首，体现出"天下兴亡，匹夫有责"的勇气和担当。在追究"天下扰扰，从乱如归"的根源时，作者直指当时势焰熏天的大将军梁冀等外戚家族，批评一针见血，振聋发聩。史载"梁冀忿其刺己，以规为下第"；"州郡承冀旨，几陷死者再三"。皇甫规也因此而遭遇了长达14年的禁锢生活。此外，《永康元年举贤良方正对诏问日食》《上言宜豫党锢》《上疏言羌事》《求自效疏》《上疏自讼》等文，或为党人鸣冤叫屈，显示出甘俟斧钺的书生道义；或越职自陈，慷慨激昂，表现出强烈的忧患意识和积极参与现实的精神，情深意切，气势充沛，使作品具有很强的内在张力。值得注意的是，皇甫规的妻子也擅长文章。《后汉书·列女传》载，皇甫规妻"善属文，能草书，时为规答书记，众人怪其工"。皇甫规死后，其妻不甘受董卓之辱遇害。后人图画其像，号曰"礼宗"。①又《法书要录》卷八张怀瓘《书断中》"卫夫人"条载："先有扶风马夫人，大司农皇甫规之妻也。有才学，工隶书。夫人寡，董卓聘以为妻，夫人不屈，卓杀之。"②据此可知，皇甫规妻为扶风马氏。史载自马援以来，扶风马氏历代显贵（《后汉书·马援传》）；汉末又有马融，"才高博洽，为世通儒，教养诸生，常有千数"，西羌反叛，马融亦上疏求自效，也曾以事忤逆大将军梁冀，横遭诬陷，生平经历与皇甫规颇有相似之处（《后汉书·马融传》）。皇甫规之妻马氏，当为马融族人。周寿昌《后汉书注补正》卷七云："传称夫人善属文，能草书。《书断》云：有才学，工隶书；列诸妙品。是唐时必有真迹流传，张氏犹见也。"③唐时是否有皇甫规妻扶风马氏的真迹流传已不能确知，但其人工书善文当属实情。不论是文化素养还是夫妻感情，皇甫规夫妇可与同时代的秦嘉、徐淑相提并论。东汉后期河陇地区文化水平的整体提升据此可见一斑。

张奂字然明，敦煌渊泉人。早年游学三辅，师从太尉朱宠习《欧阳尚书》。因《牟氏章句》长达四十五万余言，浮辞繁多，张奂删减为九万言。后应辟为大将军梁冀府掾吏，上书奏其《章句》，诏下东观。梁冀专权被诛，张奂以故吏免官禁锢，因其好友皇甫规反复荐举，复拜武威太守。在任政绩卓

---

① 参见《后汉书》卷八四《列女传》，中华书局1965年版，第2798页。
② （唐）张彦远：《法书要录》，人民美术出版社1986年版，第276页。
③ 转引自陆侃如：《中古文学系年》，人民文学出版社1985年版，第255、256页。

著,迁度辽将军,后又征拜大司农。晚年转任太常,因不依附阉党,遭其诬陷,禁锢归田。张奂是史籍所载身陷党锢之祸的汉末河陇文士。《后汉书》本传载其著章、表、对、策、铭、颂、书、教、述、志、诫等各类文章24篇,又著"《尚书记难》三十余万言",严可均《全后汉文》卷六四辑录有19篇(包括残篇),其赋作仅有《扶蕖赋》残句。今存诸作,《诫兄子书》(《艺文类聚》卷二三载录)影响较大,此文不尚修饰,语言平易,处处以儒家的礼仪规范为标准,娓娓道来,反复告诫,质朴流畅。文中以孔子、蘧伯玉等前代贤哲的行事为例,反复规劝兄子躬自克责,弃恶从善,和睦乡邻:"经言孔子乡党,恂恂如也。恂恂者,恭谦之貌也。经难知,且自以汝资父为师,汝父宁轻乡里邪?年少多失,改之为贵。蘧伯玉年五十,见四十九年非,但能改之。"①从中可见张奂深厚精湛的儒学修养和谦恭温雅的德行风范。又《艺文类聚》卷三十所载《与延笃书》,深切入微地表达出作者罢官废居之时的绝望无奈以及对京师友人的怀想思念,出语沉痛,平易自然,言由心出,了无矫饰,堪称当时书札杰作。史载张奂出为将,入为卿,隐为师,文武兼备,其立身行事,是对儒家传统理念的自觉践行,其文风也完全体现了儒家温柔敦厚的中和之美。

张奂的儿子张芝、张昶,也是汉末著名的文士。张芝字伯英,以善草书知名于世。严可均《全后汉文》卷六四辑录其文四篇,仅有《与府君书》为全篇,其文云:

> 八月九日,芝白。府君足下,不日秋凉。平善。广阔弥迈,相思无违。前比得书,不遂西行。望远悬想,何日不勤。捐弃漂没,不当行李。又去春送举丧到美阳,须待伴比,故遂间绝,有缘复相闻。飧食自爱。张芝幸甚幸甚。②

此信文风接近其父《诫兄子书》,质朴流畅,简洁凝练,言短情长,亦为书札佳作。张芝弟张昶,字文舒,亦善草书,与其兄并知名。东汉末年,董卓使中郎将段煨(武威人)屯兵华阴,煨勤修农事,修建华山庙宇,张昶作

---

① (唐)欧阳询撰,汪绍楹校:《艺文类聚》,上海古籍出版社1982年版,第422页。
② (清)严可均校辑:《全上古三代秦汉三国六朝文》,中华书局1958年版,第823页。严可均辑录此文出自《淳化阁帖》卷二,然关于此帖的释文,历来争议较大,参见水赉佑:《淳化阁帖集释》,上海古籍出版社2009年版,第57、58页。

《西岳华山堂阙碑铭》，记事铭功，文辞壮丽，《文心雕龙·铭箴》认为此文可与班固的《封燕然山铭》相媲美。这篇铭文的序言，先从山川祭祀的悠久传统与礼仪写起，然后直面汉末乱世祭祀之礼废阙不续的现实，最后颂扬段煨安集百姓、重新营建华山堂阙的功德。文章句式整饬，文辞富赡，刘勰称誉"其序壮盛"，甚为公允。据唐人张怀瓘《书断中》记载，此碑文刊于汉献帝建安十年（205），此时久经丧乱，民生凋敝，段煨屯兵华阴，勤于政事，百姓晏然，张昶刻碑颂功，同时也流露出对太平生活的期盼（如"群凶既除，郡县集宁，家给人足，户有乐生之欢，朝释西顾之虑"）。据《书断中》记载，张芝卒于初平年间，张昶卒于建安十一年（206）。两人都是汉末著名书法家。值得一提的是，虽然张奂以明经致仕，但在汉末士林新风影响之下，张芝、张昶却放弃了经学儒业，转而精研书法。史载汉末灵帝时兴建鸿都门学，也以书学为重，说明东汉后期，书法艺术已经受到当时士人的普遍重视。张芝弟兄放弃家传经学而精研草书，不仅引发了汉末士人学习草书的热潮，极大地促进了书法的艺术化进程，而且在传统的"三不朽"之外，为士人寄托性情、张扬个性、实现人生价值另辟蹊径，书法在中国传统文化中的地位和影响也因此而大为改观。①总之，张奂父子的出现，标志着东汉后期河陇著姓的文化成就和允文允武的地域特征，为此后河陇文化的发展产生了深远的影响。

段颎字纪明，武威姑臧（今甘肃武威）人。史载其"少便习弓马，尚游侠，轻财贿，长乃折节好古学"②。他的文章，《后汉书·段颎传》载录了两篇，即《应诏上言讨先零东羌术略》《复上言东羌事》，均为论述平定羌患之方略，文章辩难质疑，说理严密，有较强的说服力。但与皇甫规、张奂相比，文采略有逊色。

与"凉州三明"基本同时，安定临泾（今甘肃镇原县南）人王符在东汉后期也展示了河陇文士的文章才华。据《后汉书》本传，王符字节信，"少好学，有志操，与马融、窦章、张衡、崔瑗等友善"。据相关记载推断，王符大约生于和、安之际，卒于桓、灵之际，其活动年代在黄巾起义之前。当时朝

---

① 详参本书第六章第一节。
② 《后汉书》卷六五《段颎传》，中华书局1965年版，第2145页。

政腐败，社会动荡，民不聊生。由于出身寒微，且为人耿介，王符"不得升进，志意蕴愤，乃隐居著书三十余篇，以讥当时失得，不欲章显其名，故号曰《潜夫论》。其指讦时短，讨谪物情，足以观见当时风政"。①《后汉书·王符传》共节录其中五篇：《贵忠篇》《浮侈篇》《实贡篇》《爱日篇》《述赦篇》。《隋书·经籍志》著录十卷。全书共十卷36篇，大多是讨论治国安民之术的政论文章，少数涉及哲学问题。其政治思想和政治主张贯穿于全书始终。如在《本政》《论荣》《遏力》《贤难》等讨论民生的篇目中，作者继承先秦的"民本"思想，强调"国以民为基，贵以贱为本"，主张抑末务本，富国强民；在《劝将》《救边》《边议》《实边》等讨论边患的专题论文中，针对当时西北边疆羌族叛乱不断、百姓流离失所的状况，着重论述如何加强边远地区的防御和战备；在《本训》《德化》等讨论哲理的篇章中，肯定"气"是世界万物的本源，一切自然现象"莫不气之所为也"。王符的诸多政治主张，特别是他在书中阐述的贵民、务本、重法、考绩、反侈、求实、实边等思想，在当时有较强的现实意义，影响甚大。《潜夫论》虽然是一部政论性较强的著作，文学色彩不太明显，但是具有比较重要的学术文献价值。如《实边》篇论述安土重迁风俗的相关文字，范晔著《后汉书·西羌传》即有袭用。又如《务本篇》批评当时学问之士"好语虚无之事，争著雕丽之文，以求见异于世"，所论与王充《论衡·书虚篇》如出一辙，但此书对当时虚妄浮夸文风的抨击，更为直接犀利。值得注意的是，《潜夫论·断讼》篇对当时逼迫寡妇再嫁的现实，也有比较翔实的记述，为后世深入理解《焦仲卿妻》（又作《孔雀东南飞》）中刘兰芝与焦仲卿的爱情婚姻悲剧，提供了具体而微的历史背景资料。王符虽然终身不仕，但在当时士林影响较大。《后汉书》本传载，度辽将军皇甫规解官归安定，王符登门拜访，皇甫规因"素闻符名"，"乃惊遽而起，衣不及带，屣履出迎"，其见重如此。其后范晔著《后汉书》，将其人其作与王充《论衡》、仲长统《昌言》相提并论，后世遂称此三人为东汉政论散文三大家。

在东汉后期，与王符同样著名的河陇文士还有陇西秦嘉、徐淑夫妇和汉阳名士赵壹，刘跃进先生认为他们的作品"足以代表东汉后期文学创作的一流水

---

① 参见《后汉书》卷四九《王符传》，中华书局1965年版，第1630页。

准"①。秦嘉字士会,陇西人。具体籍贯难以详考。东汉桓帝时,仕为郡吏,举上计掾,入洛阳,除黄门郎。后病卒于津乡亭。其妻徐淑亦为陇西人,两人婚后感情甚笃,秦嘉卒后,徐淑哀痛毁形,誓不再嫁,不久亦卒。秦嘉的创作,今存五言《赠妇诗》三首、四言《赠妇诗》一首、《述婚诗》二首,严可均《全后汉文》卷六六辑录《与妻徐淑书》《重报妻书》两篇。其五言《赠妇诗》三首,是东汉文人五言抒情诗成熟的标志。②这组诗大约作于秦嘉因上计离开陇西赴京城洛阳之前,抒发了诗人不能与妻子面别的感伤惆怅之情:

人生譬朝露,居世多屯蹇。忧艰常早至,欢会常苦晚。念当奉时役,去尔日遥远。遣车迎子还,空往复空返。省书情凄怆,临食不能饭。独坐空房中,谁与相劝勉。长夜不能眠,伏枕独展转。忧来如寻环,匪席不可卷。

皇灵无私亲,为善荷天禄。伤我与尔身,少小罹茕独。既得结大义,欢乐苦不足。念当远离别,思念叙款曲。河广无舟梁,道近隔丘陆。临路怀惆怅,中驾正踯躅。浮云起高山,悲风激深谷。良马不回鞍,轻车不转毂。针药可屡进,愁思难为数。贞士笃终始,恩义可不属。

肃肃仆夫征,锵锵扬和铃。清晨当引迈,束带待鸡鸣。顾看空室中,髣髴想姿形。一别怀万恨,起坐为不宁。何用叙我心,遗思致款诚。宝钗好耀首,明镜可鉴形。芳香去垢秽,素琴有清声。诗人感木瓜,乃欲答瑶琼。愧彼赠我厚,惭此往物轻。虽知未足报,贵用叙我情。③

第一首写奉役赴京之际,遣车迎妻,其妻徐淑因病不能返回面别,诗人省书凄怆,黯然伤神;第二首回忆夫妻两人少时孤苦、茕独无依,婚后离多聚少、欢会不足,此次远离,又不能面叙款曲,触景伤情、愁绪万端;第三首写临行之际,回顾空房,妻子姿容浮现眼前,凄恻惆怅之余,赠物表情。三首诗前后连贯,凄婉悱恻,感人至深。在汉代文人五言诗的发展过程中,秦嘉的诗歌具有承前启后的重要意义。清人沈德潜《古诗源》卷三评价这三首诗说:

---

① 刘跃进:《河西四郡的建置与西北文学的繁荣》,《文学评论》2008年第5期。
② 袁行霈主编:《中国文学史》第一卷,高等教育出版社2005年版,第227页。
③ (陈)徐陵编,(清)吴兆宜注,程琰删补,穆克宏点校:《玉台新咏笺注》,中华书局1985年版,第30—31页。

"词气和易,感人自深,然去西汉浑厚之风远矣。"①正是点出了这组诗缘情而发、怊怅切情的风格特征以及开启魏晋诗风先河的文学史意义。秦嘉之妻徐淑,也善诗文。今存《答秦嘉诗》一首:

> 妾身兮不令,婴疾兮来归。沉滞兮家门,历时兮不差。旷废兮侍觐,情敬兮有违。君今兮奉命,远适兮京师。悠悠兮离别,无因兮叙怀。瞻望兮踊跃,伫立兮徘徊。思君兮感结,梦想兮容辉。君发兮引迈,去我兮日乖。恨无兮羽翼,高飞兮相追。长吟兮永叹,泪下兮沾衣。②

这是一首五言骚体诗,前十句平静叙事,后十句直抒别情。诗中既没有大起大落的感情起伏,也不见细针密线的剪裁加工,平平叙事,有一种自然的感染力,其妙处即在"事真情真"。秦嘉、徐淑夫妇的赠答诗,有比较重要的文学史意义,今存古人赠答之诗,除"苏李诗"外,当以秦嘉夫妇之作为时代最早。钟嵘《诗品》置二人于中品,评曰:"夫妻事既可伤,文亦凄怨。二汉为五言诗者,不过数家,而妇人居二。徐淑叙别之作,亚于《团扇》矣。"③徐淑文今存《答夫秦嘉书》《又报嘉书》等,多为后人所称道。徐淑生活的年代晚于班婕妤、班昭,早于蔡文姬,是文献记载的第一位河陇籍女性作家。她的诗文创作,对于我们了解当时河陇女性的文学成就,具有相当重要的参考价值。值得一提的是,《俄藏敦煌文献》敦煌号第12213号,为北朝手抄卷《后汉秦嘉徐淑夫妻往还书》,该文献虽为残卷,但与《艺文类聚》卷三二所录秦嘉徐淑夫妇的同题作品相比,文字增多两个段落,共多出150字,所以文意更完整,衔接更自然,可补传世文献的脱讹,具有非常重要的文献价值。④

赵壹字元叔,汉阳西县(今甘肃天水西南)人。史载其为人耿介倨傲,曾因事几被乡人陷害致死。灵帝光和元年(178),以上计吏入京,为司徒袁逢等所器重,名动京师。后州郡争致礼聘,皆不就,卒于家。赵壹出自河陇著姓天水赵氏。《后汉书·文苑传》载其著赋、颂、箴、诔、书、论及杂文16篇,今

---

① (清)沈德潜选:《古诗源》,中华书局1963年版,第59页。
② (陈)徐陵编,(清)吴兆宜注,程琰删补,穆克宏点校:《玉台新咏笺注》,中华书局1985年版,第32页。
③ (梁)钟嵘著,周振甫译注:《诗品译注》,中华书局1998年版,第51页。
④ 刘景云:《后汉秦嘉徐淑诗文考》,《敦煌研究》2003年第2期。

存赋作4篇,其中《解摈赋》《迅风赋》仅为残句。《刺世疾邪赋》《穷鸟赋》(《后汉书》本传载)为其代表作。在这些作品中,作者对当时的腐朽政治和黑暗现实进行有力揭露和尖锐批判,词锋锐利,议论纵横。尤其是《刺世疾邪赋》,抛开"体物",全力"写志",从评历史到论现实,从批判世风到揭示原因,从抨击当权者到表明自己的政治态度,一气流转,步步深入,堪称汉赋苑囿中的奇作。作者还在篇末所附五言诗中慨叹:"文籍虽满腹,不如一囊钱。伊优北堂上,抗脏倚门边。"把当时社会是非不分、黑白颠倒的扭曲错位深刻地展示出来,充分表达出作者对现实的绝望和愤激。钟嵘《诗品》评价赵壹诗作说:"元叔散愤兰蕙,指斥囊钱;苦言切句,良亦勤矣。"[1] "苦切"之论,与赵壹耿介刚直的性格完全相符。清人刘熙载《艺概》也说:"后汉赵元叔《穷鸟赋》和《刺世疾邪赋》,读之知为抗脏之士。惟径直露骨,未能如屈、贾之味余文外耳。"[2]客观地讲,刘熙载所说的"径直露骨",恰恰表现出秦汉时期河陇地域文学的一个重要特点,上文所引《诗经·秦风》的部分作品以及赵充国、皇甫规、王符等人的作品,也都或多或少表现出质直愤激的风格,可谓与赵壹同声相应。《后汉书·文苑传》载,赵壹举郡上计,到京师。司徒袁逢、河南尹羊陟等"共称荐之,名动京师,士大夫想望其风采"。及西还,道经弘农,过访太守皇甫规,"门者不即通,壹遂遁去。门吏惧,以白之,规闻壹名大惊",乃追书致歉。[3]这些都说明赵壹在当时影响较大,在他身上也非常典型地体现出河陇文士的耿介质直之风。

与赵壹基本同时的仇靖,字汉德,武都下辨(今甘肃成县西北)人,为武都郡从吏。作《李翕析里桥郙阁颂》,以歌颂武都太守汉阳李翕的功德。据《郙阁颂》石刻碑文,李翕于汉灵帝建宁三年二月到官,不久即派掾属仇审等于析里架修栈道,造福百姓,建宁五年(172),仇靖、仇审等士人勒石颂功。此碑文见《隶释》卷四,严可均《全后汉文》卷八一辑录全文,逯钦立《汉诗》卷六辑录其诗。又《隶释》卷四所收《西狭颂》、《隶续》卷十一所收《武都太守李翕天井道碑》也是时人为李翕修治险峻的西狭道、天井道而刻石颂

---

[1] (梁)钟嵘著,周振甫译注:《诗品译注》,中华书局1998年版,第77页。
[2] (清)刘熙载:《艺概》,上海古籍出版社1978年版,第92页。
[3] 参见《后汉书》卷八十下《文苑传下》,中华书局1965年版,第2632—2634页。

功,分别刊于建宁四年(171)六月和建宁五年四月。后两处碑文的作者虽然难以确定,但仇靖、仇审等人与闻其事可以肯定。这些作品不仅是中国书法史上的不朽杰作,也是中国交通史上的不朽文献和河陇文学中难得的佳作。它们不仅保存了规范纯正的汉代颂体文学的形态和样式,而且具有比较浓郁的地域文化特色,所以具有相当重要的文学史意义,值得深入研究和探讨。①

见于文献记载的两汉时期的河陇文学作品,还有《三秦记》等载录的大约两汉时期已经流行于西北的民歌《陇头歌》。关于这首民歌产生的年代,学界尚无定论。余冠英、曹道衡两位先生分别选编的《乐府诗选》虽然都列入北朝民歌,但均认为这些歌辞"风格和一般北歌不大同,或是汉魏旧辞"。②《乐府诗集》卷二一《汉横吹曲一》引《乐府解题》曰:"汉横吹曲,二十八解,李延年造。魏晋以来,唯传十曲:一曰《黄鹄》,二曰《陇头》……"《陇头》下引《通典》曰:"天水郡有大阪,名曰陇坻,亦曰陇山,即汉陇关也。"又引《三秦记》曰:"其阪九回,上者七日乃越,上有清水四注下,所谓陇头水也。"③但其所载录的"陇头"系列乐府歌辞,始于陈后主《陇头》,并未引录汉魏古辞。既然《乐府解题》明确说明《陇头》之曲为西汉李延年所造,魏晋以来流传,则理应有配乐之汉魏古辞。稽诸史籍,《后汉书·郡国志五》"汉阳郡陇坻"注、《北堂书钞》卷一五七、《初学记》卷十五、《太平寰宇记》卷三二及《太平御览》卷五六、卷五七二等均征引了《三秦记》(又作"辛氏《三秦记》"),其中引录的"俗歌"(即后世所谓《陇头歌》)曰:"陇头流水,鸣声幽咽。遥望秦川,心肝断绝。去长安千里,望秦川如带。"④《三秦记》一书,《隋书·经籍志》及《旧唐书·经籍志》《新唐书·艺文志》等未见著录,但是,成书于汉魏之际的《三辅黄图》及梁代刘昭《续汉书·郡国志》注、北魏郦道元《水经注》等皆有征引,此书所记又都关涉秦汉时代的都邑、宫室及地理风俗,所以,著名地理学家史念海先生推断此书"当出于汉时人士手

---

① 参见梁中效:《汉代三大摩崖颂碑的文化艺术成就》,《咸阳师范学院学报》2009年第3期;蒲向明:《论〈西狭颂〉摩崖的文学价值》,《上海大学学报》2005年第6期。
② 参见余冠英:《乐府诗选》,人民文学出版社1954年版,第117—118页;曹道衡:《乐府诗选》,人民文学出版社2000年版,第477页。
③ (宋)郭茂倩编:《乐府诗集》,中华书局1979年版,第311页。
④ 《太平御览》卷五六,中华书局1960年版,第273页。

笔"①。迄今为止，学界也尚未发现更有力的证据否定史先生的说法。既然如此，则《三秦记》所记载的《陇头歌》，至迟也应该是在汉代流行于西北地区的民歌，甚至有可能是《乐府诗集》等失载的汉魏古辞。值得注意的是，《三秦记》的作者虽然史籍失载，但魏晋以来的相关文献多称其为"辛氏《三秦记》"，则其作者应为辛姓文士。据《汉书·辛庆忌传》等记载，狄道辛氏自西汉以来即为陇西望族，人才辈出，《三秦记》的作者很可能出自陇西狄道辛氏，其在书中记录与"陇阪"相关的《陇头歌》，完全在情理之中。又，冯浩菲先生认为《诗经·秦风》首篇《车邻》"以咏'阪'表方域特征"，这种说法是可信的。"陇阪"（或"陇坻"）是河陇地区的天然屏障和地域表征，所以先秦以来一直备受世人关注，张衡《四愁诗》写东南西北四方的方域特征时，于西方也是标举"陇阪"："我所思兮在汉阳，欲往从之陇阪长。"②这说明因为山高路险，秦汉时期"陇阪"也是文学作品经常描写吟咏的主要事象（文学地理意象），据此，则《陇头歌》完全可能在汉代产生并广泛流传。

  值得注意的是，20世纪以来河西地区出土的文献中，也保存有一些汉代文学作品。1913年至1915年斯坦因第三次中亚考察时，在敦煌汉塞烽燧遗址出土一批汉简，其中有一首七言诗："日不显目兮黑云多，月不可视兮风非（飞）沙。从恣蒙水诚（成）江河，州（周）流灌注兮转扬波。辟柱桢到（颠倒）忘相加，天门徕（狭）小路彭池（滂沱）。无因以上如之何，兴章教诲兮诚难过。"③此诗原无篇名，张凤《汉晋西陲木简汇编》拟题作"风雨诗"。"现存八句，内容是描写在沙漠戈壁中行走的艰难与悲伤，是一篇句句押韵的汉诗"。④陈直《汉诗之新发现》认为："张凤氏题为《风雨诗简》，实有未妥。因诗中只有风云，并无雨字。余昔考为王莽末期，隗嚣宾客在天水时作品……后作者或从军敦煌，任戍所官吏，偶写此旧稿，随手弃置，现与敦煌戍所烽火台中公私简札同时出土，这是很自然的。"⑤李正宇改题为"教诲诗"⑥。伏俊琏

---

① 史念海：《古长安丛书总序》，刘庆柱辑注：《三秦记辑注·关中记辑注》，三秦出版社2006年版。
② 张震泽：《张衡诗文集校注》，上海古籍出版社2009年版，第3页。
③ 伏俊琏：《敦煌文学总论》，甘肃教育出版社2013年版，第19、20页。
④ 骈宇骞、段书安：《二十世纪出土简帛综述》，文物出版社2006年版，第231页。
⑤ 陈直：《文史考古论丛》，天津古籍出版社1988年版，第52—53页。
⑥ 李正宇：《试释敦煌汉简〈教诲诗〉》，文刊《转型期的敦煌语言文学——纪念周绍良先生仙逝三周年学术研讨会论文集》，甘肃人民出版社2010年版。

先生认为"全诗是一位失意文人的愤世嫉俗之作，诗题作'风雨'似更切全诗的旨意"①。

1930年，西北科学考察团在额济纳河流域的古居延旧地获得汉简11000余枚。1972年至1974年间，居延考古队又发掘了甲渠候官（破城子）、甲渠塞第四燧、肩水金关三处遗址，出土汉简19700余枚。此后又陆续发掘了一些。这些竹简虽然多是档案资料，但与文学也有或多或少的关联，其中有不少书信如"宣致幼孙书"等，表达了戍守西北边地士卒的心声，具有一定的文学价值。② 据《汉书·武帝纪》等记载，太初三年（前102），"强弩都尉路博德筑居延"③。居延塞为西汉王朝抗击匈奴的重要战略据点，至今保存着大量的汉代城障和烽燧遗址，由此可见当时的屯军规模和重要地位。居延和敦煌等地出土的汉代书信，不仅保留了汉代书札的实物形式，而且反映了边地戍卒的真实生活和情感诉求，展现了通俗文学文本的原生形态和丰富多彩，具有相当重要的文学文献价值。

综上所述，秦汉以来，随着河陇地区与中原地区文化接触的日益频繁，尤其是汉武帝攘除匈奴、开通丝绸之路之后，河陇地区的文学创作也逐渐由发轫走向繁荣，经过长时期的积淀、发展，到了东汉后期，河陇地区出现了侯瑾、皇甫规、张奂、王符、秦嘉、徐淑、赵壹、张芝、张昶等一批著名文士，足以代表当时文化发展和文学创作的一流水准。值得注意的是，在中原地区因战乱而动荡不已的两汉之际和汉魏转折这两个历史时期，河陇地区因相对稳定，曾经一度聚集了大批文人学者，保存了众多的文化信息。如西汉末年，隗嚣割据陇右，不仅吸引了大批学者，而且也发现了中原之地早已失传的漆书《古文尚书》；又如魏晋之际，以洛阳为中心的中原一带玄风大盛，而河陇地区却依然保留着汉代以来绵延不绝的儒学传统，敦煌文士周生烈不仅著有《周生子》十三卷，还注解《论语》，保存了若干古注。因此，"这里也就成为当时文化版图上最具特色的区域之一，也为魏晋南北朝乃至隋唐时期的文化发展提供了一个

---

① 伏俊琏：《敦煌文学总论》，甘肃教育出版社2013年版，第20页。
② 参见骈宇骞、段书安：《二十世纪出土简帛综述》，文物出版社2006年版，第311、312页；陈直：《居延汉简研究》，中华书局2009年版，第150—153页；刘跃进：《秦汉文学编年史》，商务印书馆2006年版，第184、185页。
③ 《汉书》卷六《武帝纪》，中华书局1962年版，第201页。

重要的文化资源"。①

第三节　魏晋时期的河陇作家与作品

魏晋时期，河陇地区的文学创作继续保持两汉以来的发展态势，出现了不少享有盛名的作家和作品。

汉魏之际，敦煌儒生周生烈以著述名重当世。据《三国志·魏书·王朗传》附《王肃传》及裴松之注等，周生烈姓周生，魏初征士。②有《论语》注及《周生烈子》等传世。何晏《论语集解序》曰："近故司空陈群、太常王肃、博士周生烈皆为义说。"③陆德明《经典释文序录》载："魏吏部尚书何晏集孔安国、包咸、周氏、马融、郑玄、陈群、王肃、周生烈之说，并下己意为《集解》（即《论语集解》）。"并于"周生烈"下附注云："敦煌人，《七录》云字文逢，本姓唐，魏博士、侍中。"④又据《路史》引《敦煌实录》："烈本姓唐，外养周氏，因以为姓。魏初张既为梁州（应为"凉州"）刺史，礼辟之。历官博士、侍中。"⑤《三国志·魏书·张既传》载，张既于黄初年间任凉州刺史，其所礼辟之文士，即有"天水杨阜、安定胡遵、酒泉庞淯、敦煌张恭、周生烈"⑥等。《周生烈子》又作《周生子》。据《十六国春秋》记载，北凉于沮渠茂虔（又作"沮渠牧犍"）永和五年（宋文帝元嘉十四年）遣使诣宋，表献方物，献书一百五十四卷，内有《周生子》十三卷（《宋书》卷九八记载相同）。《隋书·经籍志》子部儒家《潜夫论》下注云："（梁有）《周生子要论》一卷、录一卷，魏侍中周生烈撰，亡。"⑦《意林》卷五引《周生烈子》十条，其自序略云："六蔽鄙夫敦煌周生烈，字文逸。张角败后，天下溃乱。哀苦之

---

① 刘跃进：《河西四郡的建置与西北文学的繁荣》，《文学评论》2008年第5期。
② 《三国志》卷十三《魏书·王朗传》附《王肃传》，中华书局1959年版，第420页。
③ 《论语注疏》，（清）阮元校刻：《十三经注疏》，中华书局1980年版，第2455页。
④ （唐）陆德明撰，吴承仕疏证：《经典释文序录疏证》，中华书局2008年版，第125页。按：据马总《意林》引《周生烈子》自序，"文逢"当作"文逸"。
⑤ 王天海、王韧：《意林校释》卷五，中华书局2014年版，第487页。
⑥ 《三国志》卷十五《魏书·张既传》，中华书局1959年版，第477页。
⑦ 《隋书》卷三四《经籍志》，中华书局1973年版，第998页。

间，故著此书。以尧舜作干植，仲尼作师诫。"①此书早已亡佚，马国翰《玉函山房辑佚书》从《意林》及唐、宋类书采得二十二节，又《序》一节。张澍从《太平御览》《困学纪闻》等采得九节，收入《二酉堂丛书》。

魏晋时期，能够继续维持东汉以来河陇文学发展态势的河陇著姓，首推北地傅氏家族。②傅嘏是曹魏时期傅氏家族的代表人物，在学术和政治等领域都比较活跃。傅嘏字兰石，《三国志》卷二一把他同王粲、刘劭等人并列同传。据《三国志》本传及《世说新语·文学》"钟会撰《四本论》始毕"条注引《魏志》等记载，傅嘏经常与钟会等人讨论才性异同，因此享誉学界。刘跃进先生认为："从某种意义上说，傅嘏才是魏晋清谈重要命题'才性异同'的真正创始者。"③在政治上，傅嘏是司马氏集团的重要谋士，为司马氏篡魏出谋划策，立下大功。与傅嘏不同，傅燮的儿子傅幹虽然也在曹操幕下，但具有明显的反曹倾向。建安十九年（214）七月，曹操出师征讨孙权，时任丞相参军的傅幹谏阻曹操兴兵伐吴④；不久，又著《王命叙》，针对当时政局的焦点问题，全面阐述自己的主张，规劝曹操顺天应人，放弃图谋代汉的野心："念功成而道退，无非次而妄据。"此文纵论古今，气势恢弘，堪称政论鸿篇，傅幹也由此知名。⑤

傅燮的孙子傅玄（傅幹之子）、曾孙傅咸已经完全转化为学养深厚的文士，在西晋时期享有较高的声誉。据《晋书》本传，傅玄"博学善属文，解钟律"，"少时避难于河内，专心诵学，后虽显贵，而著述不废。撰论经国九流及三史故事，评断得失，各为区例，名为《傅子》，为内、外、中篇，凡有四部、六录，合百四十首，数十万言，并文集百余卷行于世"。晋司空王沈评论此书曰："言富理济，经纶政体，存重儒教，足以塞杨、墨之流遁，齐孙、孟于往代。"《傅子》一书，《隋书·经籍志》著录一百二十卷，入"杂家"类。

---

① 王天海、王韧：《意林校释》卷五，中华书局2014年版，第487页。
② 关于北地傅氏的郡望，《晋书·傅玄传》作"北地泥阳"。一说是"今甘肃宁县"，一说是"今陕西耀县东南"。尽管北地傅氏在东汉以后由北向南不断迁徙，与河陇文化的关系越来越远，但在该家族发展的早期，其所居之北地，也属于河陇地区，其家风家学也与河陇著姓比较接近，所以本书将两汉魏晋时期的傅氏家族也纳入论述范围。参见赵以武：《"北地傅氏"的郡望所在》，《社科纵横》1995年第5期。
③ 刘跃进：《河西四郡的建置与西北文学的繁荣》，《文学评论》2008年第5期。
④ 参见《三国志》卷一《魏书·武帝纪》注引《九州春秋》，中华书局1959年版，第43、44页。
⑤ 《王命叙》见《艺文类聚》卷十，严可均校辑《全后汉文》卷八一亦收录。

《旧唐书》《新唐书》皆著录一百二十卷，然《崇文总目》《通志》著录仅有五卷二十三篇，表明南宋时已经散佚。清代《四库全书》馆臣从《永乐大典》中辑得一卷，其中"文义完具者十有二篇，曰正心、曰仁论、曰义信、曰通志、曰举贤、曰重爵禄、曰礼乐、曰贵教、曰检商贾、曰校工、曰戒言、曰假言。又文义未全者十二篇，曰问政、曰治体、曰授职、曰官人、曰曲制、曰信直、曰矫违、曰问刑、曰安民、曰法刑、曰平役赋、曰镜总叙。篇目视《崇文总目》较多"①。今存《傅子》一卷，主要有《四库全书》本、《玉函山房辑佚书》本等。严可均辑为四卷，收入《全晋文》卷四七至卷五十。傅玄虽然生活在玄风日盛的曹魏后期，但就其作品内容及立身行事来看，似乎受时代风习的影响较小，始终保持着正统儒者的思想风范，可以看作是西晋儒者派文士的代表。《傅子》在内容上完全体现了作者的政治伦理道德观念，作为文章集也有一定的文学价值。其中的人物传论如《郭嘉传》《刘晔传》《马先生传》等，剪裁得当、条干明晰，尤其值得重视。傅玄在魏晋诗坛上也占有重要地位，其诗今存六十余首，大多数为乐府诗，《苦相篇》《秦女休行》等是其中的佳作。傅玄诗多为代言体，代女子立言，多言儿女之情，而且缠绵悱恻。明代张溥《汉魏六朝百三家集·傅鹑觚集题辞》说："《苦相篇》与《杂诗》二首，颇有《四愁》《定情》之风……休奕天性峻急，正色白简，台阁生风。独为诗篇，新温婉丽，善言儿女。强直之士怀情正深，赋好色者何必宋玉哉！"②史载傅玄"性刚劲亮直，不能容人之短"，"天性峻急，不能有所容"，"峻急""强直"之士写出"新温婉丽"善言儿女之情的诗篇，诗人的气质品性与诗歌的风格气度似乎难以契合。其诗语言较汉乐府诗稍加靡丽，但仍以叙述语言和本色的抒情语言为主，其叙写真切处，仍有民歌风味，且不乏拙率之嫌。③傅玄的赋今存较完整者有三十篇左右，大多数为咏物之作，且多模拟前贤，出色者较少。总体来看，在西晋文坛上，傅玄的作品以平实拙朴为基本风貌，自成一家。傅玄之子傅咸，在思想上也服膺儒术，属于正统儒者。其诗以四言为主，但成就不如傅玄。傅咸的赋今存三十余篇，以咏物小赋居多，也有一定的寄托。④

---

① 《四库全书总目》卷九一，中华书局1965年版，第773—774页。
② （明）张溥著，殷孟伦注：《汉魏六朝百三家集题辞注》，人民文学出版社1960年版，第105页。
③ 参见钱志熙：《魏晋南北朝诗歌史述》，北京大学出版社2005年版，第74、75页。
④ 参见徐公持：《魏晋文学史》，人民文学出版社1999年版，第275—283页。

总之，从立功西域的傅介子到慨然殉国的傅燮，再到魏晋时期以清谈著名的傅嘏、以儒业文学致显的傅玄、傅咸，北地傅氏家族真正实现了由武力强宗向文化世族的转变。西晋末年，北方大乱，傅咸之子傅敷、傅晞等渡江南迁，其后遂有傅亮、傅隆、傅和之等知名南朝。留守北方的傅氏族人寥寥无几，除傅祇次子傅畅外，很少有显达知名之士。①傅祇字子庄，傅嘏之子，傅咸从父弟。官至侍中、司徒。《晋书》本传称其"著文章驳论十余万言"。傅畅（？—330），字世道。年未弱冠，甚有重名。以选入侍讲东宫，为秘书丞。不久没于石勒，用为大将军右司马。因熟识朝仪，恒居机密，甚为石勒器重。著有《晋诸公叙赞》二十二卷，《公卿故事》九卷。《新唐书·艺文志》还著录傅畅《晋历》二卷，《傅畅集》五卷。咸和五年（330）卒。其子傅咏，为东晋交州刺史、太子右率。②傅畅另一子傅洪，"晋穆帝永和中，胡乱得还"。傅洪孙弘之，晋宋之际以武略受刘裕重用，《宋书》卷四八有传。

魏晋时期，安定皇甫氏依然名重当世。如前所论，东汉末年，皇甫氏已经发展为亦文亦武的地方豪族。魏晋之际，皇甫嵩曾孙皇甫谧，立志勤学，遂通百家，史载其"所著诗、赋、诔、颂、论、难甚多"，又撰《帝王世纪》《年历》《高士传》《逸士传》《列女传》及《玄晏春秋》等，并重于世。其门下弟子挚虞、张轨、牛综、席纯等，皆为晋世名臣或文化名人。《隋书·经籍志》著录"《皇甫谧集》二卷，录一卷"。逯钦立《先秦汉魏晋南北朝诗·晋诗》卷二辑录其《女怨诗》残篇一首。严可均《全晋文》卷七一辑录其所作书、表、论、序等文凡十三篇：《让征聘表》《答辛旷书》《玄守论》《释劝论》《笃终论》《汉高祖论》《光武论》《焦先论》《庞娥亲论》《三都赋序》《高士传序》和两则佚文。皇甫谧的史学著作最为有名，他也是魏晋史传文学的重要作家。由于其著述大多已经亡佚，文学方面现存的作品主要有《三都赋序》《高士传》等杂传以及《晋书》本传里保留的一些表明自己思想观点的论体文。《三都赋序》是皇甫谧的名篇，《文选》卷四五收入"序"类。《晋书·文苑传》记载，左思撰《三都赋》初成，"时人未之重，思自以其作不谢班、张，恐以人

---

① 参见柳春新：《论汉晋之际的北地傅氏家族》，《史学集刊》2005年第2期。
② 参见《晋书》卷四七《傅玄传》附《傅祇传》《傅畅传》，中华书局1974年版，第1330—1333页。

废言，安定皇甫谧有高誉，思造而示之。谧称善，为其赋序"①。此传还载录了陈留卫权的《三都赋略解序》，其中也明确提到皇甫谧为《三都赋》作序以及张载、刘逵作注等事。但《世说新语·文学》"左太冲作《三都赋》初成"条刘孝标注引《左思别传》又有不同的说法："皇甫谧西州高士，挚仲治宿儒知名，非思伦匹。刘渊林、卫伯舆并早终，皆不为思赋序注也。凡诸注解，皆思自为，欲重其文，故假时人名姓也。"②由于以上史籍记载不同，而且据《晋书》本传，皇甫谧卒于晋武帝太康三年（282），一般论者以为左思完成《三都赋》在此之后，所以皇甫谧作序之事是否属实也就成了学术疑案。但是，关于《左思别传》的说法，清人严可均认为并不可靠，他说："《别传》失实，《晋书》所弃……今皇甫序、刘注在《文选》，刘序、卫序在《晋书》，皆非苟作……《别传》道听途说，无足为凭。《晋书》汇十八家旧书，兼取小说，独弃《别传》不采，斯史识也。"③严可均的说法不无道理，因为《三国志·魏书·卫臻传》裴松之注也说："（卫）权作左思《吴都赋》叙及注，叙粗有文辞，至于为注，了无所发明，直为尘秽纸墨，不合传写也。"④由此可见，卫权为左思《三都赋》作叙及注确有其事，既然如此，卫权《三都赋略解序》及其所言皇甫谧等人为左赋作序、作注诸事应该不是虚语谰言。《三都赋序》虽然重在具体发挥班固"赋者古诗之流"和扬雄"诗人之赋丽以则，辞人之赋丽以淫"等传统观点，但也反映了重视辞藻即"尚丽"的时代风气，并且从赋体文学发展的纵向角度，第一次对赋的写作特点、发展源流、作家作品进行了比较系统的阐述和评价。总之，这是《文心雕龙·诠赋》之前，最系统地研究与评价赋体作家的一篇重要论文，对挚虞、刘勰等人都有较大的影响。⑤《高士传》见于《太平御览》卷五百六至五百九，所写人物自上古尧世至曹魏，共七十一人，此书撰写于曹魏时期，主旨在于"举逸民"，基本倾向与嵇康《圣贤高士传》略同，但所写人物以清德信行为主，较少体现对社会时政的批判。皇甫谧晚

---

① 《晋书》卷九二《文苑传》，中华书局1974年版，第2376页。
② 余嘉锡：《世说新语笺疏》，上海古籍出版社1993年版，第247页。
③ （清）严可均校辑：《全上古三代秦汉三国六朝文》，中华书局1958年版，第2302页。
④ 《三国志》卷二二《魏书·卫臻传》，中华书局1959年版，第649页。
⑤ 参见王运熙、杨明：《中国文学批评通史·魏晋南北朝卷》，上海古籍出版社1996年版，第86—88页；郁沅、张明高：《魏晋南北朝文论选》，人民文学出版社1999年版，第136—138页；安正发：《皇甫谧的赋学观点——以〈三都赋序〉为例》，《广西社会科学》2009年第5期。

年,司马昭、司马炎等先后多次召辟,皆辞疾不应诏命,《让征聘表》《答辛旷书》《玄守论》《释劝论》等都是明志之作,从中可见皇甫谧隐居不仕的原因及其对精神自由和理想人格的追求。史载皇甫谧之子皇甫方回,"少遵父操,兼有文才",西晋末年避乱荆州,为刺史陶侃及士人所敬,后为王廙所杀。①十六国时期,安定皇甫氏族人中,皇甫岌以"文章才俊"受前燕任用,其弟皇甫真也有文才武略,"雅好属文,凡著诗赋四十余篇"②,依然保持了安定皇甫氏习武晓文的传统家风。

魏晋时期河西地区影响较大的文学家,是"才艺绝人"的敦煌文士索靖(239—303)。如前所论,敦煌索氏自东汉以来即为河西著姓。据《晋书·索靖传》,靖"累世官族","少有逸群之量,与乡人汜衷、张甝、索纡、索永俱诣太学,驰名海内,号称'敦煌五龙'"。其"四龙"早亡,"唯靖该博经史,兼通内纬"。索靖善草书,与河东卫瓘齐名,所作《草书状》,《晋书》本传全录其辞:

> 圣皇御世,随时之宜。仓颉既生,书契是为。科斗鸟篆,类物象形。睿哲变通,意巧兹生。损之隶草,以崇简易。百官毕修,事业并丽。盖草书之为状也,婉若银钩,漂若惊鸾。舒翼未发,若举复安;虫蛇虬蟉,或往或还。类阿那以嬴形,欻奋䬃而桓桓。及其逸游盼向,乍正乍邪。骐骥暴怒逼其辔,海水窊隆扬其波。芝草蒲陶还相继,棠棣融融载其华。玄熊对踞于山岳,飞燕相追而差池。举而察之,又似乎和风吹林,偃草扇树。枝条顺气,转相比附,窈娆廉苦,随体散布。纷扰扰以猗靡,中持疑而犹豫。玄螭狡兽嬉其间,腾猿飞䮀相奔趣。凌鱼奋尾,蛟龙反据。投空自窜,张设牙距。或若登高望其类,或若既往而中顾,或若俶傥而不群,或若自检于常度。

> 于是多才之英,笃艺之彦,役心精微,耽此文宪。守道兼权,触类生变。离析八体,靡形不判。去繁存微,大象未乱。上理开元,下周谨案。骋辞放手,雨行冰散。高音翰厉,溢越流漫。忽班班而成章,信奇妙之焕

---

① 《晋书》卷五一《皇甫谧传》,中华书局1974年版,第1418、1419页。
② 《晋书》卷一百八《慕容廆载记》、卷一一一《慕容暐载记》,中华书局1974年版,第2806、2861页。

烂。体磥落而壮丽，姿光润以粲粲。命杜度运其指，使伯英回其腕。著绝势于纨素，垂百世之殊观。①

此文篇名，史籍所载不一。《法书要录》卷七《书断上》的题名与《晋书》本传相同。《艺文类聚》卷七四、《墨池编》卷十一均作《书势》，《书苑菁华》卷三又题作《叙草书势》。文章借用赋体铺陈体物的表现手法，用大量的自然物象来比拟形容草书的笔法、章法和结构形态之美，语言夸饰竞丽，意象纷至沓来，堪称魏晋时期咏书赋的名篇佳作。据《法书要录》卷一引南齐王僧虔《论书》等记载，索靖是"张芝姊之孙"，"传芝草而形异，甚矜其书，名其字势曰'银钩虿尾'"。②索靖继承了张芝草书之法而又有大的变化，《草书状》正是对其艺术体验的形象描述和审美总结。据《晋书》本传，索靖还著有《五行三统正验论》，辩理阴阳气运；又撰《索子》《晋诗》各二十卷。今均亡佚不存。《隋书·经籍志》著录《牵秀集》四卷，附注云："梁又有游击将军《索靖集》三卷，亡。"严可均《全晋文》卷八四辑录其文三篇：《书》《月仪帖》《草书状》。值得一提的是，像索靖这样的人物，如果没有一定的文化环境与长期的文化积累是难以出现的，"累世官族"正说明敦煌索氏具备长期的文化积累，而"敦煌五龙"游学京师，也表明敦煌虽僻处西北边隅，但具有良好的崇学风尚和文化氛围。据《晋书》本传及相关记载，晋惠帝太安二年八月，河间王司马颙进攻洛阳，索靖率领"雍、秦、凉义兵，与贼战，大破之，靖亦被伤而卒"。③索靖的陨落，标志着汉末魏晋时期河陇文学发展段落的终结。史载张轨于晋惠帝永宁元年出任凉州刺史，威著西州，化行河右，河陇历史从此进入一个崭新的时代，河陇文学也即将迎来一个全面繁荣的历史时期。

---

① 《晋书》卷六十《索靖传》，中华书局1974年版，第1649页。
② （唐）张彦远：《法书要录》，人民美术出版社1986年版，第23页。
③ 关于索靖生平及相关问题，详参本书第六章第三节。

第三章　十六国北朝时期河陇文学的繁荣与影响

第一节　汉族著姓的文学创作

西晋末年，北方大乱，但河陇文化仍然稳步发展。由于当时中国北方其他地区文化的发展普遍受挫甚至衰微，河陇文化的这种稳步发展，便显得相当突出。文学方面的成就与影响，更加引人注目，《北史·文苑传序》说：

> 既而中州板荡，戎狄交侵，僭伪相属，生灵涂炭，故文章黜焉。其能潜思于战争之间，挥翰于锋镝之下，亦有时而间出矣。若乃鲁徵（疑为"鲁徽"之误）、杜广、徐光、尹弼之俦，知名于二赵；宋该、封弈、朱彤（又作"朱肜"）、梁谠之属，见重于燕、秦。然皆迫于仓卒，牵于战阵，章奏符檄，则粲然可观；体物缘情，则寂寥于世。非其才有优劣，时运然也。至于朔方之地，蕞尔夷俗，胡义周之颂国都，足称宏丽。区区河右，而学者埒于中原，刘延明之铭酒泉，可谓清典。子曰："十室之邑，必有忠信。"岂徒言哉！①

这段文字对五胡十六国时期的文学创作进行了整体关照和比较公允的评价，代表了唐初史臣对这一时期北方文学发展状况的基本评价和共同认识。他们认为当时北方"章奏符檄"之作兴盛而"体物缘情"之作（即诗赋）较少，比较符合当时的实际情况。他们还充分肯定了当时河陇地区的文化发展和学术

---

① 《北史》卷八三《文苑传》，中华书局1974年版，第2778页。

水准，认为"区区河右，而学者埒于中原"，其中所称赞的胡义周与刘延明，就是这一时期河陇文士的优秀代表。总体来看，十六国北朝时期的河陇文学与河陇著姓的全面发展息息相关，兹据史籍载述，钩稽略述如下。

一、安定胡氏与张氏的文学创作

唐初史臣所称誉的"胡义周之颂国都"，是指胡义周所作《统万城铭》。此文见于《晋书·赫连勃勃载记》及《十六国春秋》卷六九，严可均《全晋文》卷一五六收录，题名《统万城功德铭》。文章对大夏统万城（在今内蒙古乌审旗南白城子）的雄伟壮丽和赫连勃勃的割据霸业极尽铺陈渲染，实为汉魏京都大赋之延续。据《晋书》卷一百三十及《资治通鉴》卷一一六、卷一一八等记载，赫连勃勃于晋安帝义熙九年（413）"发岭北夷夏十万人筑都城于朔方水北、黑水之南"，取名"统万"，意即"统一天下，君临万邦"。由于工程浩大，直到晋恭帝元熙元年（419）才基本竣工，于是大赦改元，"刻石都南，颂其功德"。①据此，则《统万城铭》当作于东晋元熙元年。②关于此文的作者，《晋书·赫连勃勃载记》以为是大夏"秘书监胡义周"，《周书·王褒庾信传论》《北史·文苑传序》同之，但《魏书》《北史》的《胡方回传》均以为是胡义周之子胡方回。曹道衡先生认为"《晋书》《周书》均作于唐初，而《魏书》则作于北齐，似以从《魏书》为妥"③。周建江认为"《晋书》《周书》虽成于初唐，但作者房玄龄、令狐德棻等人均为饱学治学之人，故其作品的真实性令人怀疑的成分较少，所以《统万城铭》的署名应是胡义周"④。今按：据《魏书·胡方回传》等记载，胡义周为安定临泾人，后秦姚泓时任黄门侍郎，后秦灭亡后出仕大夏，官至秘书监。史籍未有其入魏的记载，可能卒于北魏平定大夏之前。史载赫连勃勃倾其国力修建统万城，奉命颂功之人必为当世大手笔。胡氏父子当时均为大夏文臣，一为秘书监，一为中书侍郎。按常理推断，胡义周年龄大、声望高，执笔作颂的可能性较大。当然也不能排除二人共同撰

---

① 参见《晋书》卷一百三十《赫连勃勃载记》，中华书局1974年版，第3205—3213页。
② 参见曹道衡、刘跃进：《南北朝文学编年史》，人民文学出版社2000年版，第69页。
③ 曹道衡：《十六国文学家考略》，《中古文学史论文集》，中华书局2002年版，第385页。
④ 周建江：《北朝文学史》，中国社会科学出版社1997年版，第50页。

写的可能，这或许正是史书记载出现两种不同署名的根本原因。但无论如何，这篇书写统万宏规、宣扬大夏声威的"宏丽"之作出自胡氏父子之手，殆无疑义。

胡义周史籍无传。其子胡方回，《魏书》卷五二、《北史》卷三四有传。史载"胡方回，安定临泾人。父义周，姚泓黄门侍郎。方回，赫连屈丐中书侍郎。涉猎史籍，辞彩可观，为屈丐《统万城铭》《蛇祠碑》诸文，颇行于世"。北魏平定大夏，胡方回入仕北魏。"雅有才尚，未为时所知也。后为北镇司马，为镇修表，有所称庆。世祖览之嗟美，问谁所作。既知方回，召为中书博士，赐爵临泾子。迁侍郎，与太子少傅游雅等改定律制。司徒崔浩及当时朝贤，并爱重之。清贫守道，以寿终"。①据此，则胡氏父子历仕后秦、大夏、北魏，均以文才见重当世。

胡氏父子之外，史籍所载这一时期的安定临泾胡氏作家还有胡叟。《魏书·胡叟传》载，胡叟字伦许，"世有冠冕，为西夏著姓"。年十三，"辨疑释理，知名乡国"；"好属文，既善为典雅之词，又工为鄙俗之句"。曾游历诸方，先后至后秦长安、刘宋汉中、仇池武都、北凉河西等地，均未得到重用。后入仕北魏，高宗拓跋濬曾"使作檄刘骏、蠕蠕文"，所作为时人所重。据《魏书》本传，胡叟的作品较多，有《韦杜二族赋》《示程伯达诗》《被征谢恩诗》《檄刘骏蠕蠕文》《宣命赋序》等。今仅存《示程伯达诗》一首，系胡叟西入北凉，未受礼遇，于是作诗抒发怀才不遇的怨愤："群犬吠新客，佞暗排疏宾。直途既以塞，曲路非所遵。望卫惋祝鮀，眄楚悼灵均。何用宣忧怀，托翰寄辅仁。"②全诗情辞剀切，直抒胸臆，显然继承了两汉以来河陇文士的质直愤激之风。逯钦立辑入《北魏诗》卷二。

值得注意的是，出自安定临泾胡氏的北魏宣武灵皇后胡氏，虽然声誉不佳，但也颇有文学才华。据《魏书·皇后传》等记载，宣武灵后胡氏"性聪悟，多才艺"，曾与肃宗幸华林园，宴群臣于都亭曲水，令王公以下各赋七言诗，胡氏诗曰："化光造物含气贞。"③又《梁书·杨华传》载："杨华，武都仇

---

① 《魏书》卷五二《胡方回传》，中华书局1974年版，第1149页。
② 参见《魏书》卷五二《胡叟传》，中华书局1974年版，第1149—1152页。
③ 《魏书》卷十三《皇后传》，中华书局1974年版，第337、338页。

池人也。父大眼，为魏名将。华少有勇力，容貌雄伟，魏胡太后逼通之，华惧及祸，乃率其部曲来降。胡太后追思之不能已，为作《杨白华歌辞》，使宫人昼夜连臂蹋足歌之，辞甚凄惋焉。"①据此，则胡太后作有《杨白华歌辞》。此事《魏书》及《北史》之《灵皇后胡氏传》并未记载，《南史·王神念传》附《杨华传》与《梁书》所载基本相同，并云："华本名白花。"萧涤非《汉魏六朝乐府文学史》认为："核以歌名，盖可信。……此歌作于胡太后，为毫无可疑。"②此诗《乐府诗集》卷七三《杂曲歌辞十三》收录，其诗曰：

　　阳春二三月，杨柳齐作花。春风一夜入闺闼，杨花飘荡落南家。含情出户脚无力，拾得杨花泪沾臆。秋去春还双燕子，愿衔杨花入窠里。③

全诗共八句，除前两句外，其余六句都是七言。《魏书》本传载胡太后曾于华林园宴饮群臣，令王公以下赋七言诗，就胡太后和肃宗所赋诗句来看，应是七言联句，类似于汉代的《柏梁台诗》，惜《魏书》对群臣之作未有载录，难以全面了解此次集体创作的盛况，但据此可以推断胡太后应该擅长七言诗的写作，这也是确定《杨白华歌辞》为胡太后所作的证据之一。萧涤非先生评价此诗说："通首隐切姓名，笔笔双关，分明从吴歌得来，此歌作于胡太后，为毫无可疑，而其风格缠绵若此……此自与魏孝文帝推行汉化政策亦有关。"④从诗歌本身来看，此诗托物起兴，语带双关，含蓄婉转，与清丽缠绵的南朝乐府民歌比较接近，而与质朴豪放的北朝乐府民歌相距甚远。究其原因，此诗出自胡太后之手，安定胡氏自魏晋以来即为河陇望族，家族成员的文化修养普遍较高完全在情理之中；北魏自孝文帝汉化革新以来，皇室成员的儒学修养亦大幅度提升，此诗所呈现的含蓄委婉的中和之美，也完全符合儒学的审美观点。⑤

十六国时期，建立了前凉政权的安定张氏家族，也堪称文化世族。史载张轨早年师从皇甫谧，深受张华等人器重。其后张骏、张重华、张天锡等，都有较高的文学素养。《晋书·张轨传》附《张骏传》载，张骏（307—346）字公

---

① 《梁书》卷三九《杨华传》，中华书局1973年版，第556、557页。
② 萧涤非：《汉魏六朝乐府文学史》，人民文学出版社1984年版，第286页。
③ （宋）郭茂倩编：《乐府诗集》，中华书局1979年版，第1040页。
④ 萧涤非：《汉魏六朝乐府文学史》，人民文学出版社1984年版，第286页。
⑤ 参见张鹏：《北魏儒学与文学》，中国社会科学出版社2012年版，第120、121页。

庭，安定乌氏人，前凉政权创建者张轨之孙，张寔之子。史书称其"十岁能属文，卓越不羁"。①《隋书·经籍志》著录"《晋张骏集》八卷"。其作品今存乐府诗二首：《薤露行》《东门行》（见《乐府诗集》卷二七、三七）。《晋书》本传载录其文两篇：《上疏请讨石虎李期》《下令境中》，虽属应用文体，但颇重辞藻，带有骈文气息。此外，他还作过《山海经图赞》，今存零星佚文。《薤露行》一诗，大约作于晋成帝咸和九年（334），诗中对西晋的灭亡以及五胡之乱有比较深刻的反思，同时也流露出平胡靖乱的理想和抱负：

> 在晋之二世（一作"叶"），皇道昧不明。主暗无良臣，艰（一作"奸"）乱起朝庭。七柄失其所，权纲丧典刑。愚猾（原作"滑"，据逯钦立辑校《晋诗》卷十二改）窥神器，牝鸡又晨鸣。哲妇逞幽虐，宗祀一朝倾。储君缢新昌，帝执金墉城。祸衅萌宫掖，胡马动北坰。三方风尘起，猃狁窃上京。义士扼素腕（原作"婉"，据逯钦立辑校《晋诗》卷十二改），感慨怀愤盈。誓心荡众狄，积诚彻昊灵。②

此诗以乐府旧题写时事，显然是以效忠晋室自许，犹如魏武帝之哀汉室。③据《晋书》本传，张骏此时虽然称臣于东晋，但并未尊奉晋室正朔，说明他还有其他的政治意图。诗的风格和文字虽然效仿曹操的《薤露行》，但与曹诗相比，略嫌力度不足，缺少苍健的气质。《东门行》（一作《游春诗》）一诗，大约是某年春天到姑臧近郊游览时所作。诗的前半写春雨过后，百花齐放，万物争荣的繁盛景象："勾芒御春正，衡纪运玉琼。明庶起祥风，和气禽来征。庆云荫八极，甘雨润四坰。昊天降灵泽，朝日耀华精。嘉苗布原野，百卉敷时荣。鸠鹊与鸧黄，间关相和鸣。芙蓉覆灵沼，香花扬芳馨。"后半抒写对时光易逝的感叹："春游诚可乐，感此白日倾。休否有终极，落叶思本茎。临川悲逝者，节变动中情。"④与当时流行于南方的玄言诗相比，张骏此诗情景交融，具有较强的艺术感染力。史籍所载张骏的奏疏，骈俪气息较重，如其作于晋成帝咸康元年（335）的《上疏请讨石虎李期》，言辞剀切，沉痛感人：

---

① 参见《晋书》卷八六《张轨传》附《张骏传》，中华书局1974年版，第2233页。
② （宋）郭茂倩编：《乐府诗集》，中华书局1979年版，第397页。
③ 参见曹道衡、刘跃进：《南北朝文学编年史》，人民文学出版社2000年版，第15页。
④ （宋）郭茂倩编：《乐府诗集》，中华书局1979年版，第550、551页。

"东西隔塞,踰历年载,夙承圣德,心系本朝……铅刀有干将之志,萤烛希日月之光。是以臣前章恳切,欲齐力时讨,而陛下雍容江表,坐观成败。怀目前之安,替四祖之业,驰檄布告,徒设空文,臣所以宵吟荒漠,痛心长路者也……臣闻少康中兴,由于一旅,光武嗣汉,众不盈百,祀夏配天,不失旧物,况以荆扬慓悍,臣州突骑,吞噬遗羯,在于掌握哉!愿陛下敷弘臣虑,永念先绩,敕司空(郗)鉴、征西(庾)亮等泛舟江沔,使首尾俱至也。"①此疏是否为张骏亲笔,难以详考,但感情真切,气势充沛,句式整齐,偶有骈句,当时河陇地区的文学水准,于此可见一斑。《文心雕龙·熔裁》云:"昔谢艾、王济,西河文士,张骏以为艾繁而不可删,济略而不可益。若二子者,可谓练熔裁而晓繁略矣。"②《文心雕龙》论及的十六国时期的河陇作家,仅有谢艾、王济、张骏等人,刘勰引用张骏对谢艾、王济的评价,足以说明十六国时期河西作家的文学作品在南朝也有流传且有一定的影响,所以引起了刘勰的关注和赞赏。③张骏之子张重华、张天锡都有较高的文学素养。《晋书》卷八六等所载张重华《上疏请伐秦》以及张天锡《答索商》《遗郭瑀书》(见《晋书·隐逸传》)等,也都很有文采。

二、狄道辛氏与李氏的文学创作

十六国北朝时期,狄道辛氏人才辈出,不仅宗族实力强大,而且出现了不少著名文士。如前所论,陇西辛氏自西汉辛武贤、辛庆忌父子两代凭军功致显,遂为河陇著姓;西汉后期,由于王莽的诛杀以及战乱流离,陇西辛氏一时衰微。魏晋以后,陇西辛氏又重新崛起,并且完成了由武力强宗向文化世族的转变。如西晋后期有辛谧,《晋书·隐逸传》称其"少有志尚,博学善属文,工草隶书,为时楷法"。历刘聪、石勒、石季龙之世,一直不应辟命。其后冉闵僭号,复备礼征为太常,辛谧遗书辞谢,"不食而卒",时在晋穆帝永和六年(350)。④其文今存《遗冉闵书》一篇。又据崔鸿《前凉录》:"辛攀,字怀远,

---

① 《晋书》卷八六《张轨传》附《张骏传》,中华书局1974年版,第2239、2240页。
② (梁)刘勰著,周振甫注:《文心雕龙注释》,人民文学出版社1981年版,第356页。
③ 参见胡阿祥:《魏晋时期河西地区本土文学述论》,《洛阳大学学报》2002年第3期。
④ 《资治通鉴》卷九八亦载述此事,系于晋穆帝永和六年(350)。

陇西狄道人。父奭（一作"爽"），尚书郎。兄鉴、旷，弟宝、迅，皆以才识知名。秦雄（雍）为之语曰：'五龙一门，金友玉昆。'"①辛鉴、辛旷、辛攀、辛宝、辛迅弟兄，前凉时期被誉为"五龙"，今存辛旷《赠皇甫谧》四言诗一首，有较高的文学成就。北魏至隋代，狄道辛氏家族中又有辛雄②、辛术③、辛威④、辛庆之⑤、辛德源⑥、辛公义⑦、辛彦之⑧等一批知名之士为世所重，可谓代有俊才。其中辛德源、辛彦之最为著名。

辛德源字孝基，祖辛穆，魏平原太守，父辛子馥，尚书右丞。德源沉静好学，年十四，解属文。及长，博览书记，少有重名。中书侍郎刘逖上表举荐德源说："弱龄好古，晚节逾厉，枕藉六经，渔猎百氏。文章绮艳，体调清华，恭慎表于闺门，谦挹著于朋执。实后进之辞人，当今之雅器。必能效节一官，骋足千里。"北齐后主武平年间，辛德源待诏文林馆，参与了《修文殿御览》的编撰。周武帝平齐，辛德源为随驾征赴长安的北齐十八文士之一（《北齐书·阳休之传》），仕周为宣纳上士。隋朝建立，因受尉迟迥反叛牵连，隐于林虑山，郁郁不得志，著《幽居赋》以自寄。辛德源素与范阳卢思道友善，时相往来，遂受人诬陷，从军南宁，岁余而还。秘书监牛弘以德源才学显著，奏与著作郎王劭同修国史。蜀王杨秀闻其名而引以为掾，后转谘议参军，卒于官。史载辛德源有集二十卷，又撰《政训》《内训》各二十卷、《集注春秋三传》三十卷，注扬子《法言》二十三卷。⑨逯钦立《隋诗》卷二辑录其诗共十一首，严可均《全隋文》卷十九辑录其佚文若干条，其余皆已亡佚。就今存作品来看，辛德源的诗歌不以力度见长，主要抒写文人士子的生活和情怀，题材范围比较狭小，尤其侧重于林下隐逸生活，风格细丽。⑩其《短歌行》一诗，写出了士人对自身生命的敏感：

---

① 《太平御览》卷四九五，中华书局1960年版，第2265页。
② 《魏书》卷七七、《北史》卷五十有传。
③ 《北齐书》卷三八、《北史》卷五十有传。
④ 《周书》卷二七、《北史》卷六五有传。
⑤ 《周书》卷三九、《北史》卷七十有传。
⑥ 《隋书》卷五八、《北史》卷五十有传。
⑦ 《隋书》卷七三、《北史》卷八六有传。
⑧ 《隋书》卷七五、《北史》卷八二有传。
⑨ 参见《隋书》卷五八《辛德源传》，中华书局1973年版，第1422、1423页。
⑩ 参见周建江：《北朝文学史》，中国社会科学出版社1997年版，第171页。

驰射罢金沟，戏笑上云楼。少妻鸣赵瑟，侍妓唱吴讴。杯度浮香满，扇举细尘浮。星河耿凉夜，飞月艳新秋。忽念奔驹促，弥欣执烛游。①

此诗在艺术上已臻成熟，形式虽然接近南朝齐梁之风，但却有北方士人所独有的精神气质。此外，《芙蓉花》《浮游花》等诗作也较有名。辛德源是北朝后期的著名文士，与当时的很多著名文人都有来往。据陆法言《切韵序》记载，隋开皇初年，辛德源曾与卢思道、薛道衡、颜之推、魏澹、刘臻、李若、萧该等人会于陆爽家，探讨音韵，此后陆爽之子陆法言根据讨论记录撰写了《切韵》一书。《切韵》与北齐《修文殿御览》的编撰，都是中古学术史上的盛事，辛德源能够与闻其事，实为河陇士人的骄傲。

与辛德源基本同时的辛彦之，是北朝后期著名的礼学大师。据《隋书·儒林传》，辛彦之九岁而孤，不交非类，博涉经史，与天水牛弘同志好学。后入关，遂家京兆。宇文泰见而器之，委以修定仪注之任。周闵帝受禅，辛彦之与卢辩专掌仪制。入隋，拜礼部尚书，与秘书监牛弘撰《新礼》，深得杨坚器重。开皇十一年（591）卒。撰《坟典》《六官》《祝文》《礼要》《新礼》《五经异义》各一部，并行于世。②辛德源和辛彦之的文学及学术成就，更加彰显了狄道辛氏在十六国北朝时期的地位和实力，也进一步促进了这一家族由武力强宗向文化世族的转变。

十六国时期，陇西李氏重新崛起。③李广后裔李暠不仅建立了西凉政权，而且重视文化教育，极大地促进了河陇文学与文化的发展。李暠（351—417）不仅是一位政治家，也是一位文学家。史载他"少而好学"，"通涉经史，尤善文义"，著有《述志赋》《槐树赋》《大酒容赋》等诗赋数十篇，此外还有上呈东晋王朝的章表和训诫儿子的手令。《隋书·经籍志》著录其"《靖恭堂颂》一卷"。今存作品有《晋书·凉武昭王李玄盛传》所载《述志赋》以及《自称凉公领秦凉二州牧奉表诣阙》《复奉表》《手令诫诸子》《写诸葛亮训诫应璩奉谏以勖诸子》《顾命长史宋繇》等章表手令。其中《述志赋》最能体现其理想

---

① （宋）郭茂倩编：《乐府诗集》，中华书局1979年版，第450页。
② 《隋书》卷七五《儒林传》，中华书局1973年版，第1708、1709页。
③ 李暠的籍贯，《晋书》本传有两说，一说"陇西成纪"，一说"陇西狄道"；《北史》卷一百《序传》也追溯至"狄道"，今从此说。

志趣和文学才华，李暠自称："幼希颜子曲肱之荣，游心上典，玩礼敦经。蔑玄冕于朱门，羡漆园之傲生；尚渔父于沧浪，善沮溺之耦耕。"但是在"人希逐鹿之图，家有雄霸之想"的十六国时期，幼时的隐逸志趣显然不能适应现实的需要，面对群雄并起，偏霸一方，"名都幽然影绝，千邑阒而无烟"的现实，作者毅然转变早年的人生志趣，从出世转为入世，"挺非我以为用，任至当如影响；执同心以御物，怀自彼于握掌"，并且渴望与"时英俊哲"一起，追踪前贤，安邦定国，建功立业："信乾坤之相成，庶物希风而润雨。岷益既荡，三江已清。穆穆盛勋，济济隆平。御群龙而奋策，弥万载以飞荣，仰遗尘于绝代，企高山而景行。"①全文一气呵成，一波三折，悠长婉转，气势浑成，作者坦荡的胸襟、远大的志向以及强烈的忧患意识，得到充分的展现，其卓然不群的乱世英杰形象也跃然纸上，无疑是十六国时期抒情小赋的佳作。与铺采摘文的赋作相比，李暠的《手令诫诸子》等训子之作，则显示出质朴流畅的另一种风格。《手令诫诸子》文风朴实，"遭意便言"，娓娓道来，于不经意间，便将立身之道、为政之要以及河西敦煌的风习人情和盘托出，别有风味。文章开头从自己的"立身"说起，坦荡直率，饶有通脱之气，自称早年"不营世利"，"通否任时"，后遭遇时运，割据一方，"百虑填胸"，故"粗举旦夕近事数条"以训诫诸子："节酒慎言，喜怒必思，爱而知恶，憎而知善，动念宽恕，审而后举。众之所恶，勿轻承信，详审人，核真伪，远佞谀，近忠正。蠲刑狱，忍烦扰，存高年，恤丧病，勤省案，听讼诉。刑法所应，和颜任理，慎勿以情轻加声色。赏勿漏疏，罚勿容亲。耳目人间，知外患苦。禁御左右，无作威福。勿伐善施劳，逆诈亿必，以示己明。广加谘询，无自专用，从善如顺流，去恶如探汤。富贵而不骄者至难也，念此贯心，勿忘须臾。僚佐邑宿，尽礼承敬，宴飨馔食，事事留怀。古今成败，不可不知，退朝之暇，念观典籍，面墙而立，不成人也。"李暠的这段训诫文字，举凡立身行事、治国理政、读书做人等等，无所不包，真可谓情真意切，知无不言。文章末尾称赞敦煌"世笃忠厚，人物敦雅"，勉励诸子"事任公平，坦然无类"。②据《晋书》本传、《资治通鉴》卷一一四等记载，此文作于晋安帝义熙元年（405）李暠迁都酒泉

---

① 《晋书》卷八七《凉武昭王李玄盛传》，中华书局1974年版，第2257、2268页。
② 《晋书》卷八七《凉武昭王李玄盛传》，中华书局1974年版，第2262、2263页。

之时，时值西凉国势达到鼎盛时期，李暠于此时手令训诫诸子，实为"经远"之举。总之，李暠及其文学成就，表明李氏家族已经由秦汉时期"世世受射"的武力强宗转变为诗礼传家的文化世族。

西凉灭亡后，李暠子孙流落伊吾（今新疆哈密一带）二十余年。北魏平定凉州，李暠之孙李宝等自伊吾南归敦煌，随即归附北魏，深得魏世祖拓跋焘宠信。李宝以后，李氏子孙"跗萼相承，蝉冕奕世"，尤其是李宝少子李冲，凭借其政治才干和儒学素养成为孝文帝时代的名臣，他积极参与孝文帝改革，深受宠遇，使李氏家族在门阀社会的贵盛达到了顶峰。据《魏书》本传记载，李冲文化修养较高，"高祖初，以例迁秘书中散，典禁中文事"，后因创立三长制为文明太后所重。太和十五年，孝文帝"议礼仪律令，润饰辞旨，刊定轻重，高祖虽自下笔，无不访决"；"及改置百司，开建五等，以冲参定典式"。①严可均《全后魏文》卷三六辑录其文七篇：《谏预召兵戍南郑表》《答诏表》《表弹李彪》《又表（弹李彪）》《上书言宜立三长》《奏录刘昞子孙》《奏养子不从坐》。就文本内容来看，都属于应用性散文，以《谏预召兵戍南郑表》和《表弹李彪》《又表（弹李彪）》等，最能体现李冲散文的风格。文章句式以四言为主，但又富于变化，既不失雅正又明白畅达，尤其弹劾李彪的两篇文章，"辞甚激切"，感情充沛，"隐约可见凉州文学传统在北魏的存在"。②李冲之外，陇西李氏家族成员中以才学见长者，主要有李韶、李瑾、李彦、李伯尚、李仲尚、李神俊、李琰之等。史载李韶"学涉有器量"，北魏太和中，"修改车服及羽仪制度，皆令韶典焉"。李瑾为李韶次子，"颇有才学"，曾任著作佐郎，与王遵业、卢观等"典领仪注"，"肃宗崩，上谥策文，瑾所制也"。李彦为李韶之弟，"颇有学业"，"时朝仪典章咸未周备，彦留心考定，号为称职"。李伯尚为李韶从弟，"少有重名，弱冠除秘书郎"，孝文帝敕令撰《太和起居注》。李仲尚为伯尚之弟，"少以文学知名，二十著《前汉功臣序赞》及季父《司空冲诔》"。李神俊为李韶从弟，"少以才学知名"，"博学多闻，朝廷旧章及人伦氏族，多所谙记。笃好文雅，老而不辍，凡所交游，皆一时名士"。③李

---

① 参见《魏书》卷五三《李冲传》，中华书局1974年版，第1179—1189页。
② 张鹏：《北魏儒学与文学》，中国社会科学出版社2012年版，第112、114页。
③ 参见《魏书》卷三九《李宝传》，中华书局1974年版，第886—898页。

琰之是李韶族弟，弱冠后兼著作郎，修撰国史，"经史百家无所不览"。[1]

总之，陇西李氏自李宝归附北魏之后，代有俊才，家族声望和文化修养堪称河陇著姓之冠，但就文学成就来看，上述诸人并未超越李暠。北魏末年，经过武泰元年河阴之难和永安三年（530）尔朱兆废弑孝庄帝等多次事变，陇西李氏遭受严重打击，不少人惨遭杀戮。进入东魏、西魏之后，李氏子孙不复属意于仕宦，遂不再贵盛，也鲜见以才学名世之人（详参《北齐书·李玙传》）。

三、天水姜氏与赵氏的文学创作

十六国时期，天水姜氏和赵氏也有不少知名文士，其中姜岌、姜质、赵逸、赵温等，史籍有载，名重一时。

姜岌，天水人，生平不详。十六国时期后秦文士，精于历算。《晋书·律历志下》载："后秦姚兴时，当孝武太元九年，岁在甲申，天水姜岌造《三纪甲子元历》，其略曰：'治历之道，必审日月之行，然后可以上考天时，下察地化。一失其本，则四时变移。故仲尼之作《春秋》，日以继月，月以继时，时以继年，年以首事，明天时者人事之本，是以王者重之……'岌以月蚀检日宿度所在，为历术者宗焉。又著《浑天论》，以步日于黄道，驳前儒之失，并得其中矣。"[2]姜氏首创了"以月蚀检日宿度所在"即利用月食位置来推算太阳位置的方法，这种方法被学界称为月食冲法，备受后世天文学家的重视。《隋书·经籍志》著录《姜氏三纪历》一卷、《历序》一卷，合起来应该就是《三纪甲子元历》全书。此书《晋书·律历志下》《隋书·律历志中》等有节引。《晋书》称姜氏又著《浑天论》，明写本《开元占经》一、《开元占经》二及《隋书·天文志上》俱有引录，严可均《全晋文》卷一五三分辑为《浑天论》《浑天论答难》二书，疑非；王仁俊《玉函山房辑佚书续编》子编"天文类"辑为一书，近是。就诸书所引来看，姜岌的上述学术性论文，逻辑严密，句式整齐，娓娓道来，明白畅达，如《浑天论》开头云："夫言天体者，盖非一家也。世之所传，有浑天，有盖天。说浑天者，言浑然而圆，地在其中。盖天者，言天形如

---

[1] 参见《魏书》卷八二《李琰之传》，中华书局1974年版，第1797、1798页。
[2] 《晋书》卷十八《律历志下》，中华书局1974年版，第566—570页。

车盖,地在其中下。二曜推移,五星迭观,见伏昏明,皆由远近。"①先言浑天、盖天说之核心观点,然后层层深入进行辨析。其中《答难》二节,析理缜密,富于论辩色彩,具有魏晋论辩文的风格特征。章太炎《国故论衡·论式》称赞魏晋论辩文"守己有度,伐人有序,和理在中,孚尹旁达",以之评价姜岌《浑天论》,亦非虚誉。《隋书·经籍志》等著录的姜岌著述,尚有《京氏要集历术》四卷、《论频月合朔法》五卷、《杂历》七卷、《历法集》十卷、《历术》十卷、《乾度正历三纪》四卷等,均已亡佚。要之,天水姜氏自汉末以来发展为河陇著姓,姜岌在天文历法方面的成就,不仅是十六国时期河陇学人对汉儒学术观点的传承创新,而且也是该家族学术文化修养的集中体现。

姜质为北魏后期的天水文士。《洛阳伽蓝记》卷二《正始寺》载:"敬义里南有昭德里,里内有尚书仆射游肇、御史中尉李彪、七兵(部)尚书崔休、幽州刺史常景、司农张伦等五宅。彪、景出自儒生,居室俭素。惟伦最为豪侈,斋宇光丽,服玩精奇,车马出入,逾于邦君。园林山池之美,诸王莫及。伦造景阳山,有若自然。其中重岩复岭,欹崟相属;深蹊洞壑,逦递(迤)连接。高林巨树,足使日月蔽亏;悬葛垂萝,能令风烟出入。崎岖石路,似壅而通;峥嵘涧道,盘纡复直。是以山情野兴之士,游以忘归。天水人姜质,志性疏诞,麻衣葛巾,有逸民之操,见偏爱之,如不能已,遂造《亭山赋》,行传于世。"②姜质此赋篇名,《河南志》作"《庭山赋》"。因其文云:"庭起半丘半壑,听以目达心想。"又云:"庭为仁智之田,故能种此石山。"周祖谟、杨勇等认为当作"《庭山赋》"。③此赋是一篇优秀的园林赋,描写了北魏孝庄帝时司农卿张伦人工建造的景阳山园林的山石岭泉、烟花露草、珍禽异鸟等优美景色,以及"山情野兴之士"畅游其间的飘飘欲仙之感,谭家健先生称之为"袖珍型的山水游记"。④《洛阳伽蓝记》的行文"秾丽秀逸"(《四库全书总目提要》),杨衒之于此书卷二引录姜质《庭山赋》,足见此赋当时影响甚大,堪称佳作。此赋受骈文影响较大,四言六言杂用,与南朝赋以六言韵语为主颇有差

---

① (清)严可均校辑:《全上古三代秦汉三国六朝文》,中华书局1958年版,第2347页。
② (北魏)杨衒之撰,范祥雍校注:《洛阳伽蓝记校注》,上海古籍出版社1978年版,第100—102页。
③ (北魏)杨衒之撰,周祖谟校释:《洛阳伽蓝记校释》,中华书局1963年版,第90、91页;(北魏)杨衒之撰,杨勇校笺:《洛阳伽蓝记校笺》,中华书局2006年版,第96页。
④ 谭家健:《六朝文章新论》,北京燕山出版社2008年版,第444页。

别。姜质其人,《魏书·成淹传》有载:"(淹)子霄,字景鸾。亦学涉,好为文咏,但词彩不伦,率多鄙俗。与河东姜质等朋游相好,诗赋间起。知音之士,共所嗤笑;闾巷浅识,颂讽成群,乃至大行于世。"①周祖谟认为《洛阳伽蓝记》卷二所载姜质《庭山赋》"诚多鄙俗,盖即成霄之友矣,惟史言姜为河东人,此云天水人,不知孰是"②。今按:据《魏书·张衮传》附《张伦传》,张伦"孝庄初,迁太常少卿,不拜,转大司农卿,卒官",据此,则张伦景阳山园林的建造,当在北魏孝庄帝永安初年(528或529),姜质赋的作时,也当在同时。又据《洛阳伽蓝记》卷一,永安中,杨衒之为奉朝请,曾随从孝庄帝马射于华林园,据此则书中所载张伦建造景阳山园林的盛况及姜质赋作,应该都是杨衒之根据亲眼所见而予以载述。《魏书》卷七九载成淹卒于景明三年(502),则其子成霄也生活于北魏末年,与姜质正好同时,所以,作《庭山赋》之姜质与成霄之友当为一人,应为天水人。其徙居河东,很可能与北魏平定凉州后的大规模移民有关。总之,姜岌、姜质的学术论著和赋作,充分体现了天水姜氏的文化成就和影响。

天水赵逸、赵温是出仕于后秦、赫连夏及仇池杨氏政权的河陇文士。据《魏书·赵逸传》,赵逸字思群,天水人。十世祖赵融,汉光禄大夫。父赵昌,石勒黄门郎。赵逸"好学夙成",仕后秦姚兴,历中书侍郎。后为姚兴大将齐难军司,从征赫连屈丐。齐难兵败,赵逸被俘,拜著作郎。北魏拓跋焘平定夏都统万,见赵逸所著,曰:"此竖无道,安得为此言乎!作者谁也?其速推之。"司徒崔浩进曰:"彼之谬述,亦犹子云之美新。皇王之道,固宜容之。"世祖乃止,拜中书侍郎。神䴥三年三月上巳,拓跋焘幸白虎殿,命百僚赋诗,赵逸所作诗序,时称为善。史载赵逸"性好坟素,白首弥勤,年逾七十,手不释卷。凡所著述,诗、赋、铭、颂,五十余篇"。③又,《史通》卷十二《古今正史》载:"天水赵思群、北地张渊,于真兴、承光之世,并受命著其国书。及统万之亡,多见焚烧。"④据此,则赵逸投降大夏之后,曾奉命修撰大夏国

---

① 《魏书》卷七九《成淹传》,中华书局1974年版,第1755页。
② (北魏)杨衒之撰,周祖谟校释:《洛阳伽蓝记校释》,中华书局1963年版,第90页。
③ 《魏书》卷五二《赵逸传》,中华书局1974年版,第1145、1146页。按:《魏书》卷五二列传第四十实为北魏河陇文士合传,包括赵逸、胡方回、胡叟、宋繇、张湛、宗钦、段承根、阚骃、刘昞、赵柔、索敞、阴仲达等人的传记,下多有引用,凡涉之处只作简明标注,不再详细罗列所有文士姓名。
④ (唐)刘知幾撰,(清)浦起龙释:《史通通释》,上海古籍出版社1978年版,第359—360页。

书。赵逸兄赵温，字思恭，"博学有高名"，后秦姚泓时任天水太守。刘裕灭后秦，赵温归附氐王杨盛，遂入仕仇池政权，其后杨盛之子杨难当以赵温为辅国将军、秦梁二州刺史、府司马，"卒于仇池"（《魏书》卷五二）。据《宋书·氐胡传》，宋文帝元嘉十一年（434），武都王杨难当与刘宋争夺汉中，兵败，遣使奉表谢罪，时赵温为杨难当司马，表文当为赵温所作。严可均辑录此文于《全宋文》卷六一。

四、金城、武威著姓的文学创作

十六国时期，金城、武威一带，也有一批著名文士如赵柔、宗敞、宗钦、宗舒、段承根、段龟龙、阴仲达等，留下了不少学术论著和文学作品。

赵柔出自金城赵氏。《魏书·赵柔传》载，赵柔字元顺，金城人。"少以德行才学知名河右。沮渠牧犍时，为金部郎。世祖平凉州，内徙京师。高宗践阼，拜为著作郎。……陇西王源贺采佛经幽旨，作《祇洹精舍图偈》六卷，柔为之注解，咸得理衷，为当时俊僧所钦味焉。又凭立铭赞，颇行于世。"①其作品今已亡佚。又，据《汉书·赵充国传》，"赵充国字翁孙，陇西上邽人也，后徙金城令居"②。1942年青海乐都出土《汉三老赵宽碑》，其文称："三老讳宽，字伯然，金城浩亹人也。"碑文详述赵氏世系，赵宽即为西汉赵充国五世孙。③据此，则赵柔当为赵充国之后裔。

宗敞、宗钦、宗舒出自金城宗氏。④宗敞生平见《晋书·秃发傉檀载记》。敞父宗燮，字文友，吕光时自湟河太守入为尚书郎、太常卿。后凉末年，吕弘起兵东苑反叛吕纂，"劫尹文、杨桓以为谋主，请宗燮俱行"，宗燮严词拒绝。（《晋书·吕纂载记》）宗敞先为后秦姚兴凉州刺史王尚主簿（一作

---

① 《魏书》卷五二《赵柔传》，中华书局1974年版，第1162页。
② 《汉书》卷六九《赵充国传》，中华书局1962年版，第2971页。
③ 参见高文：《汉碑集释》，河南大学出版社1997年版，第432—435页。
④ 《十六国春秋》卷八四《后凉录四·宗燮传》："宗燮，敦煌人。仕纂为骑都尉、尚书仆射。"《十六国春秋》卷九十《南凉录三·宗敞传》："宗敞，姑臧人，仕秦姚兴凉州别驾。敞父燮，吕光时自湟河太守入为尚书郎。"《十六国春秋》卷九七《北凉录四·宗钦传》："宗钦字景若，金城人也。父燮，字文友，吕光太常卿。"张澍辑《续敦煌实录》卷五："疑燮自敦煌迁姑臧，又自姑臧迁金城也，故父子异籍。"参见（清）张澍辑，李鼎文校点：《续敦煌实录》，甘肃人民出版社1985年版，第104页。

"别驾"),秃发傉檀代王尚为凉州刺史,因与其父宗燮为旧交,所以倾心接纳,宗敞因而荐举了一大批河陇士望,傉檀大悦,其后"以宗敞为太府主簿、录记室事"。①宗敞的文章,今存《理王尚疏》一篇(《晋书·姚兴载记上》收录)。史载后秦凉州刺史王尚获罪,于是"凉州别驾宗敞、治中张穆、主簿边宪、胡威等上疏",替王尚辩理诉冤,姚兴"览之大悦",遂与黄门侍郎姚文祖、后凉降臣吕超等专门谈论宗敞的文才和影响。姚文祖称誉宗敞为"西方之英俊",吕超则说:"敞在西土,时论甚美,方敞魏之陈、徐,晋之潘、陆。"又说:"臣以敞余文比之,未足称多。"据此可知,宗敞在凉州享有盛名,这篇上疏并不是他最优秀的作品。文章从王尚于危难之际受命署理凉州写起,称赞其勤于政事,躬俭节用,劝课农桑,时无废业,接着对"取吕氏宫人裴氏及杀逃人薄禾等"罪名逐一辩驳,认为王尚"论勋则功重,言瑕则过微。而执宪吹毛求疵,忘劳记过,斯先哲所以泣血于当年,微臣所以仰天而洒泪"。最后表明身为王尚僚属,"主辱臣忧",因此上疏讼理其事。文章句式整齐,颇有骈俪之气。说理缜密,行文简洁。部分段落富有文采,如:"臣州荒裔,邻带寇仇,居泰无垂拱之安,运否离倾覆之难。自张氏颓基,德风绝而莫扇;吕数将终,枭鹗以之翻翔。群生婴罔极之痛,西夏有焚如之祸。"又如:"然后振王威以扫不庭,回天波以荡氛秽。则群逆冰摧,不俟朱阳之曜;若秋霜陨箨,岂待劲风之威。何定远之足高,营平之独美!"②宗敞的文学才华,于此可见一斑。

宗敞之弟宗钦(?—450),是太延五年由北凉入北魏的著名文士。《魏书·宗钦传》载:"宗钦,字景若,金城人也。父(宗)燮,字文友,吕光太常卿。钦少而好学,有儒者之风,博综群言,声著河右。仕沮渠蒙逊为中书郎、世子洗马。"北魏平定凉州,徙居平城,拜著作郎。"崔浩之诛也,钦亦赐死。钦在河西,撰《蒙逊记》十卷,无足可称。"《魏书》载录其《东宫侍臣箴》《与高允书》两文及《赠高允诗》四言十二章,具有较高的文学价值。其《与高允书》采用四六相间的句式,隶事用典也较恰贴,具有明显的骈俪气息,如"昔皇纲未振,华裔殊风,九服分隔,金兰莫遂,希怀寄契,延想积

---

① 参见《晋书》卷一二六《秃发傉檀载记》,中华书局1974年版,第3149、3150页。
② 《晋书》卷一一七《姚兴载记上》,中华书局1974年版,第2986—2988页。

久。天遂其愿，爰遘京师。才非季札，而眷深孙乔；德乖程子，而义均倾盖。旷龄罕遇，会之一朝。……若夫泉江相忘之谈，遗言存意之美，虽庄生之所尚，非浅识所宜循"①。文章于凝重雅正之中不乏变化。其《赠高允诗》十二章也体现出典雅厚重的风格特征，反映出凉州作家较高的文学水平。宗钦之弟宗舒，字景太。北凉沮渠蒙逊时为库部郎中，与兄宗钦同归北魏，名亚于兄。②总之，宗敞、宗钦、宗舒三兄弟俱有文才，在凉州负有盛名，其作品代表了十六国后期河陇作家的文学水准。

段承根、段龟龙出自武威段氏。《魏书·段承根传》载："段承根，武威姑臧人，自云汉太尉（段）颎九世孙也。父（段）晖，字长祚，身长八尺余，师事欧阳汤，汤甚器爱之。"西秦乞伏炽磐以段晖为辅国大将军、凉州刺史、御史大夫、西海侯。炽磐子暮末袭位，国政衰乱，段晖父子投奔吐谷浑暮璝，暮璝归附北魏，段氏父子亦归降北魏，魏以为上客。"承根好学机辩，有文思，而性行疏薄，有始无终。司徒崔浩见而奇之，以为才堪注述，言之世祖，请为著作郎，引与同事。世咸重其文而薄其行。甚为敦煌公李宝所敬待"。北魏太平真君十一年，受崔浩国史案牵连，"与宗钦等俱死"。《魏书》本传载录其《赠李宝诗》四言七章。与宗钦《赠高允诗》相比，此诗虽有四言典雅的特征，但用典较少，铺叙较多，风格也较简明朗畅。全诗紧密结合李宝和自己的身世，既回顾了西凉的兴亡和李宝早年的颠沛流离："自昔凉季，林焚渊涸。矫矫公子，鳞羽靡托。灵慧虽奋，袄氛未廓。凤戢崐丘，龙潜玄漠。"也表现了对归附北魏重新显贵的李宝的仰慕和期许："奋翼幽裔，翰飞京师。珥蝉紫闼，杖节方畿。弼我王度，庶绩缉熙。""化由礼洽，政以宽成。勉崇仁教，播德简刑。倾首景风，迟闻休声。"同时也流露出明显的身世沉沦之感："自余幽沦，眷参旧契。庶庇余光，优游卒岁。"③段承根父子虽然也是主动归附北魏，一度被优待为"上客"，但后来段晖因欲南投刘宋被杀，段承根虽然保全了性命，但内心的惶惧在所难免，所以诗中"庶庇余光，优游卒岁"云云，也是有感而发。史载李宝于北魏太平真君三年十二月奉表归诚，太平真君五年入朝魏

---

① 《魏书》卷五二《宗钦传》，中华书局1974年版，第1155页。
② 参见《魏书》卷五二《宗钦传》，中华书局1974年版，第1154—1157页；《北史》卷三四《宗钦传》，中华书局1974年版，第1267页。
③ 《魏书》卷五二《段承根传》，中华书局1974年版，第1158、1159页。

主,遂留平城,拜外都大官,转镇南将军、并州刺史等职,而段承根被诛于太平真君十一年,《赠李宝诗》七章当作于真君五年至十一年之间,就诗中"杖节方畿"及"化由礼洽,政以宽成"云云推断,此诗应作于李宝出任并州刺史之时。

段龟龙,生平不详。《史通》卷十二《古今正史》载,段龟龙记吕氏即后凉国史。①《隋书·经籍志》著录《凉记》十卷,注云:"记吕光事,伪凉著作佐郎段龟龙撰。"②《凉记》已佚,清人汤球辑其佚文二十一则,今人吴振清补辑二则。③就佚文内容来看,此书记述了吕光、吕纂、吕隆三朝,完整载述了后凉兴亡始末。武威段氏自两汉以来为河陇著姓,段龟龙为后凉著作佐郎,修撰后凉国史,其生平虽然难以详考,但籍贯当属武威段氏。

阴仲达出自武威阴氏。《魏书·阴仲达传》载:"阴仲达,武威姑臧人。祖(阴)训,字处道,仕李暠为武威太守。父(阴)华,字季文,姑臧令。仲达少以文学知名。世祖平凉州,内徙代都。司徒崔浩启仲达与段承根云,二人俱凉土才华,同修国史。除秘书著作郎。"阴仲达弟阴周达,有子阴遵和,知名当世,其兄子阴道方,"性和雅,颇涉书传,深为李神俊所知赏。……孝庄初,迁尚书左民郎中,修《起居注》。"④值得注意的是,《魏书》本传虽然没有叙及阴仲达之死,但史载其入魏后经崔浩举荐与段承根等人同修国史,也应死于北魏太平真君十一年的国史案,史称此案中崔浩秘书郎吏以下百二十八人尽死,阴仲达时任"秘书著作郎",当为牵连遇难者之一。

五、敦煌著姓的文学创作

根据文献记载,魏晋以来敦煌成为河陇地区名副其实的文化中心。十六国时期,人才济济,作家作品之数量,居于河陇各地之首位。索氏、宋氏、张氏等世家大族的成就和影响尤为显著。

---

① (唐)刘知幾撰,(清)浦起龙释:《史通通释》,上海古籍出版社1978年版,第360页。
② 《隋书》卷三三《经籍二》,中华书局1973年版,第963页。
③ 参见(清)汤球辑,吴振清校注:《三十国春秋辑本》,天津古籍出版社2009年版,第235—246页。
④ 参见《魏书》卷五二《阴仲达传》,中华书局1974年版,第1163、1164页。

(一)索袭、索紞、索绥、索棱、索敞等出自敦煌索氏

索袭,字伟祖,前凉隐士。《晋书·隐逸传》载,索袭虚靖好学,不应州郡之命,举孝廉、贤良方正,皆以疾辞。"游思于阴阳之术,著天文地理十余篇,多所启发"。张茂时,敦煌太守阴澹造访索袭,经日忘返,出而叹曰:"索先生硕德名儒,真可以谘大义。"阴澹欲行乡射之礼,请索袭为三老。会病卒,谥曰玄居先生。[1]

索紞,字叔彻,前凉隐士。《晋书·艺术传》载,索紞"少游京师,受业太学,博综经籍,遂为通儒。明阴阳天文,善术数占候。司徒辟,除郎中,知中国将乱,避世而归"。太守阴澹"以束帛礼之,月致羊酒。年七十五,卒于家"。[2]

索绥,字士艾,前凉秀才。《太平御览》卷一二四引《十六国春秋·前凉录·张玄靖传》载:"绥,字士艾,敦煌人。父戢,晋司徒。绥家贫好学,举孝廉,为记室祭酒,母丧去官,又举秀才。著《凉春秋》五十卷,又作《六夷颂》《符命传》十余篇。以著述之功,封平乐亭侯。"《太平御览》卷一二四引《十六国春秋·前凉录·张骏传》载:"十五年,以右长史任处领国子祭酒,立辟雍明堂,而行礼焉。命西曹掾集阁内外事付索绥以著《凉春秋》。"[3]《史通》卷十二《古今正史》亦云:"前凉张骏十五年,命其西曹边浏集内外事以付秀才索绥,作《凉国春秋》五十卷。又张重华护军参军刘庆在东苑专修国史二十余年,著《凉记》十二卷。建康太守索晖、从事中郎刘昞又各著《凉书》。"[4]据此,则索绥、索晖、刘庆、刘昞等都曾撰修过前凉国史。

索棱,字孟则,后秦文士。《太平御览》卷二六一引崔鸿《十六国春秋·前秦录》(疑当作《后秦录》)载:"索棱字孟则,敦煌人,好学博闻,姚苌甚重之,委以机密,文章诏檄,皆棱之文也。后为平原太守,以德化民,民畏而爱之,歌曰:'懿矣明守,庶绩允厘,剖符作宰,实获我思。'"[5]又据《晋书·姚兴载记下》和《资治通鉴》卷一一六等记载,晋安帝义熙七年(411)正月,

---

[1] 参见《晋书》卷九四《隐逸传》,中华书局1974年版,第2448、2449页。
[2] 参见《晋书》卷九五《艺术传》,中华书局1974年版,第2494、2495页。
[3] 《太平御览》卷一二四,中华书局1960年版,第601、600页。
[4] (唐)刘知幾撰,(清)浦起龙释:《史通通释》,上海古籍出版社1978年版,第359页。
[5] 《太平御览》卷二六一,中华书局1960年版,第1225页。

后秦姚兴以太常索棱为太尉,领陇西内史,使招抚西秦,西秦王乞伏乾归感其威德,遣使送所掠守宰,谢罪请降;义熙九年三月,秦太尉索棱以陇西降西秦乞伏炽磐,炽磐以索棱为太傅。据此,则索棱为后秦姚兴时名臣,擅长著述,后秦之文章诏檄,一度出自索棱之手,姚兴晚年委以绥抚陇西之重任,因后秦国势衰微投降西秦。其作品散佚不传。

索敞,字巨振,历仕西凉、北凉、北魏。据《魏书·索敞传》,索敞早年"为刘昞助教,专心经籍,尽能传昞之业","与乡人阴世隆文才相友"。凉州平,入北魏,"以儒学见拔,为中书博士。笃勤训授,肃而有礼。京师大族贵游之子,皆敬惮威严,多所成益。前后显达,位至尚书牧守者数十人,皆受业于敞。敞遂讲授十余年"。史载索敞以《丧服》散在众篇,撰作《丧服要记》。又有《名字论》,《魏书》本传以文多不载。后出补扶风太守,在位清贫,不久卒于官,谥曰献。①索敞是北魏平定凉州后徙居平城的著名儒生,其于平城开馆授学十余年,为河陇学术文化的传承及北魏平城时代儒学的复兴做出了重要贡献。

值得注意的是,史籍所载有著述问世的敦煌索氏成员尚有索晖、索纬等,此二人生平均难以详考。《史通》卷十二《古今正史》载:"建康太守索晖、从事中郎刘昞又各著《凉书》。"宋庞元英《文昌杂录》卷六载,昭明太子曰:"索纬有《陇西人物志》。"②总之,敦煌索氏为魏晋十六国时期的河陇著姓,该家族的不少成员有学术论著问世,其中索靖、索敞最为知名,但自北魏平定凉州徙民平城之后,尤其是索敞去世之后,敦煌索氏逐渐衰微,此后遂至湮没无闻。

(二)宋纤、宋繇、宋云、宋绘等出自敦煌宋氏

宋纤,字令艾,敦煌效谷(今甘肃瓜州县一带)人,前凉隐士。《晋书·隐逸传》载,纤"少有远操,沉靖不与世交,隐居于酒泉南山。明究经纬,弟子受业三千余人。不应州郡辟命,惟与阴颙、齐好友善。……注《论语》,及为诗颂数万言。年八十,笃学不倦。张祚后遣使者张兴备礼征为太子友,兴逼喻甚切,纤喟然叹曰:'德非庄生,才非干木,何取稽停明命!'遂随兴至姑

---

① 参见《魏书》卷五二《索敞传》,中华书局1974年版,第1162、1163页。
② (清)张澍辑,李鼎文校点:《续敦煌实录》,甘肃人民出版社1985年版,第45页。

臧"。张祚以为太子太傅，遂不食而卒。①今存临终上疏一篇（见《晋书》本传）。

宋繇，字体业，敦煌人。《魏书·宋繇传》载："曾祖配、祖悌，世仕张轨子孙。父僚，张玄靓龙骧将军、武兴太守。繇生而僚为张邕所诛。五岁丧母，事伯母张氏以孝闻。……博通经史，诸子群言，靡不览综。……雅好儒学，虽在兵难之间，讲诵不废。每闻儒士在门，常倒屣出迎，停寝政事，引谈经籍。……沮渠蒙逊平酒泉，于繇室得书数千卷，盐米数十斛而已。蒙逊叹曰：'孤不喜克李歆，欣得宋繇耳。'拜尚书吏部郎中，委以铨衡之任。蒙逊之将死也，以子牧犍委托之。……世祖并凉州，从牧犍至京师。卒，谥曰恭。"②宋繇为西凉、北凉名臣，深受李暠、沮渠蒙逊等礼遇。史载其"雅好儒学"，在群雄纷争之世，为保存典籍文献和传承儒学传统，甚有力焉。

宋云为北魏肃宗孝明帝（元诩）时人，生平不详。《洛阳伽蓝记》卷五《城北·闻义里》载："闻义里有敦煌人宋云宅，云与惠生俱使西域也。神龟元年（518）十一月冬，太后遣崇立寺比丘惠生向西域取经，凡得一百七十部，皆是大乘妙典……至正光三年（522）二月，始还天阙。衔之按：惠生《行纪》事多不尽录，今依《道荣传》《宋云家纪》，故并载之，以备缺文。"③《资治通鉴》卷一四八："（梁武帝天监十七年）冬十月……魏胡太后遣使者宋云与比丘惠生如西域求佛经。"同书卷一四九："（梁武帝普通三年）春正月……魏宋云与惠生自洛阳西行四千里，至赤岭，乃出魏境，又西行，再期，至乾罗国而还。二月，达洛阳，得佛经一百七十部。"④就《洛阳伽蓝记》卷五"（嚈哒国国王）见大魏使人，再拜跪受诏书"和"（乌场国）国王见宋云，云大魏使来，膜拜受诏书"云云来看，宋云确为负责此次西域求经事宜的北魏使者。杨衔之所据《宋云家纪》，今散佚不存，当为宋云记录取经经历及异域见闻的游记类作品。《旧唐书·经籍志》和《新唐书·艺文志》均著录"宋云撰《魏国已西十一国事》一卷"，《洛阳伽蓝记》卷五所载宋云等西行取经先后经历吐

---

① 参见《晋书》卷九四《隐逸传》，中华书局1974年版，第2453页。
② 《魏书》卷五二《宋繇传》，中华书局1974年版，第1152—1153页。
③ （北魏）杨衔之撰，范祥雍校注：《洛阳伽蓝记校注》，上海古籍出版社1978年版，第251—342页。
④ 《资治通鉴》卷一四八、卷一四九，中华书局1956年版，第4640—4670页。

谷浑、鄯善、于阗、朱驹波、汉盘陀、钵和、嚈哒、波知、赊弥、乌场、乾陀罗等，共计11国，与《旧唐书》等所著录"《魏国已西十一国事》"正相符合，说明宋云取经归来后确有纪行之作传世，但杨衒之所据《宋云家纪》是否即《魏国已西十一国事》，难以详考。《洛阳伽蓝记》卷五所述宋云、惠生一行赴西域取经的经历及见闻，后世称之为《宋云行纪》，该文与《法显传》（又作《佛游天竺记》等）一样，都是反映中古时期中土士人赴西域求经历程的重要文献。从文学的角度看，这些作品都可以看作记述异域风土人情的游记，部分记叙充满神异色彩，且较详尽细致，颇具故事性。值得注意的是，《洛阳伽蓝记》卷五对《道荣传》的引录是直接引用原文，主要用来补充说明一些故事或佛教建筑，所以其中关于宋云等西行取经历程的记述，主要当依据《宋云家纪》。虽然《洛阳伽蓝记》与《宋云家纪》的文本不一定完全相同，杨衒之引录时必然有过改动润色，但作为纪行文字，应该改动不大。所以完全可以依据《洛阳伽蓝记》卷五的相关文字，推断《宋云家纪》的写作特点和文章风格。总体来看，其叙事以西行经历为线索，层次清晰；行文具有明显的骈俪气息，句式整齐，以四言为主。如其中写乌场国："十二月初，入乌场国。北接葱岭，南连天竺，土气和暖，地方数千。民物殷阜，匹临淄之神州；原田膴膴，等咸阳之上土。鞞罗施儿之所，萨埵投身之地，旧俗虽远，土风犹存。"又如写如来投身饲虎处："去王城东南，山行八日，至如来苦行投身饿虎之处。高山巃嵸，危岫入云；嘉木灵芝，丛生其上。林泉婉丽，花彩耀目。"①其他如写"善持山""佛沙伏城"等，也都文笔整饬优美，堪称美文。敦煌宋氏自前凉以来家族兴盛，人才辈出，宋云生平虽难以详考，但其具有较高的文化修养完全在情理之中，《洛阳伽蓝记》卷五记载宋云应对乌场国国王之问时，"具说周、孔、庄、老之德，次序蓬莱山上银阙金堂，神仙圣人并在其上；说管辂善卜，华陀治病，左慈方术，如此之事，分别说之"，国王闻而称善，足以说明宋云学识渊博，应对自如，堪当文化交流的使者。

宋绘，敦煌效谷人，宋显从弟。《北齐书·宋显传》载，宋绘"少勤学，多所博览，好撰述。魏时，张缅《晋书》未入国，绘依准裴松之注《国志》

---

① （北魏）杨衒之撰，范祥雍校注：《洛阳伽蓝记校注》，上海古籍出版社1978年版，第298、299页。

体,注王隐及《中兴书》。又撰《中朝多士传》十卷,《姓系谱录》五十篇。以诸家年历不同,多有纰缪,乃刊正异同,撰《年谱录》,未成"。①敦煌宋氏显名于北齐者,尚有宋游道、宋士素等(《北齐书》卷四七),但均未有作品传世,不复赘述。

(三)张斌、张穆、张显、张湛等出自敦煌张氏

张斌,生平不详。《太平御览》卷九七二引《十六国春秋·前凉录》载:"张斌字洪茂,敦煌人也。作《蒲萄酒赋》,文致甚美。"②据此,则张斌当为前凉时人。

张穆,生平不详。据《晋书·姚兴载记上》,张穆在后秦时任凉州刺史王尚之治中,王尚因罪系狱,张穆与宗敞等上疏讼理。秃发傉檀入据姑臧,宗敞为之举荐凉州名士,称"张穆、边宪,文齐杨、班"(《晋书·秃发傉檀载记》),可见张穆以文才显名当世。南凉败亡,张穆入仕北凉。《晋书·沮渠蒙逊载记》载:"(蒙逊)以敦煌张穆博通经史,才藻清赡,擢拜中书侍郎,委以机密之任。"又载:"循海而西,至盐池,祀西王母寺。寺中有《玄石神图》,命其中书侍郎张穆赋焉,铭之于寺前,遂如金山而归。"③可见其主要活动于后秦、南凉、北凉时期。

张显,生平不详。据《晋书·李歆传》、《资治通鉴》卷一一八等记载,西凉嘉兴三年(419),李歆用刑颇严,又好治宫室,从事中郎张显(一作"张颢")上疏谏曰"凉土三分,势不支久。兼并之本,在于务农;怀远之略,莫如宽简"④云云。此文严可均辑《全晋文》卷一五五收录,题作"《谏用刑过严好治宫室疏》"。严氏依据《太平御览》卷三二二引《三十国春秋》,确定此人名为"张颢"。今按:此人当从《晋书》及《资治通鉴》,名为"张显"。张显其人,又见《北史·张湛传》:"张湛字子然,一字仲玄,燉煌深(渊)泉人也。魏执金吾(张)恭九叶孙,为河西著姓。祖(张)质,仕凉,位金城太守。父(张)显,有远量,武昭王据有西夏,引为功曹,甚器异之。尝称曰:

---

① 《北齐书》卷二十《宋显传》,中华书局1972年版,第271页。
② 《太平御览》卷九七二,中华书局1960年版,第4308页。
③ 《晋书》卷一二九《沮渠蒙逊载记》,中华书局1974年版,第3197页。
④ 《资治通鉴》卷一一八,中华书局1956年版,第3728页。

'吾之臧子原（源）也。'位酒泉太守。"①据此，则张显为北凉名士张湛之父，其为西凉李暠所重，位至酒泉太守，后为李歆从事中郎，李歆为政有失，故上疏劝谏。张显的谏疏言简意赅、指陈时弊、切中要害、句式整齐、感情充沛，足以展示其政治远见和文学修养。

张湛，十六国后期河陇名士。《魏书·张湛传》载：张湛弱冠知名凉土，好学能文。北凉沮渠蒙逊时出任黄门侍郎、兵部尚书。北魏平定凉州，徙居平城，深受司徒崔浩器重礼遇。崔浩注《易》，叙曰："国家西平河右，敦煌张湛、金城宗钦、武威段承根三人，皆儒者，并有俊才，见称于西州。每与余论《易》，余以《左氏传》卦解之，遂相劝为注。故因退朝之余暇，而为之解焉。"张湛至平城，贫而有操。"每岁赠浩诗颂，浩常报答。及浩被诛，湛惧，悉烧之。"②《北史·张湛传》载："（张湛）每赠浩诗颂，多箴规之言。浩亦钦敬其志，每常报答，极推崇之美。"③张湛与崔浩的赠答诗颂，在崔浩国史案发之后为张湛全部焚烧，今均不存。《北史》同传又载，张湛之兄张铣"闲粹有才干"；张铣之孙张通，"博通经史"，为北魏名臣李冲、李彪等所器重；张通之子张彻、张麟、张俭、张凤，"皆传家业，知名于世"，张凤著《五经异同评》十卷，为儒者所称誉。

史籍所载十六国时期有著述传世的敦煌张氏族人，尚有张谘、张资等。《隋书·经籍志》载："《凉记》八卷。记张轨事。伪燕右仆射张谘撰。"④明代屠乔孙等辑《十六国春秋》卷七五《前凉录六》："张谘，敦煌人也。仕张轨为著作郎。撰《凉记》八卷，多记轨事。"⑤《旧唐书·经籍志》《新唐书·艺文志》亦著录"张谘撰《凉记》十卷"。据此，则张谘确有《凉记》八卷或十卷传世，今散佚不存。又，《高僧传》卷二《鸠摩罗什传》载："（后凉）吕光中书监张资，文翰温雅，光甚器之。"⑥《世说新语·言语》"张天锡为凉州刺史"条、"王中郎甚爱张天锡"条，梁刘孝标注两次征引张资《凉州记》。⑦清

---

① 《北史》卷三四《张湛传》，中华书局1974年版，第1265页。
② 《魏书》卷五二《张湛传》，中华书局1974年版，第1153、1154页。
③ 《北史》卷三四《张湛传》，中华书局1974年版，第1265页。
④ 《隋书》卷三三《经籍志》，中华书局1973年版，第963页。
⑤ 《十六国春秋》，文渊阁《四库全书》，台湾商务印书馆1986年版，第463册，第932页。
⑥ （梁）释慧皎撰，汤用彤校注：《高僧传》，中华书局1992年版，第51页。
⑦ 参见余嘉锡：《世说新语笺疏》，上海古籍出版社1993年版，第146、150页。

代张澍辑《续敦煌实录》列张谘、张资入敦煌张氏,并附注云:"张谘仕张轨为著作郎,撰《凉记》八卷,多记轨事。其人系敦煌籍。而《后凉录》有张资,仕光为中书监,不详其籍。要之,(张谘)去光甚远,谘与资定二人也。"又云:"《旧唐·志》张谘作《凉记》,《世说新语注》引张资《凉州记》,资与谘,非即一人也。"①

十六国北朝时期河陇著姓中的汉族著名文士,大致如上所述。客观地讲,这一时期的河陇文士,大多数出身于河陇著姓。其中少有清谈之士,大多以儒学、文赋见长,并且形成了以儒学为指导的文学取向或风格②。从所处地域看,自东而西,主要分布于安定、天水、陇西、金城、武威、敦煌等郡,其中敦煌文士人数最多,西凉李暠称之为"人物敦雅"的海内"名邦",洵非虚誉。

第二节 胡族著姓的文学创作

十六国时期,由于河陇地区整体文化水平的大幅提升,在氐、羌、鲜卑、卢水胡等少数民族中,也出现了一批优秀的作家,其中前秦的苻坚、苻融、苻朗,后秦的姚兴、姚泓,南凉的秃发傉檀,北凉的沮渠蒙逊、沮渠牧犍等,都以汉化修养和文学才华显名当世,史籍称述。

一、略阳氐族苻氏家族的文学创作

根据文献记载,东汉以后,河陇地区的氐族大姓陆续产生,且汉化程度颇深,略阳临渭苻氏尤为突出。十六国时期,苻氏家族名士辈出,文化水准直追汉族士大夫。就文学水平而言,前秦皇帝苻坚就是一位优秀作家。苻坚(338—385),字永固,一名文玉。《晋书·苻坚载记》称他"性至孝,博学多才艺,有经济大志"。苻坚受汉文化影响很深,每与群臣论对,常随口引用典故,并深谙其意蕴;经常亲临太学,问难五经,博士多不能对。史载前秦的文

---

① (清)张澍辑,李鼎文校点:《续敦煌实录》,甘肃人民出版社1985年版,第17页。
② 胡阿祥:《魏晋本土文学地理研究》,南京大学出版社2001年版,第115页。

学活动也十分频繁，汉魏以来由帝王主持的宴饮赋诗的群体创作场面，苻坚在位时也经常出现：前秦甘露元年（晋升平三年，359），苻坚南游霸陵，命群臣赋诗；前秦建元八年（晋咸安二年，372），苻融出为镇东大将军、冀州牧，"坚祖于霸东，奏乐赋诗"；前秦建元十四年（晋太元三年，378），西域大宛献天马千里驹，苻坚"命群臣作《止马诗》而遣之"，"献诗者四百余人"；前秦建元十八年（晋太元七年，382），"享群臣于前殿，乐奏赋诗"。[1]这些诗歌虽然未能留存后世，但以上记载足以说明苻坚及其臣僚确实能够作诗。苻坚的文章，在《晋书》《高僧传》《广弘明集》和一些类书中都有保存，严可均辑《全晋文》卷一五一收录二十篇（含残篇），基本上都是诏、令、书等应用性文字，其中《报慕容垂》堪称佳作。

> 朕以不德，忝承灵命，君临万邦，三十年矣。遐方幽裔，莫不来庭，惟东南一隅，敢违王命。朕爰奋六师，恭行天罚，而玄机不吊，王师败绩。赖卿忠诚之至，辅翼朕躬，社稷之不陨，卿之力也。《诗》云："中心藏之，何日忘之。"方任卿以元相，爵卿以郡侯，庶弘济艰难，敬酬勋烈，何图伯夷忽毁冰操，柳惠倏为淫夫！览表惋然，有惭朝士。卿既不容于本朝，匹马而投命，朕则宠卿以将位，礼卿以上宾，任同旧臣，爵齐勋辅，歃血断金，披心相付。谓卿食椹怀音，保之偕老。岂意畜水覆舟，养兽反害，悔之噬脐，将何所及！诞言骇众，夸拟非常，周武之事，岂卿庸人所可论哉！失笼之鸟，非罗所羁；脱网之鲸，岂罟所制！翘陆任怀，何须闻也。念卿垂老，老而为贼，生为叛臣，死为逆鬼，侏张幽显，布毒存亡，中原士女，何痛如之！朕之历运兴丧，岂复由卿！但长乐、平原以未立之年，遇卿于两都，虑其经略未称朕心，所恨者此焉而已。[2]

据《晋书·慕容垂载记》，此文作于晋孝武帝太元九年，时慕容垂率丁零、乌丸之众围攻苻丕于邺城，并上表苻坚，坚报曰云云。文章对慕容垂的指斥批驳一气呵成，痛快淋漓，又引经据典，文辞整饬，且不乏骈句，显示出较高的文学修养。此外，《与僧朗书》《报王猛》《报苻融》等作品，也较有文

---

[1] 参见《晋书》卷一一三、卷一一四《苻坚载记》，中华书局1974年版，第2883—2929页。
[2] 《晋书》卷一二三《慕容垂载记》，中华书局1974年版，第3084—3085页。

采。苻坚的兄弟苻融（？—383），堪称才华横溢的氐族作家。《晋书·苻坚载记》附《苻融传》载，苻融字博休，"聪辩明慧，下笔成章，至于谈玄论道，虽道安无以出之。耳闻则诵，过目不忘，时人拟之王粲。尝著《浮图赋》，壮丽清赡，世咸珍之。未有升高不赋，临丧不诔，朱肜、赵整等推其妙速"。苻融喜欢用《易经》断狱，说明他深谙儒家经典，受汉文化影响很深。[1]其作品大多散佚，现在可以考知的诗只有一首，即《企喻歌》四曲的最后一曲，《乐府诗集》卷二五《横吹曲辞五》引《古今乐录》说："最后'男儿可怜虫'一曲，是苻融诗，本云'深山解谷口，把（白）骨无人收'。"此诗五言四句，写战争给男子带来的灾难："男儿可怜虫，出门怀死忧。尸丧狭谷中，白骨无人收。"[2]虽然质直少文，但格调悲壮，与汉乐府名篇《战城南》相比，亦不逊色。苻融的散文也仅存《上疏谏用慕容晖等》一篇：

> 臣闻东胡在燕，历数弥久，逮于石乱，遂据华夏，跨有六州，南面称帝。陛下爰命六师，大举征讨，劳卒频年，勤而后获，非慕义怀德归化。而今父子兄弟列官满朝，执权履职，势倾劳旧，陛下亲而幸之。臣愚以为猛兽不可养，狼子野心。往年星异，灾起于燕，愿少留意，以思天戒。臣据可言之地，不容默已。《诗》曰："兄弟急难"，"朋友好合"。昔刘向以肺腑之亲，尚能极言，况于臣乎！[3]

据《资治通鉴》卷一百三，苻融此次上疏在晋孝武帝宁康元年（373），时前秦太史令张孟依据天象，劝苻坚诛杀鲜卑慕容晖及其子弟，苻坚不纳，苻融闻之，上疏于苻坚云云。文章据事说理，层层深入；引经据典，恰切到位；语言简洁整饬，骈偶倾向明显，体现出较高的文学水平。

前秦苻氏家族最有代表性的文学家是苻朗，此人也是著名的氐族思想家。苻朗（？—389），字元达，苻坚从兄之子。《晋书·苻坚载记下》附《苻朗传》云："（苻朗）性宏达，神气爽迈，幼怀远操，不屑时荣。……及为方伯（按：镇东将军、青州刺史），有若素士，耽玩经籍，手不释卷，每谈虚语玄，

---

[1] 参见《晋书》卷一一四《苻坚载记下》，中华书局1974年版，第2933—2936页。
[2] （宋）郭茂倩编：《乐府诗集》，中华书局1979年版，第362、363页。
[3] 《晋书》卷一一三《苻坚载记上》，中华书局1974年版，第2896页。

不觉日之将夕；登山涉水，不知老之将至。"淝水之战后，苻朗投降东晋。"超然自得，志陵万物"，以善识味知名。数年后，为权臣王国宝潛而杀之。① 其《临终诗》以嵇康自许，慨叹自己虽怀箕山之志，但遭奸人陷害殒命东市，是典型的东晋玄言诗②：

> 四大起何因，聚散无穷已。既过一生中，又入一死理。冥心乘和畅，未觉有终始。如何箕山夫，奄焉处东市。旷此百年期，远同嵇叔子。命也归自天，委化任冥纪。

全诗充满着作者寄心无极而又自悲身灭的复杂心情，真实地展示了作者临终时的内心世界。他虽然服膺佛学，但又无法摆脱对生命的眷恋；可以在理论上超脱生死、逍遥物外，但面对现实生活的不幸遭遇，又难免深感哀痛，自怜自叹。此诗表面上只写作者个人的无罪罹难，但也昭示了高蹈名士的共同悲剧，客观上也暴露了当时社会政治的残酷和黑暗。史载苻朗著《苻子》数十篇（一说十余篇）行于世，"亦《老》《庄》之流"。《苻子》一书的大部分内容已经散佚，严可均《全晋文》卷一五二辑录佚文八十一条。该书是"苻朗思想、人生观的记录，文体属于战国时期的诸子体。以自己为主人公，性质上同于《列子》，思想上属于道家"③。就今存佚文看，此书主要采用寓言体和格言体两种形式。寓言体继承了《庄子》的文风。如《齐景公好马》比喻求贤不得之弊，《东海有鳌》比喻群起劳形之失。这些故事富有趣味，短小隽永，饱含哲理。格言体受《老子》影响，如："不安其昧，而乐其明也，是犹飞蛾去暗，赴灯而死者也。"(《艺文类聚》卷九七、《太平御览》卷八百七十等引) 又如："水生于石，未有居山而溺者；火生于木，未有抱树而焦者。"(《太平御览》卷五一、卷九五二引) 这些格言大多没有人物对话和情境描写，而是运用朴素凝练的语言，揭示深刻的哲理。④ 总体来看，《苻子》文笔浅淡流畅，语言生动形象，构思奇妙精巧，行文从容自若，当属今存十六国散文中的精品。

苻坚、苻融、苻朗之外，苻氏其他成员也有文学作品流传。如苻洪《谏杀

---

① 参见《晋书》卷一一四《苻坚载记下》附《苻朗传》，中华书局1974年版，第2936—2937页。
② 胡阿祥：《魏晋本土文学地理研究》，南京大学出版社2001年版，第116页。
③ 周建江：《北朝文学史》，中国社会科学出版社1997年版，第48页。
④ 参见翟云：《前秦苻氏家族文学简论》，《甘肃理论学刊》2010年第3期。

朱轨》、苻健《下书求贤》、苻生《下书用峻刑极罚》、苻丕《下书攻慕容永》、苻登《告苻坚神主》、苻庾《与慕容垂皇甫真书》等,大都质朴简洁而又不乏文采,并且体现出一定的民族特点与个体风格。其中苻洪的《谏杀朱轨》也是前秦散文中的名篇：

> 臣闻圣主之驭天下也,土阶三尺,茅茨不翦,食不累味,刑措而不用。亡君之驭海内也,倾宫琼榭,象箸玉杯,截胫剖心,脯贤刳孕,故其亡也忽焉。今襄国、邺宫足康帝宇,长安、洛阳何为者哉? 盘于游田,耽于女德,三代之亡,恒必由此。而忽为猎车千乘,养兽万里,夺人妻女,十万盈宫。尚书朱轨,纳言大臣,以道路不修,将加酷法,此自陛下政之失和,阴阳灾沴,暴降霖雨七旬,霁方二日,纵有鬼兵百万,尚未及修之,而况人乎! 刑政如此,其如史笔何! 其如四海何! 特愿止作徒,休宫女,赦朱轨,允众望。①

文章先将"圣主""亡君"治国理政的不同做法进行对比,然后紧密结合后赵的国情和现实,从当前政事之失（游猎无度、耽于女色、刑法严酷、民怨沸腾）入手,极力为朱轨辩冤,认为暴雨连绵、道路不修的根本原因在于政事失和、天怒人怨,非朱轨一人之过。最后直接表达作者此次上书的意图:"止作徒,休宫女,赦朱轨,允众望。"文末"刑政如此,其如史笔何! 其如四海何"数句,义正词严,铿锵有力,震撼人心,苻洪的形象气质亦跃然纸上。苻洪虽为陇右氐族豪酋,但其悲天悯人的情怀实如三国时曹操等乱世雄杰,其文质直豪放,亦颇同魏武帝之文风。

总之,前秦苻氏家族虽为戎狄异类,但在十六国时期民族融合的历史大潮中,能够主动顺应历史发展的趋势,在不断汉化的同时,积极从事文学创作,不仅出现了苻坚、苻融、苻朗等比较有名的作家,而且留下了数量可观的作品,堪称名实相符的文学家族。苻氏家族虽然没有实现一统华夏的梦想,但其家族文学创作成就,无疑为当时多元一体的河陇文学增添了新的成分、新的色彩。这表明河陇文学发展到十六国时期,又加入了一支生力军——少数民族的

---

① 《晋书》卷一百六《石季龙载记上》,中华书局1974年版,第2778页;又见于《十六国春秋》卷十七。

能诗能文之士，这是河陇地区出现的新的文学生长点。①

二、南安羌族姚氏家族的文学创作

与前秦苻氏一样，十六国时期的南安赤亭（今甘肃陇西县东南）羌族姚氏，不仅建立了后秦政权，而且汉化程度也较高，出现了一些比较优秀的作家，其中姚兴、姚泓等人文学成就较高。据《晋书·姚兴载记》，姚兴早年为太子镇守长安时，"与其中舍人梁喜、洗马范勖等讲论经籍，不以兵难废业"；即位之后，又优礼天水姜龛、东平淳于岐、冯翊郭高等硕德名儒，诸生赴长安求学者达万数千人；政事之余，经常与名儒讲论道艺，错综名理，于是后秦儒风复盛。姚兴还非常尊崇佛教，经常与鸠摩罗什等佛教高僧讲经说法，翻译佛经，"沙门自远而至者五千余人"，"州郡化之，事佛者十室而九矣"。姚兴之子姚泓虽为亡国之君，但"博学善谈论，尤好诗咏"。史载"尚书王尚、黄门郎段章、尚书郎富允文以儒术侍讲，胡义周、夏侯稚以文章游集"。姚泓还"受经于博士淳于岐。岐病，泓亲诣省疾，拜于床下。自是公侯见师傅皆拜焉"。今存姚兴的作品，严可均《全晋文》卷一五三辑录十六篇，除了诏、令等一些处理军国政务的实用性文字外，主要是保存在《高僧传》《弘明集》和《广弘明集》中的一些探讨佛理、互相存问的文字和书信，如《下书僧䂮等》《下书道恒道标》《致书鸠摩罗什僧䂮》《又下书与僧䂮等》《与弟安成侯嵩述佛义书》《答安成侯嵩难述佛义书》《重答安成侯嵩》《遗僧朗书》《遗释慧远书》《通三世论谘鸠摩罗什》等。其中有些作品情辞委婉，颇具文采，如《下书道恒道标》（又作《与恒标二公劝罢道书》）：

> 卿等乐道体闲，服膺法门。皎然之操义，诚在可嘉。但朕临四海，治必须才，方欲招肥遁于山林，搜沉滞于屠肆。况卿等周旋笃旧，朕所知尽。各抱干时之能，而潜独善之地，此岂朕求贤之至情？卿等兼弘深趣

---

① 参见胡阿祥：《魏晋本土文学地理研究》，南京大学出版社2001年版，第116页；翟云：《前秦苻氏家族文学简论》，《甘肃理论学刊》2010年第3期。

耶？昔人有言：国有骥而不乘，方惶惶而更索。是之谓也。今敕尚书令显便夺卿等二乘之福心，由卿清名之容室，赞时益世，岂不大哉！苟心存道味，宁系白黑，望体此怀，不可以守节为辞。①

又如《与朗法师书》：

皇帝敬问太（泰）山朗和尚，勤神履道，飞声映世，休闻远振，常无已已。朕京西夏，思济大猷。今关未平，事唯左右。已命元戎，克宁伊洛。冀因斯会，东封巡省。凭灵伏威，须见指授。今遣使者送金浮图三级、经一部、宝台一区，庶望玄鉴，照朕意焉。②

不论是请道恒、道标等还俗理政，还是派遣使者慰问泰山僧朗，姚兴对佛教僧徒都表现出由衷的敬仰和期许，行文也简约委婉，体现出较高的文化修养。姚泓之作仅存《下书复死事士卒》的残句，难窥全貌。值得一提的是，据《史通》卷十二《古今正史》等记载，后秦灭亡后，姚泓从弟姚和都归附北魏，仕魏为左民尚书，追撰《秦纪》十卷，该书《隋书·经籍志》亦有著录，汤球辑《三十国春秋》录其佚文九则③。其中《太平御览》卷三六二所引《秦记》中的一段文字，内容主要为姚泓论析"名"与"字"的区别以及古人取名择字的原则，可以视为一篇比较完整的《名字论》，也是今存姚泓比较完整的作品（此文严可均《全晋文》失收），从中可见姚泓熟悉儒学经典，具备较高的文化素养。《魏书》卷四八《高允传》载，北魏中书博士索敞与侍郎傅默、梁祚等人讨论名字贵贱，著议纷纭，高允著《名字论》以释其惑，但高允、索敞等人所撰文章今俱不存，而姚泓与高允等人基本同时，所以通过姚泓的《名字论》，也可以适当推测北魏初年关于"名字贵贱"论争的大致内容。

总之，南安赤亭羌族姚氏在十六国时期虽然不及氐族苻氏显赫，但也建立了后秦政权，姚兴、姚泓等人都尊崇儒学，汉文化修养普遍较高，整体上也推

---

① （梁）释僧祐编，刘立夫、魏建中、胡勇译注：《弘明集》卷十一，中华书局2013年版，第761、762页。
② （唐）释道宣编：《广弘明集》卷二十八上，《四部丛刊》初编子部，上海涵芬楼影印明汪道昆本。
③ 参见（清）汤球辑，吴振清校注：《三十国春秋辑本》，天津古籍出版社2009年版，第217—223页。

动了当时河陇文化与文学的发展，在十六国文学史上留下了属于自己的篇章。

三、河西鲜卑秃发氏的汉化与文学修养

与氐族苻氏、羌族姚氏等少数民族著姓一样，十六国时期建立了南凉政权的河西鲜卑秃发氏，也在民族融合的历史大潮中脱颖而出，不仅组建了割据政权，而且家族成员汉化修养较高，也出现了比较优秀的作家。据《十六国春秋·南凉录》记载："秃发傉檀子（秃发）归，年十三，命为《高昌殿赋》，援笔即成，影不移漏，傉檀览而异之，拟之曹子建。"①根据史书记载，南凉政权的建立者秃发氏是由塞北迁徙而来的鲜卑族游牧部落，本身的文化素养很低，曾经视"文章学艺为无用之条"，但在河陇文士的熏陶下，其后也逐渐接受了汉文化的影响。史载秃发利鹿孤接受祠部郎中史暠的建议，"以田玄冲、赵诞为博士祭酒"，建学校以教胄子。②至秃发傉檀即位，文化素养更高。据《晋书·秃发傉檀载记》记载，后秦姚兴以傉檀外有阳武之败，内有边、梁之乱，遣其尚书郎韦宗刺探虚实，"傉檀与宗论六国从横之规，三家战争之略，远言天命废兴，近陈人事成败，机变无穷，辞致清辩"。韦宗出而叹曰："命世大才、经纶名教者，不必华宗夏士；拨烦理乱、澄气济世者，亦未必《八索》《九丘》。《五经》之外，冠冕之表，复自有人。车骑（即秃发傉檀）神机秀发，信一代之伟人，由余、日䃅岂足为多也！"傉檀兴盛之时，南凉聚集了一批著名文士，其中张穆、边宪，号称"文齐扬（雄）班（固）"，其尊崇礼遇的河陇名士宗敞也被姚兴等誉为"西方之英俊"。③正因为鲜卑秃发氏自利鹿孤以来，"建学校，开庠序，选耆德硕儒以训胄子"，所以秃发归之少年早成，文采英发，完全在情理之中。这既说明了河西浓郁的学风对少数民族的影响，也从一个方面表明了十六国时期河陇地区文学水平的总体提升。④

南凉因秃发傉檀穷兵黩武而灭亡后，傉檀之子秃发破羌自西平乐都投奔北魏，拓跋焘素闻其名，器其机辩，赐爵西平侯，并赐姓"源氏"，赐名为

---

① 转引自《太平御览》卷六百、卷六百二，中华书局1960年版，第2701、2711页。
② 参见《晋书》卷一二六《秃发利鹿孤载记》，中华书局1974年版，第3146页。
③ 参见《晋书》卷一二六《秃发傉檀载记》，中华书局1974年版，第3147—3158页。
④ 参见胡阿祥：《魏晋时期河西地区本土文学述论》，《洛阳大学学报》2002年第3期。

"贺"。史载源贺在北魏翼戴高宗，庭抑禅让，稳定边疆，功勋卓著。值得注意的是，源贺不仅以"武节"名世，而且有著述传世。《魏书》本传载，源贺曾"依古今兵法及先儒耆旧之说，略采至要，为《十二阵图》以上之"。《魏书·赵柔传》又载："陇西王源贺采佛经幽旨，作《祇洹精舍图偈》六卷，（赵）柔为之注解，咸得理衷，为当时俊僧所钦味焉。"①以上两书，《隋书·经籍志》等不见著录，当亡佚较早。源贺之后，其子孙虽然仍以军功显贵，但由于受河陇学风的影响，深染儒风，明习律礼。史载源怀"雅善音律"，于北魏孝文帝太和年间参议律令（《魏书·源贺传》附《源怀传》）；源彪为北齐名臣，周武帝平北齐，诏敕北齐十八文士随驾入京（长安），源彪即为其一；源师好学知礼，于北齐后主时有雩祭之请，以致权臣高阿那肱不再视其为鲜卑贵族，而讥其为"多事汉儿"（参《北齐书·源彪传》及《北史·源贺传》附《源师传》等）。正因为这样，陈寅恪先生说："源氏虽出河西戎类，然其家世深染汉化，源怀之参议律令尤可注意，观高阿那肱之斥源师为汉儿一事，可证北朝胡汉之分，不在种族，而在文化，其事彰彰甚明。"②总之，河西鲜卑秃发氏受汉族文士的影响，在十六国及北朝，深慕华风，人才辈出，表现出生生不息的生命力。出自该家族的优秀作家虽然较少，但作为汉化程度较高的少数民族著姓，该家族对河陇地域文化的传承发展也做出了重要贡献。尤其在北魏国史案发，受崔浩牵连，河陇文士遭受严重打击之后，源贺及其子孙继续秉承河陇文化传统，对北魏鲜卑文化的转型产生了不可忽视的影响。

四、张掖卢水胡沮渠氏的汉化与文学创作

十六国时期河陇地区汉化程度较高的少数民族著姓，还有北凉政权的建立者张掖临松卢水胡沮渠氏。据《晋书·沮渠蒙逊载记》及《宋书·氐胡传》等，临松卢水胡为匈奴支裔，沮渠氏世居卢水为酋豪。由于世居河西，前凉以来深染华风，所以汉化程度较深。史载沮渠蒙逊"博涉群史，颇晓天文"。北凉建立后，沮渠蒙逊广纳贤才，尤其重视汉族文士。史载其攻克南凉姑臧，

---

① 《魏书》卷五二《赵柔传》，中华书局1974年版，第1162页。
② 陈寅恪：《隋唐制度渊源略论稿》，中华书局1963年版，第41页。

"以敦煌张穆博通经史,才藻清赡,擢拜中书侍郎,委以机密之任";攻克西凉酒泉后,对西凉旧臣宋繇、刘昞等"皆随才擢叙"。其他如敦煌张湛、阚骃、索敞,金城宗钦、宗舒、赵柔,广平程骏、程弘等,皆深蒙礼遇。沮渠蒙逊还酷爱典籍,史载其拜阚骃为秘书考课郎中,"给文吏三十人,典校经籍,刊定诸子三千余卷"①。宋文帝元嘉三年(426),蒙逊遣使诣宋,"请《周易》及子集诸书,太祖并赐之,合四百七十五卷","又就司徒王弘求《搜神记》,弘写与之"。②严可均《全宋文》卷六一辑录沮渠蒙逊的表、疏、书、令等文章共十篇,其中《上晋安帝表》《上魏太武帝表》《下书伐秃发傉檀》等为代表作品。这些作品虽然也有可能出自其僚属之手,但作为五凉时期杰出的政治家,沮渠蒙逊的政治意图及文学观念,在这些作品中也得到充分的体现。《上晋安帝表》作于东晋义熙十一年(415)五月(参《资治通鉴》卷一一七),时晋益州刺史朱龄石遣使来聘,蒙逊遣舍人黄迅报聘并上表,其文曰:

> 上天降祸,四海分崩,灵耀拥于南裔,苍生没于丑虏。陛下累圣重光,道迈周、汉,纯风所被,八表宅心。臣虽被发边徼,才非时隽,谬为河右遗黎推为盟主。臣之先人,世荷恩宠,虽历夷险,执义不回,倾首朝阳,乃心王室。去冬益州刺史朱龄石遣使诣臣,始具朝廷休问。承车骑将军刘裕秣马挥戈,以中原为事,可谓天赞大晋,笃生英辅。臣闻少康之兴大夏,光武之复汉业,皆奋剑而起,众无一旅,犹能成配天之功,著《车攻》之咏。陛下据全楚之地,拥荆、扬之锐,而可垂拱晏然,弃二京以资戎虏!若六军北轸,克复有期,臣请率河西戎为晋右翼前驱。③

稽诸史籍,义熙十一年,后秦值姚兴晚年,政局不稳,东晋则刘裕势力正盛,亟欲北伐。沮渠蒙逊审时度势,主动上表称臣,呼吁晋帝北伐,光复二京,实有先见之明。两年后,刘裕即挥师北伐,后秦败亡。文章透露出乱世雄杰在政治博弈中的权变和睿智,行文简洁整饬,凝重典雅。《上魏太武帝表》作于北魏神䴥三年(430)十一月(参《资治通鉴》卷一二一),《魏书·沮渠

---

① 《魏书》卷五二《阚骃传》,中华书局1974年版,第1159页。
② 《宋书》卷九八《氐胡传》,中华书局1974年版,第2415页。
③ 《晋书》卷一二九《沮渠蒙逊载记》,中华书局1974年版,第3196—3197页。

蒙逊传》载，本年蒙逊遣宗舒、高猛等入使朝贡并上表，文章具有明显的骈俪倾向，行文以四、六句为主，整齐流畅，隶事用典，委婉典雅，自始至终流露出对北魏太武帝的颂美赞誉之意，如开头云："伏惟陛下天纵睿圣，德超百王，陶育齐于二仪，洪基隆于三代。"末尾又云："臣历观符瑞，候察天时，未有过于皇魏，逾于陛下。加以灵启圣姿，幼登天位，美咏侔于成康，道化逾于文景。方将振神纲以掩六合，洒玄泽以润八荒。况在秦陇荼炭之余，直是老臣尽效之会。"①史载北魏于次年即遣使册封沮渠蒙逊为凉王，其册命之辞，出自崔浩之手，说明北凉文风雅盛，北魏于双方辞令往来，尤为属意。《下书伐秃发傉檀》作于晋安帝义熙九年，其文曰：

  古先哲王应期拨乱者，莫不经略八表，然后光阐纯风。孤虽智非靖难，职在济时，而狡虏傉檀鸱峙旧京，毒加夷夏。东苑之戮，酷甚长平；边城之祸，害深猃狁。每念苍生之无辜，是以不遑启处，身疲甲胄，体倦风尘。虽倾其巢穴，傉檀犹未授首。傉檀弟文支追项伯归汉之义，据彼重藩，请为臣妾。自西平已南，连城继顺。惟傉檀穷兽，守死乐都。四支既落，命岂久全！五纬之会已应，清一之期无赊，方散马金山，黎元永逸。可露布远近，咸使闻知。②

  蒙逊在文中以拨乱反正、济时靖难自许，称秃发傉檀"毒加夷夏"，所以自己顺天应时，下令清剿南凉余部，文章义正词严，铿锵有力，最能体现蒙逊作为乱世雄杰的气韵风度。值得注意的是，史载沮渠蒙逊曾与刘昞论及才性问题，并以仲尼之所以为"圣人"为例，谈论他对名实关系的看法，说明他善谈玄理。③

  沮渠蒙逊卒后，其子沮渠牧犍继立，亦好文学，继续尊礼儒生文士。史载宋文帝元嘉十四年，沮渠牧犍遣使诣宋，"献《周生子》十三卷，《时务论》十二卷，《三国总略》二十卷，《俗问》十一卷，《十三州志》十卷，《文检》六卷，《四科传》四卷，《敦煌实录》十卷，《凉书》十卷，《汉皇德传》

---

① 《魏书》卷九九《沮渠蒙逊传》，中华书局1974年版，第2204、2205页。
② 《晋书》卷一二九《沮渠蒙逊载记》，中华书局1974年版，第3195—3196页。
③ 沮渠蒙逊与刘昞的谈论，见汤球《十六国春秋辑补》卷九六《北凉录》。赵向群对此有详论，参见赵向群：《五凉史探》，甘肃人民出版社1996年版，第281页。

二十五卷,《亡典》七卷,《魏驳》九卷,《谢艾集》八卷,《古今字》二卷,《乘丘先生》三卷,《周髀》一卷,《皇帝王历三合纪》一卷,《赵畋传》并《甲寅元历》一卷,《孔子赞》一卷,合一百五十四卷";并求"晋、赵《起居注》诸杂书数十件",刘宋并与之。①北凉与刘宋的这次文化交流,应该是典籍所载五凉时期规模最大的一次南北文化交流,也是对自后汉以来河陇地域文化发展成果的一次比较全面的展示。沮渠牧犍即位后对河陇文士的尊崇以及对文教事业的重视,于此可见一斑。《资治通鉴》卷一二三曰:"凉州自张氏以来,号为多士。沮渠牧犍尤喜文学,以敦煌阚骃为姑臧太守,张湛为兵部尚书,刘昞、索敞、阴兴为国师、助教,金城宋(宗)钦为世子洗马,赵柔为金部郎,广平程骏、骏从弟弘为世子侍讲。"②就《魏书·刘昞传》《阚骃传》等的记载看,沮渠牧犍在位时,由于南凉、西凉已经灭亡,河西一带相对稳定,所以文化事业更为繁荣,可以说达到了整个五凉时期的顶峰,元嘉十四年北凉与刘宋的文化交流,其实也是河陇文化长期发展积淀的必然结果。元嘉十六年亦即北魏太延五年,北魏平定凉州,徙沮渠牧犍宗族及吏民三万余户于平城,河陇地区的文化精英大部分背井离乡,流离迁徙,五凉时期河陇地域文化与文学的繁荣局面也戛然而止,河陇地域文学地图也由此而改写。由于在位时间较短,沮渠牧犍的传世之作较少,严可均《全宋文》卷六一据《宋书·氐胡传》辑录其《袭位上表》一篇,文章主要颂扬沮渠蒙逊克平祸乱、统一河西的功德,并根据谥法,拟上谥号为"武宣王",表请刘宋王朝批准认同。文辞典雅,与汉族文士之作相比,毫不逊色。

总之,自前凉张氏以来,十六国时期河陇地区的历代割据政权,基本上都能崇儒兴学,选贤任能,作为文化传承和文学创作主体的河陇世族,在这一时期得到了全方位的发展,河陇文化也取得了前所未有的繁荣和备受史家称道的成就。在多元并存、融通互补、趋同一体的历史文化背景下,以略阳氐族苻氏、南安羌族姚氏、河西鲜卑秃发氏、张掖卢水胡沮渠氏等为代表的少数民族著姓,不仅积极弘扬中华传统文化,大大促进了西北边疆各民族的族际融合与文化认同,而且积极从事文学创作,抒怀言志,为十六国时期多元一体的河陇

---

① 《宋书》卷九八《氐胡传》,中华书局1974年版,第2416页。
② 《资治通鉴》卷一二三,中华书局1956年版,第3877页。

文学增添了新的成分、新的色彩和新的文学生长点。其诗文著述，流传至今，堪称不朽。

第三节　其他文士的文学创作

　　根据文献记载，十六国北朝时期，河陇地区还有一批影响较大，但并不属于世族著姓的文士或儒生，如谢艾、王嘉、赵整、祈嘉、郭瑀、刘昞、阴兴、阚骃、赵㽔、邓渊、梁祚、牛弘以及流寓河陇的广平程骏、河内常爽、陈留江强等，对河陇文学文化的发展与繁荣也做出了重要贡献。兹据文献记载，略述如下。

　　谢艾，前凉文士，籍贯不详。生平事迹见《晋书·张轨传》附《张重华传》。史载其"兼资文武，明识兵略"，精《春秋》之义。《宋书·氐胡传》载，宋文帝元嘉十四年，北凉沮渠茂虔遣使奉献方物及书籍，其中有"《谢艾集》八卷"。《隋书·经籍志》著录"张重华酒泉太守《谢艾集》七卷"。其作今存零星佚文。《文心雕龙·熔裁》评价谢艾"可谓练熔裁而晓繁略矣"，说明谢艾的作品在南朝有一定的影响，刘勰的评价是以北凉所献《谢艾集》为依据。

　　王嘉、赵整是前秦著名文士。据《晋书·王嘉传》，王嘉"字子年，陇西安阳人"。早年隐于东阳谷，"弟子受业者数百人"。史载其作有《牵三歌谶》，累世传之；又著《拾遗录》十卷，记事多诡怪，行于世。[①]据萧绮《〈拾遗记〉序》，王嘉《拾遗记》原为十九卷二百二十篇，前秦末年，经战乱佚阙，萧绮掇拾残文，补为十卷，并为之作"录"，即论赞。此书文字绮丽，辞藻丰茂，内容夸诞，富有文学色彩。从文体特征看，这是一部兼具杂史杂传与地理博物两种文体的典型的志怪小说，在中国古代小说发展史上是一个独特的存在，也体现了十六国时期河陇文学创作的新成就。[②]

---

　　① 参见《晋书》卷九五《艺术传》，中华书局1974年版，第2496、2497页。
　　② 参见王兴芬：《杂史杂传为体，地理博物为用——论〈拾遗记〉的文体特征》，《西北师大学报》（社会科学版）2009年第3期。

赵整，又作"赵正"，字文业，生卒年不详。《高僧传》卷一《昙摩难提传》附有《赵正传》，对其生平略有载述。关于赵整的籍贯，《高僧传》卷一云"洛阳清水人，或曰济阴人"，《资治通鉴》卷一百三称他为"略阳赵整"，今从《资治通鉴》，赵整当为秦汉以来天水赵氏之后裔。前秦苻坚时，赵整历任著作郎、黄门侍郎、武威太守等职，参与修撰前秦国史。及苻坚败亡，赵整隐居商洛山，出家，更名道整。晚年致力于前秦历史的撰述，未成而卒。①《资治通鉴》卷一百三称赵整"博闻强记，能属文"。史载苻坚在位时，赵整常作诗讽谏，作品今存《酒德歌》《讽谏诗》《谏歌》《琴歌》《出家更名颂》等。其《琴歌》中"阿得脂，阿得脂，博劳旧父是仇绥，尾长翼短不能飞"数语，不易理解，疑杂氐语。从史籍记载看，赵整不但能诗能文，而且参撰国史，并积极协助道安等高僧在长安翻译佛经，有多方面的学术贡献。

十六国北朝时期，河陇地区还有一批著名的儒生，也有著述或文学作品传世。其中影响较大的有祈嘉、郭瑀、刘昞、阚骃、赵㲽、邓渊、梁祚、牛弘等。

祈嘉，字孔宾，酒泉人。十六国时期前凉儒生。《晋书·隐逸传》载，其早年清贫，但好学。年二十余，西至敦煌，依学官诵书，遂博通经传，精究大义。西游海渚，教授门生百余人。前凉张重华征为儒林祭酒。"性和裕，教授不倦，依《孝经》作《二九神经》。"在朝卿士、郡县守令彭和正等受业者二千余人。②

郭瑀，字元瑜，敦煌人。十六国时期河西地区著名儒生。《晋书·隐逸传》载："（瑀）少有超俗之操，东游张掖，师事郭荷，尽传其业。精通经义，雅辩谈论，多才艺，善属文。"后"隐于临松薤谷，凿石窟而居，服柏实以轻身，作《春秋墨说》《孝经错纬》，弟子著录千余人"。前凉张天赐、前秦苻坚都重其声名，遣使征召，不至。前秦末年，略阳王穆起兵酒泉，以应前凉后裔张大豫，遣使招郭瑀，瑀与敦煌索嘏起兵五千，响应王穆。其后王穆惑于

---

① 《史通》卷十二《古今正史》载："先是，秦秘书郎赵整参撰国史，值秦灭，隐于商洛山，著书不辍，有冯翊车频助其经费。整卒，（吉）翰乃启频纂成其书。"参见（唐）刘知幾撰，（清）浦起龙释：《史通通释》，上海古籍出版社1978年版，第359页。

② 参见《晋书》卷九四《隐逸传》，中华书局1974年版，第2456页。

逸间，西伐索嘏，郭瑀劝谏不从，"遂还酒泉南山赤崖阁，饮气而卒"。①郭瑀之师略阳郭荷，《晋书》卷九四亦有传。史载其六世祖郭整为后汉儒生，"自整及荷，世以经学致位"。②郭瑀弟子刘昞、刘昞弟子索敞、程骏等也是十六国时期河西名儒。

刘昞是十六国时期河陇地区影响最大、成就最高的儒生。《魏书·刘昞传》载，刘昞字延明，敦煌人。"父宝，字子玉，以儒学称。昞年十四，就博士郭瑀学。""后隐居酒泉，不应州郡之命，弟子受业者五百余人。李暠私署，征为儒林祭酒、从事中郎。"史载其虽有政务，手不释卷，"以三史文繁，著《略记》百三十篇、八十四卷，《凉书》十卷，《敦煌实录》二十卷，《方言》三卷，《靖恭堂铭》一卷，注《周易》《韩子》《人物志》《黄石公三略》，并行于世"。北凉平定酒泉，拜为秘书郎，专管注记，后尊为国师，深受礼遇。③刘昞所著《略记》《凉书》《方言》《靖恭堂铭》《酒泉铭》等早已散佚。《敦煌实录》也已散佚，仅存零星佚文，清人张澍《续敦煌实录》辑得十七条。诸书注除《人物志注》完整保留下来、《周易注》在《经典释文》中保存了一条外，其余均亡佚不存。刘昞著述甚丰，但只有《人物志注》流传至今。《四库全书总目提要》称："昞注不涉训诂，惟疏通大意，而文词简古，犹有魏晋之遗。"④陈寅恪《隋唐制度渊源略论》也说："刘昞之注《人物志》，乃承曹魏才性之说者，此亦当日中州绝响之谈也。若非河西保存其说，则今日亦无以窥见其一斑矣。"⑤刘昞的《酒泉铭》，《北史·文苑传序》等评价甚高，堪称十六国文坛的名篇。《晋书·凉武昭王李玄盛传》载："玄盛既迁酒泉，乃敦劝稼穑。群僚以年谷频登，百姓乐业，请勒铭酒泉，玄盛许之。于是使儒林祭酒刘彦（延）明为文，刻石颂德。"⑥此文即是西凉迁都酒泉后的颂功之作。刘昞为当时河西硕儒，《北史》等称誉此文"清典"，应该也是客观公允的评价。惜其早已亡佚，难窥全貌。总之，刘昞及其著作，进一步提升了河陇文化和文学的实力和水准，使区区河陇一隅可与中原地区比肩抗衡。

---

① 参见《晋书》卷九四《隐逸传》，中华书局1974年版，第2454、2455页。
② 参见《晋书》卷九四《隐逸传》，中华书局1974年版，第2454页。
③ 参见《魏书》卷五二《刘昞传》，中华书局1974年版，第1160、1161页。
④ 《四库全书总目》卷一一七，中华书局1965年版，第1009页。
⑤ 陈寅恪：《隋唐制度渊源略论稿》，中华书局1963年版，第39页。
⑥ 《晋书》卷八七《凉武昭王李玄盛传》，中华书局1974年版，第2264页。

阴兴也是十六国后期的敦煌儒生，其生平难以详考。《魏书·刘昞传》载，北凉沮渠牧犍尊刘昞为国师，"时同郡索敞、阴兴为助教，并以文学见举"，据此，则阴兴与刘昞、索敞同为敦煌人，以文才被征为国师助教。又据《魏书·索敞传》："初，敞在州之日，与乡人阴世隆文才相友。"其中所载"阴世隆"与索敞既为同乡，又以"文才相友"，且"兴"与"隆"意义相近，结合古人取名择字的惯例，"阴兴"就是"阴世隆"。史载北魏平定凉州，阴兴随例徙居平城，曾经沦落为奴。虽困处逆境，但子弟秉承儒风，笃于孝亲，史籍有称。

阚骃，字玄阴，敦煌人。十六国时期北凉著名文士。《魏书·阚骃传》载，阚骃祖父阚倞，有名于西土。其父阚玟（《北史》卷三四作"阚玖"），官至会稽令。骃"博通经传，聪敏过人，三史群言，经目则诵，时人谓之宿读。注王朗《易传》，学者藉以通经。撰《十三州志》，行于世"。北凉沮渠蒙逊"拜秘书考课郎中，给文吏三十人，典校经籍，刊定诸子三千余卷"。沮渠牧犍继位，待之弥重，拜大行，迁尚书。北魏平定北凉，乐平王拓跋丕镇守凉州，引为从事中郎。后徙居京师平城。家甚贫弊，客死他乡。①阚骃所撰《十三州志》，《隋书·经籍志》著录"十卷"，《旧唐书·经籍志》《新唐书·艺文志》均著录"十四卷"。《宋书·氐胡传》载，宋文帝元嘉十四年，北凉遣使进献方物书籍，其中即有"《十三州志》十卷"。此书影响甚大，刘知幾《史通》卷十《杂述》说："地理书者，若朱赣所采，浃于九州；阚骃所书，殚于四国。斯则言皆雅正，事无偏党者矣。"②北魏郦道元《水经注》引用《十三州志》文多达一百余条，其后《史记》三家注以及颜师古注《汉书》、李贤注《后汉书》都引用数十条，唐、宋人所编类书和地理书也多有征引。《十三州志》全书已散佚不存，从书名推断，应该是一部囊括十三州历史沿革的地理总志。后世辑本以清人王谟《重订汉唐地理书钞》和张澍《二酉堂丛书》所辑比较完备，王谟辑录240条，张澍辑录299条，王晶波认为张澍辑本中明显属于误辑者有25条，并增补佚文10条。③关于此书的学术价值，张澍评价甚高："颜师古《汉

---

① 《魏书》卷五二《阚骃传》，中华书局1974年版，第1159、1160页。
② （唐）刘知幾撰，（清）浦起龙释：《史通通释》，上海古籍出版社1978年版，第276页。
③ （清）张澍辑，王晶波校点，刘满审订：《二酉堂丛书史地六种》，甘肃人民出版社1992年版。

书·地理志·注》多引之,其言曰:中古以来,说地理者多矣,或解释经典,或纂(撰)述方志,竞为新异,妄有穿凿,安处附(互)会,颇失其真,今并不录。独有取于阚氏,可知其书之精审。"①此书今存佚文大都比较简短,关于各地历史地理沿革的说明,较少引述传闻,行文比较接近史书风格,严谨质实。如《太平寰宇记》卷一八一所引《十三州志》一节佚文:"婼羌国,滨带南山,西有葱岭。余种或虏或羌,户口甚多。在古不立君臣,无相长一(一作"无相长幼")。强则分种为酋豪,弱则为人附落。更相抄暴,以力为雄,唯杀人偿死,无他禁令。其兵长于山谷,短于平地,不能持久,而果于触突,以战死为吉利,病终为不祥。"②又如《太平寰宇记》卷一五三"沙州"下所引一节:"瓜州之戎为月氏所逐,秦并六国,筑长城,西不过临洮,则秦未有此地。汉武帝后元六年分酒泉之地置敦煌郡,徙边人以实之。应劭云:'敦,大也;煌,盛也。'故以名之。"③《水经注》是成书于北魏的学术名著,郦道元大量征引阚骃《十三州志》,足以说明此书在当时影响甚大,河陇文士的学术水平于此可见一斑。

敦煌赵㪻也是十六国时期河西名儒,史载其擅长历算。《宋书·氐胡传》载:"河西人赵㪻善历算。十四年,茂虔奉表献方物,并献《周生子》十三卷……《赵㪻传》并《甲寅元历》一卷。"④《魏书·律历志上》载:"世祖平凉土,得赵㪻所修《玄始历》,后谓为密,以代《景初》。"又引太乐令公孙崇表曰:"高宗践祚,乃用敦煌赵㪻《甲寅之历》,然其星度,稍为差远。"⑤据此,则赵㪻为敦煌人,其所撰历书,在刘宋、北魏都有流传,并且曾在北魏一度使用,影响甚大。赵㪻著述颇丰,《隋书·经籍志》著录其《河西甲寅元历》一卷、《甲寅元历序》一卷、《七曜历数算经》一卷、《阴阳历术》一卷、《算经》一卷,并附注曰:"凉太史赵㪻撰。"⑥今皆散佚不存。

安定邓渊是最早入仕北魏的河陇文士。《魏书·邓渊传》载:"邓渊,字彦

---

① (清)张澍辑,王晶波校点,刘满审订:《二酉堂丛书史地六种》,甘肃人民出版社1992年版,第3页。又按:张澍此处节引颜师古之语,详参《汉书》卷二八上《地理志上》颜师古注。
② (宋)乐史撰,王文楚等点校:《太平寰宇记》,中华书局2007年版,第3459、3460页。
③ (宋)乐史撰,王文楚等点校:《太平寰宇记》,中华书局2007年版,第2954页。
④ 《宋书》卷九八《氐胡传》,中华书局1974年版,第2416页。
⑤ 《魏书》卷一百七上《律历志上》,中华书局1974年版,第2659、2660页。
⑥ 参见《隋书》卷三四《经籍志》,中华书局1973年版,第1022—1025页。

海,安定人也。祖(邓)羌,苻坚车骑将军。父(邓)翼,河间相。"邓渊"博览经书,长于《易》筮"。拓跋珪平定中原,擢为著作郎。"渊明解制度,多识旧事,与尚书崔玄伯参定朝仪、律令、音乐,及军国文记诏策,多渊所为。"①据《魏书·太祖纪》及《魏书·乐志》等记载,天兴元年(398)冬,"诏尚书吏部郎中邓渊典官制,立爵品,定律吕,协音乐"②。《魏书》本传又载:"太祖诏渊撰《国记》,渊造十余卷,惟次年月起居行事而已,未有体例。"《史通》卷十二《古今正史》也有邓渊修撰北魏《国记》的记载。史载邓渊受和跋案的牵连死于元兴二年(403)七月(参《资治通鉴》卷一一三),田余庆先生认为邓渊之死与修史有关,是触讳致祸。③邓渊之子邓颖,也是北魏前期的著名文士,《魏书》卷二四载:"世祖诏太常崔浩集诸文学,撰述国书,颖与浩弟览等俱参著作事。驾幸漠南,高车莫弗库若干率骑数万余,驱鹿百余万,诣行在所。诏颖为文,铭于漠南,以纪功德。"④据此,则邓渊、邓颖父子都擅长文辞,参与过北魏前期修订制度、撰修国史、刻石铭功等一系列重要活动,惜其著述皆已亡佚,难窥其貌。

北地梁祚也是十六国时期较早归附北魏的河陇儒生。据《魏书·儒林传》,梁祚祖籍北地泥阳(今甘肃宁县)。其父梁劭,于皇始二年(397)归附北魏,拜吏部郎,出为济阳太守。至梁祚时,徙居赵郡(今河北邯郸一带)。史载其"笃志好学,历治诸经,尤善《公羊春秋》、郑氏《易》,常以教授,有儒者风"。梁祚与幽州别驾燕国儒生平恒有旧,其姊又先嫁范阳李氏,遂携家人侨居于蓟(今北京市南)。积十余年,虽羁旅贫窭而著述不辍。后辟为秘书中散,稍迁秘书令。又出为统万镇司马,征为散令。梁祚撰并陈寿《三国志》,名曰《国统》。又作《代都赋》,行于世。太和十二年(488)卒,年八十七。⑤《隋书·经籍志》"杂史"类著录梁祚撰《魏国统》二十卷,《旧唐书·经籍志》《新唐书·艺文志》"编年"类著录梁祚撰《国纪》(一作"《魏书国纪》")十卷,虽然书名、卷数各有不同,但说明梁祚

---

① 《魏书》卷二四《邓渊传》,中华书局1974年版,第634、635页。
② 《魏书》卷二《太祖纪》,中华书局1974年版,第33页。
③ 参见田余庆:《〈代歌〉〈代记〉和北魏国史——国史之狱的史学史考察》,《拓跋史探》,生活·读书·新知三联书店2019年版,第202—231页。
④ 《魏书》卷二四《邓渊传》附《邓颖传》,中华书局1974年版,第635页。
⑤ 参见《魏书》卷八四《儒林·梁祚传》,中华书局1974年版,第1844、1845页。

确有史书传世。就史籍著录推断，此书当是编年体，大约亡佚于宋，《世说新语》刘孝标注、《初学记》《太平御览》等均有征引。今存佚文也都关涉三国时期史事，与《魏书》本传所述相同。《代都赋》一文，亡佚不存。值得注意的是，《魏书·高允传》载："（高）允上《代都赋》，因以规讽，亦《二京》之流也。文多不载。时中书博士索敞与侍郎傅默、梁祚论名字贵贱，著议纷纭。允遂著《名字论》以释其惑，甚有典证。"①据此，则梁祚曾与北魏名儒高允、索敞等都有往来，且著有《名字论》。其所著《代都赋》虽难以详考，但就高允所上《代都赋》推断，也是继承了汉代京都大赋的规模与体制，而且高允所上《代都赋》，也很有可能即梁祚之作。史载北魏自天兴元年建都平城之后，一直比较重视平城的营建，尤其在孝文帝承明元年（476）七月至太和十六年（492）十一月之间，又补充修建了七宝永安行殿、太和殿、安昌殿、坤德六合殿、乾象六合殿和太极殿等重要宫殿和辅助建筑（《魏书·高祖纪》），平城也进入了历史上最为繁盛的时期，高允、梁祚等人作赋讽颂，当在太和初年大兴土木之时。②又，史载梁祚治经授学，赵郡李璨即其受业弟子（《魏书·李灵传》）。

安定牛弘是北朝后期成就最高、影响最大的河陇文士。牛弘（545—610），字里仁，安定鹑觚（今甘肃灵台）人。据《隋书·牛弘传》，牛弘本姓𭨯氏，父允，魏侍中、工部尚书、临泾公，赐姓牛氏。③牛弘于北周时起家中外府记室、内史上士，转纳言上士，"专掌文翰"，"修起居注"。隋朝建立，迁秘书监，曾上表请开献书之路，晋爵奇章郡公。开皇三年为礼部尚书，奉敕修撰《五礼》，勒成百卷，行于当世。开皇九年又奉诏改定雅乐，作乐府歌词。大业六年（610），从隋炀帝至江都，病卒。"有文集十三卷行于世。"牛弘为隋代著名学者，为隋代礼乐制度的制订完善和文献典籍的收集整理做出了重要贡献。杨素曾评价他说："衣冠礼乐尽在此矣！"唐代史臣也称赞他"笃好坟籍，学优而仕，有淡雅之风，怀旷远之度，采百王之损

---

① 《魏书》卷四八《高允传》，中华书局1974年版，第1076页。
② 参见李凭：《北魏平城时代》（修订本），上海古籍出版社2011年版，第284—295页。
③ 关于安定牛氏的来源，《元和姓纂》卷五又云："狀云牛金之后，逃难改牢氏，又改为遼氏。裔孙后周工部尚书、临泾公遼允，复姓牛氏。允生弘，隋吏部尚书、奇章公。"《古今姓氏书辩证》卷十八记载同。

益，成一代之典章，汉之叔孙，不能尚也"。其所著文集已散佚，明代张燮辑录《牛奇章集》三卷，收入《七十二家集》，张溥辑录《牛奇章》一卷，收入《汉魏六朝百三名家集》。严可均《全隋文》卷二四辑录其章表奏议等十余篇，逯钦立《隋诗》卷五辑录其诗一首。牛弘学行，近于儒者，为文也较典重。张溥评价说："生平文字，议礼居优，史臣遂谓其损益典章，汉叔孙通无以尚。"①《隋书》本传载文三篇，都是学者气味浓厚的文字。其《上表请开献书之路》一文，历述隋代以前典籍聚散本末（"书之五厄"），是目录学史上的重要文献。文章提倡以《诗》《书》为教，思想上有复古倾向，行文也较古朴，和当时所谓的"庾信体"不同。此外，其《请依古制修立明堂议》，也是一篇主张学风复古的典型文章，其文曰："夫帝王作事，必师古昔，今造明堂，须以礼经为本。形制依于周法，度数取于《月令》，遗阙之处，参以余书，庶使该详沿革之理。"②牛弘想在隋文帝刚刚统一天下之时，即依据礼经恢复明堂之制，虽然事寝不行，但他的复古主张和古朴文风在当时都有一定的代表性，也与隋初"斫雕为朴"（《隋书·文学传序》）的政治需要相一致。③

十六国时期，流寓河陇的中原士人中，也出现了一批著名的文士和儒生，其中广平程骏、河内常爽、陈留江强等人影响较大，均有文学作品或著述传世。

程骏字驎驹，广平曲安（今河北任县南）人。《魏书》卷六十有传。其六世祖程良，为晋都水使者，坐事流于凉州，其祖父程肇，后凉吕光时任民部尚书。程骏少时师事刘昞，深得刘昞器重，曾谓刘昞曰："今世名教之儒，咸谓老庄其言虚诞，不切实要，弗可以经世，骏意以为不然。夫老子著抱一之言，庄生申性本之旨，若斯者，可谓至顺矣。人若乖一则烦伪生，若爽性则冲真丧。"刘昞赞曰："卿年尚稚，言若老成，美哉！"由是声名远播，北凉沮渠牧犍擢为东宫侍讲。北魏太延五年，徙于平城，为司徒崔浩所赏识。史载献文帝拓跋弘多次与程骏讨论《易》《老》之义，程骏也多次参与论议朝廷礼制。太

---

① （明）张溥著，殷孟伦注：《汉魏六朝百三家集题辞注》，人民文学出版社1960年版，第306页。
② 《隋书》卷四九《牛弘传》，中华书局1973年版，第1305页。
③ 参见郭预衡：《中国散文史》（中），上海古籍出版社1986年版，第35、36页。

和五年（481）二月，沙门法秀谋反伏诛（《魏书·高祖纪上》），程骏上表庆贺，其文云："臣闻《诗》之作也，盖以言志。迩之事父，远之事君，关诸风俗，靡不备焉。上可以颂美圣德，下可以申厚风化；言之者无罪，闻之者足以诫。此古人用诗之本意。臣以垂没之年，得逢盛明之运，虽复昏耄将及，犹慕廉颇强饭之风。伏惟陛下、太皇太后，道合天地，明侔日月，则天与唐风斯穆，顺帝与周道通灵。是以狂妖怀逆，无隐谋之地；冥灵潜蔼，伏发觉之诛。用能七庙幽赞，人神扶助者已。臣不胜喜踊。谨竭老钝之思，上《庆国颂》十六章，并序巡狩、甘雨之德焉。"由此可见程骏的诗学观念完全承袭了儒家传统的重视社会功用的诗教观，但其文体却具有明显的骈俪气息。《庆国颂》十六章，《魏书》本传载录，全为四言颂体，旨在歌颂北魏"宗祖之功德"，平正典雅，语涉经义，但文学成就不高。程骏又奏《得一颂》十篇，"始于固业，终于无为"，深为文明太后所称赏，惜其阙载不传。太和九年（485）病卒，"所制文笔，自有集录"。① 程骏虽为徙居河西的广平程氏后裔，但其生长于河西，且为名儒刘昞得意弟子，所以完全可以视为十六国后期的河西本土文士。他不仅传承了河西儒学，而且对老庄玄学也表现出浓厚的兴趣（史籍有程骏与其师刘昞及北魏献文帝拓跋弘等谈论老庄之学的记录），思想上体现出明显的儒玄杂糅的特征，在北魏献文帝、孝文帝时期产生了较大的影响。其从弟程弘（伯达）、弟子程灵虬等也以文才名世，时论美之。

　　常爽字仕明，河内温（今河南孟州市和温县之间）人。《魏书》卷八四有传。六世祖为魏太常卿常林。祖父常珍，前秦苻坚时任南安太守，后因世乱，遂居凉州。父常坦，仕西秦乞伏氏为镇远将军、大夏镇将、显美侯。常爽"笃志好学，博闻强识，明习纬候，《五经》百家多所研综，州郡礼命皆不就"。北魏西征凉州，常爽与兄仕国归款军门。"时戎车屡驾，征伐为事，贵游子弟未遑学术，爽置馆温水之右，教授门徒七百余人，京师学业，翕然复兴。""不事王侯，独守闲静，讲肆经典二十余年，时人号为'儒林先生'。"史载北魏尚书左仆射元赞、平原太守司马真安、著作郎程灵虬等，都是常爽弟子。北魏名臣崔浩、高允等人称赞常爽严教有方。高允说："文翁柔胜，先生刚克，立教虽殊，成人一也。"常爽因教授之暇，撰《六经略注》，行于世。《魏书》本传载

---

① 参见《魏书》卷六十《程骏传》，中华书局1974年版，第1345—1350页。

录其《六经略注序》。文章首先总论学习经典对个人修身养性的重要性："《传》称：'立天之道曰阴与阳，立地之道曰柔与刚，立人之道曰仁与义。'然则仁义者人之性也，经典者身之文也，皆以陶铸神情，启悟耳目，未有不由学而能成其器，不由习而能利其业。是故季路勇士也，服道以成忠烈之概；宁越庸夫也，讲艺以全高尚之节。盖所由者习也，所因者本也，本立而道生，身文而德备焉。"然后分论《六经》不同的性质特点及其不同的教化作用："故恭俭庄敬而不烦者，教深于《礼》也；广博易良而不奢者，教深于《乐》也；温柔敦厚而不愚者，教深于《诗》也；疏通知远而不诬者，教深于《书》也；洁静精微而不贼者，教深于《易》也；属辞比事而不乱者，教深于《春秋》也。夫《乐》以和神，《诗》以正言，《礼》以明体，《书》以广听，《春秋》以断事，五者盖五常之道，相须而备，而《易》为之源。故曰：'《易》不可见，则乾坤其几乎息矣。'"最后再次强调《六经》的重要性以及自己撰述《六经略注》的原因："由是言之，《六经》者先王之遗烈，圣人之盛事也。安可不游心寓目，习性文身哉！顷因暇日，属意艺林，略撰所闻，讨论其本，名曰《六经略注》以训门徒焉。"①常爽的上述观念，完全是对《礼记·经解》与《汉书·艺文志》经学思想的继承，足以说明他承袭了秦汉以来儒家传统的政治教化观念。②常爽之孙常景，也是北魏著名文士，《魏书》卷八二有传。史载其"艺业该通，文史渊洽"，"著述数百篇，见行于世，删正晋司空张华《博物志》及撰《儒林》《列女传》各数十篇"。③

江强字文威，陈留济阳（今河南兰考）人。《魏书·术艺传》载，江式字法安，六世祖江琼，字孟琚，晋冯翊太守，善虫篆、诂训。西晋末年（永嘉）天下大乱，江琼弃官，西投凉州刺史张轨，子孙遂寓居凉土，世传家业。江式祖父江强字文威，太延五年北魏平定凉州，内徙平城。因上书三十余法，又献经史诸子千余卷，擢拜中书博士。江式之父江绍兴，高允奏为秘书郎，掌国史二十余年。江式少专家学，尤工篆体。北魏延昌三年（514）三月，江式上表请求撰集古今文字，其中叙及陈留江氏家学的传承历史："臣六

---

① 《魏书》卷八四《儒林传》，中华书局1974年版，第1848、1849页。
② 关于《礼记·经解》的成篇年代，此处从王锷之说，认为在战国中期。参见王锷：《〈礼记〉成书考》，中华书局2007年版，第204—209页。
③ 参见《魏书》卷八二《常景传》，中华书局1974年版，第1800—1808页。

世祖琼家世陈留，往晋之初，与从父兄应元俱受学于卫觊，古篆之法，《仓》《雅》《方言》《说文》之谊，当时并收善誉。而祖官至太子洗马，出为冯翊郡，值洛阳之乱，避地河西，数世传习，斯业所以不坠也。世祖太延中，皇威西被，牧犍内附，臣亡祖文威杖策归国，奉献五世传掌之书，古篆八体之法，时蒙襃录，叙列于儒林，官班文省，家号世业。"《魏书》本传载江式撰集《古今文字》四十卷，今散佚不存。①自西晋永嘉年间（307—313）至北魏太延五年，陈留江氏寓居河西一百多年，江强可谓土生土长的河西文士，其归附北魏后进献经史诸子千余卷，足以说明自前凉以来河西文化的繁荣兴盛。值得注意的是，宋文帝元嘉十四年，沮渠茂虔遣使奉献方物及书籍于宋，其中即有"《古今字》二卷"（《宋书·氐胡传》），此书很可能是陈留江氏所传。

以上所述儒生文士，虽然不是出自河陇著姓，也不完全擅长诗文辞赋，但据文献记载，均有较高的文化素养，大多数有著述或文学作品传世。他们或者讲经授徒，或者著书立言，或者整理典籍，为十六国时期河陇文化的繁荣和北朝各代新型文化的建构做出了重要贡献。其人其作，文献有征，可谓不朽。

第四节　河陇文学繁荣的原因与地域特色的形成

十六国北朝时期河陇文学的整体发展情况，大致如前所述。综观这一时期河陇地域文学的发展演变，不同时代、不同地区的文学创作也存在较大的差异。就地区而言，河西（尤其是敦煌）、安定、天水等地，人才辈出，文学成就及影响较大。就时代而言，十六国时期尤其是五凉时期，河陇文学的发展最为显著，达到了唐前发展史上的第二个高峰。史称"区区河右，而学者埒于中原"。赵以武先生认为："五凉时期河西的文学创作，无论就文人的数量，还是就作品的质量言，都居于北中国文坛之首的地位。"②

如果从文学传播与接受层面来考察，十六国时期河陇文学的繁荣还有诸多

---

① 参见《魏书》卷九一《术艺传》，中华书局1974年版，第1960—1965页。
② 赵以武：《关于五凉文学的评价问题》，《西北史地》1991年第2期。

文献可以为证。

其一，《文心雕龙·熔裁》云："昔谢艾、王济，西河文士，张骏以为艾繁而不可删，济略而不可益。若二子者，可谓练熔裁而晓繁略矣。"《文心雕龙》引用前凉张骏对谢艾、王济的评价，足以说明五凉时期河陇作家的文学作品在南朝也有流传且有一定的影响。① 《文心雕龙·章表》又云："刘琨劝进，张骏自序，文致耿介，并陈事之美表也。"② 刘勰此处所说"张骏自序"，当指《晋书》本传所载《上疏请讨石虎李期》（或作《请讨石虎李期表》）。此文言辞恳切，情理交融，骈散相间，富有气势。刘勰称其为"陈事之美表"，甚为允当。

其二，《晋书·姚兴载记上》载，后秦凉州刺史王尚获罪，"凉州别驾宗敞、治中张穆、主簿边宪、胡威等上疏"（文即《理王尚疏》），为王尚辩理讼冤，姚兴"览之大悦"，与姚文祖、吕超等人专门谈论宗敞的文才和影响，姚文祖称宗敞为"西方之英俊"，吕超说："敞在西土，时论甚美，方敞魏之陈、徐，晋之潘、陆。"

其三，《宋书·氐胡传》载，宋文帝元嘉十四年，北凉沮渠牧犍遣使诣宋，进献《周生子》等各类书籍"合一百五十四卷"。北凉与刘宋的这次文化交流，是史籍所载五凉时期规模最大的一次南北文化交流，也是东汉以来河陇地域文化发展成果的一次全面展示。

其四，《魏书·沮渠蒙逊传》载，北魏神䴥三年十一月，北凉遣使朝贡并上表（文即《上魏太武帝表》），北魏于次年遣使册封沮渠蒙逊为凉王，其册命之辞出自名臣崔浩之手，说明北凉文风雅盛，北魏于双方辞令往来，尤为在意。史载北凉沮渠牧犍晚年，河西一带已经统一，文化事业更为繁荣，达到了整个五凉时期的顶峰，北魏王朝重视往来书辞，足以说明当时河陇文化与文学的整体实力和品位影响。

其五，《魏书·张湛传》载，北魏平定凉州，河陇文士深受司徒崔浩器重礼遇。崔浩注《周易》，叙曰："国家西平河右，敦煌张湛、金城宗钦、武威段承根三人，皆儒者，并有俊才，见称于西州。"其称誉河陇文士如此。

---

① 参见胡阿祥：《魏晋本土文学地理研究》，南京大学出版社2001年版，第120页。
② （梁）刘勰著，周振甫注：《文心雕龙注释》，人民文学出版社1981年版，第244页。

其六，《魏书·刘昞传》等载，敦煌刘昞博通经史，著述等身，堪称五凉时期河陇文士的代表。所著《酒泉铭》，被视为十六国文坛的经典名篇。史载北魏正光三年，太保崔光上奏，称赞刘昞"著业凉城，遗文在兹，篇籍之美，颇足可观"，北魏王朝也于次年六月正式下诏，褒誉刘昞"德冠前世，蔚为儒宗"，河西人以此为荣。①

以上材料，与本章前三节所论互相印证，足以说明十六国时期河陇文学的繁荣与影响。

河陇文学之所以在十六国时期出现全面繁荣的局面，主要原因有以下几个方面。

首先，五凉、三秦特别是前凉、西凉、南凉、北凉、前秦、后秦等割据政权的重视文教以及不分种族广纳贤才，使河陇地区自后汉以来的文化传统与家世之学代代相传，绵延不绝，从而为河陇文学的繁荣奠定了基础。如前所论，自前凉张氏以来，十六国时期河陇地区的历代割据政权，基本上都能崇儒兴学，礼遇贤才，作为文化传承和文学创作主体的河陇世族，在这一时期也得到了全方位的发展，取得了前所未有的繁荣和备受史家称道的文化成就。十六国时期河陇地区影响最大的儒学流派（郭刘学派），也是从后汉略阳郭整开始，传至其六世孙郭荷，郭荷于前凉张轨之世传入河西，遂传至郭瑀、刘昞、索敞以及程骏等人。史载这一学派在河陇地区的传承历史悠久，受业弟子众多，学术成就显著。其中刘昞著述等身，集该派学术之大成，是五凉时期河陇文士的杰出代表。河陇文化的精华最终通过刘昞弟子索敞、程骏等人传至北魏，为北魏儒学的复兴以及鲜卑文化的转型发挥了重要作用。②但是，如果没有自前凉张轨以来的文教昌明，河陇文化的传承和河陇文学的繁荣就会失去坚实的基础，北魏平定凉州后河陇本土文学的回落低迷就是明证。

其次，十六国时期河陇文学的繁荣，与河陇地区相对僻远封闭的地理位置也有或多或少的关系。西汉以来，随着河西四郡的建立，河陇地区作为古代丝绸之路的咽喉枢纽，具有十分重要的战略位置，经济文化发展也相对较快。但

---

① 参见《魏书》卷五二《刘昞传》，中华书局1974年版，第1160、1161页。
② 详参本书第七章第一节。

是，河陇地区和关中地区之间横亘着天然的地理屏障——"陇阪"（或"陇坻"），自北而南绵延数百里。由于陇山高险，所以历来被视为陇右与关中、华风与戎俗天然的分界线。张衡《西京赋》说："陇坻之隘，隔阂华戎。"其《四愁诗》也说："我所思兮在汉阳，欲往从之陇阪长。"①因此，河陇地区自古以来与中原地区的交通不甚便利，相对僻远闭塞，甚至被视为"边陲荒裔"。一般而言，在和平统一的年代，僻远封闭的地理位置不利于中原文化的快速传播和交流，所以信息的闭塞和文化的落后在所难免，但在分裂动荡时期，僻远之地因为受中原地区动乱时局的干扰较少，反而可以维持相对的稳定和安宁，传统文化往往能够得以延续甚至持续发展。②十六国时期的河陇地区，正是如此。以最为僻远的敦煌为例，虽然唐代刘知幾说敦煌"僻处西域，昆戎之乡"，"地居下国，路绝上京"（《史通》卷十八），但就是这一西陲边隅之地，魏晋以来人才辈出，文化成就为当时整个河陇地区之首，所以西凉李暠曾由衷地称誉此地"人物敦雅""实是名邦"。对此，陈寅恪先生曾有详尽的论述："盖张轨领凉州之后，河西秩序安定，经济丰饶，既为中州人士避难之地，复是流民移徙之区，百余年间纷争扰攘固所不免，但较之河北、山东屡经大乱者，略胜一筹。故托命河西之士庶犹可以苏喘息长子孙，而世族学者自得保身传代以延其家业也。又张轨、李暠皆汉族世家，其本身即以经学文艺著称，故能设学校奖儒业，如敦煌之刘昞即注魏刘劭《人物志》者，魏晋间才性同异之学说尚得保存此一隅，遂以流传至今，斯其一例也。若其他割据之雄，段业则事功不成而文采特著，吕氏、秃发、沮渠之徒俱非汉族，不好读书，然仍能欣赏汉化，擢用士人，故河西区域受制于胡戎，而文化学术亦不因以沦替，宗敞之见赏于姚兴，斯又其一例也。至于陇右即晋秦州之地，介于雍凉间者，既可受长安之文化，亦得接河西之安全，其能保存学术于荒乱之世，固无足异。故兹以陇右河西同类并论，自无不可也。"③陈先生所论，将河西陇右看作一个整体，指出它们的地缘关系以及学术文化的共同特点，从而深入揭示了十六国时期河陇文学之所以繁荣的根本原因。

---

① （梁）萧统编，（唐）李善注：《文选》，上海古籍出版社1986年版，第49、1357页。
② 参见胡阿祥：《魏晋时期河西地区本土文学述论》，《洛阳大学学报》2002年第3期。
③ 陈寅恪：《隋唐制度渊源略论稿》，中华书局1963年版，第26—27页。

再次，十六国时期河陇文学的繁荣，也是两汉以来河陇地域文化与文学持续发展的必然结果。如前所述，两汉以来，河陇地区的经济文化发展较快。两汉之交，隗嚣、窦融割据陇右、河西，吸引班彪、郑兴、杜林等一大批文人学者逾陇避难，极大地促进了河陇地域文化与文学的发展。东汉后期，随着"凉州三明"（皇甫规、张奂、段颎）以及秦嘉、徐淑、王符、侯瑾、赵壹、张芝、张昶等河陇文士的崛起，河陇文学迎来了发展史上的第一个高峰。曹魏及西晋前期，河陇文学的总体发展趋势虽然稍有回落，但仍有周生烈、皇甫谧、傅玄、傅咸、索靖等著名文士享誉士林。西晋末年，前凉张氏保据河西，大兴文教，此后后凉、西凉、南凉、北凉等承袭其风，绵延不坠，河陇文学因此迎来了又一个历史高峰。正因为两汉以来河陇地域文化积淀深厚，所以十六国时期河陇地区虽然政权更迭频繁，但河陇文化与文学的发展从未中断，其自身已经形成一股强大的生生不息的活力，不断促进胡汉各族文化的融合与认同。宋文帝元嘉十四年，北凉遣使诣宋，献书二十余种一百五十四卷，正是对东汉以来河陇地域文化发展成果的一次全面集中的展示。遗憾的是，此后不及两年，北魏平定凉州，十六国时期河陇文化与文学的繁荣局面也戛然而止。

如前所述，"迫近戎狄""地亦穷险"的边塞环境和"高上气力，射猎为先"的尚武风尚，使河陇文学自先秦以来已经具有鲜明的地域特色和文化品格。虽然嬴秦的崛起促进了礼乐文化在陇右的传播，但是作为华戎交会的产物，《诗经·秦风》中产生于陇右的作品已经具有鲜明的地域特色，所以班固反复强调《秦诗》是河陇地区"风声气俗"的历史产物和文学呈现（《汉书·地理志》及《赵充国辛庆忌传赞》）。

《左传》襄公二十九年载，季札聘鲁观乐，称《秦风》为"夏声"，西晋杜预注曰："秦本在西戎汧陇之西，秦仲始有车马礼乐，去戎狄之音，而有诸夏之声，故谓之夏声。"杨伯峻认为季札所谓"夏声"指"西方之声"，并引扬雄《方言》说："夏，大也。自关而西，秦晋之间，凡物之壮大者而爱伟之，谓之夏。"[1]平心而论，秦人最初崛起于陇右，其风习是华戎交会的产物，《秦风》

---

[1] 杨伯峻编著：《春秋左传注》（修订本），中华书局1990年版，第1163页；周祖谟：《方言校笺》，中华书局1993年版，第7页。

难免兼有"戎狄之音",所以季札所谓"夏声",既可理解为"诸夏之声",也可理解为"西方之声"。其以"大"评价《秦风》,应该着眼于《秦风》呈现的粗犷豪放、昂扬向上的"壮大"之气。从音乐特色来讲,秦声更具包容性和多元性,其中既有中原礼乐"雅"的成分,又有原生态的粗犷的戎狄之音,所以大气磅礴,呈现的是嬴秦民族处于历史上升期的强悍劲健之风。朱熹《诗集传》卷六说:"秦人之俗,大抵尚气概,先勇力,忘生轻死,故其见于诗如此。然本其初而论之,岐、丰之地,文王用之以兴二南之化,如彼其忠且厚也。秦人用之未几,而一变其俗至于如此,则已悍然有招八州而朝同列之气矣。"朱熹不仅强调了秦人俗尚对《秦风》诗歌主旨及风格特色的影响,而且指出秦人之俗与岐、丰之地周人旧俗迥然有别,其风俗源自陇右边塞,是华戎交会而生的强悍劲健之风,这正是秦人虽崛起于陇右边荒,但最终取代东周君临天下的根本原因。

两汉以迄南北朝,受河陇地域"风声气俗"熏染的历代河陇文士,或抒写人生失意,或讥刺政治昏暗,或批判世风沦丧,慷慨任气,径直愤激。虽然他们所处的时代和人生境遇各不相同,但其作品所承载和呈现的人文内涵,仍然是先秦以来河陇文化的"秦风"特质和文化品格。

因为地处西北边隅,"故其本土世家之学术既可以保存,外来避乱之儒英亦得就之传授,历时既久,其文化学术遂渐具地域性质"。胡阿祥认为,河陇文学在河陇"本土世家"与"外来儒英"的双重影响下,表现出清典纯正的儒家文学特征。这种特征颇类似于孙吴时代的江东文学,而有别于三国西晋玄风影响下的中原文学。[①]就史籍载述看,西晋灭亡后,河西一隅因大量中原名士的迁入,玄学也随之流播河西,前凉后期的张天锡等人,其言行已经明显具有玄学浸染的印记,此后刘昞、程骏、宗钦等学者,著述及言论均有儒玄合流的倾向。[②]不过总体来看,五凉时期的河陇学者治学,主要还是沿袭汉魏传统,以经学为重,潜心研习儒家经典。正是在这种学风的影响下,河陇文学以儒学价值观为核心、胡汉各族文学共同繁荣的地域特色逐渐形成,并

---

① 参见胡阿祥:《魏晋本土文学地理研究》,南京大学出版社2001年版,第122页。
② 参见赵向群:《五凉史探》,甘肃人民出版社1996年版,第280—282页。又按:相关文献参见《晋书》卷八六《张天锡传》和《魏书》卷六十《程骏传》、卷五二《宗钦传》等。

且得到充分的体现。胡阿祥先生的评价基本准确到位。今人张鹏在《北魏儒学与文学》中,对北魏初期文学创作力量的构成及文学传统的来源进行深入探讨,认为北魏初期,文学创作的主要力量来自河北(后燕)和凉州(北凉),其中来自河北的文士在北魏初期参与政治活动较多,"其文学以经世致用为特点,较为质朴,崇尚典雅复古";来自凉州的文士参与政治活动较少,思想上受两晋儒玄杂糅的学风影响较大,"文学修养较为深厚,因此在思想因素和写作技巧上都呈现出相对活泼的特点"。[1]这种说法也比较符合北魏初期文学发展的实际情况。河陇本土文学经过两汉以来的长期发展,至五凉时期形成比较明显的地域特点和文学传统,其与河北文学虽然都有重实用、尚雅正的特点,但相较而言,河陇文学在思想内容和形式技巧方面更加丰富成熟,这种差异,显然与其地处丝绸之路要冲,和西域及中原在思想文化方面的交流相对频繁有关。

河陇文学的儒学价值取向和审美特征,在此前所述五凉时期的文学家身上有充分的体现。如前凉宋纤,"明究经纬,弟子受业三千余人,……注《论语》,及为诗颂数万言";前凉谢艾,"兼资文武,明识兵略",精《春秋》之义;西凉刘昞,"德冠前世,蔚为儒宗";北凉张穆,"博通经史,才藻清赡";北凉宗钦,"有儒者之风,博综群言,声著河右"……这些人既为经师儒生,又是文人作家。尤其是北朝后期的辛德源、辛彦之、牛弘等人,河陇文士的上述特征更为明显。河陇边隅之地之所以与北朝及隋唐学术文化有密切关系,两汉以来河陇士人代代传承的儒学传统起了关键作用。史载隋初杨素"恃才矜贵,轻侮朝臣,唯见(牛)弘未尝不改容自肃",曾称赞牛弘说:"衣冠礼乐尽在此矣,非吾所及也!"[2]牛弘为隋代礼乐制度的制订完善和文献典籍的收集整理做出了重要贡献,杨素对他的评价,不仅不是虚誉溢美之词,而且也从一个方面反映出河陇文化的地域特色及其整体水平。与牛弘同时的辛彦之,也博涉经史,深谙儒学,多次参与西魏、北周和隋朝典章制度的修订完善,同样彰显了河陇文化的实力及其对隋唐时期多元一体文化的突出贡献。

---

[1] 张鹏:《北魏儒学与文学》,中国社会科学出版社2012年版,第70页。
[2] 《隋书》卷四九《牛弘传》,中华书局1973年版,第1308、1309页。

唐长孺先生在《读〈抱朴子〉推论南北学风的异同》一文中认为，魏晋时期黄河南北学风不同，以洛阳为中心的河南盛行玄学，而河北仍然尊崇汉儒的经说传注之学；其时江南自荆州学派星散之后还是继承汉儒传统，与河北的经说传注之学相近。他认为《抱朴子外篇》卷二五《疾谬篇》所谓"《坟》《索》之微言，鬼神之情状，万物之变化，殊方之奇怪，朝廷宗庙之大礼，郊祀禘祫之仪品，三正四始之原本，阴阳律历之道度，军国社稷之典式，古今因革之异同"等传统学问，实际上可以分为三类：神仙谶纬之学、礼制典章之学、阴阳律历之学。而这三者的结合，正是董仲舒以降汉儒治学的特征。[1]唐先生的这些结论，对于我们分析探讨魏晋以来河陇文化的地域特色也具有相当重要的参考价值。如前所论，魏晋以来，河陇地区由于地处边隅，所以受中原玄学新风影响较小，更多地保存了两汉以来的儒学传统。和同时期的江南土著之学一样，河陇土著之学也以儒家经典注释和礼制典章见长。与此同时，汉儒看重的阴阳律历之学，也是历代河陇士人所关注的学术重点。史载皇甫谧撰《朔气长历》二卷（《隋书·经籍志》历数类）；索靖著《五行三统证验论》辩理阴阳气运（《晋书·索靖传》）；索袭游思于阴阳之术，著《天文地理》十余篇（《晋书·隐逸传》）；傅畅有《晋历》二卷（《新唐书·艺文志》）。后秦时，天水姜岌学究数术，明于象纬，所著《三纪甲子元历》，自后秦姚苌白雀元年（384）起在羌地颁行，到姚泓永和二年（417）后秦灭亡时，共用了三十四年，之后又被北魏政权承用了近一百年。又据《晋书·律历下》《隋书·经籍志》等记载，姜岌还撰有《浑天论》以及《京氏要集历术》四卷、《论频月合朔法》五卷、《杂历》七卷、《历法集》十卷、《历术》十卷、《乾度正历》四卷等，虽然大多已经亡佚，但在当时影响较大，这也是河陇学风继承汉儒传统的又一证据。[2]此外，北凉时期的敦煌赵㲄，也善天文历算，《隋书·经籍志》等著录其《河西甲寅元历》一卷、《甲

---

[1] 参见唐长孺：《读〈抱朴子〉推论南北学风的异同》，《魏晋南北朝史论丛》，中华书局2011年版，第338—368页。
[2] 据唐长孺先生考证，汉代盛行的天体论，"一到三国只流行于江南，中原几等于绝响，这也是江南学风近于汉代之一证"。唐先生的观点可略加修正，因为十六国时期河陇士人如姜岌也有关于天体的讨论。参见唐长孺：《读〈抱朴子〉推论南北学风的异同》，《魏晋南北朝史论丛》，中华书局2011年版，第355页。

寅元历序》一卷、《河西壬辰元历》一卷①、《七曜历数算经》一卷、《阴阳历术》一卷、《算经》一卷。据《魏书·律历志》等记载，《甲寅元历》又称《玄始历》，北魏平定凉州，曾经以之代替《景初历》。总之，魏晋以来，不少河陇士人承袭汉儒学风，研习天文历算，成果丰硕，影响甚大，这无疑也是河陇文化的地域特色与传统。正因为有这种注重儒学文化的学术背景和历史积淀，河陇文学在长期发展过程中表现出清典纯正的儒家文学特征也就成了必然。

值得注意的是，十六国时期的很多河陇文学家均隶籍敦煌，说明敦煌确实是当时河陇本土文学的中心之一。纵观两汉以来河陇文学的发展历程，敦煌作家作品的数量和水准，无疑位居前列，而且这种情况不仅仅局限于文学领域。事实上，敦煌一地的总体文化水平以及历代出现的经学、史学方面的人才及著述，自东汉以迄魏晋十六国，也都居于整个河陇地区之首，这与敦煌位于河陇西陲，更加僻远，相对而言也更加稳定有关。②正因为这样，发展到西凉时，敦煌已然以"郡大众殷"著称，所以李暠训诫诸子时说："此郡世笃忠厚，人物敦雅，天下全盛时，海内犹称之，况复今日，实是名邦。"总之，独特的地理位置以及相对稳定的政局，是敦煌成为魏晋十六国时期河陇地区西部文化中心的重要原因。

综上所述，河陇文学经过先秦时期的发轫、两汉魏晋时期的发展，至十六国时期走向繁荣。受河陇边塞"风声气俗"的影响，河陇文学自先秦以来即呈现出鲜明的地域特色。刚直劲健，慷慨任气，激荡着华戎交会的雄浑气势和力量。北魏统一河陇地区后，虽然对于凉州著名的文人学者和文化成果进行了比较全面的接收，但河陇地区本土文学的发展却因大量文士的迁徙流离甚至惨遭杀戮而停顿逆转。客观地讲，河陇文化在开启儒风、振兴礼乐、完善官制律令等方面对北魏文化的确产生过重大影响，所以不少学者认为，河陇士人和河陇文化在北魏、西魏时期为鲜卑文化的转型发挥了关键性的作用，并为辉煌灿烂的隋唐文化做出了独特的贡献，这些结论都毋庸置疑，但河陇本土文学在北魏

---

① 《隋书·经籍志》历数类著录《河西壬辰元历》一卷，未著撰人。《旧唐志》《新唐志》、郑樵《通志》等俱作赵㪍撰。

② 参见胡阿祥：《魏晋本土文学地理研究》，南京大学出版社2001年版，第123页。

平定凉州后的很长一段时间内低迷不振，也是不容忽视的客观事实。拓跋鲜卑统一北方固然是隋唐时期大一统的前奏，体现的是历史发展的必然趋势，但对于五凉时期蓬勃发展的河陇地域文学而言，不啻是满园芬芳遭遇了一场严霜。一个辉煌的时代在残酷的战火中结束了，一个崭新的时代在缓慢地重建中又开始了。这就是历史的残酷，这也是历史的真实。

第四章　唐前李陵接受史考察

天汉二年，李陵率五千步卒出击匈奴，单于以八万余骑围攻，陵兵败降敌。岁余，汉武帝诛灭陵老母妻子，司马迁也因替李陵辩护惨遭宫刑。李陵叛国投敌，固然罪不可逭，然武帝之刻薄寡恩，亦昭然若揭。由于李陵之降辱与武帝之冷酷纠结为一，且不同时代对君臣关系及夷夏之辨有不同的认识，致使后世对李陵的评价褒贬不一，难有定论。但是，全面考察李陵降北后历代士人对其人其事的评价和反响，可以发现，后世除白居易、张耒、顾炎武、王夫之等人外，对李陵的批判与责难并不是太多，以致顾炎武慨叹"文章之士多护李陵"①。尤其值得注意的是，受儒学思想熏染较深的两汉士人，对叛国投敌祸及至亲的李陵，并没有太多的口诛笔伐，除《论衡》《易林》偶有涉及外，大部分保持沉默和回避，而司马迁、班固则给予过多的同情和宽容，白居易因此亦慨叹云："予览《史记》《汉书》，皆无明讥，窃甚惑之。司马迁虽以陵获罪，而无讥可乎？班孟坚亦从而无讥，又可乎？"②魏晋南北朝时期，李陵不仅成为刘琨、江淹、钟嵘、庾信等不少文士拟引的对象，而且成为当时不少人尤其是北方少数民族竞相追祖的对象，成为民族融合与文化整合背景下的一种胡汉杂糅的文化象征符号。③

与北方少数民族追祖李陵的现象相应，魏晋以来，《李陵集》《李陵别传》也悄然问世。虽然其编者和成书年代难以详考，但据文献记载，至刘宋初年，

---

① （清）顾炎武著，黄汝成集释：《日知录集释》卷十三，上海古籍出版社2006年版，第817页。
② （唐）白居易：《汉将李陵论》，《白居易集》卷四六，中华书局1979年版，第980页。
③ 参见温海清：《北魏、北周、唐时期追祖李陵现象述论——以"拓跋鲜卑系李陵之后"为中心》，《民族研究》2007年第3期。

相传为李陵的作品已经结集流传并引起广泛关注,其中的五言赠答诗被钟嵘、任昉等人视为五言之祖,《文选》也收录了署名李陵的《答苏武书》和《与苏武诗》三首。李陵已然成为南朝文士追慕的西汉文坛巨匠。

身为武士、叛国投敌的李陵是否确有文学作品传世？这是自颜延之以来学界一直质疑未决的话题。①刘知幾、苏轼、洪迈、顾炎武、钱大昕、翁方纲、黄侃等认为传世李陵之作,除《汉书》所载李陵《别歌》（篇名从《诗纪》）外,均为后世伪托之作。②20世纪以来,学界围绕五言诗之起源,对"苏李诗"的真伪进行全面深入的考察辨析,梁启超、郑振铎、罗根泽、马雍、逯钦立、郑文等均认定"苏李诗"为伪作。③时至今日,虽然李陵《答苏武书》和"苏李诗"为伪作几成定谳,但是,由于缺乏充分切实之证据,仍有一些学者持有不同的观点,顾随认为李陵《答苏武书》不伪,章培恒、刘骏一反历代成说,认为李陵《与苏武诗》及《答苏武书》均非伪作。④近年来,随着学界对《汉书·李陵苏武传》的成篇以及班固对李陵的评价和态度等问题的关注,李陵及其有争议的作品再次被旧话重提。汪春泓认为：《汉书》中苏武被塑造为"忠君"典型,李陵被形塑为苏武反面的有罪之人,而苏、李二人在匈奴的见面和对话,很可能为缘于某种宣传目的（政治意图）的虚构和精心设计,不一定实有其事,所以传世苏李诗文包括《汉书》所载李陵《别歌》,有可能都是拟托之作。⑤此说不仅全面否定了所有署名李陵之作的真实性,而且也对《汉书·李陵苏武传》的"实录"性质提出质疑。与之相应,孙尚勇结合敦煌遗书

---

① 《太平御览》卷五八六引颜延之《庭诰》云："逮李陵众作,总杂不类,是假托,非尽陵制。至其善篇,有足悲者。"参见《太平御览》卷五八六,中华书局1960年版,第2640页。
② 参见(唐)刘知幾撰,浦起龙释：《史通通释》卷十八《杂说下》,上海古籍出版社1978年版,第525页；(宋)苏轼：《答刘沔都曹书》,《苏轼文集》卷四九,中华书局1986年版,第1429页；(宋)洪迈：《容斋随笔》卷十四,商务印书馆1959年版,第137页；(清)顾炎武著,黄汝成集释：《日知录集释》卷二三,第1313页；(清)钱大昕：《十驾斋养新录》卷十六,江苏古籍出版社2000年版,第339、355页；(清)梁章钜：《文选旁证》卷二五、卷三四,福建人民出版社2000年版,第690、691、935页；黄侃：《文选平点》卷五,中华书局2006年版,第477页。
③ 参见梁启超：《中国之美文及其历史》,东方出版社2012年版,第132—140页；郑振铎：《插图本中国文学史》,北京工业大学出版社2009年版,第87—90页；罗根泽：《罗根泽古典文学论文集》,上海古籍出版社2009年版,第143—146页；马雍：《苏李诗制作时代考》,商务印书馆1944年版；逯钦立：《汉魏六朝文学论集》,陕西人民出版社1984年版,第3—22页；郑文：《汉诗研究》,甘肃民族出版社1994年版,第166—177页。
④ 参见章培恒、刘骏：《关于李陵〈与苏武诗〉及〈答苏武书〉的真伪问题》,《复旦学报》1998年第2期。
⑤ 参见汪春泓：《关于〈汉书·苏武传〉成篇问题之研究》,《文学遗产》2009年第1期。

所见与苏武、李陵相关的写本文献,参考胡适、傅斯年等人的研究成果,认为"苏李诗与传世苏李书信文一样,最早都是依托于某一敷衍苏武、李陵故事的表演艺术节目,这些作品在流传过程中,脱离了苏李故事而得以写定,于是出现后来的苏李诗",并且认为"苏李诗和苏李书信文所依托的苏李故事产生于西汉末年,《汉书·苏武李陵传》的成篇当与此故事之流行相关"。①汪、孙二人的观点虽然缺乏坚实的证据,但对《汉书·李陵苏武传》真实性的质疑,却使学界不得不重新反思以下问题:司马迁、班固关于李陵的载述和评价是否属实?魏晋以来流传的《李陵集》《李陵别传》是否纯属敷衍虚构?司马迁以后历代士人对李陵的接受认同与李陵作品的流传整理有无联系?有鉴于此,本章拟以苏武归国、文姬归汉、五胡乱华为历史参照和线索,详细探讨汉魏六朝时期关于李陵认识和评价的历时性变化,并以此为背景和依据,重新考察李陵作品的流传及真伪。

第一节 苏武归国与李陵案的再检讨

天汉二年,李陵兵败投降匈奴,司马迁因替李陵辩护惨遭宫刑。于是,如何评价李陵的功过得失,不仅成为西汉王朝亟须解决的现实问题,而且也成为后世争讼不已的历史话题。现存最早的关于李陵接受史的文献,无疑是司马迁的相关载述和评价。《史记》关于李陵的记叙有三处,其一附于《李将军列传》之后,其二见于《匈奴列传》,其三见于《太史公自序》。总体来看,《史记》所述李陵之事相当简略,司马迁也没有将其个人遭遇掺杂于其中,对事件的叙述相当冷静客观。但是,在《报任安书》中,司马迁详述李陵降北及自己取祸陷刑之始末,称赞李陵"事亲孝,与士信,临财廉,取与义","有国士之风",评价不可谓不高。然李陵毕竟"生降",司马迁不得不直言"陨其家声","自是之后,李氏名败,而陇西之士居门下者皆用为耻焉"。②不难看出,

---

① 孙尚勇:《论苏李诗文的形成机制与产生年代——兼及〈汉书·苏武李陵传〉的成篇问题》,《文艺研究》2012年第3期。
② 《史记》卷一百九《李将军列传》,中华书局1982年版,第2878页。

司马迁虽然同情李陵之遭遇，但对其降辱之耻，并未曲笔回护，依然体现出"不虚美不隐恶"之实录精神。尽管如此，后世批评之声仍不绝于耳，王充批评司马迁"身任李陵"（《论衡》卷六《祸虚》），白居易窃惑司马迁"无讥"李陵（《白居易集》卷四六《汉将李陵论》），张耒称司马迁之辩李陵"几于愚"（《张耒集》卷四一《司马迁论上》），王夫之则指斥司马迁"为陵文过"，其书"为背公死党"之言（《读通鉴论》卷三）。值得注意的是，《汉书》对李陵的书写，不仅悉其原委，叙之甚详，而且突破其一贯谨严有法的叙事风格，过分渲染了李陵战败过程的悲壮色彩，直接暴露了汉武帝晚年的"法令无常"，明显承袭了司马迁《报任安书》的悲情基调和形象定位。班固的这种立场和评价，也引起后世的疑惑和争议，白居易斥其"无讥"李陵；今人汪春泓、孙尚勇等怀疑《汉书·李陵苏武传》受某种宣传目的或民间故事之影响而存在一定程度的虚构；何寄澎则认为班固一反常态，对一个败军之将予以如此"唯恐不尽"的心意书写，实则借对李陵的认同反映对司马迁的同情与理解，是中国古代"同情共感"传统的又一次展现①。

毫无疑问，司马迁对李陵的认识和评价与武帝时代的主流意识有很大的差距，《报任安书》称李陵败降后，"全躯保妻子之臣随而媒孽其短"，《汉书·李陵传》亦载"群臣皆罪陵"，此后武帝族灭陵家，司马迁因盛推陵功，惹祸陷刑，"交游莫救，左右亲近，不为一言"，武帝之冷酷、朝臣之附和、司马迁之孤独无助，不言而喻。然而，历史的发展似乎证实了司马迁的推断，投降匈奴的李陵并没有给大汉王朝带来多少灾难，而汉武帝过分倚重的李广利，却在征和三年（前90）率大军投降了匈奴。尤其是征和年间的巫蛊之祸，不仅大臣无罪夷灭者数十家，而且祸及卫皇后及其子、女、媳、孙，正如宋人洪迈所言："骨肉之酷如此，岂复顾他人哉！"（《容斋续笔》卷二"巫蛊之祸"条）在这场骨肉相残、人伦巨变的政治斗争中，忠奸贤愚似乎难有定论，马通、商丘成、景建、张富昌、李寿五人，先以击剿卫太子有功而封侯，但转眼之间，又全部被杀或被迫自杀。而公孙贺、刘屈氂、李广利等人的命运，正是东方朔《答客难》所谓"尊之则为将，卑之则为虏；抗之则在青云之上，抑之则在深渊之下；用之则为虎，不用则为鼠"。法令如此，士人"虽欲

---

① 参见何寄澎：《〈汉书〉李陵书写的深层意涵》，《文学遗产》2010年第1期。

尽节效情,安知前后?"①毋庸讳言,汉武帝晚年汉匈战争的失利以及人人自危的巫蛊之祸,严重动摇了其统治秩序以及君臣共同体,由此而产生的君臣裂痕和信任危机,必然会引发人们对大一统时代的君臣关系和李陵案的重新反思和检讨。征和四年(前89),汉武帝颁布轮台"哀痛之诏",实现了由崇尚武功向休养生息(重农守文)的转变(《汉书·西域传》)。后元二年(前87),武帝撒手人寰,继任者汉昭帝及执政大臣霍光忠实执行武帝临终前确定的治国理念,"轻徭薄赋,与民休息"(《汉书·昭帝纪赞》),与此相应,汉匈关系也明显改善,史称"始元、元凤之间,匈奴和亲,百姓充实"(同上)。

汉昭帝始元六年二月,西汉王朝召集贤良文学六十余人,以问"民所疾苦,议罢盐铁榷酤"(《汉书·昭帝纪》)。这次大规模的"盐铁会议",对汉武帝时代的内外政策进行全面的反思与总结,对汉武帝开边用武的得失尤其是普通百姓由此蒙受的苦难,也进行了激烈辩论和理性考量。这年春天,被匈奴羁留19年的苏武因为汉匈关系改善而归国,投降匈奴已有18年之久的李陵,毫无疑问也又一次引起了西汉王朝的关注。虽然记录这次会议内容的《盐铁论》中并没有关于李陵的任何信息,但《汉书·李陵传》载:"昭帝立,大将军霍光、左将军上官桀辅政,素与陵善,遣陵故人陇西任立政等三人俱至匈奴招陵。"②西汉王朝派人至匈奴迎招李陵之事,《资治通鉴》卷二三紧承苏武归国而系之。揆其文意,司马光等人显然认为苏武归国与遣使招陵两事之间有因果关系,即先有苏武归国,然后才遣使招陵。综合考察相关文献,《资治通鉴》卷二三的记述显然比《汉书·李陵传》更为合理可信,因为自汉初以来,投降匈奴之汉将人数众多,但惟独遣使迎招李陵,个中原因,固然与执政大臣霍光、上官桀与李陵的交情有关,但"匈奴和亲"背景下的苏武归国,无疑是更深层的原因。因为只有义不背汉的苏武归国,汉王朝才有可能获取投降匈奴18年之久的李陵的确切信息,并由此引发当朝对于李陵其人其事的重新审查和反思。尽管李陵最终以"丈夫不能再辱"为由拒绝归汉,但他终于在被迫投降匈奴18年后等到了对大汉王朝倾诉满腔怨愤的时机,《文选》卷四一所收李陵《答苏武书》,应该是这一特殊情境下的特定产物,其具体作时应在汉昭帝始元

---

① (梁)萧统编,(唐)李善注:《文选》卷四五,上海古籍出版社1986年版,第2001、2002页。
② 《汉书》卷五四《李陵传》,中华书局1962年版,第2458页。

六年九月。①

《答苏武书》是否真正出自李陵之手？自唐代刘知幾以来，关于此文真实性的质疑，一直未曾间断。但迄今为止，学界并未发现确切证据证明其伪。尤其值得注意的是，因为《答苏武书》对苏、李双方都耳熟能详的李陵战事又一次进行悲情书写，所以何焯、翁方纲、黄侃等不少学者认为此信"祥林嫂式"的战事重复叙写，是其出于后人伪托的确证。②但从文本内容看，此文从异国之悲、降辱之愧写起，然后追述天汉二年的惨烈战事，进而控诉刘邦以来西汉历代君王对待功臣的刻薄寡恩，明确表明绝不背匈归汉的立场，其中所展示的矛盾纠结的悲伤情怀，与李陵在始元六年拒绝归汉时的心境完全相合。顾炎武《日知录》卷十九"文辞欺人"云："古来以文辞欺人者，莫若谢灵运，次则王维。……今有颠沛之余，投身异姓，至摈斥不容，而后发为忠愤之论，与夫名污伪籍而自托乃心，比于康乐、右丞之辈，吾见其愈下矣。末世人情弥巧，文而不惭，固有朝赋《采薇》之篇，而夕赴伪廷之举者。苟以其言取之，则车载鲁连、斗量王蠋矣。曰是不然，世有知言者出焉，则其人之真伪即以其言辨之，而卒莫能逃也。《黍离》之大夫，始而摇摇，中而如噎，既而如醉，无可奈何，而付之苍天者，真也。汨罗之宗臣，言之重，辞之复，心烦意乱，而其词不能以次者，真也。栗里之征士，淡然若忘于世，而感愤之怀有时不能自止而微见其情者，真也。其汲汲于自表暴而为言者，伪也。"③李陵兵败降敌，罪不容恕，但其以"丈夫不能再辱"为由拒绝归汉，绝非反复无常之辈，陇西李氏"不甘受辱"的家风与血性依然可见，《答苏武书》对天汉二年汉匈战事的重复书写、对感愤之怀的尽情倾诉，与顾亭林所论《黍离》之大夫、汨罗之宗臣（屈原）、栗里之征士（陶渊明）的"真情真言"如出一辙，就此来看，此文当是李陵的真实之作，不能仅凭其文体风格不同于西汉时期的主流文风以及李陵的"武士"身份而否定李陵的著作权。

---

① 详参本书第五章第一节。
② （清）何焯：《义门读书记》卷四九，中华书局1987年版，第955页；（清）梁章钜：《文选旁证》卷三四，福建人民出版社2000年版，第935页；黄侃：《文选平点》卷五，中华书局2006年版，第478页。
③ （清）顾炎武著，黄汝成集释：《日知录集释》卷十九，上海古籍出版社2006年版，第1093—1095页。

《汉书·李陵苏武传》所载李陵与苏武的交往是否真实可信？今人汪春泓、孙尚勇对此俱有质疑，认为此传受某种宣传目的或民间故事之影响而存在一定程度的虚构，苏、李二人的交往不一定真实存在。但就《汉书》的成书过程进行理性考量，此说实难成立。首先，班固奉诏修史，非常注重有形的史料即已经形诸文字记录的史料，所以在《汉书》中大大增加典章制度和经世之文的分量，因有"私改国史"而下狱的前车之鉴，班固绝对不会仅凭一己之好恶而私自改变对李陵的评价和认识，《汉书》卷五四关于李陵其人其事的书写，应该以苏武归国引发的汉王朝对李陵的重新评价和定位为基础。其次，李陵虽然投降匈奴，但是西汉王朝要准确掌握李陵的相关信息，并非难事。天汉二年李陵败降，余部四百余人归汉，此次战事之详情，西汉王朝应该有详细的调查和记录；始元六年苏武归国，西汉王朝随即遣使招陵，李陵在匈奴期间的情况，霍光等人显然也有深入的了解；汉宣帝时，苏武胡妇之子苏通国被赎归汉，汉匈之间使者往来频繁，李陵晚年的情况也绝非隐秘难知。《汉书》卷五四即明确记载："陵在匈奴二十余年，元平元年（前74）病死。"要之，《汉书》关于李陵的载述和评价，应该有详实的档案材料或其他历史文献为依据，出于某种宣传目的或受民间故事影响而虚构的可能性很小。前人推测班固以李陵为苏武之对立参照，又谓班固借李陵为司马迁鸣不平，两种说法皆可成立。然若各执一词，略嫌偏颇，兼而论之，则更合情理。一方面，受正统儒学的影响，班固将不辱君命的苏武与兵败降敌的李陵合传，褒贬之意显而易见；另一方面，受"实录"精神的影响，班固对武帝晚年的法令无常及刻薄寡恩直言不讳，同情之意亦有迹可寻。两种动机，兼而有之，不可偏废。

　　值得注意的是，司马迁、班固之外，两汉士人对于李陵，大部分保持沉默和回避。扬雄《法言》论及"臣自失"，以"李贰师之执二，田祁连之滥帅，韩冯翊之诉萧，赵京兆之犯魏"（《重黎》卷第十）为典型事例，其中贰师将军李广利，正是天汉二年西汉王朝出征匈奴的主帅，李陵、司马迁的悲剧命运，与此人皆有关联。其于征和三年率大军投降匈奴，不仅彻底结束了汉武帝于有生之年臣服匈奴的梦想，而且也为汉代士人认识和评价李陵树立了苏武之外的另一个参照。扬雄《法言》的立场和看法，与班固《汉书》基本一致，由此可见两汉士人对李陵的态度，同情与宽容占主流，严厉的批判并不多见，《汉书·李陵传》的立场，比较客观地表达了两汉士人对于李陵事件的主流观点或共识。

总之，汉昭帝时期，随着汉匈关系的改善，以"盐铁会议"的召开和苏武归国为契机，西汉王朝对李陵投降匈奴也有了比较客观公正的评价和认识，遣使招陵即为明证。虽然李陵最终没有归汉，但当时对李陵案的相关史料以及李陵的奏表、与苏武往来的书信等历史文献，应有收集整理，从而为日后班固撰写《汉书·李陵传》积累了大量的原始材料，也为班固认识和评价李陵奠定了基础。

第二节　文姬归汉与李陵案的再反思

《后汉书·列女传》载："陈留董祀妻者，同郡蔡邕之女也，名琰，字文姬。博学有才辩，又妙于音律。适河东卫仲道。夫亡无子，归宁于家。兴平中，天下丧乱，文姬为胡骑所获，没于南匈奴左贤王，在胡中十二年，生二子。曹操素与邕善，痛其无嗣，乃遣使者以金璧赎之，而重嫁于祀。……后感伤乱离，追怀悲愤，作诗二章。"①相关的记载，还见于《蔡琰别传》(《艺文类聚》《太平御览》《乐府诗集》等引）以及曹丕《蔡伯喈女赋序》(《太平御览》卷八百六）、丁廙《蔡伯喈女赋》(《艺文类聚》卷三十）等。由于史籍记载比较简略且互有出入，所以关于蔡琰流落南匈奴的具体时间和经历，以及传世署名蔡琰的五言《悲愤诗》、骚体《悲愤诗》(以上两首《后汉书》卷八四载录）、《胡笳十八拍》(《乐府诗集》卷五九及《楚辞后语》卷三载录）三篇作品的真伪，学界存在较大争议。②但综合考察相关文献，《后汉书》本传的记载与曹丕、丁廙等人的作品互相印证，说明蔡琰于汉末流落南匈奴十二年，曹操遣使者以金璧赎归，重嫁陈留董祀，后感伤乱离，追怀悲愤，作诗言志，当属

---

① 《后汉书》卷八四《列女传》，中华书局1965年版，第2800—2801页。
② 参见《胡笳十八拍讨论集》，中华书局1959年版；曹道衡、刘跃进：《先秦两汉文学史料学》，中华书局2005年版，第432—439页；刘跃进：《秦汉文学论丛》，凤凰出版社2008年版，第257—272页。

事实。

关于蔡琰的生平与作品,学界论述较详,兹不赘述。但是,关于文姬归汉的背景,有些史料以往关注不够,移录如下,补证其事。《三国志·魏书·武帝纪》载:

> (建安)七年春正月,公军谯,令曰:"吾起义兵,为天下除暴乱。旧土人民,死丧略尽,国中终日行,不见所识,使吾凄怆伤怀。其举义兵已来,将士绝无后者,求其亲戚以后之,授土田,官给耕牛,置学师以教之。为存者立庙,使祀其先人,魂而有灵,吾百年之后何恨哉!"遂至浚仪,治睢阳渠,遣使以太牢祀桥玄。①

曹操此令,足以说明《后汉书·蔡琰传》所谓"曹操素与邕善,痛其无嗣,乃遣使者以金璧赎之"有据,而且可以据此推断曹操至迟当于建安七年(202)开始搜集了解蔡邕之后尤其是蔡文姬的信息和下落。又据《资治通鉴》卷六五、《三国志·魏书·梁习传》等,建安十一年正月,曹操征高幹,三月,高幹败亡,并州悉平,陈郡梁习"以别部司马领并州刺史,时承高幹荒乱之余,胡狄在界,张雄跋扈,吏民亡叛,入其部落;兵家拥众,作为寇害,更相扇动,往往棋跱。习到官,诱谕招纳,皆礼召其豪右,稍稍荐举,使诣幕府;豪右已尽,乃次发诸丁强以为义从;又因大军出征,分请以为勇力。吏兵已去之后,稍移其家,前后送邺,凡数万口;其不从命者,兴兵致讨,斩首千数,降附者万计。单于恭顺,名王稽颡,部曲服事供职,同于编户。边境肃清,百姓布野,勤劝农桑,令行禁止。贡达名士,咸显于世,语在《常林传》。……后单于入侍,西北无虞,习之绩也"②。据此可知,虽然史载匈奴南单于已于建安七年降服曹操(《三国志·魏书·钟繇传》及《资治通鉴》卷六四等),但此后数年,因高幹尚占据并州,所以南单于并未完全臣服于曹操,至建安十一年高幹败灭,梁习整治并州,才使"单于恭顺,名王稽颡",于是边境肃清,令行禁止,并州才真正处于曹操掌控之下。据《后汉书·郡国志》,东汉并州下辖上党、太原、上郡、西河、五原、云中、定襄、雁门、朔

---

① 《三国志》卷一《魏书·武帝纪》,中华书局1959年版,第22、23页。
② 《三国志》卷十五《魏书·梁习传》,中华书局1959年版,第469页。

方九郡，其地为依附东汉的匈奴南单于部众的主要徙居地，西河美稷（今内蒙古鄂尔多斯左翼前旗）长期为南单于庭所在地，蔡琰流落的南匈奴左贤王部驻地虽难以详考，但从《悲愤诗》二章所描写的胡地风物推断，此地很可能就是匈奴南庭故地即西河美稷一带，不出并州北部缘边数郡之范围，所以梁习此次整治并州，应该与蔡琰的被发现、被赎归有很大关联。据《后汉书》本传，蔡琰于兴平中为胡骑所获，没于南匈奴十二年后归汉。兴平为汉献帝年号，共两年（194—195），若蔡琰确于兴平中被掳，积十二年，正好为建安十一年。考诸史籍，兴平二年（195）四月至六月，李傕、郭汜相攻，李傕召羌胡数千人，"以御物缯彩与之，又许以宫人妇女，欲令攻郭汜"，此后羌胡数窥省门，索讨宫人美女，献帝患之，令贾诩设谋退之（《三国志·魏书·贾诩传》注引《献帝纪》、《资治通鉴》卷六一）。同年十一月，杨奉、董承遣使河东，招引白波帅胡才等及匈奴左贤王去卑，率师奉迎献帝东归（《后汉书·献帝纪》）。一般认为，蔡琰流落南匈奴，与本年左贤王去卑奉迎献帝东归有关，但因去卑居于河东平阳（今山西临汾一带），与蔡琰《悲愤诗》二章所述被掳经历及所居胡地风物俱不符合，且此"左贤王去卑"，《后汉书·南匈奴传》《董卓传》及《资治通鉴》卷六一俱作"右贤王"，所以蔡琰流落南匈奴，应与去卑及其部属无关，很可能是被李傕所召羌胡之众掳掠，经陕北高原至匈奴南庭故地。总之，如果《后汉书》本传记载属实，文姬归汉当在建安十一年或稍后，高幹败亡后梁习整治并州，可能是曹操得知蔡琰下落并遣使赎归的关键。

  文姬归汉，无疑为汉末盛事，曹丕、丁廙等作赋书写其事，足见当时影响之大。然而比较蔡琰与李陵之生平经历，有以下几个方面值得反思考量。其一，此二人身世遭际相似。李陵兵败降敌，单于以女妻之，身负降辱之耻；文姬流落匈奴，诞育胡子，饱受失节之辱。同为沦落天涯之人，霍光、曹操遣使迎招，李陵拒绝归汉，文姬舍子归国。其二，李陵、蔡琰均有文集、别传见于史籍载录，《隋书·经籍志》等著录《李陵集》二卷（《史通》卷十八《杂说下》亦有载录），其著录《丁廙集》下附注云梁又有"后汉董祀妻《蔡文姬集》一卷"，亡。[①]《李陵别传》《蔡琰别传》虽未见史志著录，但曾被《北堂书钞》《艺文类聚》《太平御览》等类书反复征引。二人也均有作品流传后世，

---

① 参见《隋书》卷三五《经籍志》，中华书局1973年版，第1056、1059页。

然其真伪同样引起后世较大的争议,迄今尚无定论。其三,后世对李陵、蔡琰的评价,同样毁誉参半,争议较大。关于李陵的评价,上文已经论及;关于蔡琰,范晔《后汉书》列入《列女传》,褒扬之意明显,然刘知幾《史通》却深表质疑:"观东汉一代,贤明妇人,如秦嘉妻徐氏,动合礼仪,言成规矩,毁形不嫁,哀恸伤生,此则才德兼美者也。董祀妻蔡氏,载诞胡子,受辱虏廷,文词有余,节概不足,此则言行相乖者也。至蔚宗《后汉》,传标《列女》,徐淑不齿,而蔡琰见书。欲使彤管所载,将安准的?"①朱熹《楚辞后语》卷三亦云:"《胡笳》者,蔡琰之所作也。……琰失身胡虏,不能死义,固无可言。然犹能知其可耻,则与扬雄《反骚》之意又有间矣。今录此词,非恕琰也,亦以甚雄之恶云尔。"②不难看出,李陵与蔡琰在生平遭际、作品真伪、后世评价等方面都存在相似之处,这自然令人产生一系列疑问:文姬归汉是否引发时人对李陵其人其事的再次热议?是否由此导致了《李陵集》《李陵别传》的整理编撰?传世"苏李诗"的出现是否也与士林新风影响下汉末士人对李陵的再解读、再认识有关?

如前所述,李陵有文集、别传见于史籍载录,虽然二者成书的时间难以详考,但刘宋初年颜延之在《庭诰》中即云:"逮李陵众作,总杂不类,是假托,非尽陵制。至其善篇,有足悲者。"江淹在刘宋末年所作《诣建平王上书》中,已经引用《答苏武书》"此陵所以仰天椎心而泣血"一语为典故,其《杂体诗三十首》其二即拟《李都尉陵〈从军〉》(《文选》卷三一)。此后刘勰《文心雕龙》、钟嵘《诗品》、任昉《文章缘起》、裴子野《雕虫论》、萧统《文选》、萧子显《南齐书·文学传论》等,也都对李陵的作品予以评述或选录。由此可以推断,《李陵集》《李陵别传》的编撰,至迟在东晋末年应该基本成书(颜延之为晋末宋初之人)。其编撰缘由与动机,当与文姬归汉引发的汉末魏晋士人对李陵的再反思、再认识有关。之所以有这样的推断,主要基于以下几个方面的依据。

其一,迄今为止,关于"苏李诗"的写作年代,虽然言人人殊,但就论证之全面详尽考量,逯钦立和马雍的汉末曹魏说最具说服力。逯钦立《汉诗别

---

① (唐)刘知幾撰,(清)浦起龙释:《史通通释》,上海古籍出版社1978年版,第238页。
② (宋)朱熹:《楚辞集注》,上海古籍出版社1979年版,第255页。

录》征引史实、考订词句、辨析诸说,并通过对习俗、品目以及"中州""清言"等词句的运用等多方面的考证,认为这组诗为东汉末年灵、献之际避难交阯之文士所作。①马雍《苏李诗制作时代考》通过详细梳理有关"苏李诗"的著录及论辩,认为"据颜(颜延之)说则可定其成《集》(《李陵集》)当在晋末,依刘(刘知幾)说则可知是《集》至唐初尚流传。而《集》中则有诗文,《汉书·苏武传》所录之《别歌》,当在其中,所谓'总杂不类'也。又疑有数首题曰苏武,以为附录。盖《文选》所录,选自此《集》,若《李集》无苏,则《文选》四首之题为无据矣。自《李集》告成,昭明选录,后人对之,信疑皆有,大抵唐以前多信,而宋以后多疑。东晋迄梁初,词人引拟,不及苏武。自梁武帝《代苏属国妇》后,拟苏渐多。至唐《李集》佚而《文选》盛,虽称引互误,而信奉皆然。自宋迄今,伪证滋多,非景武之作,已成定论"。马雍还从词类、句法、意境三个方面入手,将"苏李诗"与今存可信的汉晋五言诗进行比较,"求通用之字,常遣之词,皆作之句,同有之境",认为其写作时代"早则不越建安,晚亦不过东晋";又通过具体考订汉魏诗中称呼(称"子"、称"君")的变化,推断"苏李诗"当成于公元240年(魏齐王曹芳正始元年)左右,为曹魏后期作品。②两位先生的上述观点虽然尚未被普遍接受,但就汉魏诗歌尤其是五言古诗的发展演变看,确定"苏李诗"为汉末曹魏时期的作品,显然具有较强的说服力。③值得一提的是,胡大雷《苏李诗出自代言体说》一文,通过对汉魏文人代人立言的作诗风气的考察,认为"苏李诗"系东汉末年文人代苏武、李陵立言,其后"代"字可能脱落,于是被误认为苏、李所作。④这种说法虽然也缺乏直接证据,但其以汉末代言体诗的历史存在为参照,试图对"苏李诗"的产生背景及写作年代做出比较合理的推断,客观上也从另一个角度增强了汉末曹魏说的可信度和说服力。

其二,汉末以来,随着儒学式微,个体意识日渐觉醒,对历史人物的评价

---

① 参见逯钦立:《汉魏六朝文学论集》,陕西人民出版社1984年版,第3—22页。
② 马雍:《苏李诗制作时代考》,商务印书馆1944年版,第13、21、67、69页。
③ 关于"苏李诗"的写作年代,除汉末说、曹魏说外,还有西汉说(钟嵘《诗品》和章培恒、刘骏《关于李陵〈与苏武诗〉及〈答苏武书〉的真伪问题》等)、两晋说(章学诚《乙卯札记》、郑文《汉诗研究》等)、齐梁说(苏轼《与刘沔书》)等。参见跃进:《有关〈文选〉"苏李诗"若干问题的考察》,《文学遗产》1996年第2期。
④ 胡大雷:《苏李诗出自代言体说》,《柳州师专学报》1994年第3期。

标准相应改变,对李陵的认识如果仍然停留或局限于以正统儒学思想为指导的《汉书·李陵传》的水平和层面,即李陵仍然作为大一统时代"忠君"楷模的对立面而存在,显然不能适应党锢之祸以后汉末士人与现实政权的疏离以及三国纷争、魏晋易代之际士人根据家族和自身利益自由择主的现实需要。于是,以文姬归汉为诱因,李陵又一次成为士人关注的对象,《李陵集》和《李陵别传》的编撰,正是新的思想文化背景下对李陵再解读、再认识的历史性产物。别集和别传,一为个人的文集,一为个人的传记,两者之间看似并不存在密切关联,但究其产生的背景与原因,都与汉末魏晋时期个体意识觉醒引发的思想观念的转变有必然联系。逯耀东先生在《魏晋别传的时代性格》一文中指出:"魏晋别传的渊源,与中国正史列传不同。因此称之为'别',至少代表两种意义,一是'别乎正史而名之'。虽然魏晋的杂史与杂传的写作形式已与正史不同,但别传更表现了这种倾向。因为别传不是官修的,所以,没有正史那么浓厚的这种色彩,也没有太多儒家的规范意识,企图塑造某类典型,留供后人鉴戒的典型。因此,魏晋别传所表现的社会色彩远超过政治意义。……别传所代表的第二个意义,可作'分别'或'区别'解。因此,别传的'别',与《隋书·经籍志·集部》之《别集》的'别',有程度上的相似。……每一个人的文集,都有其不同的风格。正如《隋书·经籍志》所说'志尚不同,风流殊别',所以称之为'别',以示其与众不同。同样地,独立的个人别传,称之为'别',也有这种意味在内。也就是每一个别传,都代表了传主与众不同的性格。所以,魏晋别传表现了两种不同的意义,一是表现别传与正史列传不同;一是表现别传传主彼此间的不同。这两种不同的意义却说明一个事实,由于魏晋时代个人意识的醒觉,对个人性格的尊重与肯定。否则,就无法产生突出这个时代性格的史学著作形式。另一方面,别传与别集都在东汉晚期出现,这个时期由于儒家思想的衰退,原来笼罩在儒家经学下的其他学术与思想,纷纷挣脱经学的羁绊而独立,别集和别传分别代表了文学与史学脱离经学而独立的转变过程中,所出现的特殊产物。"①逯先生的看法是比较客观的,别集和别传在汉末魏晋时期大量出现,确实是这一时期学术演变和时代特质的典型体现。考诸史籍,汉末建安时期,个人从事文学创作的意义被充分肯定,并被文人普遍

---

① 逯耀东:《魏晋史学的思想与社会基础》,中华书局2006年版,第78—80页。

接受，于是，曹丕、曹植等人不仅整理编辑自己的文集，而且也为孔融、徐干、陈琳等人编纂文集，此后，文人别集便大量涌现。明乎此，则《李陵集》《李陵别传》的编撰，显然不是某些好事者在个人兴趣驱使下的偶然之举，而是汉末魏晋士人在新的学术背景与史学观念影响下，重新解读和认识李陵的必然产物。虽然见于史志著录的《李陵集》二卷早已散佚不存，但就颜延之所谓"李陵众作，总杂不类"及传世文献推断，其中收录的作品，应该数量可观，且文体多样。李陵的章表，表达个人怨愤的《别歌》《答苏武书》，抒发离愁别绪的"苏李诗"，以及苏武、李陵往返的书信，等等，应该都囊括其中。这些作品无论是否真正出自李陵之手，无论是出于有意代言还是因编者附录无名氏之"别诗"以致真伪难辨，一旦被汇编成集，就与《李陵别传》相互照应，标志着一个更全面更真实更具个性色彩的李陵形象的重塑与生成。其编撰动机，正是《隋书·经籍志》所谓"后之君子，欲观其体势，而见其心灵，故别聚焉"①。

需要说明的是，《李陵别传》在《隋书·经籍志》等史志书目中无著录，作者及卷数亦不详。其书名（篇名）见《太平御览经史图书纲目》，佚文散见于《北堂书钞》《太平御览》等，主要为《文选》所录李陵《答苏武书》之节文。关于其编撰年代，姚振宗以为是前汉人所作："《李陵别传》当是前汉人作，陵既不得已降匈奴，汉朝人士颇有悯惜之者，故为是传志悲感焉。《隋志》有梁任昉《杂传》一百四十七卷、贺踪《杂传》七十卷、陆澄《杂传》十九卷、无名氏《杂传》十一卷，皆纂集先代别传，汇为一帙者。此传当在其内，故不别著录。"②黄侃《文选平点》卷五云："详别传之体盛于汉末，亦非西汉所有也。"并附注曰："西汉人有别传者，惟东方朔及陵，皆后人所为。"③逯耀东曾详细考察别传出现的时代，认为"这些人物别传出现的时代上限和下限，是从东汉末年至东晋末年的两百年间。……从东汉末年至东晋末年的两百年间，正是史学脱离经学而独立的重要发展阶段，别传的形成与发展也正在这两百年间，而且著作的数量又特别丰富，所以，别传可以说是史学脱离经学转

---

① 《隋书》卷三五《经籍志》，中华书局1973年版，第1081页。
② （清）姚振宗：《汉书艺文志拾补》卷二，《二十五史补编》，中华书局1955年版，第2册，第1483页。
③ 黄侃：《文选平点》，中华书局2006年版，第477页。

变期间特殊的产物"①。以上诸说，黄侃、逯耀东的比较接近，且有说服力。作为败降匈奴之叛臣，《汉书》对李陵的书写应该代表了经学时代的主流观念和认识，而《李陵别传》的出现，显然是要突破以《汉书》为代表的正史（官修史书）对李陵的书写和评价，所以逯耀东先生所说"史学脱离经学"的背景至为关键，就此来看，《李陵别传》的出现，应在汉末魏晋时期，而且与《李陵集》的编撰基本同时。

其三，汉末动乱以来，随着王权衰微，与大一统时代相适应的忠君至上的君臣观念，显然已经不能适应重建社会秩序及政权体系的现实需要，于是，用更合乎人情、更强调对等性的"君臣相报"（《淮南子·主术训》）的观念，重新评价《汉书》中作为忠君楷模的对立面而存在的李陵，无疑是汉末魏晋士人必须直面的历史课题。众所周知，战国至汉初，士人尚保有独立之精神和自由之思想，所以当时不少人以豫让报主为例，倡导对等相报的君臣观。《孟子·离娄下》曰："君之视臣如手足，则臣视君如腹心；君之视臣如犬马，则臣视君如国人；君之视臣如土芥，则臣视君如寇仇。"②《淮南子·主术训》则直言："是故臣不得其所欲于君者，君亦不能得其所求于臣也。君臣之施者，相报之势也。"③随着高度集权的大一统时代的到来，君权凌驾于一切之上，以至于超越人伦血缘亲情，正如苏武所言："臣事君，犹子事父也，子为父死，亡所恨。"（《汉书·苏武传》）但是，这种被扭曲的君臣观念，忽视臣子的主体诉求和个体尊严，强调臣对于君无条件地守节尽忠，显然难以得到动乱时代士人的普遍认同。在汉末群雄并起、三国鼎立、曹魏代汉以及魏晋易代的历史进程中，士人在择主尽忠方面，客观上拥有更大的自由和空间。史载徐庶身在曹营，心系蜀汉（《三国志·蜀书·诸葛亮传》）；彝陵之战，黄权降魏，有司执法，收权妻子，刘备释而不诛，待之如初（《三国志·蜀书·黄权传》）；关羽忠于刘备，下邳之役，被迫降操，其后斩颜良解白马之围，乃弃操奔刘，曹公壮其为人（《三国志·蜀书·关羽传》）。诸如此类的事例，当时屡屡发生。但稽诸史籍，时人并未以大一统时代的忠节观念苛责徐

---

① 逯耀东：《魏晋史学的思想与社会基础》，中华书局2006年版，第75页。
② 杨伯峻：《孟子译注》，中华书局1960年版，第186页。
③ 何宁：《淮南子集释》，中华书局1998年版，第648页。

庶等人。西晋末年，刘琨出任并州刺史，辟范阳卢谌为从事中郎，后为石勒所败，投奔鲜卑段匹磾，因寄人篱下，卢谌被迫求为匹磾别驾，作书致歉，刘琨答书云："夫才生于世，世实须才。和氏之璧，焉得独曜于郢握？夜光之珠，何得专玩于随掌？天下之宝，当与天下共之。"[①]刘琨虽然忠于晋室，但面对故吏背弃自己转事他人之举，不仅不以严词苛责，反而以"天下之宝当与天下共之"的豁达观念宽慰卢谌，正是汉末以来忠节观念发生变化的典型体现。值得注意的是，随着门阀制度的确立，世族社会家族本位意识进一步增强，忠节观念进一步淡化，余英时论及名教思想与魏晋士风的演变时说："从汉末到西晋这一百多年期间，名教中的君臣一伦已根本动摇了。""由于门第势力的不断扩大，父子之伦（即家族秩序）在理论上尤超乎君臣之伦（即政治秩序）之上，成为基础的基础了。"[②]由于门阀世族大力提倡孝道，两汉以来的忠孝观念也发生根本变化，"亲先于君，孝先于忠"的观念得以形成，《邴原别传》所载由曹丕提议、百数十人参与、围绕君父孰先孰后问题展开的讨论，正是基于现实困惑的一次大型学术论争（《三国志·魏书·邴原传》注引）。史载邴原虽归附曹操，但面对君父孰先孰后的二难选择，依然主张父先于君，而曹丕"亦不复难之"（同上）。更有甚者，受玄学思潮的影响，一些激进的魏晋士人如阮籍、鲍敬言等，明确提出"无君论"，认为"无君而庶物定，无臣而万事理"，"君立而虐兴，臣设而贼生"（阮籍《大人先生传》），对君臣存在的合理性提出大胆质疑，其后陶渊明理想中的桃花源，即为典型的无君主世界。[③]虽然傅玄于西晋初年慨叹"魏文慕通达，而天下贱守节"（《晋书·傅玄传》），但客观地讲，汉末魏晋时期士人忠节观念的淡化，有其复杂的文化背景和历史原因，完全归咎于曹丕之"慕通达"，显然并非的论。总之，汉末以来君臣观念、忠孝观念的变化，也为魏晋士人重新认识和评价李陵提供了新的理论依据和现实基础。

综上所述，汉末动乱以来，随着儒学式微，士林新风兴起，史学观念、君

---

① （晋）刘琨：《答卢谌诗并书》，（梁）萧统编，（唐）李善注：《文选》卷二五，上海古籍出版社1986年版，第1169、1170页。
② 余英时：《士与中国文化》，上海人民出版社2003年版，第361、359页。
③ 参见陈寅恪：《陶渊明之思想与清谈之关系》，《金明馆丛稿初编》，生活·读书·新知三联书店2001年版；刘大杰：《魏晋思想论》，上海古籍出版社1998年版，第96—101页；汤用彤：《魏晋玄学与政治思想》，《魏晋玄学论稿》附录，上海古籍出版社2001年版，第129—133页。

臣观念相应有了大的转变,客观上需要对李陵等争议较大的历史人物重新进行解读和品评。于是,以文姬归汉为诱因,李陵又一次成为士人关注的对象,《李陵集》和《李陵别传》的整理编撰,正是新的历史背景下对李陵及相关史料再解读、再认识的必然产物。

第三节　五胡乱华与李陵的再认识

晋惠帝永兴元年(304)八月,匈奴左贤王刘渊据离石叛晋(《晋书·惠帝纪》《刘元海载记》),正式拉开了"五胡乱华"的序幕,同时,也正式开启了十六国北朝胡汉各族大融合的新时代。其后经永嘉丧乱,帝室东迁,"中州士女避乱江左者十六七"(《晋书·王导传》)。此时未及南迁的北方士族,或者纠合宗族乡党,屯聚堡坞,据险自守(《晋书·祖逖传》《郗鉴传》《苏峻传》等)[1];或者迫于胡族统治者的权威,为了生存放弃了知识分子的尊严,从一个边疆政权过渡到另一个边疆政权,在五胡君主羽翼下讨生活[2]。虽然这一时期的胡汉大融合是历史大势,不可逆转,但由于民族矛盾与冲突的严重存在,所以胡汉各族的融合必然要经历漫长的历史过程,而且必然要引起对"夷夏之防""华夷之辨"等问题的重新解读与考量。随着五胡汉化的不断深入,汉人、胡人之别"文化重于血统"观念的生成,尤其是身仕异族的北方士人的降辱经历和感同身受的体验,对李陵的认识也历史性地迎来了一个新的阶段。总体来看,十六国南北朝时期,对李陵的接受认识主要体现为两个方面:肯定李陵、追祖李陵。

其一,肯定李陵。就现存文献载录看,两汉以后最早正面肯定李陵的文士当数西晋末年的刘琨。据《晋书·刘琨传》等记载,光熙元年(306)九月,

---

[1]　参见万绳楠整理:《陈寅恪魏晋南北朝史讲演录》,黄山书社1987年版,第135—141页。
[2]　参见逯耀东:《北魏前期的文化与政治形态》,《从平城到洛阳——拓跋魏文化转变的历程》,中华书局2006年版,第57页。

刘琨临危受命，出任并州刺史。①时并州诸郡为匈奴刘渊所陷，"东嬴公腾（司马腾）自晋阳镇邺，并土饥荒，百姓随腾南下，余户不满二万，寇贼纵横，道路断塞"。刘琨赴任，"冒险而进，顿伏艰危，辛苦备尝"。②作于赴任途中的《扶风歌》，忧伤时艰，并对李陵给予深深的怜悯和同情："惟昔李骞期，寄在匈奴庭。忠信反获罪，汉武不见明。我欲竟此曲，此曲悲且长。弃置勿重陈，重陈令心伤。"③刘琨出任并州，面对的头号劲敌即为以刘渊为首的内迁匈奴，此时朝廷多事，无暇外顾，刘琨孤悬一方，后援难继，困窘之境与兵败降敌的李陵相去不远，此诗对李陵的肯定和认同，不仅与其辞家赴难的处境和前途未卜的忧虑有关，而且也是其"天下之宝当与天下共之"人才观的具体体现。值得注意的是，刘琨直言李陵"忠信反获罪，汉武不见明"，明显将李陵被迫降敌视为"忠臣去国"，认为此冤案的主要责任在于汉武帝，这种看法显然突破了以往同情为主、批判为辅的评价模式，从根本上改变了大一统时代对李陵的定性评价，将其从"叛臣"的耻辱柱上真正释放出来，从而开启了李陵接受史的新时代。此后裴松之注《三国志》，论及彝陵之战黄权降魏刘备宽宥其妻子一事时即云："臣松之以为汉武用虚罔之言，灭李陵之家，刘主拒宪司所执，宥黄权之室，二主得失悬邈远矣。诗云'乐只君子，保艾尔后'，其刘主之谓也。"④裴氏此论，与刘琨一样，也是批判汉武帝刻薄寡恩，并未以传统的忠节观念苛责李陵，这说明魏晋以降，受学术思潮和现实背景（南北对峙与民族融合）的影响，史官评价历史人物的标准有了较大的转变，对李陵案的认识也相应有更理性、更人性的考量。这与范晔《后汉书》将"失节"之蔡琰载入《列女传》互为照应，足以说明这一时期对李陵的正面评价超过了负面批判。正是基于这种认识，江淹《恨赋》也为李陵鸣不平，称其"名辱身冤"⑤。与之相应，北齐孝昭帝高演少时"笃志读《汉书》，至《李陵传》，恒壮其所为"⑥。高演称赏李陵的具体原因虽然难以详考，但据史籍载述，北齐皇室高氏本为汉

---

① 刘琨出任并州刺史的时间，《晋书》本传系于永嘉元年（307），然《资治通鉴》卷八六系于光熙元年，中华书局校点本《晋书》卷六二《校勘记》云："以《怀纪》永嘉元年四月琨保晋阳及下文琨表'九月末得发'推之，琨受任当在永嘉元年之前，《通鉴》较确。"今从其说。
② 《晋书》卷六二《刘琨传》，中华书局1974年版，第1680、1681页。
③ （梁）萧统编，（唐）李善注：《文选》卷二八，上海古籍出版社1986年版，第1340页。
④ 《三国志》卷四三《蜀书·黄权传》，中华书局1959年版，第1044页。
⑤ （南朝）江淹著，（明）胡之骥注：《江文通集汇注》，中华书局1984年版，第8页。
⑥ 《北齐书》卷六《孝昭帝纪》，中华书局1972年版，第79页。

人（籍贯渤海蓨县），因累世北边，受鲜卑习俗影响很深，遂与之同化，自视为鲜卑人。①作为鲜卑化程度很深的汉人，高演对于投降匈奴后"胡服椎结"的李陵，自然易于产生身份认同，肯定李陵、赞赏李陵也在情理之中。

客观地讲，刘琨对李陵的评价和认识，应该代表了十六国北朝时期被迫出仕胡族政权的汉族士人的普遍心声。屈仕异族的相同经历和感同身受的情感体验，使这一群体对李陵产生了前所未有的身份认同和情感共鸣。以刘琨及其部属为例，史载刘琨据守晋阳，为石勒所败，穷蹙不能复守，乃率众依附幽州刺史鲜卑段匹磾。其后段氏内乱，刘琨及部分子侄遇害，其子刘群、从事中郎范阳卢谌、清河崔悦等率余众依附辽西段末波（段匹磾从弟），石季龙破辽西，刘群、卢谌、崔悦等俱降于羯胡，石氏皆优礼之。石赵后期，冉闵执政，重用汉人，诛杀胡羯，刘群、卢谌等追随冉闵，死于战乱（参《晋书·刘琨传》《卢谌传》《石季龙载记》等）。冉闵败灭，卢谌、崔悦之子孙又归附鲜卑慕容氏。鲜卑拓跋氏建国，崔宏、崔浩、卢玄等又出仕北魏，名重北朝（参《魏书·崔玄伯传》《崔浩传》《卢玄传》等）。不难看出，自西晋末年以来，以中山刘氏、范阳卢氏、清河崔氏等北方士族为核心的这一士人群体，在十六国北朝时期颠沛流离，屈仕异族，刘琨当年的隐忧完全成为现实。虽然胡汉融合是这一时期历史发展的必然趋势，但要彻底消除华夷之限或夷夏之防，需要经历漫长的历史过程，也需要几代人的共同努力。范阳卢氏、清河崔氏等北方世族虽然祖孙数辈辗转入仕多个胡族政权，但内心的矛盾纠结却很难彻底消解。《晋书·卢谌传》载："谌名家子，早有声誉，才高行洁，为一时所推。值中原丧乱，与清河崔悦、颍川荀绰、河东裴宪、北地傅畅并沦陷非所，虽俱显于石氏，恒以为辱。谌每谓诸子曰：'吾身没之后，但称晋司空从事中郎尔。'"②《北史·崔宏传》亦载："始宏因苻氏乱，欲避地江南，为张愿所获，本图不遂，乃作诗以自伤，而不行于时，盖惧罪也。浩诛，中书侍郎高允受敕收浩家书，始见此诗。允知其意，允孙绰录于允集。"③稽诸史籍，卢谌仕石赵，历职"中书侍郎、国子祭酒、侍中、中书监"，深受礼遇（《晋书》本传）；崔宏仕北魏，"通

---

① 参见万绳楠整理：《陈寅恪魏晋南北朝史讲演录》，黄山书社1987年版，第293—297页。
② 《晋书》卷四四《卢谌传》，中华书局1974年版，第1259页。
③ 《北史》卷二一《崔宏传》，中华书局1974年版，第791页。

署三十六曹，如令仆统事，深为太祖（拓跋珪）所任，势倾朝廷"（《魏书·崔玄伯传》）。即便如此，卢谌、崔宏等人仍以身仕胡族为耻，感愤自伤，翘首南望，内心的痛苦纠结不言而喻。然遭遇乱世，身不由己，本志难图，实属无奈。此情此境，与有国难归、寄身匈奴的李陵何其相似。正因为这样，郑振铎、郑文等先生认为传世之苏李诗文，很可能是"五胡乱华"时期淹留北方的汉族士人所作。①值得注意的是，冉闵诛胡，刘群、卢谌等身预其事（《晋书·石季龙载记下》）；崔浩辅魏，大力奖掖范阳卢玄、博陵崔绰、勃海高允等汉儒世族（《魏书·高允传》等）。虽然北方汉人以冉闵为首的暴力反抗与以崔浩为核心的汉化革新俱以悲剧告终，但这两次事件的发生，似乎正是饱受降辱之痛的汉人群体"奋大辱之积志"（《汉书》本传载李陵语）的必然体现，而且都与西晋末年的刘琨集团及其后裔有关，其主要目的，显然与借灭胡或化胡以洗刷降辱之耻、表明内心向汉之至诚有关。史载冉闵诛胡，主要依恃北方士族，"清定九流，准才授任，儒学后门，多蒙显进，于时翕然，方之为魏晋之初"，并遣使告晋，呼吁共讨羯胡（《晋书·石季龙载记下》）；崔浩被诛，"清河崔氏无远近，范阳卢氏、太原郭氏、河东柳氏，皆浩之姻亲，尽夷其族"，"其秘书郎吏已下尽死"（《魏书·崔浩传》），南朝则盛传崔浩密有异图，谋泄被诛（《宋书·柳元景传》）。总之，冉闵诛胡、崔浩被杀二事，都是当时民族融合的逆流，寄身于胡族政权的汉人之艰辛不易及复杂心态，于此可略窥一二。若以此为参照，则备受后世讥疑的李陵欲择时以报汉的说法，也不能完全视为无稽之谈。

与前引卢谌、崔宏等人心存夷夏之防不同，在十六国北朝民族斗争和融合的风云际会中，一批少数民族英明君主和汉族杰出士人，凭借政治家敏锐的洞察力，准确把握时代前进的脉搏，顺应历史发展的潮流，以比较自觉的行动，积极践行儒家"用夏变夷"的民族融合理论，其中最为典型的代表是竭力推进民族融合的三个君臣集体：早期的秦王苻坚与王猛，中期的北魏孝文帝与李冲、王肃，晚期的北周文（追谥）、武二帝与苏绰、卢辩，分别代表了当时民族融合进程的三个发展阶段。虽然他们所处时代不同，民族类别有异，在民族

---

① 郑振铎：《插图本中国文学史》，北京工业大学出版社2009年版，第88、89页；郑文：《汉诗研究》，甘肃民族出版社1994年版，第176页。

融合进程中各具特色,但在处理民族关系时秉承的理念,都是"用夏变夷"以及"夷汉一家,天下一统"的儒学思想。①苻坚主张:"黎元(汉人)应抚,夷狄应和,方将混六合以一家,同有形于赤子。"②北魏孝文帝常言:"凡为人君,患于不均,不能推诚御物。苟能均诚,胡越之人亦可亲如兄弟。"③周文帝平定关陇,采用"西辑氐羌,北抚沙塞"(《周书·文帝纪上》)之策略,推行关陇本位政策,维系胡汉各族之人心。周武帝亲政,追求"怀远以德""处邻以义""包举六合,混同文轨"(《周书·武帝纪下》)之理想。王猛、李冲、王肃、苏绰、卢辩等五位汉族文士,也从儒家进步的民族观出发,摒弃"夷夏之防"以及民族大义、气节等不合时宜的观念,鼎力辅佐胡族君主,积极推进胡汉各族的融合统一。正是以上述几个群体为代表的前后几代人的共同努力,华夷隔阂渐次消除,以汉族为主体的新的民族共同体得以形成,从而不仅为隋唐帝国的出现奠定了基础,也为正面认识和评价李陵清除了观念方面的障碍。《汉书》本传载卫律论李陵云:"李少卿贤者,不独居一国,范蠡遍游天下,由余去戎入秦。"④卫律此论,若以大一统时代的忠节观念衡量,无疑是为叛国降敌之丑行强作辩解,但以民族大融合时期"夷汉一家"的理念考量,显然又与刘琨所谓"天下之宝当与天下共之"的人才观如出一辙。前引竭力辅佐胡主的王猛等人,与拒不归汉的李陵,无疑也属于同类之人。总之,十六国南北朝时期,受自身经历或民族融合趋势的影响,士人对李陵有了更为宽容理性的认识,肯定李陵成为当时南北文士的共同倾向。

其二,追祖李陵。十六国北朝的民族大融合,不仅有力淡化了李陵不忠不孝的历史罪名,而且也导致了李陵形象的根本转型。在彰显大一统时代精神的《汉书》中,李陵是典型的叛臣,是忠君楷模苏武的对立参照,但在沈约《宋书》、萧子显《南齐书》等南朝史书中,李陵已然成为北方少数民族追祖的对象,成为胡汉融合与文化整合背景下的一种文化象征符号。⑤《宋书·索虏

---

① 参见朱大渭:《儒家民族观与十六国北朝民族融合及其历史影响》,《六朝史论续编》,学苑出版社2008年版,第215—220页。
② 《晋书》卷一一三《苻坚载记上》,中华书局1974年版,第2896页。
③ 《魏书》卷七下《高祖纪下》,中华书局1974年版,第186页。
④ 《汉书》卷五四《李陵传》,中华书局1962年版,第2458页。
⑤ 参见温海清:《北魏、北周、唐时期追祖李陵现象述论——以"拓跋鲜卑系李陵之后"为中心》,《民族研究》2007年第3期。

传》云:"索头虏姓托跋氏,其先汉将李陵后也。陵降匈奴,有数百千种,各立名号,索头亦其一也。"①据此,则北魏皇室拓跋氏为李陵之后裔。类似的记载,又见于《南齐书·魏虏传》:"魏虏,匈奴种也,姓托跋氏。""初,匈奴女名托跋,妻李陵,胡俗以母名为姓,故虏为李陵之后,虏甚讳之,有言其是陵后者,辄见杀。"②以上两书所谓拓跋氏出自李陵之后的说法,唐人刘知幾认为源自崔浩。《史通》卷十七《杂说中》云:"崔浩谄事狄君,曲为邪说,称拓跋之祖,本李陵之胄。当时众议抵斥,事遂不行。或有窃其书以渡江者,沈约撰《宋书·索虏传》,仍传伯渊所述。"③据此,则拓跋鲜卑追祖李陵之说始自崔浩主修北魏国史,当时遭到多数鲜卑人的反对,其后南朝沈约等人修史,仍承袭崔浩之书。周一良先生在论述北魏胡汉矛盾时,曾对刘知幾的上述说法详加辨析:"刘子玄的话当有所根据。崔浩的'邪说'并非为了'谄事狄君',实在也是想借此提高汉族地位,抑制以拓跋氏为首的鲜卑统治者。由沈约《宋书》采用此说看来,也可知这是有利于汉族统治阶级的说法。所谓众议抵斥,当然是鲜卑人反对,于是崔浩便因修史而获罪。综合起来,可以想见崔浩定系高自标置,要分明姓族,摈北人于社会最高的贵族阶级之外,连皇室拓跋氏都被派为汉人之后裔。"④刘知幾明确肯定此说源自崔浩,当有切实依据,但其批评崔浩"曲为邪说",显然带有某种偏见。从此说引起的社会反响看,周先生的分析极有见地。史载崔浩博览经史,与其父崔宏出仕北魏,堪称忠谨勤事,深得魏主信任,以故奉旨修史。其后因修史致祸,但《魏书》本传仅云"尽述国事,备而不典",语焉不详。周一良先生以《晋书·苻坚载记上》的相关记载为参照,详考此事原委,认为崔浩为彰显史家"直笔",对前秦时什翼犍兵败被俘、拓跋氏国破家亡等屈辱历史以及翁媳婚配等落后风习直书不讳,并立石于衢路,刊刻国史,以致"北人咸悉忿毒",终罹大祸。⑤此外,据前引《南齐书》与《史通》所谓"众议抵斥""虏甚讳之""言者见杀"等记载推断,崔浩因史罹祸,显然也与其拓跋氏出自李陵之后说有关。总之,崔浩因见信于北魏国主而奉旨

---

① 《宋书》卷九五《索虏传》,中华书局1974年版,第2321页。
② 《南齐书》卷五七《魏虏传》,中华书局1972年版,第983—993页。
③ (唐)刘知幾撰,(清)浦起龙释:《史通通释》,上海古籍出版社1978年版,第491页。
④ 周一良:《北朝的民族问题与民族政策》,《魏晋南北朝史论集》,北京大学出版社1997年版,第130页。
⑤ 参见周一良:《魏晋南北朝史札记》,中华书局2007年版,第342—350页。

修史，但由于追求"直笔"，对拓跋鲜卑的种族起源、早期历史以及落后风习等敏感问题，"务从实录"，从而引发鲜卑众怒，酿成惨祸。对此，周一良先生的相关论述已经有相当深入的剖析。但还有一个问题需要澄清，即崔浩所谓拓跋氏出自李陵之后说又因何而来？此说属于崔浩所臆断还是渊源有自？弄清这个问题，对于深入了解拓跋鲜卑追祖李陵现象的来龙去脉及其历史意蕴有重要意义。

据《魏书》本传等记载，崔浩仕魏，可谓忠谨勤事。传称"浩既工书，人多托写《急就章》。从少至老，初不惮劳，所书盖以百数，必称'冯代强'，以示不敢犯国，其谨也如此"①。顾炎武曰："按《急就篇》有'冯汉强'，魏本胡人，以'汉强'为讳，故改云'代强'，魏初国号曰'代'故也。颜师古《急就篇序》曰'避讳改易，渐就芜舛'，正指此。郦道元《水经注》以'广汉'并作'广魏'，即其例也。"②王伊同亦云："魏国号代，浩所以改汉为代者，以下文连强字，正以退汉而进魏。是浩于书法小事，谨严如是，不应于国书肆言而无忌。"③崔浩在事关北魏国威的书法小事方面如此谨严，对于拓跋鲜卑的种族起源问题，绝对不会信口雌黄。史载崔浩自奉命修史（神䴥二年）至事发伏诛（太平真君十一年），已逾二十多年（429—450），其间厕身机要，朝夕侍从，其所书国史，北魏太武帝拓跋焘不应不知；且崔浩虽领衔主修国史，但高允、张伟等名士亦共参其事，所以拓跋氏出自李陵之后说，当是崔浩被诛之前，被以拓跋焘为首的鲜卑贵族及参与修史之汉族文士普遍接受的说法，否则，崔浩绝对不会也不可能刊石通衢，以彰直笔。《南齐书》与《史通》所谓"众议抵斥""虏甚讳之""言者见杀"云云，应该是崔浩被诛后，拓跋鲜卑对此说法所持有的新看法、新反应，其中显然包含有胡汉矛盾激化之后的排斥与对立等因素。既然如此，有必要对拓跋氏出自李陵之后说的起源进行更深入的探讨。

笔者认为，崔浩关于拓跋氏出自李陵之后的说法，应该源自西晋末年刘琨集团与以猗卢等为首的拓跋鲜卑互相依附时，对索虏拓跋氏的族源进行追溯后

---

① 《魏书》卷三五《崔浩传》，中华书局1974年版，第826、827页。
② （清）顾炎武著，黄汝成集释：《日知录集释》卷二六，上海古籍出版社2006年版，第1454页。
③ 王伊同：《王伊同学术论文集》，中华书局2006年版，第53页。

形成的共识。之所以如此推论，主要基于以下几个方面的考量。

其一，虽然《魏书·序纪》对拓跋鲜卑的始祖追溯至黄帝少子昌意，但正如北魏太和十一年（487）高祐与李彪上奏孝文帝时所云，北魏国史"自始均以后，至于成帝，其间世数久远，是以史弗能传"（《魏书·高祐传》）。而《宋书·索虏传》及《南齐书·魏虏传》等关于拓跋鲜卑历史的载述，均始自西晋末年刘琨出任并州刺史之时，这说明关于拓跋鲜卑的详实历史，当始于西晋末年。[①]时北方大乱，刘琨欲依仗拓跋鲜卑为外援，抗衡匈奴刘渊及羯胡石勒等，猗卢等亦借西晋王命以自重，不断扩大势力范围，成为切实影响北方政治格局的少数民族政权。正因为这样，拓跋鲜卑进入汉族史官的视野并被全面关注，当始于西晋末年。关于其族源的追溯，理应也在这一时期初步酝酿并形成某种构想。

其二，关于拓跋鲜卑的始祖，北朝史官（高祐、李彪、魏收等）主张是黄帝少子昌意（《魏书·序纪》）；南朝史官（沈约、萧子显等）认为是李陵。此两说虽然都缺乏切实证据，但均被史籍载录，说明两种说法都存在过且都有一定的影响，是不同历史时期关于拓跋鲜卑种族历史的不同建构。相较而言，"李陵之后"说应该是拓跋氏发展初期尚且依附于汉族政权时的产物，而"黄帝之后"说应该是其真正强大以后重新建构种族历史的结果。《魏书·礼志一》载："天兴元年，定都平城，即皇帝位……群臣奏以国家继黄帝之后，宜为土德。"[②]《资治通鉴》卷一百一十亦载，北魏太祖拓跋珪天兴元年六月，魏王珪命群臣议国号，终从崔宏议，定国号为魏；十二月，魏王珪即皇帝位，大赦改元，"又用崔宏议，自谓黄帝之后，以土德王"。[③]由此可见，"黄帝之后"说正是北魏正式建国时重构历史的产物，而此说的首倡者又正好是崔浩之父崔宏。此后崔浩主修国史，"务从实录"，于拓跋鲜卑之起源，不从其父之说，而用"李陵之后"说，也足以说明"李陵之后"说流传时间长且相对可信，而"黄帝之后"说是为了迎合北魏建国的政治需要而提出的新说，其虚构附会显而易见，所以崔浩弃而不用。

---

① 唐长孺：《拓跋国家的建立及其封建化》，《魏晋南北朝史论丛》，中华书局2011年版，第185—197页。
② 《魏书》卷一百八之一《礼志一》，中华书局1974年版，第2734页。
③ 《资治通鉴》卷一百一十，中华书局1956年版，第3470、3484页。

其三，南朝史官的说法，并非纯属"侮辱性"（胡汉杂种）的臆想，而是对某一时期关于拓跋鲜卑族源问题流行说法的真实记录。稽诸史籍，十六国北朝时期，北方少数民族迫于中华正统之争的压力和需要，大多数自称与中原汉人同宗同流，匈奴刘渊首先自称"汉氏之甥"，其后慕容氏追祖黄帝有熊氏、苻氏追祖夏禹有扈氏、姚氏追祖帝舜有虞氏、赫连氏追祖夏禹、宇文氏追祖炎帝神农氏等等。拓跋氏也不例外，除正式建国时追祖黄帝外，此前还曾追祖李陵。之所以有此两说，与拓跋鲜卑在不同发展阶段的政治诉求密切相关。据史籍记载，西晋末年，拓跋猗卢与刘琨互相倚重，实力大增，迎来拓跋鲜卑发展史上的第一个高峰，但猗卢晚年发生内乱，部族离散，实力骤减，苻秦时一度灭亡。淝水之战后，苻秦瓦解，拓跋珪乘机召集余部，重建政权，"殪刘显，屠卫辰，平慕容，定中夏"（《魏书·礼志一》），迎来第二个发展高峰，并于天兴元年正式建国称帝。[①]在不同的历史阶段，拓跋鲜卑与汉族政权的关系也截然不同。西晋末年，猗卢实力有限，故尊奉晋室，借王命以自重，西晋王朝封之为代公、代王；拓跋珪重新建国后，以"神州上国"的姿态反客为主，进行了一系列再造正统运动，遂与东晋南朝平等对话，君臣名分荡然无存。[②]正因为这样，关于拓跋鲜卑的族源问题，历史上存在两种截然不同的说法。如前所论，崔宏于北魏正式建国时提出"黄帝之后"说，与拓跋珪时代国力强盛，意欲平定北方、统一华夏的政治理想完全相符，而"李陵之后"说则显然带有猗卢时代与刘琨约为兄弟的历史印记。《宋书·索虏传》及《资治通鉴》卷八七等记载，西晋末年刘琨与猗卢互相倚重，上表请以代郡封猗卢为代公，幽州刺史王浚不许。《资治通鉴》胡三省注引刘琨《与丞相笺》论此事云："戎狄封华郡，诚为失礼，然盖以救弊耳，亦犹浚先以辽西封务勿尘。此礼之失，浚实启之。"[③]据此，则以代郡封猗卢，当时引发了较大的争议，而且导致了刘琨与王浚之嫌隙。以此推断，"李陵之后"说很可能是刘琨与猗卢共同议定，旨在从血胤上为猗卢请封代郡寻找比较合理的依据，因为李陵之后毕竟不同于纯粹之戎狄，而且此说与西晋末年拓跋鲜

[①] 参见唐长孺：《拓跋国家的建立及其封建化》，《魏晋南北朝史论丛》，中华书局2011年版，第185—239页。
[②] 参见秦永洲：《东晋南北朝时期中华正统之争与正统再造》，《文史哲》1998年第1期。
[③] 《资治通鉴》卷八七，中华书局1956年版，第2753页。

卑的发展实力与政治诉求也完全相符。史载刘渊叛晋自立，自称"汉氏之甥"，从先朝血胤上找到了夷狄为帝的依据，猗卢为实力所限，尊奉晋室，故以"李陵之后"求封代郡，也完全在情理之中。猗卢与刘渊的做法互为照应，甚至针锋相对，正是五胡乱华之初各自政治诉求的集中反映。而李陵又是刘琨推崇的历史人物，兵败投降后又被匈奴单于封为右校王，也从另一个方面说明"夷汉一家""戎狄封华郡"并非失礼。姚薇元《北朝胡姓考》钩稽拓跋氏之族属，认为"拓跋氏之先，本檀石槐时代鲜卑西部中之一部落"，"鲜卑西部，本匈奴亡奴婢，种类揉杂，与东部不同"，"拓跋氏既起西部，其非纯粹之鲜卑族可知"。①这说明拓跋鲜卑与匈奴后裔不仅在生存的地域范围上存在交集，而且在血统上也有某种关联，这很可能就是刘琨等提出拓跋鲜卑出自李陵之后说的前提和基础。

其四，《魏书·卫操传》载，晋惠帝永兴二年（305）六月，拓跋猗㐌病卒，光熙元年秋，代人卫操立碑于大邗城南，颂其尊奉晋室、助司马腾捍御边疆之功德，《魏书》节录此碑文，其篇首云："魏，轩辕之苗裔。"②《北史》卷二十《卫操传》所载同。据此，则拓跋鲜卑为"黄帝之后"说早在西晋末年即已提出，天兴元年崔宏所议只是因袭此说而已。但是，如果详细考察此碑文的写作背景，《魏书·卫操传》所载疑点颇多。钱大昕《廿二史考异》卷三九云："此传载卫操所立碑文，古质可诵，中多韵语，极似汉碑，惜为史臣改窜，失其本真。篇首云'魏，轩辕之苗裔'，考其时未有魏号，以文义度之，当云鲜卑拓跋氏也。碑为猗㐌而立，必书晋所授官爵，及猗㐌、猗卢二人名。篇内称'桓、穆二帝'，亦史臣所改。"③章太炎、周一良等也认为《魏书·卫操传》对碑文有明显改窜。④综合考察相关记载，以上诸家之说可信。史载西晋末年，拓跋鲜卑因助司马腾、刘琨对抗刘渊等，晋帝先后册封猗㐌、猗卢为大单于，并封猗卢为代公、代王。永兴二年猗㐌病卒时，拓跋鲜卑仅有大单于之封号；至永嘉四年（310），始封猗卢为代公；建兴三年（315），进封猗卢为

---

① 姚薇元：《北朝胡姓考》，中华书局2007年版，第4—6页。
② 《魏书》卷二三《卫操传》，中华书局1974年版，第599—602页。
③ （清）钱大昕著，方诗铭、周殿杰校点：《廿二史考异》（附《三史拾遗》《诸史拾遗》），上海古籍出版社2004年版，第619页。
④ 周一良：《魏晋南北朝史札记》，中华书局2007年版，第332、333页。

代王；北魏道武登国元年（386）正月，拓跋珪即代王位，四月，改称魏王；天兴元年六月，正式定国号为魏，十二月，始追尊成帝以下及后号谥，谥猗㐌为桓帝、猗卢为穆帝（《资治通鉴》卷八六、卷八七、卷八九、卷一百六、卷一百一十）。据此，则光熙元年卫操立碑颂功时，拓跋鲜卑尚未封代，也绝无魏号，更无"桓、穆"之谥，所以《魏书》所载碑文经史臣窜改可无异议，碑文所谓"平北（司马腾）哀悼，祭以丰厨，考行论勋，谥曰'义烈'"云云，亦可为证。至于原文是否有"轩辕之苗裔"数字，难以详考。但以拓跋鲜卑当时的发展情形推断，一个尚处于部落联盟阶段的少数民族，不可能贸然追祖黄帝，展示逐鹿中原的政治诉求和野心。结合北朝史官于此处的刻意窜改和欲盖弥彰，卫操原文很可能与拓跋氏出自"李陵之后"说有关，其之所以被窜改，当与崔浩被诛后"言者见杀"的时忌禁讳密切相关。

总之，拓跋鲜卑出自"李陵之后"说应该是西晋末年司马腾、刘琨等人与拓跋鲜卑互相倚重，并为猗卢求封代郡的历史产物。虽然北魏正式建国重构历史时已经摒弃此说，但因自西晋末年以来，经刘琨集团及其后裔的传承传播，此说遂长期流传，影响深远，故崔浩修史，仍然秉持此论。崔浩被诛后，北魏王朝虽然严禁此说，但南朝史官仍因袭之，遂与"黄帝之后"说并存不废，成为后世争议较大的史学疑案。

拓跋鲜卑之后，北周名臣李贤也自称李陵之后。《北史·李贤传》载："自云陇西成纪人，汉骑都尉陵之后也。陵没匈奴，子孙因居北狄。后随魏南迁，复归汧、陇。"[1] 20世纪80年代出土于宁夏固原的《李贤墓志铭》亦云："本姓李，汉将陵之后也。"[2] 又据《周书·文帝纪下》《李穆传》及《北史·李穆传》和《资治通鉴》卷一六五等记载，西魏恭帝元廓元年（554），恢复鲜卑旧姓，"以诸将功高者为三十六国后，次功者为九十九姓后，所统军人，亦改从其姓"，李贤弟李穆赐姓拓跋氏。[3] 李贤等是否真正出自李陵之后虽然难以详考，但其不顾北魏国史案之后"众议抵斥""言者见杀"的时忌禁讳，在鲜卑宇文氏执政的西魏、北周公然追祖李陵，说明李陵之后很可能与鲜卑西部部族

---

[1]《北史》卷五九《李贤传》，中华书局1974年版，第2105页。
[2] 宁夏回族自治区博物馆、固原博物馆：《宁夏固原北周李贤夫妇墓发掘简报》，《文物》1985年第11期。
[3]《周书》卷二《文帝纪下》、卷三十《李穆传》，中华书局1971年版，第36、528页。

确实有某种交融或关联。① 到了唐代，北方少数民族追祖李陵的现象更为普遍，最突出者当为黠戛斯。《旧唐书·回纥传》《新唐书·回鹘传》、《唐会要》卷一百"结骨国"、《资治通鉴》卷二四六等，都有"黠戛斯自称李陵之后"之类的记载。此外，《新唐书·宰相世系表二上》及《古今姓氏书辩证》卷二一、卷二七俱载："汉骑都尉陵降匈奴，裔孙归魏，见于丙殿，赐氏曰丙。后周有信州总管龙居县公明，明生粲，唐左监门大将军、应国公，高祖与之有旧，以避世祖名，赐姓李氏。"② 据此，则北朝隋唐之丙氏亦追祖李陵。值得注意的是，与拓跋鲜卑同根同源的贺兰氏，也有追祖李陵的记载。《古今姓氏书辩证》卷三三载："《周书·贺兰祥传》曰：'其先与魏俱起，有纥伏者，为贺兰莫何弗，因以为贺兰氏。'唐贞观所定洛州河南郡十四姓，一曰贺兰。按北人八族，有贺兰氏，自称李陵之后，居贺兰山下，因以为氏，后改为贺氏，支属亦有不改者。"③

不难看出，虽然拓跋鲜卑出自李陵之后的说法在北魏曾被长期禁讳，但就文献记载看，在十六国至隋唐民族融合的历史大潮中，追祖李陵的确是当时北方不少民族的共同风尚。究其缘由，主要有以下几个方面，其一，自西汉以来，中原人士因和亲、战争等原因滞留漠北者，代不乏人，仅《汉书·匈奴传》所载，汉初以来投降匈奴之汉臣汉将，先后有韩王信、陈豨、卢绾、中行说、赵信、赵破奴、卫律、李陵、李广利等，其中不少人率领军卒部属投降后，娶妻生子，繁衍生息，于是漠北一带便出现了史书所载黑发黑须黑瞳之胡汉混血人种（《新唐书·回鹘传下》等），其后裔在十六国北朝时期南迁，寻根溯源，虽难以详悉其始末变迁，但其具有汉族血统，殆无疑义。其二，陇西李氏自秦汉以来即为西州著姓，十六国北朝时期，李暠建立西凉政权，李冲辅佐孝文帝，并与世族高门广泛联姻，其家族地位遂急剧上升，贵为四海望族，以至具有"胡族"血统的李唐皇室亦追祖李广。④ 受民族融合大势和汉人门第观念的影响，具有胡汉混合血统的北方少数民族竞相追祖李陵，正是其民族认同

---

① 参见姚薇元：《北朝胡姓考》，中华书局2007年版，第4—6页。
② 《新唐书》卷七二上《宰相世系表二上》，中华书局1975年版，第2468页。
③ （宋）邓名世撰，王力平点校：《古今姓氏书辩证》，江西人民出版社2006年版，第506页。
④ 参见陈寅恪：《李唐氏族之推测》《李唐氏族之推测后记》《三论李唐氏族问题》，《金明馆丛稿二编》，生活·读书·新知三联书店2001年版。

和政治诉求的必然体现。其三，李陵投降匈奴后与单于之女婚配，并被封为右校王，终老漠北，堪称流落匈奴的汉人领袖，其后裔虽然难以详考，但由于其特殊的身份地位，在民族融合和文化整合的时代，追祖李陵无疑是胡汉双方消解文化等差、促进民族认同的合理选择，李陵也历史性地成为一种胡汉杂糅的文化象征符号，被时人接受，被载入史册。

第四节　李陵作品的流传及其在南北朝时期的接受和评价

如前所述，汉昭帝始元六年苏武归国，引发了西汉王朝对李陵案的重新审查和讨论，当时对李陵案的相关史料以及李陵的奏表、与苏武往来的书信等历史文献，应有收集整理，从而为班固书写和评价李陵积累了大量的原始材料。汉末建安时期文姬归汉，引发了魏晋士人对李陵的重新关注和反思，《李陵集》《李陵别传》的整理编撰，是新的学术背景下重新认识和解读李陵的历史产物。正因为两汉魏晋以来李陵不断被关注、被解读，所以其作品的流传是不争的事实，刘宋初年颜延之对"李陵众作"的评价即为明证。五胡乱华以来，在民族融合和文化整合的新时代，不仅对李陵的认识历史性地迎来了一个新的阶段，对李陵文学作品的接受和文学史地位的评价也进入了一个新的时期，传世"苏李诗"在齐梁时期被认定为五言诗之祖，对李陵作品的追慕、拟引也成为南北朝文士的新风尚。在这一方面，刘琨、江淹、钟嵘、庾信等人对李陵及其作品的接受最有代表性。

刘琨《扶风歌》对李陵的拟咏和同情，显然是借咏史以抒怀。李陵兵败降敌，汉武帝不明其忠信，诛灭陵族，两汉以迄魏晋，士人囿于君臣观念、民族大义等藩篱，鲜有拟咏李陵之作。刘琨于西晋末年临危受命，出任并州刺史，赴任途中所作此诗，借李陵之遭遇喻己之隐忧："惟昔李骞期，寄在匈奴庭。忠信反获罪，汉武不见明。"篇末"我欲竟此曲"云云，虽为乐府套语，于此则有复杂沉重的情绪载负，寄寓了深入肺腑的体验与认同。值得注意的是，刘琨此诗对李陵的接受，在情感趋向上与《汉书》所录李陵《别歌》一脉相承，"径万里兮度沙幕，为君将兮奋匈奴。路穷绝兮矢刃摧，士众灭兮名已聩。老母已死，虽欲报恩将安归！"李陵领兵出征的豪情、兵败途穷的无奈以及英雄失路的悲愤，引发了刘琨感同身受的共鸣，这种复杂的情感内涵与体验，显然与以表现离情别绪为主的"苏李诗"有较大的距离，其中的悲怆不平之气，与"苏李诗"温婉敦厚的风格也极不和谐，以此作为判断传世李陵之作真伪的依据，也未尝不可。

　　刘琨之后，颜延之在刘宋初年所作《庭诰》中，最早对"李陵众作"给予总体评价，此后越来越多的人关注、拟引李陵之作。刘宋末年，出身寒微、仕途坎坷的江淹，有感于"北州之贱士""炎土之流人"（《待罪江南思北归赋》）的境遇，创作了大量抒发怨愤之情的名作，在《恨赋》《泣赋》《诣建平王上书》《杂体诗三十首》等作品中，江淹反复拟引李陵，借以抒发自身的失意不平。作于任建安吴兴令期间的《恨赋》，江淹自称"仆本恨人"，选择典型的历史人物，通过拟咏秦始皇、赵王迁、李陵、王昭君、冯衍（敬通）、嵇康等六人"伏恨而死"之怨嗟，集中抒写帝王、诸侯、名将、美人、名士、高人之恨，然后推及孤臣、孽子、迁客、流戍之人以及富贵之子，认为"自古皆有死，莫不饮恨而吞声"。其写李陵云："至如李君降北，名辱身冤。拔剑击柱，吊影惭魂。情往上郡，心留雁门。裂帛系书，誓还汉恩。朝露溘至，握手何言？"①将李陵兵败降敌后的伤感无奈、纠结惭愤，表现得委曲备至，痛切感人，进一步凸显了李陵之无辜与忠信，同时也表现了自己被刘景素贬黜后怀才不遇、有志难伸的愤慨。在《杂体诗三十首》中，江淹模拟了从汉代《古离别》到刘宋时代汤惠休为止共30名家的五言诗，其二即为《李都尉从军》："樽酒送征人，踟蹰在亲宴。日暮浮云滋，握手泪如霰。悠悠清川水，嘉鲂得所荐。而我在万里，结发不相见。袖中有短书，愿寄双飞燕。"②与《恨赋》不同，此诗主要写"征人"的离情别绪，并未展示"降将"的特有心态，显然是"苏李诗"的复制翻版。值得注意的是，江淹在组诗的诗序中说："今作三十首诗，效其文体，虽不足品藻渊流，庶亦无乖商榷云尔。"③说明江淹旨在以拟诗的形式对汉代以来的五言诗予以品评，这组拟诗不仅标明了所拟的诗人，而且

---

① （南朝）江淹著，（明）胡之骥注：《江文通集汇注》，中华书局1984年版，第7—10页。
② （南朝）江淹著，（明）胡之骥注：《江文通集汇注》，中华书局1984年版，第138、139页。
③ （南朝）江淹著，（明）胡之骥注：《江文通集汇注》，中华书局1984年版，第136页。

标明了所拟诗人的诗歌题材，比较准确地显示了不同作家的艺术个性和特色。在江淹所拟30家中，除汉代无名氏外，29位实名作家中李陵名列第一，其为"五言诗之祖"的地位已然确立。江淹"以诗歌品藻为目的的拟诗创作深刻地影响了六朝的诗歌批评，钟嵘的品诗和萧统的选诗，都受到江淹拟诗的影响"。[1]江淹早年适逢宋末多事之秋，出仕后历尽坎坷，曾因广陵令郭彦文案牵连而系狱，后又因谏阻刘景素谋反被贬黜至闽越荒僻之地建安吴兴（今福建浦城），故所作大多自悲身世，坎壈咏怀。其名篇《诣建平王上书》《报袁叔明书》等，受西汉散文尤其是司马迁的影响较深，对李陵也表现出超乎常人的体认与同情，甚至明显影响了钟嵘、萧统、庾信等人对李陵的接受和评价。

钟嵘《诗品》是我国文学批评史上第一部讨论五言诗的专著，对自汉迄梁一百二十多位五言诗人进行系统梳理和品评，其诗学观念、审美趣尚与江淹《杂体诗三十首》存在明显的关联，《诗品序》所称道的"五言诗之警策者"（即历代五言诗的名家及其名篇），大多数是江淹所选拟的对象，这反映了齐梁间士人一种普遍的审美趣尚和对历代文人五言诗的普遍认同。[2]就李陵而言，钟嵘不仅明确肯定了其"五言诗之祖"的文学史地位，而且运用知人论世的批评方法，结合李陵的身世遭际，探讨其作品的创作动机和风格渊源。[3]《诗品序》梳理五言诗的发展流变，认为夏歌"郁陶乎予心"、楚谣"名余曰正则"等，"是五言之滥觞"，"逮汉李陵，始著五言之目"。其列李陵之作为上品，仅次于"古诗"，与江淹拟诗次序完全相同。其论李陵之作云："其源出于《楚辞》，文多凄怆，怨者之流。陵，名家子，有殊才，生命不谐，声颓身丧。使陵不遭辛苦，其文亦何能至此！"[4]与历史上借李陵的"武士"身份质疑其文学才华者不同，钟嵘评价李陵及其同类作家，从探讨诗歌发生的根源入手，认为历史悲剧和社会感荡是四季感荡之外，影响诗歌发生的又一重要原因："嘉会寄诗以亲，离群托诗以怨。至于楚臣去境，汉妾辞宫，或骨横朔野，或魂逐飞蓬，或负戈外戍，杀气雄边；塞客衣单，孀闺泪尽；又士有解佩出朝，一去忘返；女有扬娥入宠，再盼倾国：凡斯种种，感荡心灵，非陈诗何以展其义？非

---

[1] 参见赵红玲：《六朝拟诗研究》，上海辞书出版社2008年版，第176—186页。
[2] 参见赵红玲：《六朝拟诗研究》，上海辞书出版社2008年版，第177—179页。
[3] 参见曹旭：《诗品研究》，上海古籍出版社1998年版，第163、164页。
[4] 曹旭：《诗品集注》（增订本），上海古籍出版社2011年版，第6—10、106页。

长歌何以释其情？故曰：'《诗》可以群，可以怨。'"①正是基于这种认识，钟嵘将所有入品之诗人，总归于《诗经》《楚辞》两大系统，分属于《国风》《小雅》《楚辞》三条源流，李陵则为《楚辞》"怨诗"系列的"鼻祖"，其后班姬、王粲、曹丕、应璩、嵇康、潘岳、张协、张华、刘琨、卢谌、郭璞等一大批作家，或直承或祖述，都属于以李陵为代表的"怨者之流"。②值得注意的是，钟嵘品评李陵、王粲、刘琨、卢谌等颠沛流离之人及其作品，明显注意到了这一群体人生遭际及风格倾向的共性与联系。其论王粲云："其源出于李陵，发愀怆之词，文秀而质羸。"论刘琨、卢谌云："其源出于王粲，善为凄戾之词，自有清拔之气。琨既体良才，又罹厄运，故善叙丧乱，多感恨之词。中郎仰之，微不逮者矣。"③钟嵘的这种认识，显然也为刘琨等接受和同情李陵进行了更深入更理性的解读与诠释。

钟嵘《诗品》之所以对"降将"李陵有如此高的评价和定位，可能与其家族命运和个人身世有密切关联。关于钟嵘的家世，《梁书》《南史》本传所载相对简略，《新唐书·宰相世系表五上》及《钟氏家谱》所述较为详尽，据此，则钟嵘出身于汉晋世族颍川长社钟氏，西晋末年，其七世祖钟雅避乱渡江，为东晋名臣。高祖钟靖，字道寂，颍川太守；曾祖钟源，字循本，后魏永安太守；祖父钟挺，字法秀，襄城太守、颍川郡公；父钟蹈，字之义，南齐中军参军。④虽然史籍对该家族在晋宋之交的历史变迁缺乏详细记载，但钟源出仕北魏，表明颍川钟氏曾经有过一段曲折复杂的流离迁徙。曹旭认为，钟嵘高祖、曾祖、祖父的经历，可能与陈伯之的境遇比较接近，"钟源仕北魏的经历，会使他们的家庭处于山川的阻隔、政治的磨难、亲人的思念、分离的痛苦之中，尽管这一变故到钟嵘祖父和父亲时已经结束，但创伤和阴影会重重地压在他们心里"；"从宋都建康到后魏永安，再到襄城，必定有悲欢离合，魂梦飞扬，钟嵘也会由家庭的悲剧，联想到'楚臣去境，汉妾辞宫'的历史悲剧，联想到屈原的《九章》《九歌》和《离骚》，领悟人生悲剧和诗歌发生的关系；从家庭个

---

① 曹旭：《诗品集注》（增订本），上海古籍出版社2011年版，第56页。
② 参见曹旭：《诗品研究》，上海古籍出版社1998年版，第153—156页。
③ 曹旭：《诗品集注》（增订本），上海古籍出版社2011年版，第142、310页。
④ 参见《新唐书》卷七五上《宰相世系表五上》，中华书局1975年版，第3354页。又按：此《钟氏家谱》据曹旭先生访查摘录，见氏著《诗品研究》上编《钟嵘身世考》。

人的艾怨，联想到整个社会的怨悱，贯穿汉魏晋宋以来'以悲为美'的传统；理解江淹《别赋》《恨赋》所蕴涵的社会意义，最后把'怨'与'雅'同时作为重要的审美标准，以评判诗歌的优劣高下"。①曹先生的推断是有说服力的，颍川钟氏自汉代以来为中州望族，钟雅入仕东晋，死于苏峻之乱，以忠贞彪炳史册，其后钟源入仕北魏，必定有复杂的历史机缘和政治背景。稽诸史籍，晋宋易代之际的血腥斗争和南北对峙的政治格局，造成了当时不少家族的颠沛流徙。颍川长社地处南北政权长期反复争夺的中原地域，世居其地的钟氏家族饱受战乱之苦，以致在南北政权之间辗转流离，也完全在情理之中。据《魏书·太宗纪》《司马楚之传》及《资治通鉴》卷一一八等记载，晋宋易代之际，刘裕大肆诛杀异己，不少司马氏宗室成员以及忠于东晋的将领投奔北魏。北魏泰常二年（417）九月，司马休之、司马文思、司马国璠、司马道赐及晋辅国将军温楷，竟陵内史鲁轨，荆州治中韩延之、殷约，平西参军桓谧、桓璲及桓温孙道度、道子，勃海刁雍，陈郡袁式，太原王慧龙等数百人避难北降。泰常四年（419）三月，流亡河南的司马楚之、司马顺明、司马道恭及晋平阳太守薛辩等亦投降北魏。其中司马楚之先流亡汝、颍间，聚众万余，屯据长社，归顺北魏后又一度留守颍川，其活动的地域正是钟氏家族祖籍所在地。史载钟雅忠于晋室，名留青史，刘裕代晋，颍川钟氏亦应秉承忠贞家风，拥护帝室，所以其追随司马楚之等归降北魏完全在情理之中。据《魏书·王慧龙传》《袁式传》等记载，王慧龙等世族子弟投降北魏后，深受北魏重臣崔浩礼遇。史载北魏明元、太武之世，崔浩利用其政治地位，大力奖掖中原世族子弟，培植政治势力（《魏书·高允传》及《北史·崔浩传》等），神䴥四年（431）九月，拓跋焘进崔浩为司徒，并下诏征范阳卢玄、勃海高允等世族贤俊，"至者数百人，皆差次叙用"（《魏书·世祖纪上》）。由于崔浩的大力扶持，中原世族加入北魏政权的人数与日俱增，甚至可与代北大族分庭抗礼。②钟源出任永安太守，应该与崔浩当政时期重用中原世族有很大的关系。但是，随着北方的渐次统一，以崔浩为首的中原世族与代北大族的冲突也日益加剧，北魏太平真君十一年六月，

---

① 曹旭：《诗品研究》，上海古籍出版社1998年版，第321—323页。
② 参见逯耀东：《崔浩世族政治的理想》，《从平城到洛阳——拓跋魏文化转变的历程》，中华书局2006年版，第80—88页。

崔浩因国史罹祸，"清河崔氏无远近，范阳卢氏、太原郭氏、河东柳氏，皆浩之姻亲，尽夷其族"，"其秘书郎吏已下尽死"，出仕北魏的中原世族遭遇残酷的打击。于是，河东柳光世（《宋书》卷七七）、扶风鲁爽（《宋书》卷七四）等不少人又南归刘宋。值得注意的是，鲁爽之父鲁轨于泰常二年投降北魏；元嘉二十六年（449），鲁轨死，鲁爽出任北魏宁南将军、荆州刺史、襄阳公，镇长社；元嘉二十七年（450），鲁爽与弟秀、瑜等随魏主南伐刘宋；元嘉二十八年（451）四月，鲁爽等袭杀北魏长社戍卒，率部曲及愿从合千余家归降刘宋（《宋书·鲁爽传》《文帝纪》）。钟嵘之祖钟挺回归南朝，很可能即在此时。但此后不久，鲁爽、鲁秀与南郡王刘义宣、臧质等发动叛乱，兵败身死，钟挺等亦湮没无闻。总之，史籍关于钟嵘曾祖出仕北魏的记载，绝非子虚乌有，晋宋易代之际的政治斗争以及北魏太平真君十一年崔浩被诛时的胡汉冲突，是导致颍川钟氏南北流离的历史诱因；南北对峙引发的长期战乱，不仅使钟氏家族饱受颠沛流离之苦，而且使其家国归属与身份认同产生严重困惑，降附北魏的屈辱经历，难免成为钟氏族人的历史伤痛。时代悲剧造就的家族苦难，使钟嵘对"降将"李陵有感同身受的体察与认同，《诗品》的定位和评价，也进一步助长了南朝文士对李陵的追慕与拟引。

由于江淹、钟嵘等人的接受品评，李陵及其作品在齐梁时期被学界广泛关注，其"五言诗之祖"的文学史地位也最终得到普遍认同。刘勰《文心雕龙》、任昉《文章缘起》、裴子野《雕虫论》、萧子显《南齐书·文学传论》等权威论著，都论及李陵之作（有些兼及苏武），而且基本上都肯定其为真实之作。与此相应，萧统《文选》卷二九收录李陵《与苏武诗》三首、苏武诗四首，卷四一收录李陵《答苏武书》一篇。虽然《文选》所收李陵诸作的真伪至今尚无定论，但《文选序》论及古诗流变时云："自炎汉中叶，厥途渐异。退傅有'在邹'之作，降将著'河梁'之篇，四言五言，区以别矣。"①在作品的编次上，萧统将"苏李诗"排在《古诗十九首》之后、张衡《四愁诗》之前，将《答苏武书》置于司马迁《报任少卿书》之前，位列"书"体作品之首。就此来看，萧统显然认为这些都是李陵的作品，他的态度也基本上反映了当时学界的主流看法。因为作为一部规模宏大、选择严格的诗文总集，《文选》无疑

---

① （梁）萧统编，（唐）李善注：《文选》，上海古籍出版社1986年版。

是依据时人对作品的评价（其中包括真伪判定、流传程度等等）来收录诗文作品的，所以其中选录李陵之作，可以说集中反映了《文选》成书前的一个时期内（刘宋至梁代前期）人们理解接受"李陵众作"的情况。①如将"苏李诗"排在《古诗十九首》之后，显然与此前江淹拟诗、钟嵘品诗的做法保持了一致；江淹在《诣建平王上书》中引用《答苏武书》的典故（"此少卿所以仰天搥心、泣尽而继之以血者也"用"此陵所以仰天椎心而泣血"之典），很可能也是后者入选《文选》的参考依据。

实际上，齐梁时期对李陵作品的普遍接受，除以上诸家的评论和著录外，还体现在众多作家在创作中对李陵作品的拟引方面。以一般认为流传最为广泛的《携手上河梁》诗为例，其中的"河梁"一词在齐梁以降的离别诗中多有使用，且大部分用例明显受到这首诗的影响。如王融《萧咨议西上夜集诗》（"徘徊将所爱，惜别在河梁"），范云《送别诗》（"东风柳线长，送郎上河梁"），吴均《别夏侯故章诗》（"新知关山别，故人河梁送"），王台卿《陌上桑四首》其一（"送君上河梁，拭泪不能语"），庾信《拟咏怀诗二十七首》其十（"游子河梁上，应将苏武别"），徐陵《新亭送别应令诗》（"风吹临伊水，时驾出河梁"），刘删《赋得苏武诗》（"奉使穷沙漠，抆泪上河梁"），江总《别袁昌州诗二首》其一（"河梁望陇头，分手路悠悠"）、《赋得携手上河梁应诏诗》（"秦川心断绝，何悟是河梁"），陈少女《寄夫诗》（"自君上河梁，蓬首卧兰房"），杨素《出塞二首》其二（"握手河梁上，穷涯北海滨"），等等。以上诸诗，主题基本上都与离别有关，有些作品甚至直接取材于苏武、李陵离别故事，其中的"河梁"，已不再是简单的送别之景，而是具有原型意味的送别之地的代码，实际上具有集中表现离别的极端偏向性，"这个事实意味着，诗人们在使用该词时，是意识到存在其背后的一个共同典故的，这个典故正是李陵的《携手上河梁》诗"。②总之，齐梁以来对"李陵众作"的接受拟引，与《文心雕龙》等文学批评专著对李陵之作的涉及讨论互为照应，不仅确立了李陵的"文士"身份和"五言诗之祖"的文学史地位，而且大大突破了李陵接受的范围，在新的历

---

① 参见〔日〕松原朗著，李寅生译：《中国离别诗形成论考》，中华书局2014年版，第310页。
② 参见〔日〕松原朗著，李寅生译：《中国离别诗形成论考》，中华书局2014年版，第310—314页。

史背景下赋予"李陵"形象更多的文化内涵和象征意义。

作为"穷南北之胜"(倪璠《注释庾集题辞》)的优秀作家,庾信晚年的由南入北,使其对李陵的拟咏成为南北朝后期李陵接受的高潮和亮点,并且引起后世研究者的普遍关注和解读。梁元帝承圣三年(554),庾信奉命出使西魏,不久西魏攻克江陵,庾信被迫羁留长安,历仕西魏、北周(《周书·庾信传》《北史·庾信传》等)。国破家亡、屈仕异国的人生际遇,使庾信俨然以李陵为异代知音,在不少作品中借李陵之事寄寓故国之思和失路之悲。如"李陵之双凫永去,苏武之一雁空飞"(《哀江南赋》);"荆轲有寒水之悲,苏武有秋风之别"(《小园赋》);"李陵从此去,荆卿不复还"(《拟咏怀二十七首》之十);"秋风别苏武,寒水送荆轲"(《拟咏怀二十七首》之二十六);"君登苏武桥,我见杨朱路"(《别张洗马枢》);"李都尉之风霜,上兰山而箭尽;陆平原之意气,登河桥而路穷"(《拟连珠四十四首》之十五);等等。在《李陵苏武别赞》中,庾信还将李陵苏武的异域诀别,融入自己的切身体验,凝炼为友朋之别的经典范式:"李陵北去,苏武南旋。归骖欲动,别马将前。河桥两岸,临路悽然。故人此别,知应几年?"①其后期的离别诗尤其是与周弘正的赠别之作,更集中地表现出与李陵的同声共鸣。②庾信之所以在诗赋创作中反复拟引李陵,与其对李陵之作的体认接受有很大的关系,其《赵国公集序》云:"昔者屈原、宋玉,始于哀怨之深;苏武、李陵,生于别离之世。"《哀江南赋序》也表达了类似的看法:"呜呼!山岳崩颓,既履危亡之运;春秋迭代,必有去故之悲。天意人事,可以悽怆伤心者矣。况复舟楫路穷,星汉非乘槎可上;风飙道阻,蓬莱无可到之期。穷者欲达其言,劳者须歌其事。"③李陵和庾信,都是各自时代的"穷者""悽怆伤心者",特定的历史原因造成的个人悲剧,使他们不仅备尝生离死别之苦,而且背负降辱失节之耻,终老异域,有国难归。

庾信后期创作体现的"李陵情结",也引发了后世不少学者的关注和评议。明代张溥云:"(子山)后羁长安,臣于宇文,陈帝通好请还,终留不遣。虽周宗好士,滕、赵赏音,筑宫虚馆,交齐布素,而南冠西河,旅人发

---

① (北周)庾信撰,(清)倪璠注,许逸民校点:《庾子山集注》,中华书局1980年版,第644页。
② 参见张喜贵:《论庾信作品对李陵的接受》,《吉林省教育学院学报》2007年第9期。
③ (北周)庾信撰,(清)倪璠注,许逸民校点:《庾子山集注》,中华书局1980年版,第658、101页。

叹。乡关之思，仅寄于《哀江南》一赋。其视徐孝穆之得返旧都，奚啻李都尉之望苏属国哉！"①倪璠云："子山北地羁臣，南朝才子。若令早还梁使，依然英蔼之名，不伐江陵，永仕中兴之国，遇合乃所愿焉，文章蔑云进矣。所以屈原、宋玉，意本牢愁；苏武、李陵，情由哀怨。……石头去矣，建业何路可归？鹡首剪诸，江陵无家可寄！拟《招魂》之作，魂兮归来；状《七哀》之诗，哀可知矣。"又云："《哀江南赋序》称：'不无危苦之词，惟以悲哀为主。'予谓子山入关而后，其文篇篇有哀，悽怨之流，不独此赋而已。……《咏怀》之二十七首，楚囚若操其琴；《连珠》之四十四章，汉将自循其发（指李陵）。"②今人徐宝余认为，"使者情结是困扰庾信终身的一个心结"，在庾信入北之后的作品中，所常吟咏的一对人物便是苏武和李陵，"对苏武能够全节深表赞赏，对己如李陵入北不归多所内疚"。③以上诸说，对庾信接受、拟引李陵的原因有深入到位的诠释，足以说明庾信由南入北，不仅极大地促进了南北文风的交融，奠定了其"穷南北之胜"的文学史地位，而且也为五胡乱华以来李陵及其作品的接受画上了圆满的句号。作为"集六朝之大成"（《四库全书总目提要》）、"启唐之先鞭"（杨慎《升庵诗话》卷九），对唐代文学产生重大影响的作家，庾信对李陵的接受认同，也直接影响了唐代文士对李陵的评价和态度。综观唐代，除刘知幾怀疑《答苏武书》为伪作（《史通》卷十八《杂说下》）、白居易指责李陵不能死节（《汉将李陵论》）外，其余则鲜有质疑之声；李白、杜甫、王维、钱起、李端、卢纶、王棨、胡曾、司空图、贯休等一大批作家同情、拟咏李陵，大历与咸通时期尤为显著；《李都尉重阳日得苏属国书》为唐人省试试题，拟咏李陵得到官方认可；唐代新兴的文学样式变文也对李陵故事进行敷陈讲唱，对李陵悲剧的认识进一步深化，文学性渲染进一步增强。④这些可能都与庾信以李陵为同调有或多或少的关系。

唐前士人对李陵的认识和评价，大致如上所述。总体来看，主要经历了三次大的发展和演变。汉昭帝始元六年苏武归国，引发了西汉王朝对李陵案的重

---

① （明）张溥著，殷孟伦注：《汉魏六朝百三家集题辞注》，人民文学出版社1960年版，第290页。
② （清）倪璠：《注释庾集题辞》，（北周）庾信撰，（清）倪璠注，许逸民校点：《庾子山集注》，中华书局1980年版。
③ 徐宝余：《庾信研究》，学林出版社2003年版，第56、114、115页。
④ 参见钟书林：《敦煌李陵变文的考原》，《西北大学学报》2007年第2期。

新审查和讨论，为经学时代班固书写和评价李陵确立了方向，奠定了基础。汉末建安时期文姬归汉，引发了魏晋士人对李陵的重新关注和反思，《李陵集》《李陵别传》的整理编撰，是新的学术背景下重新认识和解读李陵的历史产物。五胡乱华以后的民族大融合，促使李陵接受进入新的历史阶段：刘琨等文化精英肯定李陵，彻底突破了此前同情为主、批判为辅的评价模式；拓跋鲜卑等北方民族追祖李陵，强力凸显了李陵在胡汉融合过程中的象征意义；江淹等齐梁文士认同李陵、拟引李陵，使其形象完成了由"武士"到"文士"的全面转型，李陵的文学史地位也因此确立。

自天汉二年李陵兵败至隋开皇元年（581）庾信病卒，历时六百八十余载，沧海桑田，世事纷纭，然李陵其人并未尘封历史。从大一统时代的儒学评判，到三国纷争、魏晋易代之际的历史反思，再到五胡乱华、南北对峙时期的重新形塑，李陵的形象也经历了"降将""始祖""文士"等多重身份的演变。在两汉经学时代，李陵是典型的叛臣，是忠君楷模的反面参照，罪不可逭，以故时人多哀其不幸怒其失节。但在汉末魏晋时期，随着儒学的式微、玄学的兴起、士人主体意识的觉醒，大一统时代的忠君观念受到严重的冲击和消解，李陵的悲情也得到越来越多士人的认同，《李陵集》和《李陵别传》的出现，正是新的君臣观、历史观影响下重新解读李陵的产物。"五胡乱华"以后，民族融合的历史潮流势不可挡，"夷夏之防"涣然冰释，李陵也历史性地成为北方少数民族竞相追祖的对象，成为一种胡汉杂糅的文化象征符号。与此相应，"苏李诗"在齐梁时期被认定为"五言诗之祖"，拟引李陵也成为南北朝文士的共同风尚。

在近七个世纪的历史长河中，司马迁、班固、刘琨、裴松之、崔浩、江淹、钟嵘、庾信等人，结合自身的人生际遇，对李陵进行了丰富多彩的接受解读。由于李陵之降辱与汉武帝之冷酷、司马迁之悲情、苏武之忠节纠结为一，且不同时代的君臣观念、夷夏之辨也各不相同，所以后世对李陵的评价褒贬不一，难有定论。但稽诸史籍，唐前士人对李陵的严厉批判与责难实不多见，以致白居易批评司马迁、班固等无讥李陵，顾炎武慨叹"文章之士多护李陵"，王夫之甚至怒斥司马迁"为陵文过""背公死党"。然平心而论，司马迁以迄庾信，难道皆为背公死党之人？汉匈之战旷日持久，死者成千上万，旨在雪刘氏平城之耻，实则成就了卫青、霍去病、李广利等外戚恩幸的封侯之功，李陵兵败降辱，三代将门，举族受戮，实乃时代悲剧之缩影。司马迁等悲天悯人，无可厚非。

　　《李陵集》《李陵别传》早已散佚，难窥全貌。传世署名李陵的作品，自颜延之以来，信疑参半，总体来看，唐代以前多信其真，宋代以后多疑其伪。颜延之《庭诰》称："李陵众作，总杂不类，是假托，非尽陵制。至其善篇，有足悲者。"这是关于李陵之作年代最早（刘宋初期）且较为公允的评论。《汉书》本传所载李陵与苏武的交往应为信史，《别歌》无疑属于真实之作。《文选》载录李陵《答苏武书》及李善注引《集·表》等，与李陵天汉二年出征匈奴、始元六年拒绝归汉时的情事基本契合，也当属可信之作。《文选》《艺文类聚》《古文苑》等收录征引的其他苏李诗文，虽然真伪难辨，但稽考相关文献，这类作品在《文选》成书之前即已流传，其中的"苏李诗"，自宋迄今，伪证滋多，当非苏、李所作。敦煌遗书中保存的苏李往返书信等写本文献，出现时代更晚，从文体及内容推断，显然为后世拟托之作。要之，李陵虽然出身将门武士，但其少年入仕的经历以及独特的生平遭际，使其完全具备较高的文化素养和强烈的创作诉求，所作《别歌》即为明证，齐梁文士普遍认同李陵之作，绝非空穴来风。

第五章 传世李陵作品真伪考辨

第一节 李陵《答苏武书》真伪再探讨

《文选》卷四一所收李陵《答苏武书》，唐代以来不少学者怀疑其为后世拟托之作。刘知幾《史通》说它"词采壮丽，音句流靡，观其文体，不类西汉人，殆后来所为，假称陵作"①。苏轼《答刘沔都曹书》称其"辞句儇浅，正齐、梁间小儿所拟作"。②钱大昕《十驾斋养新录》说："此书当是魏晋初高手为之，齐梁人不能办也。"③翁方纲云："李陵《答苏武书》，后人谓非陵作，又云马迁代作。今按其文，排荡感慨，与西京风气迥别，是固不待言。"④黄侃《文选平点》亦云："此及《长门赋》皆作伪之绝工，几于乱真者，过于《尚书序》矣。……正始建安以后人所为，而尤类陈孔璋，以其健而微伤繁富也。"⑤今人王琳先生以汉魏六朝书信体文章为参照，结合《答苏武书》大量运用四言句、行文整饬间杂骈偶、善于以景衬情等文体特点，认为与此信文风相似的作品在汉末魏晋时期才较多涌现，作为一个在《汉书》本传记载中仅能撰作质朴楚歌歌辞的武士，李陵不可能写出情采并茂的书信，《答苏武书》当系汉末魏晋人拟托之作。⑥

总体来看，以往怀疑此信出自李陵，主要由于它的文体风格不同于西汉时

---

① （唐）刘知幾撰，（清）浦起龙释：《史通通释》，上海古籍出版社1978年版，第525页。
② （宋）苏轼：《苏轼文集》卷四九，中华书局1986年版，第1429页。
③ （清）钱大昕：《十驾斋养新录》卷十六，江苏古籍出版社2000年版，第355页。
④ （清）梁章钜：《文选旁证》卷三四，福建人民出版社2000年版，第935页。
⑤ 黄侃：《文选平点》卷五，中华书局2006年版，第477页。
⑥ 王琳：《李陵〈答苏武书〉的真伪》，《山东师范大学学报》2006年第3期。

期的主流文风。但是,确如章培恒等先生所言,仅仅以风格为依据来确定作品的写作时代是很有问题的。以《答苏武书》为例,苏轼等认为是齐、梁人拟作,但江淹在南朝宋末所作的《诣建平王上书》中,已经引用其中"此陵所以仰天椎心而泣血"一语为典故,说明此信绝非齐、梁人伪作。以苏轼之善于作文,在以风格来确定作品时代时尚且会发生这样的错误,何况别人!况且面对同一篇作品,苏轼认为"辞句儇浅",是"小儿"拟作;而刘知幾、钱大昕、黄侃等人又认为"词采壮丽",为"高手"伪托。①近年来,虽然关于此文的作者问题不乏辨析和探讨,但仍然围绕文章的风格和李陵的"武士"身份展开,并没有突破前人研究的思路和藩篱。②有鉴于此,笔者在前贤研究成果的基础上,从此信的文本内容及其隐含的历史信息入手,重新考察和辨析李陵《答苏武书》的真伪。结果发现:此信有确切的写作时间和特殊的写作背景;其中所说"五将失道"一事,更为准确地揭示了天汉二年李陵兵败的隐情和原因;此信文本所展示的忠君与孝亲的矛盾以及悲情基调,与《汉书》所载李陵与苏武诀别时所唱楚歌完全相合;李陵独特的生平遭际与发愤抒情的创作诉求,是此文风格迥异于西汉主流文风的主要原因;此信的行文与款式,是西汉书札在尚未完全脱离公牍性质的过渡形态下体现的特有表征;李陵的家庭出身以及少年入仕的经历,使他完全有机会接受较好的文化教育,司马迁的赞誉以及传世楚歌歌辞,也说明李陵有较高的文化修养。总之,《答苏武书》应该是李陵作于汉昭帝始元六年九月的作品。今详述考证如下。

(一)从文本内容看《答苏武书》的写作时间及写作背景

从文本内容看,《答苏武书》以李陵给好友苏武回信的口吻,从眼前纠结于心怀的异国之悲、降辱之愧写起,然后忍痛追述天汉二年的惨烈战事,进而控诉汉朝历代君王的刻薄寡恩,明确表明"每顾而不悔",绝不背匈归汉的立场,最后以悲凉的诀别语结束全文。文章提到的当日情事,主要以苏武归国为中心,一方面,叙写由此而引发的异国之悲与思乡之情;另一方面,明确表明

---

① 参见章培恒、刘骏:《关于李陵〈与苏武诗〉及〈答苏武书〉的真伪问题》,《复旦学报》1998年第2期;刘国斌:《〈答苏武书〉的几则证伪材料及其辨析》,《学习月刊》2008年第20期。

② 参见王琳:《李陵〈答苏武书〉的真伪》,《山东师范大学学报》2006年第3期;李乃龙:《千古悲辛俘虏歌——论李陵〈答苏武书〉有关诸问题》,《井冈山学院学报》2008年第5期。

自己绝不背匈归汉，再次受辱。其文云"子归受荣，我留受辱"，又云"闻子之归，赐不过二百万，位不过典属国"①，但是并未提及苏武归国次年（元凤元年）九月遭遇的重大变故。据《汉书》本传，苏武以始元六年春至京师，"拜为典属国，秩中二千石，赐钱二百万"；"明年，上官桀子安与桑弘羊及燕王、盖主谋反，武子男元与安有谋，坐死……武素与桀、弘羊有旧，数为燕王所讼，子又在谋中，廷尉奏请逮捕武，霍光寝其奏，免武官"。②又据《汉书·昭帝纪》等记载，上官桀、桑弘羊及燕王等谋反被诛，事在元凤元年（前80）九月。《答苏武书》虽为苏武守节归汉却被"薄赏"而叫屈，但并未涉及元凤元年的变故，说明此信的作时必在始元六年春至元凤元年九月之间。文中又云："凉秋九月，塞外草衰，夜不能寐，侧耳远听，胡笳互动，牧马悲鸣，吟啸成群，边声四起，晨坐听之，不觉泪下。嗟乎子卿，陵独何心，能不悲哉！"所述当为写作此信时的具体情境。据此推断，此文的确切作时应在汉昭帝始元六年九月。刘跃进《秦汉文学编年史》也将此文作时系于始元六年。③

值得注意的是，此信还提供了一条重要的历史信息：即归国后的苏武以"汉与功臣不薄"为由劝李陵归汉，李陵以汉王朝的"厚诛薄赏"以及不能复对刀笔之吏等为由予以拒绝。苏武写信劝李陵归汉之事，《汉书》等史籍并无明确记载。但据《汉书·李陵传》，"昭帝立，大将军霍光、左将军上官桀辅政，素与陵善，遣陵故人陇西任立政等三人俱至匈奴招陵"，陵以"丈夫不能再辱"为由拒绝归汉。苏武写信与汉派使臣招陵之间有没有联系，史籍也无明确记载。但是，汉王朝在李陵投降匈奴十几年后主动招陵归汉，必定事出有因，而且肯定与苏武有关，理由如下：其一，《资治通鉴》卷二三将任立政等奉命迎招李陵之事系于"汉昭帝始元六年"，而且紧承苏武归汉而叙之，说明司马光等认为这两件事之间有先后次序或因果关系，即先有苏武归汉，然后才遣使招陵。其二，苏武归汉为汉朝高层和李陵之间的沟通联系提供了直接可靠的平台。其三，苏武归汉后任"典属国"，据《汉书·百官公卿表》，此职"掌蛮夷降者"，说明写信劝李陵归汉，完全是苏武的份内工作。其四，据《汉

---

① （梁）萧统编，（唐）李善注：《文选》卷四一，上海古籍出版社1986年版，第1848、1852—1853页。
② 《汉书》卷五四《苏武传》，中华书局1962年版，第2467页。
③ 刘跃进：《秦汉文学编年史》，商务印书馆2006年版，第206页。

书·昭帝纪》和桓宽《盐铁论》等记载，昭帝始元六年二月，朝廷召开"盐铁会议"，重点讨论由汉匈战争引发的一系列社会问题，李陵事件自然会又一次进入执政高层的视野，桑弘羊等人在会议上提出的招募勇士劫持匈奴单于的思路（《盐铁论》卷九《论勇》），与李陵兵败投降匈奴的初衷也完全一致。苏武恰好于此时归国，带来关于李陵的确切消息。于是，霍光等辅政大臣才主动派遣使臣至匈奴招陵。在这种情况下，身为典属国的苏武写信劝李陵反正归汉，李陵在拒绝任立政等人之后又写信详细申述拒绝归汉的原因，完全在情理之中。

由于苏、李二人此次书信往返并非严格意义上的友朋私人信件，而是汉典属国与汉故骑都尉、现匈奴右校王之间半公开半官方的书信往来，所以《答苏武书》不仅措辞讲究，而且对彼此都耳熟能详的李陵兵败投降匈奴的原委始末又一次进行悲情书写。何焯《义门读书记》卷四九、梁章钜《文选旁证》卷三四引翁方纲之评语、黄侃《文选平点》卷五等，都对此信"祥林嫂式"的战事重复叙写表示质疑，认为是其出于后人伪托的确证。但结合此书的写作背景，作者这样写的目的是让更多的人了解事件的真相，其预设的阅读对象不应该只是苏武一人。可以说，正是基于汉昭帝时汉匈关系相对和缓以及苏武归汉这一特殊的历史背景，苏武以汉臣身份写信劝李陵归汉，李陵终于在被迫投降匈奴近二十年后等到了对大汉王朝倾吐满腔怨愤的时机，《答苏武书》应该是这一特殊情境下的特定产物，其具体作时应在汉昭帝始元六年九月。

（二）"五将失道"本事稽考及其文献价值

《答苏武书》文云："昔先帝授陵步卒五千，出征绝域，五将失道，陵独遇战。"其中所说"五将失道"，《汉书》等无明确记载。李善注曰："时无五将，未审陵书之误而《武纪》略之。《集·表》云：'臣以天汉二年到塞外，寻被诏书，责臣不进。臣辄引师前到浚稽山，五将失道。'详此，亦不云其名。"刘良曰："五将谓军将有五，与陵有期，期不至故称失道，独遇匈奴，与之合战。"[1]梁章钜曰："按此自指别军之将。汪氏师韩曰：'步卒五千，即当有五将，未必即指李广利、公孙敖等人。'"[2]今按：据史籍记载，李陵所率五千步卒

---

[1] （梁）萧统编，（唐）李善等注：《六臣注文选》卷四一，中华书局2012年版，第760页。
[2] （清）梁章钜：《文选旁证》卷三四，福建人民出版社2000年版，第936页。

生死与共，并没有化整为零分路出击，汪师韩所谓"步卒五千当有五将"之说显然不确。又据《汉书·李陵传》记载，李陵军至浚稽山，"举图所过山川地形，使麾下骑陈步乐还以闻"，则李善注所引《集·表》应为李陵托陈步乐送回的上表（后人辑录于《李陵集》，李善简称《集·表》），其中所言当属实情。综合考察《汉书·武帝纪》《汉书·匈奴传》及《资治通鉴》卷二一等相关记载，天汉二年汉武帝派往北疆参与对匈奴作战的将领，除李陵之外，尚有出兵酒泉的李广利、出兵西河的公孙敖、路博德，此外，还有屯兵五原塞的游击将军韩说、长平侯卫伉。为说明问题，现将太初三年至天汉四年（前97）汉匈之间主要战事胪列如下[①]：

> 太初三年夏，遣光禄勋徐自为筑五原塞外列城，使游击将军韩说、长平侯卫伉屯其旁；使强弩都尉路博德筑居延。秋，匈奴入定襄、云中，杀略数千人，行坏五原诸亭障；又入张掖、酒泉，杀都尉。
>
> 太初四年（前101）春，贰师将军李广利斩大宛王首，获汗血马来。汉武帝意欲困胡，乃下诏曰："高皇帝遗朕平城之忧，高后时单于书绝悖逆。昔齐襄公复九世之仇，《春秋》大之。"
>
> 天汉元年（前100）秋，发谪戍屯五原。
>
> 天汉二年夏五月，汉使贰师将军李广利将三万骑出酒泉，击右贤王于天山，匈奴大围贰师，几不得脱，汉兵物故什六七；又使因杅将军公孙敖出西河，与强弩都尉路博德会涿邪山，无所得；九月，使骑都尉李陵将步兵五千人出居延北千余里，与单于战，陵兵败降匈奴。
>
> 天汉三年（前98）秋，匈奴入雁门。
>
> 天汉四年春，汉使贰师将军李广利将六万骑、步兵七万出朔方，强弩都尉路博德将万余人与贰师会；因杅将军公孙敖将万骑、步兵三万出雁门；游击将军韩说将步兵三万出五原。游击无所得，贰师与单于战余吾水上连日，因杅与左贤王战，不利，皆引还。

不难看出，太初三年至天汉四年汉朝派往北疆参与对匈奴作战的将领，主

[①] 以下史料主要参据《汉书·武帝纪》《汉书·匈奴传》及《资治通鉴》卷二一等相关记载。

要有李广利、公孙敖、路博德、李陵、韩说、卫伉等六人。天汉二年李陵奉命北出居延,直至浚稽山,恰逢单于主力,于是殊死作战,其他五将都未主动接应,致使李陵矢尽粮绝,无援而败,《答苏武书》所谓"五将失道"显然不是无稽之谈。据史书记载,汉武帝时期历次对匈奴作战,基本都是几路大军同时出击,互相策应,协同作战。按照部署,天汉二年是三路出击,韩说与卫伉虽然留屯五原塞,但也应该负有接应之责。且按常理论,如果事先已经确知无人接应,李陵应该不会率五千步卒孤军深入,而且苦苦坚持十余日,以致全军覆没。总之,李陵的失败,李广利等其他五将的策应不力也是主要原因之一。

李陵之所以孤立无援,与李氏家族和外戚集团之间长期形成的怨隙有很大的关系。史载元狩四年,李广随卫青出击匈奴,卫青因偏袒公孙敖,临阵换将,致使李广迷路失期,愤而自杀;次年,李广从弟李蔡自杀,李敢为父报仇击伤卫青,霍去病因而射杀李敢。而卫伉为卫青之子,公孙敖、路博德、韩说等人都是卫青、霍去病的部属,且李广自杀与李陵兵败后汉武帝诛灭陵族,都与公孙敖有关。天汉二年,李陵拒绝为李广利将辎重,难免又与李广利产生嫌隙。在这种情况下,李陵孤军深入,其他五将徘徊观望、坐观其败完全在情理之中。难怪司马迁为李陵辩护,素好偏袒外戚的汉武帝即以"欲沮贰师"为由予以重惩。

总之,《答苏武书》中所说"五将失道",更为客观真实地说明了天汉二年李陵因无援而兵败的现实原因。此事正史缺乏明确记载,以致李善为《文选》作注,也难以辨明是陵《书》有误抑或《汉书·武帝纪》阙略不载。若此信确如后人所言,系汉末魏晋人据司马迁《报任安书》及《汉书·李陵传》等而伪托,则文中不应出现"五将失道"之类与史籍记载有出入的叙述。正因为这样,"五将失道"具有重要的文献价值,可以看作此信出于李陵之手的确切证据。

(三)《答苏武书》的悲情基调与李陵投降匈奴后的矛盾心态完全相合

《答苏武书》一气呵成,悲情倾诉,将李陵兵败降敌,身辱家灭,乃至陷于不忠不孝两难境地的复杂纠结心情,完全呈现于读者面前。其情感基调,与《汉书》所载李陵与苏武诀别时所唱楚歌完全相合。与《汉书·李陵传》等的记述相比,此文最大的特点就是通篇怨望之辞,将造成自身及家族悲剧的主要原因归于汉武帝的不公和刻薄寡恩,而《汉书》却侧重于记录李陵面对苏武由衷而生的愧疚之情。汪春泓认为,《汉书》中苏武被塑造为"忠君"典型,《李陵传》亦从而定调,李陵被形塑为苏武反面的有罪之人,于是汉武帝的残暴便轻轻地被开脱了。①《汉书》是否将李陵有意塑造为苏武形象的反面对照,学术界尚有争议。②但是,李陵比苏武有更多的怨怼之情却是显而易见的事实。造成这种差异的根本原因,就是苏、李二人对君臣关系持有不同的见解。苏武认为"臣事君犹子事父也,子为父死,亡所恨"。正是基于这种认识,苏武面对母亲去世的讯息,反应十分理智和平静,而听到汉武帝驾崩的消息,却"旦夕号哭,呕血,旦夕临"(《汉书》本传)。李陵则不然,其立身行事的准则,首先是孝亲,然后才是忠君。李陵兵败,本来可以以死殉国,但因老母在堂,他选择了生;霍光等派人招陵归汉,由于老母妻子被无辜杀戮,他选择了留。李陵的一系列选择,虽然有悖于忠君与舍生取义等正统观念,但完全可以从孝亲方面得到合理的解释。

汉代号称"以孝治天下",企图达到"以孝劝忠"的政治目的。从理论层面讲,忠孝可以两全,但在现实层面,二者之间往往产生严重的抵触和冲突。③李陵就是因为忠君与孝亲的两难选择而痛苦不堪,这种复杂矛盾的心情在《答苏武书》中有充分的展现:一方面,叛国投敌后他满怀异国之悲、降辱之愧;另一方面,汉王朝的刻薄寡恩又使他"椎心泣血"、有国难归,于是义无反顾地选择留在匈奴。在李陵心目中,孝亲重于忠君。但在汉武帝看来,君臣关系必须超越父子或母子关系,凌驾于人伦血缘亲情之上。因为曾经"侍中",李陵深知汉武帝诛戮老母妻子的真正原因,在于自己没有以死尽忠,所以《答苏武书》一针见血地指出"汉厚诛陵以不死"。翁方纲等人囿于《汉书》的记载,认为汉武帝诛灭陵家,主要因为轻信"李陵教单于为兵以备汉"的传言,以为"汉厚诛陵以不死"的说法与本事相乖,实则为表面现象所蒙蔽。④总之,李陵的孝亲情结是其兵败降敌、汉武帝诛灭陵族以及李陵拒绝归

---

① 汪春泓:《关于〈汉书·苏武传〉成篇问题之研究》,《文学遗产》2009年第1期。
② 何寄澎《〈汉书〉李陵书写的深层意涵》认为"班固自始至终型塑的是李陵英雄的形象,而且是极典型的悲剧英雄形象";"班固的李陵书写是为司马迁写的,是完全站在司马迁的认知观点去写的——它是班固对司马迁同情与理解最深刻的展现"。文刊《文学遗产》2010年第1期。
③ 参见徐复观:《两汉思想史》第三卷,华东师范大学出版社2001年版,第24—27页。
④ (清)梁章钜:《文选旁证》卷三四,福建人民出版社2000年版,第935页。

汉的真正原因。

李陵的孝亲情结，与其身世经历有很大的关系。据《汉书》本传记载，李陵为李广长子李当户的遗腹子，由母亲鞠养成人。其幼年遭遇李氏家族与卫青、霍去病等产生怨隙，李广、李蔡先后自杀，李敢被霍去病暗杀，陇西李氏遭受第一次重大打击。父爱的缺失与家族的灾难，难免在李陵心中留下阴影。成年后的李陵虽然深受汉武帝的重视和有意栽培，但"六郡良家子"出身的李陵，仍然只是外戚勋贵的陪衬。天汉二年李陵主动请缨出击匈奴，武帝虽"壮而许之"，但仅命其将步卒五千深入匈奴腹地，也没有积极派遣援兵，根本没有考虑李陵的安危，此后又以传言为借口诛灭陵族，陇西李氏至此彻底衰败不振。所以，《答苏武书》的通篇怨望之辞，是陇西李氏几代人对汉武帝刻薄寡恩的血泪控诉，其中"功大罪小，不蒙明察"，"陵虽孤恩，汉亦负德"云云，正是以春秋战国以来君臣对等相报的观点发泄了心头的怨愤，比《汉书》的相关记述更接近李陵遭难之后的心迹。翁方纲认为《汉书》中的李陵少怨望而多愧疚，"今连篇怨望，万里相赠，其谁不知幼主在上，可为寒心，武独不一思乎！是此书必不作于西汉。若作于西汉时，吾知子卿得书，且投之水火，泯其踪迹，必不传至今日矣"。①钱大昕也说："太史公《报任安书》不敢言汉待功臣之薄，此篇于韩、彭、周、魏、李广诸人之枉，痛切言之，示诫后代。昭明采而录之，非无谓也。"②事实上，此文通篇怨望，足见李陵不归之心的坚定，与汉王朝可谓恩断义绝。正是根深蒂固的孝亲思想和"不堪受辱"的李氏家风，使李陵"每顾而不悔"，做出了终老蛮夷的抉择。值得说明的是，此文关于"汉待功臣之薄"的揭露很有深度，史载刘邦视韩信、曹参辈为"功狗"，此后诸帝又何尝不是如此，汉武帝尤甚。作为大汉史臣，司马迁、班固等断然不敢于史书中明言之，惟有决意"死葬蛮夷"的李陵，才敢言他人所不敢言。李陵的叛臣身份与此文的通篇怨望，正是班固《汉书》不敢引录其文的主要原因。

总之，《答苏武书》展示的忠君与孝亲的矛盾以及通篇怨望的悲情基调，与《汉书》所载李陵与苏武诀别时所唱楚歌及心态完全相合，这也说明此信应

---

① （清）梁章钜：《文选旁证》卷三四，福建人民出版社2000年版，第935页。
② （清）钱大昕：《十驾斋养新录》卷十六，江苏古籍出版社2000年版，第355页。

该出于李陵之手。

（四）李陵独特的生平遭际与创作诉求是导致此文风格不同于西汉主流文风的根本原因

如前所述，自唐代以来，不少学者从文体风格的比较入手，怀疑《答苏武书》非西汉时作品，进而否定其为李陵亲笔。一般来说，从语言风格上判断作品的写作年代及作者问题，虽然不失为一种有效的途径，但是，必须结合作品文本提供的其他历史信息以及作者本人的具体情况综合考察，才有可能得出比较客观公允的结论。从文章风格看，《答苏武书》排荡感慨，酣畅淋漓，情文并茂，是典型的发愤抒情之作。李陵虽然出身武士，文学修养固然不及司马迁等西汉文士，但其身辱家灭、寄寓夷狄的特殊遭遇以及"不忠不孝"的精神枷锁，使其情感上遭受了比司马迁更深的痛苦与折磨。同样是发愤抒情之作，因为司马迁还是大汉王朝的太史令，所以《报任安书》仍保持了一定的克制与理性，而《答苏武书》的作者是投身蛮夷的异域化外之人，故而任情所至，直言不讳，作品的个性特色更为明显。其创作动因，正是《孟子》所谓"困于心，衡于虑，而后作"（《告子》），亦如司马迁所说"此人皆意有郁结，不得通其道，故述往事，思来者"（《报任安书》）。李陵虽未遭受左丘失明孙子断足之苦，然其九死一生的沙场经历与名辱家灭的现实处境，使其内心的郁情积愤，恰似久蓄待发的火山，一旦时机成熟，便喷薄而出，倾泻无余。钟嵘《诗品》说："陵，名家子，有殊才，生命不谐，声颓身丧。使陵不遭辛苦，其文亦何能至此。"钟嵘的评价虽然是针对李陵赠苏武诗而言，但同样可以说明《答苏武书》的写作动因。明人方伯海也说："陵自是奇士，遭遇不幸，身名俱裂，君子谅其心……书则淋漓酣恣，神似龙门（司马迁）。"①

徐公持先生基于《文心雕龙》关于汉代文学的相关论述，认为汉代的礼乐制度以及文士地位，决定了当时的文学精神和文学性格。刘勰在论及辞赋时所说的"体国经野，义尚光大"是对汉代主流文学精神的概括；其论"诸子"时说的"虽明乎坦途，而类多依采"是对汉代文学性格的归纳。前者指汉代文学在政治态度上赞美颂扬刘汉皇权，在审美意识上追求巨大的时空境界即宏大叙

---

① 于光华：《文选集评》，转引自王琳：《李陵〈答苏武书〉的真伪》，《山东师范大学学报》2006年第3期。

述；后者指汉代文学被纳入礼乐制度，虽有独尊儒术背景下的繁荣"坦途"，但也大大削弱了独立思考和文化创造精神，文士们将主要精力用在接受既有文化和继承遗产，故而"类多依采"，缺乏原创性格。他还认为，汉代非主流文化和文学及其寓含的批判精神，显露了时代的真正亮点，从全部汉代文学看，能够称得上是"自开户牖"的，只有史传文学和五言诗，前者归功于司马迁的开拓精神，后者则主要应算作民间文学的功劳。①

与汉代的主流文学相比，《答苏武书》既体现了宏大的叙述视角和时空境界，文中大量出现了"绝域""万里""异域""异国"等主流文化的时空话语，描写了原始粗犷的异域生活和塞外风光，但同时也体现了强烈的批判精神，尤其对西汉开国以来历代君王刻薄寡恩的揭露与批判，与主流文学精神大相径庭。这种集主流与非主流文学特点于一身的独特的文学诉求，完全可以从李陵的生平遭际与情感宣泄吁求中得到合理解释。作为年少即"侍中建章监"的陇西名门之后，李陵从小深受汉代礼乐文化的熏陶，仅"径万里兮度沙幕"一句歌辞，就足以说明"义尚光大"的盛世文化精神在其身上留下深深的烙印。但是兵败降敌、身辱家灭、寄身夷狄的遭遇，使他对大汉王朝在繁荣表象掩盖下的种种弊端有深刻的反思与认识。在胡地生活的十几年里，李陵身上原有的农耕文化与礼乐文明因子与塞北游牧文化碰撞交融，使他完全可以以全新的眼光重新审视西汉主流文学对刘汉皇权的过分颂扬。《答苏武书》中，李陵不仅深刻揭示了汉朝建国以来对待功臣的"厚诛薄赏"，而且也明确指出汉代文人歌功颂德的被迫与无奈："足下又云'汉与功臣不薄'，子为汉臣，安得不云尔乎？"但寄身异域的李陵完全可以突破种种束缚与忌讳，揭露汉代盛世表象下的种种不公与残酷，发出独特的不和谐的怨怼之声。

章培恒等先生认为，《答苏武书》"虽然感人，那是由其感情的真挚、强烈所造成的，通篇并无美词丽藻，这是与六朝的美文很不一样的"；至于此书多用四字句、间杂骈偶的文体特点，在晁错《贤良对策》、终军《白麟奇木对》、桓宽《盐铁论》、魏相《荐张安世》等西汉文章中已经出现，其中晁错、终军的作品不仅远远早于《答苏武书》，而且骈偶成分在其全篇中的比重较此书有

---

① 参见徐公持：《"义尚光大"与"类多依采"——汉代礼乐制度下的文学精神和性格》，《文学遗产》2010年第1期。

过之而无不及,所以说西汉时不可能出现《答苏武书》这样的文章,理由并不充分。①王琳先生从文体差异入手,认为"西汉时期乃至东汉魏晋时期,各种文体在创作中对语言形式之整齐骈偶的追趋程度显然存在差异,相对而言,疏奏章表等公文及说理的论文与某些子书著述,在语言形式的整齐骈偶上较为讲究,书信体文章除某些具有公文性质的作品外,私人化的书信对语言形式的整齐骈偶并不怎么讲究,西汉尤其如此"②。事实上,从现存的文献资料看,西汉时期,我国的书牍文才逐渐脱离公牍的性质,成为私人交往的工具,文人书信的写作只是应现实需要而表达自己的心声,不可能有统一的文体要求。③况且如前所论,《答苏武书》并非严格意义上的友朋私人信件,而是汉故骑都尉、现匈奴右校王与汉典属国之间半公开半官方的书信往来,是具有一定公文性质的文人书信,所以追求语言形式的整饬也完全在情理之中。

值得注意的是,陈直先生认为居延汉简的书牍款式"以某伏地再拜,或某伏地再拜请一种最为普遍,敦煌简亦然,知为西汉中晚期书牍之通例"。④司马迁《报任安书》首云:"太史公牛马走司马迁再拜言:少卿足下。"末云:"谨再拜。"⑤基本保留了西汉书札的通用款式。如果《答苏武书》确为汉末魏晋人依据《报任安书》《汉书·李陵传》等有意伪托,则此信的前后款式应该与西汉中晚期的通例保持一致,而此信首云"子卿足下",末云"李陵顿首",显然不合通例。据文献记载,"顿首"本为周礼九拜之一(《周礼·春官·大祝》),后来演变为公文或书信用语。段玉裁认为"秦汉以顿首为请罪之辞",故群臣上书,"皆顿首死罪连文"。⑥《汉书·霍光传》所录霍光等请废昌邑王的奏章即有"臣敞等顿首死罪"云云,说明"顿首"在西汉主要为公文术语。《答苏武书》意在表明李陵拒绝归汉的立场,文末用"顿首"表示自己对苏武的歉疚之意,比用"再拜"等套语更为准确切意,而且也体现了此书具有的公牍性质。此外,文中所用"足下""幸甚幸甚"等词语,又是居延简书牍普遍使用的术

---

① 参见章培恒、刘骏:《关于李陵〈与苏武诗〉及〈答苏武书〉的真伪问题》,《复旦学报》1998年第2期。
② 王琳:《李陵〈答苏武书〉的真伪》,《山东师范大学学报》2006年第3期。
③ 参见褚斌杰:《中国古代文体概论》,北京大学出版社1990年版,第399—403页。
④ 陈直:《西汉书札的形式》,《居延汉简研究》,中华书局2009年版,第152页。
⑤ (梁)萧统编,(唐)李善注:《文选》卷四一,上海古籍出版社1986年版,第1854、1866页。
⑥ (汉)许慎撰,(清)段玉裁注:《说文解字注》,上海古籍出版社1988年版,第419页;(清)孙诒让:《周礼正义》卷四九,中华书局1987年版,第8册,第2009页。

语。褚斌杰先生说："书信与一般文章不同，它除了尽言达情以外，更要根据对象的不同而讲究立言的得体。也就是说，在措词以至格式上，要分清上下、尊卑、亲疏等各种关系，这在等级森严的古代社会里，是要求十分严格的。总之，书信对象的具体性，决定着书信写法、语气和款式的不同。这也是书信体作品的一个特征。"①《答苏武书》的措词与款式和西汉书札的通例有同有异，正是此信独特的接收对象及其本身具有的公牍性质所决定的。这是西汉书札在尚未完全脱离公牍性质的过渡形态下体现的特有表征，可以看作此信出自李陵之手的又一确证。

总之，李陵独特的生平遭际与发愤抒情的创作诉求，是《答苏武书》的文体风格不同于西汉主流文风的根本原因；此信的行文与款式，也是西汉书札在尚未完全脱离公牍性质的过渡形态下体现的特有表征。很难想象，在几百年后的汉末魏晋时期，有人伪托李陵作《答苏武书》，竟然感同身受，而且体现出确定的作时，并与当日情事合若符契。如果仅仅以此文风格不同于西汉的主流文风为由，怀疑其非西汉时作品，进而否定李陵的著作权，难免过于武断，有失公允。

（五）从家庭出身与入仕经历看李陵的文化修养

前人怀疑《答苏武书》非李陵之作，还因为这样一个疑惑，即在《汉书》本传记载中仅见撰有质朴楚歌歌辞的武士，不可能写出情采并茂的书信作品，而且其行文的整饬竟然超过了司马迁等西汉文士。李陵是否具有较高的文化修养，还需要结合大量的文献资料进行深入的辨析。

首先，自南朝刘宋以来，虽然不断有人对传世李陵作品的真伪提出质疑，但不少人仍然视李陵为文士并予以述评。《太平御览》卷五八六引颜延之《庭诰》云："逮李陵众作，总杂不类，是假托，非尽陵制。至其善篇，有足悲者。"钟嵘《诗品》梳理五言诗的发展流变，称"逮汉李陵，始著五言之目"，又云："陵，名家子，有殊才，生命不谐，声颓身丧。使陵不遭辛苦，其文亦何能至此。"任昉《文章缘起》也认为五言诗始于李陵《与苏武诗》（《学海类编·集余三》）。萧统看法相同，且收录李陵《与苏武诗》三首及《答苏武书》入《文选》。《颜氏家训·文章》篇称"自古文人，多陷轻薄"，并列屈原以下

---

① 褚斌杰：《中国古代文体概论》，北京大学出版社1990年版，第401页。

"翘秀者"三十六人,李陵名列其一,并以"降辱夷虏"见讥。①《隋书·经籍志》著录"汉骑都尉《李陵集》二卷"。此后,虽然苏轼等人不断对传世李陵之作的真伪提出质疑,但至今尚无定论。在这种情况下,无视李陵有作品传世并得到钟嵘、萧统、颜之推等人认可的现实,仅仅将李陵看作只知骑射的武士,显然有失偏颇。

李陵是否有一定的文化修养,还可以结合其家庭出身及成长经历进行综合考察。据《史记》《汉书》等记载,李陵籍属陇西,出身武将世家,但至李陵一代,其家庭条件和社会地位已有较大的改变。其祖父李广,汉文帝时凭军功为郎,后"历七郡太守,前后四十余年",曾任未央卫尉、郎中令;其从祖李蔡,汉文帝时为郎,后以军功封乐安侯,元狩二年继公孙弘为丞相;其父李当户、叔父李椒、李敢都以父职荫任为郎,李椒官至代郡太守,李敢官至郎中令。不难看出,至李陵出生的时代(约为武帝元狩初),陇西李氏已经发展为具有一定实力的名门世家。值得注意的是,据《汉书·儒林传》,汉武帝"罢黜百家,独尊儒术",齐人公孙弘"以治《春秋》为丞相封侯,天下学士靡然向风",公孙弘提出"劝学兴礼,崇化厉贤","以文学礼义为官"等一系列建议,得到汉武帝的批准,此后"公卿大夫士吏彬彬多文学之士矣"。元狩二年,公孙弘年八十而卒,李蔡继为丞相。这也说明陇西李氏不可能仅仅是"善骑射"的武将世家,其适应新的政治形势和用人制度而重视家族子弟的文化教育完全在情理之中。总之,至汉武帝元狩年间,以军功起家的陇西李氏,已经发展为具有一定实力的新兴贵族世家,完全有条件重视和加强家族子弟的文化教育。

就李陵而言,家族的发展为其成长提供了良好的条件。史称李陵"善骑射","谦让下士,甚得名誉",故"少为侍中、建章监",其后拜骑都尉,"将勇敢五千人教射酒泉、张掖以备胡"。汉武帝之所以比较重视李陵并有意栽培,除其家庭出身之外,还有比较重要的历史原因。据《汉书》等记载,汉王朝自元狩四年以后,十几年未出兵匈奴。元狩六年,霍去病病卒;元封五年,卫青去世。因"名臣文武欲尽",武帝下令州郡举贤:"盖有非常之功,必待非常之人……其令州郡察吏民有茂才异等可为将相及使绝国者。"(《武帝纪》)正

---

① 王利器:《颜氏家训集解》,中华书局1993年版,第237页。

是在人才资源匮乏、后备人才严重不足的情况下，汉武帝识拔霍光、李陵等一批少年英才进行重点培养。①这些人都有少年入仕的经历，成为武帝后期政坛的主要力量，他们接受较好的文化教育毋庸置疑。李陵虽然以"善骑射"知名，但司马迁称其"事亲孝，与士信，临财廉，取与义，分别有让，恭俭下人"，"有国士之风"（《报任安书》），显然是儒家文化教育熏陶的结果。总之，李陵能得到一代雄主的赏识和一代良史的赞誉，说明其确实才能出众，具备较高的文化修养完全在情理之中。

《汉书》本传所录楚歌歌辞（《别歌》），为今传李陵的可信之作。此诗虽然质朴无华，但与项羽的《垓下歌》一样，唱出了悲剧英雄的失路之悲。不仅体现了汉代主流文学"义尚光大"的审美追求，而且也倾诉了汉匈战争期间千千万万普通百姓的心声。《盐铁论·备胡》篇"贤良"批评时政说："今山东之戎马甲士戍边郡者，绝殊辽远，身在胡、越，心怀老母。老母垂泣，室妇悲恨，推其饥渴，念其寒苦。"②盐铁会议召开于汉昭帝始元六年二月（《汉书·昭帝纪》），苏武也于此时归汉，李陵和苏武分别时唱的楚歌就作于同一时期。《盐铁论》中"贤良"对战争灾难的揭示，为李陵《别歌》体现的"老母"情结提供了广阔的社会历史背景。几十年汉匈战争，功成名就衣锦还乡者寥若晨星，更多的人则战死疆场或寄身异域。李陵《别歌》看似即兴而作，质朴无华，实则为成千上万战争受害者用生命谱写的悲歌。一将功成万骨枯，古来征战几人回？所有的悲伤痛苦、爱恨情仇浓缩为短短的几句歌辞，李陵可谓大手笔，岂能仅仅以"武士"视之？总之，李陵的家庭出身及少年入仕经历，使他完全有机会接受较好的文化教育，司马迁的赞誉及其所作楚歌歌辞（《别歌》），也说明他有较高的文化修养。

综上所述，《文选》卷四一所收《答苏武书》应为李陵的可信之作。其具体作时在汉昭帝始元六年九月。时值苏武归汉，霍光等人主动派遣使臣至匈奴迎招李陵，身为典属国的苏武写信劝李陵反正归汉，李陵借机抒写郁积近二十年的怨愤，明确表明绝不背匈归汉的立场。作为特殊情境下的特定产物，《答苏武书》不仅全面展示了李陵晚年矛盾纠结的悲伤情怀，而且深刻体现了汉代

---

① 参见王子今：《两汉的少年吏》，《秦汉社会史论考》，商务印书馆2006年版，第41—69页。
② 王利器：《盐铁论校注》卷七，中华书局1992年版，第446页。

非主流文学的精神诉求,对于深入了解汉匈文化交融背景下李陵的文学风格以及汉武帝时期的士人心态有重要的文献价值。

第二节 "苏李诗文出自民间演艺节目"说平议

《文艺研究》2012年第3期刊发了孙尚勇先生的大作《论苏李诗文的形成机制与产生年代——兼及〈汉书·苏武李陵传〉的成篇问题》,该文结合敦煌遗书所见与苏武、李陵相关的写本文献,参考胡适、傅斯年等人的研究成果,认为"苏李诗与传世苏李书信文一样,最早都是依托于某一敷衍苏武、李陵故事的表演艺术节目,这些作品在流传过程中,脱离了苏李故事而得以写定,于是出现后来的苏李诗",并且认为"苏李诗和苏李书信文所依托的苏李故事产生于西汉末年,《汉书·苏武李陵传》的成篇当与此故事之流行相关"。此文试图从民间演艺节目的演出文本入手推演传世苏李诗文的形成机制,并以李陵《答苏武书》中"五将失道"一语所蕴含的历史信息为依据,推断相关作品的产生年代。诚如作者所说,此文的研究思路确实突破了"某些思维定式"的影响,对苏李诗文形成机制和产生年代的分析解读确有新见,尤其是以正史无明确记载的"五将失道"一事作为确定《答苏武书》写作时代的文本依据和突破口,可谓切中要害。但仔细分析该文的论证过程,可以发现其中仍然存在一些疑问需要进一步辨析和澄清,今缕述如下,祈请孙先生及方家指正。

一、关于孙尚勇论证李陵《答苏武书》为民间创作的质疑

孙尚勇论证《文选》收李陵《答苏武书》为民间创作的几条证据,对书信文本的解读仍有商榷之必要,关于此文真伪问题的论断,也值得进一步反思和辨析。

第一,孙文指出"五将失道"对确定此文作时具有重要的史料价值值得肯定,但认为"五将失道"指本始二年(前72)汉遣五将军及常惠持节护乌孙兵讨伐匈奴之事则有误。《答苏武书》所载"五将失道"云云,《史记》《汉书》

等俱无相应记载，但《文选》李善注引《集·表》云："臣以天汉二年到塞外，寻被诏书，责臣不进。臣辄引师前到浚稽山，五将失道。"①今按：此《集·表》应为李陵委托部下陈步乐送呈的上表，后人辑录于《李陵集》，李善简称为《集·表》，其中所言当属实情。《汉书·李陵传》云：

> 天汉二年，贰师将三万骑出酒泉。……诏陵："以九月发，出遮虏障，至东浚稽山南龙勒水上，徘徊观虏，即亡所见，从浞野侯赵破奴故道抵受降城休士，因骑置以闻。所与路博德言者云何？具以书对。"陵于是将其步卒五千人出居延，北行三十日，至浚稽山止营，举图所过山川地形，使麾下骑陈步乐还以闻。步乐召见，道陵将率得士死力，上甚说，拜步乐为郎。②

据此可知，天汉二年，汉武帝诏令李陵按期出师，李陵率军北行至浚稽山，使陈步乐返回汇报军情。《文选·答苏武书》李善注引《集·表》，很可能就是李陵委托陈步乐送呈的上表，所以"五将失道"云云，绝不可轻易忽略或否定。

又据《史记》《汉书》及《资治通鉴》卷二一等相关记载，天汉二年，汉武帝派往北疆参与对匈奴作战的将领，李陵之外，尚有出兵酒泉的李广利，出兵西河的公孙敖、路博德，屯兵五原塞的游击将军韩说、长平侯卫伉，不计李陵恰好有五将。按照部署，天汉二年汉王朝出击匈奴，兵分三路，韩说、卫伉虽然留屯五原塞，但完全负有接应之责。前引武帝诏书责令李陵"抵受降城休士"，"受降城"就在五原塞西北，又名"宿虏城"，是太初元年（前104）汉王朝为策应匈奴左大都尉降汉而修筑。太初三年，汉武帝令光禄勋徐自为修筑"五原塞外列城"，将五原塞与受降城连接起来，从而建立了一个稳固的战略据点，汉武帝也因此派韩说、卫伉将兵屯其旁。天汉元年秋，武帝发谪戍屯五原，正是为天汉二年大规模出击匈奴做准备。值得注意的是，在徐自为修筑"五原塞外列城"的同年，强弩都尉路博德也奉命在居延泽修筑亭障，于是汉王朝在居延和五原两地同时修建了出兵匈奴的战略据点，且东西呼应。就前引

---

① （梁）萧统编，（唐）李善注：《文选》卷四一，上海古籍出版社1986年版，第1849页。
② 《汉书》卷五四《李陵传》，中华书局1962年版，第2451—2452页。

汉武帝下发李陵的诏令看，武帝命令李陵出兵居延遮虏障，北行至东浚稽山南，再向东南撤退至五原塞外受降城休整，明显有将居延和五原两大据点联为一线的战略意图。若李陵出兵成功，即可在居延和五原之间开通一条便捷的直线通道，从而进一步稳固和扩大河西走廊这一东西交通要道，进一步强化汉王朝与西域之间的联系。但由于路途遥远且多沙漠戈壁，故太初二年（前103）赵破奴败降，天汉二年李陵亦败降，此路线似乎终未打通。要之，汉武帝下令李陵撤退至受降城休士，屯兵五原塞外的韩说、卫伉完全负有接应之责。据此，则《答苏武书》及李善注引《集·表》所谓"五将失道"绝非无稽之谈，应该是当事人李陵的述实之词，完全可以看作此文出自李陵之手的确证。①

第二，《答苏武书》所谓"闻子之归，赐不过两百万，位不过典属国，无尺土之封，加子之勤"②云云，与《汉书·苏武传》和《燕王旦传》所载上官桀、燕王旦等为苏武鸣不平之词完全相同，足以说明《答苏武书》中所说为当时比较普遍的看法。据《汉书·李广苏建传》，霍光、上官桀与李陵友善，苏武归国后，霍光、上官桀"遣陵故人陇西任立政等三人俱至匈奴招陵"，李陵虽以"丈夫不能再辱"为由拒绝归汉，但苏武归国后所受封赏，李陵完全有可能了解，上官桀等人为苏武鸣不平的说法也很容易影响李陵并为其所接受。值得注意的是，据《汉书》本传，苏武以始元六年春至京师，次年（元凤元年）九月，"上官桀子安与桑弘羊及燕王、盖主谋反，武子男元与安有谋，坐死"，苏武受牵连免官，《答苏武书》虽然叙及汉朝对苏武的封赏之薄，但并未提及苏武归国次年遭遇的重大变故，说明此文的作时应在始元六年春至元凤元年九月之间。其文又云"凉秋九月，塞外草衰"云云，所述当为写作此信时的具体情境。《文苑英华》卷一八九载唐人省试试题《李都尉重阳日得苏属国书》，并录白行简诗一首，说明唐代人也认为李陵于九月九日收到苏武的书信。比较《文选》和敦煌遗书等存录的苏李书信的文本内容，唐人省试试题显然与《文选》收李陵《答苏武书》有关。综合推断，此文的确切作时应在汉昭帝始元六年九月。《答苏武书》与《汉书》等所载当日情事契合十分紧密，应该不是民

---

① 详参本章第一节。
② （梁）萧统编，（唐）李善注：《文选》卷四一，上海古籍出版社1986年版，第1847—1853页。本节下引此信的引文不再注明出处。

间创作的敷衍附会。

第三，《答苏武书》以汉高祖平城之围作为李陵败降之参照，有多方面的原因。首先，平城之围是汉匈关系史上的重要事件，也是激励汉武帝发动对匈战争的重要原因。《汉书·匈奴传上》引汉初民谣云："平城之下亦诚苦，七日不食，不能彀弩。"①同传又载，太初四年，汉既诛大宛，威震外国，汉武帝意欲困胡，乃下诏曰："高皇帝遗朕平城之忧，高后时单于书绝悖逆。昔齐襄公复九世之仇，《春秋》大之。"汉武帝在诏书中以刘邦平城被困为耻，并借此激励将士。两年后李陵等人正是抱着为高帝、高后复仇的决心出击匈奴。汉哀帝建平四年（前3），匈奴上书求朝觐，哀帝及公卿初议勿许，扬雄上书劝谏，其文云："会汉初兴，以高祖之威灵，三十万众困于平城，士或七日不食，时奇谲之士石画之臣甚众，卒其所以脱者，世莫得而言也。"②以上材料足以说明平城之围对汉王朝士众影响之大，以之为例说理完全符合当时民众的心理。其次，《答苏武书》以刘邦作比，旨在说明胜败乃兵家常事，即便是智略过人、"猛将如云，谋臣如雨"的刘邦，也难免遭遇七日之困，何况李陵仅以区区五千步卒孤军深入，兵败失利情有可原。顾随《驼庵文话》认为《答苏武书》为李陵之作，并云："《答苏武书》一方面是辩白，一方面是负气。辩白不足取，负气处尚可观。"③李陵借刘邦平城之围为自己辩白，虽然不能洗清兵败降敌的耻辱，但在一定程度上也能说明兵败的客观原因和无奈。值得注意的是，李陵被困，麾下军吏曾以浞野侯赵破奴兵败降敌之事规劝李陵不要轻生。据《汉书·匈奴传》等载，太初二年，"汉使浞野侯破奴将二万骑出朔方北二千余里（意在策应匈奴左大都尉投降汉朝），期至浚稽山而还……还，未至受降城四百里，匈奴八万骑围之。浞野侯夜出自求水，匈奴生得浞野侯"④。赵破奴此次行军路线，与武帝命令李陵的路线基本相同，都是"期至浚稽山"，最后撤至受降城休整。结果赵破奴的二万骑不敌匈奴八万骑之围攻，兵败降敌。《答苏武书》完全可以借赵破奴之事辩白，但作者选取了更有说服力的刘邦平城之困，因为只有这样，才能更好地表现其"愤慨"之情。顾随比较曹丕《与

---

① 《汉书》卷九四上《匈奴传上》，中华书局1962年版，第3755页。
② 《汉书》卷九四下《匈奴传下》，中华书局1962年版，第3813页。
③ 顾随：《驼庵诗话》附《驼庵文话》，天津人民出版社2007年版，第197、198页。
④ 《汉书》卷九四上《匈奴传上》，中华书局1962年版，第3775页。

吴质书》和《答苏武书》时说:"李陵是扛枪的,是愤慨;文帝是沉静的,是敏感的。愤慨、敏感,汉魏两朝之文章分野即在此。"①顾先生的看法是有道理的,因为司马迁《报任安书》、杨恽《报孙会宗书》等西汉书札名篇,都旨在倾泻愤慨之情,《答苏武书》与之完全相同。总之,李陵要表达自己兵败的无奈和对汉王朝的愤慨,拿刘邦说事显然更有说服力,更具反衬效果。孙尚勇先生认为这是"民间简单类比思维方式的体现",观点值得商榷。

第四,《答苏武书》云:"上念老母,临年被戮,妻子无辜,并为鲸鲵,身负国恩,为世所悲。"孙尚勇先生据此认为该文所述汉武帝族灭陵家的缘由,与《汉书·李陵传》所载武帝听信"李陵教单于为兵"的传言不同,所以也是此文出于民间创作的文本依据。清人翁方纲也曾提出过类似的观点。但详细考察相关文献,汉武帝诛灭李陵家族的根本原因,在于他精心栽培的李陵竟然没有以死忠君报国,《汉书》所谓"李陵教单于为兵"的传言仅仅是武帝的借口和托辞。汉代"以孝治天下",企图达到"以孝劝忠"的政治目的。从理论上讲,忠孝可以两全,但在现实生活中,两者之间往往产生严重的抵触和冲突。李陵兵败,本来可以以死尽忠,但因老母在堂,他选择了生;霍光等派人招陵归汉,由于老母妻子被无辜杀戮,他选择了留。李陵的一系列选择,虽然有悖于忠君与舍生取义等正统观念,但完全可以从孝亲方面得到合理的解释。然而在汉武帝看来,君臣关系必须超越父子或母子关系,凌驾于人伦亲情之上。因为曾经"侍中",李陵深知汉武帝的刻薄寡恩,所以《答苏武书》一针见血地指出:"汉厚诛陵以不死。"翁方纲等人囿于《汉书》的记载,认为汉武帝诛灭陵家,主要因为轻信传言,以为"汉厚诛陵以不死"的说法与本事相乖,实则为表面现象所蒙蔽。总之,关于汉武帝诛灭李陵家族的缘由,《汉书·李陵传》的说法虽然也是述实之词,但难免有为武帝开脱罪责之嫌疑,相较而言,《答苏武书》的陈述更深刻到位,应该是当事人李陵的肺腑之言,绝不能简单认定为民间创作的想象和敷衍。

第五,关于《文选》收李陵《答苏武书》的真伪,唐代以来众说纷纭。刘知幾、苏轼、钱大昕、翁方纲、黄侃、王琳等不少学者怀疑其为后世拟托之作。总体来看,刘知幾等人认为此文出自拟托,主要由于它的文体风格不同于

---

① 顾随:《驼庵诗话》附《驼庵文话》,天津人民出版社2007年版,第196页。

西汉时期的主流文风。但是，确如章培恒等先生所言，仅仅以风格为依据确定作品的写作时代是很有问题的。以《答苏武书》为例，苏轼等认为是齐、梁人拟作，但江淹在南朝刘宋末年所作《诣建平王上书》中，已经引用该文"此陵所以仰天椎心而泣血"一语为典故，说明此信绝非齐、梁人伪作。况且面对同一篇作品，苏轼认为"辞句儇浅"，是"小儿"拟作；刘知幾、钱大昕、黄侃、穆克宏①等人认为"词采壮丽"，为"高手"伪托。顾随又认为"既非魏晋清新，又非六朝成熟，而颇为发皇"；"或谓为六朝人伪作，此不可信，即使非李陵，亦必汉人作，文气发皇绝非魏晋以后人所能有，盖汉人为文亦好大喜功也"。②近年来，虽然关于此文的作者问题不乏辨析和探讨，但仍然围绕文章的风格和李陵的"武士"身份展开，并没有突破前人研究的思路和藩篱。有鉴于此，笔者结合此信的文本内容及其蕴含的历史信息，重新考察和探讨李陵《答苏武书》的真伪，认为《答苏武书》应该是李陵作于汉昭帝始元六年九月的作品。时值苏武归汉，霍光等人主动派遣使臣至匈奴招陵（《资治通鉴》卷二三），身为典属国的苏武写信劝李陵反正归汉，李陵借机抒写郁积近二十年的怨愤，明确表明绝不背匈归汉的立场，全面展示了李陵晚年矛盾纠结的悲伤情怀。③

二、传世苏李诗文的形成机制与产生年代不可一概而论

传世苏李诗文来源复杂，真伪难辨，其形成机制与产生年代，需要具体作品具体分析，决不可混为一谈。孙尚勇关于"苏李诗文皆附属于某一敷衍苏李故事的演艺节目""其产生年代在西汉后期"的论断，既缺乏必要的文献佐证，又有一概而论之嫌，所以值得反思和商榷。

孙尚勇的大作虽然对苏李诗文的形成机制和产生年代提出了新的研究思路，但是，《文选》《艺文类聚》《古文苑》和敦煌遗书中保留的苏李诗文，其形成机制和产生年代并不一定完全相同。尤其是敦煌遗书存录的与苏武、李陵

---

① 穆克宏：《苏轼论〈文选〉琐议》，《福建师范大学学报》2001年第2期。
② 顾随：《驼庵诗话》附《驼庵文话》，天津人民出版社2007年版，第182页。
③ 详参本章第一节。

相关的写本文献，明显与《文选》辑录的苏李诗文有较大差异。孙先生混为一谈，以敦煌写本文献的形成机制推测《答苏武书》等作品的来源，显然缺乏说服力。

关于传世苏李诗文的真伪问题，南朝刘宋颜延之在《庭诰》中有比较通达的看法："逮李陵众作，总杂不类，是假托，非尽陵制。至其善篇，有足悲者。"颜延之虽然是历史上最早对李陵众作的真伪提出质疑的学者，但揆其文意，颜氏认为其"总杂不类""非尽陵制"，即真伪混杂，并非全部都是李陵所作，显然并没有完全否定李陵的著作权。其后钟嵘《诗品》梳理五言诗的发展流变，称"逮汉李陵，始著五言之目"，又云："陵，名家子，有殊才，生命不谐，声颓身丧。使陵不遭辛苦，其文亦何能至此。"任昉《文章缘起》也认为五言诗始于李陵《与苏武诗》（《学海类编·集余三》）。萧统看法相同，且收录李陵《与苏武诗》三首及《答苏武书》入《文选》。《颜氏家训·文章》篇称"自古文人，多陷轻薄"，并列屈原以下"翘秀者"三十六人，李陵名列其一。《隋书·经籍志四》著录"汉骑都尉《李陵集》二卷"。唐代以后，虽然刘知幾、苏轼等人不断对传世李陵之作的真伪提出质疑，但至今尚无定论。在这种情况下，对传世苏李诗文不作具体辨析而一刀切，显然有失偏颇。尤其将洋洋洒洒几千言的《答苏武书》看作某一敷衍苏武、李陵故事的演艺节目的附属产品，无论如何也令人难以置信。即便是传世苏李诗，也没有一首出现在《李陵变文》或《苏武李陵执别词》中，以敦煌写本《苏武李陵执别词》中的"附诗为证"为例说明传世苏李诗的形成机制，也只能是一种缺乏文本依据的主观推测。

傅斯年、孙尚勇等先生推断"苏李诗文皆附属于某一敷衍苏李故事的演艺节目"，但翻检汉魏六朝时期的传世文献，除《史记》《汉书》外，关于李陵事迹的文献记载微乎其微。自西汉后期至北魏初年近四百年间，李陵之名仅在《三国志·吴书·韦曜传》和《晋书·杜弢传》及个别文人诗句中（如西晋刘琨《扶风歌》等）偶有提及。汉昭帝始元六年二月，汉王朝召开盐铁会议，对汉匈之战引发的种种社会矛盾进行全面总结和反思，此后桓宽根据会议记录整理成《盐铁论》一书，但其中并未提及李陵。扬雄《法言》论及"臣自失"，以"李贰师之执二，田祁连之滥帅，韩冯翊之诉萧，赵京兆之犯魏"（《重黎》

卷第十)为例,其中提到李广利投降匈奴之事,但也没有涉及李陵。成书于汉魏六朝时期的《西京杂记》《汉武故事》等杂史杂传,虽然广泛载录梁孝王文学集团、汉武帝、董仲舒、东方朔、公孙弘、司马相如、卓文君、李广、王昭君、扬雄等人的逸闻轶事,也有汉代流传较广的"秋胡戏妻""东海黄公"等故事或演艺节目的记载,但根本没有苏、李故事的蛛丝马迹。见存于《琴操》和《乐府诗集》等典籍的汉代琴曲歌辞,除了荆轲、项羽、刘邦的几首见于《史记》,汉人据此而编入琴曲之外,其余都是根据前代的历史人物故事改写而成,而且在琴曲歌辞中模拟这些人的口吻,托名是这些名人所作,但其中也没有与李陵、苏武相关的作品。《太平御览》卷四八九引录《李陵别传》,但仅《答苏武书》之残篇,难窥全貌。黄侃《文选平点》云:"详别传之体盛于汉末,亦非西汉所有也。"又云:"西汉人有别传者,惟东方朔及陵,皆后人所为。"总之,《史记》《汉书》之外,今存汉魏两晋时期的文献很少有关于李陵的记载。如果这一时期确实存在"某一敷衍苏李故事的演艺节目",传世苏李诗文是附属于其中的作品,则上述各类文献中应该有一些记载或蛛丝马迹。据此推断,南朝刘宋时期颜延之见到的"李陵众作"以及后来萧统编集《文选》时所依据的李陵作品,应该不是"某一敷衍苏李故事的演艺节目"的附属产品,《汉书·李陵苏武传》的成篇更不可能与这种"莫须有"的苏李故事相关联。史载李陵兵败投降匈奴,余部仍有四百多人返回汉境,苏武滞留匈奴19年后归汉,汉昭帝时陇西任立政等出使匈奴专门迎招李陵,这些都为汉朝史臣详细了解和真实记述李陵生平事迹提供了坚实的基础。以谨严有法著称的《汉书》,也很少吸收民间传闻入史传,所以《汉书·李陵苏武传》应该有相当可靠的材料来源,绝不可能依据民间故事而成篇。

孙尚勇先生推断,"苏李诗文皆附属于某一敷衍苏李故事的演艺节目,其编创者出于民间,而非官方;苏李故事的表演有歌唱的诗,有诵读的文,证明这一节目的表演方式可能为戏剧或讲唱,其产生年代在西汉后期"。这一论断虽然很有启发性,但是,要证明其成立必须有一个前提条件,即西汉后期要有比较成熟的戏剧或讲唱出现。根据目前的研究,西汉时期初步具备戏剧因素的仅"东海黄公"故事和"公莫舞",但前者没有相关歌辞传世,似乎仅为表演节目,后者保留在《宋书·乐志》中的歌辞(《巾舞歌辞》)又声辞杂写,难以解读。① 所以，西汉后期还没有出现比较成熟的戏剧或讲唱。传世苏李诗文俱以形式过于"成熟"而被质疑不是西汉之作，苏李诗与《巾舞歌辞》在文体上的差异也确实太大。以此推断，孙先生的论断也难以成立。

据文献记载，李陵再次进入人们的视野并被广泛关注，是在北魏、北周、隋唐时期。这一时期，李陵不仅在文人笔下大量出现（如江淹、庾信、李白、王维、白居易、杜牧、王榮、胡曾、司空图、贯休等人的作品），而且成为当时不少人尤其是北方少数民族竞相追祖的对象，成为南北朝时期民族融合与文化整合背景下的一种胡汉杂糅的文化象征符号。《宋书·索虏传》《南齐书·魏虏传》《北史·李贤传》《新唐书·回鹘传》等关于李陵被追祖的历史记载，尽管有诸多失实与不可信之处，但作为一种历史现象，却客观地存留于史书之中，具有其自身的历史性和深刻的历史缘由。② 随着追祖李广的西凉王李暠家族的崛起，尤其是李唐王朝的建立，秦汉以来即为衣冠旧族的陇西李氏俨然成为天下第一高门大姓。有关李陵的民间故事也渐次流传兴盛，敦煌遗书中存留的《李陵变文》《苏武李陵执别词》以及苏李往返书信等写本文献，应该是这种文化背景下相关民间故事或演艺节目的附属产物。③ 值得注意的是，白居易的《汉将李陵论》虽然批评李陵非忠、非孝、非智、非勇，但细审文意，白氏认为《文选》卷四一所收《答苏武书》为李陵亲笔，故而撰文批驳。其观点虽然与安史之乱后藩镇割据的历史背景有关，但他并没有将《答苏武书》视为伪作。

总之，传世苏李诗文大致可以分为三类：一是《汉书》所载李陵《别歌》和《文选》载录李陵《答苏武书》及李善注引《集·表》等，应该是李陵的可信之作；二是《文选》《艺文类聚》《古文苑》等收录征引的其他苏李诗文，虽

---

① 参见王子今：《"东海黄公"考论》，《秦汉社会史论考》，商务印书馆2006年版，第330—348页；赵敏俐：《汉代乐府制度与歌诗研究》，商务印书馆2009年版，第248—254页。
② 参见温海清：《北魏、北周、唐时期追祖李陵现象述论——以"拓跋鲜卑系李陵之后"为中心》，《民族研究》2007年第3期。
③ 钟书林详细考察李陵故事的渊源流变，认为《李陵变文》产生于晚唐时期，并与贯休等人歌咏李陵的文人诗互相影响。王伟琴认为："《李陵变文》是唐代河西陷蕃时期的作品，上限可定在786年，并且《李陵变文》的产生时代与《王昭君变文》相近，其作者应为敦煌陷蕃地区的文人。"参见钟书林：《敦煌李陵变文的考原》，《西北大学学报》2007年第2期；王伟琴：《〈李陵变文〉作时作者考论》，《语文知识》2012年第2期。

然真伪难辨，但稽考相关文献，这类作品在《文选》成书之前即已流传[①]；三是敦煌遗书中保存的苏李往返书信等写本文献，出现时代更晚，从文体及内容推断，显然为后世拟托之作。笔者认为，上述三类作品的形成机制和产生年代各不相同，必须具体作品具体分析，不可因为弥合争议和分歧的需要，而全部归属为西汉后期敷衍苏李故事的演艺节目的附属产物。

三、孙尚勇的大作并没有完全突破以往研究形成的误区

平心而论，孙尚勇的大作并没有完全突破以往研究形成的误区，考察唐前已经流传的苏李诗文的形成机制，乌孙公主、王昭君、蔡琰、庾信等人的生平与创作也有一定的参考价值，仅仅以敦煌遗书中与苏武、李陵相关的写本文献为参照，并不能解决相关的疑问和争议。

孙尚勇的大作虽然突破了长期以来关于苏李诗文研究形成的两个误区，摆脱了某些思维定式的不利影响，提出了新的研究思路和观点，但是，这种突破并不完全和彻底，因为这一研究领域还有一个更大的误区，即预先认定作为武士的李陵不可能写出情采并茂的作品，进而从文体风格、文本内容与史籍载述的差异等方面入手，推断苏李诗文全部为托名或拟作。在这一方面，孙先生完全承袭了以往的研究方法，论文的第二部分（论证的主体部分）论述《文选》收李陵《答苏武书》的"民间性"创作特征，就是从文体风格的差异入手，以《汉书》的载述为参照，对《答苏武书》的文本内容及其蕴含的历史信息进行了带有倾向性的解读，从而得出"苏李诗文皆附属于某一敷衍苏李故事的演艺节目，其编创者出于民间"，"其产生年代在西汉后期"等结论。就文章本身看，孙先生的这段论述非常关键，因为要得出上述结论，最难解决的问题就是《答苏武书》的作者与形成机制问题。但是，尽管论文抓住了要害和关键，对相关问题的论证仍然存在一些问题，尤其是关于"五将失道"的解读，完全重复了前人的研究思路，既没有重视《文选》李善注引《集·表》的内容及其文献价值，也没有对天汉二年汉武帝派往北疆参与对匈奴作战的将领进行深入稽

[①] 参见跃进：《有关〈文选〉"苏李诗"若干问题的考察》，《文学遗产》1996年第2期。

考，所以论文虽然以"五将失道"作为判断《答苏武书》写作年代的重要依据，但结论并不可信。

身为武士的李陵能不能写出情采并茂的诗文作品，这无疑是长期以来学界对苏李诗文的真伪争讼不已的主要原因。据《史记》《汉书》等记载，李陵虽然出身于武将世家，但至李陵一代，其家庭条件和社会地位已有较大的改变。其祖父李广，汉文帝时凭军功为郎，后"历七郡太守，前后四十余年"，曾任未央卫尉、郎中令；其从祖李蔡，汉文帝时为郎，后以军功封乐安侯，元狩二年继公孙弘为丞相；其父李当户、叔父李椒、李敢都以父职荫任为郎，李椒官至代郡太守，李敢官至郎中令。不难看出，至李陵出生的时代（约为武帝元狩初），李氏家族已经发展为具有一定实力的名门世家，李陵完全有可能接受较好的文化教育。值得注意的是，元封五年，汉武帝因"名臣文武欲尽"，下令州郡举贤："盖有非常之功，必待非常之人……其令州郡察吏民有茂才异等可为将相及使绝国者。"正是在"名臣文武欲尽"的情况下，汉武帝对霍光、上官桀、李陵、苏武等一批少年英才进行重点培养。这些人都有少年入仕的经历，他们接受较好的文化教育毋庸置疑。由于"少为侍中、建章监"，李陵深受汉初至武帝时期主要流行于汉王朝宫廷当中的楚歌的熏陶和影响，《汉书》本传所录李陵送别苏武时演唱的《别歌》，就是典型的楚歌。虽然寥寥数语，质朴无华，但唱出了李陵领兵出征的豪情、兵败途穷的无奈以及英雄失路的悲伤，倾诉了汉匈战争期间千千万万普通将士的心声，也体现了汉代主流文学"义尚光大"的审美追求，是血泪合成的千古悲歌，完全可以与项羽的《垓下歌》相提并论。就此来看，李陵绝不是只知骑射不问文墨的草莽武夫，将《文选》等所收李陵诗文全部定为伪作、进而推断其为敷衍苏李故事的民间演艺节目的附属产物，显然是有问题的。

作为名辱家灭、寄身异域的名门之后，李陵有太多的郁情积愤需要倾诉宣泄，送别苏武时演唱的《别歌》以及《文选》收《答苏武书》，就是最好的说明。其创作动机，正如钟嵘《诗品》所说："陵，名家子，有殊才，生命不谐，声颓身丧。使陵不遭辛苦，其文亦何能至此。"钟嵘的评价虽然是针对李陵赠答苏武诗（传世"苏李诗"）而言，但同样可以说明《别歌》与《答苏武书》的写作动因。总之，李陵虽为武士，但不仅具有较高的文化修养，而且还具备强烈的创作诉求，所以颜延之论及"李陵众作"时并不完全否定李陵的著作权是有道理的。

事实上，考察唐前已经流传的苏李诗文的形成机制，刘细君、王昭君、蔡琰、庾信等人的生平与创作也具有非常重要的参考价值。据《汉书·西域传下》，汉武帝元封中，以江都王刘建之女刘细君为公主，远嫁乌孙国王，因语言不通，公主悲愁，自作歌诗，其辞曰："吾家嫁我兮天一方，远托异国兮乌孙王。穹庐为室兮旃为墙，以肉为食兮酪为浆。居常土思兮心内伤，愿为黄鹄兮归故乡。"史载："天子闻而怜之，间岁遣使者持帷帐锦绣给遗焉。"①这首诗没有华丽的语言，真切感人。前两句写远嫁乌孙，中间写异域生活，后两句抒发思乡之情。相较而言，此诗与李陵《别歌》都是异域之人的思乡抒情之作，其创作、流传以及被载录的情况，彼此也完全一致，从中可见天涯沦落之人共同具有的创作诉求。类似的情况，还有汉元帝时远嫁匈奴的王昭君、建安时期流落匈奴的蔡琰。《汉书》关于昭君出塞的记载，见于《元帝纪》和《匈奴传》，由于过于简略，无法从中了解王昭君生平的详细情况。但昭君远嫁，引起后世很多文人的吟咏和同情。《西京杂记》"画工之祸"条比较详细地敷衍了王昭君出塞的原因和始末，不仅奠定了后世昭君故事的情节基础，而且使王昭君从历史人物转变为文学形象。②见存于《琴操》和《乐府诗集》、署名王昭君的《怨旷思惟歌》（一作《昭君怨》），一般认为是拟托之作，属琴曲歌辞，就歌辞本身而言，也是感念身世、抒写异域思乡之情的佳作。③就《西京杂记》和《琴操》的记载看，关于昭君出塞确实有不同于正史的另一个民间故事版本流传，琴曲歌辞《怨旷思惟歌》，很可能就是昭君故事的附属产物，其形成机制也比较接近孙尚勇先生关于苏李诗文的推论。但昭君故事有文献记载，昭君出塞和亲与李陵兵败降敌性质也截然不同，所以汉魏两晋时期没有关于李陵故事的文献记载很可能反映了历史的本真，说明当时根本就没有敷衍李陵事迹的民间故事或演艺节目存在。

汉末兴平中，天下丧乱，蔡琰为胡骑所获，没于南匈奴十余年，后经曹操

---

① 《汉书》卷九六下《西域传下》，中华书局1962年版，第3903页。
② 参见郭勇、张莹莹：《〈西京杂记〉：王昭君文化形象的初步生成》，《三峡论坛》2010年第2期。
③ 参见赵敏俐：《汉代乐府制度与歌诗研究》，商务印书馆2009年版，第265页。

遣使者以金帛赎归。蔡琰感伤乱离，追怀悲愤，作五言《悲愤诗》一首、楚歌体《悲愤诗》一首，另有《胡笳十八拍》一篇。虽然后两篇作品的真伪学界有争议，但五言《悲愤诗》可以肯定是蔡琰所作。该诗"无一句一字不悲，无一句一字不愤"（郑文《汉诗研究》），句句血泪，声声悲情，与前引刘细君、李陵的作品有异曲同工之妙，都是天涯沦落之人的悲情倾诉。倘若没有相同的远离故国的人生遭际和感伤乱离的创作诉求，驰骋沙场的李陵绝不会和远嫁异域的弱女子同声相应同气相求。

魏晋以来，随着玄学思潮的兴盛，儒家思想的主流地位大大动摇，忠君思想、名节观念对士人的影响逐渐衰微。尤其是随着门阀制度的确立，世族社会家族本位意识进一步增强，忠节观念进一步淡化，正如余嘉锡先生所言："魏晋士大夫止知有家，不知有国。故奉亲思孝，或有其人；杀身成仁，徒闻其语。王祥、何曾之流，皆不免党篡。求忠臣必于孝子之门，竟成虚言。六代相沿，如出一辙，而国家亦几胥而为夷。"①余英时论及名教思想与魏晋士风的演变时也说："从汉末到西晋这一百多年期间，名教中的君臣一伦已根本动摇了。""由于门第势力的不断扩大，父子之伦（即家族秩序）在理论上尤超乎君臣之伦（即政治秩序）之上，成为基础的基础了。"由于门阀世族大力提倡孝道，两汉以来的忠孝观念发生变化，"亲先于君，孝先于忠"的观念得以形成。②与此同时，由于南北政权的长期对峙以及民族融合的不断深入，北人南迁和南人入北也屡见不鲜。在这种情况下，对李陵的同情和吟咏也逐渐增多。如西晋末年，刘琨临危受命，出任并州刺史，作于赴任途中的《扶风歌》，忧伤时艰，并对李陵兵败降敌给予深深的怜悯和同情："惟昔李骞期，寄在匈奴庭。忠信反获罪，汉武不见明。我欲竟此曲，此曲悲且长。弃置勿重陈，重陈令心伤。"刘琨对李陵的接受和认同，显然与其辞家赴难的处境和前途未卜的忧虑有关。这种情况，在庾信的创作中体现得更为明显。梁元帝承圣三年，庾信出使西魏，不久西魏攻克江陵，庾信

---

① 参见《世说新语·德行》"王仆射在江州"条笺疏，余嘉锡：《世说新语笺疏》，上海古籍出版社1993年版，第46页。
② 参见唐长孺：《魏晋南朝的君父先后论》，《魏晋南北朝史论拾遗》，中华书局1983年版，第233—248页；甄静：《论魏晋士人"孝先于忠"的观念》，《贵州文史丛刊》2006年第4期；马艳辉：《魏晋南北朝时期忠孝论的转变》，《井冈山大学学报》2012年第1期。

被迫羁留长安，历仕西魏、北周（《周书·庾信传》《北史·庾信传》等）。由南入北屈仕鲜卑的人生遭际，叹恨羁旅魂牵故国的痛苦悲伤，使庾信俨然以李陵为异代知音。其作品中大量运用李陵故事为典故，后期的诗作尤其是与周弘正的离别赠答诗，更集中地表现出与李陵的同声共鸣。总之，庾信后期创作体现的"李陵情结"，不仅表明了庾信对李陵及苏李诗文的接受和认同，而且有力地说明：探讨苏李诗文的形成机制，寄身异域、沦落天涯的感伤群体及其创作，也具有重要的参考价值。逯钦立《汉诗别录》推断苏李诗为东汉灵帝、献帝时避难交阯的士大夫之作；郑文《论所谓李陵诗》认为这组诗是西晋末到东晋初年淹留北方的士人所作；胡大雷《苏李诗出自代言体说》认为苏李诗是东汉末年文人代苏李立言，当初的题目大概是"代李少卿与苏武诗、代苏子卿诗"之类，后来"代"字脱落，于是被错认为是苏武李陵所作①。这些结论是否成立虽然还需要进一步论证，但都是从作品的创作机制出发探讨其作者和产生年代，其研究思路仍然值得借鉴和参考。

总之，李陵的家庭出身及少年入仕的经历，使他有机会接受较好的文化教育；其独特的生平遭际，也使他具有发愤抒情的创作诉求；其所作楚歌歌辞，说明他有较高的文化修养。所以考察《文选》等收录的李陵诗文的形成机制，不能以完全否定李陵的著作权为前提。刘细君、蔡琰、庾信等人的生平与创作，对深入探讨李陵诗文的形成也具有重要的参考价值。

综上所述，传世苏李诗文真伪混杂，非一时一地之作，所以探讨其形成机制和产生年代，必须具体作品具体分析，不可混为一谈。稽诸史籍，汉魏两晋时期没有敷衍李陵事迹的民间故事或演艺节目的任何记载，所以《文选》等收录的苏李诗文不可能是民间演艺节目的附属产物。孙尚勇等先生的观点虽然对苏李诗文的形成机制等问题提出了新的研究思路，但并没有完全突破以往研究形成的误区，同时也缺乏必要的文献依据，所以结论值得商榷。

---

① 胡大雷：《苏李诗出自代言体说》，《柳州师专学报》1994年第3期。

第六章　汉末魏晋河陇作家丛考

第一节　汉末敦煌张氏的迁徙及其家风家学的演变

东汉后期，外戚宦官交替擅权，政治黑暗腐败。顺帝以后，各种社会矛盾十分尖锐，于是外族侵扰、羌族叛乱、党锢之祸等接踵而来，东汉王朝摇摇欲坠。在士大夫集团与外戚、宦官势力的激烈斗争中，士人的群体自觉与个体自觉意识随之日趋明确，儒学的衰微与学术新潮的出现成了历史的必然。[①]政局的动荡和学术思潮的转变，对汉末世家大族的发展产生了深远的影响，甚至连僻处西北的河陇著姓也不例外。其中最值得注意的是敦煌张氏。素好儒学的张奂不仅因为深厚的经学修养和在平定羌乱的过程中军功卓著知名显达，而且也是遭遇党锢之祸的唯一的河陇士人。张奂、张芝父子虽然兼习文武，但主要以儒业文艺见长，明显体现出东汉后期河陇著姓由武力强宗向文化世族的转变。张芝、张昶并善草书，不仅是汉末士人个体意识觉醒的典型体现，而且极大地促进了书法的艺术化进程，对后世产生了深远的影响。关于张奂父子的籍贯以及张芝的书法成就等问题，学界已不乏论述[②]。但对敦煌张氏徙居弘农的深层原因、党锢之祸对张氏家族的影响、张芝草书与汉末士林新风的关系及其历史文化意义等问题，仍有深入探究的必要。

[①]　参见余英时：《汉晋之际士之新自觉与新思潮》，《士与中国文化》，上海人民出版社2003年版，第251—342页。
[②]　参见梁尉英：《张芝籍贯辨》，《敦煌研究》1985年第2期；马明达：《〈张芝籍贯辨〉驳议》，《敦煌学辑刊》1986年第2期；谢继忠：《张芝籍贯考略》，《社会科学》1986年第3期。

一、张奂的籍贯及其徙居弘农本事稽考

关于张奂籍贯的表述，《后汉书》等记载存在明显讹误。《后汉书·张奂传》云："张奂字然明，敦煌酒泉人也。"①《后汉纪·孝灵皇帝纪上》的记载相同。②但据《汉书·地理志下》，西汉敦煌郡下辖六县：敦煌、冥安、效谷、渊泉、广至、龙勒。③又据司马彪《续汉书·郡国五》，东汉敦煌郡也下辖六县：敦煌、冥安、效谷、拼泉、广至、龙勒。④其中都无酒泉县。而且据以上两志记载，两汉时期有酒泉郡，但没有酒泉县。这说明《后汉书》等关于张奂籍贯的表述明显有误。钱大昕《廿二史考异》卷十二《后汉书三》云："酒泉，郡名，非县名，当作'渊泉'。胡三省注《通鉴》云：'奂，敦煌渊泉人。'胡所见本尚未讹也。《汉志》敦煌郡有渊泉县，《晋志》作'深泉'，盖避唐讳。章怀本亦当作'深'，后人妄改为'酒'耳。《郡国志》作'拼泉'，'拼'亦'渊'字之讹。"⑤钱氏的说法有理有据，得到学界的普遍认同。张澍《续敦煌实录》即云："太常（张奂）为敦煌渊泉人。渊泉为敦煌属县，后汉为拼泉，若酒泉，自为郡也。今《后汉书》作'酒泉'者，传写之讹。"⑥王先谦《后汉书集解》、中华书局标点本《后汉书》等也都采用了钱氏的观点。⑦

汉代没有酒泉县，还有其他史料为证。《元和郡县图志》卷四十《陇右道下》云："（肃州）酒泉县，本汉福禄县也，属酒泉郡，自汉至隋不改。义宁元年，分置酒泉县。"⑧这说明历史上的酒泉县始建于隋恭帝义宁元年（617），此地本属汉代酒泉郡福禄县，与汉代敦煌郡所辖渊泉县毫不相干且相距甚远。⑨如此，则张奂为汉敦煌郡渊泉县人可为定论。

---

① 本节所引《后汉书》张奂本传文字，均出自《后汉书》卷六五《张奂传》，中华书局1965年版。下引不再详细注明出处。
② （晋）袁宏撰，张烈点校：《后汉纪》，中华书局2002年版，第447页。
③ 《汉书》卷二八下《地理志下》，中华书局1962年版，第1614页。
④ 《后汉书·郡国志五》，中华书局1965年版，第3521页。
⑤ （清）钱大昕著，方诗铭、周殿杰校点：《廿二史考异》（附《三史拾遗》《诸史拾遗》），上海古籍出版社2004年版，第224、225页。
⑥ （清）张澍辑，李鼎文校点：《续敦煌实录》，甘肃人民出版社1985年版，第14页。
⑦ 参见（清）王先谦：《后汉书集解》卷六五，上海古籍出版社2006年版，第164页。
⑧ （唐）李吉甫：《元和郡县图志》，中华书局1983年版，第1023页。
⑨ 李并成：《河西走廊历史地理》，甘肃人民出版社1995年版，第118页。

关于张奂父子的籍贯，《后汉书·曹腾传》、谢承《后汉书》（《太平御览》卷一八一引）、张华《博物志》（《三国志·魏书·武帝纪》注引）、卫恒《四体书势》（《晋书》卷三六引）、南朝宋羊欣《采古来能书人名》（《法书要录》卷一引）等又作"弘农"或"弘农华阴"。这种说法与张奂在汉桓帝永康元年徙属弘农华阴有关。《后汉书·张奂传》云：

> 永康元年春，东羌、先零五六千骑寇关中，围祋祤，掠云阳。夏，复攻没两营，杀千余人。冬，羌岸尾、摩螯等胁同种复抄三辅。奂遣司马尹端、董卓并击，大破之，斩其酋豪，首虏万余人，三州清定。论功当封，奂不事宦官，故赏遂不行，唯赐钱二十万，除家一人为郎。并辞不受，而愿徙属弘农华阴。旧制边人不得内移，唯奂因功特听，故始为弘农人焉。

《后汉纪·孝灵皇帝纪上》的记载基本相同。《资治通鉴》卷五六系此事于永康元年冬十月。

关于张奂徙属弘农的原因，史籍没有明确记载。但值得注意的是，东汉后期，随着世族大姓势力的不断发展，士人的家族意识和安土重迁观念越来越强，而且旧制边人不得内徙，在这种情况下，张奂凭借军功要求徙属弘农，绝不是一时的冲动，应该有难以明言的隐情和原因。据《后汉书》本传、《资治通鉴》卷五六等记载，建宁二年十月，司隶校尉王寓以党罪陷害张奂，于是"禁锢归田"。此后段颎为司隶校尉，因为与张奂在平定羌乱的策略上曾经有过争执，"欲逐奂归敦煌，将害之"，张奂忧惧，"奏记谢段颎"，其文曰"小人不明，得过州将，千里委命，以情相归，足下仁笃，照其辛苦"云云。虽然文中对"州将"没有具体交代，但揆其文意，张奂徙属弘农华阴，似乎有避仇之意。洪亮吉云："详观上下文势，此'州将'似指旧敦煌守言。盖奂或旧与此守不合，故奏徙弘农。此时颎欲逐奂归敦煌，是以奂云此耳，非称颎也。"①洪氏之言不无道理，因为弘农郡本在司隶校尉的管辖范围之内，段颎完全可以直接报复张奂，但他却打算通过驱遣张奂回归敦煌而害之，说明就当时的情况看，张奂回到敦煌，段颎的报复更容易得手，或者可以借刀杀人。又张奂《与

---

① （清）王先谦：《后汉书集解》卷六五引，上海古籍出版社2006年版，第166页。

延笃书》云：

> 唯别三年，无一日之忘。京师禁急，不敢相闻。岂不怀归，畏此简书。年老气衰，智尽谋索。每有所处，违宜失便。北为儿车所仇，中为马循所困，真欲入三泉之下，复镇之以大石，厄乎此时也。且太阴之地，冰厚三尺，木皮五寸。风寒惨列，剥脱伤骨。但此自非老耄者所堪。而复加之以师旅，因之以饥馑。众艰罄集，不可一二而言也。聋盲日甚，气力寖衰。神耶当复相见者，从此辞矣。①

从"京师禁急，不敢相闻"等语推测，此书应该是张奂被禁锢时所作。据《后汉书》本传，张奂一生前后两次遭遇禁锢，第一次在延熹二年，"梁冀被诛，奂以故吏免官禁锢"，前后四年；第二次在建宁二年，"以党罪禁锢归田"，直至终老。结合文中所述当时作者所处的自然环境看，此文应该作于第一次禁锢期间（159—163），当时张奂尚未徙属弘农，所以只能在故乡敦煌渊泉度过，文中所言"冰厚风寒"云云，显然是敦煌一带的气候特征。不难看出，封闭隔绝的禁锢生活、恶劣的自然环境以及战乱和饥馑，使作者感到"众艰罄集"，痛不欲生。张奂在信中提到的仇家"儿车"，应该指南匈奴单于"居车儿"。《后汉书·南匈奴传》载，汉桓帝延熹元年，匈奴南单于诸部并畔，以张奂为北中郎将讨之。张奂以单于居车儿不能统理国事，乃拘之，并上书请立左谷蠡王为单于，但汉桓帝没有采纳他的建议，仍以居车儿为南单于。②延熹二年，张奂因受梁冀牵连被免官禁锢归敦煌，所以他最担心居车儿寻仇，完全在情理之中。又据《后汉书·南匈奴传》，居车儿于汉桓帝建和元年（147）立为单于，立25年薨（汉灵帝建宁四年）。桓帝永康元年张奂徙属弘农时，他仍在位。不难看出，张奂晚年徙居弘农，南匈奴单于居车儿和他的个人恩怨应该是主要原因之一。

张奂与凉州或敦煌郡的地方官员有无个人恩怨，史书没有明确记载。但是，张奂的好友皇甫规在平定羌乱的过程中，对一批贪污腐败的凉州地方官吏

---

① 《北堂书钞》卷一五六、《艺文类聚》卷三十等收录。参见（清）严可均校辑：《全上古三代秦汉三国六朝文》，中华书局1958年版，第822页。
② 《后汉书》卷八九《南匈奴传》，中华书局1965年版，第2964页。

"悉条奏其罪，或免或诛"，于是众怨沸腾，"吏托报将之怨，子思复父之耻"，共同诬陷皇甫规"货赂群羌，令其文降"，在这种情况下，作为皇甫规的好友和政治上的盟友，张奂与凉州地方官员的关系，肯定也受到很大的影响。更为巧合的是，张奂于桓帝永康元年十月徙属弘农，而此时的弘农太守正是皇甫规，真可谓"千里委命，以情相归"。(《后汉书》卷六五)

张奂徙属弘农，可能还与其早年游学三辅的经历以及由此而产生的对中原文化的向往有关。谢承《后汉书》云："（张奂）诣太学受业，博通五经。隐处在扶风鄠县界中，立精舍，斟酌法乔卿之雅训，昼诵书传，暮习弓马。"(《太平御览》卷一八一引)[1] 又据《后汉书》本传，张奂"少游三辅，师事太尉朱宠，学《欧阳尚书》"，并且删减《牟氏章句》，桓帝诏下东观。就今存友朋书札看，张奂与延笃、崔寔等东观学士都有往来，而且是比较知心的朋友，足以说明张奂本人在儒林中有一定的地位和影响。张奂早年的游学生涯，不仅使他与中原儒林有了诸多联系，而且也使他对关中三辅等文化中心产生了更多的向往之情。他晚年徙居弘农后，虽然遭受禁锢，闭门不出，但"养徒千人，著《尚书记难》三十余万言"，可以说自得其乐，正是早年游学隐居生活的继续。值得一提的是，张奂之师朱宠，与弘农杨震同为名儒桓荣之子桓郁的门生，都是《欧阳尚书》的传人(《后汉书·桓荣传》)，而杨震一门又是弘农华阴的名门望族，张奂恰恰选择弘农华阴作为徙居之地，显然不能完全视为巧合。总之，由于羌族叛乱，东汉后期凉州尤其河西四郡，多次与关中、中原隔绝，东汉王朝甚至曾就是否放弃凉州有过激烈的辩论（如《后汉书·傅燮传》中崔烈与傅燮的争论等），在这种情况下，早年游学三辅、深受中原文化影响的张奂凭借军功徙居弘农华阴，完全在情理之中。

张奂徙居弘农华阴之后，虽然熹平元年司隶校尉段颎欲驱逐张奂回归敦煌，但因张奂奏记哀请，段颎不忍驱逐，所以一直定居于弘农华阴，光和四年病卒，遂葬于华阴。[2] 其三子张芝、张猛、张昶都见于史籍。其中张芝、张昶并善草书。汉末建安初期，武威人段煨屯兵华阴，修建华山庙宇，张昶作《西

---

[1] 周天游辑注：《八家后汉书辑注》，上海古籍出版社1986年版，第118页。
[2] 参见《后汉书》本传、《资治通鉴》卷五七、《三国志》卷十八《魏书·庞淯传》裴松之注引《典略》。

岳华山堂阙碑铭》，其序壮盛，《文心雕龙·铭箴》篇比之于班固的《封燕然山铭》，其文流传至今。①张奂次子张猛于建安初年出任武威太守，建安十一年七月因私怨诛杀雍州刺史邯郸商，州兵围讨，登楼自焚。②据《法书要录》卷八引张怀瓘《书断中》记载，张芝卒于汉献帝初平年间（190—193），张昶卒于建安十一年。张猛、张昶卒于同年，可能也不是巧合。因为据《三国志·魏书·庞淯传》裴松之注引《典略》，张猛率兵围攻邯郸商，邯郸商有"我死者有知，汝亦族矣"的告诫，其后州兵围讨，张猛自知必死，遂登楼自焚。且自建安十一年后，关于张奂直系子孙的事迹史无记载。尽管张芝、张昶在书法方面已经有很高的造诣，但却后继乏人，徙居弘农的张奂子孙似乎从此销声匿迹。这说明建安十一年张猛的犯上作乱，很可能给家族近亲带来了灭门之祸。当然，弘农华阴地处关中与洛阳之间，汉末建安时期，此地成了西凉军阀与中原群雄争霸的战略要地，张奂子孙由于徙居时间不长，根基未稳，经受不住频繁战乱的冲击，或迁徙异地或死于战乱，所以未能在弘农华阴扎根发展，也可能是造成其后继无人的原因之一。

值得说明的是，张奂徙居弘农后，仍有部分宗亲留在敦煌。《艺文类聚》卷二三收录张奂《诫兄子书》一篇，其中提到的兄子仲祉、叔时等都在敦煌。又西晋初年的大书法家索靖，为张芝姊之孙，世居敦煌。此外，《北史·张湛传》称张湛为"敦煌深泉人也。魏执金吾恭九叶孙，为河西著姓"，张恭事见《三国志·魏书·阎温传》，曾帮助曹操平定酒泉黄华、张掖张进的割据叛乱，后来又出任西域戊己校尉，就其籍贯来看，也应为张奂同宗。

总之，汉末名臣张奂本敦煌渊泉人，后因平定羌乱有功，朝廷恩准徙居弘农华阴，这是造成史籍关于张奂父子籍贯表述不一的根本原因。张奂之所以选择内迁，可能与避仇以及早年游学三辅的经历和对中原文化的向往有关。但由于徙居不久即逢战乱，所以其子孙在弘农华阴并没有得到预期的发展，自建安十一年后销声匿迹，殊为可惜。

---

① 段熲事见《后汉书》卷七二《董卓传》。张昶铭文见《艺文类聚》卷七、《初学记》卷五、《古文苑》等，严可均辑《全后汉文》卷六四收录。
② 事见《后汉书》卷九《献帝纪》、卷六五《张奂传》及《资治通鉴》卷六五等，又《三国志》卷十八《魏书·庞淯传》裴松之注引《典略》系此事于建安十四年，今从《后汉书》和《资治通鉴》。

二、党锢之祸与张氏家风家学的转变

如前所述，张奂一生前后两次遭遇禁锢。第一次在延熹二年，梁冀被诛，张奂"以故吏免官禁锢"，在家四岁，后因皇甫规极力荐举，复拜武威太守。第二次在建宁二年，时任太常的张奂与尚书刘猛等同荐王畅、李膺（党人领袖）等可参三公之选，深为宦官曹节等人所怨，其后司隶校尉王寓因私怨"陷以党罪，禁锢归田"，直至终老。根据史料记载，建宁二年的党锢之祸，是宦官集团打击党人势力的第二个高潮，"凡党人死者百余人，妻子皆徙边。天下豪杰及儒学有行义者，宦官一切指为党人；有怨隙者，因相陷害，睚眦之忿，滥入党中。州郡承旨，或有未尝交关，亦离祸毒，其死徙废禁者又六七百人"①。张奂虽然久为边将，与党人交往不多，并且在建宁元年受曹节等矫制指使，率兵围杀窦武、陈蕃等，为士林所怨，但事后主动为窦武、陈蕃鸣冤，又极力举荐王畅、李膺等党人领袖，所以深为宦官嫉恨，于是也被废禁归田。（参《后汉书》本传）

党锢之祸虽然结束了张奂的仕宦生涯，使他远离了军旅和官场，但是，张奂也因此重新得到了士林的认可，更为河陇士人赢得了难得的声誉。因为党事所及，不是"天下豪杰"就是"天下名贤"或"儒学有行义者"，"凉州三明"虽知名显达，同为河陇士人的代表，但段颎依附宦官，构陷党人；皇甫规"自以西州豪杰，耻不得豫"，上书自请附罪，朝廷不许。（《后汉书》卷六五）如此，则张奂遭遇党锢之祸，实为河陇士人的骄傲，因为只有他真正与汉末党人休戚与共，赢得了中原士林的认同。

毫无疑问，党锢之祸对张奂个人的人生道路产生了重大影响。据《后汉书》本传记载，张奂少立志节，曾与士友言曰："大丈夫处世，当为国家立功边境。"其友延笃《与张奂书》亦云："烈士徇名，立功立事。"②前引谢承《后汉书》亦云："（张奂）诣太学受业，博通五经。隐处在扶风郿县界中，立精舍，斟酌法乔卿之雅训，昼诵书传，暮习弓马。"不难看出，张奂早年虽游学

---

① 《资治通鉴》卷五六，中华书局1956年版，第1820页。
② 参见《文选》潘岳《闲居赋》注、丘迟《与陈伯之书》注引。

三辅，博通五经，但也深受河陇世风的影响，崇尚武力，追求事功。史载他出仕之后，屡任边将，抗击外侵，平定羌乱，卓有功勋。所以范晔赞云："山西多猛，'三明'俪踪。戎骖纠结，尘斥河、潼。规、奂审策，亟遏嚣凶。"范氏之论，将张奂、皇甫规等人与西汉时期的河陇名将李广、赵充国、辛武贤等相提并论，充分肯定了他们以勇武显闻的共性和平定羌乱的历史功勋。事实上，张奂不仅是驰骋疆场的名将，而且也是政绩卓著的郡守。据《后汉书》本传，张奂任武威太守，"平均徭赋，率厉散败，常为诸郡最"；"严加赏罚，风俗遂改，百姓生为立祠"。死后"武威多为立祠，世世不绝"。总之，不论身为将帅还是郡守，张奂都以立功立名为人生追求，又一次彰显了河陇士人尚武力、重事功的地域风尚。建宁二年的党锢之祸，使张奂的人生道路发生了重大转变。一方面，他失去了施展政治军事才干的机会，建功立业的志向严重受挫，另一方面，他实现了由崇尚事功（立功）向潜心钻研经学儒业（立言）的转变。由于遭受禁锢，张奂在弘农华阴"闭门不出，养徒千人，著《尚书记难》三十余万言"，完全转变为以著述授徒为业的经师儒生。

张奂的这种转变，与两汉时期的政治文化背景和早年的游学经历有很大的关系。众所周知，自汉武帝罢黜百家、独尊儒术后，明经致仕成了汉代士人博取功名的主要途径，张奂虽然出身河陇边郡，立功边境的传统风尚固然对其人生道路有很大的影响，但中原士人的明经入仕也是一种切实可行的选择。于是，"少立志节"的张奂毅然离开家乡，开始了游学致仕的旅途。对此，《后汉书》本传有比较详细的记述：

> 奂少游三辅，师事太尉朱宠。学《欧阳尚书》。初，《牟氏章句》浮辞繁多，有四十五万余言，奂减为九万言。后辟大将军梁冀府，乃上书桓帝，奏其《章句》，诏下东观。以疾去官，复举贤良，对策第一，擢拜议郎。

不难看出，张奂步入仕途，与其师事太尉朱宠学《欧阳尚书》以及删减《牟氏章句》的学术成就有直接关系，属于典型的明经致仕。据《汉书·儒林传·林尊传》《后汉书·桓荣桓郁传》等记载，张奂的老师朱宠，是两汉时期《欧阳尚书》学的正宗传人，其传承谱系为：欧阳高、林尊、平当、朱普、桓荣、桓郁、朱宠、张奂。虽然外族入侵和羌族叛乱的现实使张奂在出仕不久即转入立功边境的道路，但在戎马倥偬的岁月里，张奂并没有忘记经书儒业，在任使匈奴中郎将时，休屠各和朔方乌桓叛乱，烧度辽将军门，"兵众大恐，各欲亡去。奂安坐帷中，与弟子讲诵自若"（《后汉书》本传）。正是早年的游学经历以及由此养成的学习习惯，使张奂在免官禁锢后，闭门不出，著述授徒，完成了《尚书记难》的写作，从另一个方面继续追求着士人应有的人生价值。总之，张奂早年通过明经入仕，中年立功边境，晚年隐居著述，其人生道路不仅践行了儒家传统的价值观念，而且也带有明显的河陇士人的地域风尚。就其个人而言，党锢之祸使他的一生明显划分为前后两期，前期重事功，后期重立言，但以名节自励的追求始终没有改变，而且也因此赢得了时人和后世的推崇和赞誉。

党锢之祸对张奂家族的发展及其家风家学也产生了重大影响。首先，张奂被禁锢归田后，其家族子弟也相应受到牵连。据《后汉书·党锢传》，"熹平五年，永昌太守曹鸾（敦煌人）上书大讼党人，言甚方切。帝省奏大怒，即诏司隶、益州槛车收鸾，送槐里狱掠杀之。于是又诏州郡更考党人门生故吏父子兄弟，其在位者，免官禁锢，爰及五属"①。由此可见，熹平五年曹鸾的上书，不仅没有使朝廷赦免党人，而且由此引发了党锢之祸的第三次高潮，禁锢范围波及五属宗亲。在这种情况下，张奂诸子及其宗亲门生，肯定也在废禁之列。此后，虽然由于光和二年上禄长和海的上书，"党锢自从祖以下，皆得解释"（《后汉书·党锢传》），但党人的直系近亲仍被禁锢。直到中平元年黄巾乱起，朝廷忧恐党人与张角等合谋滋事，"乃大赦党人，诛徙之家皆归故郡"。此时张奂已经去世三年。虽然东汉王朝迫于时势，最终解除了党禁，但对张奂及其家族来说，从建宁二年到中平元年前后十五年的禁锢，肯定对家族的发展产生了重大影响。据《后汉书》卷六五注引王愔《文志》，张奂长子张芝，"少持高操，以名臣子勤学，文为儒宗，武为将表。太尉辟，公车有道征，皆不至，号张有道，尤好草书，学崔、杜之法"。《法书要录》卷八引张怀瓘《书断中》亦云："伯英名臣之子，幼而高操，勤学好古，经明行修，朝廷以有道征，不就，故时称张有道，实避世洁白之士也。好书，凡家之衣帛，皆书而后练，尤

---

① 《后汉书》卷六七《党锢传》，中华书局1965年版，第2189页。

善章草书,出诸杜度、崔瑗云。"①不难看出,张芝虽然"勤学好古,经明行修",但一直隐居不仕。作为长子,张奂前后两次遭遇禁锢,受到影响最大的应该是张芝。就现存史料看,虽然朝廷几次征辟,但张芝都拒不应召,其内在原因,固然与张芝的个性有一定的关系,但很可能与张奂的两次禁锢也密切相关。又据相关史料,张奂次子张猛,建安初仕郡为功曹,后出任武威太守,建安十一年因刺杀雍州刺史邯郸商,州兵围讨,自焚身亡。张奂少子张昶,曾任给事黄门侍郎,建安十一年卒。从时间上看,张猛、张昶的出仕,完全在中平元年党锢之禁解除之后;就仕历看,兄弟二人远不及张奂当年的地位和声望(张奂官至大司农、太常,俱为九卿秩)。而且自建安十一年后,张奂子孙史无记载,从此销声匿迹。总之,张奂徙居弘农,其家族本来应该有更好的发展前景,但很快便衰败无闻,党锢之祸和汉末战乱无疑是主要原因。

其次,张奂被禁锢归田后,其家风家学也相应发生了较大的转变。如前所述,张奂是东汉后期《欧阳尚书》学的正宗传人,其早年游学三辅,通过明经致仕;中年效命疆场,仍不废儒业;晚年虽禁锢归田,但养徒千人,著述不辍。正因为在经学儒业方面孜孜不倦,所以删减《牟氏章句》为九万言,又著《尚书记难》三十余万言,学术成就显著,堪称经师儒生。按常理论,张氏一门理应经学传家,张芝弟兄应该在经学儒业方面有更好的建树,但事实并非如此,史载张芝、张昶俱以草书知名当世,而且被后世尊称为"草圣""亚圣"(《法书要录》卷八引张怀瓘《书断中》)。正因为张氏弟兄放弃家传经学而专攻草书,所以难免受到正统儒生的非议,赵壹《非草书》就是专门针对时人学习张芝草书的热潮而发,文章不仅批评张芝"近于矜伎",指责张芝的追随者"背经趋俗",而且对经学和草书的社会功用进行了比较详细的比较:

且草书之人,盖伎艺之细者耳。乡邑不以此较能,朝廷不以此科吏,博士不以此讲试,四科不以此求备,征聘不问此意,考绩不课此字。徒善字既不达于政,而拙草无损于治,推斯言之,岂不细哉!夫务内者必阙外,志小者必忽大。俯而扪虱,不暇见天。天地至大而不见者,方锐精于虮虱,乃不暇焉。第以此篇研思锐精,岂若用之于彼七经,稽历协律,推

---

① (唐)张彦远:《法书要录》,人民美术出版社1986年版,第262页。

步期程，探赜钩深，幽赞神明。鉴天地之心，推圣人之情。析疑论之中，理俗儒之诤。依正道于邪说，侪雅乐于郑声。兴至德之和睦，弘大伦之玄清。穷可以守身遗名，达可以尊主致平。以兹命世，永鉴后生，不以渊乎。①

从今天的眼光看，赵壹对以张芝为代表的草书爱好者的批评显然有些保守。但在当时，却与杨赐、蔡邕等人对"鸿都门学"的批评同声相应，比较典型地反映了汉末传统儒学观念与新兴学术思潮的冲突。张芝等人放弃研习经学儒业而专攻才艺，不仅适应和引领了新的学术时尚，而且也是对其家风家学的革新改变。虽然张奂以名节自励，尚儒学，重事功，体现的完全是汉代士人传统的价值观念，但张芝等人在传统的"三不朽"（立德、立功、立言）之外，又发现了实现人生价值的另一种途径，而这种探索和创新，正是汉末士人个体自觉的典型体现。余英时先生在论及汉末士人的新自觉与新思潮时说："自党锢以后下迄曹魏，就士大夫之意识言，殆为大群体精神逐步萎缩而个人精神生活之领域逐步扩大之历程。当时社会上最具势力之士大夫阶层既不复以国家社会为重，而各自发展与扩大其私生活之领域，则汉代一统之局势已不得不坠。一统之局既坠，则与之相维系之儒学遂失其效用，而亦不得不衰矣。故推原溯始，儒学之衰，实为士大夫自觉发展所必有之结局。"②余氏此论，显然是将汉末儒学衰微和新思潮的兴起归因于党锢之祸，事实也正如此，在前后二十多年的党锢之祸中，大批士林精英不是死于非命，就是在废禁中虚度余生，儒家传统的价值观念逐渐被个体自觉的意识所取代，张氏家风家学的转变，正是这种时代潮流的体现。今天看来，张芝的选择无疑是成功的，因为他不仅为自己博得了"草圣"的桂冠，而且也为整个家族赢得了不朽声誉。时至今日，张芝的声名明显超过了其父张奂，成了汉末河陇士人的杰出代表。

---

① （唐）张彦远：《法书要录》，人民美术出版社1986年版，第2—4页。
② 余英时：《士与中国文化》，上海人民出版社2003年版，第318页。

三、张芝草书的渊源及其历史文化意义

（一）张芝草书的渊源及其影响

关于张芝的生平事迹及书法成就，《后汉书》等的记载仅寥寥数语，但《晋书》卷三六引卫恒《四体书势》及唐代张彦远选编《法书要录》有比较详细的记述。《四体书势》云：

> 汉兴而有草书，不知作者姓名。至章帝时，齐相杜度号善作篇。后有崔瑗、崔寔，亦皆称工，杜氏杀字甚安，而书体微瘦。崔氏甚得笔势，而结字小疏。弘农张伯英者，因而转精甚巧。凡家之衣帛，必书而后练之。临池学书，池水尽黑。下笔必为楷则，号匆匆不暇草书，寸纸不见遗，至今世尤宝其书，韦仲将谓之草圣。伯英弟文舒者，次伯英。又有姜孟颖、梁孔达、田彦和及韦仲将之徒，皆伯英弟子，有名于世，然殊不及文舒也。罗叔景、赵元嗣者，与伯英并时，见称于西州，而矜巧自与，众颇惑之。故英自称"上比崔杜不足，下方罗赵有余。"河间张超亦有名，然虽与崔氏同州，不如伯英之得其法也。①

卫恒所述，不仅简明交代了汉代草书发展的历史，而且也为深入了解张芝草书提供了必要的历史信息。从中可见，张芝之前，擅长草书者有京兆杜度、安平崔瑗、崔寔等。据《法书要录》卷八引张怀瓘《书断中》，杜度汉章帝时任齐相，善章草，崔氏法之，"张芝喜而学焉，转精其巧"。崔氏父子《后汉书》卷五二有传，卫恒《四体书势》引录崔瑗《草书势》一篇，足以证明崔瑗确实精于草书。值得一提的是，严可均《全后汉文》卷六四辑有张奂《报崔子玉书》《与崔子贞书》两文残篇，是分别写给崔瑗（字子玉）、崔寔（字子贞）父子的书信。据《后汉书》卷五二，崔寔与张奂生活在相同时代，也曾以梁冀故吏被免官禁锢数年，又出任过地方郡守，也有守边经历，这说明张奂与崔寔之间应该有比较密切的交往，张芝师法崔氏草书顺理成章。

---

① 《晋书》卷三六《卫瓘传》，中华书局1974年版，第1065页。类似的记载，还见于《法书要录》卷一引刘宋羊欣《采古来能书人名》、卷七、卷八引张怀瓘《书断》等。

卫恒提到的罗叔景、赵元嗣，《法书要录》卷八引张怀瓘《书断下》有比较详细的记述："罗晖字叔景，京兆杜陵人，官至御林监，桓帝永寿年卒。善草，著闻三辅，张伯英自谓方之有余。……赵袭字元嗣，京兆长安人，为敦煌太守。与罗晖并以能草见重关西，而矜巧自与，众颇惑之。与张芝素相亲善，灵帝时卒。"①罗晖史无记载。赵袭见于《后汉书》卷六四《赵岐传》及注引《决录注》，为赵岐从兄。张怀瓘《书断下》引张芝《与太仆朱赐书》云："上比崔、杜不足，下方罗、赵有余。"虽然此二人的草书成就不及张芝，但作为同时代的草书爱好者，对张芝显然有一定的影响。

在中国古代书法史上，张芝可谓第一位全身心钻研书法技艺并取得成功的河陇士人。史称他临池学书，勤学苦练，带动了当时一大批士人研习草书，掀起了一个学习草书的热潮。赵壹《非草书》云："余郡士有梁孔达、姜孟颖者，皆当世之彦哲也。然慕张生之草书，过于希颜、孔焉。孔达写书以示孟颖，皆口诵其文，手楷其篇，无倦息焉。于是后学之徒，竞慕二贤，守令作篇，人撰一卷，以为秘玩。"②赵壹所述虽然难免有些夸张，但结合其他史籍的记载，张芝的草书在当时的确影响较大。不仅其兄弟张昶深受熏染，而且有不少知名弟子如姜孟颖、梁孔达、田彦和、韦仲将等。据《法书要录》卷一引刘宋羊欣《采古来能书人名》，姜孟颖名姜诩，梁孔达名梁宣，韦仲将名韦诞，田彦和不详。其中韦诞最为知名。《三国志》卷二一载录其名，裴松之注引《文章叙录》云："诞字仲将，太仆端之子。有文才，善属辞章。……初，邯郸淳、卫觊及诞并善书，有名。"其事亦见于赵岐《三辅决录》、张怀瓘《书断中》等。作为建安时期著名的书法家，韦诞十分推崇张芝，认为张芝虽然师法杜、崔，但"转精其巧，可谓草圣。超前绝后，独步无双"（《法书要录》卷八引）。韦诞之后，魏晋时期著名的书法家如卫瓘、卫恒、索靖、王羲之、王献之等，在草书方面基本都祖述张芝，张芝草书的影响因此而更为深远。

（二）张芝草书的历史文化意义

张芝草书之所以在当时产生重大影响，并且在后世赢得很多书法家的推崇和赞誉，主要由于以下几个方面的原因。

---

① （唐）张彦远：《法书要录》，人民美术出版社1986年版，第291、292页。
② （唐）张彦远：《法书要录》，人民美术出版社1986年版，第2页。

首先，张芝草书的成就极大地促进了书法的艺术化进程。如前所述，张芝草书虽然师法杜度、崔瑗，但能"转精其巧"，在继承中有较大的创新。对此，张怀瓘《书断上》有比较详细的论述：

> 案章草者，汉黄门令史游所作也。……怀瓘案：章草之书，字字区别。张芝变为今草，加其流速，拔茅连茹，上下牵连。或借上字之下，而为下字之上，奇形离合，数意兼包。若悬猿饮涧之象，钩锁连环之状，神化自若，变态不穷。呼史游草为章，因张伯英草而谓也。

又云：

> 案草书者，后汉征士张伯英之所造也。……草书之先，因于起草。自杜度妙于章草，崔瑗、崔寔父子继能，罗晖、赵袭亦法此艺。袭与张芝相善，芝自云"上比崔、杜不足，下方罗、赵有余"。然伯英学崔、杜之法，温故知新，因而变之，以成今草，转精其妙。字之体势，一笔而成，偶有不连而血脉不断，及其连者，气候通而隔行。唯王子敬明其深指，故行首之字，往往继前行之末。世称"一笔书"者，起自张伯英，即此也。实亦约文该思，应指宣言，列缺施鞭，飞廉纵辔也。伯英虽始草创，遂造其极，张伯英即草书之祖也。①

不难看出，在由"字字区别"的章草演变为"一笔而成"的今草的过程中，张芝起了极为关键的作用，张怀瓘称他为"草书之祖"，洵非虚誉。值得注意的是，张芝的创新变革，极大地提升了草书的艺术魅力和价值，张怀瓘称其草书"奇形离合，数意兼包，若悬猿饮涧之象，钩锁连环之状，神化自若，变态不穷"，显然是着眼于其艺术美感而发，而这也应该是当时不少士人背弃经学而酷爱草书的真正原因。张芝之前，崔瑗《草书势》对章草的艺术美感有形象的描述。此后索靖的《草书状》运用赋体铺陈体物的表现手法，用大量的自然物象比拟形容"今草"的笔法、章法和结构形态之美：

> 盖草书之为状也，婉若银钩，漂若惊鸾。舒翼未发，若举复安；虫蛇

---

① （唐）张彦远：《法书要录》，人民美术出版社1986年版，第234—235、239—241页。

虬蟉,或往或还。类阿那以赢形,欸奋衅而桓桓。及其逸游盻向,乍正乍邪。骐骥暴怒逼其辔,海水窊隆扬其波。芝草蒲陶还相继,棠棣融融载其华。玄熊对踞于山岳,飞燕相追而差池。举而察之,又似乎和风吹林,偃草扇树。枝条顺气,转相比附,窈娆廉苦,随体散布。纷扰扰以猗靡,中持疑而犹豫。玄螭狡兽嬉其间,腾猿飞鼬相奔趣。凌鱼奋尾,蛟龙反据。投空自窜,张设牙距。或若登高望其类,或若既往而中顾,或若俶傥而不群,或若自检于常度。①

据《晋书》本传、《法书要录》等记载,索靖为张芝姊之孙,师从张芝弟子韦诞,完全继承了张芝草书之法而又有变化,《草书状》正是对其艺术体验的形象描述和审美总结,张芝之后草书的艺术价值,于此可见一斑。

虽然张芝的草书真迹没有流传至今,但是,其高超的艺术成就赢得了后世不少赞誉。王羲之自称:"我书比钟繇,当抗行;比张芝草,犹当雁行也。"②梁庾肩吾《书品》列张芝草书为"上之上"品。梁袁昂《古今书评》云:"张伯英书,如汉武帝爱道,凭虚欲仙。"唐李嗣真《后书品》亦云:"伯英章草似春虹饮涧,落霞浮浦;又似渥雾沾濡,繁霜摇落。"③清人刘熙载说:"张伯英草书隔行不断,谓之'一笔书'。盖隔行不断,在书体均齐者犹易,惟大小疏密,短长肥瘦,倏忽万变,而能潜气内转,乃称神境耳。"④正因为张芝草书具有非凡的艺术魅力,所以,后世也有不少画家借鉴其"一笔书"的艺术手法,张彦远《历代名画记》卷二《论顾陆张吴用笔》云:

  昔张芝学崔瑗、杜度草书之法,因而变之,以成今草,书之体势,一笔而成,气脉通连,隔行不断。唯王子敬明其深旨,故行首之字,往往继其前行,世上谓之一笔书。其后陆探微亦作一笔画,连绵不断,故知书画用笔同法。⑤

---

① 《晋书》卷六十《索靖传》,中华书局1974年版,第1649页。
② 《晋书》卷八十《王羲之传》,中华书局1974年版,第2100页。
③ (唐)张彦远:《法书要录》,人民美术出版社1986年版,第75页、102页。
④ (清)刘熙载:《艺概》,上海古籍出版社1978年版,第145页。
⑤ (唐)张彦远:《历代名画记》,人民美术出版社1963年版,第23页。

总之，张芝草书的成就及其引发的草书热，极大地促进了书法的艺术化进程，魏晋以后书法领域人才辈出，书法赏评蔚然成风，张芝功莫大焉。

其次，张芝引发的草书热是汉末士人个体自觉的重要标志。

如前所论，张芝放弃经学儒业而精研草书，虽然与传统观念背道而驰，却与汉末新兴的学术思潮和士林新风同声相应。由张芝引发的草书热与汉灵帝设立鸿都门学基本同时，就是最好的说明。余英时先生论汉晋之际士人思想的变迁，认为汉末士人的个体自觉，使士人的人生理想有了较大的转变，避世隐逸、追求长生、怡情山水、雅好文艺等逐渐取代通经致用成为士林风尚。为说明问题，余先生对文学艺术尤其是书法与个体自觉的关系进行了深入的探讨，其论东汉后期书法的兴盛及草书最受士人欣赏的原因时说：

> 书法之艺术化起东汉而尤盛于其季世，在时间上实与士大夫自觉之发展过程完全吻合，谓二者之间必有相当之连贯性，则或不致甚远于事实也。尝试论之，东汉中叶以后士大夫之个体自觉既随政治、社会、经济各方面之发展而日趋成熟，而多数士大夫个人生活之优闲，又使彼等能逐渐减淡其对政治之兴趣与大群体之意识，转求自我内在人生之享受，文学之独立，音乐之修养，自然之欣赏，与书法之美化遂得平流并进，成为寄托性情之所在。亦因此之故，草书始为时人所喜爱。盖草书之任意挥洒，不拘形迹，最与士大夫之人生观相合，亦最能见个性之发挥也。此观崔瑗所著《草书势》可知。复次，草书之艺术性之所以强于其他书体者，尤在其较远于实用性，亦如新兴文学之不重实用而但求直抒一己之胸襟者然。……草书之起源虽据崔瑗《草书势》乃由于"应时谕指，用于卒迫，兼功并用，爱日省力"。但及其艺术化之后，则较之其他诸体，反离实用最远，故其在政治与社会上之一般实用价值如何，今已无从考见，亦因此之故，遂益成为士大夫寄托性情之一种艺术矣。①

余先生的论述，深刻揭示了草书与汉末士人个体自觉之间的关系，同时也说明了张芝草书之所以在当时产生重大影响的深层原因。徐复观在论及中国古

---

① 余英时：《士与中国文化》，上海人民出版社2003年版，第301页。

代书法与绘画的密切关系时也说:"书画的密切关联,乃发生在书法自身有了美的自觉,成为美的对象的时代。这依然是开始于东汉之末,而确立于魏晋时代。其引发此一自觉的,恐怕和草书的出现有关系。因为草书虽依然是适应简便的要求,但因体势的流走变化,易于发挥书写者的个性,便于不知不觉之中,成为把文字由实用带到含有游戏性质的艺术领域的桥梁。"①值得说明的是,草书由最初的实用性文字发展为艺术化的审美对象,张芝的革新起了关键作用,可以说,正是由于张芝的自觉追求,才使书法彻底走进了艺术的殿堂,成为汉末士人追求个体自觉的重要标志之一。

最后,张芝引发的草书热导致了以书法为家学传统的新型文化世家的出现。

如上所论,由于书法艺术尤其是草书本身所具有的审美特性和怡悦性情的功能契合了东汉以来士人内心自觉的需要,于是书法逐渐成了士人艺术化生活的重要组成部分,而越来越多的士人的参与,反过来又提高了书法的地位,使之从壮夫不为的"雕虫小技"逐渐演变为士人文化品位的象征,并在一定程度上成了家族文化地位的象征。钱穆在论述魏晋南北朝学术文化与当时门第之关系时说:"自东汉以来,因有累世经学,而有累世公卿,于是而有门第之产生。自有门第,于是而又有累世之学业。"并以琅琊王氏累世善书为例说明当时人学问艺术与其家世的关系。并云:"即在北方,崔、卢亦以书法传代。《家训·杂艺》篇谓江南谚云:'尺牍书疏,千里面目。'门第中人正贵以面目标异,则其重视书法,盖无足怪。""当时门第中人之看重艺术,《颜氏家训·杂艺》篇所载分九类,……其中有在中国文化传统中占极重要地位者,厥为书法与画绘,当时门第中人重视此二艺,正犹其重视诗文,皆为贵族身份之一种应有修养与应有表现"。②钱先生所论,显然非常切合魏晋南北朝时期的文化背景和学术实际。但是,任何一种文化现象的形成,都有一个或长或短的过程,书法地位的提升也不例外。汉灵帝于光和元年设鸿都门学,专门招收擅长辞赋书画的人才,但遭到了杨赐、蔡邕、阳球等正统文士的竭力反对,认为"书画辞

---

① 徐复观:《中国艺术精神》,华东师范大学出版社2001年版,第88页。
② 钱穆:《略论魏晋南北朝学术文化与当时门第之关系》,《中国学术思想史论丛》卷三,安徽教育出版社2004年版,第164、184页。

赋，才之小者，匡国理政，未有其能"，不能作为教化取士之本（《后汉书·蔡邕传》）。即便是思想比较激进的赵壹，面对由张芝引发的时人学习草书的热潮，也愤而非难。但是，张芝及其后学精研草书，绝不是出于实用需要和功利目的，而是出于对书法艺术的热爱，正是他们不顾现实功利的学习狂潮，将书法卷入了艺术的宫殿，不仅为汉末魏晋士人提供了寄托性情、张扬个性的重要途径，而且也在传统的三不朽之外，为士人开拓了另一条实现人生价值的通道。在儒学衰微，追求个性自由成为士人普遍追求的魏晋时代，经学传家尽管仍为世家大族所重视，但书法的地位和影响大为改观，从"雕虫小技"逐渐演变为士人文化品位的象征，并且成了很多世族高门的传统家学，这应该是蔡邕、赵壹等人始料未及的结果。总之，在东汉末年士人个体自觉日趋成熟的历史大势中，张芝放弃家传经学而精研草书，取得了非凡的成就。张芝草书不仅引发了汉末士人学习草书的热潮，极大地促进了书法的艺术化进程，而且为士人寄托性情、张扬个性、实现人生价值开拓了另一条通道，书法在中国传统文化中的地位也因此而得到根本改变，"创成一体，垂式千秋"，张芝之谓也。

第二节　皇甫谧籍贯及相关问题考论

魏晋时期著名学者皇甫谧的籍贯问题，长期以来是学界尤其是甘肃、宁夏两省（区）学者关注的焦点。经过反复讨论，西汉安定郡朝那县的大体位置、皇甫氏家族的迁徙变化以及东汉安定郡及其属县的沿革变迁等问题，已经有了比较令人满意的结论。[1]但皇甫氏如何成为西州著姓、安定望族？后汉羌族叛乱时，皇甫氏家族究竟有没有内迁？皇甫谧生前究竟生活在何地？西魏大统元年为何要徙置朝那县于灵台？如何看待甘肃灵台及邻近各县的皇甫氏家族文化

---

[1] 参见赵以武：《皇甫谧生平新探》，《西北师大学报》（社会科学版）1993年第1期；杜斗城：《皇甫谧籍贯之考证》，《光明日报》2006年3月11日，第3版；吴忠礼：《皇甫谧故里考》，《宁夏社会科学》2006年第5期；张有堂、杨宁国：《再谈皇甫谧籍贯——兼与杜斗城、李井成教授商榷》，《固原师专学报》2006年第5期；祝世林：《朝那皇甫氏家族的迁徙变化》，见史星海主编：《中国皇甫谧研究全集》，人民日报出版社2005年版，第111—115页；张连举：《皇甫谧与安定和朝那》，见史星海主编：《中国皇甫谧研究全集》，第116—118页。

遗迹等问题，仍有进一步研究的必要。

一、皇甫氏成为安定望族的由来

关于皇甫氏家族的渊源，唐代以来屡有记载。白居易《唐银青光禄大夫太子少保安定皇甫公墓志铭并序》云："始封祖微子也，周克殷封于宋。九代至戴公，戴公之子曰皇父，因字命族，为皇父氏。至秦徙茂陵，改父为甫。及汉，迁安定朝那，其后为朝那人。"①《元和姓纂》卷五云："（皇甫）子姓，宋戴公之子充石字皇父，子孙以王父字为氏。汉兴，改'父'为'甫'。后汉安定都尉皇甫携生稜，始居安定。稜子彪，有八子，号八祖。皇甫氏为著姓。"②《广韵》上声"麌第九"亦云："《左传》宋有皇父充石，宋之公族也。汉初有皇父鸾，自鲁徙居茂陵，改父为甫。后汉安定太守僑，始居安定朝那，代为西州著姓。又徙居京兆。"③类似的记载，还见于《新唐书·宰相世系表》《通志·氏族略》《古今姓氏书辩证》等。④由此可见，皇甫氏本宋戴公之子充石之后，汉初皇父鸾自鲁徙居茂陵，改"皇父"为"皇甫"。后汉安定太守（一作"都尉"）皇甫僑始居安定朝那。⑤在皇甫氏家族成为安定郡望的过程中，皇甫僑是一个非常关键的人物。他曾任安定都尉、太守，始居安定朝那，而且子孙兴旺。自他开始，皇甫氏家族走上了兴盛发达之路。

安定皇甫氏的进一步发展，与后汉皇甫规、皇甫嵩在平定羌乱、镇压黄巾过程中建立的丰功伟业有很大的关系。对此，前人多有论述。但对皇甫氏家族在皇甫僑以后、皇甫规以前的发展情况，学界研究较少，故特予稽考发明。《后汉书·皇甫规传》载，皇甫规"祖父稜，度辽将军；父旗，扶风都尉"⑥。可见，皇甫规祖父，正是皇甫僑之子皇甫稜（棱与稜同）。据《后汉书·南匈

---

① （唐）白居易著，顾学颉校点：《白居易集》卷七十，中华书局1979年版，第1480页。
② （唐）林宝：《元和姓纂》，中华书局1994年版，第610、611页。
③ 周祖谟：《广韵校本》，中华书局2004年版，上册，第263页。
④ 参见赵超：《新唐书宰相世系表集校》卷五，中华书局1998年版，第860页；王树民点校：《通志二十略·氏族略第三》，中华书局1995年版，第114页；（宋）邓名世撰、王力平点校：《古今姓氏书辩证》卷十五，江西人民出版社2006年版，第225、226页。
⑤ 《元和姓纂》所载"皇甫携"，《广韵》《通志》俱作"皇甫僑"，今从后者。
⑥ 《后汉书》卷六五《皇甫规传》，中华书局1965年版，第2129页。

奴传》，汉和帝永元二年（90）春，以定襄太守皇甫棱行度辽将军，永元六年（94）春免。①皇甫棱之事，《后汉书》所载仅此而已。其所任行度辽将军一职，始置于汉明帝永平八年（65），"以卫南单于众新降有二心者"②。此秩虽为"二千石"，却是当时负责监督保卫匈奴南单于部落的最高军事长官。皇甫规之父皇甫旗，《后汉书》所载也仅一事。《西羌传》云，汉安帝元初二年秋，征西将军司马钧督率右扶风仲光、安定太守杜恢、北地太守盛包、京兆虎牙都尉耿溥、右扶风都尉皇甫旗等，北击零昌于丁奚城，仲光、皇甫旗等乘胜深入，中羌伏击，皆战殁。此年皇甫规仅十三岁。皇甫旗之子见于史料记载者，尚有皇甫规之兄、皇甫嵩之父皇甫节，官至雁门太守。

不难看出，自皇甫㒞以来，安定皇甫氏累世效命边郡，出任武职。在此过程中，逐渐形成习兵尚武、崇尚事功之家风。此后，经皇甫规、皇甫嵩叔侄两代的努力进取，安定皇甫氏不仅有了成为西州望族的政治基础，而且也有了跻身于衣冠世族的好名声。晋代史臣华峤，称其父华表（光禄大夫）每言其祖华歆（魏太尉）云："时人说皇甫嵩之不伐，汝豫之战，归功朱儁，张角之捷，本之于卢植，收名敛策，而己不有焉。"③平原华歆祖孙三代，魏晋时期位望通显，堪称衣冠世族的代表，其称誉皇甫嵩如此，足以说明安定皇甫氏已经被中原世族认可接纳。

魏晋时期，九品中正制盛行，"魏定安定皇甫在乙门"（《古今姓氏书辩证》卷十五）。这一时期，皇甫氏成员虽然在事功方面无人超越皇甫规、皇甫嵩，但是皇甫嵩曾孙皇甫谧，"沉静寡欲"，"修身笃学"，在学术上取得了丰硕的成果。所撰《帝王世纪》《年历》《高士传》《逸士传》《列女传》《玄晏春秋》等，并重于世。门人挚虞、张轨、牛综、席纯等，也都为晋世名臣。正因为他名高望重，所以以西晋建国之初，朝廷屡次征召；时人张华、左思、卫权等也视其为"西州高士""西州之逸士"。皇甫谧在学术文化方面的成就和影响，使安定皇甫氏的社会地位得到进一步的巩固和提高。正是他的出现，使皇甫氏成员在"西州豪杰"的基础上，又赢得了"西州高士"的美誉，皇甫氏家族真

---

① 参见《后汉书》卷八九《南匈奴传》，中华书局1965年版，第2953—2955页。
② 《后汉书·百官志一》，中华书局1965年版，第3565页。
③ 《后汉书》卷七一《皇甫嵩朱儁传》，中华书局1965年版，第2314页。

正实现了从武力强宗向衣冠世族的转变。①

皇甫谧之后,虽然皇甫氏家族鲜见声名显赫之人,但在很长一段时期,安定皇甫氏仍为世人所重。后赵石虎时,镇远王擢表雍、秦二州望族,皇甫氏列十七姓之首(《晋书·石季龙载记》);前燕、前秦时,皇甫岌、皇甫真为慕容氏所重,皇甫典、皇甫奋等,又为苻坚所用,并显关西(《晋书·慕容暐载记》);西魏、北周时,宇文氏称霸关中,皇甫璠以西州著姓,预参勋业(《周书·皇甫璠传》);"唐贞观所定泾州安定郡六姓,其一曰皇甫"(《古今姓氏书辩证》卷十五);《太平寰宇记》卷三三录泾州安定郡四姓,皇甫亦居其一。这些记载说明,在东晋南北朝乃至唐宋时期,皇甫氏家族一直保持着安定郡望的地位,长盛不衰。

二、后汉羌族叛乱与皇甫氏家族之内迁

皇甫氏家族所居之安定郡,原属北地,汉武帝元鼎三年,始单独置立。此地北连塞外,西接陇右,南临关中,地理位置十分重要,为历代兵家必争之地。史载汉文帝前元十四年冬(前166),匈奴"攻朝那塞,杀北地都尉卬"(《史记·孝文本纪》)。迫于匈奴寇边侵扰之患,晁错献徙民实边之策,文帝从之(《汉书·晁错传》)。随着这一政策的实施,边塞人口大增。于是,汉武帝于元鼎三年析北地置安定,郡治高平,领朝那等21县(《汉书·地理志》)。其中的朝那县,大致在今宁夏固原东南、甘肃平凉西北一带。②两汉之交,天下大乱,安定一带成了隗嚣与刘秀争雄的主战场。由于久经战火,人口大减。光武帝建武六年(30),"并省四百余县"(《后汉书·光武帝纪》),安定郡属县也由西汉的21县减至8县,郡治也由高平移至临泾(今甘肃镇原),朝那县因有重要关塞,而且为端旬祠、湫渊祠故地所在,所以未

---

① 在皇甫谧之前,皇甫氏家族主要凭借军功出人头地,严格地讲,只能称之为"西州豪杰"、武力强宗,与位望通显、诗礼传家的名门大族尚有一定的距离。参见钱穆:《略论魏晋南北朝学术文化与当时门第之关系》,《中国学术思想史论丛》卷三,安徽教育出版社2004年版,第159页;熊德基:《六朝豪族考》,《六朝史考实》,中华书局2000年版,第322页。
② 张有堂、杨宁国认为,西汉朝那县治在今宁夏彭阳县古城镇,并列举四证:朝那鼎、《北征赋》、朝那湫、古城遗址,结论可信。参见张有堂、杨宁国:《再谈皇甫谧籍贯》,《固原师专学报》2006年第5期。

被省废。①皇甫儁携家定居之地，即为建武六年省并后的安定朝那。

正当皇甫氏家族开始兴旺发达的时候，战争的灾难再次降临安定。汉安帝永初元年，原本归附东汉，散居安定、北地等郡县的降羌，由于"为吏人豪右所徭役，积以愁怨"，于是在先零别种滇零等人的带领下起兵造反。永初二年，"滇零等自称'天子'于北地，招集武都、参狼、上郡、西河诸杂种，众遂大盛"，于是"寇钞三辅，断陇道"，安定一带再次陷入战争的深渊。永初五年，"羌既转盛，而二千石、令、长多内郡人，并无守战意，皆争上徙郡县以避寇难，朝廷从之，遂移陇西徙襄武，安定徙美阳（今陕西武功一带），北地徙池阳，上郡徙衙。百姓恋土，不乐去旧，遂乃刈其禾稼，发彻室屋，夷营壁，破积聚"。②这次迁徙，生逢时乱的临泾人王符在所著《潜夫论》中也有记述，"五州残破，六郡削迹"（《救边》）；"遣吏兵，发民禾稼，发彻屋室，夷其营壁，破其生业，强劫驱掠，与其内人"（《实边》）。③皮之不存，毛将焉附？在这种情况下，皇甫氏家族不可能固守安定朝那，坐以待毙。

皇甫氏家族的内迁，还有其他史料为证。其一，据《后汉书·西羌传》及《百官志五》，汉安帝永初四年（110），"以羌犯法，三辅有陵园之守"，乃"置京兆虎牙都尉于长安，扶风都尉于雍，如西京三辅都尉故事"。皇甫规之父皇甫旗即在此时出任扶风都尉，其驻军之雍地，就在右扶风的岐山附近。④其二，据《后汉书·皇甫规传》，汉桓帝延熹四年秋，叛羌再寇关中，时任太山太守的皇甫规以自幼生长于邠、岐之间熟悉关中地形为理由，上疏朝廷，请求调回三辅领兵平乱，其疏云"臣生长邠、岐，年五十有九"，"臣穷居孤危之中，坐观郡将，已数十年矣"。皇甫规提到的"邠"，在栒（旬）邑县，即今陕西彬县一带，与甘肃灵台县接壤；"岐"即岐山，正在安定郡内迁后的郡治所在地美阳。⑤其三，西魏大统元年，宇文泰"以戎役屡兴，民吏劳弊，乃命所司斟酌今古，参考变通，可以益国利民便时适治者，为二十四条新制，奏魏帝

---

① 参见《汉书》卷二八下《地理志下》，中华书局1962年版，第1615页；《后汉书·郡国志五》，中华书局1965年版，第3519页。

② 参见《后汉书》卷八七《西羌传》，中华书局1965年版，第2886—2888页。

③ （汉）王符撰，（清）汪继培笺、彭铎校正：《潜夫论笺校正》，中华书局1985年版，第257、282页。

④ 参见《后汉书》卷八七《西羌传》及《百官志五》，中华书局1965年版，第2887、2889、3621页。

⑤ 参见《后汉书》卷六五《皇甫规传》及《郡国志一》，中华书局1965年版，第2132、3406页。

行之"①。史载朝那县恰于此年徙置于灵台（《太平寰宇记》卷三二），应当就是"斟酌今古，参考变通"后所定"二十四条新制"之一。这些史料表明，在东汉永初五年的大迁徙中，皇甫氏家族确实也随同郡县内迁到右扶风的邠、岐一带，内迁后的朝那县，很可能就在今甘肃灵台一带。②

此后，虽然在汉顺帝永建四年（129）九月，"复安定、北地、上郡归旧土"，但是在顺帝永和六年，东西羌再次大合，"于是复徙安定居扶风，北地居冯翊"。③这种情形之下，皇甫氏也无迁返并固守安定朝那的可能。又据《后汉书·皇甫规传》，冲、质之间，皇甫规举贤良方正，因忤逆梁冀，托疾免归，"遂以《诗》《易》教授，门徒三百余人，积十四年"。皇甫规教授门徒达14年之久的地方，虽然史书不载，但绝对不是战乱频仍的安定朝那。结合他在延熹四年的上疏，我们可以断定，皇甫规及家人自永初五年内迁以来，一直侨居于右扶风的邠、岐一带。

汉桓帝延熹二年，梁冀被诛，年届花甲的皇甫规终于结束了长达14年的"禁锢"生活，"公车特征规，拜太山太守"；延熹四年，三公举规为中郎将，持节平羌。自此开始，皇甫规、皇甫嵩前后相继，平羌乱，镇黄巾，官职越做越大，迁返安定朝那的可能也越来越小。史载皇甫嵩平定黄巾之乱，以功封槐里侯，食槐里、美阳两县八千户；董卓构陷皇甫嵩，下狱论死，嵩子坚寿自长安赴洛阳救父。《古今姓氏书辩证》卷十五亦云："汉安定郡嵩，生陵，始居安陵（今陕西咸阳市东北）。"④这些记载，都可说明皇甫嵩时，其家人已徙居陕西长安一带。

综上所述，我们认为：安定皇甫氏自汉安帝永初五年内迁以来，一直侨居于右扶风的邠、岐一带，此后由于仕宦及战乱等原因，遂散居各地，迁返原籍的可能微乎其微。但是，由于汉制边人不得擅自内移，累世武将、效命边郡的家风以及被迫毁弃家园、背井离乡的遭遇，使皇甫氏族人对故土抱有强烈的眷恋之情，特别是在"世重高门，人轻寒族，竟以姓望所出、邑里相矜"（《史

---

① 《周书》卷二《文帝下》，中华书局1971年版，第21页。
② 参见杜斗城：《皇甫谧籍贯之考证》，《光明日报》2006年3月11日，第3版。
③ 《后汉书》卷六《孝顺帝纪》、卷八七《西羌传》，中华书局1965年版，第256、2893、2896页。
④ （宋）邓名世撰，王力平点校：《古今姓氏书辩证》卷十五，江西人民出版社2006年版，第226页。

通》卷五《邑里》)的魏晋南北朝时期,皇甫氏安定望族的地位已经牢固确立,安定朝那或安定郡不仅成了皇甫氏家族获取政治特权、经济利益的根据地,而且也成了显示其社会地位的标志之一,所以在汉末魏晋南北朝乃至隋唐时期,皇甫氏成员虽因战乱或仕宦散居各地,但他们的籍贯基本上都是"安定朝那"或"安定"。正如清末民初学者胡孔福所言:"衣冠望族,桑梓情殷。汝南应劭,鲁国孔融,地因人重,名以望传。虽迁徙靡常,寄寓他所,而称名所系,仍冠旧邦。庶邑居井里,以亡为有,实去名存。"①总之,"寄寓他所""仍冠旧邦"是当时名门望族的共同选择,注重门第、标榜姓望的时代风尚和因战乱、仕宦导致的迁徙不定,是造成这种现象的根本原因。

三、皇甫谧生前住地稽考

关于皇甫谧的家世与籍贯,《晋书》本传有明确记载:"皇甫谧字士安,幼名静,安定朝那人,汉太尉嵩之曾孙也。出后叔父,徙居新安。"②由此可见,皇甫谧的情况和上文的结论完全相符。虽然《晋书》本传称他为"安定朝那人",但实际上他已"徙居新安"。新安其地,在今河南渑池一带,两汉三国时属弘农郡,西晋改属河南郡。介于长安和洛阳之间,一直为司隶校尉部或司州统辖。皇甫谧徙居新安一事,还有很多文献资料可资佐证。为说明问题,条列疏证如下。

《太平御览》卷七四三引《玄晏春秋》曰:"夏四月,予疟于河南。归于新安,不瘳。"卷八八五引《玄晏春秋》曰:"新安寺有槐而鹊巢之,雄鸡夺而栖焉。"③按:《玄晏春秋》为皇甫谧所作,此两条所述之事均发生在新安。据《晋书·地理志上》,司州河南郡统县十二,河南、新安并为属县,且毗邻接壤。河南县在新安东面,靠近洛阳。

《初学记》卷二六等引《玄晏春秋》曰:"卫伦以郎应会于京师,过予而论

---

① 胡孔福:《〈南北朝侨置州郡考〉叙》,转引自胡阿祥:《六朝疆域与政区研究》,学苑出版社2005年版,第258页。
② 《晋书》卷五一《皇甫谧传》,中华书局1974年版,第1409页。
③ 《太平御览》卷七四三、卷八八五,中华书局1960年版,第4册,第3296、3933页。

及于味。"①按：卫伦应会京师，乘便拜访皇甫谧，说明谧之居所必在洛阳附近。

《晋书·皇甫谧传》载，晋武帝泰始年间（265—274），朝廷屡次征召，谧并因疾不起，"自表就帝借书，帝送一车书与之"；晋武帝咸宁年间（275—280），"司隶校尉刘毅请谧为功曹，不应"。②按：皇甫谧借书、晋武帝赐书以及刘毅请谧为司州功曹诸事，都说明谧之居所在洛阳附近，因为刘毅在其辖区司州境内求贤合乎情理，而跨境到千里之外的雍州安定郡请皇甫谧不合常理。皇甫谧徙居之地新安，隐居之地宜阳，都在西晋司州境内。

《晋书·张轨传》载，张轨（安定乌氏人）"与同郡皇甫谧善，隐于宜阳女几山"。按：宜阳在后汉三国西晋时属弘农郡，位于洛水下游，新安南面。

《晋书·左思传》载，左思本齐国临淄人，因妹左芬入宫，移家京师。其《三都赋》成，"时人未之重。……安定皇甫谧有高誉，思造而示之。谧称善，为其赋序"。按：皇甫谧为《三都赋》作序之事，时人卫权《〈三都赋〉略解·序》（见《晋书·左思传》）及《世说新语·文学》篇都有记载，说明绝非无稽之谈。③据《后汉书·郡国志五》，东汉安定郡在洛阳西千七百里，郡治临泾。魏晋承其置。若皇甫谧生活在安定朝那，则距洛阳千余里之遥，左思一介书生，去安定拜访皇甫谧的可能性不大，这也说明皇甫谧晚年仍生活在洛阳附近。

《华阳国志》卷十一《后贤志》载，犍为武阳人李密，"著《述理论》，论中和仁义、儒学道化之事，凡十篇。安东将军胡黑与皇甫士安深善之。又与士安论夷、齐，及司马文中、杜超宗、郄令先、文广休等议论往返，言经训诂，众人服其理趣"④。按：李密能与皇甫谧"议论往返"，说明两人居所必相距不远。据《晋书·李密传》，李密曾任河内温令（今河南温县一带），与河南新安相距甚近，二人往返论学之事，应该就发生在这一时期。这又说明皇甫谧晚年就生活在洛阳附近。

---

① 《初学记》卷二六《饼第十七》，中华书局1962年版，第643页。
② 《晋书》卷五一《皇甫谧传》，中华书局1974年版，第1415、1416页。
③ 关于此事的真实性，徐传武《关于皇甫谧〈三都赋序〉的真实性》有论，文刊《社科纵横》1999年第6期。
④ （晋）常璩著，任乃强校注：《华阳国志校补图注》卷十一，上海古籍出版社1987年版，第638页。

总之,《玄晏春秋》佚文和《晋书》《华阳国志》等的记载表明,皇甫谧生前活动的中心就在司州河南新安一带,与雍州安定朝那没有联系。这说明《晋书》本传关于皇甫谧"徙居新安"的记载完全属实,皇甫谧生前就生活在司州河南新安一带。

皇甫谧晚年有没有返回安定朝那? 从现存史料看,也绝不可能。首先,皇甫谧虽自幼"出后叔父,徙居新安","叔父有子既冠,谧年四十丧所生后母,遂还本宗"(《晋书》本传),但皇甫谧"还本宗",主要是身份的变更,而不是返回原籍,他"还本宗"后仍与父兄居住在一起。①《晋书》本传引其《让征聘表》即云:"于今困劣,救命呼吸,父兄见出,妻息长诀。"其《释劝论》亦云:"宗人父兄及我僚类,咸以为天下大庆,万姓赖之。"②隋巢元方《诸病源候论》卷六引其语亦云:"当吾之困也,举家知亲,皆以见分别,赖亡兄士元,披方得三黄汤方,合使吾服,大下即瘥。自此常以救急也。"③这些资料表明,和皇甫谧一起徙居新安的,不仅他的叔父叔母,而且还有他的宗人父兄。在此情况下,安定朝那对他来说,既无所系,亦无所托,故不可能在晚年返回原籍。其次,据《晋书》本传载,泰始初年皇甫谧上疏武帝,以"久婴笃疾""躯半不仁""四肢酸重""不任进路""惧毙命路隅"等为理由辞让征聘,所以他绝不可能在晚年出尔反尔、长途跋涉千余里而迁返安定原籍。

皇甫谧死后有没有返葬原籍? 从现存史料看,也不可能。据《晋书》本传载,谧晚年因久病不愈,"惧夭殒不期",所以做《笃终》一篇,论葬送之制,并从容安排后事,他说:"吾欲朝死夕葬,夕死朝葬";"平生之物,皆无自随,唯赍《孝经》一卷,示不忘孝道";"土与地平,还其故草,使生其上,无种树木、削除,使生迹无处,自求不知";"若亡有前后,不得移袝(移袝即合葬)";"古不崇墓,智也;今之封树,愚也。若不从此,是戮尸地下,死而重伤,魂而有灵,则冤悲没世,长为恨鬼"。不难看出,关于自己的丧事,皇甫谧在一切从简的前提下,重点强调了速葬、不封不树、不求合葬等遗愿。他还告诫子孙:"死誓难违,幸无改焉!"史载"子童灵、方回等遵其遗命"。④据

---

① 参见安正发:《皇甫谧生平有关问题考述》,《固原师专学报》2006年第5期。
② 《晋书》卷五一《皇甫谧传》,中华书局1974年版,第1415、1411页。
③ (隋)巢元方等著:《诸病源候论》卷六,人民卫生出版社1955年版,第36页。
④ 参见《晋书》卷五一《皇甫谧传》,中华书局1974年版,第1416—1418页。

此，我们可以断定：皇甫谧去世之后，必然安葬在河南新安（今渑池）一带，绝不可能千里迢迢返葬安定原籍，也不可能有高大的坟冢留存至今。

四、关于甘肃灵台皇甫氏文化遗迹的几点说明

皇甫谧生前徙居于河南新安一带，死后又就地安葬，并未迁返安定原籍。永嘉丧乱，其子皇甫方回等"避乱荆州"，也没有回归安定故里（《晋书·皇甫方回传》）。那么，为何自北宋《元丰九域志》以来，在甘肃灵台县的历代方志中不断有皇甫士安读书台、皇甫士安家之类的记载？西魏大统元年（535），为何要徙置汉安定朝那城于灵台东朝那镇（今甘肃灵台境内）？笔者认为，要回答这些问题，首先必须澄清下列历史问题。

第一，东汉羌族大乱以后，甘肃灵台及其邻县泾川等地逐渐成为安定皇甫氏家族新的活动中心，所以西魏大统元年徙置安定朝那于灵台，并有大量文化遗迹存留至今。

如前所论，皇甫氏家族原本定居于安定朝那，汉安帝永初五年，羌族大乱，安定、北地等四郡内迁，皇甫规及家人被迫徙居右扶风境内的邠、岐一带。其中的"邠"，在今陕西彬县一带，与甘肃灵台接壤；"岐"即陕西岐山，也距灵台很近。此后，虽然皇甫氏家族的部分成员因仕宦、战乱而徙居他乡，但在魏晋南北朝时期，邠、岐、灵台一带仍然是皇甫氏家族的集聚地区。《晋书·皇甫重传》载，安定朝那人皇甫商为长沙王司马乂参军，成都王司马颖与河间王司马颙起兵共攻长沙王乂，乂屡败，"乃使商间行赍帝手诏，使游楷（颙之同党）尽罢兵，令重（皇甫重）进军讨颙。商行过长安，至新平，遇其从甥，从甥素憎商，以告颙，颙捕得商，杀之"。[①]不难看出，皇甫商是奉命密至长安，以扰乱河间王司马颙在关中的统治，所以其潜往藏身之地必然首选皇甫氏族人聚居地带，而西晋时的新平郡，辖漆、汾邑两县（《晋书·地理志上》），其中的漆县即今陕西彬县一带，正是后汉皇甫规及其族人徙居之处。这说明在西晋时期，陕西彬县一带仍然是皇甫氏族人的集聚地区。

---

① 参见《晋书》卷六十《皇甫重传》，中华书局1974年版，第1638页。

东晋南北朝时期，北方连年战乱，安定、扶风一带成了少数民族政权互相争夺的主战场。在这种情况下，滞留于邠、岐一带的皇甫氏成员，只有退居偏远险地，以宗族乡里为单位结坞自保。今甘肃灵台的东朝那镇一带，正是这样一个屯聚自保的理想之地。灵台学者史可晖在《古朝那城考析》一文中说："今灵台朝那古城址坐北向南，半山半塬，占地约0.8平方公里。北依塬面葫芦形腰弦处筑城墙，南以半山坡凸兀起的城头岭为中轴，沿左右两个地势相似的山湾呈扇形向南扩延，东西山湾中部，各有水泉三眼，水源旺盛，甘甜可口。城东南有柳扇梁向西，西南有皇甫岭向东，如两臂环抱，当地人称'二神护城'。"[1]平凉学者张新民在《皇甫谧故里展新容》一文中也说："朝那海拔1500米，是灵台最高的地方，干旱缺水也是困扰群众的一个难题。"[2]虽然宁夏学者张有堂等以灵台朝那古城面积狭小、交通不便、地高缺水等为理由，怀疑此地在历史上曾容纳过显赫一时的皇甫氏家族，但是这些地理条件方面的不足，又何尝不是屯聚避乱的有利条件？

关于永嘉之乱以来北方人民的屯聚等问题，陈寅恪先生早有非常深入的论述："北方的战乱和胡族统治者的徙民，对于各族来说，都是一种灾难。汉人能走的都走了，不能远离本土迁至他乡的，则大抵纠合宗族乡党，屯聚堡坞，据险自守，以避戎狄寇盗之难。""凡屯聚堡坞而欲久支岁月的，最理想的地方，是既险阻而又可以耕种、有水泉灌溉之地。能具备这二个条件的，必为山顶平原及有溪涧水源之处。因此，当时迁到山势险峻的地方去避难的人，亦复不少。盖非此不足以阻胡马的陵轹、盗贼的寇抄。"他还说："地以坞为名的，其较早时期以西北区域为多，如董卓的郿坞是最著名的例子。""西晋末世中原人民不能远徙的，藉此类小障、堡城以避难，坞遂在北方广泛发展起来。""西晋时期发展起来的坞，可说是体小人少（对城而言）、经济自足的防御夷狄、寇盗的军事屏障。""那时北方城市荒芜不发达，人民聚居田野、田间，唯依坞以务农自给，坞由此而得以占据北方社会最重要的位

---

[1] 史可晖：《古朝那城考析》，《灵台文史》（内部资料）第2辑，转引自张有堂、杨宁国：《再谈皇甫谧籍贯——兼与杜斗城、李并成教授商榷》，《固原师专学报》2006年第5期。
[2] 张新民：《皇甫谧故里展新容》，《皇甫谧研究》（内部资料）第3辑，转引自张有堂、杨宁国：《再谈皇甫谧籍贯——兼与杜斗城、李并成教授商榷》，《固原师专学报》2006年第5期。

置。"①这些论述,可为我们的推论提供非常有力的佐证。

值得一提的是,在今甘肃泾川县,也有很多关于皇甫氏家族的传说和遗迹。泾川学者张怀群在《泾川灵台地缘与皇甫氏遗产》一文中说:"泾川朝那沟、朝那庙、朝那城,其实都在一地,即今县城东吴家水泉沟一带。沟原名朝那沟,沟内有香水泉……这条沟沟口在县城,水入泾水,沿沟向南经过太平乡,可达黑河川,过了黑河,上南塬,即是灵台朝那镇,这应是东汉泾川朝那、灵台朝那沿山脉、水路向南或向北迁徙的自然走向,必然地缘。"②不难看出,泾川朝那城和灵台朝那镇相距很近,由此地向东南延伸,即与陕西邠县接壤。皇甫氏家族为避战乱,由邠、岐一带退居西北面的灵台、泾川,显然合情合理。

关于灵台县境的东朝那,王仲荦先生在《北周地理志》卷一有详细考述,并且明确指出:"此朝那,后魏所侨置者。"③但是因何故而侨置于灵台,王先生没有具体论述。笔者认为,这次侨置主要与皇甫氏家族有关。如前所论,安定皇甫氏自汉安帝永初五年随郡内迁以来,一直侨居于与灵台毗邻接壤的陕西邠、岐一带。以后为了躲避战乱,逐渐向西北山区发展,在南北朝时遂以今灵台及泾川等地为活动中心。正是基于这种事实,西魏大统元年,宇文泰果断废除朝那旧县,在灵台侨置东朝那。这种"取旧壤之名,侨立郡县"的做法,显然借鉴了东晋南朝侨置郡县的经验,不仅照顾了皇甫氏家族聚居于灵台一带的客观事实,而且继续保持了皇甫氏与安定朝那之间的固有联系,确为"益国利民便时适治"的两全之举。④据文献记载,西魏大统年间,宇文泰还曾于宁州

---

① 陈寅恪:《晋代人口的流动及其影响(附坞)》,见万绳楠整理:《陈寅恪魏晋南北朝史讲演录》,黄山书社1987年版,第135—141页。
② 张怀群:《泾川灵台地缘与皇甫氏遗产》,见史星海主编:《中国皇甫谧研究全集》,人民日报出版社2005年版,第121页。
③ 王仲荦:《北周地理志》,中华书局1980年版,第80页。
④ 宇文泰雄才大略,在西魏初年采取了一系列政治革新措施,主要包括大统元年颁布的"二十四条新制"(《周书·文帝纪》)。虽然"新制"的具体内容史无记载,但为富民强国之策应无疑义。由于从此年开始,西魏正式与东魏分疆并峙,所以其当务之急,就是核实户籍,以增加赋税,扩充兵源,并加强管理。其心腹重臣苏绰在大统年间创立计账户籍制度,正是这种需要的必然反应(《周书·苏绰传》)。但关陇一带久经战乱,流民问题在所难免,所以要核实户籍,必须借鉴东晋南朝的经验,实行侨置或土断。大统元年徙置安定朝那于灵台,正是在这种情况下,宇文泰和僚属"斟酌今古,参变通"的结果,其根本目的就是要"便时适治"。"计账户籍"的具体形式及内容,史籍阙略,郑欣等先生根据敦煌遗书斯613号文书的内容,认为这是一种与均田、赋役制度相结合的户籍制度,参见郑欣:《魏晋南北朝史探索》,山东大学出版社1989年版,第221—223页。

西北地郡、赵兴郡、豳州新平郡界内侨置蔚、朔、燕、恒、云、显等六州，以安置迁徙于关陇的北魏六州军士。①这也从侧面说明，西魏侨置东朝那，就是为了安置早已徙离故居的皇甫氏族人及其故旧乡邻。

总之，西魏大统元年侨置朝那于灵台，是宇文泰针对皇甫氏及其乡邻聚居灵台的客观现实所做的必要调整。而这种调整，客观上又成了皇甫氏家族徙离原籍、侨居他乡的有力证据。

第二，唐宋以后，皇甫谧在学术史上的重要地位使他成为了灵台皇甫氏后人的主要纪念对象，于是出现了很多关于皇甫谧的文化遗迹和民间传说。

由于皇甫谧生前居于河南新安一带，死后又就地安葬，未返回安定故里，所以，宋代以来灵台方志关于皇甫谧遗迹的记载，应该都是后人附会之说。②究其产生的原因，主要与徙居灵台的皇甫氏后人对皇甫谧的崇拜和纪念有关。如前所论，安定皇甫氏自后汉皇甫规、皇甫嵩以来，名冠西州，堪称望族。在注重门第的魏晋时期，皇甫谧虽"独守寒素"，终身不仕，但在学术上取得了丰硕的成果，并且培养出了张轨、挚虞等西晋名臣。所著《针灸甲乙经》，更是惠泽百代，功盖千秋。他的高名，不仅使西晋初年朝廷对他屡召不已，而且也使不少名士与他过从甚密。因为他的存在，安定皇甫氏才成了真正意义上的衣冠世族、西州高门。

岁月无情，当历史的长河将皇甫氏家族曾有的地位和荣耀渐渐冲刷殆尽的时候，皇甫氏后人这才发现，不管皇甫规、皇甫嵩等人如何功高盖世，但那一切都如同过眼烟云。惟独布衣学者皇甫谧，以他不朽的学术成就，仍使皇甫氏后人备感荣耀。于是，生活在甘肃灵台一带的皇甫氏后人，便想方设法纪念这位祖先中的"名士"。在这里，不仅有了皇甫士安家、皇甫书室、皇甫读书台，而且还有他曾经耕耘稼穑过的"皇家坪"，生活过的"皇家湾"……这些虽不是历史的真实，却体现着真实的情感。但无论如何，传说

---

① 参见王仲荦：《东西魏北齐北周侨置六州考略》，《文史》第五辑，中华书局1978年版，第23—29页。

② 赵以武、张有堂等人也认为，今甘肃灵台的"皇甫谧墓"当另有墓主，其他关于皇甫谧的遗迹也属子虚乌有。参见赵以武：《皇甫谧生平新探》，《西北师大学报》（社会科学版）1993年第1期；张有堂、杨宁国：《再谈皇甫谧籍贯——兼与杜斗城、李并成教授商榷》，《固原师专学报》2006年第5期。

终归是传说,无法改变皇甫谧生活于新安、长眠于新安的历史事实。

总之,皇甫谧的籍贯归属,是一个相当复杂的历史问题。就文献记载看,后汉皇甫偁定居安定朝那,始为安定朝那人氏。其后羌族大乱,皇甫氏随郡内迁,自此籍贯与住地名实不符。汉末魏晋时期,皇甫规、皇甫嵩、皇甫谧等人累世进取,遂名冠西州,卒成望族,于是皇甫氏与安定朝那之间形成固定的联系,"虽迁徙靡常,寄寓他所,而称名所系,仍冠旧邦"。就徙离故居的皇甫氏成员而言,"安定朝那"仅仅指其姓望即宗族籍贯、姓氏所出,是其社会地位的象征,与生前住地并无联系。注重门第、标榜姓望的时代风尚和因战乱、仕宦导致的迁徙不定,是造成这种矛盾的根本原因。皇甫谧远祖定居安定朝那,曾祖迁居陕西邠、岐,自身又徙居河南新安。关于其籍贯的表述,只能借鉴《晋书》本传的说法,概括为"祖籍安定朝那,徙居河南新安"。弄清这一问题,对于深入了解汉末魏晋南北朝时期安定皇甫氏家族的迁徙发展以及实事求是地宣传和纪念皇甫谧,科学理性地研究和弘扬河陇文化,仍有比较重要的学术价值和现实意义。

第三节　索靖生平著作考

索靖是魏晋时期著名的书法家,也是当时河陇士人的杰出代表。史载其"才艺绝人",深受傅玄、张华、卫瓘等人器重。但是,由于西晋末年的战乱,其所著《索子》《晋诗》等大量作品湮没不存,其生平事迹除《晋书·索靖传》(以下简称《晋书》本传)[①]、张怀瓘《书断》(《法书要录》卷八引)外,史籍鲜见载述。今人曹道衡、沈玉成编撰《中国文学家大辞典·先秦汉魏晋南北朝卷》、戴燕撰《索靖、陆机交往考》,虽然对其生平进行过钩稽探讨,但仍有不少问题诸如籍贯、生卒年、任尚书郎的时间、死因等,需要进一步考辨和澄清。关于其著作与书法作品,也缺乏必要的梳理和辨析。今就这些问题略述己见,以就正于大方之家。

---

① 参见《晋书》卷六十《索靖传》,中华书局1974年版,第1648—1650页。本节关于《晋书·索靖传》的引文出处俱同此注,以下不再一一注明。

一、家世、籍贯与师承

关于索靖的家世籍贯，《晋书》本传的介绍相当简略："索靖字幼安，敦煌人也。累世官族，父湛，北地太守。"相较而言，《法书要录》卷八引张怀瓘《书断中》的记载更为详细具体："索靖字幼安，燉煌龙勒人。张伯英之隶孙。父湛，北地太守。幼安善章草书，出于韦诞，峻险过之。"其中对索靖的籍贯、家世、师承有更明确的交代。据《汉书·地理志》《晋书·地理志》等记载，龙勒县为汉代敦煌郡属县，在敦煌郡西部边陲，境内有阳关、玉门关，晋承汉制。据考古调查，其县治遗址为今甘肃省敦煌市阳关镇北工村一社北部的"南湖破城"。①

索靖出身于汉晋时期敦煌世族索氏，敦煌遗书伯2625号载录的《敦煌名族志》残卷，对索靖以前敦煌索氏的历史有详细记述。从中可知汉武帝元鼎六年，太中大夫索抚因直谏忤旨，获罪徙边，从钜鹿南和迁于敦煌，此后不断繁衍发展，遂为敦煌望族。②又据《汉书·武帝纪》，元鼎六年，"分武威、酒泉地置张掖、敦煌郡，徙民以实之"③。这一记载与《敦煌名族志》互为印证，说明索氏是敦煌建郡之初即徙居守边的家族之一。东汉初年，索颢等以武力起家，建功西域；东汉中后期，索展、索翰等师事杨赐、王朗，明经致仕，索氏逐渐由武力强宗向儒学世族转变；西晋初年，涌现出了索靖、索紾、索绾（《晋书》作"索永"）等著名人物，"敦煌五龙"，索氏独占其三。《敦煌名族志》关于索氏的记载，至索靖而残损不全。索靖的祖父，史无记载。

《书断》称索靖为"张伯英之隶孙"，"隶孙"，宋代《墨池编》作"离孙"④。《法书要录》卷一引南齐王僧虔《论书》又云"张芝姊之孙"。据《尔雅·释亲》："男子谓姊妹之子为出……谓出之子为离孙。"⑤则索靖确为张芝姊

---

① 参见侯仁之：《敦煌县南湖绿洲沙漠化蠡测》，《中国沙漠》1981年第1期；李并成：《大漠中的历史丰碑——敦煌境内的长城和古城遗址》，甘肃人民出版社2000年版，第107—109页。
② 上海古籍出版社、法国国家图书馆编：《法藏敦煌西域文献》，上海古籍出版社2001年版，第16册，第331页。
③ 《汉书》卷六《武帝纪》，中华书局1962年版，第189页。
④ （宋）朱长文编：《墨池编》，清雍正十一年刻本。
⑤ （清）郝懿行：《尔雅义疏》，《汉小学四种》，巴蜀书社2001年版，第1041页。

之孙，其父索湛为张芝外甥。据《后汉书·张奂传》等记载，张芝字伯英，敦煌渊泉人，汉末名臣张奂长子，善草书，后世誉为"草圣"。就《后汉书》《敦煌名族志》等的记载看，敦煌张氏也是两汉以来的河西望族。

《书断》云索靖"善章草书，出于韦诞，峻险过之"，说明索靖师法韦诞。韦诞是三国时期曹魏著名书法家，《三国志》卷二一载录其名，裴松之注引《文章叙录》云："诞字仲将，太仆端之子。有文才，善属辞章。……初，邯郸淳、卫觊及诞并善书有名。"① 《法书要录》卷八引张怀瓘《书断》也有其小传，称其"伏膺于张芝，兼邯郸淳之法，诸书并善……然草迹之妙，亚乎索靖也。嘉平五年（253）卒，年七十五"。② 又据《晋书·卫瓘传》附录卫恒《四体书势》，韦诞草书师法张芝，是张芝弟子。就《后汉书·张奂传》和《法书要录》卷八引张怀瓘《书断》等的记载看，张芝于汉桓帝永康元年随父徙居弘农华阴，而韦诞世居京兆；张芝卒于汉献帝初平年间，而韦诞生于汉灵帝光和二年，则韦诞师事张芝完全可能，卫恒的说法应该可信。如此，则张芝草书经韦诞而传至索靖，所以王僧虔《论书》说索靖"传芝草而形异甚"。

二、生卒年与首次入京游诣太学考

索靖卒于晋惠帝太安二年，《晋书》本传和《书断》的记载相同。但以上二书关于其年寿的记述有异，《晋书》本传称其"时年六十五"，《书断》云"年六十"。由此推断，索靖的生年有两种可能：一是生于魏明帝景初三年（239），二是生于魏齐王正始五年（244）。相较而言，"六十五"岁说更为可信。因为前引《书断》云韦诞卒于魏齐王嘉平五年，若索靖生于正始五年，则嘉平五年年仅十岁，师事韦诞又必在此年以前，亦即索靖不足十岁，所以可能性不大。总之，关于索靖的年寿及生年，《晋书》本传的记载比较可信。这也是目前学界普遍认同的说法。

《晋书》本传云："靖少有逸群之量，与乡人氾衷、张甝、索䌷、索永俱诣太学，驰名海内，号称'敦煌五龙'。四人并早亡，唯靖该博经史，兼通内

---

① 《三国志》卷二一《魏书·刘劭传》，中华书局1959年版，第621页。
② （唐）张彦远：《法书要录》，人民美术出版社1986年版，第273页。

纬。"索靖早年就读太学的经历，前引《敦煌名族志》残卷也有记载，但五人中的"索永"作"索绾"，而且说索靖早年"不应辟召，乡人号曰腐儒"。关于索靖游诣太学的具体时间，史籍没有明确记载。据相关文献，魏晋时期诸生入太学，一般为十五岁左右。《太平御览》卷六一三引王粲《儒吏论》曰："古者八岁入小学，学六甲五方书计之事；十五入大学，学君臣朝廷事之纪。"①《三国志·魏书·刘馥传》及《宋书·礼志一》载，曹魏正始年间，刘靖上疏陈儒训之本，亦云："依遵古法，使二千石以上子孙，年从十五，皆入太学。"②稽诸史籍，三国时杜袭年十三入太学，号曰神童（《三国志·魏书·杜袭传》裴注引《先贤行状》）；钟会年十五入太学，问四方奇闻异训（《三国志·魏书·钟会传》裴注引钟会母传）；西晋赵至"年十四，诣洛阳，游太学"（《晋书·赵至传》）。依通例推断，索靖入太学，也应以十五岁为宜。若以其生于魏明帝景初三年推算，当在魏齐王嘉平五年。又据《通典》卷五三所载曹魏时期的太学学制，由初入学之门人，经弟子、掌故、太子舍人、郎中，到能通五经，随才叙用，至少需历时十年。③所以，索靖的太学生涯，应在曹魏景元三年至四年间（262—263）结束。如果此推断切实，则索靖应该参与了景元三年洛阳太学生三千人营救嵇康的活动。而嵇康的最终被杀以及魏晋易代之际的血腥政局很可能就是此后较长一段时期索靖"不应辟召"的主要原因。

由于索靖的著述散佚不存，所以其学术传承难以深入稽考。但从《晋书》本传的记述看，索靖精通经史，兼通谶纬内学，应为汉末儒学的继承人。这一推断还有其他材料为证。其一，敦煌遗书斯1889号《燉煌氾氏人物传》云："氾祎，字休臧，晋冥安太守，素刚直。祎少好学，师事司空索静（按：应为"靖"之误），通《三礼》《三传》《三易》河洛图书，玄明究算历。"④氾祎是两晋之际敦煌人，事迹又见《太平御览》卷四二八引崔鸿《前凉录》及《晋书·张茂传》等，其师事索靖应属事实。而他所精研的《三礼》《三传》等，正是索靖博通的经史、谶纬之学。其二，唐长孺先生在详细考察魏晋学风的地域差异

---

① 《太平御览》卷六一三，中华书局1960年版，第2759页。
② 《三国志》卷十五《魏书·刘馥传》，中华书局1959年版，第464页；《宋书》卷十四《礼志一》，中华书局1974年版，第356页。
③ （唐）杜佑：《通典》，中华书局1988年版，第1464页。
④ 王仲荦：《敦煌石室地志残卷考释》，中华书局2007年版，第179页。

后认为,"三国时期的新学风(玄学)兴起于河南,大河以北及长江以南此时一般仍守汉人传统(经说传注与谶纬)";魏晋时期河北和江南的学风都比较保守。①唐先生所说的"大河以北",无疑也包括关陇河西在内。这也为我们推断索靖的学术传承提供了有力的佐证。总之,索靖早年虽曾游诣洛阳太学,但受玄学影响甚微,其继承的仍然是汉代儒生的经传谶纬之学。

三、应辟入仕与第二次入京任尚书郎考

《晋书》本传云:"州辟别驾,郡举贤良方正,对策高第。傅玄、张华与靖一面,皆厚与之相结。"索靖应辟入仕的时间虽然难以详考,但可以以他与傅玄、张华的交往以及举贤良方正为线索略加推测。考傅玄于魏元帝咸熙元年(264)七月受封鹑觚男,返回京城洛阳,于晋武帝咸宁四年(278)六月病逝(《晋书·傅玄传》)。②又据《晋书·卫瓘传》,咸宁初年,索靖已被擢任尚书郎。据此推断,索靖与傅玄、张华见面的时间,应在咸熙、泰始年间(264—274)。由于《敦煌名族志》残卷有索靖"不应辟召,乡人号曰腐儒"的记载,所以索靖应辟入仕的确切时间,应该在魏晋易代彻底完成且政局已趋平稳的泰始四年(268)以后。据《晋书·武帝纪》,泰始四年六月,诏曰:"郡国守相,三载一巡行属县,必以春,此古者所以述职宣风展义也。……士庶有好学笃道,孝弟忠信,清白异行者,举而进之。"十一月己未,"诏王公卿尹及郡国守相,举贤良方正直言之士"。③考诸《晋书》,挚虞、郤诜、夏侯湛等人都是泰始年间所举贤良方正之士,且据《晋书·挚虞传》,此次举荐人数众多,仅策为下第者就有17人,而如此大规模的举荐完全是泰始四年十一月举贤诏的必然结果。由此推断,索靖被举贤良方正当与挚虞等人同时,具体时间应在泰始四年年底或泰始五年。傅玄、张华与索靖见面并厚交,也应就在此时。④

史载索靖对策高第,西晋王朝"拜驸马都尉,出为西域戊己校尉长史"。

---

① 参见唐长孺:《读〈抱朴子〉推论南北学风的异同》,《魏晋南北朝史论丛》,中华书局2011年版,第358页。
② 参见魏明安、赵以武:《傅玄评传》,南京大学出版社1996年版,第426—429页。
③ 《晋书》卷三《武帝纪》,中华书局1974年版,第57、58页。
④ 曹道衡、沈玉成编撰《中国文学家大辞典(先秦汉魏晋南北朝卷)》"傅玄"条将索靖与傅玄、张华的结交系于泰始五年(269)以后。

但因其同郡人张勃的举荐,擢任尚书郎。于是与卫瓘、罗尚、潘岳、顾荣等名士同台共事,留下"一台二妙"等佳话。索靖任尚书郎的具体时间,可以依据一些史料详加稽考。据《晋书·卫瓘传》,卫瓘"咸宁初征拜尚书令,加侍中。……瓘学问深博,明习文艺,与尚书郎敦煌索靖俱善草书,时人号为'一台二妙'"①。《法书要录》卷八引《书断》亦云:"瓘弱冠仕魏为尚书郎,入晋为尚书令,善诸书,引索靖为尚书郎,号'一台二妙'。"②卫瓘任尚书令的时间,《资治通鉴》卷八十《晋纪二》有明确记载,咸宁四年九月辛巳,"以侍中、尚书令李胤为司徒";"冬十月,征征北大将军卫瓘为尚书令"。③据上述记载,索靖至迟于咸宁四年十月或稍后已任尚书郎。又据《艺文类聚》卷九九引王隐《晋书》:"太康六年,荆州送两足虎,时尚书郎索靖议称'半虎'。"④这一记载与《晋书·武帝纪》《五行志中》所载太康六年(285)荆州南阳获两足兽之事互相印证,说明索靖于太康六年仍为尚书郎。由此可以推断,从晋武帝咸宁四年到太康六年(278—285),索靖一直任尚书郎。

索靖初任尚书郎的时间,可能要早于咸宁四年。因为从泰始四年十一月诏举贤良到咸宁四年,期间历时约十年之久,又据《晋书》本传,太子仆张勃特表,"以靖才艺绝人,宜在台阁,不宜远出边塞。武帝纳之,擢为尚书郎",说明索靖实际并未出任西域戊己校尉长史之职(即使出任,时间也不会太长)。依此推断,索靖可能于对策高第后拜驸马都尉,不久即任尚书郎,时间在泰始五年或稍后。《书断》所谓卫瓘援引索靖为尚书郎之事不一定属实。

从史籍记载不难看出,索靖之所以能够任职尚书台,主要由于"才艺绝人",故而张勃举荐,卫瓘称引。唐李嗣真《后书品》所谓"无愧珪璋特达"(《法书要录》卷三引),正是此意。明刻宛委山堂本《说郛》卷六十引挚虞《决疑要注》说:"尚书台召人用虎爪书,告下用偃波书,皆不可卒学,以防矫诈。"⑤说明作为朝廷重要的行政官署,尚书台对官吏的书法比较看重,而且垄断了"虎爪书""偃波书"一类的书体,正是在这种独特的工作环境中,才有

---

① 《晋书》卷三六《卫瓘传》,中华书局1974年版,第1057页。
② (唐)张彦远:《法书要录》,人民美术出版社1986年版,第264页。
③ 《资治通鉴》卷八十,中华书局1956年版,第2550、2551页。
④ (唐)欧阳询撰,汪绍楹校:《艺文类聚》,上海古籍出版社1999年版,第1716页。
⑤ (明)陶宗仪等编:《说郛》(一百二十卷本),《说郛三种》,上海古籍出版社1988年版,第2776页。

"一台二妙"的雅号产生并广为流传。

《晋书》本传又云，索靖任尚书郎，"与襄阳罗尚、河南潘岳、吴郡顾荣同官，咸器服焉"。索靖与罗尚诸人同任尚书郎的时间，史籍没有确切记载，稽考史料，可能在太康四年至六年。理由如下：

其一，罗尚任尚书郎之事，《晋书》本传失载。《华阳国志》卷八《大同志》云："尚字敬之，一名仲，字敬真，襄阳人也。历尚书丞、郎，武陵、汝南太守，徙梁州、临州（此谓益州刺史）。"①据此，则罗尚确实曾任尚书丞、尚书郎。据《晋书·罗尚传》、《华阳国志》卷八等记载，永康元年（300），赵廞反于蜀，乃拜梁州刺史罗尚为平西将军、益州刺史。罗尚出任梁州刺史的时间，《晋书》本传系于太康末年，但万斯同、吴廷燮等编《晋方镇年表》俱不信从。吴廷燮据《华阳国志·后贤志》《大同志》等记载，确定太康十年至元康七年的梁州刺史依次为寿良、杨欣、粟凯，元康八年（298）始为罗尚。②就前引《华阳国志》所述罗尚仕历分析，吴廷燮的系年比较可信，罗尚很可能于太康末年出任武陵太守，此后又转任汝南太守，元康末年迁为梁州刺史。据此推断，罗尚于太康年间任尚书丞、尚书郎合情合理，也恰好与索靖同台共事。

其二，据《晋书·潘岳传》，潘岳在出任河阳令、怀令后，因勤于政绩，"调补尚书度支郎"，但并未记载职位徙转时间。由于多数学者认为《怀旧赋》是潘岳离开怀县回洛阳任尚书度支郎时所作，今人王晓东根据《怀旧赋序》提供的历史信息，推断《怀旧赋》作于太康四年（283），最迟也不会晚于太康五年，所以潘岳大约在太康四年任尚书郎。又据《晋书·挚虞传》，潘岳任尚书郎期间，将作大匠陈勰掘地得古尺，潘岳与挚虞曾就古今尺的长短问题有过辩难。王晓东依据《晋书·五行志上》的记载，推断陈勰掘地得古尺，当在晋武帝太康八年（287）年初改修太庙"筑基及泉"之时。③其说有据，可以信从。如此，则潘岳自太康四年至八年一直任尚书郎，索靖的确有过与潘岳同官的经历。

其三，据《晋书·顾荣传》，顾荣为江南望士，"吴平，与陆机兄弟同入

---

① （晋）常璩著，任乃强校注：《华阳国志校补图注》，上海古籍出版社1987年版，第471页。
② 参见吴廷燮：《晋方镇年表》，《二十五史补编》，中华书局1955年版，第3册，第3439、3440页。
③ 参见王晓东：《潘岳研究》，上海古籍出版社2011年版，第56—59页。

洛,时人号为'三俊'。例拜为郎中,历尚书郎、太子中舍人、廷尉正"①。说明顾荣在入洛的早期曾任尚书郎。又据《晋书·陆机传》,陆机"年二十而吴灭,退居旧里,闭门勤学,积有十年。……至太康末,与弟云俱入洛"。张华素重其名,曰:"伐吴之役,利获二俊。"②已知吴亡于晋武帝太康元年(280),所以二陆入洛可以确定在太康十年(289)。如果顾荣与二陆同时入洛,索靖此时可能已经出任雁门太守,不可能与顾荣同台共事。综合考察相关记载,顾荣入洛的时间,可能要早于太康十年。首先,如果顾荣与二陆同时入洛,张华所谓"利获二俊"之说明显忽视了顾荣,不符合张华广交名士的一贯作风。其次,稽诸史籍,晋武帝太康年间吴人入洛,规模较大者计有三次:太康元年五月,封孙皓为归命侯,"吴之旧望,随才擢叙"(《晋书》卷三),薛莹至洛阳,"特先见叙,为散骑常侍"(《三国志·吴书·薛莹传》),葛悌"以故官赴,除郎中"(《抱朴子外篇·自叙》);太康四年,诏征南士陆喜等十五人,随才授用(《晋书·陆机传》附《陆喜传》)③;太康九年,诏令"内外群官举清能,拔寒素"(《晋书》卷三),陆机、陆云等于次年北上洛阳。如果顾荣确实曾与索靖同台共事,其入洛的时间应该在太康四年,此时索靖正任尚书郎。

总之,如果《晋书》本传记载属实,索靖与罗尚、潘岳、顾荣等人同官共事的时间,应在太康四年至六年(283—285)。

四、出任郡守与第三次入京死于战乱考

《晋书》本传称:"靖在台积年,除雁门太守,迁鲁相,又拜酒泉太守。惠帝即位赐爵关内侯。"根据这段记述,索靖于晋武帝晚年出任雁门太守。又据上文考订,索靖于太康六年仍任尚书郎,所以其出任郡守的时间,应在太康六

---

① 《晋书》卷六八《顾荣传》,中华书局1974年版,第1811页。
② 《晋书》卷五四《陆机传》,中华书局1974年版,第1467—1473页。
③ 此次下诏时间,《晋书》仅云"太康中"。但陆云《晋故散骑常侍陆府君诔》,陆喜卒于太康五年四月,则诏征当在太康三四年间。又据《三国志》卷五三《吴书·薛莹传》及注引干宝《晋纪》,薛莹于太康元年入洛,三年即卒,晋武帝曾问吴士存亡者之贤愚,莹名以状对。姜亮夫先生认为西晋征陆喜等十五人,与薛莹举荐有关,故系于太康四年。参见姜亮夫:《陆平原年谱》,古典文学出版社1957年版,第36页。

年以后。考诸《晋书》，太康七年（286）五月，"鲜卑慕容廆寇辽东"，杀掠甚众，此后每岁寇边，滋扰不绝，至太康十年五月归降，东夷始安。（《武帝纪》《慕容廆载记》）索靖于太康末年出任雁门太守，当与鲜卑慕容廆犯边有关。其后迁鲁相、拜酒泉太守的时间，也难以详考，但应在晋惠帝即位之初的数年间（290—295），因为元康六年西戎反叛，索靖奉命调离酒泉参与平叛。又敦煌遗书伯3720号载《莫高窟记》，其文云"晋司空索靖题壁号仙岩寺，自兹以后，镌造不绝"。①索靖题壁是迄今为止见于文字记载的莫高窟历史上最早的事件，其时间很可能在索靖任酒泉太守期间，当然也不排除其游诣太学结束后"不应辟召"的一段时间，但无论如何，题壁时间应在晋惠帝元康六年之前。

据《晋书·惠帝纪》、《资治通鉴》卷八二等，永熙元年（290）五月，杨骏欲依魏明帝即位故事，普进封爵以求媚于众，"丙子，诏中外群臣皆增位一等，预丧事者增二等，二千石已上皆封关中侯"。此即惠帝赐爵之始末，索靖时任酒泉太守，例在赐爵之列。

《晋书》本传又云："元康中，西戎反叛，拜靖大将军梁王肜左司马，加荡寇将军，屯兵粟邑，击贼，败之，迁始平内史。"据《晋书·惠帝纪》，元康六年八月，秦、雍氐羌悉叛，氐帅齐万年僭号称帝，至九年正月平定叛乱。据此，索靖调离酒泉太守应在元康六年八月后，迁始平内史当在元康九年（299）正月前后。其所任始平内史一职，《三国志·魏书·卫觊传》注引《世语》又作"扶风内史"，但因史料缺乏，难以详考其正误。

索靖再度入京为官，是在西晋末年的"八王之乱"时期。《晋书》本传云："及赵王伦篡位，靖应三王义举，以左卫将军讨孙秀有功，加散骑常侍，迁后将军。太安末，河间王颙举兵向洛阳，拜靖使持节、监洛城诸军事、游击将军，领雍、秦、凉义兵，与贼战，大破之，靖亦被伤而卒，追赠太常，时年六十五。"据《晋书·惠帝纪》，永宁元年正月，赵王伦篡位；三月，齐王冏、成都王颖、河间王颙等起兵；四月，赵王伦及其党羽败灭。则索靖响应三王，因功迁后将军在永宁元年。又据《晋书·河间王颙传》及《资治通鉴》卷八四，赵王伦篡位，齐王冏谋讨之，前安西参军夏侯奭在始平合众数千以应冏，

---

① 参见王重民：《莫高窟记》（敦煌史料之一），《历史研究》1954年第2期；马德：《〈莫高窟记〉浅议》，《敦煌学辑刊》1987年第2期。

河间王颙开始随附赵王伦,故派兵擒斩之。后闻齐王冏等兵盛,乃转随齐王冏等举义。值得注意的是,夏侯奭在始平率先合众举义,索靖时任始平内史,所以夏侯奭的行动可能受到索靖的支持,其后索靖因功迁后将军,当与此事有关。

索靖所任后将军一职,《晋书·职官志》云置于晋武帝泰始八年(272)。《太平御览》卷二三八引《晋起居注》(刘宋刘道荟撰)亦云:"太始八年,置后军将军,掌宿卫。"[①]从"掌宿卫"的职守推断,索靖迁后将军,实际上就是调离始平内史之职,再次入京任职。

索靖死于太安二年河间王司马颙进攻洛阳的战事,史籍载述没有异议。但是,由于《晋书》本传表述含糊,索靖究竟为谁而战,学界看法并不一致。曹道衡、沈玉成编《中国文学家大辞典(先秦汉魏晋南北朝卷)》认为索靖系为保卫洛阳而战死;戴燕撰《索靖、陆机交往考》认为索靖接受了河间王颙的任命,进攻洛阳受伤而亡。[②]稽考相关史料,可以断定索靖是为保卫洛阳而殉职,理由如下:其一,索靖所任后将军"掌宿卫",保卫洛阳是其职责;其二,史载索靖"领雍、秦、凉义兵与贼战",据《晋书·刘沉传》《皇甫重传》《张轨传》等记载,太安二年河间王司马颙举兵进攻洛阳,雍州刺史刘沉、秦州刺史皇甫重、凉州刺史张轨俱支持长沙王司马乂,反对河间王司马颙,史载张轨"遣兵三千,东赴京师",此即索靖所领三州义兵之主力,所与对阵之贼兵,无疑指张方率领的河间王颙的军队。其三,据《晋书·惠帝纪》及《张方传》《河间王颙传》等记载,太安二年八月,河间王颙、成都王颖举兵讨长沙王乂,河间王部将张方击破皇甫商,进攻西明门,长沙王乂奉帝率中军左右卫击之,张方大败,死者五千余人。此后张方筑垒数重,战局于是逆转。综合推断,索靖所参与的破贼之战,应该就是使张方惨败的西明门之战,索靖也因受伤过重而去世。

总之,自永宁元年四月迁任后将军以来,索靖一直留守洛阳,直至太安二年八九月间受伤去世。与他基本同时遇难的,还有陆机、陆云等人,只不过二

---

① 《太平御览》卷二三八,中华书局1960年版,第1128页。
② 参见曹道衡、沈玉成编撰:《中国文学家大辞典(先秦汉魏晋南北朝卷)》,中华书局1996年版,第332页;戴燕:《索靖、陆机交往考》,《中国典籍与文化》2004年第1期。

陆此时为成都王司马颖僚属，司马颖任命陆机为前锋都督，统兵进攻洛阳，陆机兵败被诛，祸及陆云、陆耽等。值得注意的是，陆云《与兄平原书》中，有一通提到了索靖："云再拜。疏成高作，未得去。省《登遐传》，因作《登遐颂》，须臾便成，视之复谓可行，今并送之。……谨索幼安在此，令之草，今住一弘，不呼作工。谨启。"①就此文来看，索靖与陆云曾经有过交往。前引戴燕《索靖、陆机交往考》以此为最重要的线索，探讨两位西晋书法名家之间的交往，认为永宁元年赵王伦被诛前后，索靖有可能在洛阳停留，也有机会与陆机、陆云碰面。但戴先生对此后索靖的行踪没有进行深入考察，所以推断索靖不久离开洛阳，太安二年又受河间王颙的任命进攻洛阳，与历史事实不符。就本文的考证看，索靖自永宁元年四月后一直在洛阳，所以可以断定其与陆机、陆云的交往就在这一时期。此后虽然各为其主，效命疆场，但殊途同归，死于非命，良可痛惜。

五、索靖著作与墨迹考述

就史籍载述看，索靖的著作堪称丰硕，但流传至今者仅零星散篇而已。严可均辑《全晋文》，仅收录《草书状》《月仪帖》《书》三篇作品。今据《晋书》本传、史志目录、《法书要录》等的记载，结合丁国钧、文廷式、秦荣光、吴士鉴、黄逢元等撰《补晋书艺文志》（《二十五史补编》第3册），对索靖著作与墨迹进行简单钩稽与辨析。

《晋书》本传载，索靖"著《五行三统正验论》，辩理阴阳气运。又撰《索子》《晋诗》各二十卷。又作《草书状》"。按：以上诸作，除《草书状》外，均已亡佚。由于《晋书》表述欠明晰，所以难以确定《五行三统正验论》的具体卷数。以中华书局1974年出版的《晋书》点校本的断句看，似与《草书状》一样，属单篇论文，但若在《晋诗》后断句，则又似为二十卷著作。严可均《全晋文》卷八四、胡旭《先唐别集叙录》卷第九都以为索靖著《五行三统正验论》二十卷。五行、三统之说，是汉代流行的哲学观念。董仲舒《春秋繁露》、班固《白虎通义》等都有详细论述。五行之说以木、火、土、金、水五

---

① （清）严可均校辑：《全上古三代秦汉三国六朝文》，中华书局1958年版，第2043页。

种物质及其作用统辖时令、方向、神灵、音律、服色、食物、臭味、道德等等，以至于帝王的系统和国家的制度；三统说以黑统、白统、赤统三正推演历史循环变化的规律。①以"辩理阴阳气运"为主旨的《五行三统正验论》，应该还是汉儒思想的继承与阐释。诸家《补晋书艺文志》一般著录于子部天文家类。又按：《五行三统正验论》《索子》和《晋诗》，《隋书·经籍志》等俱不著录，《太平御览》等唐宋类书也不见征引，可能亡佚于西晋末年的战乱。《草书状》又见载于《艺文类聚》卷七四、《法书要录》卷七《书断上》及《太平御览》卷七四七。其中《艺文类聚》《书断上》的征引为节录，《太平御览》的引文与《晋书》本传基本相同。各书引录篇名也不一致，《艺文类聚》作《书势》，《太平御览》作《书状》，《书断上》题名和《晋书》本传相同。因为《书断上》对各种书体及其演变都有详细考察，并且在各种书体的叙录中都分别征引了相应的文章，如"古文"引卫恒《古文赞》，"大篆"引蔡邕《大篆赞》，"章草"引崔瑗《草书势》等，其于"草书"条征引了索靖《草书状》，说明此文篇名应作《草书状》，《晋书》本传的记载不误。

《隋书·经籍志》著录《牵秀集》，其下附注云："梁又有游击将军《索靖集》三卷，亡。"按：学界普遍认为，《隋书·经籍志》注中称"梁有"者，皆指阮孝绪《七录》的著录情况。②据此，则南朝梁代有《索靖集》三卷。由于此集《晋书》本传不载，且仅三卷，所以应该不是索靖生前编成流传的别集，而是东晋或南朝宋齐时代的辑本。又按：《隋书·经籍志》虽云《索靖集》已亡佚，但此后不少史志仍有著录。《旧唐书·经籍志》《新唐书·艺文志》著录二卷，《宋史·艺文志》著录一卷，《通志·艺文略》《国史经籍志》著录三卷。胡旭认为两《唐志》著录卷数与梁本有异，"盖唐开元间广征天下典籍时复得梁本，然佚去一卷"；宋代以后著录三卷者，盖抄录《隋志》著录梁本卷数，非亲见是集，不足据。③就史志著录情况推断，《索靖集》的完全亡佚似在元代。

---

① 参见冯友兰：《中国哲学史》，华东师范大学出版社2000年版，下册，第7—38页；顾颉刚：《五德终始说下的政治和历史》，《古史辨》，上海古籍出版社1982年版，第5册，第404—616页。
② 参见钱大昕：《廿二史考异》卷三四《隋书二》、章宗源《隋书经籍志考证》卷八"七录"条、余嘉锡《古书通例》卷一等。
③ 参见胡旭：《先唐别集叙录》卷九，中国社会科学出版社2011年版，第178页。

清代严可均辑《全晋文》，其卷八四据《淳化阁帖》采录《书》一篇（即《七月廿六日帖》）、《月仪帖》一篇（书帖十八条），又录《草书状》一篇。按：宋《淳化阁帖》卷三收刻的索靖作品共有两篇，一篇为《七月廿六日帖》（又称《七月贴》《廿六日帖》），另一篇为《载妖帖》（又称《皋陶帖》《皋陶书》），严可均以其"脱误不可句读"，故不录。今人水赉佑《淳化阁帖集释》综合前人研究成果，释其文为："□载。妖孽遏臧。灾害莫告。咎皋陶惟士。绳罪报鞠。按城据号。裁割辜戮。羞屈怼漫。逆曲归想。辍寂斗争。会复□□。馨鼓肆陈。爰曰於予。琴瑟以咏。歌其命□。禽爵翔荣。兽乃歌舞。声翳丽城。越动飞走。脉土虔农。姬弃掌稷。"①又按：唐代刘𫗧《隋唐嘉话》载："晋平南将军侍中王廙，右军之叔父，工草隶飞白，祖述张、卫法。后得索靖书七月二十六日一纸，每宝玩之。遭永嘉丧乱，乃四叠缀于衣中以过江，今蒲州桑泉令豆卢器得之，叠迹犹存。"②宋人黄伯思《东观余论》亦云："索靖《七月二十六帖》本七纸，晋王平南廙每宝玩之。值永嘉乱，乃四叠缀衣中以度江，唐蒲州桑泉令豆卢器得之，叠迹犹存。今所录惟一纸耳，摹传失真，无复意象。"③王廙其人，《晋书》卷七六有传，史载其"少能属文，多所通涉，工书画，善音乐"，生活年代为两晋之交，且与其父王正都曾任尚书郎，所以《隋唐嘉话》等的记述应该可信。关于此帖内容，南宋姜夔《绛帖平》略有考释（《四库全书》史部目录类），兹不赘录。

《月仪帖》出自南宋淳熙秘阁续帖中的第七卷（《石刻铺叙》），宋拓本残失四月、五月、六月三章（应为书帖六条），剩余九章即严可均所辑书帖十八条。此帖黄伯思《东观余论》又称作""《月仪急就篇》"。《法书要录》卷三引唐李嗣真《后书品》云："上中品七人：蔡邕、索靖、梁鹄、钟会、卫瓘、韦诞、皇象……钟、索遗迹虽少，吾家有小钟正书《洛神赋》，河南长孙氏雅所珍好，用子敬草书数纸易之。索有《月仪》三章，观其趣况，大为遒竦，无愧珪璋特达，犹夫聂政、相如，千载凛凛，为不亡矣。又《毋丘兴碑》，云是索

---

① 水赉佑：《淳化阁帖集释》，上海古籍出版社2009年版，第125页。文中加"□"处，疑有脱文。
② （唐）刘𫗧：《隋唐嘉话》，中华书局1979年版，第54页。
③ （宋）黄伯思：《东观余论》，《古逸丛书三编》，转引自水赉佑：《淳化阁帖集释》，上海古籍出版社2009年版，第126页。

书，比蔡石经，无相假借。"①宋董逌《广川书跋》云："晋人评书，以索靖比王逸少，而欧阳询至卧碑下。近世惟淳化官帖中有靖书，其后购书四方，得《月仪》十一章，今入续帖中。然于前书亦异。李嗣真曰：'靖有《月仪》三章，观其趣尚，大为遒竦。'今《月仪》不止三章，或谓昔人离析，然书无断裂，殆唐人临写者。"②此后姚鼐、杨守敬等人都推断宋拓本《月仪帖》为唐人摹写之作。但对于文字本身，周一良先生认为"恐怕仍出于晋人之手"③。赵和平也认为"《月仪帖》的文字内容出于晋人"。④笔者同意周先生的看法，而且认为《月仪帖》的文字内容出自索靖，理由如下：其一，据《初学记》卷四、《太平御览》卷二九"元日"条，东晋王羲之著有《月仪书》，其文体与《月仪帖》相同；其二，索靖久仕台阁，友朋书札往来频繁，编撰此类专供朋友之间书信往来时模仿和套用的范文，有必要且完全可能；其三，敦煌僻处西陲，索靖离家仕宦，其游子身份与《月仪帖》纯叙离别之情的文本内容也完全相符；其四，唐李嗣真《后书品》言之凿凿，其所见《月仪》三章，应该就是索靖真迹；其五，索靖墨迹，南朝宋齐时期仍流传于世，据《法书要录》卷二引刘宋虞龢《论书表》、卷四引唐张怀瓘《二王等书录》记载，宋明帝泰始年间（465—471），诏虞龢、巢尚之、徐希秀等人编次秘藏书迹，得钟繇、张芝、张昶、毛弘、索靖、钟会等人墨迹，其中"索靖纸书五千七百五十五字"，这些墨迹"是高祖平秦川所获"，即刘裕灭后秦时所得。"齐高帝朝，书府古迹惟有十二帙，以示王僧虔，仍更就求能者之迹，僧虔以帙中所无者，得张芝、索靖……等十卷。"⑤就虞龢《论书表》的记载看，刘宋时期存留于世的索靖墨迹尚有纸书五千七百多字，其中很可能就有唐代李嗣真见到的"《月仪》三章"。

李嗣真《后书品》提到的索靖《毋丘兴碑》，《法书要录》卷八引张怀瓘

---

① （唐）张彦远：《法书要录》，人民美术出版社1986年版，第105页。
② （宋）董逌：《广川书跋》，《丛书集成》影印《津逮秘书》本，转引自（清）严可均校辑：《全上古三代秦汉三国六朝文》之《全晋文》卷八四索靖《月仪帖》附注，中华书局1958年版，第1947页。
③ 周一良：《敦煌写本书仪考（之二）》，《魏晋南北朝史论集续编》，北京大学出版社1991年版，第225页。周先生在所著《书仪源流考》一文注释中又重申了这一观点，见同书第261页。
④ 赵和平：《赵和平敦煌书仪研究》，上海古籍出版社2011年版，第114页。
⑤ （唐）张彦远：《法书要录》，人民美术出版社1986年版，第38、147页。《法书要录》卷二作"梁虞龢《论书表》"，范祥雍、启功、黄苗子等据张怀瓘《二王等书录》、窦蒙《述书赋》注等参校，认为"梁"字显误，当作"宋"。今从之。

《书断中》也有记载:"索靖字幼安……又善八分,韦、钟之亚,《毋丘兴碑》是其遗迹也。"①据此,则《毋丘兴碑》为索靖的八分体墨迹。又,"毋丘"为复姓,当作"毌丘"。据《三国志·魏书·武帝纪》《苏则传》《毌丘俭传》等记载,毌丘兴为河东闻喜人,毌丘俭之父,建安十九年任安定太守,黄初中为武威太守,"伐叛柔服,开通河右,名次金城太守苏则。讨贼张进及讨叛胡有功,封高阳乡侯"。雍州刺史张既曾特表为之请功。②惜索靖碑文早已亡佚。刘𫗧《隋唐嘉话》载:"欧阳询行见古碑,索靖所书,驻马观之,良久而去。数百步复还,下马伫立,疲则布毯坐观,因宿其旁,三日而后去。"③令欧阳询卧习三日的索靖古碑,是否即《毋丘兴碑》,已难以详考,但这一记载说明《书断》《后书品》等唐人著述关于索靖墨迹的记载,绝不是虚语谰言。

索靖的墨迹,引起广泛关注和争议的还有《出师颂》。《出师颂》作为无款作品,本来不存在真伪之辨,但由于北宋宣和内府曾经收藏的"宣和本"上,有宋徽宗标题的"征西司马索靖书",所以被认为是索靖遗墨。宣和本《出师颂》今已不存。今存的"绍兴本",有南宋米友仁的鉴题:"右出师颂,隋贤书。"学界依据米友仁题跋、本幅唐、宋诸鉴藏印和书法的时代风格,断定为隋代名家墨迹。④值得一提的是,宋徽宗等人推断"宣和本"《出师颂》为索靖墨迹,除依据作品风格外,可能还有其他因素。据《文选》卷四七《出师颂》及李善注,汉安帝时,西羌叛乱,诏大将军邓骘将兵平叛,车驾幸平乐观饯送,史孝山作此颂以壮军威。又据《晋书》本传记载,晋惠帝元康六年至九年,秦、雍氐羌悉叛,索靖任大将军梁王肜左司马,加荡寇将军,参与平定叛乱。不难看出,《出师颂》的写作背景与索靖的平叛经历都与西羌叛乱有关,所以不能排除索靖手书此颂以壮军威或庆祝胜利的可能。

索靖的生平与著作,大致如上所述。作为河陇士人的杰出代表,索靖早年游诣太学,中年久仕台阁,晚年殉职京洛。三次入京的经历,不仅使他结交了

---

① (唐)张彦远:《法书要录》,人民美术出版社1986年版,第265页。
② 参见《三国志》卷二八《魏书·毌丘俭传》,中华书局1959年版,第761页。
③ (唐)刘𫗧:《隋唐嘉话》,中华书局1979年版,第23页。
④ 参见单国强:《〈出师颂〉的时代和价值》,《故宫博物院院刊》2003年第6期;肖燕翼:《古章草书与〈出师颂〉》,《故宫博物院院刊》2003年第6期。

不少名流时望，而且也大大促进了河陇文化与中原文化的交融，并在一定程度上开启了五凉文化与文学的繁荣和兴盛。其大量著作与墨迹虽毁于战乱，然残存之作如雪泥鸿爪，"千载凛凛，为不亡矣"（唐李嗣真《后书品》）。

第七章 十六国北朝河陇作家丛考

第一节 十六国时期河陇地区郭刘学派考论

　　五胡十六国时期，中原地区持续动荡，分裂的政局和频繁的战乱，使得文化典籍屡遭浩劫，文人名士颠沛流离，学术文化的传承发展遭遇了严峻的挑战。史载"永嘉之后，寇窃竞兴，因河据洛，跨秦带赵。论其建国立家，虽传名号；宪章礼乐，寂灭无闻"①。但在这样的历史背景下，僻处西北边隅的河陇地区，因为政局相对稳定，加之五凉政权"文教兼设"，所以例外地出现了文教昌明的景象。陈寅恪先生对此曾有深入的论析："盖张轨领凉州之后，河西秩序安定，经济丰饶，既为中州人士避难之地，复是流民移徙之区。百余年间纷争扰攘固所不免，但较之河北、山东屡经大乱者，略胜一筹。故托命河西之士庶犹可以苏喘息长子孙，而世族学者自得保身传代以延其家业也。"又说："惟此偏隅之地，保存汉代中原之文化学术，经历东汉末、西晋之大乱及北朝扰攘之长期，能不失坠，卒得辗转灌输，加入隋唐统一混合之文化，蔚然为独立之一源，继前启后，实吾国文化史之一大业。"陈先生所论，对魏晋以降河陇地区在文化学术史上的特殊贡献及其成因进行了深入的探讨，并且认为河陇一隅之所以能够久经战乱而保存汉代中原的学术，主要依赖于这一时期河陇地区世家大族的家学传承，即"公立学校之沦废，学术之中心移于家族，太学博士之传授变为家人父子之世业，所谓南北朝之家学者是也"。事实上，除了前凉以来历代政权重教立学的风尚和世家

---

① 《隋书》卷四九《牛弘传》，中华书局1973年版，第1299页。

大族的家学传承之外,十六国时期河陇地区学术文化的传承,还与一个影响较大的文士群体——郭刘学派有密切关联。这个群体中的成员师徒相承,自前凉张轨之世(301—314)至北魏孝文帝太和时期(477—499),绵延近两个世纪,其主要传承谱系为:郭荷—郭瑀—刘昞—索敞、程骏。从该学派形成发展的历史看,郭荷、郭瑀两代(前凉、前秦)均以隐居授徒为人生志趣,是声名渐著的形成期;刘昞掌门执教的时期(后凉、西凉、北凉),该学派完成了由隐而仕、由民间授学向官方授学的转变,刘昞著述等身,弟子众多,影响甚大,堪称一代儒宗,奠定了该学派的学术史地位,是众望所归的鼎盛期;太延五年北魏平定凉州,次年刘昞去世,其弟子索敞、程骏、阴兴等被迫徙居平城,虽然索敞在平城仍执教十余年,但多元文化的内在冲突和寄人篱下的群体境遇,使得该学派失去了继续生发的生态条件,于是渐趋衰微,转入枝叶凋零的衰落期。即便如此,从西晋末年中原丧乱至北魏孝文帝"太和改制",这一学派绵延不绝,使河陇文化辗转传承,最终融入"隋唐统一混合之文化",功不可没。

客观地讲,十六国时期河陇地区的郭刘学派,名家辈出,成果丰硕,为汉魏以来河陇文化的传承做出了重要贡献,是一个特殊的社会群体和历史存在。但是迄今为止,关于这一学派,学界鲜有整体关照和系统梳理。有鉴于此,本节拟就其传承演变、治学特色、学术成就等问题详加钩稽,祈请方家指正。

一、郭刘学派的形成

根据文献记载,十六国时期河陇地区郭刘学派的肇始者,是家学积淀深厚的略阳人郭荷。《晋书·隐逸传》载:"郭荷字承休,略阳人也。六世祖整,汉安、顺之世,公府八辟,公车五征,皆不就。自整及荷,世以经学致位。荷明究群籍,特善史书。不应州郡之命。张祚遣使者以安车束帛征为博士祭酒,使者迫而致之。及至,署太子友。荷上疏乞还,祚许之,遣以安车蒲轮送还张掖东山。年八十四卒,谥曰玄德先生。"[1]据此,则郭荷本是西晋秦州略阳人(参《晋书·地理志上》),其六世祖郭整为东汉安帝、顺帝时期(107—144)的经

---

[1] 《晋书》卷九四《隐逸传》,中华书局1974年版,第2454页。

师儒生，所以世代以经学传家，堪称陇右经学世家。但郭整与郭荷均避世不仕，以隐居授徒为业。郭荷移居河西张掖的时间，难以详考。据《晋书》本传记载，其在前凉张祚主政时期已声名显赫，所以张祚以安车束帛征为博士祭酒，署太子友，但不久即辞还张掖东山。稽诸史籍，张祚以晋穆帝永和十年（354）正月僭位称帝，次年七月即遭弑废（《晋书·穆帝纪》），则其征召郭荷，必在此一年半之内。从"安车蒲轮"的待遇推断，郭荷当时年事已高，所以很快便辞职回乡。此后不久当即辞世。史载张轨以晋惠帝永宁元年出任凉州刺史，而郭荷去世时已有八十四岁高龄，所以郭荷徙居河西，当在张轨主政凉州，中原流民大量徙入河西之时。郭荷世代所居之略阳（时属秦州），西晋末年战乱频仍，又地处古代关中通往陇右之要道，所以郭荷随同中原流民徙居河西，完全在情理之中。《晋书·地理志上》载："永宁中，张轨为凉州刺史，镇武威，上表请合秦、雍流移人于姑臧西北，置武兴郡。"①据此，则西晋末年秦、雍二州之人大量流寓河西，张轨因此置武兴郡以安置流民，郭荷及其家人应当就在此时徙居张掖。

郭荷的弟子，以敦煌郭瑀最为知名。《晋书·隐逸传》载："郭瑀字元瑜，敦煌人也。少有超俗之操，东游张掖，师事郭荷，尽传其业。精通经义，雅辩谈论，多才艺，善属文。"郭荷卒后，郭瑀"服斩衰，庐墓三年。礼毕，隐于临松薤谷，凿石窟而居，服柏实以轻身，作《春秋墨说》《孝经错纬》，弟子著录千余人"。据此，则略阳郭氏历代家传之经学，悉数为敦煌郭瑀所继承。郭瑀也秉承其师之志，继续隐居授徒，但选择了更为偏僻的"临松薤谷"凿窟而居（石窟即今甘肃张掖市肃南县马蹄寺石窟），这可能与当时前凉张祚、张玄靓、张天锡反复争权导致的动乱政局有关。郭瑀自张掖东山移居临松薤谷的具体时间，也难以详考，但据《晋书·地理志》，前凉设置临松郡，在张天锡时期。史载张天锡于晋哀帝兴宁元年（363）七月弑杀张玄靓而自立，则其设置临松郡必在本年自立之后。郭瑀移居临松，很可能在此地置郡之后。其所著《春秋墨说》《孝经错纬》，虽然佚亡难考，但显然带有汉儒以谶纬之学解经的治学特色。值得注意的是，两汉经学，其核心典籍明显有别，西汉经学以《周易》和《春秋》为核心，东汉以降，《春秋》和《孝经》成为新的核心。《周易》和《春

---

① 《晋书》卷十四《地理志上》，中华书局1974年版，第434页。

秋》并称，重点讲天人之道；《春秋》和《孝经》并称，重点讲政教大本。在汉人看来，《春秋》是孔子的"志"，即诸如"褒贬诸侯"等政治理想；而《孝经》是孔子的"行"，即诸如"崇人伦之行"等道德教化。①郭瑀的著述，正是东汉经学思想（重政教大本即道德教化）的遗留或延续。这也正是略阳郭氏自东汉郭整以来历代传承的经学要义。由于道德教化是政治建构的基础，所以尽管郭荷、郭瑀隐居不仕，但讲经授徒本身意义重大，故而一再进入执政当局的视野。《晋书》本传载，张天锡以郭瑀名高望重，遣使者持节、以蒲轮玄纁备礼征召，并且修书一封，以弘道济世的儒学大义激励郭瑀出仕，郭瑀被迫就征，适值天锡母卒，郭瑀遂"括发入吊"而还，时在东晋咸安二年。前凉灭亡后，"苻坚又以安车征瑀定礼仪，会父丧而止，太守辛章遣书生三百人就受业焉"。这说明郭瑀虽然隐居不仕，但由于"精通经义"，所以声名远播，前秦国主苻坚备礼征召，因父丧不至，又遣书生300人从其受学。不难看出，经郭荷、郭瑀师徒两代的努力，该学派在前凉统治时期不断发展壮大，受业弟子多达千余人，至前凉末年，其学术影响已经超越河陇，波及关中，苻坚下令"以安车征瑀定礼仪"，即为明证。

苻秦末年，出兵西域的吕光回师凉州，图谋霸业，前凉后裔张大豫也乘势起兵，欲复祖业，略阳王穆起兵酒泉以应张氏，并遣使招郭瑀共图大业。瑀"乃与敦煌索嘏起兵五千，运粟三万石，东应王穆"。隐居不仕的郭瑀之所以奋起于乱世，首先由于其秉承固守的儒学大义，他认为："临河救溺，不卜命之短长……鲁连在赵，义不结舌，况人将左衽而不救之！"在汉族世家张氏和氐族新贵吕氏之间，郭瑀固守"夷夏有别"的传统观念，不计后果，毅然起兵响应明显弱势的张大豫，企图阻遏"左衽"之祸。其次由于其长期积淀的影响和实力，短期内"起兵五千，运粟三万石"，足以说明郭瑀及其门生具有超强的声望和感召力，正是基于这种实力，郭瑀才敢于奋起一搏。此外，张天锡对郭瑀的礼遇以及吕光初定凉州时诛杀南安姚皓、天水尹景等十余名士（《晋书·吕光载记》），也是郭瑀拥张反吕的主要原因。其后王穆惑于谗间，西伐索嘏，郭瑀劝谏不从，"遂还酒泉南山赤崖阁，饮气而卒"，时在东晋太元十二年（387）。张大豫、王穆等随即败亡，河西进入新的历史时期。

---

① 参见徐兴无：《谶纬文献与汉代文化构建》，中华书局2003年版，第218—224页。

总之，自东汉以来传承不辍的略阳郭氏家学，至前凉时由郭荷传入河西，适值前凉重教兴学，所以发扬光大，泽溉后学，敦煌郭瑀尽传郭氏之业，遂成一代儒宗，朝野瞩目。汉儒之学，隐然可见；儒家道义，薪火相传。

二、郭刘学派的鼎盛

郭瑀卒后，其得意门生刘昞成为该学派新的掌门。《魏书·刘昞传》载："刘昞字延明，敦煌人也。父宝，字子玉，以儒学称。昞年十四，就博士郭瑀学。时瑀弟子五百余人，通经业者八十余人。"敦煌刘氏虽非世族著姓，但也世传儒业，刘昞师从郭瑀，深受郭氏赏识，最终成为其"坐席快婿"，此事当发生于郭瑀隐居临松薤谷之时。郭瑀晚年起兵失利，发愤卒于"酒泉南山赤崖阁"，此地曾是前凉另一位儒生宋纤（与郭荷同时）隐居授徒之地。史载宋纤"弟子受业三千余人"，所居赤崖阁"丹崖百丈，青壁万寻；奇木蓊郁，蔚若邓林"（《晋书·隐逸传》），可见酒泉南山也是当时河西儒生隐居授学的名胜之地。郭瑀死后，史载刘昞"隐居酒泉，不应州郡之命，弟子受业者五百余人"。刘昞隐居之地，应该还是"酒泉南山赤崖阁"，其避世不仕，显然也是郭瑀拥张反吕立场的延续，所以在整个后凉，刘昞始终以隐居授徒为业，该学派的势力也在郭瑀起兵失利的低谷中逐渐恢复，而且在学术上积聚了更为雄厚的实力。

东晋隆安四年，敦煌李暠建立西凉，刘昞的学术生涯也迎来了新的转机。《魏书》本传载："李暠私署，征为儒林祭酒、从事中郎……虽有政务，手不释卷……以三史文繁，著《略记》百三十篇、八十四卷，《凉书》十卷，《敦煌实录》二十卷，《方言》三卷，《靖恭堂铭》一卷，注《周易》《韩子》《人物志》《黄石公三略》，并行于世。"刘昞的这些著述虽然不一定全部完成于西凉时期，但他深受同样"好尚文典"的李暠的礼遇和支持，在在有征，所以成果丰硕，著述等身。值得注意的是，刘昞治学，经史、诸子、魏晋玄学，均有涉猎。出仕西凉后，还创作了大量的应制之作，如李暠建靖恭之堂，刘昞作《靖恭堂铭》；李暠迁都酒泉，刘昞奉命作《酒泉铭》；酒泉有槐树成活，刘昞又作《槐树赋》（《晋书·凉武昭王李玄盛传》）。总之，西凉政权的建立，使刘昞放弃了郭荷、郭瑀等人隐居授徒的传道方式，完成了由隐而仕、由民间授学向官方授学的转变，治学范围也大大超越了传统经学，该学派的地位和影响也得到进一步提升，从此步入其发展史上的鼎盛时期。

刘宋永初元年（420），北凉平定酒泉，西凉灭亡，沮渠蒙逊拜刘昞为秘书郎，专管注记，"筑陆沉观于西苑，躬往礼焉，号'玄处先生'，学徒数百，月致羊酒"。宋文帝元嘉十年（433），蒙逊病卒，子牧犍嗣立，尤重儒生文士，史载其"尊（昞）为国师，亲自致拜，命官属以下皆北面受业焉"。元嘉十四年，沮渠牧犍遣使诣宋，进献河西方物及图书，其中《三国总略》《敦煌实录》《凉书》等即为刘昞所作（《宋书·氏胡传》）。要之，北凉沮渠氏虽出身戎族，但深慕华风，所以刘昞及其学派的命运并未因西凉的灭亡而逆转，刘昞的地位，无人可比，俨然一代宗师。

元嘉十六年，北魏平定凉州，河陇士民大批东迁，刘昞以年老听留本乡，仅留一子侍养送终，其余三子"并迁代京"。次年（440）"思乡而返，至凉州西四百里韭谷窟遇疾而卒"，一代硕儒在孤苦凄凉中走完了一生。值得欣慰的是，刘昞临终的栖息之地，正是他早年求学问道的"临松薤谷窟"。①客观地说，北魏平定北凉统一北方是历史发展的必然趋势，但强迫徙民，使河陇地区自前凉以来文化繁荣的局面戛然而止，河陇文化的传承遭遇了前所未有的破坏和挑战。刘昞之死，应该是发愤而卒，自前凉以来不断发展壮大的郭刘学派，至此也进入枝叶凋零的衰落期。史载刘昞的门生索敞、程骏、阴兴等，悉数东迁，虽然北魏王朝也允许索敞等人在平城讲经授徒，但亡国之虏的境遇，使他们很难在短期内重振旗鼓，再现昔日的辉煌。但无论如何，刘昞"河右硕儒"的学术史地位，已然确立。史载北魏太和十四年（490）、正光三年，李冲、崔光等人先后上奏，请求朝廷旌善继绝，甄免刘昞子孙的杂役，北魏王朝也于正光四年六月正式下诏，称赞刘昞"德冠前世，蔚为儒宗"，河西人以此为荣。

---

① 《魏书》卷五二《刘昞传》校勘记云："按《晋书》卷九四《郭瑀传》云：'隐于临松薤谷，凿石窟而居。''薤'即'韭'韭'（《北史》卷三四《刘延明传》），临松在凉州西，敦煌东，刘昞死地当即郭瑀隐居之处。"今从其说。又据《东乐县志》："薤谷石窟，在县城西南一百一十公里临松山下，今有马蹄寺佛龛……晋名贤郭瑀开辟隐居教学处。"此地为刘昞早年师从郭瑀问学之处，故其晚年自姑臧回敦煌时经停此地，亦在情理之中。

刘昞所著《略记》《凉书》《方言》《靖恭堂铭》《酒泉铭》等早已散佚。诸书注除《人物志注》完整保留下来、《周易注》在《经典释文》中保存了一条外，其余均亡佚不存。《敦煌实录》也已散佚，清人章宗源《隋书经籍志考证》辑得14条，张澍《续敦煌实录》辑得17条。刘昞著述甚丰，但只有《人物志注》流传至今。《四库全书总目提要》云："昞注不涉训诂，惟疏通大意，而文词简古，犹有魏晋之遗。"陈寅恪《隋唐制度渊源略论稿》亦云："刘昞之注《人物志》，乃承曹魏才性之说者，此亦当日中州绝响之谈也。若非河西保存其说，则今日亦无以窥见其一斑矣。"刘昞的《酒泉铭》，不仅是当时河西文学的代表之作，在整个十六国文坛也堪称名篇。《周书·王褒庾信传论》论及十六国文学时即称："至朔漠之地，蕞尔夷俗，胡义周之颂国都，足称宏丽；区区河右，而学者垿于中原，刘延明之铭酒泉，可谓清典。"①刘昞此作早已散佚，根据史籍记载，为西凉迁都酒泉后的刻石铭功之作，以清丽典雅著称于世，与胡义周的《统万城铭》（今存）均为同类佳作。总之，刘昞及其著述，进一步提升了十六国时期河陇文化和文学的品位与魅力，使区区河陇边隅可以与中原地区比肩抗衡。

三、郭刘学派的衰落

北魏平定凉州后，河陇士民大批东迁，刘昞的知名弟子索敞、程骏等人，也被迫徙居平城，在新的文化生态和历史境遇中求生存、谋发展。

索敞，字巨振，敦煌人。据《魏书·索敞传》，索敞早年"为刘昞助教，专心经籍，尽能传昞之业"。凉州平，入仕北魏，"以儒学见拔，为中书博士。笃勤训授，肃而有礼。京师大族贵游之子，皆敬惮威严，多所成益，前后显达，位至尚书牧守者数十人，皆受业于敞。敞遂讲授十余年"。史载索敞以《丧服》散在众篇，遂撰作《丧服要记》。又有《名字论》，《魏书》本传以文多不载。后出补扶风太守，在位清贫，不久卒于官，谥曰献。索敞是北魏平定凉州后徙居平城的著名儒生，其于平城开馆授学十余年，为河陇文化的传承及北魏平城时代儒学的复兴做出了重要贡献。值得注意的是，作为刘昞的知名弟

---

① 《周书》卷四一《王褒庾信传论》，中华书局1971年版，第743页。

子，索敞主要继承了前辈学者讲经授徒的传统做法，其学术论著仅有《丧服要记》和《名字论》等见于史籍著录，但均亡佚不存。《丧服》本为《仪礼》中的一篇，魏晋南北朝时期门第制度鼎盛，家族间的亲疏关系，主要依赖丧服区分辨别。索敞著《丧服要记》，说明其治学的重点在于礼学，也说明当时的北方仍然重视门第，敦煌索氏本身就是魏晋十六国时期的河陇著姓。索敞撰著《名字论》一事，又见于《魏书·高允传》："时中书博士索敞与侍郎傅默、梁祚论名字贵贱，著议纷纭。允遂著《名字论》以释其惑，甚有典证。"就此来看，当时高允、索敞、傅默、梁祚等人围绕"名字贵贱"展开了学术论辩，但相关论著今皆散佚，内容难以详考。值得一提的是，《太平御览》卷三六二引录《秦记》（即姚和都撰《后秦记》）中一段文字，内容主要为后秦姚泓论析"名"与"字"的区别以及古人取名择字的原则，可以视为一篇比较完整的《名字论》，姚泓与索敞等人基本同时，所以通过姚泓的《名字论》，也可以适当推测索敞等人关于"名字贵贱"论争的大致内容。总之，就文献记载看，索敞被迫徙居平城后，开馆授学十余年，在一定范围内传播了郭瑀、刘昞等人的学术思想，扩大了魏晋以来河陇地区传统文化的影响，但由于身处北魏平城特殊的社会环境，受业从学之人的文化背景复杂多元，所以其门生很难对河陇传统文化产生普遍认同，并以此为基础形成强大的学术凝聚力，正因为这样，绵延一个多世纪的河陇郭刘学派失去了继续生发的生态条件，零落衰微成为历史必然，索敞之后该学派再无优秀弟子传承衣钵，即为明证。

索敞之外，程骏是刘昞的另一知名弟子。据《魏书·程骏传》，程骏字骐驹，本为广平曲安人，其六世祖程良，为晋都水使者，坐事流于凉州，其祖父程肇，后凉吕光时任民部尚书。程骏少孤贫，师事刘昞，"机敏好学"，深得刘昞器重，曾谓刘昞曰："今世名教之儒，咸谓老庄其言虚诞，不切实要，弗可以经世，骏意以为不然。夫老子著抱一之言，庄生申性本之旨，若斯者，可谓至顺矣。人若乖一则烦伪生，若爽性则冲真丧。"刘昞赞曰："卿年尚稚，言若老成，美哉！"由是声名远播，北凉沮渠牧犍擢为东宫侍讲。北魏太延五年，徙于平城，为司徒崔浩所赏识，历著作佐郎、著作郎等职。程骏学问渊博，史载尚书李敷重其"史才"，献文帝拓跋弘多次与其讨论《周易》《老子》之义，他还多次参与论议朝廷礼制。孝文帝太和五年二月，沙门法秀等谋反伏诛，程骏上表庆贺，并"上《庆国颂》十六章"，从中可见程骏完全承袭了儒家传统的重视政治教化的诗学观念。其《庆国颂》十六章，全为四言颂体，旨在颂扬北魏"宗祖之功德"，平正典雅，语涉经义，体现出深厚的经学素养。由于精通老庄之学，程骏还撰有《得一颂》十篇，"始于固业，终于无为"，深为文明太后所称赏。太和九年病卒，遗令薄葬。"所制文笔，自有集录。"值得注意的是，程骏虽为流寓河西的广平程氏后裔，但其生长于河西，且师从河西名儒刘昞，所以完全可以视为十六国后期的河西本土文士。他不仅传承了河西儒学，而且对老庄玄学也表现出浓厚的兴趣，体现出明显的儒玄杂糅的治学特色，所以深受北魏献文帝、文明冯太后以及崔浩、李敷等北魏重臣的赏识，从而进一步扩大了河陇文化尤其是郭刘学派的学术影响。但是，因为程骏在平城并未授徒讲学，在普通士子中的影响相对有限，所以并不能从根本上扭转郭刘学派日益衰落的整体趋势。刘昞的另一弟子阴兴，北凉沮渠牧犍时以文学见举，与索敞同为刘昞助教。但徙居平城后，沦落为奴，虽经索敞讼理得免，但贫困无为，这也可以看作是该学派整体衰落的又一证据。

　　总之，北魏平定北凉后的大举徙民，不啻是一场历史风暴，不仅彻底摧毁了河陇士民往日相对宁静的生活，使他们背井离乡、漂泊流离，而且使河陇地区自前凉以来文化繁荣的局面戛然而止。受此影响，自郭荷以来绵延近两个世纪的河陇郭刘学派，在完成了自己特殊的历史使命后，于北魏孝文帝太和时期正式退出历史舞台。史载太和九年程骏病卒，太和十年李冲上言建立三长制，正式步入孝文帝太和改制的历史舞台。虽然文献有阙，李冲与郭刘学派的关系难以详考，但作为西凉李暠的曾孙，李冲秉承的学术文化自然带有更多的河陇遗传，文明太后在程骏辞世后宠遇有相同文化背景的又一个河陇文士李冲，绝不是一种偶然性的巧合，而是河陇文化强大生命力的必然显现。

四、郭刘学派的特点

　　十六国时期河陇地区郭刘学派的发展演变，大致如上所述。作为一个在特殊历史时期对河陇文化的传承发展产生过较大影响的文士群体，该学派在发展过程中体现出以下几个方面的特点，需要进一步补充说明。

首先,在处世方式方面,该学派经历了由避世隐居到积极出仕的转变。在该学派形成的初期,郭荷、郭瑀等人都选择隐居山林,私授门徒。史载郭荷以张掖东山为栖息授徒之地,前凉张祚以安车束帛征至姑臧,郭荷随即上疏辞还。郭荷卒后,郭瑀选择更加偏僻的临松薤谷隐居授徒,前凉张天锡、前秦苻坚重其声名,前后遣使征召,郭瑀均隐居不仕。前秦末年,郭瑀为支持前凉后裔张大豫夺取政权,起兵失利,发愤卒于酒泉南山。此后刘昞即长期隐居此地,讲经授徒,直至李暠建立西凉,刘昞才率领弟子正式出山,积极为西凉政权的政治文化建设服务。史载刘昞始任"儒林祭酒、从事中郎","迁抚夷护军,虽有政务,手不释卷","注记篇籍,以烛继昼"(《魏书·刘昞传》),实现了由隐而仕、由民间授学向官方授学的转变。此后,河西虽然先后经历了北凉取代西凉、北魏平定北凉等重大历史转变,但刘昞及其弟子索敞等再也没有退回隐居山林的传统方式,无论王朝如何更迭,现实如何变化,总是以文化的传承为己任,忍辱负重,孜孜不倦。

其次,在治学方法方面,该学派经历了由专治经学到融通百家的转变。根据文献记载,郭荷、郭瑀等人,传承研修的主要是自东汉郭鳖以来的传统经学,郭瑀的《春秋墨说》和《孝经错纬》,正是东汉经学思想(重政教大本即道德教化)的遗留或延续。但是到刘昞、程骏等人,治学范围远远超越了经学藩篱,不仅经学、史学、诸子等均有涉猎,而且对魏晋以来新兴的玄学也表现出浓厚的兴趣。刘昞注《人物志》,承袭保存了曹魏时期的才性论;程骏与其师刘昞之间,也有一段关于老庄学旨的精深讨论,其晚年所著《得一颂》十篇,"始于固业,终于无为",也是对老庄旨趣的阐发申述。总体来看,从郭荷到刘昞,该学派的治学领域逐渐扩大,治学方法也由专治经学转变为融通百家,个人身份也由隐居授徒的经师儒生转变为领袖群伦的一代宗师。

再次,从活动地域和影响范围看,该学派兴起于河陇地区,随着声名渐著,影响逐渐波及关中,最终传至平城,融入北魏多元一体的混合文化之中,可谓经历了从偏居一隅到遍及北方的转变。根据文献记载,郭刘学派早期的活动区域主要集中在以张掖东山、临松为中心,北及酒泉、南至姑臧的河西走廊地带,但因郭荷祖籍秦州略阳,而郭瑀、刘昞、索敞等人又出自敦煌,所以其实际的影响覆盖了东起陇山、西至敦煌的整个河陇地区。前秦统一北方,苻坚遣使征召郭瑀定礼仪，表明其学术影响已经超越河陇，波及关中。北魏平定凉州，河陇士民大批东迁，虽然刘昞因年老留居河西，但其三子及索敞、程骏等大批弟子徙居平城及周边地带，河陇文化的精英分子遂历史性地走出西北边隅，像种子一样随风撒播到以平城为中心的北魏京畿地带，并且随着仕宦及人口流动，最终遍布北方。索敞在平城开馆授学十余年，程骏深受献文帝、冯太后、崔浩等高层人士的赏识，进一步强化了该学派的影响，刘昞"德冠前世，蔚为儒宗"的地位，最终得到北魏王朝的认同和肯定。这不是刘昞一个人的荣誉，而是在文化传承中付出艰辛努力的全体河陇士人的荣誉。

最后，从兴衰轨迹和历史使命看，该学派兴于乱世，终于治世，始于西晋末年的五胡乱华，终于北魏孝文帝的太和改制，前后绵延近两个世纪，承担了传承文化的特殊使命。具体来讲，西晋末年，北方大乱，五胡内侵，传统文化的传承遭遇严重挑战，郭荷、郭瑀、刘昞等人顺应时代的需要，传道授经，存亡继绝，维系了河陇学脉。北魏统一北方，索敞、程骏等人将河陇文化传输至新的政治文化中心平城，使其与来自其他地区的文化碰撞融合，经过反复整合和重构，最终融入"统一混合之文化"。总之，郭刘学派是十六国时代的特殊产物，可以说是五胡乱华时期河陇地区传统文化的"摆渡人"，随着北方的重新统一以及政治文化秩序的重新整合和建构，其历史使命已然完成，于是悄然退出历史舞台，留下曾经的辉煌任凭后人评说。

综上所述，十六国时期河陇地区的郭刘学派，是一个特殊的社会群体和历史存在。五胡乱华时期河陇地区传统文化的传承与发展，固然与当时河陇世家大族的家学传承密切相关，但郭刘学派的薪火相传，也是当时河陇地区学术文化繁荣兴盛的重要原因。其学术贡献彪炳史册，毋庸置疑。

第二节 前秦苻氏家族的多元文化倾向及其成因考论

五胡十六国时期，在北方少数民族群雄并起，纷纷逐鹿中原、问鼎华夏的历史大潮中，略阳临渭氐人苻氏建立的前秦政权，不仅一度统一了北方，俨然以北方强国的姿态与东晋王朝分庭抗礼，而且在文治方面也达到了前所未有的高度。①以苻坚、苻融、苻朗等为代表的苻氏成员，不仅崇儒教、重礼乐、奉佛法、敬高僧，而且谈玄论道、著书立言，为当时北方多民族文化乃至中原与西域文化的交融做出了重要贡献。关于苻氏家族的儒学修养以及文学成就等问题，学界已不乏论述。②但对苻氏家族文化的多元化倾向及其产生的历史文化背景，尚无系统的分析探讨。本节拟在前贤研究成果的基础上，对苻氏家族在儒、释、玄、道等方面的文化诉求及其历史原因进行深入探讨，以便为合理评价十六国时期胡族著姓在族际互动及文化交融中的成就和地位提供借鉴。

一、苻氏家族与儒学

根据文献记载，前秦苻氏家族本为陇右武都氐人（《艺文类聚》卷八二引《秦记》），三国曹魏时徙居略阳临渭，"世为西戎酋长"③。后值永嘉之乱，苻洪乃乘势而起，成为群氐领袖。刘曜在长安称帝，以苻洪为氐王，徙居关中之高陆（今陕西高陵）。④前赵败亡，苻洪一度退居陇山。后赵建平四年（333），苻洪投降石虎，虎以洪为护氐校尉、流民都督，率氐羌部曲二万余户徙居汲郡之枋头，以拱卫京师邺城。直到后赵末年冉闵之乱，苻洪之子苻健才统领部族返回关陇，建立了前秦政权。

按常理论，略阳苻氏既为西戎氐类，又长期流徙在外，似与儒家礼乐文化相隔甚远。但事实上，前秦苻氏统一北方虽然凭恃武力，但其文化和教育仍继承了中华传统，少有变更，这一点在十六国中，除前凉、前燕外，其他各国无法与之比拟。⑤史载苻健初治关中，"垂心政事，优礼耆老，修尚儒学，而关右称来苏焉"⑥。及至苻坚，更是将"开庠序之美，弘儒教之风"的仁义德治政

---

① 参见马长寿：《氐与羌》，广西师范大学出版社2006年版，第47—51页。
② 参见秦永洲：《东晋南北朝时期中华正统之争与正统再造》，《文史哲》1998年第1期；朱大渭：《儒家民族观与十六国北朝民族融合及其历史影响》，《中国史研究》2004年第2期；孟永林、林双成：《苻坚崇尚文教与前秦败亡之原因》，《社会科学战线》2006年第5期；瞿林东：《十六国时期的政治文化倾向——重读〈晋书·载记〉》，《安徽师范大学学报》2007年第3期；曾美海、杨娴：《三秦文学略论》，《湖南科技学院学报》2008年第7期。
③ 《晋书》卷一一二《苻洪载记》，中华书局1974年版，第2867页。
④ 参见《魏书》卷九五《苻健传》，中华书局1974年版，第2073页。
⑤ 参见马长寿：《氐与羌》，广西师范大学出版社2006年版，第48页。
⑥ 《晋书》卷一一二《苻健载记》，中华书局1974年版，第2871页。

策推向了极致。《晋书·苻坚载记上》云,苻坚即位,"广修学宫,召郡国学生通一经以上充之,公卿已下子孙并遣受业。其有学为通儒、才堪干事、清修廉直、孝悌力田者,皆旌表之。于是人思劝勉,号称多士"。坚又"亲临太学,考学生经义优劣,品而第之","诸生竞劝焉"。建元七年(371),前秦灭燕,改枋头为永昌,"坚至自永昌,行饮至之礼,歌劳止之诗,以享其群臣"。还长安,又"行礼于辟雍,祀先师孔子,其太子及公侯卿大夫士之元子,皆束脩释奠"。①不仅如此,苻坚还在军队和后宫传授经学,《太平御览》卷三五九引《前秦录》云:"苻坚起教武堂于渭城,命太学生明阴阳兵法,教为将士。"②《晋书·苻坚载记上》亦云:"中外四禁、二卫、四军长上将士,皆令修学。课后宫,置典学,立内司,以授于掖庭,选阉人及女隶有聪识者署博士以授经。"③

在大力兴办学校的同时,苻坚还广泛学习借鉴汉魏旧制,完善典章法度,全力推进汉化进程。《晋书·苻坚载记上》云:"坚起明堂,缮南北郊,郊祀其祖洪以配天,宗祀其伯健于明堂以配上帝。亲耕藉田,其妻苟氏亲蚕于近郊。""僭位五年,……典章法物,靡不悉备。"又"复魏晋士籍,使役有常闻,诸非正道典学一皆禁之";"遣使巡行四方,观风俗,问政道,明黜陟,恤孤独不能自存者。以安车蒲轮征隐士乐陵王欢为国子祭酒。及王猛卒,置听讼观于未央之南,禁《老》《庄》图谶之学"。④一向为统治阶级服务的雅乐和太乐诸伎,自永嘉乱后,分崩离析,一部分没于刘、石两赵政权,旋为前燕所获;一部分避地河西,归前凉张氏所有。苻坚平邺,前燕所获乐声又入关右⑤后平姑臧,西凉雅乐伶工遂至长安(《隋书·音乐志下》),苻秦兼而有之,历朝金石之乐赖以不坠。史载前秦礼乐文物之齐备,非但在十六国中堪称翘楚,就是以正统自居的东晋也望尘莫及,如皇帝乘坐的各种辇、舆及云母车之类,以及皇帝出巡使用的司南车、记里车等仪仗,东晋也不具备,直到淝水之战,

---

① 《晋书》卷一一三《苻坚载记上》,中华书局1974年版,第2888、2893页。
② 《太平御览》卷三五九,中华书局1960年版,第1653页。
③ 《晋书》卷一一三《苻坚载记上》,中华书局1974年版,第2897页。
④ 《晋书》卷一一三《苻坚载记上》,中华书局1974年版,第2886—2897页。
⑤ 参见《资治通鉴》卷一百五"晋太元八年十月"谢石得秦乐工事之胡三省注文。

才在战利品中获得辇及云母车等（《晋书·舆服志》）。①

在群雄并起、逐鹿中原的政治斗争中，招纳名流时望，不仅是治国平天下的需要，也是文化竞争和标榜正统的需要，因此，十六国各政权都比较重视笼络衣冠华族，甚至"遣骑追求，执送军门"（《魏书·崔玄伯传》）。前秦苻坚在这方面尤为突出，他起事时即重用王猛、薛瓒、权翼等不少汉族士人，以为谋主。平定前燕后，选拔重用渤海封衡、李洪，安定皇甫真，北平阳陟、阳瑶，清河房旷、房默、崔逞等关东士望。平定前凉后，又选拔任用金城赵凝，敦煌索泮、宋皓、张烈等西土著姓。永嘉丧乱以来，保留传承中原传统文化的汉族士人多流亡于前燕、前凉等地，至此，苻坚对这些人物中的优秀分子又擢而任用，并"复魏晋士籍，使役有常闻"，从而使苻秦皇权和魏晋以来北方的衣冠华族联合起来。不仅进一步强化了统治，使北方一度出现了"关陇清晏，百姓丰乐"的局面，而且也大大提升了苻秦政权笼络民心、标榜正统的文化实力和政治资本。

由于苻氏对儒学文化事业的重视，前秦的文学活动也十分频繁，汉魏以来由帝王主持的宴饮赋诗场面，苻坚在位时频频出现。史载苻坚南游霸陵，"酣饮极欢，命群臣赋诗"；苻融出为镇东大将军、冀州牧，"坚祖于霸东，奏乐赋诗"；大宛献天马千里驹，坚"命群臣作《止马诗》而遣之"，"献诗者四百余人"；太元七年，"享群臣于前殿，乐奏赋诗"。正是在这种风气的影响下，前秦的作家作品在十六国时期粲然可观，不仅人数众多，而且出现了苻融、苻朗、王嘉、苏蕙、赵整等优秀作家。其中苻坚、苻融的书奏诏令及王嘉的《拾遗记》、苻朗的《苻子》、苏蕙的《回文诗》等，流传至今，影响深远。在群雄逐鹿战乱频仍的北方出现这些作家作品，实属不易。

值得说明的是，氏族苻氏崇尚儒学、弘扬传统礼乐文化的种种举措，并不是十六国时期民族融合过程中的偶然现象，而是一种基于族际文化认同的时代风尚。事实上，当时北方的五胡诸国，基本上都浸染儒学礼乐之风，并且以之

---

① 参见马长寿：《氐与羌》，广西师范大学出版社2006年版，第51页；蒋福亚：《前秦史》，北京师范学院出版社1993年版，第73页。

为思想基础，积极促进胡汉各族之间的历史文化认同和互动融合。①在这场声势浩大的汉化潮流中，氐人"汉文化水准之高在五胡中鲜能与比"，而略阳苻氏又是氐人中汉文化水平最高的家族。前秦的奠基人苻洪，年十三求师受教，徙居枋头后，设"家学"教育子弟。②史载苻雄"少善兵书……有政术"③。苻坚弟苻融，"下笔成章，至于谈玄论道，虽道安无以出之；耳闻则诵，过目不忘，时人拟之王粲……未有升高不赋，临丧不诔"。苻坚庶长子苻丕"少而聪慧好学，博综经史"。五子苻琳"有文武才艺……至于山水文咏，皆绮秀清丽"。其侄苻朗"耽玩经籍，手不释卷"，族孙苻登也"颇览书传"。在苻氏家族中，汉文化素养最高的当然要首推苻坚。史载苻坚年八岁，"请师就家学"；成年后，"性至孝，博学多才艺，有经济大志"；即位后，崇儒兴学，博士王寔称赞其"开庠序之美，弘儒教之风"。他对汉族经史典籍十分熟悉，每与群臣论对，常随口引用经典；每月亲临太学，问难五经，博士多不能对。可以说，苻坚对汉文化的推崇已经达到醉心痴迷的地步，正因为这样，前秦的政权建设及礼乐制度基本因袭汉魏旧制。

　　前秦苻氏家族之所以尊崇儒学，其原因主要有两个方面：首先，就前秦政权的发展来看，崇尚儒学，宪章旧典，笼络衣冠华族，继承先朝帝统，是其统一北方，进而与东晋王朝争夺正统、分庭抗礼的前提条件；其次，就家族自身的发展来看，随着苻氏家族自陇右而关中、再枋头的步步迁徙，其视野不断开阔，尤其驻守枋头拱卫邺城的18年，苻氏家族的年轻成员如苻坚辈，普遍受到了良好的教育和中原文化的影响，整个家族也逐渐由西州武力强宗向关陇文化世族转变。这一时期，由于战乱的影响，北方世族的家族门第观念更加强烈，"当时门第传统共同理想，所希望于门第中人，上自贤父兄，下至佳子弟，不外两大要目：一则希望其能具孝友之内行，一则希望其能有经籍文史学业之修养。此两种希望，并合成为当时共同之家教"④。受此影响，苻氏家族在文史学业和孝友内行两方面的发展变化尤为明显。史称年轻的苻氏成员普遍具有较

---

① 参见秦永洲：《东晋南北朝时期中华正统之争与正统再造》，《文史哲》1998年第1期；朱大渭：《儒家民族观与十六国北朝民族融合及其历史影响》，《中国史研究》2004年第2期；瞿林东：《十六国时期的政治文化倾向——重读〈晋书·载记〉》，《安徽师范大学学报》2007年第3期。
② 参见《太平御览》卷一二二，中华书局1960年版，第588页。
③ 《晋书》卷一一二《苻洪载记》附《苻雄传》，中华书局1974年版，第2880页。
④ 钱穆：《中国学术思想史论丛》卷三，安徽教育出版社2004年版，第159页。

高的经籍文史修养，苻坚及苻融等，都"性至孝"，苻坚还仿效汉晋传统，标榜以孝治天下，一再下诏表彰"孝友忠义"。①这些都充分说明，至苻坚一代，陇右氏族苻氏已经由"世知饮酒"的"戎族异类"，转变为诗礼传家的衣冠世族，而在这一转变过程中，作为中国传统文化核心的儒学，显然起到了至关重要的引领和影响。

二、苻氏家族与佛教

作为在战乱迁徙中不断发展壮大的陇右氏族豪强，前秦苻氏家族不仅醉心于以儒学为核心的中国传统文化，而且还十分重视外来文化尤其是佛教的接受和学习。据《高僧传》等记载，苻坚建元十二年（376），西域涉公至长安，传言能以秘咒下神龙降雨，苻坚奉为国神②；建元十三年（377）正月，"太史奏云：'有星见于外国分野，当有大德智人，入辅中国。'坚曰：'朕闻西域有鸠摩罗什，襄阳有沙门释道安，将非此耶？'"③苻坚不仅视罗什、道安为可辅中国的"大德智人"，而且主动遣使迎招，甚至不惜发动战争。后赵末年，道安为避祸乱，南投襄阳，深得桓朗之、朱序等礼遇，"四方学士，竞往师之"。苻坚也素闻安名，每云："襄阳有释道安，是神器，方欲致之，以辅朕躬。"为结纳道安，"苻坚遣使送外国金箔倚像，高七尺，又金坐像、结珠弥勒像、金缕绣像、织成像，各一张"。建元十五年（379），苻丕南攻襄阳，迎道安至长安。"坚敕学士内外有疑，皆师于安。故京兆为之语曰：'学不师安，义不中难。'"④苻坚不仅放任道安广收门徒、翻译佛典、大弘佛法，而且奉其为座上宾，咨询商议军国大事。据《晋书·苻坚载记》，苻坚游猎东苑，命道安同辇，权翼劝谏，认为"道安毁形贱士，不宜参秽神舆"，坚作色曰："安公道冥至境，德为时尊，朕举天下之重，未足以易之。非公与辇之荣，此乃朕之显也。"⑤命翼扶安升辇，并就出兵东晋一事征询道安的意见。淝水战败，苻坚更

---

① 《晋书》卷一一三《苻坚载记上》，中华书局1974年版，第2885页；蒋福亚：《前秦史》，北京师范学院出版社1993年版，第72页。
② （梁）释慧皎撰，汤用彤校注：《高僧传》卷十，中华书局1992年版，第373、374页。
③ （梁）释慧皎撰，汤用彤校注：《高僧传》卷二，中华书局1992年版，第49页。
④ （梁）释慧皎撰，汤用彤校注：《高僧传》卷五，中华书局1992年版，第179—181页。
⑤ 《晋书》卷一一四《苻坚载记下》，中华书局1974年版，第2913页。

是"动静咨问"道安。与此同时，苻坚对西域高僧鸠摩罗什也发出了"邀请"，建元十八年（382）九月，坚遣骁骑将军吕光、陵江将军姜飞，率兵七万，西伐龟兹及乌耆诸国。"临发，坚饯光于建章宫，谓光曰：'夫帝王应天而治，以予爱苍生为本，岂贪其地而伐之乎，正以怀道之人故也。朕闻西国有鸠摩罗什，深解法相，善闲阴阳，为后学之宗，朕甚思之。贤哲者，国之大宝，若克龟兹，即驰驿送什。'"①苻坚对吕光的临别训示，其实并非沽名钓誉，史载苻坚建元十四年十月，大宛献天马千里驹，坚"命群臣作《止马诗》而遣之，示无欲也"。这些记载说明苻坚派遣吕光出兵西域，主要意图确实在于迎接鸠摩罗什东行。虽然由于种种原因，直到后秦弘始三年（401）鸠摩罗什才始达长安，苻坚也早已兵败身亡，但可以肯定的是，如果没有苻坚出兵西域，鸠摩罗什就很可能无缘弘法东土，也就不可能有后秦姚兴时关中佛教极为兴盛的局面出现。此外，《广弘明集》卷二八上保留了一篇苻坚写给竺法朗的书信，用词谦恭，极尽推崇，表明苻坚对竺法朗也十分钦慕。

正因为苻坚对佛教的提倡和扶持，所以前秦时不少西域高僧如僧伽提婆、佛图罗刹、昙摩难提及僧伽跋澄等，先后来到长安，与道安一起，形成一个庞大的佛教译经传法集团，先后译出佛经百余万言（参《高僧传》卷一等），长安也成了当时名副其实的佛学中心。

前秦苻氏家族之所以对佛教及高僧顶礼膜拜，也有多方面的原因。首先，前秦苻氏继承后赵石氏入主关陇、中原，在思想文化等方面受其影响，自属必然。根据文献记载，苻坚等人不仅继承因袭了石勒、石虎重儒学、备礼乐、定九品等一系列汉化政策，而且也延续传承了后赵崇佛的既有风尚。《高僧传》卷九等记载，石勒、石虎非常尊崇西域高僧佛图澄，"勒登位已后，事澄弥笃"，"有事必咨而后行，号大和上"。石虎即位，"倾心事澄，有重于勒"，曾下书云："和上国之大宝，荣爵不加，高禄不受，荣禄匪及，何以旌德？从此以往，宜衣以绫锦，乘以雕辇。朝会之日，和上升殿，常侍以下，悉助举舆。太子诸公，扶翼而上。主者唱大和上至，众坐皆起，以彰其尊。"由于佛图澄影响广大，以致"民多奉佛，皆营造寺庙，相竞出家，真伪混淆，多生愆过"，在这种情况下，后赵统治者曾就奉佛事宜展开激烈争论，王度、王波等

---

① （梁）释慧皎撰，汤用彤校注：《高僧传》卷二，中华书局1992年版，第49—50页。

认为：" 佛出西域，外国之神，功不施民，非天子诸华所应祠奉。" 而石虎认为：" 朕生自边壤，忝当期运，君临诸夏。至于享祀，应兼从本俗，佛是戎神，正应所奉。" 由于石虎的大力提倡以及佛教自身的吸引，佛图澄门徒众多，" 受业追游，常有数百，前后门徒，几且一万"，前秦、后秦时的名僧释道安、竺法雅、竺法和、竺法汰、竺僧朗等，均为其受业弟子。① 值得注意的是，后赵石虎大肆崇佛之时，正是氐族苻氏自陇右徙居枋头，苻坚等后起之秀在邺城一带接受教育学习成长的关键时期，其深受石氏崇佛之风的影响完全在情理之中。

其次，前秦苻氏尊崇佛教，主要还是出于政治层面的需要和考量。② 与石赵、后秦的统治者一样，前秦苻氏崇佛，并不仅仅因为个人的宗教信仰，而是有着深远的政治意图。如前所论，十六国时期，内迁少数民族豪强虽然凭借武力入主中原，称王称帝，但面对夷夏有别、" 正朔相承" 等传统观念，大都心存疑虑，缺乏自信，所以急于寻找一种新的思想理论，为其入主中原张本辩护。佛教宣扬的思想既无夷夏之别和正朔相承之类的中土观念，又有神不灭、因果报应、三世轮回等济世思想，对于十六国时期入主中原的少数民族而言，显然比较适合其理论诉求和现实需要。正因为这样，石虎明确反对王度、王波等汉臣的立场，坚决主张奉佛弘法，而洞察人性的佛图澄等人，也正是以佛教的轮回报应等思想说服石虎等人事佛供僧。《高僧传》卷九载，石虎曾因晋军出兵淮、泗等地，" 三方告急，人情危扰"，所以怀疑 " 佛无神矣"，佛图澄谏曰：" 王过去世经为大商主，至罽宾寺，尝供大会。中有六十罗汉，吾此微身亦预斯会。时得道人谓吾曰：'此主人命尽当受鸡身，后王晋地。'今王为王，岂非福耶？" 虎乃信悟，跪而谢焉。③ 后秦国主姚兴也坚信三世存在，并且作《通三世论》，和鸠摩罗什、姚嵩等进行理论探讨。（参见《广弘明集》卷十八）流风所及，即使平民百姓起兵造反，也要借助于佛教的这些理论。《晋书·石季龙载记上》云，安定人侯子光，"自称佛太子，从大秦国来，当王小秦国"，后改名李子扬，于杜南山聚兵数千，自称 " 大黄帝"，改元 " 龙兴"。④

---

① 参见（梁）释慧皎撰，汤用彤校注：《高僧传》卷九，中华书局1992年版，第345—357页。
② 参见郑文、张方：《论前秦、后秦与关中佛教》，《河南教育学院学报》2008年第1期。
③ （梁）释慧皎撰，汤用彤校注：《高僧传》卷九，中华书局1992年版，第350、351页。
④ 《晋书》卷一百六《石季龙载记上》，中华书局1974年版，第2767页。

正是由于同样的心理原因，前秦苻坚虽然在文治武功方面于内迁胡族中堪称第一，但仍然摆脱不了正统思想的约束影响，所以他相信图谶，同时又竭力笼络佛教高僧，尤其是当时享有盛名的释道安、鸠摩罗什和竺僧朗等人，他都想收为己用，以便进一步提高自身的世俗声望，增强君临华夏的信心和决心。

再次，前秦苻氏崇奉佛教，也与佛图澄、释道安、鸠摩罗什等人渊博的学识和崇高的声望有很大的关系。虽然从表面上看，佛图澄等高僧主要借助于神奇的法术和预言来慑服僧众，但从根本上讲，这些人之所以能对某些重大问题做出正确判断和预言，享有崇高的声誉，主要得力于其渊博的学识和众多的信徒。史称佛图澄"清真务学，诵经数百万言，善解文义"，"妙解深经，傍通世论"，"受业追游，常有数百，前后门徒，几且一万"。①道安"外涉群书，善为文章"，"四方学士，竞往师之"，后入长安，"僧众数千，大弘法化"，名僧慧远、法汰、法和等俱出其门下，故孙绰赞云："博物多才，通经名理"，"飞声汧陇，驰名淮海"。②鸠摩罗什也是西域名门之后，史称其"道流西域，名被东川"，后至长安翻译佛经，门下集结八百余名高僧，慧远等中土高僧也屡次封书问疑。③正因为这样，在五胡十六国时期，以佛图澄、释道安、鸠摩罗什等人为中心，以其弟子信徒为外围，形成了一个庞大的僧侣集团，其足迹遍布大河上下、长江南北。他们互通声气，影响之大，不言而喻。更为重要的是，道安等人不仅是佛教高僧，而且也是饱学文士，所以其行迹所至，名流士望趋之若鹜。以道安为例，其避难襄阳，"四方学士，竞往师之"，名士襄阳习凿齿、高平郗超等与之深相结纳；后至长安，"衣冠子弟为诗赋者，皆依附致誉"。时人朱序称其为"道学之津梁，澄治之炉肆"。④在这种情况下，苻坚视其为"神器"，誉其为"大德智人"，奉其为高级顾问（"动静咨问"），完全在情理之中。

总之，前秦苻氏崇奉佛教，其根本目的有两个方面：一是吸收借鉴外来思想，为其入主中原寻找理论依据，进一步巩固其统治地位；二是借笼络名僧赢得民心时望，进一步提升家族的声誉和影响。虽然佛法最终未能襄助前秦苻氏一统天下，但由于苻坚的努力扶植，佛经的大规模翻译和鸠摩罗什等西域高僧

---

① （梁）释慧皎撰，汤用彤校注：《高僧传》卷九，中华书局1992年版，第345、356页。
② （梁）释慧皎撰，汤用彤校注：《高僧传》卷五，中华书局1992年版，第177—185页。
③ 参见《高僧传》卷二《鸠摩罗什传》及《晋书》卷一一七、卷一一八《姚兴载记》等。
④ （梁）释慧皎撰，汤用彤校注：《高僧传》卷五，中华书局1992年版，第179—181页。

弘法东土成为现实，客观上为中原与西域文化的交融做出了重要贡献，功不可没。

三、苻氏家族与玄学

根据史料记载，前秦苻氏家族不仅尊崇儒学，奉佛弘法，而且还对魏晋以来新兴的玄学有浓厚的兴趣。史称苻融"谈玄论道，虽道安无以出之"；苻朗"手不释卷，每谈虚语玄，不觉日之将夕，登山涉水，不知老之将至"。苻朗的玄学造诣，甚至超越了东晋的清谈名士："既止扬州，风流迈于一时，超然自得，志陵万物，所与悟言，不过一二人而已。"①其临刑前所赋绝命诗，以嵇康自许，堪称典型的东晋玄言诗。所著《苻子》数十篇（一说十余篇），"亦《老》《庄》之流"。《世说新语·轻诋》篇载，苻宏投降东晋，谢安"每加接引，宏自以有才，多好上人，坐上无折之者"②。

苻融、苻朗等人谈虚语玄的表现，虽然与前秦以儒、法治国，"禁《老》《庄》图谶之学"的国策相左，但在东晋十六国时期，中原士林仍然崇尚清谈。挥麈谈玄不仅是上层统治集团及文人雅士的时尚追求，而且也是隐士僧侣的日常话题。③在这种情况下，倾慕华风的前秦苻氏成员受其熏染，显然合乎情理。

前秦苻氏成员在传统儒学之外，又接受玄学新潮的影响，也有多方面的原因。首先，虽然自西晋乱亡以来，北方一直战乱不已，但玄学作为当时新兴的学术思潮，在北方士人中仍有一定的影响。西晋末年留守于并州一带的中山刘琨、范阳卢谌以及河东裴宪等，都素好《老子》《庄子》，颇染玄风。值得注意的是，当时争霸北方的王浚、石勒集团还上演了一场精彩的与清谈有关的"麈尾"外交。据《晋书·石勒载记上》，羯胡石勒欲吞并王浚，先卑辞称藩，奉表推崇王浚为天子："勒本小胡，出于戎裔……今晋祚沦夷，远播吴会，中原无主，苍生无系。伏惟明公殿下，州乡贵望，四海所宗，为帝王者，非公复

---

① 《晋书》卷一一四《苻坚载记下》附《苻朗传》，中华书局1974年版，第2936页。
② 余嘉锡：《世说新语笺疏》（修订本），上海古籍出版社1993年版，第847页。
③ 参见刘大杰：《魏晋思想论》，上海古籍出版社1998年版，第32、33页。

谁？勒所以捐躯命，兴义兵诛暴乱者，正为明公驱除尔。伏愿殿下应天顺时，践登皇阼。"王浚大喜过望，遣使赠送石勒麈尾一柄，石勒"伪不敢执，悬之于壁，朝夕拜之"。①王浚赠送给石勒的"麈尾"，正是清谈名士随身携带之物。据范子烨先生考证，清谈场合，"麈尾"一般是主讲人身份的标志；根据《尔雅翼》《埤雅》引《名苑》《纬略》等对"麈"字的解释，"麈"指"鹿主"或"主鹿"；"中古名士多喜书空望远，自我标置，每个人都意欲领袖群伦，引导流辈，他们手执麈尾，实际上就是以'主鹿'自命，盖逐鹿于清谈之胜场，以示其风流之精神也"；"倘若是将麈尾拱让于对手，则意味着主讲人自愿放弃自己的位置，借以表示对'客'的倚重，受赠者将分外荣光"。②由此看来，王浚以"麈尾"赏赠石勒，并非附庸风雅，而是充分利用清谈场合"麈尾"所代表的深层喻义试探石勒的诚意。就石勒所上表文来看，他之所以称藩于王浚，主要因为自己"本小胡，出于戎裔"，而王浚则为"州乡贵望，四海所宗"，"自古诚胡人而为名臣者实有之，帝王则未之有也"。不难看出，石勒正是想以北方士人根深蒂固的正统观念为借口骗取王浚的信任，而王浚也是借当时人尽皆知的清谈规则试探石勒。出身羯胡、文化修养不高的石勒，收到"麈尾"，竟然"伪不敢执，悬之于壁，朝夕拜之"。这就说明一向痛恨清谈名流的石勒（参见《晋书·王衍传》），也深谙衣冠华族的清谈规则。正因为这样，石勒凭借精到的表演赢得了王浚的信任，最终如愿吞并了王浚。总之，王浚、石勒之间上演的"麈尾"外交，足以说明在西晋末年战乱不已的北方，玄学清谈仍然是士人生活的主流风尚。史载略阳苻氏于石赵后期徙居邺城一带达18年之久，其家族成员受到清谈之风的影响，毋庸置疑。

其次，随着前秦政权对北方的逐步统一，其网罗招纳的衣冠士人越来越多，谈玄说理之风自然也会日渐兴盛。史载苻坚建元十五年襄阳之战胜利，前秦不仅迎来了久负盛名的高僧释道安，而且也俘获了"锋辩天逸，笼罩当时"的襄阳名士习凿齿，释道安、习凿齿等人的北上，无疑为关陇玄风的兴盛注入了新的活力。

最后，与尊奉儒学、崇佛弘法一样，苻氏成员谈玄论道，显然也有与以正

---

① 《晋书》卷一百四《石勒载记上》，中华书局1974年版，第2720—2722页。
② 范子烨：《中古文人生活研究》，山东教育出版社2001年版，第216—222页。

统自居、以清谈自负的东晋名流一比高下的政治目的。如前所论，作为世处西陲的氐族豪强，前秦苻氏要想君临天下，一统华夏，必须竭力提升自己的汉化水平和文化修养，尽量争取衣冠华族的认同与支持，而儒家的正统观念和新兴的玄学思潮，正是当时世族文化的核心和象征。正因为这样，苻坚一方面下诏严禁"《老》《庄》图谶之学"，另一方面却放任自己的家族成员谈玄论道。苻融、苻朗等人的谈辩水平和玄学造诣，甚至可与道安及东晋名流差堪比拟。淝水战败，前秦灭亡，苻朗、苻宏等南投东晋，他们在清谈场合与东晋名流的辩论，与其说是南北文化、胡汉文化的交融与接轨，不如说是一场唇枪舌剑的战争和较量。值得一提的是，决定两个王朝命运的淝水之战，又何尝不是东晋世族名流的代表陈郡谢氏和北方五胡新秀的代表略阳苻氏之间的一场较量？

　　前秦苻氏家族的文化诉求和文化修养，大致如上所述。不难看出，苻氏家族崇儒兴学，奉佛弘法，谈玄论道，不仅是争承正统、君临华夏的需要，也是提高家族地位、跻身衣冠世族的需要，更是特定时期多民族文化趋于融合的需要。在十六国时期胡汉各族大融合的历史背景下，在激烈的生存竞争和频繁的战乱迁徙中，陇右氐族苻氏不仅由"世知饮酒"的"戎族异类"转变为诗礼传家的衣冠世族，而且组建了由氐族豪强为主，包含汉族士人在内的多民族骨干参与组成的前秦政权。于是，如何巩固强化多元一体的胡汉联合政权？如何整合建构兼容并包的华夏新型文化？就成了苻氏家族成员必须面对的历史课题和现实挑战。与民族大融合的历史潮流相适应，苻氏家族在抗争与合作的对立统一中求生存、创事功，以开放融合的立场和态度面对多元文化的碰撞和交流，采取以儒家传统文化为主，对中原与西域、胡族与汉族等多元文化兼容并蓄的文化整合方略。从立国之本看，儒学是基础，在政权运作（如法律依据、社会结构与社会伦理等）和人才选拔与使用等方面，儒家思想明显占据统治地位，但在思想领域，尤其是人生信仰、学术思想、生活情趣与生活方式等方面，又是儒、释、玄（道）多种文化因素交融并存。"戎族异类"的非"正统"身份，使苻氏家族一统中原、君临华夏的理想蒙上了浓重的阴影，儒家传统的"夷夏有别"等观念，更增加了他们内心的自卑和困惑，于是，宣扬因果报应和三世轮回，无华夏之别和正朔相承之类观念的佛教思想，自然就深受他们的青睐，更何况佛教"也具有规范社会思想与行为的功能，这种规范思想与行为的价值标准与周孔并没有冲突，甚至就是以周孔的标准为标准"。①至于玄谈风尚，由于其形而上的思辨内容最接近佛教，所以得到世族名流和佛教高僧的共同喜好，苻氏成员受其熏染并身体力行，也完全在情理之中。②

总之，五胡十六国时期，略阳苻氏自陇右边陲流离迁徙、最终逐鹿中原统一北方的发展历程，以及对中华传统文化的继承、对西域佛教文化的借鉴、对新兴玄学思潮的接受，文献有征，值得深入研究和反思。虽然由于种种原因，苻氏家族最终未能实现一统华夏的梦想，但是，这个家族身上体现的积极进取精神、对多元文化的兼收并容以及促进多元文化交融的客观效应，对北魏鲜卑文化与中原文化的融合以及隋唐时期多元文化的整合建构产生了深远影响。即使在民族平等、和谐共荣的理念风靡全球的今天，前秦苻氏家族吸收融合多元文化的尝试和经验，仍然可以为多民族国家、多族群社会的文化整合与文化认同提供有益的参考和借鉴。

第三节　辛德源生平著述考

辛德源是北朝后期著名的河陇籍作家和学者。史载其深受杨愔、牛弘等名流时望器重，与卢思道、颜之推、薛道衡等人交往友善，曾参与过北齐《修文殿御览》的编撰，是北周平齐后随驾入关的北齐十八文士之一，入隋后又与王劭、魏澹等人同修国史，也是开皇初年在陆法言家讨论音韵的诸文士之一。但是，长期以来，辛德源并没有得到学界足够的重视。迄今为止，关于其生平事迹，虽然曹道衡、沈玉成、刘跃进等先生曾有过考述，但并没有全面的钩稽和梳理；关于其著述，虽然严可均、逯钦立等都进行过搜集整理，但仍有漏辑之作。有鉴于此，本节拟以《隋书》《北史》《魏书》的记载为基础，结合《三国典略》以及唐人墓志碑刻、唐宋笔记、类书中的相关文献，对辛德源的生平著述重新进行钩稽辨析。

---

① 参见葛兆光：《中国思想史》（第一卷），复旦大学出版社1998年版，第525页。
② 参见汤用彤：《汉魏两晋南北朝佛教史》，北京大学出版社1997年版，第134页；葛兆光：《中国思想史》（第一卷），复旦大学出版社1998年版，第539页。

一、家世籍贯与生卒年

辛德源的家世籍贯，《隋书·辛德源传》（以下简称《隋书》本传）有简略记载："辛德源字孝基，陇西狄道人也。祖穆，魏平原太守。父子馥，尚书右丞。"①《北史·辛雄传》附《辛德源传》的记载基本相同，而且将辛德源与辛雄、辛纂、辛琛、辛术等北魏、东魏名臣列为同宗。

狄道辛氏自两汉以来即为河陇望族。据《元和姓纂》卷三、《新唐书·宰相世系表》等记载，辛氏徙居陇西狄道，始自汉初辛蒲。其后辛武贤、辛庆忌父子两代凭军功致显，遂为河陇著姓。据《汉书·辛庆忌传》记载，辛氏一门中辛武贤曾任破羌将军，其弟辛临众、辛汤先后为护羌校尉。其子庆忌，位望通显，官至光禄勋、左将军等职。辛氏鼎盛时，宗族支属至二千石者十余人。西汉末年，辛氏由于不肯屈事王莽而被大肆诛杀。于是陵迟衰微，整个东汉时期，显达者少见。直到魏晋以后，陇西辛氏又重新崛起，并且逐渐由武力强宗向文化世族转变。西晋时有辛怡，曾任晋幽州刺史；又有辛谧，名闻乱世，守正不阿。十六国时期，辛景、辛恭靖与西凉王李暠"同志友善"，李暠前妻亦为同郡辛纳之女。（《晋书》卷八七）西凉骁骑将军辛渊，即为辛德源三世祖。《魏书·辛绍先传》载：

> 辛绍先，陇西狄道人。五世祖怡，晋幽州刺史。父渊，私署凉王李暠骁骑将军。暠子歆亦厚遇之。歆与沮渠蒙逊战于蓼泉，军败失马，渊以所乘马援歆，而身死于难，以义烈见称西土。世祖之平凉州，绍先内徙，家于晋阳。明敏有识量，与广平游明根、范阳卢度世、同郡李承等甚相友善。②

《魏书》此传对狄道辛氏在十六国及北魏时期的情况载述甚详。据此可知，辛德源三世祖辛渊为西凉骁骑将军，在凉后主李歆嘉兴四年（420）西凉

---

① 《隋书》卷五八《辛德源传》，中华书局1973年版，第1422、1423页。本节中下引此传文不再一一出注。

② 《魏书》卷四五，中华书局1974年版，第1025页。

与北凉的蓼泉之战中殉职（《晋书》卷八七），次年西凉灭亡，北凉沮渠氏占领了酒泉、敦煌。北魏太延五年，太武帝拓跋焘平定凉州，"十月辛酉，车驾东还，徙凉州民三万余家于京师"（《魏书》卷四上、《资治通鉴》卷一二三）。辛德源二世祖辛绍先随例内徙，遂家于晋阳。同传又载，北魏以辛绍先为中书博士（史载同任此职的凉州文士还有索敞、江强等人），转神部令，迁下邳太守，太和十三年（489）卒。有子凤达、穆。辛穆（450—526）即为辛德源祖父。历任东荆州司马、汝阳太守、中散大夫、平原相等职，北魏孝明帝孝昌二年（526）卒，年七十七。有子子馥、子华。辛德源之父辛子馥，深受北魏孝庄帝器重，曾任尚书右主客郎中、平原相、尚书右丞、清河太守等职。东魏孝静帝武定八年（550）卒。史载其早有学行，"以三《传》经同说异，遂总为一部，《传》注并出，校比短长，会亡未就"。有子德维、德源。德维于武定末年任司徒行参军。《魏书》卷四十五所载辛德源从祖辛凤达一支，人丁兴旺，累世官族，兹不赘述。

《隋书》本传载，辛德源"有子素臣、正臣，并学涉有文义"。素臣事迹不详。正臣虽不见载于《北史·辛德源传》，但《大唐故刑部郎中定州司马辛君（辛骥）墓志铭并序》（以下简称《辛骥墓志铭并序》）对辛德源与辛正臣生平都有追溯，由此可知辛正臣曾任隋承奉郎、余杭郡司法书佐等职，其子辛骥，字玄驭，曾任大唐刑部郎中、定州司马等职，并于贞观年间参与了《晋书》的编撰。①

不难看出，《隋书》等史籍虽然将辛德源及其族人的籍贯定为"陇西狄道"，但由于仕宦及战乱等种种原因，辛德源等人早已徙居他乡。事实上，称名所系仍冠旧邦是当时衣冠世族的共同选择，注重门第、标榜姓望的时代风尚和因战乱、仕宦导致的迁徙不定，是造成这种现象的根本原因。

辛德源的生卒年，《隋书》《北史》《辛骥墓志铭并序》等都无确切记载，但可以根据文献记载的同辈之人略加推测。《隋书》本传云"德源素与武阳太守卢思道友善"，《隋书·崔儦传》亦云："（儦）少与范阳卢思道、陇西辛德

---

① 《新唐书·艺文志》于《晋书》下列参与修书者名单，所载有房玄龄等21人，其中有"辛丘驭"，与"辛玄驭"应为同一人。《辛骥墓志铭并序》，参见周绍良、赵超主编：《唐代墓志汇编》，上海古籍出版社1992年版，第369、370页。

源同志友善，每以读书为务。"①据此，则辛德源的生年与卢思道、崔儦的大致同时。

卢思道的生卒年，史籍记载并不一致。《隋书》卷五七载，周静帝大象二年（580）杨坚为丞相，迁武阳太守，作《孤鸿赋》云"余五十之年，忽焉已至"；开皇初年又著《劳生论》，其文云"余年五十，羸老云至"，"余年在秋方，已迫知命"。本传又载："于时议置六卿，将除大理。思道上奏曰：'省有驾部，寺留大仆，省有刑部，寺除大理，斯则重畜产而贱刑名，诚为未可。'又陈殿庭非杖罚之所，朝臣犯笞罪，请以赎论，上悉嘉纳之。是岁，卒于京师，时年五十二。"②据《隋书·百官志下》，开皇三年四月，废除九寺中光禄、卫尉、鸿胪三寺，并对大理寺的人员编制进行调整，《资治通鉴》卷一七五记载相同。此次调整，保留的六寺六卿中仍有大理，正是卢思道建议的结果。又据《隋书·刑法志》和《资治通鉴》卷一七五等记载，开皇三年十二月，杨坚"因览刑部奏，断狱数犹至万条。以为律尚严密，故人多陷罪。又敕苏威、牛弘等，更定新律"③。前引卢思道"殿庭非杖罚之所，朝臣犯笞罪，请以赎论"的陈奏，显然就是这次议定新律时的建议。据此推断，卢思道的卒年应在开皇三年，生年应在北魏孝武帝永熙元年（532），这一结论与《孤鸿赋》《劳生论》中的自叙也完全相合。但是，唐张说《齐黄门侍郎卢思道碑》又有另一种记载："隋开皇六年，春秋五十有二，终于长安，反葬故里。"（《全唐文》卷二二七）据此，则卢思道生于东魏孝静帝天平二年（535），卒于开皇六年。此碑撰于卢氏卒后约一百三十年，有些学者以其与《孤鸿赋》《劳生论》不合，怀疑张氏之说有误。④但是此说也有可以信存的证据：其一，据《隋书·卢思道传》附《卢昌衡传》等记载，卢思道为昌衡从弟，昌衡"大业初，征为太子左庶子，行诣洛阳，道卒，时年七十二"⑤。假设昌衡卒于大业元年（605），则应生于北魏孝武帝永熙三年（534），卢思道的生年应当不早于此年。其二，据陆法言《切韵序》，开皇初年，卢思道与刘臻、辛德源等八人

---

① 《隋书》卷七六《崔儦传》，中华书局1973年版，第1733页。
② 《隋书》卷五七《卢思道传》，中华书局1973年版，第1398—1403页。
③ 《隋书》卷二五《刑法志》，中华书局1973年版，第712页。
④ 倪其心：《关于卢思道及其诗歌》，《文学遗产》1981年第2期。
⑤ 《隋书》卷五七《卢思道传》附《卢昌衡传》，中华书局1973年版，第1404页。

共聚陆法言宅讨论音韵,考察八人行迹,这次聚会应为开皇三年至四年事,而其为四年事更为合理,这也是卢思道于开皇四年仍然健在的证据。所以曹道衡等先生认为张说碑文可以信从。①以上两说虽然相差三年,但足以说明卢思道的生年在北魏末(永熙)、东魏初(天平)的数年间。

与辛德源友善的崔儦,《隋书》卷七六云"仁寿中,卒于京师,时年七十二",仁寿为隋文帝杨坚年号,共四年(601—604),依此推断,则崔儦也生于北魏末年(530—533)。辛德源的同辈之人,《北齐书》卷四二、《北史》卷三十《卢昌衡传》也有记载,"昌衡与顿丘李若、彭城刘泰珉、河南陆彦师、陇西辛德源、太原王修并为后进风流之士"②。据此,则辛德源生年与卢昌衡等人相差不会太大。稽诸史籍,李若等人的生年难以确考,唯卢昌衡有明确记载。上文已推断卢昌衡生于北魏孝武帝永熙三年或稍后,与卢思道、崔儦等人生年相差无几,则辛德源也应生于北魏末东魏初的数年之间。

辛德源的生年,还可根据《隋书》本传的记载略加推测。本传云:"德源沉静好学,年十四,解属文。及长,博览书记,少有重名。齐尚书仆射杨遵彦、殿中尚书辛术皆一时名士,见德源,并虚襟礼敬,因同荐之于文宣帝。起家奉朝请。"按常理论,士人起家出仕,一般在弱冠即二十岁左右。据《北齐书·文宣纪》《辛术传》等记载,北齐天保三年(552)四月壬申,辛术于广陵进献传国玉玺,不久征为殿中尚书;四月甲申,"以吏部尚书杨愔(字遵彦)为尚书右仆射"。史载辛术后迁吏部尚书,当在杨愔徙职后不久。③据此则杨、辛共同推荐辛德源,事在天保三年。如果此年辛德源二十岁,则其生年应在北魏孝武帝永熙元年,与根据《隋书》记载推断的卢思道生年恰好相同。

综上所述,辛德源应生于北魏末东魏初的数年之间(532—537),其中永熙元年可能性最大。

辛德源的卒年,《隋书》《北史》《辛骥墓志铭并序》等也无明确记载。据《隋书》本传,辛德源卒于蜀王咨议参军任上。又据《隋书·庶人秀传》及

---

① 曹道衡、沈玉成:《卢思道生卒年试考》,《中古文学史料丛考》,中华书局2003年版,第746—749页;曹道衡:《从〈切韵序〉推论隋代文人的几个问题》,《中古文学史论集续集》,台湾文津出版社1994年版,第368—378页。
② 《北齐书》卷四二《卢潜传》附《卢昌衡传》,中华书局1972年版,第557页。
③ 万斯同《北齐将相大臣年表》与此推断完全相同。参见(清)万斯同:《北齐将相大臣年表》,《二十五史补编》,中华书局1955年版,第4册,第4673页。

《高祖纪》，开皇元年，封杨秀为蜀王；二年，进位上柱国、西南道行台尚书令，岁余而罢；十二年二月，为内史令，兼右领军大将军，寻复出镇于蜀；仁寿二年十二月，废为庶人，与相连坐者百余人，然辛德源未受牵连。宋代袁说友、扈仲荣等编《成都文类》卷三六收录辛德源撰《至真观记》，该碑文赵明诚《金石录》卷三著录，亦题辛德源撰，说明确实为辛氏所作。其文末云："大隋开皇十二年六月日记。"①这是文献载述中有关辛德源行迹的最晚信息，说明辛氏在开皇十二年二月随杨秀出镇蜀地，同年六月撰写了《至真观记》，此后事迹不详，当卒于蜀地。总之，辛德源的卒年在开皇十二年（592）六月以后、仁寿二年杨秀被废之前。

二、仕历与交游

根据史籍记载，辛德源经历了东魏、北齐、北周、隋初等四个朝代的嬗递和政治动荡。其一生以北齐灭亡（577）为界，大致可分为前后两期。前期仕途较为通达，后期则沉沦坎坷。兹以《隋书》本传所述为主，参考《北史》及《辛骥墓志铭并序》的记载，就辛德源仕历与交游略加考述。

（一）东魏、北齐时期

辛德源早年的求学与交游，诸家史书略有记述。《隋书》本传云："沉静好学，年十四，解属文。及长，博览书记，少有重名。"《隋书·崔儦传》载，辛德源少与范阳卢思道、清河崔儦同志友善。又据《北齐书·卢昌衡传》等记载，辛德源与范阳卢昌衡、顿丘李若、彭城刘泰珉、河南陆彦师、太原王修并为后进风流之士。由此可见，辛德源求学期间交往诸人大多为名门世族子弟，其中二卢、李若、崔儦、陆彦师等人，都是当时著名的文士。以上诸人中，卢思道与辛德源关系最为密切。《隋书》本传称其早年师事邢邵，后又借书于魏收，"数年之间，才学兼著"。虽仕途寥落，但文采与薛道衡比肩抗衡，堪称北齐一流。入周后所作《听蝉鸣篇》，深得庾信称美。要之，辛氏早年的学习交

---

① （宋）袁说友、扈仲荣等编：《成都文类》卷三六，文渊阁《四库全书》，台湾商务印书馆1986年版，第1354册，第689页；（宋）赵明诚撰，金文明校证：《金石录校证》，广西师范大学出版社2005年版，第44页。

游，为其日后在北朝文坛占有一席之地奠定了基础。

《北史》卷五十载，辛德源"美仪容，中书侍郎裴让之特相爱好，兼有龙阳之重"①。此事《隋书》本传不载，但据《北史》记述，当为辛氏早年之事。考《北齐书·裴让之传》，裴让之"与杨愔友善，相遇则清谈竟日"，但没有与辛德源交往的任何记载。传云让之年十六丧父，其母辛氏"高明妇则，又闲礼度。夫丧，诸子多幼弱，广延师友，或亲自教授。内外亲属有吉凶礼制，多取则焉"。②据此，裴、辛二人当为姻亲，又裴母家教甚严，所以"龙阳之重"的说法似属讹传。李延寿编撰《北史》，补充的史料很多出自当时的"杂史"，这些史料故事性较强，但不一定属实。《北史》为辛德源传补充的"龙阳之重"与"为父求赠"两事，俱为《隋书》不载，是否属实，实难详考。值得注意的是，据《魏书·辛绍先传》，辛德源父辛子馥于东魏后期出任清河太守，"武定八年卒于郡"。又据《北齐书》本传，北齐受禅，裴让之"以参掌仪注，封宁都县男"，"除清河太守"，赴任不久，因诛杀豪吏被有司案查，侍中高德政遂奏让之"眷恋魏朝，鸣咽流涕"，于是赐死于家。③由此可以推断，辛子馥与裴让之均卒于武定八年亦即北齐天保元年（550），且前后相继为清河太守。

辛德源应杨愔、辛术举荐起家出仕，前文考订在北齐天保三年。《隋书》本传称："起家奉朝请，后为兼员外散骑侍郎，聘梁使副。后历冯翊、华山二王记室。"此处所述官职徙转时间，大都难以详考。据《北齐书·高祖十一王传》，冯翊王高润为高欢第十四子，华山王高凝为第十三子，高润于天保初年封冯翊王，而高凝于天保十年（559）始封华山王。据此推断，辛德源任华山王记室必在天保十年或稍后，任冯翊王记室应在天保十年之前。值得一提的是，《北史》卷五十于"聘梁使副"后云："德源本贫素，因使，薄有资装，遂饷执事，为父求赠，时论鄙之。"此事亦属李延寿补充的史料，但与本传内容极不协调，因为"时论鄙之"之后，紧承刘逖举荐之美誉，称其"弱龄好古，晚节逾厉"，"恭慎表于闺门，谦执著于朋执，实后进之辞人，当今之雅器"，

---

① 《北史》卷五十《辛雄传》附《辛德源传》，中华书局1974年版，第1824、1825页。本节下引此传文不再出注。
② 《北齐书》卷三五《裴让之传》，中华书局1972年版，第465页。
③ 《北齐书》卷三五《裴让之传》，中华书局1972年版，第466页。

内容前后矛盾。李氏所补两事，可能出自时人的恶意诋毁，不可一味信从。

辛德源在北齐时仕途的发展，与中书侍郎刘逖的第二次举荐有很大的关系。《隋书》本传云："中书侍郎刘逖上表荐德源曰：……由是除员外散骑侍郎，累迁比部郎中，复兼通直散骑常侍。聘于陈，及还，待诏文林馆除尚书考功郎中，转中书舍人。"据《北齐书·刘逖传》，刘逖"皇建元年除太子洗马。肃宗崩，从世祖赴晋阳，除散骑侍郎，兼仪曹郎中。久之，兼中书侍郎。和士开宠要，逖附之，正授中书侍郎，入典机密。兼散骑常侍，聘陈使主，还，除通直散骑常侍"①。据此推断，刘逖任中书侍郎，应在北齐武成帝（世祖）河清年间（562—565）。同书卷四五《文苑传序》云"河清、天统之辰，杜台卿、刘逖、魏骞亦参知诏敕"；卷七《武成帝纪》又载，河清三年（564）十一月，"诏兼散骑常侍刘逖使于陈"。如此，则刘逖任中书侍郎应在河清元年至三年十一月，其上表推荐辛德源也应在这一时期。其中河清元年（562）的可能性更大，因为此年四月河、济清，故改年号为河清，重用文人的可能性较大。刘逖择机举荐，完全在情理之中。总之，由于刘逖的推荐，辛德源由华山王记室转员外散骑侍郎，累迁比部郎中。其时间约在河清初年至天统末年（562—569）。

辛德源使陈和待诏文林馆的时间，《隋书》本传等无明确记载。稽诸史籍，北齐后主武平三年，"祖珽奏立文林馆于是更召引文学士，谓之待诏文林馆焉。珽又奏撰《御览》"，于是前后共有六十余人入馆待诏，参与编修。史称"当时操笔之徒，搜求略尽"。辛德源以"前通直散骑侍郎"的身份入馆。②又据《北齐书·后主纪》，北齐《修文殿御览》的编撰始于武平三年二月，同年八月完成。依此推断，辛德源待诏文林馆必在武平三年二月至八月间。其出使南陈的时间，应在武平三年二月之前的数月内。因为《北齐书·后主纪》有武平二年（571）九月陈人来聘的记载，所以辛德源使陈的确切时间似在武平二年十月至三年二月之间。其除尚书考功郎中当在三年八月《修文殿御览》编成之后，此后又转为中书舍人，直至北齐灭亡。值得一提的是，《太平御览》

---

① 《北齐书》卷四五《刘逖传》，中华书局1972年版，第615页。
② 参见《北齐书》卷四五《文苑传序》，中华书局1972年版，第603、604页。按：据《隋书》本传、《北史》卷五十、《太平御览》卷九七一引《三国典略》等记载，辛德源聘陈时任"通直散骑常侍"，所以其待诏文林馆时的身份应为"前通直散骑侍郎"，《北齐书·文苑传序》的记载有误。

卷九七一引《三国典略》，有辛德源使陈期间与陈主客蔡伾围绕槟榔的谈谑记录，可以补充辛氏使陈的个别细节。

辛德源在北齐的任职，《辛骥墓志铭并序》提到的还有"渭州大中正"，此职《隋书》《北史》等俱不载录。稽诸史籍，东魏、北齐虽从未设置渭州，但当时确有不少人曾任"州大中正"一职。又据《北齐书·源彪传》，源彪为西平乐都人，东魏天平四年（537）为"凉州大中正"，而东魏、北齐实际上也无凉州。依此推断，《辛骥墓志铭并序》的记载应该可信，北齐设置"渭州大中正""凉州大中正"等职，应该与察举制度有关。辛德源、源彪的这种任职，显然与其籍贯郡望有直接的关系。

辛德源在东魏、北齐的仕历，大致如上所述。总体来看，由于杨愔、辛术、刘逖等人的举荐，其仕途比较通达。虽然李延寿《北史》补辑"龙阳之重"与"为父求赠"两事入传，但与辛氏的一贯作风以及时贤的评价相去甚远，不可完全信从。

（二）周、隋时期

北齐灭亡以后，辛德源的仕历相当简略，《辛骥墓志铭并序》仅以"周纳言上士，隋蜀王咨议"两语概括。但实际上，辛氏入周以后的人生经历相当曲折。

《隋书》本传载："及齐灭，仕周为宣纳上士。因取急诣相州，会尉迟迥作乱，以为中郎。德源辞不获免，遂亡去。"按：据《北齐书·阳休之传》等记载，周武帝灭齐，诏征阳休之、卢思道、颜之推、李德林、薛道衡等十八名北齐最著称的文士，"随驾后赴长安"，辛德源即为随驾入关的十八文士之一。其仕周所受"宣纳上士"，又作"纳言上士"，两者实为一职。史载北周文臣牛弘也曾任"纳言上士，专掌文翰"（《隋书·牛弘传》）。又北周纳言初名御伯，周武帝保定四年六月改为纳言，王仲荦先生认为大概是依据《尚书·尧典》中"命汝作纳言，夙夜出纳朕命惟允"之意而改名。[①] 就文献记载看，此职应为"专掌文翰"的侍中之职，为正三命。又按：据《隋书·高祖纪》，周静帝大象二年六月，相州总管尉迟迥举兵反对杨坚，"赵、魏之士，从者若流，旬日之间，众至十余万"，八月，韦孝宽平定叛乱。辛德源被卷入

---

① 参见王仲荦：《北周六典》，中华书局1979年版，第62—64、495页。

尉迟迥之乱，即在此时。此后受杨坚猜忌和冷落，主要由于与此次叛乱有染，但从《隋书》本传看，辛德源因"辞不获免"而逃离邺城，并非尉迟迥之死党。

辛德源在北周的活动，还有周宣帝时期与释彦琮等人的"文外玄友"之交。《续高僧传》卷二《隋东都上林园翻经馆沙门释彦琮传》载，释彦琮为北齐名僧，"周武平齐，寻蒙延入……至宣帝在位，每醮必累日通宵，谈论之际，因润以正法。时渐融泰，颇怀嘉赏，授礼部等官，并不就。与朝士王劭、辛德源、陆开明、唐怡等情同琴瑟，号为文外玄友。大象二年，隋文作相，佛法稍兴，便为诸贤讲释《般若》"①。按：史载周宣帝于宣政元年（578）六月即位，至大象二年五月病卒（《周书·宣帝纪》），则辛德源与释彦琮等人的"文外玄友"之交应在宣政元年六月至大象二年五月之间，其成员主要还是来自北齐的文士和僧侣。此事《隋书》和《北史》俱不载录，据此可以了解辛德源在北周的活动和交往。

辛德源入隋以后的活动，可以分为隐居林虑山、从军南宁、修撰国史、追随蜀王四个阶段。《隋书》本传云："高祖受禅，不得调者久之，隐于林虑山，郁郁不得志，著《幽居赋》以自寄，文多不载。德源素与武阳太守卢思道友善，时相往来。魏州刺史崔彦武奏德源潜为交结，恐其有奸计。由是谪令从军讨南宁，岁余而还。秘书监牛弘以德源才学显著，奏与著作郎王劭同修国史。德源每于务隙撰《集注春秋三传》三十卷，注扬子《法言》二十三卷。蜀王秀闻其名而引之，居数岁，奏以为掾。后转谘议参军，卒官。"《北史》所载完全相同。

辛德源隐居林虑山的时间，据《隋书》本传记载，应在隋文帝杨坚于开皇元年二月受禅之后。但就情理推断，辛氏可能在大象二年六七月逃离邺城后即隐居此山。因为尉迟迥起兵意在阻止杨坚代周称帝，辛德源虽逃离邺城，但因与尉迟迥之乱有染，不可能立即返回北周京师长安。又据史载，辛德源隐居期间，因与武阳太守卢思道"时相往来"，遂为魏州刺史崔彦武上奏"潜为交结"，于是"谪令从军讨南宁"。考《隋书·卢思道传》，"高祖为丞相，迁武阳太守，非其好也，为《孤鸿赋》以寄其情……开皇初，以母老，表请解职，优

---

① （唐）道宣撰，郭绍林点校：《续高僧传》，中华书局2014年版，第48—49页。

诏许之"①。据《隋书·高祖纪上》，大象二年五月，周帝拜杨坚"假黄钺、左大丞相，百官总己而听焉"，同年九月任大丞相，"罢左、右丞相之官"。由此推断，卢思道出任武阳太守应在大象二年五月以后，但由于此年六月尉迟迥据邺城起兵，八月韦孝宽平定叛乱，而卢思道又有在宣政元年与祖英伯、卢昌期等人在范阳起兵的前科，所以其出任武阳太守在大象二年九月更合情理。此时辛德源隐居魏郡林虑山，与武阳郡相距不远，故时相往来。由于二人皆为北齐旧臣，且著《幽居赋》《孤鸿赋》抒发抑郁不平之情，所以崔彦武猜忌上奏完全在情理之中。于是辛德源"谪令从军讨南宁"，卢思道则以母老解职。

辛德源从军讨南宁的确切时间，《隋书》本传等失载。稽诸史籍，隋开皇初年征讨南宁之事，见于《隋书·韦冲传》：

> 高祖践阼，征为兼散骑常侍，进位开府，赐爵安固县侯。岁余，发南汾州胡千余人北筑长城……寻拜石州刺史，甚得诸胡欢心。以母忧去职。俄而起为南宁州总管，持节抚慰。复遣柱国王长述以兵继进。冲上表固让。诏曰：……冲既至南宁，渠帅爨震及西爨首领皆诣府参谒。上大悦，下诏褒扬之。②

《王长述传》亦云：

> 开皇初，复献平陈之计，修营战舰，为上流之师。上善其能，频加赏劳……后数岁，以行军总管击南宁，未至，道病卒。③

辛德源于开皇初年从军讨南宁，应该就是跟从王长述出征南宁。因为南宁羌夷宾服，且王长述中途病卒，所以岁余而还。又按，《韦冲传》所载南汾州胡千余人北筑长城之事，《资治通鉴》卷一七五系于开皇元年四月，如此，则《韦冲传》中"岁余"当为"月余"之误，因为杨坚于本年二月受禅，四月即发汾州胡筑长城，但因诸胡逃亡，故派韦冲抚慰。韦冲后因母忧去职，但不久即派往南宁州任总管。综合推断，辛德源从军讨南宁的时间，应在开皇二年至

---

① 《隋书》卷五七《卢思道传》，中华书局1973年版，第1398—1400页。
② 《隋书》卷四七《韦冲传》，中华书局1973年版，第1269、1270页。
③ 《隋书》卷五四《王长述传》，中华书局1973年版，第1362页。

三年间。

辛德源修撰国史的起始时间，可根据牛弘、王劭二人的仕历略加推断。据《隋书·牛弘传》，开皇初，迁授散骑常侍、秘书监；三年，拜礼部尚书；六年，除太常卿。又据《隋书·王劭传》，杨坚受禅，授王劭著作佐郎，以母忧去职，在家著《齐书》，李元操奏其私撰国史，文帝遣使收其书，览而悦之，于是起为员外散骑侍郎，修起居注，因上表请求变火等事，帝大悦，拜著作郎。按：《隋书·高祖纪上》和《资治通鉴》卷一七五俱载隋散骑常侍王劭于开皇三年四月使于陈，则其丁忧复起、开始修起居注至迟应在此时，拜著作郎应在稍后。又据《资治通鉴》卷一七五，开皇三年三月，秘书监牛弘上表请开献书之路；十二月，"礼部尚书牛弘请立明堂"，则牛弘至迟于此年十二月迁礼部尚书。就此二人的仕历推断，"秘书监牛弘"推荐辛德源与"著作郎王劭"同修国史，必在开皇三年四月以后、十二月之前。辛德源至迟也在开皇三年十二月前从南宁返回长安。

辛德源与王劭同修之国史，应该是《隋书·王劭传》《史通·古今正史》所载王劭撰《隋书》八十卷。《史通》称其因隋末江都之祸，故散逸不传。《隋书》载王劭专典国史"将二十年"，《史通》亦谓王劭典国史在开皇、仁寿时，就辛德源的生平推断，其于开皇三年开始参与修撰国史，但仅仅是阶段性参与，并没有与王劭相始终。

值得注意的是，据《隋书》本传，辛德源修撰国史期间，"每于务隙撰《集注春秋三传》三十卷，注扬子《法言》二十三卷"。又《史通》卷十二《古今正史》载："至隋开皇，敕著作郎魏澹与颜之推、辛德源更撰《魏书》，矫正收（魏收）失。"①由此可知，辛德源修史期间，曾有两部著述问世，并且参与重修《魏书》，所以应该经历了较长一段时间。据《隋书·魏澹传》，魏澹于杨坚受禅时，"出为行台礼部侍郎，寻为散骑常侍、聘陈主使，还除太子舍人……数年迁著作郎，仍为太子学士。高祖以魏收所撰书褒贬失实，平绘为《中兴书》事不伦序，诏澹别成《魏史》。澹自道武下及恭帝，为十二纪，七十八传，别为史论及例一卷，并《目录》，合九十二卷"②。史载魏澹出使南陈，事

---

① （唐）刘知幾撰，（清）浦起龙释：《史通通释》，上海古籍出版社1978年版，第365页。
② 《隋书》卷五八《魏澹传》，中华书局1973年版，第1416—1417页。

在开皇三年十二月（《隋书·高祖纪上》和《资治通鉴》卷一七五），则其迁著作郎应在开皇五年以后。曹道衡、沈玉成《中古文学史料丛考》推断魏澹等重修《魏书》，"盖在开皇五至十年左右"，可以信从。要之，辛德源参与修撰国史，应该始于开皇三年，终于开皇十年或稍后。

辛德源人生的最后阶段，是在蜀王杨秀的荫护下度过的。《隋书》本传称"蜀王秀闻其名而引之，居数岁，奏以为掾。后转谘议参军，卒官"。辛德源转任蜀王掾属的时间，史籍无明确记载，但就上文的考证推断，应在开皇十年（590）以后。据《隋书·庶人秀传》，蜀王秀于开皇二年（582）进位上柱国、西南道行台尚书令，岁余而罢；十二年，又为内史令、右领军大将军，寻复出镇于蜀。宋袁说友等编《成都文类》卷三六收录辛德源撰《至真观记》，该文作于开皇十二年六月，是史籍所载关涉辛德源行迹的最晚的事件。据此，辛德源于开皇十二年随杨秀出镇蜀地，此时应该已任蜀王谘议参军。由于辛氏卒于本官任上，且仁寿二年十二月蜀王被废时未受牵连，所以其应卒于开皇十二年以后的数年间，享年六十余岁。值得一提的是，辛德源在蜀王府的任职，前后也有变化，《隋书》本传称其先为"掾"后转"谘议参军"，《隋书·经籍志》著录"蜀王府记室《辛德源集》三十卷"，则辛氏曾任"蜀王府记室"一职。考诸《隋书·百官志下》，隋代亲王属官众多，谘议参军、掾属、记室等为不同任职，据此推断，辛德源在蜀王府供职应该有较长一段时间，且历任数职，其最后职务为谘议参军。

辛德源的仕历与交游，大致如上所述。作为流徙东魏、北齐的河陇文士，辛德源虽然于北齐灭亡后回归关陇，但由于周隋政权的"东西之限"，"关中旧意"与"山东朋党"之间的政治疏离[①]，使辛德源很难在短时间内重新融入关陇集团，其人生经历也因此明显划分为两个阶段。前期位望通显，后期偃蹇栖遑。但是，由于自身"才学显著"，且有杨愔、辛术、刘逖、牛弘、杨秀等人的援引举荐，辛德源始终与上层士人保持着密切联系，并参与了北齐、周、隋时期不少重要的学术活动，从而进一步提升了狄道辛氏的地位和声望。

---

① 参见牟发松：《旧齐士人与周隋政权》，《文史》2003年第1辑。

三、学术活动与著述

作为北朝后期的著名文士，辛德源有幸参与了当时不少重要的学术活动。前文已经论及者，有北齐后主武平三年待诏文林馆参与编撰北齐《修文殿御览》；隋文帝开皇三年以后、十二年之前，与王劭同修国史，并与魏澹、颜之推等人重修《魏书》诸事。此外，史籍所载辛德源参与的学术活动，还有北齐时于邢邵座赋诗、与卢思道作联句对，开皇初年与刘臻、颜之推、卢思道、魏澹、李若、萧该、薛道衡等人同宿陆法言家，与主人陆爽探讨音韵，陆法言撮记纲要而撰成《切韵》等。

关于北齐《修文殿御览》的编撰始末，《太平御览》卷六百一引《三国典略》有更加详细的记载，其文云：

> 齐主如晋阳，尚书右仆射（祖）珽等上言："昔魏文帝命韦诞诸人撰著《皇览》，包括群言，区分义别。陛下听览余日，眷言缃素，究兰台之籍，穷策府之文，以为观书贵博，博而贵要，省日兼功，期于易简。前者修文殿令臣等讨寻旧典，撰录斯书，谨罄庸短，登即编次，放天地之数为五十部，象乾坤之策成三百六十卷。昔汉世诸儒集论经传，奏之白虎阁，因名《白虎通》。窃缘斯义，仍曰《修文殿御览》。今缮写已毕，并目上呈，伏愿天鉴，赐垂裁览。"齐主命付史阁。初齐武成令宋士素录古来帝王言行要事三卷，名为《御览》，置于齐主巾箱。阳休之创意，取《芳林遍略》，加《十六国春秋》《六经拾遗录》《魏史》第（等）书，以士素所撰之名称为《玄洲苑御览》，后改为《圣寿堂御览》。至是，珽等又改为《修文殿》上之。①

据此可知，北齐《御览》几易书名，最后定名《修文殿御览》，共五十部三百六十卷。此书《隋书·经籍志》、日人藤原佐世（唐昭宗时人）《日本国见在书目录》均有著录，北宋《太平御览》即以此书为蓝本。总之，北齐编撰

---

① 《太平御览》卷六百一，中华书局1960年版，第2706—2707页。

《修文殿御览》，实为一时盛事，辛德源参与其事，实属河陇士人之骄傲。

辛德源于邢邵座赋诗事，见《太平御览》卷五八六引《三国典略》："辛德源尝于邢邵座赋诗，其十字曰：'寒威渐离风，春色方依树。'众咸称善。后王昕逢之，谓曰：'今日可谓寒威离风，春色依树。'"①史载邢邵为北齐文士之冠，辛德源于其座赋诗得到称赞，其才华绝不可小觑。据《北齐书·王昕传》，王昕卒于天保十年，则此事应发生在北齐天保十年以前。

辛德源与卢思道作联句对事，见《太平广记》卷二四七引《谈薮》，散骑常侍陇西辛德源谓思道曰："昨作《羌妪》诗，惟得五字，云'皂陂垂肩井'，苦无其对。"思道寻声曰："何不道'黄物插脑门'？"黄大宏根据本条所载辛德源的任职，推断此事为辛德源、卢思道等人于北齐武平三年待诏文林馆编修《修文殿御览》时之轶事②，可以信从。

开皇初年辛德源与刘臻等八人诣陆法言家探讨音韵之事，今本《广韵》所附陆法言《切韵序》虽有提及，但并未详列八文士姓名。北京故宫博物院影印唐写本王仁煦《刊谬补缺切韵》所载陆法言序文，直接罗列八文士姓名。③敦煌遗书伯二一二九所录《刊谬补缺切韵》亦附陆法言序文，其中也详列八文士姓氏官职。④宋真宗大中祥符元年（1008）关于《大宋重修广韵》的牒文中，也载录八文士官职姓名。⑤以上三种文献所列八文士完全相同，辛德源名列其一，只是《刊谬补缺切韵》中称"辛咨议"，北宋牒文中作"蜀王咨议参军辛德源"。确切地说，开皇初年陆法言家的这次文人聚会，加上主人陆爽、陆法言父子，参与者应该是十人。除由南入北的刘臻、萧该外，颜之推、卢思道、魏澹、李若、辛德源、薛道衡以及陆氏父子，都是归附周、隋政权的北齐文士，陈寅恪先生称之为"关东及江左儒学文艺之士"。⑥关于这次集会的时间，曹道衡、沈玉成等先生根据卢思道、辛德源、薛道衡等人的生平仕历，推断为"开皇三年至四年事，而其为四年事尤视三年事为近理"。⑦但是，如果《隋

---

① 《太平御览》卷五八六，中华书局1960年版，第2641页。
② 参见（隋）阳玠撰，黄大宏校笺：《八代谈薮校笺》，中华书局2010年版，第101—105页。
③ 参见周祖谟编：《唐五代韵书集存》，中华书局1983年版，第434页。
④ 参见周祖谟编：《唐五代韵书集存》，中华书局1983年版，第243页。
⑤ 周祖谟：《广韵校本》，中华书局2004年版，第13页。
⑥ 参见万绳楠整理：《陈寅恪魏晋南北朝史讲演录》，黄山书社1987年版，第335—340页。
⑦ 曹道衡、沈玉成：《卢思道生卒年试考》，《中古文学史料丛考》，中华书局2003年版，第749页。

书·卢思道传》的记载属实，则卢氏当卒于开皇三年（详见上文），此次聚会也应在开皇三年。此时辛德源刚从南宁返回，牛弘奏其与王劭同修国史。就时间推算，辛氏此时并未任蜀王咨议参军之职。因为《切韵序》作于隋文帝仁寿元年（601），此时辛氏已经去世，所以陆法言以其仕隋的最高官职称之。

辛德源的著述，《隋书》本传著录《集注春秋三传》三十卷，《法言注》二十三卷，《政训》二十卷，《内训》二十卷，另有文集二十卷。《北史·辛德源传》记载相同。但是，《隋书·经籍志》的著录却与此有较大差异，集部著录"蜀王府记室《辛德源集》三十卷"，子部杂家类著录《正训》《内训》各二十卷，但并未注明撰人。

关于《辛德源集》的卷数，《旧唐书·经籍志》《新唐书·艺文志》《通志·艺文略》《国史经籍志》等均著录三十卷。胡旭认为："揆以两《唐志》著录，疑'二十卷'误。宋、元诸典多不著录，疑是集北宋后期已佚，《通志》及以降著录，皆钞录前史，非实际所见，不足据。"①此说可以信从。《辛德源集》原本当为三十卷，但早已散佚。严可均辑《全隋文》仅录辛德源文三篇：《幽居赋》原文已佚，仅据《隋书》本传存目；《姜肱赞》《东晋庾统朱明张臣尉三人赞》均辑自《初学记》卷十七，寥寥数句，疑为残篇。严可均漏辑的辛氏之作，有宋代袁说友、扈仲荣等编《成都文类》卷三六收录的《至真观记》，该碑文赵明诚《金石录》卷三著录，亦题辛德源撰，龙显昭、黄海德主编《巴蜀道教碑文集成》确定该文为辛德源佚作，当为确论。②《至真观记》详细记述了隋代益州至真观的修建始末，其中所涉史实与史籍所载蜀王杨秀及辛德源的仕历也完全相符，对了解辛氏晚年的行迹及其文学成就具有相当重要的文献价值。辛德源的诗作，逯钦立《先秦汉魏晋南北朝诗·隋诗》卷二从《文苑英华》《乐府诗集》等书辑录有较完整者九首，依次为《短歌行》《白马篇》《霹雳引》《猗兰操》《成连》《芙蓉花》《浮游花》《东飞伯劳歌》《星名》，基本都属乐府诗，除《东飞伯劳歌》为七言诗外，其余均为五言诗。此外，还有根据《三国典略》《谈薮》的记载辑录的若干残句（见上文所引）。

关于《正训》（《隋书》本传作"《政训》"）、《内训》两书的作者归属，

---

① 胡旭：《先唐别集叙录》，中国社会科学出版社2011年版，第672页。
② 参见龙显昭、黄海德主编：《巴蜀道教碑文集成》，四川大学出版社1997年版，第7—11页。

史籍记载也不一致。《隋书·经籍志》没有注明撰人。《旧唐书·经籍志》《新唐书·艺文志》均著录《正训》二十卷，辛德源撰；又著录《内训》二十卷，辛德源、王劭等撰。钱大昕《廿二史考异》卷三四《隋书二》认为两书均为辛德源所撰，但就两《唐书》的著录看，曾与辛德源同修国史的王劭也参与了《内训》的编撰。两书均已亡佚，内容主旨难以详考。

辛德源的家世籍贯、生平交游及著述，大致如上所述。作为北朝后期影响较大的河陇籍文士，辛德源的学术成就和地位声望虽然不及牛弘和辛彦之显著，但其参与了当时不少重要的学术活动，与其交往友善的卢思道等人基本都是当时最优秀的文人学士，所以其人其作不仅为河陇文学及文化平添了几多亮色，而且从另一个方面补充证明了陈寅恪先生关于"魏晋以降中国西北隅即河陇区域在文化学术史上所具之特殊性质"[1]的论断。虽然其作品大多散佚，难窥全貌，但就遗篇残句来看，北齐文士刘逖所谓"文章绮艳，体调清华"的评价，绝非虚誉。作为南北文风交融时期河陇士人的杰出代表，辛德源的文学创作和学术成就，无疑也为"隋唐统一混合之文化"做出了应有的贡献。

---

[1] 陈寅恪：《隋唐制度渊源略论稿》，中华书局1963年版，第19页。

主要参考文献

（一）书目

1. （清）严可均校辑：《全上古三代秦汉三国六朝文》，中华书局1958年版。

2. 逯钦立辑校：《先秦汉魏晋南北朝诗》，中华书局1983年版。

3. （清）永瑢等撰：《四库全书总目》，中华书局1965年版。

4. 胡旭：《先唐别集叙录》，中国社会科学出版社2011年版。

5. 郝润华主编：《甘肃文献总目提要》，甘肃人民出版社2015年版。

6. 漆子扬主编：《甘肃通志集成》，天津古籍出版社2019年版。

7. （清）阮元校刻：《十三经注疏》，中华书局1980年版。

8. 冯浩菲：《郑氏诗谱订考》，上海古籍出版社2008年版。

9. （宋）朱熹：《诗集传》，上海古籍出版社1980年版。

10. （明）何楷：《诗经世本古义》，文渊阁《四库全书》，台湾商务印书馆1986年版。

11. （明）孙矿：《孙月峰先生批评诗经》，《四库全书存目丛书》，齐鲁书社1997年版。

12. （清）顾栋高：《毛诗类释》，文渊阁《四库全书》，台湾商务印书馆1986年版。

13. 程俊英、蒋见元：《诗经注析》，中华书局1991年版。

14. 陈子展：《诗三百解题》，复旦大学出版社2001年版。

15. 方诗铭、王修龄校注：《古本竹书纪年辑证》（修订本），上海古籍出版社2005年版。

16. 杨伯峻编著：《春秋左传注》（修订本），中华书局1990年版。

17. 徐元诰：《国语集解》，中华书局2002年版。

18. （汉）司马迁：《史记》，中华书局1982年版。

19. （汉）班固：《汉书》，中华书局1962年版。

20. （南朝宋）范晔：《后汉书》，中华书局1965年版。

21. （西晋）陈寿：《三国志》，中华书局1959年版。

22. （唐）房玄龄等：《晋书》，中华书局1974年版。

23. （梁）沈约：《宋书》，中华书局1974年版。

24. （梁）萧子显：《南齐书》，中华书局1972年版。

25. （唐）姚思廉：《梁书》，中华书局1973年版。

26. （唐）姚思廉：《陈书》，中华书局1972年版。

27. （北齐）魏收：《魏书》，中华书局1974年版。

28. （唐）李百药：《北齐书》，中华书局1972年版。

29. （唐）令狐德棻：《周书》，中华书局1971年版。

30. （唐）魏徵等：《隋书》，中华书局1973年版。

31. （唐）李延寿：《南史》，中华书局1975年版。

32. （唐）李延寿：《北史》，中华书局1974年版。

33. （宋）欧阳修、宋祁：《新唐书》，中华书局1975年版。

34. （东汉）刘珍等撰，吴树平校注：《东观汉记校注》，中华书局2008年版。

35. （晋）袁宏撰，张烈点校：《后汉纪》，中华书局2002年版。

36. （清）王先谦：《汉书补注》，上海古籍出版社2008年版。

37. （清）王先谦：《后汉书集解》，上海古籍出版社2006年版。

38. （晋）皇甫谧撰，徐宗元辑：《帝王世纪辑存》，中华书局1964年版。

39. （晋）常璩著，任乃强校注：《华阳国志校补图注》，上海古籍出版社1987年版。

40. （北魏）崔鸿撰，（明）屠乔孙等辑：《十六国春秋》，文渊阁《四库全书》，台湾商务印书馆1986年版。

41.（北魏）崔鸿撰，（清）汤球辑补：《十六国春秋辑补》，《二十五别史》本，齐鲁书社2000年版。

42.（清）汤球辑，吴振清校注：《三十国春秋辑本》，天津古籍出版社2009年版。

43.（唐）刘知幾撰，（清）浦起龙释：《史通通释》，上海古籍出版社1978年版。

44.（宋）司马光编著，（元）胡三省音注：《资治通鉴》，中华书局1956年版。

45.（清）钱大昕著，方诗铭、周殿杰校点：《廿二史考异》（附《三史拾遗》《诸史拾遗》），上海古籍出版社2004年版。

46.（清）王谟辑：《汉唐地理书钞》，中华书局1961年版。

47.（清）张澍辑，李鼎文校点：《续敦煌实录》，甘肃人民出版社1985年版。

48.（清）张澍辑，王晶波校点：《二酉堂丛书史地六种》，甘肃人民出版社1992年版。

49.（汉）扬雄撰，周祖谟校笺：《方言校笺》，中华书局1993年版。

50.（汉）王符著，（清）汪继培笺，彭铎校正：《潜夫论笺校正》，中华书局1985年版。

51.（南朝宋）刘义庆著，（南朝梁）刘孝标注，余嘉锡笺疏：《世说新语笺疏》（修订本），上海古籍出版社1993年版。

52.（南朝）江淹著，（明）胡之骥注：《江文通集汇注》，中华书局1984年版。

53.（北魏）杨衒之撰，周祖谟校释：《洛阳伽蓝记校释》，中华书局1963年版。

54.（北魏）杨衒之撰，范祥雍校注：《洛阳伽蓝记校注》，上海古籍出版社1978年版。

55.（北魏）郦道元注，杨守敬、熊会贞疏：《水经注疏》，江苏古籍出版社1989年版。

56.（梁）钟嵘著，周振甫译注：《诗品译注》，中华书局1998年版。

57. 曹旭：《诗品集注》（增订本），上海古籍出版社2011年版。

58. 曹旭：《诗品研究》，上海古籍出版社1998年版。

59. （梁）刘勰著，周振甫注：《文心雕龙注释》，人民文学出版社1981年版。

60. （梁）萧统编，（唐）李善注：《文选》，上海古籍出版社1986年版。

61. （梁）释慧皎撰，汤用彤校注：《高僧传》，中华书局1992年版。

62. （梁）释僧祐编，刘立夫、魏建中、胡勇译注：《弘明集》，中华书局2013年版。

63. （唐）释道宣编：《广弘明集》，《四部丛刊》初编，上海涵芬楼影印明汪道昆本。

64. （唐）道宣撰，郭绍林点校：《续高僧传》，中华书局2014年版。

65. 高文：《汉碑集释》，河南大学出版社1997年版。

66. 赵万里：《汉魏南北朝墓志集释》，科学出版社1956年版。

67. 赵超：《汉魏南北朝墓志汇编》，天津古籍出版社1992年版。

68. 周绍良、赵超主编：《唐代墓志汇编》，上海古籍出版社1992年版。

69. （唐）欧阳询撰，汪绍楹校：《艺文类聚》，上海古籍出版社1982年版。

70. （唐）徐坚等撰：《初学记》，中华书局1962年版。

71. （唐）陆德明撰，吴承仕疏证：《经典释文序录疏证》，中华书局2008年版。

72. （唐）白居易著，顾学颉校点：《白居易集》，中华书局1979年版。

73. （唐）马总编撰，王天海、王韧校释：《意林校释》，中华书局2014年版。

74. （唐）林宝撰，岑仲勉校：《元和姓纂》（附四校记），中华书局1994年版。

75. （唐）张彦远：《法书要录》，人民美术出版社1986年版。

76. 上海古籍出版社、法国国家图书馆编：《法藏敦煌西域文献》，上海古籍出版社2001年版。

77. 郝春文编著：《英藏敦煌社会历史文献释录》，社会科学文献出版社2003年版。

78. 沙知主编：《英藏敦煌文献（汉文佛经以外部分）》，四川人民出版社1990年版。

79.（宋）李昉等撰：《太平御览》，中华书局1960年版。

80.（宋）乐史撰，王文楚等点校：《太平寰宇记》，中华书局2007年版。

81.（宋）郭茂倩：《乐府诗集》，中华书局1979年版。

82.（宋）邓名世撰，王力平点校：《古今姓氏书辩证》，江西人民出版社2006年版。

83. 周祖谟：《广韵校本》，中华书局2004年版。

84. 水赉佑：《淳化阁帖集释》，上海古籍出版社2009年版。

85.（明）张溥著，殷孟伦注：《汉魏六朝百三家集题辞注》，人民文学出版社1960年版。

86.（清）顾炎武著，黄汝成集释：《日知录集释》，上海古籍出版社2006年版。

87.（清）何焯：《义门读书记》，中华书局1987年版。

88.（清）钱大昕：《十驾斋养新录》，江苏古籍出版社2000年版。

89.（清）梁章钜：《文选旁证》，福建人民出版社2000年版。

90.（清）刘熙载：《艺概》，上海古籍出版社1978年版。

91. 章太炎撰，庞俊、郭诚永疏证：《国故论衡疏证》，中华书局2008年版。

92. 王国维：《观堂集林》，《王国维遗书》，上海书店出版社1983年版。

93. 梁启超：《中国之美文及其历史》，东方出版社2012年版。

94. 陈寅恪：《隋唐制度渊源略论稿》，中华书局1963年版。

95. 陈寅恪：《金明馆丛稿二编》，生活·读书·新知三联书店2001年版。

96. 陈寅恪著，万绳楠整理：《魏晋南北朝史讲演录》，黄山书社1987年版。

97. 黄侃：《文选平点》，中华书局2006年版。

98. 胡适：《白话文学史》，《胡适学术文集》，中华书局1998年版。

99. 傅斯年：《中国古代文学史讲义》，《傅斯年全集》第2卷，湖南教育出版社2003年版。

100. 郑振铎：《插图本中国文学史》，北京工业大学出版社2009年版。

101. 罗根泽：《罗根泽古典文学论文集》，上海古籍出版社2009年版。

102. 马雍：《苏李诗制作时代考》，商务印书馆1944年版。

103. 顾随：《驼庵诗话》附《驼庵文话》，天津人民出版社2007年版。

104. 逯钦立：《汉魏六朝文学论集》，陕西人民出版社1984年版。

105. 郑文：《汉诗研究》，甘肃民族出版社1994年版。

106. 《文学遗产》编辑部编：《胡笳十八拍讨论集》，中华书局1959年版。

107. 陆侃如：《中古文学系年》，人民文学出版社1985年版。

108. 张可礼：《东晋文艺系年》，山东教育出版社1992年版。

109. 曹道衡、沈玉成：《南北朝文学编年史》，人民文学出版社2000年版。

110. 刘跃进：《秦汉文学编年史》，商务印书馆2006年版。

111. 赵逵夫主编：《先秦文学编年史》，商务印书馆2010年版。

112. 易小平：《西汉文学编年史》，上海古籍出版社2012年版。

113. 徐公持：《魏晋文学史》，人民文学出版社1999年版。

114. 曹道衡、沈玉成：《南北朝文学史》，人民文学出版社1991年版。

115. 曹道衡：《中古文学史论文集》，中华书局2002年版。

116. 曹道衡：《中古文学史论文续集》，台湾文津出版社1994年版。

117. 曹道衡、沈玉成：《中古文学史料丛考》，中华书局2003年版。

118. 萧涤非：《汉魏六朝乐府文学史》，人民文学出版社1984年版。

119. 郭预衡：《中国散文史》，上海古籍出版社1986年版。

120. 胡阿祥：《魏晋本土文学地理研究》，南京大学出版社2001年版。

121. 钱志熙：《魏晋南北朝诗歌史述》，北京大学出版社2005年版。

122. 刘跃进：《秦汉文学论丛》，凤凰出版社2008年版。

123. 赵逵夫：《古典文献论丛》（增订本），中华书局2014年版。

124. 周建江：《北朝文学史》，中国社会科学出版社1997年版。

125. 高人雄：《北朝民族文学叙论》，中华书局2011年版。

126. 张鹏：《北魏儒学与文学》，中国社会科学出版社2012年版。

127. 〔日〕松原朗著，李寅生译：《中国离别诗形成论考》，中华书局2014年版。

128. 汤用彤：《汉魏两晋南北朝佛教史》，北京大学出版社1997年版。

129. 姚薇元：《北朝胡姓考》，中华书局2007年版。

130. 唐长孺：《魏晋南北朝史论丛》，中华书局2011年版。

131. 唐长孺：《魏晋南北朝史论拾遗》，中华书局1983年版。

132. 唐长孺主编：《吐鲁番出土文书》，文物出版社1981年版。

133. 周一良：《魏晋南北朝史论集》，北京大学出版社1997年版。

134. 周一良：《魏晋南北朝史札记》，中华书局2007年版。

135. 田余庆：《东晋门阀政治》，北京大学出版社1989年版。

136. 田余庆：《拓跋史探》，生活·读书·新知三联书店2019年版。

137. 王仲荦：《敦煌石室地志残卷考释》，中华书局2007年版。

138. 钱穆：《中国学术思想史论丛》卷三，安徽教育出版社2004年版。

139. 余英时：《士与中国文化》，上海人民出版社2003年版。

140. 王伊同：《王伊同学术论文集》，中华书局2006年版。

141. 逯耀东：《从平城到洛阳——拓跋魏文化转变的历程》，中华书局2006年版。

142. 逯耀东：《魏晋史学的思想与社会基础》，中华书局2006年版。

143. 熊德基：《六朝史考实》，中华书局2000年版。

144. 朱大渭：《六朝史论续编》，学苑出版社2008年版。

145. 李凭：《北魏平城时代》（修订本），上海古籍出版社2011年版。

146. 陈直：《居延汉简研究》，中华书局2009年版。

147. 陈直：《文史考古论丛》，天津古籍出版社1988年版。

148. 汪春泓：《史汉研究》，上海古籍出版社2014年版。

149. 马长寿：《氐与羌》，广西师范大学出版社2006年版。

150. 马长寿：《乌桓与鲜卑》，广西师范大学出版社2006年版。

151. 周伟洲：《南凉与西秦》，广西师范大学出版社2006年版。

152. 赵以武：《五凉文化述论》，甘肃人民出版社1989年版。

153. 赵向群：《五凉史探》，甘肃人民出版社1996年版。

154. 魏明安、赵以武：《傅玄评传》，南京大学出版社1996年版。

155. 吴廷桢、郭厚安主编：《河西开发史研究》，甘肃教育出版社1996

年版。

156. 陈守忠：《河陇史地考述》，甘肃人民出版社2007年版。

157. 李并成：《大漠中的历史丰碑——敦煌境内的长城和古城遗址》，甘肃人民出版社2000年版。

158. 祝中熹主编：《秦西垂陵区》，文物出版社2004年版。

159. 祝中熹：《秦史求知录》，上海古籍出版社2012年版。

160. 骈宇骞、段书安：《二十世纪出土简帛综述》，文物出版社2006年版。

161. 聂大受、霍志军：《陇右文学概论》，兰州大学出版社2007年版。

162. 李智君：《关山迢递——河陇历史文化地理研究》，上海人民出版社2011年版。

163. 袁行霈、陈进玉主编，张正锋、刘醒初本卷主编：《中国地域文化通览·甘肃卷》，中华书局2013年版。

164. 伏俊琏：《敦煌文学总论》，甘肃教育出版社2013年版。

165. 赵逵夫主编：《陇南金石校录》，社会科学文献出版社2018年版。

（二）论文

1. 齐陈骏：《略论张轨和前凉张氏政权》，《兰州大学学报》1981年第3期。

2. 李鼎文：《李暠和他的作品》，《西北师大学报》（社会科学版）1982年第2期。

3. 杜斗城：《汉唐世族陇西辛氏试探》，《兰州大学学报》1985年第1期。

4. 魏明安：《魏晋思潮与皇甫谧》，《兰州大学学报》1985年第1期。

5. 武守志：《五凉政权与西州大姓》，《西北师范学院学报》1985年第4期。

6. 赵以武：《关于五凉文学的评价问题》，《西北史地》1991年第2期。

7. 赵以武：《苻朗的生平及其诗文作品》，《甘肃社会科学》1991年第5期。

8. 尤成民：《汉代河西的豪强大姓》，《敦煌学辑刊》1991年第1期。

9. 尤成民：《汉晋时期河西大姓的特点和历史作用》，《兰州大学学报》1992年第1期。

10. 方诗铭：《董卓对东汉政权的控制及其失败》，《史林》1992年第2期。

11. 魏明安：《汉末清议与傅氏一家之儒》，《兰州大学学报》1992年第4期。

12. 赵以武：《皇甫谧生平新探》，《西北师大学报》（社会科学版）1993年第1期。

13. 赵以武：《阴铿生平考释六题》，《文学遗产》1993年第6期。

14. 胡大雷：《苏李诗出自代言体说》，《柳州师专学报》1994年第3期。

15. 赵以武：《梁陈诗人阴铿的家世背景》，《甘肃社会科学》1994年第4期。

16. 刘雯：《陇西李氏家族研究》，《敦煌学辑刊》1996年第2期。

17. 跃进：《有关〈文选〉"苏李诗"若干问题的考察》，《文学遗产》1996年第2期。

18. 秦永洲：《东晋南北朝时期中华正统之争与正统再造》，《文史哲》1998年第1期。

19. 章培恒、刘骏：《关于李陵〈与苏武诗〉及〈答苏武书〉的真伪问题》，《复旦学报》1998年第2期。

20. 金家诗：《河陇士人与鲜卑文化转型》，《北方论丛》2002年第1期。

21. 胡阿祥：《魏晋时期河西地区本土文学述论》，《洛阳大学学报》2002年第3期。

22. 赵逵夫：《赵壹生平著作考》，《文学遗产》2003年第1期。

23. 刘跃进：《班彪与两汉之际的河西文化》，《齐鲁学刊》2003年第1期。

24. 刘景云：《后汉秦嘉徐淑诗文考》，《敦煌研究》2003年第2期。

25. 彭丰文：《汉魏十六国时期河陇大族势力的崛起及其在西北边疆开发中的作用》，《中国边疆史地研究》2003年第4期。

26. 冯培红：《汉晋敦煌大族略论》，《敦煌学辑刊》2005年第2期。

27. 杨义：《重绘中国文学地图与中国文学的民族学、地理学问题》，《文学评论》2005年第3期。

28. 蒲向明：《论〈西狭颂〉摩崖的文学价值》，《上海大学学报》2005年第6期。

29. 王琳：《李陵〈答苏武书〉的真伪》，《山东师范大学学报》2006年第3期。

30. 钟书林：《敦煌李陵变文的考原》，《西北大学学报》2007年第2期。

31. 温海清：《北魏、北周、唐时期追祖李陵现象述论——以"拓跋鲜卑系李陵之后"为中心》，《民族研究》2007年第3期。

32. 冯培红：《汉宋间敦煌家族史研究回顾与述评（上）》，《敦煌学辑刊》2008年第3期。

33. 冯培红、孔令梅：《汉宋间敦煌家族史研究回顾与述评（中）》，《敦煌学辑刊》2008年第4期。

34. 刘跃进：《河西四郡的建置与西北文学的繁荣》，《文学评论》2008年第5期。

35. 丁宏武：《皇甫谧籍贯及相关问题考论》，《文史哲》2008年第5期。

36. 早期秦文化联合考古队：《2006年甘肃礼县大堡子山祭祀遗迹发掘简报》，《文物》2008年第11期。

37. 赵化成、王辉、韦正：《礼县大堡子山秦子"乐器坑"相关问题探讨》，《文物》2008年第11期。

38. 汪春泓：《关于〈汉书·苏武传〉成篇问题之研究》，《文学遗产》2009年第1期。

39. 霍志军：《陇右地方文献与中国文学地图的重绘》，《甘肃社会科学》2009年第2期。

40. 王兴芬：《杂史杂传为体，地理博物为用——论〈拾遗记〉的文体特征》，《西北师大学报》（社会科学版）2009年第3期。

41. 何荣昌、曾晓云、丁宏武：《隗嚣的文学创作及其成就》，《甘肃理论学刊》2009年第3期。

42. 丁宏武、靳婷婷：《前秦苻氏家族的多元文化倾向及其成因考论》，《甘肃社会科学》2009年第5期。

43. 何寄澎：《〈汉书〉李陵书写的深层意涵》，《文学遗产》2010年第1期。

44. 杨发鹏：《汉唐时期"河陇"地理概念的形成与深化》，《中国边疆史地研究》2010年第2期。

45. 冯培红、孔令梅：《汉宋间敦煌家族史研究回顾与述评（下）》，《敦煌学辑刊》2010年第3期。

46. 丁宏武：《从大漠敦煌到弘农华阴——汉末敦煌张氏的迁徙及其家风家学的演变》，《甘肃社会科学》2011年第4期。

47. 丁宏武：《李陵〈答苏武书〉真伪再探讨》，《宁夏大学学报》2012年第2期。

48. 孙尚勇：《论苏李诗文的形成机制与产生年代——兼及〈汉书·苏武李陵传〉的成篇问题》，《文艺研究》2012年第3期。

49. 赵逵夫：《赵壹生平补论》，《中山大学学报》2013年第4期。

50. 丁宏武：《索靖生平著作考》，《文史哲》2013年第5期。

51. 丁宏武：《辛德源生平著述考》，《西北师大学报》（社会科学版）2014年第1期。

52. 丁宏武：《"苏李诗文出自民间演艺节目"说平议》，《西北师大学报》（社会科学版）2016年第2期。

53. 霍志军：《论十六国时期张骏、李暠、秃发傉檀、沮渠蒙逊、吕光的文学活动》，《天水师范学院学报》2016年第4期。

54. 丁宏武：《唐前李陵接受史考察——兼论李陵作品的流传及真伪》，《文史哲》2017年第6期。

55. 丁宏武：《十六国时期河陇地区郭刘学派考论》，山东大学《国学季刊》第八期（2017年12月）。

56. 丁宏武、任明：《东汉汉阳陇县摩崖石刻〈河峪颂〉文本考释》，《中国书法》2018年第7期。

57. 丁宏武：《〈河峪颂〉具备多重独特史料价值》，《中国社会科学报》2018年9月17日"历史学"专栏。

58. 霍志军：《汉晋时期陇右地区傅氏文学家族及其文化品格》，《地域文化研究》2019年第2期。

59. 丁宏武：《地域文化视野下的唐前河陇文学》，《光明日报》2019年10月9日理论版。

60. 丁宏武：《秦仲始大与河陇文学的滥觞》，《西北师大学报》（社会科学版）2019年第6期。

后 记

《汉魏六朝河陇著姓与文学》是本人主持的2010年度国家社会科学基金项目"汉魏六朝河陇地区胡汉著姓与本土文学综合研究"（批准号：10BZW036）的最终成果之一。从课题立项至今已经整整十年。当初之所以选择唐前河陇地域文学与文化作为近十余年的研究方向，主要出于两个方面的考量：一是学界关于唐前河陇地域文学与文化的研究相对薄弱，申请立项相对容易；二是由于陈寅恪先生曾经充分肯定过汉末魏晋南北朝时期河陇世族在学术文化传承方面的重要地位和贡献，所以以河陇著姓的发展演变为线索，全面考察汉魏六朝河陇地域文学与文化的总体风貌与历史成就，具有比较重要的学术意义和比较广阔的研究空间。虽然当初的选择受到诸多现实因素的影响，研究过程中也曾面临过很多难题和困惑，但是随着课题研究的不断拓展和深入，也有不少意外的发现和收获，给枯燥的研究带来了不少欣慰和满足。

感谢恩师赵逵夫先生、霍旭东先生一如既往的教诲和鞭策。两位先生从最初选题到具体研究的各个方面，都曾提出过很多宝贵的意见，课题的顺利结项以及成果的整理出版，离不开他们的殷切关怀和谆谆教导。在课题研究过程中，杜泽逊、周广璜、伏俊琏、徐正英、张兵、韩高年等先生也热情指导，勤勉有加，在此谨表谢忱。本书的出版，得到西北师范大学文学院各位领导和学术委员会各位师长的大力支持，入选"西北师范大学世纪中文·学人文丛"，荣获甘肃省优势学科建设经费资助出版，在此也表示诚挚的谢意。商务印书馆对本书的出版给予了很大帮助，在此深表谢意。

丁宏武
2020年4月16日于兰州